내 삶의
꿈·행복·사랑의
여정

내 삶의 꿈·행복·사랑의 여정

초판 1쇄 발행 2022년 1월 11일

지 은 이   이승진
발 행 인   권선복
편   집   오동희
디 자 인   김소영
전 자 책   오지영
발 행 처   도서출판 행복에너지
출판등록   제315-2011-000035호
주   소   (07679) 서울특별시 강서구 화곡로 232
전   화   0505-666-5555
팩   스   0303-0799-1560
홈페이지   www.happybook.or.kr
이 메 일   ksbdata@daum.net

값 55,000원
ISBN 979-11-5602-949-6   (03810)

도서출판 행복에너지는 독자 여러분의 아이디어와 원고 투고를 기다립니다. 책으로 만들기를 원하는 콘텐츠가 있으신 분은 이메일이나 홈페이지를 통해 간단한 기획서와 기획의도, 연락처 등을 보내주십시오. 행복에너지의 문은 언제나 활짝 열려 있습니다.

내 삶의
꿈·행복·사랑의
여정

이승진 지음

도서
출판 행복에너지

여행기를
책으로 출간하며...

여행의 묘미는,

첫째, 여행지의 아름다운 풍경과 유적지, 유명한 건축물, 예술품을 즐기면서 보는 재미이고,

둘째, 그곳의 정통 음식과 현지식을 맛보는, 먹는 재미이고,

셋째, 여행지의 특산물과 기념품을 둘러보며 구매하는 재미이며,

넷째, 그 나라의 역사와 문화를 가이드의 설명을 들으며 배우고 체험하는 재미입니다.

또한 다섯째, 여행지를 사진과 동영상, 글에 담아 남기는 재미이고,

여섯째, 여행지의 공연을 보며 그 사람들 특유의 의상, 노래와 춤, 삶을 엿보는 재미이며,

일곱째, 여행을 하면서 짧은 기간이지만 人情과 즐거움을 공유하며 좋은 사람들을 만나는 재미입니다.

여행은 인생을 사는 법을 배우게 합니다.

뜻밖에 의도하지 않은 길을 가게 될 때 계획하지 않은 길에도 즐거움이

있음을 터득하게 해 주고, 낯선 곳에 가면 일상생활에서 닫히고 무뎌진 마음이 열리고, 빈손의 자유로움도 느끼게 됩니다.

한 걸음 물러나 내 삶을 밖에서 담담하게 들여다볼 수 있는 여유를 갖게도 해 주고, 또한 나 자신을 반성하고 채찍질하며 재충전하며 그만큼 성숙해지고 겸허해짐을 느끼게 해줍니다.

여행은 항상 마음의 풍요로움과 여유로움을 선물합니다.

일상에서 가졌던 스트레스나 피로감, 분노, 고뇌, 근심걱정, 고독, 슬픔, 삭막감, 불안감 등을 해소시켜 줍니다.

2021년 신축년, 흰 소의 해….

지난 15년 동안 했던 여행 후기를 정리하여 책으로 출간하게 되어 기쁘게 생각하며 앞으로 여행을 하고자 하는 분들에게 조금이나마 도움이 되거나 참고가 되었으면 하는 바람입니다.

또한 체력과 건강이 허락하는 한 앞으로도 자주 국내외 여행을 하기를 기대하며 그동안 졸필을 읽어주신 선생님들께 머리 숙여 감사드립니다.

南村 이승진 배상

Contents

여행기를 책으로 출간하며…   4

2006. 10

서유럽

독일(프랑크푸르트, 하이델베르크)   14

스위스(융프라우)   18

이태리 1(밀라노, 베니스)   19

이태리 2(피렌체)   25

이태리 3(폼페이, 소렌토, 카프리섬, 나폴리)   28

이태리(바티칸시국, 로마)   33

프랑스(파리)   36

영국(런던)   38

2009. 09. 05 ~ 09. 13

동유럽

폴란드 1(아우슈비츠)   42

폴란드 2(소금광산)   52

슬로바키아&헝가리   54

오스트리아 1(비엔나)   63

오스트리아 2(잘츠부르크)   71

체코 1(체스키 크룸로프)   80

체코 2(프라하 1)   86

체코 3(프라하 2)   94

2010. 09. 15 ~ 09. 23

터키

터키	107
에페스	118
파묵칼레, 안탈리아	128
아스펜도스, 악사라이	136
카파도키아	144
이스탄불, 아야소피아	155
이스탄불	163

2011. 02. 02 ~ 02. 05

북해도

177

2011. 09. 16 ~ 09. 25

스페인

아빌라, 세고비아, 마드리드	200
콘수에그라, 꼬르도바, 세비야	209
세비야, 론다	219
말라가, 미하스, 그라나다	230
바르셀로나 1	237
바르셀로나 2(구엘공원)	243
바르셀로나 3(성가족교회, 카사밀라, 피카소 박물관)	249
바르셀로나 4(몬주익언덕, 람블라스 거리)	257
톨레도	262
마드리드(마드리드 왕궁, 프라도 미술관)	270

2012. 05. 26 ~ 06. 06

북유럽-
러시아 5개국

덴마크	277
노르웨이 1	284
노르웨이 2	291
노르웨이 3	298
노르웨이 4	306
스웨덴	311
핀란드	322
러시아 1(상트페테르부르크 1)	330
러시아 2(상트페테르부르크 2)	339
러시아 3(모스크바 1)	347
러시아 4(모스크바 2)	358

2012. 08. 15 ~ 08. 19

서안, 황룡,
구채구, 정주

서안 1	367
황룡	378
구채구	388
서안 2, 정주	402

2013. 09. 14 ~ 09. 25

발칸

루마니아 1	412
루마니아 2	422
불가리아 1	430
불가리아 2	438
세르비아(베오그라드)	447
보스니아-헤르체고비나(사라예보, 모스타르, 메주고리예)	455
크로아티아 1(두브로브니크 1)	465

크로아티아 2(두브로브니크 2)   472

크로아티아 3(스플릿)   478

크로아티아 4(토르기르)   483

크로아티아 5(자다르)   487

크로아티아 6(플리트비체)   491

슬로베니아(블레드, 포스토이나)   497

이태리(베네치아)   507

2014. 09. 04 ~ 09. 13

미국 동부 - 나이아가라 - 캐나다

뉴욕   517

나이아가라 1   526

나이아가라 2   535

토론토   541

킹스턴 천섬, 몬트리올   547

퀘벡   556

오저블캐즘, 우드버리, 뉴욕 맨하탄   561

워싱턴, 루레이 동굴, 허쉬 초콜릿 월드   565

2015. 09. 04 ~ 09. 13

뉴질랜드 - 호주

오클랜드   575

로토투아   583

퀸스타운   589

피오르랜드 국립공원   594

와나카   600

푸카키 호수, 데카포 호수   604

시드니 1(블루마운틴)   608

시드니 2(더들리페이지)   615

시드니 3   620

2016. 05. 12 ~ 05. 21

영국 일주

옥스퍼드	627
리버풀	633
에든버러	641
부쉬밀즈, 벨파스트	654
더블린	658
체스터, 코츠월드	662

2017. 08. 30 ~ 09. 07

스위스 – 남프랑스

프랑스(파리)	671
스위스 1(바젤, 루체른, 베른)	679
스위스 2(몽트뢰, 제네바)	686
남프랑스 1(샤모니, 안시, 리옹)	691
남프랑스 2(아비뇽, 아를, 엑상프로방스)	699
남프랑스 3(마르세이유, 생폴드방스, 깐느, 니스, 에즈)	703

2017. 10.

다테야마 – 구로베 – 알펜루트

시라카와, 다카야마	714
다테야마	718
나가노, 이누야마	721

2018. 10. 08 ~ 10. 17

시칠리아 –
남부 이탈리아

팔레르모, 체팔루	727
에리체	734
아그리젠토, 시라쿠사	738
라구사, 모디카, 노토, 카타니아	744
에트나 산, 타오르미나	749
알베로벨로, 마테라	751
나폴리, 포지타노, 아말피	755

2019. 10. 11

코카서스

아제르바이잔(바크, 고부스탄, 쉐키)	761
조지아 1(시그나기, 고리)	768
조지아 2(보르조미, 므츠헤타)	775
조지아 3(구다우리, 카즈베기, 아나누리)	782
아르메니아(다리잔, 세반, 코비랍, 예레반, 게그하르드, 가르니)	787

출간후기	804

2006. 10

서유럽

독일
(프랑크푸르트, 하이델베르크)

    독일 금융과 상업의 중심도시이며 유럽 교통의 관문인 프랑크푸르트의 역사와 전통을 자랑하는 뢰머 광장. 뒤로 구시청 뢰머와 오페라 하우스가 보인다. 원래 귀족의 저택이었던 것을 15세기 초 시가 사들인 것으로, 2차 대전으로 파괴된 청사를 원형 그대로 복원한 것이다.

뢰머 광장 중앙에 있는 정의의 여신 유스티아상이다.

위의 사진은 13세기초 최초 건축된 하이델베르크 성으로 거듭 증축되어 보존이 잘 되어 있고, 고딕, 바로크, 르네상스 등의 복합된 건축양식을 보인다.

    1386년 루프레히트 1세가 설립한 독일에서 가장 오래된 하이델베르크대학을 중심으로 하이델베르크는 젊음의 대학도시가 되었다. 인구는 13만 명 정도로 대부분 대학생이고 영화 '황태자의 첫사랑'의 촬영 장소로도 유명하다. 또한 도시 전체가 대학 건물과 뒤섞여 있고 따로 된 대학 정문이 없는 것도 특이하다. 노천카페에서 여유롭게 맥주(바이스 맥주 〈뮌헨 맥주〉)를 마시며 담소를 나누는 모습이 자주 눈에 띈다.

    하이델베르크 성 지하에 있는 술통은 22만 리터가 들어간다고 한다. 옛날 성주들이 이 술을 많이 마셔 단명을 했다고 한다.

하이델베르크 성에서 내려다 본 하이델베르크 시 전경. 뒤쪽에 보이는 강
이 넥카강이다.

스위스
(융프라우)

　상부의 세 봉우리가 알프스 3봉인 아이거, 묀히, 융프라우이며 관광객들은 산악열차를 이용하여 융프라우요흐(3,454m)까지 가게 되고 그곳에서 융프라우(4,158m)를 감상하게 된다.

이태리 1
(밀라노, 베니스)

    이탈리아 경제, 공업, 문화의 중심도시인 밀라노의 듀오모 성당으로 거대한 조각군으로 장식되어 있고 100m 높이의 유리첨탑이 하늘로 치솟아 있다. 바티칸의 성베드로 성당에 이어 세계 두 번째로 큰 규모이다. 1386년에 착공되어 450년에 걸친 공사 끝에 19세기 초에 완공되었다.

　1865년부터 13년에 걸쳐 1877년 완공된 비토리오 엠마뉴엘 2세 갤러리
아로 이태리의 통일 기념을 위한 대표적 건물이다. 유리로 장식된 높은 돔
형의 천장과 모자이크로 장식된 바닥이 멋진 조화를 이루고 있다. 통로 안
쪽으로는 멋진 카페와 레스토랑이 줄지어 있다.

　이태리어로 베네치아라고 부르는 '물의 도시' 베니스는 이탈리아 동쪽, 아
드리아해의 끝에 위치하고 있으며 인구는 약 30만 명으로 9~15세기경 지
중해의 상권을 장악하였다. 120개의 작은 섬으로 이루어져 있고 150개의
운하로 연결되어 있다.

 위 사진은 산 마르코 성당으로 대리석과 모자이크로 아름답게 치장되어
있으며 2층 테라스에는 4마리의 청동 말이 전시되어 있다.

산 마르코 광장의 마르코는 마가복음의 성 마가를 이태리식으로 부른 명칭으로, 12세기에 운하를 메꾸어 광장으로 조성되었다. 로마인 건축가에 의해 공용건축이 광장 주변에 만들어졌다.

위 사진에서 뒤쪽 건물은 19세기에 나폴레옹에 의해 건설된 '나폴레옹 관'이다.

길이 175m 폭 80m의 대리석으로 구성되어 있고 카페와 명품을 파는 상점들이 들어서 있다. 지인과 맥주 한잔 마시면서 즐거운 한때를 보내고 있다.

베니스 고딕 양식의 대표적 건축물인 두칼레 궁전으로 베네치아 공화국의 총독이 지내던 곳이다. 건물 외관은 백색과 분홍색의 대리석 문양과 개성 있는 36개의 기둥으로 이루어져 있다.

두칼레 궁전 옆
으로 베네치아의
상징인 사자와 엠
마뉴엘레 2세의
동상이 있는 오벨
리스크 기둥이 보
인다.

곤돌라를 타고
베니스의 곳곳을
관광하였다.
  카사노바가 탈
옥해서 유명해진
'탄식의 다리'도 탐
방할 수 있었다.

이태리 2
(피렌체)

  르네상스를 꽃 피운 이태리 피렌체에 있는 아름다운 꽃의 성모마리아 두오
모 성당으로 피렌체 어디에서라도 아치형 돔이 보일 정도로 거대하고 화려하
다. 백색, 연분홍색, 연녹색의 모자이크 장식의 벽체는 장관을 연출한다.

두오모 성당 바로 맞은편의 성 요한(산 지오바니) 세례당으로 천국의 문이 보인다.

단테의 생가이며 원형 보존이 비교적 잘되어 있다.

중세 이래로 피렌체의 중심인 시뇨리아 광장은 정치적인 연설과 시위의 장소로 사용되었으며 많은 관광객이 모이는 장소이다. 미켈란젤로의 다비드상(이곳의 것은 복제본)이 보인다.

이태리 3
(폼페이, 소렌토, 카프리섬, 나폴리)

이태리 남부로 이동하여 화산재로 덮였다 17세기 발굴된 비운의 도시 폼페이와 지중해의 해안 휴양도시 소렌토, 카프리섬, 그리고 나폴리를 보고 다시 로마로 이동, 바티칸 시국의 바티칸 박물관, 미켈란젤로의 '피에타', 천장화인 '천지창조' 그리고 그 유명한 '최후의 심판'을 감상하였다.

폼페이

위의 사진은 소렌토. 해안 휴양도시로 절벽 위에 조성되어 있다.

위의 사진은 아름다운 카프리 섬으로 리프트를 타고 정상에 오르면 지중
해의 아름다운 바다풍경을 만끽하게 된다.

바티칸 박물관

바티칸 박물관으로 매일 아침부터 관람객들로 장사진을 이룬다.

라오콘 상

박물관 내 바닥의 대리석, 아름다운 문양과 천장화

성 베드로 성당

피에타 ; 예수를 안고 있는 성모마리아 조각상

성 베드로 성당 안의
돔형 천장 내부. 화려
하고 웅장함의 극치를
보여준다.

미켈란젤로 불후의
작품인 '최후의 만찬'과
천장화 '천지 창조'는
사진 촬영이 금지되어
있었다.

이태리 4
(바티칸시국, 로마)

종교, 영혼, 영원의 도시, 역사의 도시, 분수의 도시, 사랑의 도시로 불리울 만큼 유명한 로마에는 고대 로마제국의 건축물과 유적이 도처에 산재해 있다.

로마의 상징인 대형 원형 투기장 겸 경기장인 콜로세움이다. 지름 188m, 둘레527m, 높이57m의 4층으로 된 타원형 건물이다.

대전차 경기장

장방형의 1인승 이륜 전차 경기장으로 크기는 664m x 124m에 이른다.

포로 로마노로 '포로'란 뜻은 공공광장이란 의미로 '포럼'이라는 말의 어원
이 여기서 생겼다고 한다. 로마 2500년 역사의 무대가 되었다.

　스페인 광장으로, 조각배 분수(바르카시아 분수)가 보이고, 위쪽으로 '오드리 헵번'과 '그레고리 팩'이 주연한 영화 〈로마의 휴일〉로 잘 알려진 계단이 보인다.

프랑스
(파리)

세느강 유람선에서 바라본 야간 조명시설 속의 에펠탑

에펠탑은 1889년에 세워진 높이 320.75m의 탑으로 엘리베이터를 타고 제 3 전망대(274m)까지 올라가면 파리 시내 전경을 볼 수 있다.

콩코르드 광장 중앙에 있는 오벨리스크는 23m 높이의 기둥으로 1831년 이집트 고관 무하마드 알리가 프랑스에 헌납한 것이다. 개선문은 중복을 피해 스위스 - 남프랑스 여행기에서 다시 언급하기로 한다.

영국
(런던)

프랑스 파리에서 초고속 열차 유로스타를 이용하여 이번 여행의 최종지인 영국 런던으로 이동하였다.

좌측에 웨스트민스터 사원이 보이고 중앙의 시계탑 있는 건물이 빅벤과 국회의사당이다. 템즈강 건너편에서 촬영한 것이다.

템즈강 하류에 위치한 런던의 상징 타워 브리지는 8년간의 공사 끝에 1894년 완공되었으며 교각 중앙이 개폐식으로 되어있어 큰 배가 통과할 때는 90초에 걸쳐 무게 1000t의 다리가 수압을 이용해 열린다고 한다.

대영 박물관에서 전 세계의 유물이 한 자리에 모여 있는 것을 볼 수 있으며 필자는 이집트관을 주로 관람하였다.

웨스트민스터사원은 영국에서 가장 유명한 고딕 건축 사원으로 역대 왕들의 대관식이 펼쳐진 곳이기도 하다. 또한 왕족의 결혼식, 장례식 장소로도 유명하다.

2009. 09. 05 ~ 09. 13

동유럽

폴란드 1
(아우슈비츠)

지난 9월 5일부터 13일까지 7박 9일간 동유럽 5개국(체코-폴란드-슬로바키아-헝가리-오스트리아)을 다녀왔다. 추석 연휴를 이용하여 서유럽 5개국(독일-스위스-이태리-프랑스-영국)여행을 한 지 꼭 3년만이다. 더 나이 먹기 전에 그리고 체력이 뒷받침될 때 한 군데라도 더 부지런히 다녀야 되겠다는 생각이 들어 2개월 전 일찌감치 예약을 해두었다. 그 덕에 80만 원의 할인혜택도 받았지요~

신종플루 국내 감염자가 만 명을 넘어서면서 "뭐 하러 이런 시기에 해외여행을 하려하느냐? 좀 자제하는 것이 좋을 것이다."라는 주위의 염려스러운 만류도 모른 체하고 일상에서 벗어나 잠시의 일탈을 즐기고 또 다른 세상에서 아름다운 풍경과 멋진 중세 건축물들을 접한다는 설레임에 여행가방을 챙기고 선뜻 집을 나서게 되었다.

다행히 필자가 근무하는 보건지소는 본소처럼 방역 업무를 하지 않아 신종플루에 대한 직접적인 업무는 없었으며 하계 휴가의 일환으로 직원들을 먼저 다 보내고 휴가 기간 끄트머리에 공무원 규정에 나와 있는 휴가기간(재직 1년이면 10일)대로 가는 것이기 때문에 별 문제가 없었다. 또한 대진의를 두고 가기 때문에 민원이 생길 소지도 없다.

9월 5일 인천공항은 신종플루의 영향인지 비교적 한산하였다. 일행은 15명이었는데 해외여행 경험들이 꽤 있는 중년의 커플들이었고 싱글은 여행 마니아인 60대 마나님뿐이었다. 그리고 36세 노총각과 동행한 父子팀이 눈에 띄었다. 마나님은 어찌하고 왔느냐고 했더니 부인은 여행을 싫어해서 부득이 부자가 함께 결단(?)을 내렸다고 한다.

패키지 여행은 인솔자의 능력에 따라 여행의 만족도가 많이 좌우된다고 하는데 인솔자는 성이 왕씨로 '왕언니', '소냐'로 불러달라는 40대 초반 여성이었다. KAL에 승무원으로 오래 근무하다 여행사로 자리를 옮긴 세련미 넘치는 멋쟁이로 싱글 마나님과 한 방을 쓰게 되나 보다.

출국수속을 마친 후 오후 1시 50분 프라하로 가는 비행기에 탑승(직항)하여 25분 늦게 오후 2시 15분 이륙하여 11시간 30분 걸려 현지시각 오후 6시 프라하 국제공항에 무사히 도착하였다. 만석이라고 하는데 왕언니의 배려 덕분에 우리 부부는 옆으로 세 좌석이나 비어있는 자리를 얻는 행운(?)을 얻었다. 마눌님이 가끔 다리 쭉 뻗고 누울 수 있는 혜택을 받아 좋아한다. 비즈니스 席보다 더 좋다고 아이들처럼 환하게 웃고…ㅎㅎ

동유럽과의 시차는 7시간이며 우리나라가 더 빠르다. 도착 후 버스로 체코 제2의 도시 브르노로 이동하였다(2시간 30분 소요). 피곤하긴 하나 잠은 오지 않고 몸은 천근만근이나 눈은 말똥말똥하고 머리는 띵하고… 거의 잠을 이루지 못했다. 시차 때문이겠지~

호텔에 도착하여 늦은 저녁을 마주한다. 그런데 스프가 상당히 짜서 모두들 먹지를 못한다. 동유럽은 대체로 저기압과 궂은 날이 많아 항상 두통과 어지러움을 호소하며 저혈압이 많다고 한다. 따라서 짜게 먹게 되었고, 최고의 손님 접대는 귀한 소금을 많이 넣어주는 것이다. 가이드들이 수시로 얘기해서 그나마 덜 짜게 한다고 하지만 그래도 짜다. 가는 곳마다 짜게 해서 먹지를 못한다. 에고~ 그래도 먹어두어야 되는 긴데….

이튿날 버스로 폴란드 아우슈비츠로 이동하였다(약 4시간 소요). 창가로 보이는 해바라기 꽃밭이 너무 예쁘고 우리나라 LG 대형 광고판이 눈에 띄어 반가웠다. 역시 외교는 정치인이 아닌 기업인들이 하는 것이라는 말이 실감이 난다. 진정한 애국자들!

쇼팽의 조국 폴란드… 쇼팽의 음악을 들으며 영화 〈쉰들러리스트〉의 촬영지로 유명한, 폴란드어로 오시비엠츠(독일어로 아우슈비츠)로 향한다. 이 도시는 세계 2차 대전 당시 독일 최대의 강제수용소이자 유태인 집단학살 수용소인 아우슈비츠 수용소(박물관)가 있는 곳이다. 독일이 유럽 전 지역을 장악하기 위하여 유태인 학살과 중부 유럽인 학살 등을 자행한, 히틀러의 잔악함을 쉽게 확인할 수 있는 현장이다.

석탄 매장량이 많아 철도 교통의 요지이며 대도시로부터 멀리 떨어져 있고 유태인들이 많이 살고 있어 히틀러에 의해 새로운 도시로 건설되려다가 살인 공장으로 변모되었다.

1940년부터 1945년까지 5년 동안 약 600만 명을 학살하였는데, 가이드의 설명에 의하면 유태인, 폴란드인들이 제일 많이 희생되었고 유태인은 적어도 150만~200만 명이 희생되었다고 한다. 히틀러의 명에 의해 2호, 3호 수용소가 계속 세워졌고, 자기의 정책에 반기를 든 수많은 정치인과 유태인들을 살해했다고 한다.

수십 동의 붉은 색 벽돌로 된 2층 건물들이 마치 공장 건물들처럼 줄지어 늘어서 있다. 버스에서 내려 수많은 억울한 혼령들이 떠돌고 있는 것 같은 느낌을 주는 수용소 안으로 들어간다. 당시의 수용소 건물을 복원하여 일부를 박물관으로 관광객에게 공개하는 건물 안은 우리가 생각했던 것보다 훨씬 더 잔인하고 끔찍한 인간의 부끄러운 만행을 보여주고 있었다.

　수많은 유태인들이 유럽 각지에서 화물처럼 기차에 실려와 이곳에 도착한 후 기차에서 내려 긴 행렬을 이룬 모습은 흡사 6.25때의 피난민 행렬을 연상시킨다. 그들은 '노동은 자유롭게 한다.' 또는 '일하면 자유스러워진다.'는 뜻으로 번역되는 'Arbeit Macht Frei'라는 간판이 달린 정문 밑을 지나 수용소에 도착했을 것이다. 이 문은 죽음으로 들어가는 문이자 지옥으로 들어가는 문이다. 이 문을 통과하는 순간 그들의 운명은 악명 높은 의사 엥겔레 박사의 손가락에 맡겨지게 된다.

　'죽음의 천사angel of death'로 불리는 그의 손가락은 끌려온 수많은 사람들 가운데 어린이나 노약자 또는 어린이가 딸린 여성들에 대해서는 왼쪽을 가리킨다. 젊고 건강하여 노동력으로 활용할 가치가 있다고 판단되는 사람들, 쌍둥이나 귀머거리 등 생체실험 대상이 되는 사람들을 향해서는 손가락이 오른쪽을 가리킨다. 손가락이 왼쪽 방향이면 곧바로 죽음을 의미한다. 손가락의 방향이 어느 쪽이냐에 따라 순간적으로 생과 사가 갈리게 되는 것이다. 부모와 자식, 남편과 아내, 형제와 자매들이 그 손가락 방향에 따라 영원한 작별을 고하는 것이다.

　몸을 씻기 위해 목욕탕으로 안내한다고 옷을 벗게 하고 곧바로 샤워장처럼 꾸며진 가스실로 꾸역꾸역 집어넣는다. 경비병들은 소리친다.

　"샤워 후 옷을 찾기 쉽도록 옷걸이 번호를 기억해 둬라."

　샤워장으로 속여진 가스실 문이 닫히면 천정에 있는 구멍으로 1kg이면 200명을 살해할 수 있는 지클론BZyklon B라는 당초 이 잡는 데 쓰던 살충제를 집어넣는다. 샤워장으로 들어갔던 수많은 사람들이 그 독가스를 마시고 극심한 고통으로 서로를 할퀴고 물어뜯으며 참혹하게 죽어가는 아비규환의 길고도 긴 20여 분! 그리고 샤워장은 벌거벗은 시신들로 가득 찬 지옥이 된다.

　시신들은 컨베이어 벨트와 엘리베이터를 이용해 소각장으로 운반되는데 그 과정에서 머리카락을 잘라내고 팔찌 반지 등 장신구와 금이빨까지 수거된 후 남은 몸이 소각로에 차곡차곡 쌓여지고 결국은 뼈 부스러기만 남고 모든 것이 끝난다. 장례도 비문도 묘지도 없이, 높이 솟은 소각장 굴뚝을 통해 퍼져나는 연기와 함께 사라져간 것이다.

　실내 소각장은 용량이 부족해 야외 소각장이 여럿 가동되기도 하였다 한다. 소각로에 남은 뼛조각은 골분 비료의 원료로 썼고, 잘려진 머리카락은 독일에 보내져서 양탄자 원료로 쓰였으며 금이빨 등 금붙이는 금괴로 만들어 독일 나치 상부로 보내졌다고 한다. 이 금괴들은 아마도 또 다른 형태의 살육을 위한 비용 즉 전쟁비용으로 쓰였을 것이며 샤워장 앞에 벗어놓은 피복들도 수거되어 전시 물자로 활용되었을 것이다.

　이곳에 끌려온 그 많은 사람들의 3/4가량이 이처럼 도착 후 몇 시간 안에 인간도살장을 거쳐 흔적도 없이 사라졌다. 소각장 안의 그을음을 보며 영문도 모른 채 고통 속에서 연기로 산화한 이름 모를 이방의 넋들을 생각하며 착잡하기 이를 데 없는 심경으로 인간과 야수의 경계는 어디쯤인가를 헤아려 본다. 유골도 묘지도 제삿날도 없는 그 수많은 사람들의 원혼은 지금쯤 어디를 떠돌고 있으며 어떻게 위로받을 수 있을 것인가?

손가락이 오른쪽 방향을 가리켜 우선 죽음을 면한 이들도 나을 것은 없다. 수감자들 중에서 선발된 단원으로 구성된 오케스트라에 발을 맞추어 인근의 건설현장, 농장, 광산, 공장 등에 끌려 나가 중노동에 시달리고 굶주림에 시달리게 된다. 그러다가 질병을 얻어 사망하기도 하고 이런 저런 이유로 총살이나 교수형에 처해지거나 엥겔레 박사의 지휘 아래 행해지는 각종 생체실험의 대상이 되었다고 한다.

실로 죽음보다 못한 삶이다. 탈출을 시도하는 수용자가 발생하면 그 방에 있는 사람 열 명을 임의로 선정하여 모든 수용자들이 보는 가운데 사형에 처하는 규칙을 적용하는가 하면 어떤 임산부의 경우 신생아가 젖을 먹지 않고 얼마나 오랫동안 생명을 유지하는가를 실험하는 대상이 되기도 하였다.

지금까지 생생히 남아있는, 무자비하게 죽어간 이들의 머리카락, 그들이 쓰던 머리빗, 칫솔, 곰팡이가 슨 가죽구두와 신발들, 밥그릇 주전자 등 주방 기구들…. 수많은 사람들이 유럽 각지에서 짐짝처럼 기차를 타고 와서 내리는 모습을 찍은 사진들…. 그들이 가져온 여행용 가방들과 거기 쓰여 있는 이름들, 그들이 쓰던 수많은 목발과 의족들, 안경과 안경테들, 방마다 보게 되는 인간 잔혹성의 기록들이 산더미처럼 쌓여 있었다.

단체로 죽임을 당했던 가스실은 끔찍하고 섬뜩한 느낌을 주어 소름이 끼친다. 지금 히틀러는 저세상에서 그들을 어떻게 만나고 있을까?

가이드 말로는 독일에서 지금도 학생들이나 관광객들이 많이 찾아오고 최근에는 빌리브란트 전 총리도 방문하여 눈물로 사죄하였다고 한다. 하지만 일본인은? 일본인은 관광객이 거의 없다고 한다.

얼굴 표정들이 극히 사무적이고 절제된, 원칙에 충실한 독일인은 외형적으로나마 사죄하고 지금도 아우슈비츠 수용소 보수 유지비를 독일이 부담하고 있다고 하는데~ 그러나 일본인은 상업적이고 상냥한 미소 뒤에 나몰라라는 식으로 기회만 되면 빠져나오려는 가학적이고 변태적인 잔인한 성격이 숨어있다는 것은 필자만의 생각일까? 씁쓸하다!

수치스럽고 소름끼치는 이곳을 빨리 떠나고 싶다는 느낌과 그 잔인한 현장을 눈으로 확인하고 싶다는 야릇한 호기심이 교차하는 가운데 교수대, 총살장, 철조망 등을 둘러보았다. 유네스코는 이 수용소를 인류의 문화유산으로 지정하여 교훈이 되도록 하였다. 다시는 이런 일이 일어나서는 안 된다는 교훈을 심어 주고자 함일 것이다.

수용소를 관광하고 나온 우리 일행들의 표정이 모두 구름이 잔뜩 낀 흐린 날 같아 관광의 즐거움을 찾아 볼 수가 없다. 여하튼 아우슈비츠의 역사적 평가는 정답이 없고 오답만 있을 뿐이라는 것이 필자 생각이다.

자, 이제까지 동유럽의 어두운 면을 보았다면 지금부터는 밝은 면을 보게 된다. 아우슈비츠에서 50분 거리의 폴란드의 옛 수도 크라코프로 이동하였다. 폴란드는 한반도의 1.4배이며 슬라브 민족이 살고 있고 폴란드어를 사용한다. 1939년 독일의 침략으로 조국을 빼앗겼으며 제2차 세계대전 후 공산정권 수립으로 소련의 위성국가가 되었다.

1980년부터 시작된 바웬사가 이끌었던 그다니스크 레닌 조선소 노동자들의 투쟁으로 1989년 정부와의 원탁회의 후 민주화에 성공하였다. 그리하여 폴란드는 동구권에서 가장 먼저 민주화를 이끌어낸 나라가 되었고 바웬사는 노벨 평화상을 받아 또 대통령이 되었다. 허나 친인척 비리와 부정축재와 연관되어 다음 선거에서 결국 낙선의 고배를 마시고 말았으니, 참으로 선거와 인기, 시대적 사명과 역사의 평가는 과연 어떤 관계에 있을까? 한 인간을 파멸로 이끌어간 욕망은 어디까지 갈 것인가? 바웬사는 지금도 정치활동은 하고 있으나 민심이 떠난 지 오래 되어 정치 세력은 명맥만 유지하는 상태라고 한다.

폴란드는 지금 동유럽에서 경제성장율 1위를 기록할 정도로 고속 성장을 하고 있다. 대우가 진출하여 국가적으로 국위를 선양하고 고용 창출로 이 나라 국민들에게 뜨거운 호응을 받았으나 1년 만에 문을 닫는 바람에 아쉽게도 대우 신화 창조는 무너져 내렸다. 하지만 지금도 대우와 김우중 씨에 대한 평판이 좋다. 대우를 살려 소생시켰다면 지금쯤 또 다른 신화가 창출되어 경제 선진국 대열에서 탄탄대로를 걷고 있을 텐데… 참 아쉽네요~

폴란드는 국민성이 보수적이고 다혈질이며 겨울철 6개월, 여름철 6개월로 일교차가 심하다. 인구는 3,860만 명이고 자원이 풍부하고 호밀, 감자, 옥수수가 주 농산물인 농업국가이다. 보드카와 호박이 특산물이다.

크라코프는 우리나라의 경주 같은 곳으로 중세의 모든 것들이 남아 있고 제2차 세계대전 당시 체코의 프라하와 더불어 폭격을 거의 받지 않아 옛 유럽을 느낄 수 있는 곳이자, 폴란드 학문과 문화의 중심지이기도 하다.

지동설을 주창한 코페르니쿠스가 다녔던 대학과 박물관이 아직도 건재하고 전 교황 요한 바오르 2세의 고향이며 21개의 대학이 있는 대학도시이다. 코페르니쿠스가 다녔던 대학은 지금은 박물관으로 쓰인다.

시청사 탑과 거리의 악사들이 공연하는 중앙시장 광장, 전통특산물을 판매하는 직물회관, 성모마리아 성당이 인상적이었고 평화롭게 담소하며 노천카페에서 맥주와 차를 즐기는 것도 좋고 마차를 타고 광장 주변을 둘러보는 것도 여행의 별미였다.

크라코프 시청사 탑.
노천카페가 즐비하고
악사들의 길거리 공연과
마차를 볼 수 있다.

중앙시장 광장

호텔에서 폴란드 전통식 홀레브쥬렉Chleb zurek
을 맛본다. 빵으로 만들어진 그릇에 감자, 소시
지, 계란 등을 으깨어 끓여 담은 스프인데 너무
짜서 다들 먹지를 못하고 그냥 두기도 하고 물을
부어 희석시켜 먹는 사람도 있다. ㅋㅋ 그러나 맥

폴란드 전통식 홀레브 쥬렉

주 맛은 가는 곳마다 특색이 있고 진하며 참 맛이 좋았다.

동유럽은 석회수가 많고 물이 안 좋아 가는 곳마다 생수를 사서 마시는 것
은 기본인데… 물 대신 술을 마시니 주당들에게는 반가운 소식이다. ㅎㅎ

필자도 기분 좋게 마셨고 방에 들어와 한국에서 가지고 간 팩소주 한잔 더
하고 꿈나라로 빠졌으나 3시간 만에 깨어나 버렸다. 그 다음에는 잠이 안
와서 뒤척이면서… 에고~ 잠 좀 오너라~~ 하고 만다.

어찌됐든 그렇게 여행 이틀째도 끝나가고 있었다.

성모마리아 성당
(13세기 건축을 시작하여
17세기에 완성되었다)

폴란드 2
(소금광산)

9월 7일(월) 여행 3일째.

비엘리치카에 있는 유네스코 문화유산 1호로 1978년 지정된 소금광산을 내부관광하였다. 13세기부터 1998년까지 700년간 약 2,600㎢의 암염을 채굴하였고 현재는 채굴은 하지 않고 보수유지만 하고 있다고 한다. 폴란드 왕국의 주 수입원으로 경제적으로 큰 비중을 차지하였던 곳이다. 갱은 9층으로 나뉘어 여러 갈래로 갈라져 있고 갱도 깊이는 약 300m, 총길이 300km가 넘으며 현재 개발된 곳은 1%(0.8%)가 안 된다.

나무로 된 나선형 계단을 통해 아래로 아래로 64m까지 내려간 후, 광부와 동행하여 135m까지 다시 내려가며 총 2.4km를 연중 14도의 소금욕을 즐기며 걸었다. 계단의 안전을 위해 벽면에 붙여

소금광산

둔 나무판자에는 세계 각국의 글로 낙서가 빽빽이 쓰여 있는데 한글로 된 낙서도 보인다. 독일 하이델베르크 성 와인 창고 안의 대형 술통에도 한국인들의 낙서가 보이더니 낙서 좋아하는 못 말리는 사람들이 많은가 보다.

갱도 곳곳에는 광산노동자들이 소금으로 건설하였다는 예배당과 각종조각들, 지하호수, 부조물들이 있다. 땅 속 100m에 있는 킹가성당에는 최후의 만찬을 비롯한 각종 성서 장면들을 묘사한 부조물들과 조각들이 벽면을 채우고 있었고, 천정에는 소금 결정으로 조각한 아름다운 샹들리에가 화려한 자태를 뽐내고 있다. 광산 기술의 역사를 알 수 있게 해주는 박물관도 설치되어 있는데, 굴대, 수차, 윈치 등의 다양한 도구와 기계, 17세기에 만들어진 광산지도 등이 전시되어 있었다.

마지막으로 괴테의 동상 바로 옆에 마련된 지하호수에서 쇼팽을 만났다. 컴컴한 지하동굴 속 호숫가에 서서히 조명이 켜지면서 말 우는 소리…수레 굴러가는 소리… 그러면서 쇼팽의 Tristesse 선율이 흘러나오는 것이다. 관광객을 위한 연출이라고 하지만 가슴이 뭉클해진다. 한 번 들어오면 수개월 동안 밖에 나갈 수 없다는 광부들의 애절한 마음을 표현한 것으로 멋진 피날레라고 느껴졌다.

올라올 때는 9인승 리프트를 타고 25초 만에 지상으로 올라왔다. 소금광

산 관광을 마치고 동유럽의 알프스라고 일컬어지는 슬로바키아 타트라로 이동하였다.

슬로바키아
& 헝가리

멀리 창밖으로 보이는 타트라 산맥은 전장 64km로 3/4이 슬로바키아, 1/4이 폴란드에 속한다. 높이는 2,600m 급이며 이어지는 연봉이 참 아름답고 장엄하다.

슬로바키아는 1,000년간 헝가리의 지배하에 있었으며 2차 대전 후 1945년 소련의 위성국가인 체코슬로바키아가 되었다. 그리고 1989년 독립, 1993년 슬로바키아로 분리되었다. 슬로바키아는 산림이 울창하고 목재가 풍부한 나라다. 구불구불한 계곡을 지날 때마다 벌채 현장과 목재를 실어 나르는 트럭들을 쉽게 볼 수 있다. 골짜기를 벗어나 평지로 접어들자 자그마한 언덕들이 온통 푸른 초원들로 양탄자를 깔아 놓은 듯 시원스럽다.

타트라로 가는 중간에 버스에서 내려 휴식을 취했다. 풍경은 한국의 시골처럼 조용하고 소박하다. 초원에 푸른 풀은 보이는데 채소는 안 보인다. 가을걷이 끝나고 겨울을 기다리는 한국 가을처럼…. 하늘도 파란하늘에 흰 구름이 떠 있는 것이… 공기가 너무 좋아 심호흡을 해본다. 길가의 토끼풀, 클로버, 민들레, 이름 모를 풀잎 등 모양새가 한국의 풀과 비슷하다.

멀리 보이는 젖소들의 모습도 너무나 평화스러워 보였다. 가이드의 설명인즉 차량들의 소음으로 젖소들이 스트레스를 받아 우유의 품질이 떨어지는 것을 막기 위해 산등성이 너머에 방목을 한다는 것이다. 도로가의 목초는 수확하여 수출용으로 쓴다고 한다.

우리 버스 기사는 슬로바키아 출신이라 지름길을 잘 알고 있어 오늘 숙박할 호텔에 예정시간보다 1시간 30분 일찍 도착하였다. 저녁시간까지 시간이 좀 있어 호텔 주변으로 산책길에 나섰다. 산 정상으로 가는 등산객도 보이고 케이블카도 있는데 아쉽게도 운행시간이 지났다. 에공~

동유럽의 알프스, 이곳 타트라에는 알프스로 가기엔 주머니 사정이 여의치 못한 사람들이 겨울에 스키, 스노보드를 즐기러 많이 온다고 한다. 계곡에서 흘러내리는 물은 시원할 것 같고 저 산에 눈이 덮여 있다면 얼마나 멋질까 황홀한 설경이 눈에 아른거린다. 눈 오는 계절에 왔다면 설경 하나는 끝내주었을 낀데….

호텔에서 저녁을 먹으며 일행 중 노총각 아들과 같이 온 어르신이 맥주를 1잔씩 돌린다. 아들이 인물도 좋고 아버지를 위하는 마음에서 이렇게 효도 여행까지 하니 진정한 효자라고 칭찬해 주자 오늘 기분이 참 좋다고 맥주를 쏘겠다고 하신 것이다. 덕분에 잘 마시고… 식당 한켠에선 나이 지긋한 연주자의 클래식 피아노 선율이 흐르고… 이렇게 타트라의 밤은 창밖으로 유난히 반짝이는 별들과 함께 깊어만 갔다.

다음 날(9월 8일) 타트라의 호텔을 출발하여 '동유럽의 파리'라는 헝가리 부다페스트로 향했다. 눈을 지그시 감고 왕언니가 틀어주는 '다뉴브 강의 잔물결' 선율에 젖는다. 길가 양측의 울창한 침엽수림을 감상하며 모처럼의 여유로움과 편안함을 가져본다.

버스 기사는 제한속도 100km를 절대 넘지 않으면서 편안하고 노련하게 운전한다. 5시간 30분 걸려 헝가리 수도 부다페스트에 무사히 도착하였다.

우리 기사에 대해 부언하면 거구의 젊은 청년으로 배가 남산만 하게 나왔다. 버스에서 따로 생수 1유로, 캔맥주 2유로씩 파는데 우리가 그걸 모르고 휴게소에서 캔맥주를 1유로씩 사서 들고 들어왔더니 심통이 나서 다음 휴게소부터는 화장실만 다녀오라고 한다. ㅋㅋ 그다음부터는 캔맥주는 으레 버스에서 사서 마셨다. 기사 성질나게 하면 안 되지요~ 얼마짜리 목숨들인데…ㅎㅎ

헝가리 부다페스트 거리는 어두운 모습이 많이 남아 있다. 그래서 그런지 도시 분위기가 우울해 보인다. 헝가리는 슬라브족이 아닌 몽골계의 후손인 훈노 마차르족 계열의 민족이 산다. 확실히 이곳에서 만나는 사람들은 서울의 누군가가 떠올려지는 그런 인상을 갖고 있다. 그들이 아시아계의 후손이라는 점과 침략과 恨의 역사를 갖고 있다는 점에서 우리와 흡사하니 좀 더 번영해지기를 진심으로 바라게 된다.

프라하와 달리 부다페스트는 제2차 세계대전으로 도시의 70% 이상이 폭격을 받았다. 헝가리와 체코는 침략으로 점철된 역사를 갖고 있지만 고유의 문화와 언어를 갖고 있는 국가들이다. 이들 나라는 유럽대륙 한가운데 위치하고 있어 바다라고는 없고 사실 외침에 관한 한 답이 없는 나라라고 생각된다. 내륙도시들 지키기가 얼마나 어려운지….

사람들은 성격이 급하고 다양하여 동유럽의 코리아란 별칭을 가지고도 있다. 기초의학이 많이 발달하였고 고등학교까지 무상 의무교육이며 우리 삼성, LG 등 38개 회사 주재원들이 많이 상주해 있다고 한다(1,700명 정도). 교민은 2,000여 명이나 되나 교민 한인회는 없다고 한다. 이유인즉 서로 잘나서 회장이 되겠다고 하니 개인적으로는 우수한데 단합이 안되는 것… 이역만리 타향에서도 마찬가지인가 보다.

의사는 명예직, 봉사직이며, 금전적으로 혜택이 없으며 그나마 방문진료로 수입을 올리고 있다고 한다. 평균수명은 남자가 65세, 여자는 79세로 너무 격차가 벌어져 있는데, 그 이유는 잘 모르겠단다. 일행 중 한 분이 여자들이 너무 바가지를 심하게 긁어 그런 거 아니냐고 하니 버스 안이 한바탕 웃음바다가 된다. ㅎㅎ

동유럽에는 사우나 남녀 혼탕이 유명한데, 헝가리만은 동양적이라서 그런지 가릴 것은 다 가린다고 하여 모두들 또 한 번 웃었다. ㅎㅎ

부다페스트는 부유층이 주로 사는 왕궁지역인 부다지역과 서민층이 주로 사는 페스트지역으로 나뉜다. 동유럽 여행 후 두 번째로 한국인이 운영하는 식당에서 한식으로 점심을 먹었다. 역시 우리 것이 최고여~! 점심 식사 후 다뉴브 강 유람선을 타고 쥬스와 맥주를 마시며 강 주변의 아름다운 풍경을 감상했다. 이어폰을 끼고 한국어로 나오는 친절한 해설과 설명을 들으며 1시간여의 유람선투어를 즐겼다.

유람선에서 바라본 다뉴브 강과 부다 왕궁

다뉴브 강을 가로지르는 세체니 다리. 부다 지역과 페스트 지역을 연결해 준다.

유람선에서 바라본 아름답고 웅장한 국회의사당

멀리 겔레르트 언덕의 자유여신상이 보이고 그 밑으로 유람선이 평화롭게 지나가고 있다.

　유람선 투어 후 네오 로마네스크 양식의 아름다운 어부의 요새, 왕들의 대관식이 열렸던 마차시 교회, 헝가리의 역사를 대변하는 부다 왕궁, 네오 고딕 양식의 거대한 국회의사당, 다뉴브 강을 가로지르는 부다페스트의 상징 세체니다리를 관광하였다.

　어부의 요새는 왕궁 언덕의 동쪽에 우뚝 서있는 네오 로마네스크와 네오고딕 양식이 절묘하게 혼재된 건물로, 1899년에서 1905년 사이에 지어졌다. 헝가리 애국정신의 한 상징으로 19세기 시민군이 왕궁을 지키고 있을 때 다뉴브강의 어부들이 강을 건너 기습하는 적을 막기 위해 이 요새를 방어한 데서 그 이름이 유래하였다고 한다. 중세에는 어부들이 다뉴브강에서 왕궁 지구에 있는 어시장으로 가는 지름길로 사용되기도 하였다.

　동양적인 색깔이 짙은 고깔모자 모양을 한 일곱 개의 탑을 볼 수 있는데, 그것은 건국 당시의 7부족을 상징한다.

어부의 요새

마차시 교회

세체니 다리가 다뉴브 강을 가로지르고 있고 좌측으로 부다 지역, 우측으로 페스트 지역이 보인다.

어부의 요새 전망대에서 바라보는 다뉴브 강은 너무나 아름다웠다. 구시가지인 언덕배기 부다지역과 신시가지인 평지 페스트를 헝가리에서 제일 아름답다는 세체니 다리를 비롯한 여러 개의 다리가 연결해 주고 있다. 조금 전 우리가 탑승했던 다뉴브 강의 푸른 물결 위에 유유히 떠다니는 유람선들 또한 너무나 아름답고 평화스러워 보인다.

버스를 타고 다뉴브 강의 풍광을 제일 아름답게 볼 수 있다는 겔레르트 언덕으로 간다. 겔레르트 언덕 전망대에서 구시가지(부다)와 다뉴브강, 신시가지(페스트)를 한눈에 조망할 수 있었다. 여기서 바라볼 수 있는 경관이 너무나 아름다워 유네스코 세계문화유산으로 지정되었다는 현판이 붙어 있었다.

영웅 광장은 헝가리 독립을 위해 희생된 독립투사들의 영혼을 기리기 위해 조성되었다고 한다. 중앙에는 높이 36m의 기둥꼭대기에 가브리엘 대천사의 조각상이 있고 기둥 옆에는 마차르의 7개 부족장들의 기마상이 조각되어 있다. 기둥을 중심으로 반원 형태로 주랑이 두 부분으로 나누어져 있는데, 왼쪽으로 역대 왕의 상이 있고 오른쪽으로 헝가리를 빛낸 영웅들의 조각상이 있었다. 헝가리를 방문하는 외국 귀빈들이 제일 먼저 방문하는 곳이 이 영웅 광장이라고 한다.

영웅 광장 관광을 마치고 저녁은 헝가리 전통식 굴라쉬Gulasch를 먹었는데 붉은 소고기와 감자, 그리고 다양한 야채에 후추, 파프리카로 특유의 매운 맛을 낸 헝가리식 스프가 우리 입맛에 딱 맞아 좋았다.

소주를 곁들이니 금상첨화… 여행 4일째, 시간은 다뉴브 강의 잔잔한 물결처럼 아쉽게 흘러만 갔다.

영웅 광장

오스트리아 1
(비엔나)

9월 9일⒮ 아침 8시 30분 오스트리아의 수도이자 합스부르크 왕가의 상징이었던 비엔나로 이동하였다. 우리 일행이 15명으로 단출해서 그런지 한 번도 출발 시간에 늦는 사람이 없어서 정시에 출발했다. 한번은 현지 가이드가 늦게 와서 20분 늦게 출발한 적도 있지만 불평하는 사람도 없고… 성질 참 좋지~용~

타고 간 차량은 45인승 리무진(시가 6억 원(믿거나 말거나)으로 우리 심통이(?) 기사의 전 재산이자 보물 1호)으로, 앞쪽 좌석이든 뒤쪽 좌석이든 앉거나 눕거나 편한 자세로 마음대로 몸을 내맡길 수 있어 피로가 훨씬 덜했다. 창 밖으로 펼쳐지는 해바라기 밭과 옥수수 밭… 그리고 우리 LG 광고판이 눈에 들어와 반갑고 고맙다!

오스트리아는 한반도 면적의 4/5이며 인구는 서울시 인구의 2/3인 700만 명이고, 게르만 민족이며 독일어를 공용어로 사용하고 카톨릭이 생활의 기본이다. 비엔나 인구는 170만 명이라고 한다. 국민소득은 4만 불이고 우리 교민은 2,000명 정도 살고 있는데 1,500명이 음악을 전공하는 유학생이란다. 모차르트, 베토벤의 고향이자 왈츠가 처음 만들어진 나라… 오케스트라가 만들어진 풍요와 낭만과 예술의 도시… 그뿐인가~ 백포도주가 있고 최고급 와인 잔을 생산 판매하고 크리스탈 명품 브랜드 스와로브스키Swarobsky의 고장….

풍류를 즐길 줄 아는 풍요의 도시 비엔나로 3시간 30분이 걸려 입성한다. 비엔나는 유럽에서 관광 자원 2위이다(1위는 스위스). 유럽 자동차의 70% 생산 기지, 터널 토목 공사의 원조이기도 하다. 선진국 건물들이 대개 그렇듯이 바로크 양식으로 대칭으로 접으면 똑같다.

점심 때인지라 오스트리아 전통식 스페어 립스Spare ribs를 맥주와 곁들여 먹었는데 참 맛있다. '어린 돼지갈비' 또는 '도나우 갈비'로 불리며 어린 돼지의 갈비를 통째로 잘라 특제소스를 바른 후 숯불구이를 한 요리이다. 와인이나 맥주 한잔 곁들이는 것은 필수라는 생각이 드는 것은 필자만의 생각일까? 못 말려요~ ㅋㅋ

점심식사 후 다채로운 색채와 곡선을 가진 비엔나의 명물, 자연을 닮은 집, 훈데르트 바서 하우스를 둘러본다. 훈데르트 바서는 주택에 자연미를 그대로 살린, 건축가라기보다는 화가요 미술가인 인물인데, 한자로는 百水로 이름이 특이하고 재미있다. 그는 자연에는 완벽한 직선이 존재하지 않음에도 불구하고, 대부분의 건축물이 직선으로 이루어진 점에 대해 의아하게 생각하였고, 따라서 자연미가 넘치면서 다채로운 색채와 곡선을 가미한 그의 작품성을 주택에 담기로 하였다고 한다. 내부 입장은 안 되고 건너편에 내부와 똑같이 만들었다고 하는 훈데르트 바서 빌리지shop가 있어 둘러보았는데 마음에 들지는 않는다.

비엔나 최대 번화가 케른트너 거리를 쇼핑하며 사철용 자켓을 하나 구입했다. 하나 건졌네요~ 룰루랄라~

아름다운 샘이라는 뜻을 가진 합스부르크 왕가의 여름별궁別宮 쉔부른 궁

훈데르트 바서 하우스

전과 부속정원을 내부 관광했다.

16세기 막시밀리안 2세가 사냥터로 쓰려고 아름다운 숲속에 동물원과 정원을 만들었는데, 여기에서 1619년 마티아스 황제가 사냥을 하다가 '맑고 시원한 샘'을 발견한 후 쉔부른이라고 부르기 시작했다고 한다. 17세기 말 터키군에 의해 파괴되었고 18세기 초에 재건되었다.

쉔부른 궁전은 바로크 양식으로 베르사이유 궁전을 모방하였으며 장대하고 화려한 규모를 자랑한다. 18세기 중반 마리아 테레지아 여왕에 의해 완공되었으며 프랑스 왕비 마리 앙뜨와네트도 어릴 적에 여기서 그녀의 어머니인 마리아 테레지아 여왕과 함께 살았다고 한다. 1,440개의 방이 있으며 46개의 방만 일반인에게 공개되고 내부는 사진 촬영 금지이다.

궁전 안에는 왕가들의 초상화와 쓰던 물건, 연회장으로 사용되던 곳이 있는데, 벽장식 그림, 천장화 등이 방마다 다르고 화려하게 만들어져 있었으

쉔부른 궁전과 내부정원

며 중국풍의 도자기와 그림, 카펫, 유품들이 눈에 띄었다. 중국풍 도자기는 보통 몇 억 원 이상이며 그림도 멀리서 감상해야지 가까이 가서 센서가 움직이면 벌금을 어마어마하게 문다고 한다. 믿거나 말거나….

이 궁전에는 원래 화장실이 없었다고 하는데, 사람들의 배설물과 말똥 등은 전부 이 궁전에 있는 연못에 버렸다고 한다. 그리고 목욕을 하지 못하기 때문에 몸의 냄새를 없애기 위하여 향수가 발달했단다. 머리에 이가 득실득실하여 여자들은 가느다란 침핀 같은 것을 가지고 다니며 머리 속을 긁었다고… 내 원 참!

가이드가 소개한 재미있는 그림을 보니 광대가 원숭이의 벼룩을 잡아주고 있는데, 벼룩시장의 어원이 여기서 유래되었다고 한다. 글쎄 그런가~?

마리아 테레지아 여왕은 남편과 금슬이 좋아서 18명의 자식을 두었는데 살아남은 자식은 10명이었다고 한다. 가이드 말로는 워낙 비만하고 뚱뚱하

마리아 테레지아 여왕이 남편 사별 후 남편을 추모하며 아름다운 조각으로 건립한 분수

여 거동이 힘들었다고 하는데 초상화를 보니 그 정도는 아닌 것 같다(그 당시는 전속 화가들이 각종 기념 연회 및 인물 초상화를 그려서 보존했다고 한다). 남편이 정원 가꾸는 게 취미여서 이처럼 아름다운 정원을 만들고 가꾸었다고 한다. 남편이 죽은 후 13년간 검은 상복을 입고 지냈고 남편을 위하여 분수를 만들기도 했으며 언덕 위에 '글로리에테'라는 프로이센과의 전쟁승리를 기념하는 전승비를 건립했다.

정원을 거닐어 보니 조경시설이 끝내주고 조경사만 300명이 넘는다는 말이 실감이 났다. 일렬종대로 늘어선 나무종경이 높이가 7-8m 되는데 정말 사열받는 것 같고 멋있었다. 조경도 긴 사다리 수레를 끌고 다니며 하고 있다고 하고, 모든 건물과 잔디밭, 길이가 완전 대칭으로 접으면 똑같다. 꽃 한 송이도 정확한 자리에, 빈 의자 하나도… 공식에 입각한 듯하다.

왕이 이런 곳에서 생활하면 정말 성 밖의 백성들의 일상생활은 모르겠다

일렬종대로 늘어서 사열을 받는 것 같은 멋있는 나무들. 불란서식 조경법이라고 한다.

싶다. 백성들이 빵이 모자란다고 아우성치자, "바보 같은 놈들! 빵이 모자라
면 고기를 먹으면 되지…" 하였다는 말도 있지요? 내 원 참! 기가 막혀서…
웃고 넘길 수밖에…ㅎㅎ

　쉔부른 궁전 관광을 마치고 그리스 양식의 국회의사당은 버스를 타고 가
면서 수박 겉핥기식으로 보고 넘어갔다. 그리고 세계 3대 오페라 하우스 중
하나인 국립오페라극장, 네오고딕 양식이 웅장한 시청사를 관광했다. 시청
사는 1883년 완성되었으며 중앙탑은 98m로 비엔나의 어떤 건물도 98m 이
상 높이 지을 수 없다고 한다.
　이어서 모차르트의 결혼식과 장례식이 열렸던 비엔나의 상징 슈테판 성당
을 관광하였다. 외벽은 사암沙岩으로 되어있어 오래되면 시꺼멓게 되므로 깨
끗이 청소해 주는 공사가 한창이다.

네오고딕 양식의 시청사

측면에서 바라본 아름다운 시청사

슈테판 성당(모차르트의 결혼식과 장례식이 열렸던 곳.
사암으로 되어 있어 먼지가 끼어 꺼멓게 보인다)

관광을 마친 후 노천카페에서 멜란제MELANGE커피를 마셨다. 가이드가 비엔나커피를 시키지 말라고 한다. 무슨 이유일까? 비엔나에는 우리가 흔히 얘기하는 '비엔나 커피'는 없단다. '비엔나 커피는 서울에 있다'가 정답이다. 모르셨죠? ㅋㅋ

저녁식사 후 현지 가이드가 옵션으로 나와있는 음악회 관람을 적극 권유한다. 1인당 80유로이니 우리 돈으로 15만 원 정도이다. 필자는 관람하려 하였으나 음대 출신인 마눌님… 오기 전 서울에서 동기들끼리 이야기들이 있었는데 비엔나에서 한국 관람객들이 보는 콘서트는 모두 흥미위주의 공연이므로 절대 보지 말라고 했다고…. 에~공!

공연만 가면 코를 골며 주무신다는 노부부와 함께 호텔에서 소주로 아쉬움을 달랬다. 주거니 받거니 하면서 노부부가 산 크리스탈 수제품 '말' 참 잘 사셨고 사업도 '말'처럼 도약하실 거라고 하자 기분 좋다고 계속 잔을 권하신다. 이렇게 비엔나에서의 밤도 깊어만 갔다.

다음 날, 음악회 가신 분들 말씀이 대부분 실망했고 피곤이 몰려와 반쯤 자다 왔다며 돈이 아까웠다고 한다. 후회해도 소용없지요. ㅎㅎ

오스트리아 2
(잘츠부르크)

　9월 10일(목) 유네스코 세계문화유산 지역인 바하우 지역을 따라 멜크Melk
로 이동한다. 움베르토 에코의 소설 『장미의 이름』 배경지인 멜크 수도원을
둘러보았다(비엔나에서 멜크까지 1시간 소요됨). 1700년도 건축되었고 바로크 양식
의 수도원이었다.

멜크 수도원

수도원 관광을 마치고 잘츠부르크의 동쪽, 산과 호수의 조화가 아름다운 짤즈캄머굿Salzkammergut으로 이동했다.

짤즈캄머굿은 말 그대로 짤즈는 소금, 캄머는 황제의 보물창고, 굿은 소유지라는 뜻으로 '황제의 소금 보물창고지역'이란 뜻이다. 이곳은 바다였던 곳이 지각변동으로 융기하면서 솟아오른 지형인데, 바닷물이 호수를 이루다가 시간이 지나면서 물은 증발하고 소금만 남게 되었고, 오랜 시간이 지난 후 이 소금이 광석으로 존재하게 되었다고 한다.

유럽 내륙은 바다에서 소금을 얻기 어려워 소금 광산에서 채굴하여 사용하였는데, 생산된 소금이 저장되고 유럽 각지로 수출되는 중계역할을 한 곳으로 오늘날의 음악도시 잘츠부르크Salzburg란 도시가 발전하게 되었다.

짤즈캄머굿은 오스트리아 남동쪽으로 펼쳐진 알프스 산지로 해발 1천에서 3,000m의 산들과 호수가 어우러진 천혜의 비경을 자랑한다. 짤즈캄머굿에 도착하여 수려한 경관의 볼프강호수, 자연 속의 아름다운 마을, 장크트 길겐에서 모차르트 어머니 생가를 둘러보고 유람선 투어를 시작했다.

유람선은 여행사에서 전세를 내어 우리 일행만 탔으며 父子가 운영하기는 하나 마나님이 2층 조종실에서 조종키를 잡고 있는 것이 인상적이었다. 유람선을 타고 호수 주변의 산과 꽃으로 장식된 아름다운 주택들, 산중턱을 가로질러 달리는 기차, 가파른 암벽을 오르는 4명의 크라이머들, 멀리 중세풍의 작은 성당(1,000년 전 건축되었으며 카톨릭 4대성지 순례 중 한 곳이라 한다)을 구경한다. 환상적인 한 폭의 그림들을 카메라에 연신 담았다.

유람선에서 내려 자유시간에 성당도 보고, 꽃으로 장식된 아름다운 집도 보고, 언덕에서 바라보이는 환상적인 풍경에 젖어보기도 하고… 카페에서 맥주를 마시며 즐겁고 행복한 시간을 만끽하였다.

　유람선 투어를 마치고 다시 잘츠부르크로 향한다. 유람선 투어는 옵션으로 되어 있는데 이곳을 패키지로 여행을 하게 된다면 꼭 하시라고 권해드리고 싶다.

　차창 너머로 보이는 낮은 산지와 구릉지는 목초지로 개발되어 있고, 녹색의 초원 위에 한가로이 풀을 뜯는 젖소들, 햇빛을 받아 지붕이 유난히 하얗게 반짝이는 전원주택들 등 목가적인 풍경이 너무나 평화스럽고 아름다웠다. 짤츠감머굿을 출발한 지 50분 걸려 잘츠부르크에 도착했다. 우리 기사는 항상 서두르지 않으면서 빠르다.

　잘츠부르크 여행은 중세를 느낄 수 있고, 모차르트의 음률을 느끼는 클래식 여행이며, 영화 〈사운드 오브 뮤직〉의 무대이기도 한 테마 여행이다. 모차르트가 태어난 고장에 걸맞게 매일 곳곳에서 콘서트나 오페라가 열리고 짤츠감머굿의 자연, 영화 〈사운드 오브 뮤직〉의 무대이기도 했던 호변 경관이 매우 아름다워 세계적인 도시로 발전했다.

미라벨 정원

인구 15만 명으로 짤즈흐 강을 끼고 지난날 소금 거래로 번창했던 도시! 당시의 번영을 이야기해 주는 성과 교회가 그대로 보존되어 있다.

제일 먼저 영화 〈사운드 오브 뮤직〉에서 여주인공 마리아와 아이들이 도 레미송을 불렀던 미라벨 정원으로 향했다. 미라벨 정원은 1690년 바로크 건 축의 대가인 요한 피셔폰 에를라흐가 조성하였으며 1818년 화재로 파괴된 후 지금의 모습으로 재현되었다고 한다. 전체적인 조화를 중시하여 조성하 였으며, 분수와 연못, 대리석 조각물과 많은 꽃들로 아름답게 장식되어 있 었다.

미라벨 정원에서 나와 '음악의 신동' 천재음악가 모차르트의 생가가 있고 화려한 디자인의 간판들로 가득 찬 최대 번화가 게트라이데 거리를 찾았다. 그런데 하나같이 간판들에 '모차르트'가 들어가 있다. 조상을 잘 두어 후손 들이 넉넉하게 먹고사는 것 같다. ㅎㅎ

필자도 직원들에게 줄 모차르트 초콜렛을 15개나 샀다.(하나에 5유로씩인데 3
개 묶어 10유로로 바겐세일 하더라구요~) 모차르트는 12세기 무렵 지어진 이 건물 3
층에서 태어나 17세이던 1773년까지 살았다고 한다. 5세에 작곡을 하였고
36세의 짧은 나이에 생을 마감하였으며 순탄치 않은 삶을 살았던 모차르트.

670개의 작품을 남겼다니 대단한 천재임에는 틀림없다.

잘츠부르크에서 가장 유명한 명소로, 1층에는 모차르트가 사용했던 침대, 피아노, 바이올린, 자필 악보, 서신 등이 있고, 2층에는 유명한 오페라《마술피리》를 초연할 당시 사용했던 것과 같은 소품들이 전시되어 있다고 한다. 3층과 4층에서는 모차르트의 가족들과 잘츠부르크에서 생활하던 당시의 모습을 각각 소개하고 있다.

잘츠부르크 대성당은 구시가지에 자리하고 있는 바로크 양식의 성당으로 유럽에서 가장 큰 파이프 오르간이 있는 것으로 유명하다. 그리고 모차르트가 이곳에서 영세를 받았고, 어린 시절 미사에 참석하여 파이프 오르간과 피아노를 연주하기도 하였다고 한다.

바로크양식의 아름다운 분수가 있는 모차르트 광장과 1771년 제작된 마리아상도 둘러본다.

성당을 떠나 중부 유럽 최대의 성 호헨잘츠부르크 성으로 간다. 그리고 1
분밖에 걸리지 않는다는 리프트를 탔다. 잘자흐 강 너머 멀리 호헨잘츠부르

크 성이 보인다. 구시가지 남쪽의
묀히스베르크 언덕에 우뚝 서있
는 성으로 높이 120m로 도시 어
디에서나 잘 보여 잘츠부르크의
상징으로 일컬어지고 있다.

11세기 후반 로마 교황과 독일
황제가 서임권을 둘러싸고 대립
이 심해지고 있을 즈음, 교황 측
의 게브하르트 대주교가 1077년
남부 독일 제후가 공격해 올 것에
대비하여 건설하였다고 한다. 사
방이 낭떠러지인 난공불락의 요
새로 지금까지 한 번도 침략을 받

아 보지 않았다고 한다. 성의 테라스에서 내려다보는 잘츠부르크 시내 경관
이 참 아름다웠다.

보리수나무 밑에서 가이드 왕언니(가운데 선글라스
쓴 이)의 설명을 듣고 있는 우리 일행들

성채의 광장에는 보리수나무 한 그루가 있었으며 이곳이 가곡 '보리수'의 탄생지라고 추정한다는데… 글쎄요?

호헨잘츠부르크 성 관광을 마치고 버스 이동 중 가이드 왈, 내일 아침 중심가에서 출발하면 교통이 혼잡하여 고생이 우려되니 체코 체스키 크룸로프에 가까운 변두리 호텔로 모시겠다고 한다. 우리 일행 그저 따를 수밖에요~

잘츠부르크에서의 모차르트 여행도 이렇게 끝나가고 있었다.

체코 1
(체스키 크룸로프)

9월 11일(금, 여행 7일 차)

1992년 유네스코 세계문화유산으로 지정된 '동화 속 중세도시' 체스키 크룸로프Cesky Krumlov로 이동했다(3시간 소요됨).

체스키 크룸로프는 체코의 남동쪽 불타바강에 자리잡은 작은 도시로 인구는 15,000명 정도이다. '체스키'는 15세기 때 '체코'를 불렀던 말이고 '크룸로프'란 구불구불한 모양의 강 옆에 있는 풀밭을 뜻한다고 한다.

13세기 중엽 대지주였던 〈비텍가〉가 불타바 강이 내려다보이는 돌산 위에 고딕양식의 성을 건설함으로써 생겨나기 시작한 이 마을은 S자 형태로 흐르고 있는 강을 끼고 있으며 중심부에 섬 같은 도시가 있고 주변으로 성이 보이며 300개 이상의 건축물 모두가 문화유산으로 등록이 되어 있다고 한다.

체스키 크룸로프에 도착하여 '금강산도 식후경'이란 말이 있듯이 성 안에 있는 레스토랑에서 현지식으로 노랗게 직불구이해서 나온 돼지 정강이 살 구이와 야채, 감자와 소스, 그리고 이곳으로부터 멀지않은 곳에서 생산되는 버드와이저 맥주를

노랗게 보이는 정강이 살코기에 수직으로 꽂혀있는 나이프가 특이하다.

곁들여 맛있게 점심을 먹었다. 그 지방의 전통식이나 현지식을 맛보는 것도 여행의 또 다른 별미이겠지요~

미로처럼 얽힌 좁고 구불구불 이어져 있는 골목길 따라 아기자기한 수공예품을 파는 상점과 예쁘고 자그마한 카페들이 있다. 관광객들이 따스한 햇살 속에 여유롭게 차나 맥주 한잔하며 담소를 나누는 모습도 참 보기 좋다. 어느 골목길을 가도 그 주변의 르네상스나 바로크식 건물들과 배경이 하나의 미술 작품처럼 잘 어울린다. 건물 사이로 보이는 체스키 크룸로프 성탑이 참 아름답게 보인다.

스브로노스티과 광장과 시청사

점심식사 후 예쁜 건물들이 늘어서 있는 스브로노스티 광장과 시청사, 후기 고딕 양식의 성 비투스 성당, 중세시대의 모습을 그대로 간직한 아름다운 구시가지를 관광하였다.

성 비투스 성당은 1400년에 건축이 시작되어 1439년 완성되었으며 그 후에는 수세기에 걸쳐 증축과 개축이 되었다. 후기 고딕 양식의 아름다운 종탑은 체스키 크룸로프 성탑과 더불어 체스키 크룸로프에서 가장 높고 빼어난 모습을 자랑한다. 성 비투스 성당 맞은편 길을 따라 올라가다 보면 도시 전체를 내려다볼 수 있는 전망대 공간이 나온다.

성 비투스 성당

중세 도시답게 붉은 기와지붕의 건물들 가운데 도시의 상징인 크룸로프 성과 성탑이 우뚝 서 있다. 그 아래로 성 조스트 성당도 보인다. 하늘을 찌를 듯한 둥근 탑과 좌측 옆으로 길게 늘어서 있는 옛 성벽들은 중세의 모습을 그대로 보여주고 있었다.

체스키 크룸로프성은 보헤미아에서 프라하 성 다음으로 큰 성으로 세계에서 가장 잘 보존된 극장과 중세 귀족들의 생활상을 느낄 수 있는 방과 식당, 창고, 접견실에 공예품, 그림, 물품들이 잘 보존, 보관되어 있다. 4개의 마당으로 이루어진 성에는 40개의 건물들이 자리하고 있고 16세기 르네상스 시대나 18세기 바로크 시대를 대표하는 성 내부가 특히 아름다웠다.

성 외곽을 지나 내부로 들어가는 성문들이 겹겹이 있어 중세 당시 요새로서의 역할을 충분히 하였으리라는 느낌이 드는 것은 필자만의 생각일까?

입구로 들어가면 조그만 제3궁정이라고 불리는 스퀘어 가든이 나오는데

체스키 크룸로프 성

자세히 보면 대리석 모양을 하고 있지만 개·보축하는 데 들어가는 비용이 만만치 않으므로 밋밋한 벽에 그림으로 그려 넣은 것을 볼 수 있었다. 어디가나 錢이 문제다~ㅎㅎ

성과 성 사이를 연결시켜 주는 교량 역할을 하는 망토다리를 지나 성벽과 성벽 틈 사이로 내려다보는 도시 전경은 마치 동화 속 나라에 온 듯이 아름다웠다. 보고 또 보고… 조금이라도 더 머리에 입력을 해 두려고 한다. 일행만 없었더라면 더 있었을 낀데… 아쉽다!

성의 제일 높은 위치에 있는 넓은 정원과 분수

성벽을 지나 돌아 나오면 탁 트인 정원이 있는데 성의 제일 높은 위치에
이렇게 넓은 정원이 있다는 것이 믿어지지 않을 정도였다.

성 관광을 마치고 반대편 길로 해서 내려온다. 자유시간이 주어져 강을
끼고 산책길에 나섰다. 평화롭고 조용하고 아름다운 풍경들에 심취되어 발
걸음이 한결 가볍다. 맑게 개인 오후… 풍성한 햇살을 만끽하며 동화 속에
나오는 아름다운 마을을 둘러보며 체스키 크룸로프에서의 관광도 아쉬움을
간직한 채 끝나가고 있었다.

체코 2
(프라하 1)

체스키 크룸로프 관광을 마치고 동유럽의 보석이라는 수도 프라하로 이동했다(3시간 소요됨). 프라하는 '북쪽의 로마', '백탑의 황금도시'란 애칭을 갖고 있는 도시이기도 하다. 체코는 지리적으로 중부 유럽에 속하며 인구는 1,100만 명으로 프라하에는 130여만 명이 살고 있다.

14세기 카를 4세가 신성로마제국에 오를 정도로 국력이 신장되었으나 종교개혁 전쟁에 휩싸여 16세기에는 합스부르크 왕조의 지배하에 있었다. 19세기 후반 오스트리아, 헝가리의 지배를 받다가 제1차 대전 후 나치 독일에 의해 점령되었고 1945년 이후에는 소련의 점령하에 사회주의로의 길을 걸었으며 1993년 체코와 슬로바키아로 분할되었다.

체코는 공산권 국가였을 때도 동구권 국가 중에 잘사는 나라에 속해 경제수준이 높았다. 공산주의에 항거해 1968년 '프라하의 봄'을 갈구하였으나 끝내 구소련의 억압에 굴복해야 했던 슬픈 내력을 가지고도 있다.

전쟁으로 인한 피해를 전혀 입지 않아 프라하 성을 비롯한 다양한 형태의 중세풍 건물들을 그대로 보존하고 있으며 중세 유럽의 숨결을 고스란히 느낄 수 있는 것도 특징이다. 싸우지 않고 항상 항복을 해왔기 때문에 인적, 물적 피해는 거의 없었던 것이다. 어떻게 보면 후손들을 위한 지혜로운 판단이라는 생각도 든다.

　도시 전체의 느낌이 신선하며 매력적인 문화의 물결이 도심 사이를 흐르는 블타바(몰다우)강의 물결처럼 흐르고 있다. 부티가 나지는 않지만 단정하고 여유가 있으며 따뜻하게 느껴지는 아름다운 도시로 느껴진다.

　프라하 도착 후 블타바Modau강 오른쪽에 자리한 구시가지 광장으로 갔다. 1621년 합스부르크 왕가에 대항한 프로테스탄트 귀족들이 처형당했던 역사적 장소이기도 하다.

얀 후스 기념비, 우측에 정교한 로코코 양식의 골스 킨스키 궁전이 보인다.

광장 주변은 섬세한 고딕, 우아한 르네상스, 화려한 바로크, 아기자기한 로코코 양식 등 모든 건축양식을 한눈에 살펴볼 수 있는 중세 건축물들로 둘러싸여 있었다. 광장 중앙에는 종교개혁자 얀 후스 사망 500주기를 기념하며 1915년 세워진 얀 후스 기념비가 있는데 기념비 아래에 '진리를 사랑하고, 진리를 말하고, 진리를 행하라'라는 얀 후스의 유언이 새겨져 있었다.

옛 사회주의 국가의 흔적도 잠시, 광장 곳곳의 벤치에서 망중한을 즐기는 프라하 연인들과 관광객들의 모습이 평온하게만 느껴졌다.

광장에서 600년 역사의 유명한 구시청사와 천문시계를 관광했다. 천문시계는 1410년 시계공 미쿨라스Mikulas of Kadan에 의해 제작되었다고 한다. 시청사는 14세기 고딕양식으로 건축되었으며, 1945년 나치에 의해 상당 부분이 손실되었지만 다행히도 30m 높이의 천문 시계탑은 거의 원형 그대로 보존되고 있었다.

15세기 시계탑을 제작한 시계공 미쿨라스는 이후 유럽 각국에서 똑같은 시계를 제작해 달라는 요청이 쇄도하자 이 아름다운 시계를 독점하려는 프라하 시청 간부들에 의해 눈이 멀게 되었고, 장님이 된 미쿨라스가 시계를 만진 이후 약 400년간 멈춰있던 시계가 1860년부터 거짓말처럼 다시 작동되기 시작했다는 이야기가 전해진다. (믿거나 말거나… ㅎㅎ)

구시청사 정문 위에는 '프라하, 왕국의 수도'라는 뜻의 'Praha. Caput. Regni'가 새겨져 있었으며 70m 높이의 탑에 오르면 프라하 시내를 조망할 수도 있다고 한다.

시계를 보기 위해 모여든 많은 관광객들 틈에 필자도 시계가 작동하는 장면을 촬영하기 위해 카메라를 준비하고 천문시계를 주시했다. 이 틈새를 노리는 소매치기를 조심하라는 가이드의 계속되는 멘트도 이어진다.

오전 9시부터 오후 11시까지 매시 정각에 해골 인형이 종을 치고 장치 시계 부분의 창이 열리면 예수님의 12명 사도상이 하나씩 모습을 나타낸 후

닭이 울고 시보를 알리는 시계 쇼가 진행된다고 한다. 오후 7시 가까이 되자 시청사 앞에는 많은 관광객들이 밀물처럼 모여들기 시작한다.

7시 정각, 해골 인형이 종을 치자 천사 조각상 옆에 있는 작은 창이 열리면서 그리스도 12제자 조각상이 차례로 얼굴을 내민다.

기념사진 포인트!

이어서 시계 위쪽의 황금색 닭이 나와 울면서 시보를 알리는 벨이 울렸다. 14세기에 제작하였다는 시계가 어떻게 이렇게 정교할 수 있을까! 정말 감탄하지 않을 수 없었다. 많은 관광객들이 박수와 환호로 천문시계의 훌륭함을 칭찬해주었다.

구시청사 맞은 편에 있는 틴 성당은 프라하 구시가지를 대표하는 상징적인 교회로, 1365년에 건립되었고 그 후에도 계속 변형을 가해 17세기까지 다양한 건물 양식이 가미되었다고 한다. 외관은 고딕 양식으로 지어져 정교하면서도 화려하고, 특히 80m 높이까지 치솟은 2개의 첨탑은 이 교회의 상징으로 멀리서도 볼 수 있다.

성당 문을 열고 안으로 들어서자 지금까지 보아왔던 어느 성당보다도 화려한 느낌을 준다. 내부는 바로크 양식으로 되어 있어 비교적 어두운 느낌

틴 성당. 2개의 첨탑이 하늘에 닿을 것 같다.

을 주었고, 각종 화려한 성화들이 벽면을 장식하고 있었다. 로코코 양식의
골스 킨스키 궁은 합스부르크 왕가 시절의 엘리트 교육을 담당했던 곳으로
프란츠 카프카도 다녔다고 한다.

성 미콜라스 교회

　　관광객들이 천문시계탑을 촬영하고 있고, 중앙으로 골스 킨스키 궁전과
우측으로 石종이 있는 집이 보인다. 광장에 있는 성 미콜라스 교회도 아름답
고 정교한 모습을 보여주고 있었다.

카를교 바로 옆의 카를 4세의 동상

자유시간이 주어져 남자들은 늘씬한 체코 아가씨들의 다리를 보느라 길을 잃어버리고, 여자들은 보석가게의 화려한 보석들을 보느라고 일행을 잃어버린다는 보석의 거리를 구경하였고 일몰 후 카를교에서 화려한 프라하 성의 야경을 구경하였다. 은은한 조명으로 장식한 프라하성의 야경은 정말 환상적이고 아름다웠다.

야경을 구경하기 위해 모여든 관광객들로 카를교는 인산인해를 이루고 있었다. 조명이 너무 약해 다리를 장식하고 있는 난간의 조각상들을 제대로 볼 수가 없어 아쉬웠지만 내일 낮에 다시 와서 볼 수 있다는 가이드의 말에 아쉬운 마음을 달래며 버스에 올라 호텔에 도착, 샤워 후 시원한 맥주 한잔 하면서 피로를 풀고 프라하의 마지막 밤을 보냈다.

아! 이제 내일이면 즐거웠던 여행도 막을 내리고 서울로 가겠지용~ 참 시간도 빨리 지나가네요~

카를교에서 바라본 프라하성

체코 3
(프라하 2)

이튿날 아침(9월 12일, 토요일), 이번 여행의 마지막 코스이자 하이라이트인 프라하 성 내부관광과 카를교, 바츨라프 광장 관광에 나섰다.

프라하 성은 체코를 대표하는 국가적 상징물이자, 유럽에서도 손꼽히는 거대한 성이라고 한다. 9세기 말부터 건설되기 시작해 10세기에 로마네스크 양식이 가미되고, 카를 4세 때인 14세기에 고딕양식으로 단장되었으며, 1526년 합스부르크 왕가가 보헤미아를 지배하면서부터 르네상스 양식이 더해져 18세기 말, 현재와 같은 모습이 되었다.

프라하 구시가지의 블타바 강 맞은편 언덕에 자리 잡고 있으며, 길이는 570m, 너비는 128m이고, 9세기 이후 통치자들의 궁전으로 사용된 로브코 위츠 궁전 외에 성 비투스 대성당 등 3개의 교회와 성 조지수도원 등 다양한 부속 건물로 이루어져 있다. 로마네스크 양식, 고딕 양식, 르네상스 양식 등을 찾아볼 수 있으며, 시작에서 완성될 때까지 900년이라는 긴 세월이 걸렸다고 한다.

구 왕궁은 1918년부터 현재까지 대통령 관저로 사용되면서 내부 장식과 정원이 새롭게 정비되었다. 왕궁뿐 아니라 성 안에 있는 모든 건축물들이 정교한 조각과 높이 솟은 첨탑, 화려하고 다채로운 장식으로 꾸며져 있어

성 비트 성당

유럽에서도 중요한 역사 유적으로 평가받고 있다.

　많은 관광객들이 성 비트 성당에 몰려들기 때문에 우리 일행은 아침 일찍 서둘러 프라하 성 중앙에 위치한 성당에 도착하여 줄을 서지 않고 비교적 쉽게 성당에 입장할 수 있었다. 그 결과 적어도 두 시간 정도는 시간이 절약되었다.

　성 비트 성당은 1344년 카를 4세 때 착공하여 1929년에야 완공되었다고 한다. 얀 후스Jan Hus의 종교개혁 때 잠시 공사가 중단되었다가 다시 재개되었고 16세기 중엽 르네상스식 첨탑이 완공되고, 17세기에 양파 모양의 바로크식 지붕이 완공되었다. 성당의 규모는 길이 124m, 폭 60m, 천장 높이 33m, 첨탑 높이 100m에 이른다.

　성당 안쪽은 다양한 기법의 스테인드 글라스로 장식되었는데, 성당 내부의

분위기를 더욱 성스럽게 만들어 주고 있었다. 그중에서 가장 유명한 것은 알폰스 무하Alfons Mucha가 제작한 아르누보 양식의 작품이며 스테인드글라스 장식이 매우 인상적이고 화려하면서도 아름다워서 카메라에 연신 담게 된다.

성당의 내부는 안쪽 길이 64m, 폭 46m, 높이 46m나 된다고 한다. 지하에는 카를 4세, 바츨라프 4세, 이르지 왕 등 왕가의 납골당이 있다.

구 왕궁. 현재 대통령 관저로 사용되고 있다(지붕 우측에 있는 깃대에 기가 안보이면 대통령이 부재중이라고 한다).

성 비트 성당을 보고 나서 16세기 말까지 보헤미아 왕가 궁전으로 사용되었다가 현재 대통령 집무실과 영빈관으로 사용되고 있는 구 왕궁과 흐라트차니 광장으로 발길을 돌렸다. 프라하 성 입구 광장인 흐라트차니 광장은 많은 사람들로 붐비고 있었으며 광장에서 내려다보는 시내 전망도 훌륭하였다.

프라하 성에서는 총 3개의 입구가 있는데 흐라트차니 광장에 있는 것이 정문이다. 정문 앞에는 근위병이 보초를 서며 매일 정오에는 근위병 교대식이 펼쳐진다. 말을 건네도 눈 하나 깜짝하지 않는 근위병과 사진을 찍으려는 관광객들로 항상 장사진을 이룬다. 또한 광장의 거리 악사들도 자유스럽게 보여 사회주의 나라처럼 느껴지지 않은 것은 필자 혼자만의 생각이 아니리라.

잠시 휴식을 취한 뒤 황금 소로를 보기 위해 발길을 옮겼다. 원래는 프라하 성城을 지키는 병사들의 막사로 사용하기 위해 건설되었으나, 16세기 후반 연금술사와 금은 세공사들이 살면서 황금 소로라고 불리어졌다고 한다.

울퉁불퉁하게 포장된 30여m의 좁은 길에는 16세기 풍경 그대로 양쪽으로 형형색색의 아기자기한 작은 집들이 다닥다닥 붙어 있었다. 그 시절 병사들은 혹시 왕의 눈에 띄면 목숨을 잃을 수도 있기 때문에 일부러 눈에 잘 안 보이는 이곳에 거의 숨어 살았다고 한다. 에공~

사회주의 체제가 붕괴되고, 1990년대 이후 프라하가 세계적인 관광지로 발전하면서 이 골목 역시 프라하를 찾는 사람들이면 누구나 찾는 관광명소가 되었다고 한다. 대부분의 건물들은 기념품점이나 선물 상점으로 이용되고 있으며, 2층에는 연이어진 회랑에 중세 때의 투구나 갑옷, 장신구 등을 전시해 놓았다. 옛날에 전쟁나면 갑옷 벗고 용변을 볼 수가 없어 그대로 입은 채로 볼일을 봤다니 냄새는 어떻게 하며 뒤처리는 어떻게 했을까? 웃어야 할지… 말아야 할지…ㅋㅋ

이곳 황금 소로를 더욱 유명하게 만든 것은 체코의 대문호 프란츠 카프카 때문이다. 22번지의 파란색 가게는 카프카의 작업실이었던 곳으로 그는 1916년 11월부터 다음 해 5월까지 이곳에서 매일 글을 쓰고, 밤이 되어서야 자신의 하숙집으로 돌아가고는 하였는데, 이 작업실을 두고 "살기에는 많이 불편했으나 내게는 딱 맞는 집이었다."고 했을 정도로 애정을 많이 가지고 있었다고 한다.
지금은 기념품 가게로 되어 있다.

프라하 성을 떠나 어제 프라하성 야경을 보았던 카를교로 향한다. 프라하의 상징, 카를교는 카를 4세 때 세워진 프라하에서 가장 오래된 다리이며 유럽의 심장이라 불릴 만큼 중세적이고 낭만적이다. 카를교에서 바라보는 구시가지의 모습이나 프라하 성의 모습은 한 폭의 그림과도 같을 정도로 아름다웠다.

낮에 본 프라하 성과 아름다운 중세풍의 집들. 한 폭의 그림이다. 프라하 성은 야경이 더 낫긴 하다.

요한 네포무크 성상.
관광객이 부조에 손을
대고 있는 모습이 보인다.

다리 양쪽 난간에는 각각 15개씩 총 30개의 聖人상이 세워져 있는데, 17세기 후반에서 20세기 중반에 이르기까지 약 250년에 걸쳐 제작된 것이라고 한다.

다리 중간쯤에 있는 요한 네포무크 성상의 부조에 손을 대고 소원을 빌면 대체로 소원이 이루어진다는 전설이 있다. 관광객들은 줄을 서서 차례를 기다린다. 사람들의 손길이 닿아 닳아버린 부조는 금빛으로 윤이 난다. 필자 부부도 줄을 서서 차례를 기다렸다. 하도 많은 사람들이 만져 반짝반짝 윤이 나는 청동상의 몸체부분을 왼손으로 만지며 건강과 행운을 빌었다. 반드시 왼손으로 만져야 하며 오른손으로 만지면 소용이 없다고 한다.(믿거나 말거나 ㅋㅋ)

어제 저녁 어두워서 보이지 않았던 다리 난간의 조각상들이 선명하게 잘 보인다.

블타바 강을 가로지르는 폭 9.5m, 길이 520m의 보행자 전용 다리 위에는 세계 각국에서 온 관광객들과 사랑을 속삭이는 다정한 연인들로 붐비고 있었으며, 그림을 팔고 초상화를 그려주는 화가들, 공예품을 파는 사람들, 악기를 연주하는 악사들, 퍼포먼스 중인 거리의 예술가들로 붐비고 있었다.

카를교에서 바라본 블타바강과 주변의 평화롭고 아름다운 풍경

카를교에서 신시가 광장으로 향하는 골목에는 아기자기한 기념품점과 보헤미안 글라스 전문점, 레스토랑, 카페가 빼곡히 모여 있어 또 다른 볼거리를 제공한다. 필자 또한 노천카페에서 맥주 한잔하며 카를교의 정취에 흠뻑 빠지며 즐거운 한때를 보냈다.

카를교를 빠져나와 프라하 신시가지 중심에 있는 바츨라프 광장으로 향한다. 바츨라프 광장은 광장이라기보다는 너비 60m, 길이 700m에 이르는 대로이며 현재 신시가지에서 가장 번화한 거리로 국립미술관과 오페라극장 그리고 호텔, 레스토랑, 카페 등이 양쪽으로 늘어서 있어 활기 넘치는 프라하 시민들의 일상을 엿볼 수 있었다.

광장 중앙에는 보행자 공간과 벤치가 있어 쉬었다 가기에도 좋게 되어있다. 시민들의 휴식처로서, 벤치에 앉아 간식을 나누어 먹거나 연인들끼리 사랑을 나누는 모습도 행복하게 보인다. 그러나 이 화려한 광장은 프라하의

바츨라프 광장

아픈 과거를 간직한 역사의 장이기도 하다. 1918년 체코슬로바키아 공화국이 이곳에서 선포되었으며, 1968년 프라하의 봄과 1989년 벨벳 혁명 등 자유와 민주화를 위한 집회 장소이기도 했다.

광장 끝은 국립 박물관과 닿아 있었으며 박물관 바로 앞에는 1912년 제작된 성 바츨라프의 기마상이 위풍당당하게 서 있었다.

프라하 국립박물관은 박물관이라고는 하지만 체코인들의 나약한 국민성때문에 전쟁 때마다 침략자들에게 국보급 보물을 모두 빼앗기고 지금은 전시할 물건이 없어 자연사 박물관으로 이용되고 있다고 한다. 에고~

바츨라프 광장을 빠져나온 우리 일행은 배가 출출해지고 점심때가 되었기때문에 체코 전통식 스비치코바로 마지막 현지식을 맛보았다. 부드러운 소고기 요리와 감자빵 크네들리카를 사워크림 곁들인 노란색 소스와 함께 먹었는데 모두들 이구동성으로 맛있다고 말한다. 오늘 많이 걸었고 운동량이많아 식욕이 땡겨서이겠지!

식사 후 다양한 문화와 시내관광 체험의 기회로 트램(전차)을 타보았으나별 감흥은 느끼지는 못했다. 몇 군데 특산품점을 둘러본 후 인천행 비행기시간에 늦지 않게 서둘러 공항으로 이동했다. 현지시각 오후 8시 대한항공에 탑승하여 9월 13일(일) 12시 30분 무사히 인천공항에 도착하였다(10시간 소요됨).

이번 7박 9일 동유럽 여행을 통하여 서유럽처럼 화려하고 다양하지는 않지만 동유럽 사람들의 여유롭고 순박하며 단정한 모습, 신선하며 평화롭고목가적이며 자연적인 전원 풍경, 중세풍의 분위기를 느낄 수 있는 역사적인건물들, 모차르트의 선율을 느낄 수 있는 우아하고 아름다운 짤즈캄머굿과잘츠부르크, 아름답고 웅장한 주변 경관이 돋보이는 매력적인 다뉴브 강과블타바 강, 몹시 짜지만 후덕하고 따뜻한 인심을 느낄 수 있는 식사들, 꾸밈이 없고 소박하며 예쁜 꽃들과 붉은 지붕이 아름다운 고풍스런 가옥들, 섬세하면서도 아기자기한 공예품과 특산품들, 멋있고 심오한 역사, 문화, 예술, 풍습, 생활상에서 중세와 근대, 현대의 동유럽을 골고루 피부로 느낄 수 있었으며, 많은 것을 배우고 체험할 수 있었던 좋은 여행이었다고 생각한다.

그러나 아직도 사회주의적이고 사무적이며 무표정하고 융통성이 없고 자유분방함과 웃음이 덜하고 친절함과 자상함이 몸에 덜 배어있으며 행동이 느리고 남을 배려하지 않고 자기중심적이라는 느낌을 받은 것은 필자만의 생각일까?

아무튼 동유럽 여행기의 막을 내리게 되었다.
많은 추억을 간직한 채 활력 넘치는 여행을 했으니
일석이조, 금상첨화의 귀중한 시간들이었습니다.

2010. 09. 15 ~ 09. 23

터키

Ephesus

Pamukkkale

Aspend

Cappadocia

Istanbul

터키

지난 9월 15일부터 23일까지 터키여행을 다녀왔다. 보건소에 근무한 지 2년이 지나고 이번에 3년 계약연장도 되고 공무원 법정휴가도 10일이 되어 아무 부담 없이 그리스-터키 여행을 할 수도 있었으나, 소장이란 직책으로 결재를 해야 되고 오래 자리를 비울 수도 없는 책임감 때문에 휴가는 4일만 쓰고 추석연휴와 토, 일 휴무를 이용, 터키 단독 일주여행, 말하자면 터키 서부 항공 일주를 7박 9일간 하게 되었다.

이번 여행은 터키에서 두 번이나 비행기를 이용하여 이동했기 때문에 체력도 많이 비축이 되고, 버스로 이동하는 시간을 절약하여 지루함도 없었고 더 많은 유적지와 문화체험을 할 수 있는 실속 있는 여행이었다.

애시당초 추석연휴에 히말라야 랑탕 트레킹을 생각하고 지난 5월부터 8월까지 새벽 한강변 마라톤을 매일 1시간씩 연습하여 오던 차, 무더위에 갑자기 어지러움 증상이 생겨 주로변에 주저앉는 사태가 발생하여 트레킹은 포기하고 마눌님과 터키 여행을 하기로 하였다. 결과적으로 이번 기회에 마눌님에게 점수도 따고… 칭찬도 받고…ㅎㅎ

터키는 유럽과 아시아의 교차로이다. 유럽과 아시아를 잇는 관문이라 일컬어지는 나라, 우리와는 형제의 나라로 불리우는 나라. 기독교와 이슬람교가 혼재하는 가장 개방된 이슬람 국가. 최근 들어 가장 많은 사람들이 가고 싶어 하고, 실제로 많은 한국인들이 찾는 나라. 가는 곳마다 한국어 두세 마디는 기본적으로 구사하고 있었으며 한국인 관광객에게 호감을 보이며 大~한민국 大~한민국!을 연호하는 사람도 참 많았지요~

7박 9일 동안 다녀온 형제의 나라, 터키 이야기를 이제 풀어놓기로 한다.

9월 15일 인천공항에서 오후 3시 40분 이륙하여 10시간 40분이 소요되어 이스탄불 아타튀르크 공항에 현지시각 15일 오후 8시 20분에 무사히 도착하였다. 시차는 한국보다 7시간 늦으며 3월 마지막주에서 10월까지 서머타임 시에는 6시간이 늦는다고 한다. 입국 수속을 하고 짐을 찾느라 1시간 정도 소요됐다.

현지 한국 가이드가 마중나와 있었고 우리 일행 17명을 태운 버스는 벤츠 리무진으로 45인승이라 편안하게 자리를 차지할 수 있고 앞뒤 좌석의 간격도 넓어 다리를 쭉 뻗어도 아무 문제가 없었다.

일행의 면면을 보면 아들 며느리와 같이 온 토목 전공의 엔지니어 71세 노부부, 여수에서 치과를 개원하고 있으며 초등4년 아들, 중학2년 딸을 동반하고 라면 1박스를 줄곧 갖고 다니던 승현네 식구, 학교를 다 마친 아들과 딸을 결혼시키기 전에 마지막 가족여행으로 데리고 왔다는 방배동 사업가 부부, 정형외과를 개원하고 있는 아들과 변호사인 딸이 이번 여행 경비를 대주어 왔다는 부인 이름이 삼순이인 해방동이 동갑내기 부부, 우리 일행 중 유독 싱글로 참가한 용감하며 자기 말로 기가 센 간호사 출신의 강북 삼성병원 보험청구팀의 이모여사 등이었다. 대단해요~

대학 동기인 이○○ 얘기를 했더니 내과 병동 근무 시 모셨던 교수님이라고 아주 잘 아는 사이라고 한다. 그래서 더욱 친해졌지요~ 우리 부부까지

17명으로 많지도 적지도 않은 여행하기에 딱 좋고 가이드들이 챙기기 안성맞춤인 인원이었다.

버스에 올라 약 1시간 이동, 이스탄불 외곽에 있는 5성급 호텔에 도착하여 호텔 체크인을 하고 여장을 푸니 오랜 비행시간 때문인지 피로가 엄습하며 나도 모르게 꿈나라로 빠져버렸다.

1. 국명: 터어키 민주공화국 (REPUBLIC OF TURKEY)
2. 위치: 북위 36 – 42 도, 동경 26 – 45 도
3. 면적: 약 78만 평방Km (한반도의 3.5배) (남한의 7.5배)
4. 인구: 약 7,200만 명
5. 민족: 터어키족(90%), 쿠르드족(7%)
6. 종교: 자유를 허락하고 있지만, 인구의 약 99%가 이슬람교
7. 언어: 인구의 약 90%는 터키어를 사용
8. 수도: 앙카라 (ANKARA)
9. 기후: 터어키의 기후는 보편적으로 한국의 기후와 유사하나 국토가 넓고 지형이 복잡하여
    지역에 따라 차이가 나는데 이스탄불, 이즈미르와 같은 해안지역은 해양성 기후로 여
    름에는 그다지 덥지 않고 겨울에도 그다지 춥지 않으나 동부 내륙지방은 대륙성 기후
    로서 여름에는 40℃까지 올라가며 겨울에는 영하 40℃까지 내려가기도 한다. 雨期는
    11월부터 시작 2월까지로 겨울에는 눈이 많이 온다.
10. 왼손 사용 금기, 일부4처제 의식 존재, 복수 및 살인의식 존재
11. 화폐: YTL(리라. 1YTL은 820원 정도)
12. 국민소득: US 10000불
12. 가장 존경하는 인물: 무스타파 케말(아타 튀르크)
13. 한국과의 관계: 형제의 나라(6.25전쟁 당시 우리나라를 도와준 일 때문이기도 하지만, 알타
    이어족이라는 동일민족으로서의 기원)
14. 기타: EU에 가입하려 하지만, 경제 문제(대외 부채가 높음), 종교 문제(살인 허용 의식) 때
    문에 가입이 이루어지지 않은 상태

유럽 대륙과 아시아 대륙 사이에 위치하고 있는 터키는 에게해, 지중해, 마르마라해, 흑해를 접하고 있으며 보스포러스 해협, 마르마라해, 다르다넬스 해협을 경계로 아시아지역(아나톨리아)과 유럽지역(트라케)으로 나뉘어진다.

터키 영토의 3%는 유럽, 97%는 아시아에 속하는데 지도층은 터키를 유럽쪽으로 포함시켜 EU에 가입하려고 하지만 프랑스, 독일 등의 반대로 미뤄

지고 있으며 경제권은 유로화로 통합되고 있다고 한다.

역사적으로는 그리스로마, 비잔틴제국, 오스만 대제국에 이르는 다양한 역사와 문화가 거쳐 간 곳이며 오스만제국의 화려했던 이슬람문화가 지금까지 이어져 현재는 이슬람국가로서 자리잡고 있으나 초대 대통령 아타튀르크의 개혁정책과 근대화 시책에 따라 매우 개방되고 서구화된 국가로 운영되고 있다.

종교적으로 터키는 이슬람과 기독교가 만난 곳으로 양대 문화의 혼합이 가장 잘 드러나 있다. 그래서 무슬림뿐 아니라 크리스천들에게 있어서 터키는 더욱 의미 깊은 곳이다. 신약성서에 있어서 바울이 소아시아 전도여행을 갔던 지역이며 많은 사도와 성인들이 이곳을 지나쳐 갔다. 사도 요한의 무덤과 기념교회, 성모 마리아의 무덤과 기념교회가 있는 곳이기도 하다.

실제로 한국에서도 성지순례를 목적으로 우리가 관광할 이스탄불, 에페스, 파묵칼레, 카파도키아를 많이 찾는다고 한다. 오스만 투르크 제국이 강성하면서 완전히 이슬람 문화에게 점령당했지만, 아직도 터키 곳곳에서는 그 흔적들을 찾을 수 있었다. 가장 극명하게 혼합된 양상을 볼 수 있는 곳은 바로 성 소피아 사원일 것이다. 聖畵와 코란이 공존하는 공간이기 때문이다.

6·25 참전으로 맺은 인연으로 인하여 한국인을 '코렐리Koreli'라고 부르며 한국을 형제의 나라라고 생각하는 터키! 미국, 영국에 이어 세 번째로 많은 병력인 15,000명을 파견해서 미국 다음으로 많은 733명이 사망한 나라….

터키인들은 자신들의 나라를 '투르크'라고 부르는데, 이는 고구려시대 '돌궐'족을 부르는 다른 발음이다. 같은 우랄 알타이 계통이었던 고구려와 돌궐은 동맹을 맺어 가깝게 지냈는데 돌궐이 위구르에 멸망한 후 남아있던 이들이 서방으로 이동하여 결국 후에 오스만 투르크 제국을 건설하게 되었으며, 돌궐과 고구려는 계속 우호적이며 친밀한 관계를 유지하며 서로를 '형제의 나라'라 불렀고 세월이 흘러 지금의 터키에 자리 잡은 그들은 고구려의 후예인 한국인들을 여전히 그리고 당연히 '형제의 나라'라고 부르게 된 것이라고 한다.

축구를 열광적으로 좋아하는 나라 터키가 한국을 생각하고 알고 있는 만큼 우리는 그러하지 못한 채 지내오다가 2002년 월드컵을 계기로 하여 두 나라의 관계는 폭발적으로 가까워지게 되는데 본선 경기 브라질-터키전에서의 한국심판의 판정에 불만을 품은 열혈축구팬 터키 국민들은 한때 한국에 대한 극심한 반감까지도 가지고 있었으나 한국과 터키가 맞붙은 운명의 3, 4위전에서 이 모든 것은 눈 녹듯이 사라지고 만다.

축구를 國技라고 생각하는 터키. 그들 나라에서조차 본 적이 없는 대형 터키 국기가 대한민국 관중석에 거대한 물결로 펼쳐지는 순간 TV로 경기를 지켜보던 수많은 터키인들이 감동의 눈물을 흘렸다고 한다. 경기는 한국 선수들과 터키 선수들의 살가운 어깨동무로 끝이 났고 터키인들은 승리보다도 한국인들의 터키 사랑에 더욱 감동했으며, 그렇게 한국과 터키의 '형제애'는 더욱 굳건해졌다는 전설 같은 이야기가 불과 10년도 안 된 최근의 일이다.

서론이 너무 길었던 것 같다. 에고~

2일 차, 9월 16일 시차 적응이 안 되어 현지시각 새벽 3시에 잠이 깨어 그 후로는 잠이 안 온다. 그럴 수밖에…. 한국 시각으로는 16일 오전 9시이다. 뒤척거리다 샤워도 다시 해보고 들락날락한다. 우리 일행 모두 그런가 보다. Wake-up call을 6시에 해준다고 했으나 모두 다 일찍 일어나는 바람에 무용지물이 되었다. 7시에 식당에서 만나 한결같이 하는 말. 새벽에 깨어 잠도 안 오고 해서리 혼났다! 하지만 공기가 좋아서인지 머리는 산뜻하고 무겁지가 않다.

아야소피아(성 소피아 성당). 우측에 톱카프 궁전으로 들어가는 문이 있음

호텔 조식 후 이스탄불 구시가지에 있는 톱카프 궁전으로 향한다. 톱카프 궁전Topkapi Palace은 15세기 중순부터 19세기 중순까지 약 400년 동안 오스만제국의 술탄(이슬람 왕)이 거주하던 행정 궁전(우리나라의 과천?)으로 정문 앞에 커다란 대포가 있어 톱카프라고 불리게 되었다고 한다.

약 70만㎡에 달하는 면적에 전성기에는 5,000여 명의 인구가 거주하기도 한 이 궁전은 유목민이었던 터키의 주거전통을 반영해 큰 정원을 중심으로 건물을 세웠다. 궁전은 4개의 문과 정원으로 나뉘어져 있다.

제1정원은 개방형으로, 제2정원은 국가행사의 공간으로, 제3정원은 술탄의 알현실로, 제4정원은 술탄과 가족이 거주하는 공간으로 이루어져 있다. 건물 입구에 세정대라고 하는, 손 씻는 곳이 있어 당시 궁전을 출입했던 사신들이 술탄(황제)을 알현하기에 앞서 얼마나 몸가짐을 단정히 했어야 했던가를 짐작하게 했다.

제1정원과 5,000명의 식사를 매일 준비한 주방(식사관)

첫째(황제의 문)의 문을 지나니 제1정원이 깔끔하게 정비되어 있었다.

둘째 예절의 문

입장권을 구입하여 둘째의 문(예절의 문)을 지나니 제2정원이 나오고 오른편
으로 도자기 전시관이 있었다.

셋째 행복의 문

또다시 셋째의 문(행복의 문)을 지나자 곧바로 알현실이 나오는데, 이곳에서
는 일주일에 네 번 술탄과 고관 등이 모여 사신을 접견했다고 했다. 사방을
온통 금으로 치장하여 당시 술탄의 화려한 생활과 권위를 짐작하게 했다.

황제 회의실 및 알현실

보석관

알현실을 빠져나와 제3정원의 남쪽으로 보석관이 이어져 있는데 세계에서 몰려든 수많은 관광객들로 두세 겹의 줄이 이미 형성되어 있었다.

보물이나 의상을 모아놓은 4개의 보물관을 둘러본다. 특히 네 번째 방의 보물들에 대해선 할 말을 잊을 정도였다. 관람에 앞서 들었던 가이드의 설명이 피부에 와닿았다.

"여기 네 번째 방의 보물들에 대한 전체 가격이 얼마나 될까 궁금하실 거예요. 이렇게 답변해 드릴게요. 현재 터키 인구가 7천만 명이라고 하는데, 여기 있는 보물들을 모두 팔면 그 7천만 인구가 4년 동안 아무 일 하지 않고도 먹고 살 수 있다고 합니다."

3개의 커다란 에메랄드와 시계가 박힌 황금으로 된 톱카프의 단검, 무게가 3kg이나 되는 세계 최대의 에메랄드…. 그리고 49개의 작은 다이아몬드에 둘러싸여 있는 86캐럿의 대형 다이아몬드(스푼방의 다이아몬드) 등은 그들 중에서도 백미였다. 이것을 주운 한 어부가 시장에서 스푼 3개와 바꾸었다고 해서 '스푼 다이아몬드'라는 별명이 붙었다고 한다. 정말 휘황찬란하면서도 영롱한 빛을 내뿜는 巨大 다이아몬드다. 눈을 크게 뜨고 한참을 입력하느라고 혼났지요. ㅋㅋ

세계의 미녀들이 이곳에 와서 얼마나 발을 동동 굴렀을까? 세계의 뭇 호색한들이 이곳에 와서 얼마나 눈을 희번덕거렸을까? 진귀한 보물들이 술탄의 부와 권세를 짐작케 하였다. (사진촬영 금지지역으로 자료는 없다. ㅠㅠ)

그리고 옆에 있는 성물관으로 들어갔다. 이곳에는 모세의 지팡이, 요한의 뼈, 무하마드의 수염과 이, 그리고 그의 발자국 주조물 등이 수많은 세월을 망각한 채 시선을 끌었다. 이곳도 사진 촬영 금지이다.

제3정원

보스포러스 해협. 좌측이 유럽, 우측이 아시아 지역으로 필자가 둘러본 톱카프 궁전은 유럽 쪽이다.

관람을 마친 후, 제4정원의 테라스로 올라섰다. 제4정원 테라스 끝에 서면 '보스포러스 해협'과 '마르마라해'가 한눈에 펼쳐진다. 보스포러스 해협은 아시아와 유럽의 경계이며 테라스에서 마주 보이는 지역이 아시아 지역이다. 보스포러스 해협은 여행 마지막 날 유람선 크루즈 관광이 일정에 잡혀 있어 다음에 다시 글을 올리기로 한다.

궁전을 빠져나와 현지식으로 점심식사를 한후 공항으로 이동, 국내선을 타고 터키 제3의 도시 이즈미르로 향했다. 이즈미르 도착 후 쿠사도시로 1시간 30분 버스 이동하여 호텔 체크인 후 호텔식으로 만찬을 하고 방에서 한국에서 가져간 이슬이(폭소주)를 한잔 걸치니 스르르~ 사요나라… 잠에 빠져들며 여행 둘째 날을 마무리했다.

에페스

3일 차 9월 17일(금), 호텔 조식 후 지중해 연안지역의 고대 도시 에페스로 향한다. 터키여행 하이라이트 중 한 곳이다.

버스로 30분 이동하여 에페스 유적지에 도착하였다. 에페스 유적지 입구에 삼성에서 세운 에페스에 대한 한글 안내판이 눈에 띈다. 한국의 위상을 알리기 위해 삼성이 에페스 시에 3억 원을 희사하고 제작 설치했다고 한다. 돈과 국력은 힘! 아~ 반갑고 고맙다! 역시 SAMSUNG!

에페스는 에게해 연안에 위치한 고대 도시로 기원전 14, 5세기에 세워져 이후 오스만 제국에 의해 지배되기까지 수많은 민족들에 의해 통치되어 온 그리스 문화의 본산이었다. 이곳은 신약성서에도 등장하며 기원전 7세기경부터 이미 무역이 발달했고, 로마의 아우구스투스 황제 시절 더욱 번성하여 인구가 25만 명에 달하는 아시아 최고의 도시였다고 한다.

줄리어스 시저 사후인 BC33년에 안토니우스가 이집트 클레오파트라 여왕과 결혼하고 이 지역 최대의 도시이며 휴양지인 이곳으로 신혼여행을 와서 쇼핑을 하고 휴식을 취했다는 일화도 전해지고 있다.

지진으로 인하여 많은 건축물들이 앙상하게 기둥만 남아있지만, 폐허 속에서도 하드리아누스 신전과 아고라, 크레테스 거리, 셀수스Celsus 도서관,

집회 및 콘서트 목적으로 사용한 야외 소극장 오데이온이 뒤로 보인다.

목욕탕, 그리고 원형대극장에 이르기까지 수많은 유적이 당대의 화려함을 충분히 짐작하게 하고 있었다.

유적지 입구에서 집회장소이자 콘서트나 강연 등의 목적으로 사용된 소극장 오데이온을 보게 된다. 오데이온 앞길을 따라 양쪽으로 늘어선 대리석 기둥들은 가운데 돌출부와 함몰부가 있어 위 아래로 끼워 맞춰져 있었다. 그 당시 사람들의 음양의 조화를 아는 지혜와 현명함을 느끼게 한다. 또한 길을 따라 가다 보면 기둥과 대리석으로 꾸며진 크레테스 도로가 펼쳐진다.

크레테스 도로

아고라와 카페트 문양의 대리석

구름 한 점 없는 날씨에 강한 직사광선과 더위에 모두들 구슬땀을 흘린다. 헉~헉 에~고 힘들다~ 따라서 생수를 연신 들이키게 된다. 역시 더위와 목마름엔 물이 최고여~ 여행 내내 울 버스 기사가 파는 1달러에 500ml 2병. 생수는 필수! 터키에서는 석회수가 많아 물을 마음대로 마실 수 없고 식수는 꼭 생수를 사서 마셔야 된다. 캐나다 여행에서도 그랬지요~

크레테스 도로를 따라 내려가니 에페스에서 가장 훌륭한 건축물로 꼽히는 웅장한 셀수스 도서관과 하드리아누스 로마황제에게 바쳐진 신전이 보인다.
하드리아누스 신전은 A.D 138년 에페스 시민들에 의해 건축되었으며 신전 전면의 4개의 대리석 기둥 중 2개의 기둥을 잇는 아치는 정말 아름다웠다. 아치 가운데 새겨진 조각상은 운명의 여신 티케이고 뒷면에는 메두사 조각상이 있다.

보수 중인 하드리아누스 신전

셀수스 도서관

　셀수스 도서관은 A.D 110~135년 사이 당시 이 지역의 로마총독이던 유
리우스 아킬라가 소아시아지역의 전임 통치자였던 그의 아버지 율리우스 셀
수스를 기리기 위해 지었다고 한다. 에페스 유적 가운데 드물게도 2층의 전
면구조가 거의 원형 그대로 남아 있었다.

　이 도서관은 세계 3대 도서관 중 하나로 12,000권의 장서를 보관했으며
10세기경 지진 등으로 많이 훼손되었으나 최근 1970년~78년 사이에 오스
트리아에 의해 복원되었다. 그런데 도서관 지하통로로 해서 앞에 있는 유곽
과 연결됐다고 하던데… 뭣땜시 그랬을까? 유곽이 뭐냐고 묻지 마세요. 애
들은 가라~ 승현아~ 이런 거니까~ ㅋㅋ

　또한 공중목욕탕과 화장실을 보았다. 화장실이 특이하다. 부뚜막처럼 생
긴 L자형태의 대리석 위에 오늘날 우리가 쓰는 수세식 변기처럼 생긴 변기
구멍이 나란히 설치되어 있다.

　치마처럼 생긴 로마시대의 남자복장인 토가를 입은 채로 앉아서 변을 보면 변기 아래로 흐르는 물이 아래로 떨어진 변을 위생적으로 처리하는 시스템이다. 그 당시에도 참 과학적이었다는 생각이 든다. 더욱 놀라운 것은 발아래에도 물이 흐르도록 되어 있는데 이 물로 용변 후 손을 씻음은 물론 흐르는 물소리가 변을 보는 동안에 생기는 소리를 상쇄하는 역할을 하는 것이라고 한다. 또 한 가지 흥미로운 일은 이곳 화장실을 이용하던 귀족들은 용변을 보면서 옆 사람과 대화를 나눌 뿐만 아니라 이들을 위해 음악을 연주해주고 팁을 받는 사람까지 있었다고 한다(믿거나 말거나~ ㅋㅋ).

　가이드 장선생이 변기에 앉아보라고 해서 앉으니 가지고 있던 태극 마크가 있는 부채로 필자의 아랫도리를 하인이 밑 닦아주는 흉내를 내며 밑에서위로 치켜대며 시범을 보이는데 우리 일행 모두 박장대소한다. 참~ 나! 나도 따라 웃을 수밖에…ㅎㅎ

　셀수스 도서관을 떠나 아시아 최대의 그리스-로마형 극장인 원형대극장으로 이동한다. 산의 경사면을 이용하여 만든 원형극장의 스타디움에 앉아장선생의 설명을 들으며 저 아래 보이는 무대 위에서 호머의 희곡이 상연되

고 있다는 상상을 해 본다. 관객석은 지름이 154m인 반원형 구조로서 높이가 37m나 되며 24,000명을 수용할 수 있다고 한다. 3단 구조로 각단은 22계단으로 되어 있었다. 가이드의 설명에 따르면 로마시대에 원형극장의 규모는 그 도시 인구의 1할을 수용할 수 있도록 지어졌다고 한다. 따라서 이 극장건립 당시의 에페스 인구는 약 24만 명이라는 추정이 가능하다는 이야기이다.

원형대극장을 관람한 뒤 버스로 성모마리아의 집으로 이동하였다. 성모마리아의 집은 성모마리아가 살았던 곳으로 추정되는 집이다. 예수님으로부터 성모마리아를 보살펴 달라는 말씀을 들은 사도 요한이 예수님 승천 후 성모마리아를 이곳으로 모시고 와서 지냈다고 한다.
독일의 캐더린 수녀가 꿈에 본 내용을 토대로 1878년 '성모 마리아의 생애'란 책을 출간하였는데 그 책에 성모 마리아의 집의 위치에 관한 설명이 나오지만 이 수녀는 한 번도 독일을 떠난 적이 없었다고…. 1891년에 나자렛 신부가 탐사단을 조직하여 이 집을 발견하였는데 집의 모양이 캐더린 수녀가 묘사한 것과 정확히 일치하였다. 1961년 교황 요한 23세가 성모 마리아의 집에 관한 논란을 종식시키고 이 집을 성지로 선포하였다고 한다.

성모마리아의 집 안에는 청동으로 된 성모 마리아상이 있어 찾는 이들로 하여금 경건한 마음을 갖도록 해 준다. 집은 외벽이 돌로 되어 있는 작지만 아담한 집이다. 성모마리아께서 승천할 때까지 이 집에서 기거하였다고 하니 안에 들어 설 때에는 절로 마음이 엄숙해진다. 카톨릭 신자들은 성모 마리아상 앞에서 기도를 올린다.

집 밖 계단을 내려가면 성모마리아가 사용하던 샘이 있다. 샘에 금속으로 된 수도꼭지를 설치해 놓아 참배객들이 물을 마시고 물을 떠 갈 수 있게 되어 있었다.

성모마리아의 집

이용자들에게는 편리하겠지만 2천년 된 성스러운 샘에 금속제 수도꼭지는 어쩐지 생경한 느낌이 드는 것은 필자만의 생각일까? 샘 옆 벽에는 사람들이 소원을 빌며 붙여놓은 쪽지가 빼곡히 붙어 있다. 방배동 아저씨네가 뭔가 써서 붙이고 있다. 울 마눌님도 소원을 써 보겠단다. 못말려요~ 슬며시 들여다보니 자식이 뭔지 두 아들에 대한 건강과 소원성취 모두 이루지게 해달라고… 에~고!

성모마리아의 집을 떠나 서기 37년경 사도요한과 성모마리아가 여생을 보낸 사도 요한의 교회를 둘러보았다. 사도 요한의 무덤이 있던 장소와 그 당시 신자들이 세례 받던 장소도 보게 된다.

우리 일행 중 카톨릭 신자인 엔지니어 공학박사와 재롱둥이 승현이가 세례받는 신자처럼 우측에 있는 계단으로 내려가 세례받는 모습을 취하고 다시 왼쪽 계단으로 올라온다. 필자도 종교는 아직 없지만 똑같이 따라해 본다. 성지 순례 온 기분이다. ㅎㅎ

에페스 관광을 마치고 점심을 먹는다. 점심 메뉴는 쉬쉬케밥이다. 케밥이란 터키를 대표하는 전통음식으로 '구이'를 뜻하는데, 길다란 쇠꼬챙이에 양고기나 쇠고기, 닭고기를 꿰어 숯불에 돌리면서 구워, 익은 부분을 길다란 칼로 잘라낸 후 토마토, 양배추 등 여러 가지 야채와 함께 밀가루빵에 싸 먹는 음식이다.

그런데 밀가루 빵이 금방 구워내서 그런지 참 담백하고 맛이 있었다. 필자는 이제까지 고기를 꼬치에 끼워 요리한 것이 케밥인 줄 알고 있었는데 터키에서의 케밥은 불에 구워낸 육류요리 전반을 칭하며 그중 꼬치구이 케밥은 쉬쉬케밥이라 부르고 그 외에 도네르케밥(회전식 케밥), 쿠유케밥(진흙 통구이), 항아리 케밥 등 수많은 종류의 케밥이 있다고 한다.

케밥을 먹는 김에 터키인들이 즐겨 먹는 양고기 케밥을 먹고 싶었으나 패키지여행 손님의 경우 소고기는 대체로 거부감이 없이 잘 먹지만 양고기에 대해서는 냄새 난다고 먹지 않는 사람이 있기 때문에 소고기나 닭고기 케밥으로 통일한다고 하니 어쩔 수 없지요~ 따라갈 수밖에.

하지만 마지막 날 이스탄불 베이티 식당에서 먹은 양고기는 정말 냄새도 안 나고 육질이 부드럽고 입안에 넣으면 사르르 녹는 필자가 지금까지 먹어본 양고기 중 최고였지요.

점심 식사 후 다음 여행지인 파묵칼레로 가기 위해 버스에 오른다. 가이드 장선생은 또 터키 역사 이야기를 시작한다. 하지만 역사 이야기만 하면 모두 스르르 눈이 감기며 잠에 빠져든다. 거~ 이상하데요~ 학생 때 책만 펼치면 잠이 쏟아지듯이…ㅋㅋ 모두 잔다. 쿨~쿨~ 할 수 없이 장선생도 모두 좀 쉬시라고 마이크를 꺼버린다. 진작 그럴 것이지…Thank you!

중간에 휴게소에 들른다. 버스 급유도 해야 되고 울 일행들 화장실에도 다녀와야 되겠고…. 근데 졸업 35주년 캐나다 여행 시 미국에 있는 동기들은 화장실이란 단어가 생소한지 모두 변소便所라고 하더군요. 한국에 있는 우리들도 70년도 초반까지 변소라고 했지요~ 여행기가 엉뚱하게 삼천포로 빠질려고 하네요. ㅋㅋ

터키는 이슬람 문화라서 술을 금기시하고 따라서 맥주는 우리나라처럼 손쉽게 구할 수가 없다. 문 밖에 에페스Efes라고 간판을 달은 가게에서만 살 수 있다. 말하자면 Efes는 터키 맥주의 상표이다. 에페스란 안내판이 붙어있는 휴게소에서 한잔. 참새가 방앗간을 그냥 지나갈 수는 없지요~ㅎㅎ 맛은 우리나라 Cass만 못하지만 그래도 시원하게 마셨지요~

아울렛 한 군데 들른 후 목화성의 도시 파묵칼레에 도착, 호텔 수영장에서 간단한 온천욕으로 피로를 풀고 호텔식으로 허기진 배를 채우고 방에서 수면제(?) 이슬이 팩소주를 한잔하고 나도 모르게 꿈나라로 빠져들며 여행 3일째를 마무리한다.

파묵칼레, 안탈리아

호텔 조식 후 약 20분 버스로 이동 중 시야에 하얗게 보이는 설산이 나타난다. 일본 북알프스 오쿠호다케다께에서 본 만년설처럼 보이는데 눈이 아닌 석회, 석회붕이라고 한다. 가까이 보기 위해서 마음은 벌써 석회붕 위에 있는 유적지 히에라폴리스로 달려간다. 히에라폴리스Hierapolis는 성스러운 도시라는 뜻으로 오늘날에는 터키어로 파묵칼레Pamukkale(목화의 성)라고 한다.

석회붕은 자연이 만들어 낸 경이로운 산물로, 석회 성분의 온천수가 언덕으로 흘러내리면서 공기와 접하여 오랜 시간에 걸쳐 새하얀 석회꽃처럼 응고되어 신비한 백색의 세계를 만든 것이며 그 일대가 마치 목화가 핀 것처럼 장관을 이루고 있어, 터키인들이 파묵칼레(목화의 성)라고 부르는 것이다. 말하자면 파묵칼레는 석회붕이라는 자연 유산과 히에라폴리스라는 문화유산이 함께 어우러져 있는 곳이다.

석회붕 위에 올라 보니 아래로 파묵칼레 마을이 보인다. 눈처럼 하얗게 보이는 계단식 석회밭이 환상적이다. 정말 아름답다!

석회붕은 해가 높이 뜰수록 더욱 눈부시게 빛났고 고인 물은 맑은 하늘색으로 반짝거렸다. 일행 모두 환상적이라는 말 이외에 아~ 아~ 입을 다물지

파묵칼레

못하고 감탄사만 연발한다. 오랜 세월을 하늘과 가까이 해서인지 계단식 석회밭 색이 온통 하늘색을 닮았다. 하늘도 옥색, 석회붕의 온천수도 옥색… 온천수에 발을 담그니 발에 부드러운 촉감이 느껴진다.

흐르는 물이 고여 있는 자연식 욕탕에 발을 들여놓고 천천히 걸어본다. 종아리까지 물에 담가본다. 바닥은 미끄덩한 것이 온통 석회석으로, 피부에 와 닿는 느낌이 묘하며 물은 석회를 풀어 놓은 것같이 뿌옇다. 자연과 하나 되는 느낌… 계속 걷고 싶다. 따뜻한 물에 그동안의 피로가 싹 풀리는 것 같으며 기분이 금방 상쾌해진다.

족욕을 끝내고 나와 보니 나무 그늘 있는 곳에 이 세상에서 가장 행복해 보이는 개 2마리가 오수를 즐긴다. 잠이 들더라도 저렇게 편안한 자세로 자는 개는 처음 본다. 가이드 장선생 얘기로는 관광객 따라 족욕도 즐기고, 안내도 하면서 한 번도 개 짖는 소리를 못 들었다고 한다. 근수가 꽤 나가 보여 우리나라에서 태어났으면 저 놈 벌써 영양탕 신세를 면치 못했을 텐데…
우리 일행 중 삼순네 부부 생각이니 오해 마세요. ㅋㅋ

　파묵칼레 족욕을 끝내고 잠시 나무 그늘에서 휴식을 취한 후 유적 위로 온
천수가 솟아나오는 자연 온천 수영장으로 갔다.

　넓은 온천 바닥에는 고대 로마 신전의 대리석 기둥이 쓰러져 있고, 그 밑에
서 천연 탄산 온천수가 솟아 나와 많은 사람들이 온천욕을 즐기고 있다. 미네
랄이 풍부하여 클레오파트라도 자주 목욕했다는 노천 온천장! 지금은 수영장
으로 개조되어 수많은 서양인, 특히 러시아인들이 온천욕과 일광욕, 수영을
즐기며 일상의 피로를 풀며 휴식을 취하는 모습이 참 편안하게 보였다.

　고대 도시 히에라폴리스는 '신성한 도시'라는 뜻으로 기원전 2세기경 페르
가몬 왕조였던 유메네스 2세의 의해 만들어졌으며 로마시대에 크게 번성하

고대 유적지 위로 솟아 나오는 온천 수영장

고대 도시 히에라폴리스

였다. 병든 사람들을 치료하고 특히 황제와 귀족들이 자주 찾던 온천 휴양지로 각광을 받았다고 한다.

히에라폴리스는 헬레니즘 시대에 세워졌지만 네크로폴리스(죽은 자들의 공동 묘지이며 무릉도원)를 제외하고는 대부분 로마 시대의 유적들만 남아 있다. 1354년 이곳을 강타한 대지진으로 1,500년에 걸친 도시의 영화가 끝나게 되고 지금은 모든 유적이 거의 소실되었지만 전 세계 곳곳에 이렇게 로마 제국을 건설해 놓았었다니…. 무너진 성터의 고혹적인 매력을 간직한 히에라폴리스를 걸어 나오며 모든 길은 로마로 통한다는 말이 실감이 나고 로마의 위세는 정말 대단하였구나 하는 느낌을 받았다.

히에라폴리스 유적지를 돌아 걸어 나오니 금강산도 식후경이라~ 밥 생각이 난다~ 점심 메뉴는 현지식으로 늘 먹던 케밥이다. 밀가루 빵과 약간 덜

익은 밥을 볶아 후들후들 퍼진 볶음밥, 불에 그을린 닭고기, 올리브유가 뿌려진 오이, 토마도 등 야채를 맛있게 먹었지요~

식당 입구 노점에서 쫀득쫀득한 터키 아이스크림을 먹어보라고 남산만 한 큰 아이스크림 덩어리를 자유자재로 돌리고 돌리고 돌리며 익살을 떠는 아저씨의 상술에 못이기는 척 2유로짜리 아이스크림을 마눌님과 나누어 먹어본다. 쫀득쫀득하긴 하지만 그래도 우리나라 아이스크림에는 한참 모자라는 것 같다. 우리 일행 모두 먹었으니 대박! 꼬레아 최고라며 싱글벙글~

버스에 올라 터키 최대의 지중해 휴양지 안탈리아로 이동한다. 안탈리아까지 토루스 산맥을 넘어 4시간이 소요될 거라고 한다. 가이드 장선생의 취침(?)용 역사 이야기가 또 시작된다. 에~고 듣다 보니 영락없이 한, 두 사람씩 눈을 감고 잠에 빠져든다. 점심 식사 후의 토막잠은 평소에도 꿀맛이지요. 누가 그랬지요~ 30분 토막잠은 피로 회복제라고! 필자도 예외는 아니어서 스르르 눈이 감기며 비몽사몽…. 한참 지나서 눈을 떠보니 장선생도 같이 자고 있다. 자기는 사람이 아닌감? 잘했어요! ㅋㅋ

역사 이야기는 나중에 하기로 하고 다른 이야기를 하자고 필자가 말하자 알고 있는 것은 얼마든지 답변해 드릴테니 궁금한 것 있으면 물어보라고 한다. 이름이 삼순이인 닥터 아들과 변호사 딸을 둔 아지매가 요상한 질문을 던진다. "우리가 성모마리아의 집을 가봤는디… 성모마리아가 예수님을 낳았다면 성모마리아의 어머니도 있을낀데… 성모마리아의 어머니는 누구요?"

가이드 장선생 답변도 못하고 쩔쩔매며 히죽히죽 웃기만 한다. 이제까지 터키 가이드 생활 3년간 해왔지만 이런 질문은 처음이라고! ㅎㅎ 옆의 해방둥이 동갑내기 남편은 한술 더 뜬다. "지금 우리가 지나오면서 보니께 아파트가 보이던디 그 아파트 이름이 뭐랑께?"

질문이 참 거시기하네~ ㅎㅎ

집 이야기가 나와서 하는 말이지만 터키는 땅덩어리가 넓고(남한의 7.5배) 지진이. 자주 발생하여 고층 건물을 지을 필요가 없다고 한다. 고작해야 5층짜리 집이 많다. 그것도 5층은 옥탑방이나 다락방이다. 그리고 집들의 창은 모두 빤짝빤짝 윤이 난다.

경제권은 모두 남자가 쥐고 있고 장도 남자가 보고 요리도 남자가 하고. 살림을 남자가 다 하니 여자들은 유리창 닦는 일 밖에 없다고…ㅋㅋ 그러나 터키여자들의 깔끔함을 알 수는 있다. 심지어는 한국 가이드들이 살고 있는 집 문을 두드리며 유리창이 더러우니 빨리 닦고 커튼까지 깨끗이 세탁하라고 재촉한다고 하네요.

유리창 닦는 것말고는 할 일이 없으니 동네 아낙들이 문밖에 모여 앉아 담배 피우며 수다를 떤단다. 그러니 운동 부족으로 모두 비만일 수밖에… 또한 집들마다 지붕에 태양 열판을 갖추고 있다. 전기가 부족하여 나온 궁여지책이리라.

그런데 어느 지방에는 유리관을 지붕에 세워 놓는 집들이 있다. 이는 그 집에 시집 안 간 처녀가 있다는 표시이고 처녀에게 마음이 있는 동네 총각들은 유리관을 깬 후 다음 날 신부집을 방문한다. 신부 엄마가 홍차에 설탕을 타서 내오면 OK sign이고 소금을 타서 내오면 퇴짜라고 하네요~ "짠 물 마시고 돌아가시게." ㅎㅎ 재미있지요?

창밖으로 산야를 바라보며 버스는 달려간다. 그런데 빨간 바탕에 하얀 초승달과 별이 들어간 터키 국기가 수도 없이 곳곳마다 꽂혀 있다. 산에도 들판에도 그리고 좀 큰 건물에도 어김없이 꽂혀 있다. 애국심의 발로이겠지 했더니 그게 아니고 "이곳은 내 땅이다."라는 뜻이란다. 중앙아시아에서 오랫동안 유목생활을 하며 이동하면서 생긴 내 땅, 내 영역(나와바리) 관습이라고 한다.

버스는 어느새 교통의 요충지인 콘야 평야를 달린다. 사방 어느 곳을 봐도 탁 트인 지평선만 이어지는 평야! 터키 밀농사의 태반을 차지하는 주요 산지이며 옛날 실크로드의 종착지이기도 하다. 휴양지 안탈리아 안내판이 도로변에 보이기 시작한다. 지금까지의 터키여행 중 오늘이 버스 이동이 제일 많은 날이다.

지중해 휴양지 아름다운 해변가에서 내려 연안에서 사진도 찍고 이글거리는 태양 아래 일광욕을 즐기는 젊은이들을 바라보며 카페에서 에페스 맥주를 마시며 편안하게 휴식을 취해본다. 마눌님이 신발 벗고 파도가 밀려오는 백사장을 따라 지중해 바다에 발을 담구고 좋아한다. 내년에 기회가 되면 스페인 여행과 지중해 크루즈를 해보고 싶다고 한다. "그렇게 하자구요~"

휴식을 끝낸 후 내일 하기로 한 시내관광을 오늘 당겨서 한단다. 일정에 없지만 내일 이른 아침 유람선 투어를 하자고 필자가 제안했는데 공학박사 부부네와 강북삼성병원 이여사 말고는 모두 시큰둥하다. 유감이지만 어쩔 수 없는 일. 단체 투어에서 일정에 없는 투어를 하려면 한 사람의 반대만 있어도 성사가 안 되는 법이지요. 이스탄불에서의 유람선 투어에 기대를 걸 수밖에요.

유람선 승선장에서 바라보는 시가지와 지중해연안의 아름다운 모습에 한참 자리를 뜨지 못한다. 계단을 따라 올라가니 골목길로 접어들며 구시가지로 연결된다. 양쪽으로 노점이나 상가가 즐비하고 상인들은 우리 보고 한국말로 인사를 건네며 반가워한다. 한국 사람인지 척 보면 안다고 한다. 삼순네는 터키석 짝궁 팔찌를 사며 좋아한다. "좋지요~"

37m 높이로 안탈리아의 상징인 첨탑 이블리 미나레는 보수 중이므로 눈도장만 찍고 간다. 길 양옆에 있는 옛날 민가를 보니 밖으로 돌출된 구조물을 보게 되는데 이것은 다락방 모습으로 휴식공간이나 기도를 드리는 장소

로 사용한다고 한다.

구시가지를 지나 로마시대에 세워진 하드리아누스 문에 이른다. 옛 그리스 마을과 새 로마인 마을을 구분 짓는 문이다.

이제 오늘 일정은 다 끝났고 버스는 우리가 묵을 호텔로 향한다. 오늘 버스를 많이 탔으나 그다지 피곤하지는 않다. 전망 좋은 호텔 1층 식당에서 석양과 지중해 그리고 멀리 토루산 산맥 연봉을 바라보며 가진 만찬… 참 좋았다!

라마다 호텔이라서 뷔페 음식도 다양하고 맛이 있다. 좀 비싸긴 하지만 와인 한잔에 곁들여 먹는 고기 맛이 끝내준다.

이번 여행에서 지금까지 가장 맛있고 잘 먹은 저녁식사였지요.

여행 4일째도 이렇게 즐겁고 재미있게 일정이 마무리되어 가고 있었다.

하드리아누스 문

아스펜도스, 악사라이

여행 5일째(9월 19일)호텔 조식 후 지중해 안탈리아 멋진 해변을 뒤로 하고 아스펜도스로 이동한다.

버스 탑승 후 가이드가 여권, 디카 충전기, 귀중품, 기념품 등 두고 나온 물건 없는지 챙기시라고 한다. "오메! 어제 산 팔찌 방에 두고 나왔네!" 허~ 걱! 삼순네가 깜박한 모양이다. "그럴 수 있지요~"

안탈리아에서 동쪽으로 47km 떨어진 곳에 위치한 아스펜도스 원형극장은 석회암과 붉은 사암으로 건설되었으며 소아시아 지역에서 가장 완벽하게 보존되어 있는 원형극장으로 유명하다. 원형극장에 들어서자마자 와~아 하는 감탄과 가슴 가득 밀려오는 감동! 정말 장엄하며 잘 보존된 모습에 놀라울 따름이었다.

로마 마르쿠스 아우렐리우스 황제를 위해 2세기에 이 지역 출신 제노에 의해 만들어졌으며 1만 5,000명을 수용할 수 있다고 한다. 객석은 상단 21열 하단 20열로 되어 있다. 어떻게 이걸 건설했고, 또 어떻게 이대로 보존했을까? 기세등등한 모습에 남성미가 물씬 나는 것 같다.

마눌님과 함께 위로 올라가 본다. 헥~헥~ 다 올라왔다! 저 밑 공연장에

서 상연되는 오페라가 생생하게 전해오는 것 같다.

맨 꼭대기는 통로로 되어 있었다. 옛날 로마 사람들이 여기를 거닐며 공연을 관람했겠지~ 왠지 야시시하게 차려입은 아가씨가 나올 것만 같다.

아스펜도스 원형극장은 음향 효과가 좋게 설계되어 마이크 없이도 무대 위의 목소리가 극장 전체에 전달될 수 있다고 한다. 그런데 음향장치의 비밀은 아직도 알 수 없다고….

터키 셀주크, 오스만제국 시대에는 궁전으로 이용된 적이 있었으며, 현대에 들어서는 매년 6~9월까지 콘서트, 메비라나의 선무 등이 펼쳐지는 공연장으로 이용되며, 특히 금년 6월 8일부터 7월 1일까지 아스펜도스 국제오페라, 발레 페스티벌이 열렸다고 한다. 유감스럽게도 이번 주 공연 일정은 없다고 한다.

아스펜도스 관광을 마친 후 카파도키아로 가는 관문인 악사라이로 이동하였다. V형태의 토로스 산맥을 넘으며 가이드 장 선생의 이야기가 시작된다.

"주무실 분은 주무시고, 들으실 분은 들으시고… 부담 없이 들어주세요."

터키의 초대대통령이며 영웅으로 칭송받는 무스타파 케말… 아타튀르크(터키의 아버지). 관공서나 학교, 식당, 조그만 구멍가게에서도 심심찮게 그의 사진을 볼 수 있다. 지구상에 존재한 인물 중에 무스타파 케말만 한 영웅이 있었는지 의문이 든다. 그가 무너져가는 오스만 제국의 영광을 되살리며 터키를 지켜냈기 때문이리라.

1차 대전 당시 독일편에 섰다 연합국에 패한 오스만 제국이었지만 연합국 측의 터키 분할 정책에 동조하는 술탄 왕정에 반기를 들고 독립전쟁에 돌입하여 나라를 지켜내며 1923년 터키 민주 공화국을 세운 국부國父이다. 대통령에 당선된 이후 이슬람 문화권임에도 주변국과 달리 전통적으로 이슬람 전통에 묶여있는 사회 전반을 개혁하여 이슬람 지배력으로부터 종교 자유화를 단행하였다.

또한 라틴어를 기본으로 한 터키어를 창제하였으며 일부4처제를 폐지하고 여성들에게 투표권과 참정권을 주었으며 공공기관이나 학교에서 여성들이 차도르, 히잡을 쓰는 것과 남성들의 터번을 폐지하였다. 기존의 금요일에서 토, 일요일로 휴일을 변경시켰고 외세인 영국을 퇴출시키고 지속적인 개혁을 단행하였다.

장 선생 말로는 우리나라의 초대 대통령인 이승만 대통령, 대한민국 임시정부 김구 주석, 한글을 창제한 세종대왕, 조국 근대화와 산업화의 주역인 박정희 대통령을 플러스해 놓은 인물이라면 이해가 빠를 것이라고 한다.

아타튀르크 대통령은 1923년부터 1938년까지 15년간 재임하였으며 술과 담배를 즐겼다고 하며 이것 때문에 건강을 해쳤다고 한다.

다음은 이슬람교의 창시자 마호메트에 대한 이야기이다. 이슬람교는

A.D.622년경 마호메트(A.D.570~632년)에 의해 창시되었다.

마호메트는 A.D.570년 사우디아라비아 메카에서 출생하였고 돈 많은 과부와 결혼하였으며 유대인과 기독교인을 통해 유일신교唯一神敎에 대해 배웠으며 현존하는 사회에 도덕적, 사회적으로 불만을 품었다. 자신의 고향 메카에 널리 퍼져 있던 다신론과 조잡한 미신들을 못마땅하게 생각하며 진실되고 위대한 유일신을 동경하게 되었다. 그러던 어느 날 혼자 존재하는 신, 세계의 창조자이자 절대의 신, 알라Allah를 환상 중에 보게 되었다고 한다. 처음에는 이것이 신의 계시인지 악마의 장난에 의한 것인지 확신할 수 없었지만 아내로부터 격려를 얻은 그는 그것이 신의 계시이며 자신이 알라의 선지자임을 확신하고 알라의 이름을 전파하기 시작하였다.

그 후 100여 년이 지나면서 셀주크~오스만 제국을 거치며 비잔틴 사람들을 상대로 이슬람교를 믿는 사람들에게는 세금을 절반만 부과함으로써 많은 신자들을 끌어 모았고 큰 세력으로 이슬람화되었으며 급속도로 세력이 확장되었다.

이슬람의 기본 가르침은 코란에 있다. 이슬람교도Muslim들은 코란이 태초의 신의 말씀으로, 가브리엘 천사가 알라의 명을 받아 예언자 마호메트를 통해 한 자, 한 획도 빠짐없이 그대로 인류에게 전달하였다고 믿는다. 따라서 이 신성한 절대신의 말씀을 운율에 맞추어 낭송하는 것은 기독교인들이 찬송가를 부르는 것이나 스님들이 불경을 읽는 것과 비슷한 것이다.

또 이슬람교도들에게는 이슬람 성전 건물 안 벽에 우상이나 다른 그림을 새기는 것이 금기 사항이었으므로 그곳에 코란 구절을 새겨 넣는 것을 크게 선호하고 있다고 한다.

오늘날 이슬람교도들이 읽고 있는 코란은 예언자 마호메트가 사망(632)한 지 20년이 지난 제3대 칼리프 우스만 이븐 아판'Uthmān ibn 'Affān(644~656 재위)

때에 완성된 것이다. 이때 양피지, 가죽, 야자나무 껍질, 나무 조각 및 낙타의 몸 등 여러 군데 흩어져 쓰여 있는 코란 구절을 모아 비단과 파피루스에 다시 수록하여 기본경전으로 만든 것이다. 기독교의 10계명처럼 이슬람교에도 계명이 있다. 필자가 알고 있는 계명을 열거해 본다.

알라신을 믿어라. 이웃을 도와라. 하루 다섯 번씩 기도하라. 라마단 기간 1개월간 매일 해 뜰 때부터 해질 때까지 금식을 지켜라. 흰 옷을 입고 평생 한 번 이상 메카를 방문해라.

동유럽 여행 시 호텔방 천정에 화살 표시가 있어 의아해 했는데 이 표시는 메카 방향을 표시해 놓은 것이다. 무슬림들에게 메카의 중요성은 대단해서, 지구상 어디에 있든지 모든 무슬림은 메카 방향으로 하루에 다섯 번 예배를 드린다.

버스는 어느덧 해발 3,000m의 토로스 산맥을 넘어간다. 창밖을 보니 나무보다 암석과 화산재로 쌓인 황량한 풍경이 이어지며 중간 중간, 도로에 띄엄띄엄 과일 가게가 보인다. 휴식도 취하고 과일도 구경할 겸 하차하여 가게를 둘러본다. 바나나, 자두, 사과 그리고 보이스(?)라는 바나나 모양의 말린 과일을 먹어보았다. 필자 입맛에는 달짝지근하며 거무튀튀하게 보여 별로였다. 그래도 터키인에게는 인기 있는 과일이라고 한다.

드디어 토로스 산맥을 넘어 악사라이에 도착하였다. 하얀 궁전이라는 뜻을 가진 이 도시는 교통의 요지이며 중국 시안에서 이스탄불까지 장장 8,000마일이나 되는 실크로드를 다니며 장사하는 낙타 대상隊商들의 숙소인 카라반사리Caravansary 중 가장 크고 잘 보존되어 있는 '술타하니' 사리가 있는 곳이다.

캬라반 사리의 정문, 모슬렘 디자인이 독특하다.

　기원전 11세기 비잔틴 시대에는 실크로드를 다니는 상인들을 보호하기 위해 군인들이 길만 통제하다가 셀주크 터키시대에 들어서서 여러 개의 캬라반사리를 지어 상인들과 낙타로 하여금 안전하게 쉴 수도 있고 그들의 상품들을 보호해 주도록 이러한 집을 마련하여 상인들에게 제공, 편리를 도모하였다고 한다.

　보통 낙타 한 마리가 평균 700파운드 정도의 짐을 나를 수 있다는데 이런 낙타 약 500마리가 한꺼번에 이 캬라반사리에 머무를 수 있었다고 하니 얼마나 큰지 그 크기를 과히 짐작할 만하다.

　세월도 무심하여 거상들의 안식처로 각광 받아왔던 카라반사리는 이제 관광명소로 변신하였다. 전에는 입장료를 안 받았다고 하는데 언제부터인가 1인당 2달러를 받는다고 한다. 일행 중 아무도 들어갈 생각을 안 한다. 돈이 아깝나? 우리 부부와 엔지니어인 공학박사만 들어갔지요~

낙타들이 쉬었던 강한 햇볕을 막아주는 낙타들 휴식처

　정문을 들어서니 중앙에 언제든지 예배를 드릴 수 있는 모스크가 있었다. 또한 상인들이 묵었던 숙소들이 좌측에 보인다. 우측으로 그 당시 쓰였던 그릇, 연장, 주전자와 낙타에 쓰였던 물건들이 낡고 녹슬어 초라하게 한쪽 벽에 진열되어 있었다. 사방으로 높은 돌벽 사이에는 비둘기들이 구구거리며 날아다니고 벽은 비둘기 똥으로 횟가루를 칠한 것처럼 되어 버렸다.

　땅 바닥에 굴러다니던 돌멩이들이 그 당시의 이야기를 들려주려는 듯 꿈틀거리는 것 같았고 저편에 앉아서 쉬던 낙타가 큰 눈을 껌벅거리며 일어서서 우리를 향해 오는 듯한 착각도 잠시, 휭-하며 부는 바람은 바닥에 흩어져있던 지푸라기들을 한 곳으로 몰아 놓는다. 왜 이다지도 마음이 허전한가?

　카라반사리를 나와 버스에 올라 오늘 묵을 호텔로 향한다. 호텔은 악사라이 시내를 내려다볼 수 있는 언덕에 위치해 있는 온천호텔이다. 호텔 체크인 후 방을 배정받고 방에서 바라보는 일몰광경… 참 아름답다.

저녁은 호텔 뷔페식으로 되어 있어 1층 식당으로 내려갔더니 7시에 식당 문이 열린다는데 그 앞에 장사진을 친 터키 사람들이 보인다. 부모 형제 아이 등 모든 가족, 사돈에 팔촌까지 온천에 때 벗기러 왔나? 아니면 오늘 결혼식 피로연이 있는 건가? 엄청난 인파다.

식당문이 열리자 우르르 사람들이 몰려들어 아수라장. 모든 테이블은 순식간에 꽉 차고 금방 음식들은 동이 나고 만다. 음식들을 수북하게 세 접시나 가져와 엄청나게 먹어댄다. 외국인은 우리 일행뿐. 한쪽에서 먹는 둥 마는 둥 찝쩍거리다 모두 일어난다. 에~고.

방에 들어오니 우리 방 바로 밑 옥외 무대에서 이슬람 노래와 연주가 시작된다. 오늘밤 잠은 다 잔 것 아닌가? 지금 8시밖에 안됐는데…ㅠㅠ

이럴 때는 이슬이 팩소주가 최고지요~ 마눌님과 몇 잔 걸치니 저 구성진 이슬람 노래도 정답게 들리네요~ 터키에 와서 하루에 다섯 번 코란 성가를 들어 이젠 많이 익숙해졌다.

10시쯤 되니 갑자기 노래가 뚝 끊긴다. 야~ 조용해지니 살 것 같다. 오늘도 많이 걷고 타고 보았으니 피곤했는지 한잔 술에 스르르 눈이 감긴다. 사요나라~

이렇게 5일째 여행도 조용하게 마무리되고 있었다.

카파도키아

여행 6일째(9월 20일) 새벽 4시에 기상하여 5시에 아나톨리아의 대지가 만들어낸 대자연의 경이로움인 카파도키아Kapadokya로 이동한다. 아나톨리아는 그리스 말로는 해가 뜨는 곳이란 의미이며 그리스에서 보면 터키가 동쪽에 있기 때문에 붙여진 이름이라고 한다.

일찍부터 서두르는 것은 열기구를 타기 위해서이다. 가이드 장선생 왈 바람 방향과 세기를 보니 오늘 십중팔구 탈 수 있을 거라고 한다. 터키 여행객들이 확률적으로 탈 수 있는 경우는 절반도 안 된다고~ "선생님들과 사모님들이 평소에 좋은 일을 많이 하신 모양입니다!" 장 선생이 너스레를 떤다. 칭찬을 받으면 누구라도 기분이 좋지요~^^*

약 1시간 이동하여 카파도키아에 도착하였다. 카파도키아는 대규모 기암지대로 자연적으로 만들어진 모양이라고는 믿기지 않을 정도의 불가사의한 바위들이 많다. 수천만 년 전 일어난 화산 폭발로 화산재와 용암이 수백 미터 높이로 쌓이고 굳어졌으며 오랜 세월을 거쳐 풍화, 침식 작용을 일으켜 부드럽고 쉽게 깎이는 습성을 지닌 응회암 지대로 바뀌게 되었으며 여러 가지 형태의 기암괴석으로 탈바꿈되었다. 분홍색은 사암, 갈색은 응회암이라고 한다. 영화 스타워즈의 촬영지였을 만큼 신비한 모습을 지니고 있는 이곳은 터키 기독교의 아픈 역사 현장이기도 하다.

버스는 괴레메 야외박물관을 지나 영국 회사가 운영하는 열기구 사무소로 이동하였다. 새벽에 열기구를 타기 위해 모인 사람들을 위해 사무소에 커피와 차, 비스킷 등 스낵이 준비되어 있었으나 우리 일행은 쌀쌀한 날씨 탓에 미리 준비해 간 컵라면을 먹는다. 스위스 융프라우요흐에서 먹은 라면 맛보다는 못하지만 그래도 맛이 있다.

열기구 탑승료는 현금 1인당 160유로, 한화로 25만 원 정도로 1시간 정도 타는 것 치고는 비싼 편이다. 선택 옵션이라서 안 타도 된다. 아니나 다를까~ 삼순네 아저씨, 돈이 비싸서 안 타겠단다. 삼순 아지매 뭐라고 궁시렁거리는데…. 나중에 후회할 테니 타시라고 해도 고집은 있어 극구 사양한다. 어쩔 수 없는 일이지요~ 홀로 열기구 사무소 앞에 남겨두고 나머지 16명은 미니버스를 타고 열기구 타는 곳으로 이동하니 그것도 좀 뭐 하데요~에~고… 돈이 뭐길래~

열기구가 뜨는 원리는 의외로 간단하다. 열기구에 모인 공기를 가열기로 데워 팽창시키면 바깥 공기와의 비중의 차이로 열기구는 마법처럼 떠오르고 공기가 식으면 하강하게 되는 원리다. 기구 하단부에 달린 바스켓 중앙에 조종사 1명, 한 칸에 6명씩 4칸, 24여 명이 타고 하늘을 유영하게 된다. 지면을 떠나 하늘로 올라가는 순간… 환희와 희열 그 하나만으로도 값어치가 있으리라.

인솔자 김 양과 장 선생이 잘 다녀오시라고 손을 흔든다. 우리도 같이 손을 흔들며 밝게 웃어본다. 두둥실~ 열기구는 우리의 시야보다 높게 위치했던 기암괴석 계곡 위로 떠오른다. 앞쪽에 있는 바위 무리들을 지나 정해진 코스를 따라 바위계곡 사이사이를 이동하며 눈을 호강시키더니 하늘로 높이

솟아 카파도키아 전체를 구경시켜 준다. 발밑에 장대한 카파도키아의 광경
이 한눈에 넘치도록 들어온다. 기기묘묘한 바위산들 그리고 버섯바위들, 아
름다운 다른 열기구들. 위에서 내려다본 카파도키아의 풍경은 지구가 아닌

외계처럼 느껴진다. 특히 수많은 열기구들이 떠올라 있기 때문에 더욱 외계에 와 있는 것 같은 느낌이 든다.

수많은 열기구와 멋진 풍광… 한마디로 Fantastic! 구름 한 점 없는 파아란 하늘… 발아래 펼쳐진 기암의 바다…. 순간 바람이 멎고 시간도 멈추고… 감동! 그리고 환희와 희열! 열기구는 지표면 가까이 날기도 하고 높게 날기도 하고 바람을 따라 유영한다. 앞서거니 뒤서거니 뜬 수많은 열기구들이 카파도키아 고원 위에 알록달록한 빛으로 생기를 불어넣으며 아름다운 한 폭의 그림을 만들어 낸다. 열기구는 해발 1,000m인 카파도키아 고원에서 약 1,500m까지 오른다고 한다. 그러니까 500m를 오르내리는 셈이다.

1시간의 열기구 투어를 마친 후 지상에 착륙했다. 가이드 장 선생이 승현이에게 "어땠어?" 하고 묻자 이 녀석 하는 말, "돈 값 하네요!" 한마디로 돈이 아깝지 않았다는 말인데… 이 녀석 간단명료하게 똑 부러지게 말하네요~ 거~참! 요즘 애들 못 말려요~

착륙하고 나면 샴페인에 포도주를 한 잔씩 돌리고 개인 이름이 들어간 탑승 인증서를 일일이 호명하여 준다. 그랜드 캐년에서 경비행기 타고 황홀한 풍광을 본 후 받은 증명서나 중국 만리장성에서 받은 증명서처럼….

터키여행에서 어디가 가장 좋았냐고 물으면 대부분이 카파도키아, 그중에서도 열기구 투어가 가장 좋았다고 대답한단다. 필자도 이 말에 동감하며 터키여행 시 열기구 투어를 추천한다.

열기구 투어를 마친 후 이제는 하늘에서 본 풍광을 지상에서 보기로 했다. 일행은 곧바로 괴레메 야외 박물관으로 이동하였다. 괴레메 박물관은 버섯 모양의 집들과 이를 이용한 교회를 볼 수 있는 곳으로 기독교인들의 석굴교회가 300개 이상 남아 있는 곳이다.

종교의 박해를 피해 산으로 숨었던 사람들이 그들의 신앙생활을 위해 바

위에 굴을 파서 만든 교회가 그대로 남아 있었다.

　사람들이 몰려 줄이 길게 늘어선 곳에 강북삼성병원 이 여사와 우리 부부만 서 있다. 일본 젊은 남녀들이 주축이 된 성지순례팀 뒤에 있어 예정보다 조금 빨리 입장한다. 성 시몬 교회라고 하는데 프레스코화는 보존 상태가 좋을 뿐더러 내부 장식도 아름다웠다. 기다린 보람이 있었지요~

괴레메 박물관 관광을 마친 후 버섯 모양의 기암괴석들이 가득한 파샤바 계곡으로 이동하였다. 세월의 흐름 따라 풍화작용으로 아래와 같이 아름다운 자연 예술작품을 만들어 놓은 신의 손길에 감탄을 금할 수 없었다. 계곡에 버섯 모양의 바위와 기암괴석들은 수천만 년 전에 일어났던 화산폭발과 지진, 비바람이 만들어낸 자연의 걸작품이다.

가지가지 버섯 모양의 기암괴석들이 드넓은 계곡 지대에 장관을 연출하고 있다.

때마침 푸른 하늘과 조각구름이 아름다운 산들과 조화를 이루어 우리를 반기는 것 같았다. 버섯 모양 같기도 하고 男根같기도 하고… ㅋㅋ 너는 왜 여기서 홀로 서 있냐? 친구들은 어디에 두고… ㅠㅠ

3형제 바위가 우리를 반기며 뭐라고 말하는 것 같은데 도저히 알아들을 수 없어서 그냥 고개만 끄덕였다. 푸른 하늘과 조각구름과 바위… 정말 멋진 작품이다… 한참 보고 또 보고 감탄했다. 바위 식구들이 다정하게 이야기하고 있는데 사람들의 발자국이 길을 만들어 놓고…. 파아란 하늘과 바위가 정답게 이야기를 하고 나는 그들의 모습을 마음에 담고….

버섯 모양의 바위들이 무리지어 들판을 향하여 아장아장 걸어가는 뒷모습을 우리는 바라만 보고….

3형제 바위들이 "임마! 너네들이 여기를 지키고 있는 우리 마음을 알어?" 하는 것 같다.

파샤바 계곡 관광을 마친 후, 기독교인들이 적의 공격을 피해 동굴이나 바위에 구멍을 뚫어 지하도시를 건설해 개미집과 길을 만들어 놓은 지하 대도시, 카이막흐르를 둘러본다. 발견된 것이 지하 20층 규모인데, 8층에 위치한 공동 예배 장소까지 관람할 수 있었다. 거주 공간은 덥고 건조한 기후를 피할 수 있고, 적들에게 노출되지 않아 종교 탄압시기에 기독교인들의 훌륭한 피난처가 되었다. 고고학자들의 견해로는 당시에 이 지하 도시에 2만여 명이 거주하며 예배를 드렸다고 한다.

내려가는 입구가 너무 좁아 키가 큰 필자는 허리를 거의 90도로 굽히고 동굴로 들어갔다. 계속해서 구부리고… 또 구부리고… 힘이 엄청 든다. 허리 엄청 아팠지요~ 설상가상 머리를 천장에 두 번이나 박치기 하고…. 필자와 절친인 윤○○ 샘이 툭하면 던지던 말씀, "뭐 하러 그런 고생 하냐? 맛있는 것 먹고 여기 있는 게 낫지~!" 지금 바로 옆에서 한마디 던지는 것 같다. 그래도 윤○○ 샘! 그건 아니지~ "아니야~ 그러는 거 아니야~! 자네가 여행 맛을 알아?" ㅋㅋ

기독교인들이 박해를 피해 살았던 지하도시 관광을 마친 후 비둘기집으로 가득한 우츠히사르계곡, 성채 그리고 전망대에서 또 다른 카파도키아의 맛을 느껴본다.

비둘기 계곡이라고 이름 붙여진 계곡. 이슬람교로부터 박해를 피해서 이 계곡에 한 사람 두 사람 모여들면서 산 곳곳을 파고 그곳에서 생활하며 예배드렸던 장소인데 마치 산 전체가 비둘기집 모양 같다고 해서 비둘기 계곡이라 부르게 되었다고 한다. 또한 그 당시 대부분의 사람들이 포도를 재배하면서 거름이 필요했는데 바위에 구멍을 뚫어 비둘기 집을 만들어 주고 질 좋고 얻기 편리한 비둘기 배설물들을 모아 포도원에 뿌렸다고 한다. 그 당시 사람들의 삶의 지혜지요.

전망대에서 바라본 풍광. 좌측에 우츠히사르 성채. 중앙으로 계곡 그리고 우측으로 주거지와 비둘기집이 있다.

관광을 마친 후 지하 동굴 식당에서 그 유명한 항아리 케밥을 먹었다. 케밥이 주 메뉴이고 빵과 샐러드와 음료가 곁들어 나왔다. 항아리 케밥은 항아리에, 구운 고기와 버섯, 감자, 가지, 호박 등 갖은 야채를 넣고 섭씨 80도로 3시간가량 삶은 후 항아리를 깨트려 먹는 카파도키아 지방 특유의 음식이다. 맛은 우리나라 불고기 덮밥 정도였다. 그런데 필자가 생각한, 항아리를 깨서 먹는 음식이 아니고 항아리 주둥이 부분을 툭툭 쳐서 미리 깨져있던 곳을 벗겨내고 그릇에 케밥을 부어 내오는 것이 아닌가~ 아~ 실망이다.

"그런 게 아닌데… 정말 그런 게 아닌데…그렇다고 달리 표현할 방법이 없네!"

음식 이야기가 나온 김에 터키 음식 문화에 대해 더 얘기해 보기로 한다. 터키 음식이 세계 3대 음식에 들어간다고 한다.

1. 중국음식(재료의 음식화—어떤 것이든지 재료화하여 음식을 만들 수 있다는 뜻)

2. 프랑스음식(음식의 예술화- 음식을 예술적인 감각으로 만든다는 뜻)

3. 터키음식(음식의 다양화- 하나의 재료로 다양하게 만든다는 뜻)

그리고 터키사람들의 주된 요리는 케밥이지만 양갈비를 즐겨 먹고, 가지 요리(요구르트에 찍어먹는다고 한다)도 맛있단다. 심지어 요구르트에 밥을 비벼 먹는다고… 또 피자 비슷한 피데라고 갓 구워낸 빵에 소스나 야채, 올리브유를 드레싱하여 먹는데 참 맛있데요~

점심을 먹은 후 카파도키아에서 우리가 보지 못했던 바위산과 버섯바위를 또 다른 지역에서 보았다. 아래 사진은 낙타바위라고도 하고 거북 바위라고도 한다. 관광객이 가장 많이 카메라 셔터를 누르는 지역이기도 하다. 좌측으로 물개 같기도 하고 펭귄 같기도 한 바위들도 보인다. 참 기기묘묘한 바위들이네요~

낙타바위

오늘 새벽부터 일어나 서둘러 열기구를 타고 환상적인 카파도키아를 하늘에서 내려다보는 풍광과 환희, 감동을 맛보았고 지상에서 괴레메 야외 박물관, 파샤바 계곡, 카이막흐르 지하도시, 우츠히사르 계곡과 전망대 등을 직접 확인하면서 눈이 호강하였고, 항아리 케밥도 먹어보고, 샴페인 파티도 가지며 러브 샷도 하고…ㅎㅎ

날씨가 받쳐주는 바람에 모든 일정이 재미있고 차질 없이 계획대로 잘 진행된 것 같다. 우리 일행 모두 박수로 서로를 격려하고 앞으로의 일정도 무리 없이 잘 진행될 거라고 확신하면서 환한 웃음으로 내일을 기약해 본다.

카파도키아에서의 하루, 짧지만 유쾌, 상쾌, 통쾌한 하루였지요~ 한낮 무덥고 뜨거운 태양아래 몸은 힘들었지만 터키의 진수, 카파도키아를 맛보고 황홀한 풍광에 젖어 시간 가는 줄 모르고 지내다 보니 어느덧 지평선 아래로 떨어지는 석양을 바라보게 되네요.

오늘도 즐겁고 행복한 마음속에 여행 6일째의 막은 내려지고 있었다. 사요나라~

이스탄불, 아야소피아

여행 7일째(9월 21일), 호텔 조식 후 아침 9시, 이스탄불로 가는 비행기를 타기 위해 카이세리 네브쉐히르 공항으로 이동하였다.

지금까지 우리와 같이 다녔던 현지 터키 가이드 아가씨는 어제 카파도키아 관광을 마친 후 바로 이스탄불로 가는 버스를 타고 먼저 이스탄불로 출발한다고 인사를 하였다. 여행사에서 우리랑 같이 비행기로 이동할 때 부담하게 될 항공료를 절감하기 위해 따로 버스로 이동시킨다고 한다. 밤새 달려 내일 점심 때 이스탄불 식당에서 우리랑 합류한다고… 에고~ 돈이 뭐길래~ 하긴 카파도키아 관광을 마치고 이스탄불로 이동 시 우리나라 젊은이들도 예외 없이 이 버스를 이용하여 밤새 달려간다고 한다. 젊음은 좋은 것이여~

장 선생이 터키에 대해 궁금한 점 있으면 나무, 꽃 이름 빼고는 무엇이든 다 물어보라고 한다. 동유럽 여행에서도 현지 가이드가 똑같은 말을 하더니… 하긴 전문가가 아닌 이상 나무, 꽃 이름을 다 알 수는 없겠지요. 또 한 가지 덧붙인다. 성모마리아의 어머니는 누구이며 방금 지나온 아파트의 이름 같은 것은 묻지 말아 달라고…ㅎㅎ

결혼 문화는 어느 정도 알았으니 장례 문화에 대해 얘기 좀 해보라고 하였다. 장례는 우리처럼 3일장, 5일장이 아니라 1일장으로 치른다고 한다. 말하자면 당일 장례를 치루고, 안장할 때는 관에서 시신만 빼내어 매장한다. 더욱 희한한 사실은 그 관은 다시 재활용한다고…. 그러니까 다른 시신을 위해 또 사용한다는 거다. 에~고. 장례비용이 우리 돈으로 30~50만 원이면 충분하단다.

술을 잘 안 하는 터키인들은 유목민 출신답게 춤이 생활화되어 있다. 한번 시작하면 남녀노소 없이 밤새도록 춤을 춘다고 한다. 체력이 좋으니까 가능한 얘기지만, 그래도 그렇지 술도 한 잔 안 걸치고 어떻게 그럴 수 있을까? 이슬람 노래와 춤의 동작을 시작함으로써 알라 신을 만날 수 있으리라 기대하기 때문이란다. 우리가 지나온, 이슬람 보수층이 집결된 교통의 요지, 콘야에서 본 치마 입고 춤사위를 한 남정네의 광고판이 눈에 선하게 떠오른다.

또한 기들이 세기 때문에 터키인에게는 절대 한 성질 하지 말라고 한다. 우리나라도 한 성질 하는 사람들이 많지만 그들은 더하면 더했지 덜하지는 않다고…. 장 선생과 같이 지내는 터키 가이드들은 평소에는 착하고 우호적이고 좋아 보이는데, 한번 화가 나면 전혀 다른 사람들이 되어 버린다고 하니 피하거나 가만히 있거나 내가 잘못했다고 빌거나 그게 상책이라고. 거참! 그리고 돈만 보면 사족을 못 쓴다고… 의리도 초개와 같이 버린다고, 무서운 넘(?)들이라고 궁시렁거리는데… 장 선생이 되게 당했나 보다. ㅋㅋ

중앙아시아에서 유목생활을 하면서 이주해서인지 엄격한 규율과 가문의 명예를 중시하여 딸이 바람이 나면 가문을 더럽혔다고 명예 살인을 한다고 한다. 우리나라에선 상상도 할 수 없는 일이지요. 얼마 전에 바람난 딸을 미성년자인 아들에게 죽이도록 한 아버지가 법정에서 정상 참작이 되었다고…. 6년에 1,800건이니 거의 하루에 1건씩 명예 살인이 일어나는 셈이다. 법정에서 모두 다 유야무야, 흐지부지 되고 몇 년 감옥에서 살고 나오면 그만. 유목민답게 두 집 걸러 한 집씩 비공식적으로 총은 한 자루씩 가지고 있다고 한다.

세계 제2차 대전 시 미국, 영국과 제휴하는 바람에 나토에 가입할 수 있었고, 군부가 막강한 힘을 발휘하고, 테러를 싫어하며 의리와 혈연관계를 중시하는 민족. 아랍권에서는 잘 사는 나라에 속하지만 서구화를 쉽게 받아들여 이슬람 국가 중 이단으로 낙인찍힌 나라. 독일, 프랑스에 밉보여 아직도 EU 가입이 희망사항인 터키이지요~

버스는 어느덧 카이세리 네브쉐히르 공항에 도착하였다. 이스탄불행 비행기를 기다리면서 세계 각국에서 온 관광객들 속에 섞여 지구촌 한사람이 되어본다. 얼굴과 풍습과 문화는 다르지만 터키 여행에서 느끼는 맛은 거의 똑같으리라. 카이세르 공항을 출발, 1시간 30분이 소요되어 이스탄불 아타튀르크 공항에 도착, 점심을 먹은 후, 기독교 문화와 이슬람 문화가 공존하는 아야소피아(성 소피아 사원) 박물관을 방문하였다.

아야소피아Ayasofya는 '성스러운 지혜'라는 뜻으로 현존하는 세계 7대 불가사의 작품의 하나로 평가되고 있다. 동로마 제국이라고도 불리우는 비잔틴 제국 유스티니아누스 황제 때 건립된 것으로(532~537년) 이 교회의 건축을 위하여 에페스와 그리스 아테네에 있던 여러 신전의 기둥들을 갖다 썼다고 한다. 하지만 6년 정도의 짧은 기간에 완공되었다니 놀라울 뿐이다. 그 이후 약 천 년 동안 동로마제국의 수도, 콘스탄티노플(후에 이스탄불)의 대성당으로 사용되었으며 오스만 제국 지배 때에는 이슬람의 모스크가 되었고 현재는 박물관으로 쓰이고 있다.

오스만 제국이 콘스탄티노플(이스탄불)을 점령하면서 아야소피아가 회교사원(모스크)으로 개조되었는데 우상을 금지하는 이슬람 교리 때문에 모든 인물상이나 그림이 제거되고 벽과 아취에 있던 모자이크들도 두꺼운 회칠을 하여 속으로 묻히게 되었다고 한다. 1931년, 미국인 조사단에 의해 벽 중앙의 모자이크가 발견되며 성모마리아를 비롯한 비잔틴시대의 화려한 흔적들이 드러났으며 아타튀르크 대통령에 의해 일부 복원되었으며 1935년 아야소피아 박물관으로 명명되었다. 현재 그 복원 작업은 중단된 상태이다.

모스크로 개조되며 가려졌던 성화들이 복구되고 있는 것을 보면서 정복자에 의해 철저하게 유린된 상처투성이 문화와 역사를 갖지 않기 위해서는 힘을 키우는 수밖에 없겠다는 생각을 잠시 해보았다.

1층 내랑과 본당에 수많은 인파가 몰려있어 장 선생 왈, 2층을 먼저 보자고 한다. 돌고 돌아 이어지는 돌길을 엄청 걸어 올라간다. 헥~헥~ 마눌님 숨소리가 거칠어진다. 요즘 같으면 약 5층 정도는 되는 것 같다.

2층 회랑에 아야소피아의 보물이라고 할 수 있는 모자이크화가 있다. 중앙에 있는 예수그리스도께 오른쪽의 세례 요한, 왼쪽의 성모 마리아가 인간의 죄를 용서해 달라고 기도하는 장면을 묘사한 것이다. 이 모자이크화는 많은 부분이 훼손되었지만 여전히 아름다운 모습을 보여주고 있었다.

여기서 조금 더 걸어가면 두 개의 모자이크화를 더 볼 수 있었다. 왼쪽의 모자이크화는 11세기 작품으로 중앙은 예수그리스도, 오른쪽은 여황제 조에, 왼쪽은 그의 세 번째 남편 콘스탄티누스 9세라고 한다. 오른쪽 벽면의 모자이크화는 12세기 초반의 작품으로, 성모 마리아의 품에 앉아있는 아기 예수님께, 요한네스 콤네노스 2세와 이레네 황후가 헌금을 봉헌하는 장면이다.

아야소피아를 나가다 보면 거울에 비치는 또 하나의 벽화가 있다. 10세기 후반에 제작된 이 작품에서 성모마리아의 품에 앉아 있는 예수에게 콘스탄티노플 성을 선물로 바치고 있는 인물은 콘스탄티누스 황제이고, 왼쪽에 아야소피아를 들고 봉헌하는 사람은 유스티니아누스 황제라고 한다.

내랑에서 본당으로 들어가는 문은 전부 9개인데 이 중 가운데에 있는 가장 커다란 문은 황제 전용 문이었다고 한다.

본당에서 가장 먼저 눈에 띄는 것은 어마어마한 중앙 돔이다. 직경 30m 높이 55m의 돔은 세계에서 다섯 손가락 안에 꼽힌다고 한다. 중앙돔을 중심으로 이슬람 문자가 새겨진 커다란 원판이 있는데 이는 예언자 마호메트를 비롯한 이슬람의 지도자 이름들이다.

박물관 내부에서 또 눈에 띄는 것은 엄청나게 많은 창문이다. 이는 자연광을 이용하여 벽화를 부각시키기 위해 의도적으로 만든 것이라고 한다. 금색으로 그린 모자이크화가 조명을 받아 엄숙하고 종교적인 분위기를 풍길 수 있게 하기 위한 것이라고 한다.

 비잔틴 건축의 걸작 아야소피아 관광을 마친 후 동로마 제국시대에 콘스
탄티노플(후에 이스탄불) 물 부족 사태를 해결하기 위해 19km밖의 초원에서 물
을 끌어와 만든 지하 저수지로 이동하였다. 가로140m 폭 70m 크기에 336
개의 기둥이 받치고 있었으며 지하 궁전 같은 느낌을 받았다.

 지하 저수지의 포인
트! 메두사의 머리를 본
다. 그런데 머리가 옆으
로 기울고, 거꾸로 되어
있다. 메두사의 눈을 똑
바로 보면 돌이 되어 버

린다는 속설 때문에 머리를 옆으로 기울이고, 거꾸로 놓았다고 한다.

 저수지 관광을 마친 후 터키 여행 중 처음으로 한식으로 저녁을 먹는다.
모두 좋아했지요~ 일주일밖에 안 됐는데 된장국, 김치, 나물 생각이 간절하
고….

우리 일행 중 최연장자인 엔지니어 어르신이 터키 소주, Lockey를 주문한다. 45도라서 얼음과 물에 희석하여 마셔야 되는데 희한하게도 투명했던 술이 희석되니까 뿌옇게 변한다. 맛을 보니 향이 있어 처음에는 거부감이 생기지만 조금씩 마시다 보니 그런대로 마실 만하였다. 하지만 '이슬이' 소주보다는 못한 것 같았다. 우리 것이 최고여! 그래도 덕분에 터키 소주 맛 제대로 느껴봤네요~

오늘의 일정은 이것으로 끝이 나고 여행 첫날 이스탄불에 도착하여 숙박했던 호텔로 향한다. 호텔에 도착하여 체크인 후 터키의 마지막 밤을 어떻게 지낼까 궁리하던 중 삼순네 호출이 온다! 귀가 번쩍! "에페스 맥주에 이슬이 폭탄주 한 잔 생각이 있어요?" 여부가 있나요~ OK! 폭탄주 몇 잔 주고받으니 취기가 돌며 "아! 오늘도 참 좋았드래요~(강원도 버젼)^^"
그렇게 터키에서의 마지막 밤도 깊어만 갔드래요~^^*

이스탄불

터키여행 8일 차, 오늘이 여행 마지막 날이다. 이스탄불 관광 중 우리가 이미 본 톱카프 궁전과 아야소피아를 제외한 나머지 관광명소를 보기로 한다.

이스탄불! 세계의 많은 도시 중 이스탄불만큼 특이하고 매력 있는 도시도 별로 없을 것이다. AD 333년 이후 1453년까지 1,120년간 로마제국 및 동로마 제국의 수도였고, 그 후 470년간 오스만터키의 수도였다. 도합 1,590년간 3개 거대제국의 수도였던 셈이다.

유럽과 아시아에 걸쳐 있어 동서양의 가교라고 불리우는 도시, 또한 유럽문화와 아시아문화가 공존하는 도시, 전 국민의 99%가 이슬람교도인 터키 제일의 도시이면서도 중요한 기독교 유적이 많은 도시, 시가지 전체가 세계문화유산으로 지정된 구시가지와 1,300만 명의 인구로 날로 발전하고 있는 신시가지라는 서로 대비되는 구역으로 구성된 대도시, 유럽과 아시아를 가르며 흑해와 지중해를 잇는 보스포러스 해협의 요충지에 자리 잡고 있는 항구도시, 실크로드의 종점으로 오리엔트지방과 중국에서 수입된 물건을 팔던 전통적인 바자르가 발달해 있는 상업도시, 수도는 앙골라이지만 더 많은 인구가 밀집해 있고 서구화, 개방화가 가장 빠르게 진행되어 가고 있는 도시….

이스탄불은 이렇게 수많은 수식어가 항상 붙어 다니는 도시이다.

아침 식사를 하고, 맑고 싱그러운 터키의 마지막 아침을 맞이하기 위해 호텔 밖으로 나왔다. 버스에 오르자 가이드 장 선생, "안녕히 주무셨어요? 그리고 아침식사 맛있게 하셨어요?" "네~" 우리 일행들 첫날 도착한 일행들처럼 기운들이 팔팔하다.

"오늘은 돌마바흐체 궁전으로 먼저 가겠습니다. 돌마바흐체 궁전을 관람하시고 나서 우리 회사 단독 전세선을 타고 유럽과 아시아를 나누는 보스포러스 해협을 한 바퀴 돌 것입니다. 그리고 오후에 히포드럼 광장과 블루모스크를 보시고 기념품 파는 곳을 거쳐 그랜드 바자르(큰 시장)를 둘러본 후 이번 여행에서 가장 품위 있는 만찬을 베이트 식당에서 하신 후 공항으로 모시겠습니다."

언제나 성실하고 친근감을 주는 장 선생, 시원시원하게 오늘의 일정을 얘기한다.

'가득한 정원'이라는 뜻을 가친 돌마바흐체 궁전은 이스탄불을 방문하는 여행자라면 누구나 보아야 할 아주 중요한 관광 명소 중 한 곳이다. 보스포러스 해협의 유럽 쪽 해안을 흙으로 메꾼 후 그 위에 세워진 돌마바흐체 궁전은 오스만터키 제국의 마지막 술탄인 압둘메시드 1세에 의해 지어진 것으로 파리 베르사유 궁전을 모방하여 건축한 르네상스 양식의 궁전이다.

유럽 스타일의 화려한 이 궁전은 금 47톤과 은 40톤을 내부 장식을 위해 사용하였다고 한다. 온 사방이 금으로 칠해져 있고 술탄 왕궁의 위용을 볼 수 있으나 나라 재정이 바닥나 오스만 터키제국의 몰락을 가속화시킨 곳이기도 하다. 청나라의 서태후가 자신의 향락을 위해 여름별장인 이화원과 인공호수를 만든 후 청나라가 망한 단초를 제공한 경우와 비슷한 셈이다.

기존에 목조로 지어졌으나 대리석처럼 보이게 하기 위해서 나무 위에 대리석처럼 보이게 하는 마블기법으로 완성시켰다고 한다.

"멀리서 보면 대리석인데 가까이서 톡톡 치면 나무 소리가 나요~" 하면서 절대 만지지 말라고 한다. "바닥에 카펫이 깔린 2층 계단을 오를 때 옆의 난간도 만지면 안 돼요~" 경고를 3번 먹으면 자기는 다시는 이 궁전에 들어올 수 없다나~ "고 말씀이 울 보고 시방 믿으라는 소리요?" 삼순네가 한마디 던지니 모두 한바탕 웃는다. 대리석이 아닌 마블기법이라 해도 충분히 멋있고 웅장했다.

중앙 홀에는 영국 여왕이 선물로 보냈다는 세계에서 가장 크고 아름다운 4.5톤의 샹들리에가 화려한 자태를 뽐내고 있었으며 금은보석들로 만들어진 많은 전시물들이 눈길을 사로잡았다.

터키인들의 절대 우상이라 할 수 있는 아타투르크 대통령 역시 이곳에서 생을 마쳤으며, 그가 일했던 집무실의 시계는 그의 사망 시각인 9시 5분에 맞춰진 채 멈추어져 있었다.

돌마바흐체 궁전

궁전에서 열린 문으로 몇 계단만 내려가면 바로 보스포러스 해협이다. 눈앞으로 펼쳐지는 아름다운 풍경. 그리고 시원한 바닷바람. 지상 최대의 낙원이 바로 이런 곳이 아닐까? 돌마바흐체 궁전 관광을 끝낸 후 단독 전세선에 탑승하여 보스포러스 해협 크루즈를 시작한다.

보스포러스 해협은 동서 대륙 사이에 있는 공해이다. 배가 흑해를 향해 나아갈 때, 왼편은 유럽대륙이고 오른편은 아시아대륙인 것이다. 좌, 우로 즐비하게 이어진 고풍스런 건축물들이 마치 오랜 역사의 베일을 감추고 있는 것 같아 신비스러울 뿐이다. 아! 폭 700m, 깊이 80m 이상의 해협 한가운데! 동서 문화의 교차점에서 이렇게 신비로움과 경탄으로 여행의 감미로움을 만끽하고 있었다. 선상에서 제공하는 와인 한잔에 평화롭고 여유롭고 환상적인 풍경과 시간과 공간들. 모든 걸 다 얻은 것 같은 기분이다. 오매~ 좋은 것!

저 멀리 유럽대륙과 아시아대륙을 이어주는 보스포러스 대교가 보이고 돌마바흐체 궁전의 아름다운 모습도 보인다. 아시아 쪽 이스탄불의 바닷가 언덕 위 붉은 지붕을 한 아름다운 집들은 거의 전부가 부자들의 여름 별장이라고 한다. 아시아 쪽 나지막한 산 정상에서 펄럭이는 터키 국기는 '여기가 내 땅'이라는 터키인들의 강한 의지가 담긴 메시지를 전달하는 것 같았다.

처음에는 유럽 쪽 가까이 페리가 달리면서 돌마바흐체 궁전과 고풍스러운 건축물들로 눈이 호강하였고 보스포러스 대교를 지나 U턴하면서 아시아 쪽 이스탄불을 감상하게 되었다. 우리가 본 톱카프 궁전과 오늘 오후에 보게 될 블루모스크도 눈에 확연히 들어온다.

몇만 톤은 족히 되어 보이는 대형 크루즈 선박도 4개나 눈에 띈다. 1시간의 해협 순항을 마치고 하선하여 다음 관광지인 히포드럼 광장으로 향한다.

히포드럼은 세로 500m, 가로 117m의 U자형 대전차 경기장이 있었던 곳이다. 본래 이곳은 196년 로마의 황제 세비루스Severus에 의해 지어진 검투 경기장이었는데, 4세기 무렵 비잔틴 황제인 콘스탄티누스에 의해 검투 경기는 금지되고 대신 말이 끄는 마차 경기장으로 바뀌었다고 한다. 10만 명 정도 수용이 가능했다고 하는 이곳은 경마장으로 이용되었을 뿐만이 아니라, 왕위 계승을 놓고 벌어진 수많은 전쟁의 무대가 되기도 하였다. 13세기 초 십자군의 침입으로 이 광장에서 비잔틴군과 치열한 접전이 벌어졌는데 대부분의 광장 내 유적이 이때 파괴되었다.

히포드럼 광장

현재 세 개의 기념비가 보존되어 있는데, 오스만터키 지배 시절 이집트에서 가져온 오벨리스크가 광장 중앙에 보이고 그 뒤로 머리가 없어진 뱀의 모양을 한 청동 기념비가 있었다.

히포드럼 광장을 거쳐 터키를 대표하는 이슬람 사원인 블루모스크로 이동하였다. 사원을 모스크 또는 터키어로 자미라고 부른다. 우리가 어제 본 아야소피아를 정면으로 바라보고 서 있는 블루모스크는 이즈닉 타일을 비롯한 오스만 건축 양식의 진수를 보여주는 건물로 술탄들의 예배처로 쓰이는 중요한 자미였다.

아야 소피아를 능가하고자 하는 경쟁심이 발동했는지 그 앞에 보란 듯이 마주 서 있는 이 사원의 원래 이름은 술탄 아흐메트Sultan Ahmet 자미Cami라고 하며, 술탄 아흐메트 1세의 명을 받아 건축가 마흐메트 아가 설계하여 1616년에 만들어졌다.

블루모스크

블루 모스크는 6개의 미나렛(첨탑)이 본당을 호위하고 있다. 미나렛이란 이슬람 모스크에 설치된 로켓발사대 모양의 첨탑을 말하는데 미나렛이 한 개이면 개인이 만든 모스크, 둘 또는 세 개면 귀족이나 도시의 모스크, 왕이나 황제가 만든 모스크는 미나렛을 네 개 설치할 수 있고 이슬람의 성지 메카에 있는 모스크에만 6개의 미나렛이 있다고 한다. 미나렛은 두 가지 기능이 있는데 하루 다섯 차례의 예배 시간을 알리기 위해 소리치는 것과 외부인에게 자미의 위치를 쉽게 알려주기 위한 것이라고 한다.

술탄은 처음 모스크의 미나렛 4개를 모두 황금으로 만들라고 지시하였다. 건축가는 고민하였다. 미나렛을 만들 황금을 구할 형편이 안 되었기 때문이다. 그는 기발한 꾀를 내었다. 금은 아랍어로 '알튼'이고 6이란 숫자는 '알트'이니 알튼으로 만들라는 왕의 지시를 '알트'로 만들라는 것으로 잘못 들었다고 하기로 하고 미나렛을 6개 만든 것이다.

건물을 완공한 뒤 황제에게 "폐하께서 미나렛을 알트로 하라고 하셨기에 6개의 미나렛을 설치하였나이다." 하고 보고하였다. 6개의 미나렛을 가진 모스크를 보고 술탄은 만족하였으나 술탄의 모스크에 6개의 미나렛을 설치한 것은 메카에 있는 모스크에 대해 불경스러운 일이었으므로 술탄은 자초지종을 설명하고 메카에 있는 모스크에 미나렛 한 개를 황금으로 만들 돈을 보내는 것으로 무마하였다고 한다.

　내부에는 260개의 스테인드글라스 창이 실내를 비추고 있으며 이즈닉에서 생산된 21,000여 장의 푸른색 타일이 창에서 들어오는 빛과 어우러져 신비로운 느낌을 자아내기에 '블루 모스크'라는 별칭이 붙었다고 한다.

　내부 둥근 천장의 크고 작은 여러 돔이 한데 어우러져 자못 웅장하기 이를 데 없으며 넓은 바닥에서 위를 올려다보면 높은 천장이 독특한 분위기를 풍겼다. 일체의 우상을 금하는 코란의 교리에 따라 모스크 내부는 텅 빈 공간으로 되어 있었다. 메카의 방향을 표시하는 미흐레바만 있는 넓은 공간은 아라베스크의 기하학적인 무늬로 아름답게 장식되어 있을 뿐이었다.

잠시 후 도착한 곳은 이스탄불의 재래시장 그랜드바자르. 마치 우리나라의 남대문 시장과 같았는데, 출입구가 18개, 상점들이 4천개 이상이라고 한다. 너무 거미줄처럼 상가가 밀집해 있고 거기가 거기라 헷갈려 처음 들어간 길을 잃으면 낭패라고 장 선생이 신신 당부한다. 약속시간에 안 오시면 일주일 후 이 재래시장에 다시 올 테니 다음 터키 여행객들과 같이 인천행 비행기를 타시라고…ㅋㅋ

　오스만 왕조가 번영하고 있을 때 실크로드를 통하여 반입된 귀한 물건들이 이 바자르에서 거래되어 유럽과 중동 일대로 팔려 나갔다고 한다. 오늘날 그러한 기능은 없어졌지만 이 시장은 여전히 많은 관광객들을 끌어 모으고 있었다. 또한 터키를 방문하는 관광객들에게 인기가 있는 시장이다. 한국인을 쉽게 알아보고 "안녕하세요", "대한~민국" 하고 인사말을 건넨다. 보통 한국 관광객들은 스카프나 나자르 본죽Nazar boncuk을 산다.

그랜드 바자르

나자르 본죽은 악을 막아주는 터키 마법의 돌로 터키에 가면 가장 흔하게 많이 만나는 악세사리 아이템이다. "불행은 나에게서 비껴 가세여~"라는 기대를 담고 있다. 나자르는 '악마의 눈이 바라보는 것'이며 본죽은 '구슬'을 뜻한다. 이와 관련하여 많은 전설이 있으나 악마의 눈을 그려 붙여 악마를 못 오게 한다는 얘기가 가장 현실적인 설이라고 한다. 카파도키아 우츠히사르 전망대에서 사람들이 나무에 빼곡히 매달아놓은 나자르 본죽과 멀리 보이는 성채가 참 참 인상적이었다.

아쉽게 그랜드 바자르를 벗어나 기념품 가게에 들른다. 한국인이 경영하는 곳인데 이곳에서 직원들에게 돌릴 월계수 비누를 샀다.

이제 여행의 마지막 코스인 터키 최고급 식당인 '베이트Beyti' 식당으로 향한다. 65년 전통의 터키 최고의 식당이며 세계 유명인사들이 이스탄불 방문 시 정찬을 즐기는 곳이다. 식당 정원이 잘 가꾸어져 있었으며 안내된 방도 우아하고 깔끔하게 장식되어 있었다. 테이블 위의 세팅도 고급스럽고 깨끗하다.

방금 구워낸 빵도 입에서 사르르 녹는 듯 부드럽고, 와인을 마시면 금방 따라주는 서빙도 좋았다. 그래서 많이 마셨지요~ 우리 일행들 무사히 즐거운 여행을 마친 것 감사하고 서로 축하하였다. 인솔자와 가이드에 대한 감사함도 표시했고, 우리의 건강과 행운을 위하여 건배!

샐러드가 나오고 Main 요리로 양고기, 닭고기, 소고기가 나오는데 양고기가 정말 맛있었다! 냄새도 없고 입에서 사르르 녹으며 부드러운 육질… 지금도 그 맛을 잊을 수가 없네요~

이제 공항으로 갈 시각이다. 장 선생이 오늘 공항이 붐빌 테니 조금 일찍 서두르자고 한다. 개별적으로 짐을 부치고 개인 수속해야 한단다. 모두 아쉬움을 간직한 채 버스에 오른다.

공항에 도착, 가이드와 작별 인사를 하니 항상 건강하시라고 한다. "고맙네요~ 장 선생도 항상 건강하세요~" 현지시각 밤 9시 20분 이스탄불을 출발 한잠 자고 밥 두 번 먹고 영화 한 편 보고 났더니 9월 23일(목) 오후 1시 인천 공항이다. 지루하지 않게 참 빨리 왔네요~ 별로 피곤하지도 않고!

지금까지 8번에 걸쳐 사진을 올리고 여행기를 올리면서 뒤돌아 생각해 보니, 동서양 문화의 공존, 잔잔함을 느낄 수 있었고 터키란 나라가 찬란한 문화유산을 물려받은 복 받은 나라이며 한국 사람들과 비슷한 성질과 자부심을 가지고 있고, 로마, 동로마, 오스만 제국의 지배를 받으면서도 꿋꿋하게 견디어 내었고, 아타투르크라는 탁월한 지도자의 힘으로 이슬람에서 탈피, 개혁, 개방, 서방 세력과의 제휴, EU 가입의 꿈을 가진 앞으로 세계 신흥 강국이 될 수 있는 소지가 충분히 있는 나라라는 것을 느꼈다.

7박 9일간 즐겁고 보람 있는 여행이었다는 생각이 들며 이것으로 이 세상에서 가장 자세한(?) 터키 여행기를 마친다. ㅎㅎ

2011. 02. 02 ~ 02. 05

북해도

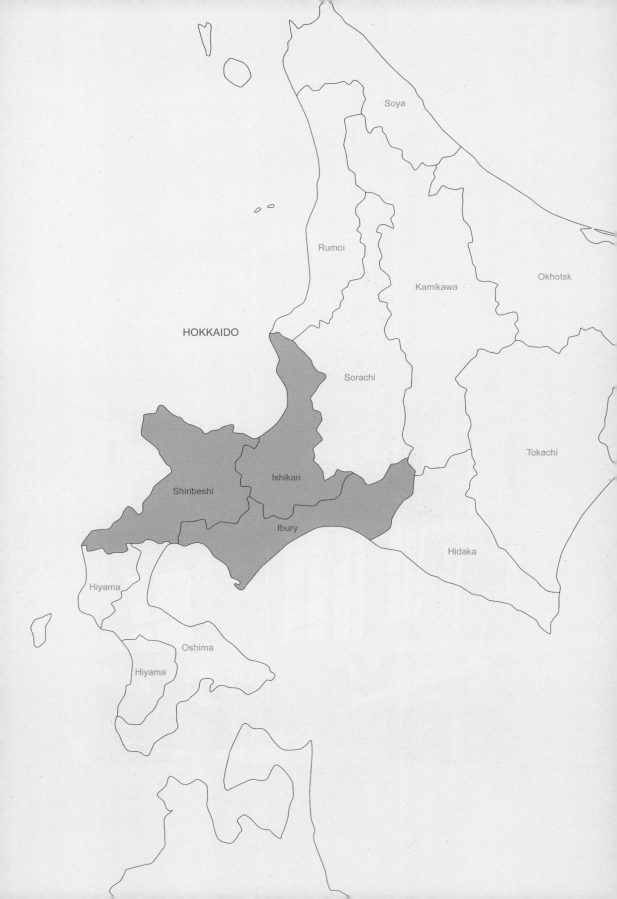

HOKKAIDO

Soya

Rumoi

Kamikawa

Okhotsk

Sorachi

Shiribeshi

Ishikari

Tokachi

Ibury

Hidaka

Hiyama

Oshima

Hiyama

2월 2일부터 5일까지 설 연휴를 이용하여 북해도 겨울 여행을 다녀왔다. 설연휴가 좀 길고(5일간) 성수기라 모든 여행사는 예약이 끝나 있었기 때문에 간신히 정기편이 아닌 오전 7시에 출발하는 특별 전세기를 탈 수밖에 없었다. 새벽 3시에 기상, 준비하고 밴 콜택시로 40분 만에 공항에 도착, 짐 부치고 출국 수속을 하였다.

　　이번 여행에 참가하는 일행은 필자 부부 포함하여 모두 29명. 강남에서 온 올케 시누이 할매(?)팀 5명, 대학생 딸, 고등학생 아들을 동반한 4명 가족, 딸을 동반한 3명 가족이 두 팀, 나머지는 우리 부부를 포함한 부부팀 14명으로 연령대는 10대에서 70대까지 골고루 분포되어 있었다.

　　오전 7시 5분에 이륙한 비행기는 2시간 30분 만에 신치토세 공항에 도착, 짐 찾고 공항을 빠져나와 전세 버스로 1시간 거리에 있는 눈 덮인 설경이 있는 운하의 도시 오타루로 이동하였다. 버스 차창 밖으로 펼쳐지는 설경과 눈을 이고 있는 나무들과 지붕들을 감상하며 모처럼 편안한 마음을 가져본다. 지붕은 하나같이 삼각형이 아닌, 눈이 녹아 가운데로 경사지어 흘러내리도록 평평하게 되어 있었다. 엄청난 눈 피해와 지진으로 인한 피해를 최

소화해 보겠다는 일본사람들의 지혜인가?

북해도(홋카이도)는 일본에서 가장 북쪽에 위치해 있으며 웅대한 자연과 절경이 펼쳐지는 대자연과 온천, 그리고 풍부한 음식. 이 세 장르를 완벽하게 갖추고 있는 보기 드문 관광지이다. 언뜻 보면 가오리나 말미잘의 형태를 띠며 1869년 명치유신으로 본격적인 개척과 개발이 된 섬이다. 또한 한국에서 비행기로 2시간 30분, 아시아이면서도 유럽스타일의 낭만적인 분위기가 물씬 풍기는 곳이다. 한반도의 80% 면적에 인구는 불과 12%로, 인구밀도가 한국의 7분의 1 수준이다.

섬이라는 특성상 해산물이 풍부하며 특히 게요리가 인기가 높다. 그리고 라멘, 스시, 치즈, 아이스크림 등 북해도를 대표할 수 있는 음식이 다양하며 최고의 스키장과 온천이 도처에 즐비하게 들어서 있고 번잡하지 않게 조용히 쉴 수 있는 우리나라 제주도 같은 특색이 있는 곳이기 때문에 일본 사람들이 가장 선호하는 관광지이기도 하다.

오타루는 홋카이도의 중심도시 삿포로보다 일찍 번성했던 항만 도시로 러시아, 중국과 물류교역의 중심지였다. 영화 〈러브레터〉의 촬영지였으며 옛날에 짐을 싣고 내리던 크고 작은 배로 가득했던 운하가 있으며, 벽돌과 석조로 된 창고건물이 유리공예점과 찻집, 레스토랑과 쇼핑몰 등으로 변신해 관광객들의 발길을 끌고 있었다. 오타루에 대해 흔히 알려진 이미지는 빨간 벽돌, 오르골, 유리공예, 러브레터, 운하, 램프, 초콜릿과 라벤더 아이스크림이다.

인구는 15만 명이고 예전부터 청어가 많이 잡혀 밤에 석유램프를 이용하여 조업하였는데 언제부터인가 갑자기 청어가 안 잡히면서 이탈리아로부터 전수된 유리공예가 대신 발달이 되었고 오르골도 네덜란드에서 들여와 일본화되었다고 한다. 일본사람들은 남의 것을 모방하여 원래 자기 것인 양 업

그레이드시키는 비상한 재주들을 가지고 있다.

　대학생 딸을 두고 있다는 가이드 홍 여사는 애교 넘치는 말과 웃음으로 우리를 늘상 즐겁게 해주었는데 편하게 홍상으로 불러달란다. 우리는 홍상의 안내로 오타루 운하를 먼저 보기로 하였다. 이 운하는 땅을 파서 만든 것이 아니고 바다를 매립하여 개발했다고 한다. 운하 한편은 옛날 교역이 활발하게 이루어졌을 때 물류창고로 쓰던 곳인데 창고를 없애지 않고 유리공예관, 관광안내소, 상점, 운치 있는 레스토랑으로 변신시켜 유명한 관광명소로 자리를 잡았다.
　화려했던 역사와 로맨틱한 정취를 느끼게 하는 운하를 따라 한바퀴 돌면서 인증샷도 날리고 오타루 눈축제 준비에 한창인 조각품도 감상한다. 어제까지 눈이 엄청 와서 얼어붙은 고드름과 늘어진 눈棒으로 눈이 호강하였다.

오타루 운하. 우측은 창고건물이었으나 지금은 레스토랑, 카페로 개조되어 이용되고 있다. 좌측의 현대식 건물과 묘한 조화를 이루고 있다.

오르골 본당과 시계탑이 보인다.

영국에 있는 증기시계를 모방해서 만든 전자식 증기시계탑으로 정각과 30분에 기적을 울린다고 한다. 건물 앞 횡단보도에 서 있었는데 정시에 증기를 위로 내뿜으며 기적소리를 낸다. 거~ 희한하데요~

오르골당은 2층으로 되어 있고 1, 2층은 모두 오르골로 가득하다. 다양한 오르골들이 많아 어떤 건 오르골 안에서 빛이 나오는 것도 있었다. 실제로 건물 안에 들어서니 계속 자잘한 오르골 노랫소리가 들리는데 짜증나지 않고 딱 듣기좋은 소리로 버무려진 느낌이랄까. 맑고 아기자기하고 예쁘다. 건물이 목조이고 조명과 함께 건물 전체가 따뜻하다. 오타루 강추 명소!

오르골 본당 2층에서 내려다 본 1층 전경

버스로 오면서 육화정이라고 초콜릿과 과자를 판매하는 상점에 들러본다. 초콜릿 이름이 白의 戀人(시로이 고이비또)이다. 안에 백색 초콜릿이 들어 있다. 부드럽고 입안에서 사르르 녹는 맛! 바로 이 맛이야! 직원 선물용으로 13개를 구입한다. 우리 일행들 왈, "초콜릿 엄청 좋아하시나 봐요?" 한마디씩 던지는 말에 미소로 답을 한다. 필자가 일본여행 간 거 다 아는데 그냥 돌아갈 수는 없지요~ 에~고.

아이스크림 파는 상점에도 들러 흥상 말대로 안 먹으면 한국 가서 후회한다(?)는 라벤더 아이스크림도 20분간 기다려 마눌님과 함께 맛을 본다. 담백하고 부드럽고, 달콤하고… 목 안으로 스르르 녹아 넘어간다. 1개에 300엔인데 몇 개라도 먹을 수 있겠다. 정말 맛있다!

오타루 관광을 마치고 일본 5대 도시 중 하나인 삿포로로 이동하였다. 오타루에서 삿포로까지는 1시간이 소요된다. 북해도의 중심도시인 삿포로는 도시와 자연이 함께 어우러져 있는 매력적인 도시로서 동경이나 오사카 등의 도시와는 또 다른 일본을 엿볼 수 있는 도시이다.

삿포로는 옛날 이 땅에 살고 있던 아이누족의 언어로 '건조하고 광대한 땅'이라는 뜻에서 시작되었다. 홋카이도의 중심지이며 인구는 180만 명으로 일본의 5대 도시 중 하나이다. 1869년 홋카이도에 개척사를 두고 대규모 황무지 개발에 착수한 이래 오늘날과 같은 눈부신 발전을 거듭하였다. 특히 많은 공원과 광활한 녹지대를 가지고 있으며 바둑판 모양으로 질서 있게 정비된 거리는 일본의 다른 도시와 구별된다. 또한 시민들도 오랜 전통에 얽매이지 않은 개척정신과 고유의 라이프스타일을 영위하고 있다.

기후는 대체로 냉랭하여 1월 평균기온은 −5.1℃, 8월은 21.7℃를 나타내며 연강수량은1,141㎜이다. 눈은 5월이 되어야 다 녹는다고 하니 겨울이 11월부터 시작해서 6개월이나 되는 셈이다. 거리를 보니 온통 백색과 은빛

의 눈으로 덮여 있고 눈을 쌓아놓은 곳은 1m가 족히 넘게 보이며 눈 치우는 차량들이 쉴 새 없이 오고 간다.

홍상은 우리를 시의 중심에 있으면서 동서로 길게 펼쳐지는 오도리 공원으로 안내한다. 공원은 5일 후 열리는 눈축제 준비로 한창 분주하고 통행 및 출입금지 구역이 많았다. 눈 조각품 작업을 하고 있는 작품들 몇점에 셔터를 눌러보고 중앙에 보이는 삿포로의 상징인 TV시계탑을 중심으로 산책과 쇼핑도 하면서 자유시간을 가져본다.

오늘 새벽 3시에 일어나 준비하고 비행기 타고 일본 와서 오타루 관광과 삿포로 오도리 공원까지 둘러보았으니 금강산도 식후경이라고 시장기가 드는 것은 필자만의 생각은 아닌 것 같았다. 올케-시누이 팀들은 언제 밥 먹느냐고 성화다. 이제 무한 리필의 북해도 특산 대게요리를 먹기 위해 식당으로 향했다.

필자는 게에 알러지가 좀 있어 달갑지는 않지만 삼겹살 구이도 있어 괜찮다. 무한 공짜라니 참 많이도 먹네요~ 대게에 걸신 걸린 사람들 같다. 게껍질은 앞에 수북이 쌓이고… 또 쌓이고… 사케를 시켜 마시니 취기가 오르면서 하루의 피로가 싹 풀린다. 역시 적당히 마시는 술은 좋은 것이여!

저녁을 끝내고 호텔에 들어와 짐 내려놓고 시내구경 하러 너 나 없이 모두 밖으로 나온다. 우리 부부도 홍상에게 일본 라멘 잘하는 집을 추천받아 좁은 라멘 골목으로 들어가 사람들이 많이 몰려 앉아 있는 집을 찾아 들어갔다. 구수한 된장 국물에 라면, 콩나물, 숙주나물, 돼지고기를 얇게 썰어 넣어 주방장의 맛을 낸 미소라멘이 일미였다(800엔). 조금 짠 듯했는데, 진한 국물이 정말 구수하더라구요. 마눌님은 우리 신라면보다 못하다고 하지만 김치를 주지 않아 그렇지 저녁밥을 먹었는데 들어가는 거 보면 괜찮은 맛이지요.

배가 부르니 이제 소화시킬 일만 남았으니 걸어야지요~ 날씨가 북해도 날씨 답지 않게 포근하니 걷기가 아주 수월합니다. 중간 중간 미끄럽기는 하지만 이렇게 따뜻하여 눈 조각품 다 녹아버리면 눈 축제는 어떻게 할꼬? 참! 걱정도 팔자여~

열심히 쏘다니다 보니 배도 많이 꺼진 것 같다. 호텔 바로 옆의 편의점에서 삿포로 클래식(이 지역에서만 판매되는 스페셜한 맥주) 2캔을 사서 샤워 후에 방에서 마눌님과 마셔보니 맛이 깊고 진하여 목을 타고 넘어가는 맛이 최고! 지금까지 마셔본 맥주 중 최고다!

이렇게 북해도 여행 첫 날이 조용히 막을 내리고 있었고 스르르 잠이 몰려온다. 사요나라~

+++

여행 이틀째, 맑은 하늘에 최저 영하3도, 최고 영상 5도라니 포근한 겨울 날씨다. 오늘 일정은 면세점에 들른 후 시내 관광을 하고 점심 먹고 난 후 오후에 버스로 약 1시간 거리에 위치한 조잔케이 온천마을로 가서 온천을 즐길 거라고 한다. 홍상 왈, "세라믹 도마, 마유馬油, 칼, 항노화 화장품이 이곳 북해도의 특산품입니다."

면세점에서의 쇼핑도 여행의 일부라고 생각하고 도마 1개와 마유 2통을 샀다. 마눌님 왈, "마유는 사지 마세요~ 며칠 바르다 안 쓰고 결국 버릴 테니!" "걱정 붙들어 매 두시요! 내 열심히 바르리다." 큰소리 쳤지만 속으로는 뜨끔. 계산은 얼릉 필자 신용카드로 했지요. 에~고.

일본 중앙정부가 홋카이도를 개척하는 데 중추적 역할을 수행했던 삿포로의 상징적 건축물, 북해도 구청사를 먼저 보기로 했다. 이 청사는 미국 네오바로크 양식으로 약 250만 개의 붉은 벽돌을 이용해 만든 건물로 1888년 건축된 이래 80년간 사용되다 1969년 국가 중요문화재로 지정되었다.

네오바로크 양식의 지붕과 붉은 벽돌, 정원에 수북이 쌓인 눈과 나들이 나온 시민들. 잘 매칭되는 한 폭의 그림이다.

건물 내부로 들어가 계단을 따라 2층으로 올라가니 북해도 개척의 역사를 한눈에 느낄 수 있는 문헌, 사진과 조형물, 각종 민속자료들이 전시되어 있었다.

북해도 구청사

북해도의 대표적 동물들. 뒷다리와 발이 많이 발달한 토끼, 여우, 독수리

붉은 벽돌과 네오바로크 양식이 인상적인 도청사 관광을 마치고 나오니 하늘 위로 수많은 까마귀들이 비상을 하고 있다. 우리나라에서는 까마귀가 날면 흉조라 하지요? 하지만 일본에선 까마귀가 길조라고 한다. 저렇게 많은 까마귀가 있는 곳에 행운이 깃든다나 어쩐다나⋯ 하여튼 일본은 우리와 가까우면서도 먼 나라인 것은 틀림없는 사실인 것 같다.

북해도 시계탑은 1878년 세워진 이래 130년 이상 지난 지금까지 변함없이 맑은 종소리를 온 도시에 가득 울리고 있다고 하는데 우리는 버스에서 내리지 않고 차창 밖으로 보이는 모습을 보는 것으로 만족해야 했다.

그런데 여기서 하나 재미있는 것은 명치유신으로 개척단에 의하여 세워진 건축물에는 건물 외벽에 별^(*) 표시를 하였다는 점이다. 오늘 관광하게 될 세이카테이(청화정)에도 있고, 우리는 가보지 않았지만 삿포로 맥주 공장에도 있다고 하고 북해도 구 청사나 시계탑에도 있었다. 북해도 개혁단의 상징이 별이란다.

북해도 신궁

다음 코스는 삿포로 중심에 있으며 북해도의 독특한 건축양식을 엿볼 수 있는 일본 정통 신궁중 하나인 북해도 신궁을 방문하였다. 가는 날이 장날이라고 많은 관광객과 일본인들이 몰려들어 버스는 주차장에 들어가지도 못하고 도로에 주차해 있고 우리들만 내려 한참 걸어 들어갔다.

일본 사람들은 95% 이상 나름대로 저마다의 토속 신앙(샤마니즘)을 가지고 있다. 자연 재해로 인간의 힘의 한계를 절감한 일본인들은 가까이 있는 자연신에게 무탈함을 기원하며 살아왔으며 그래서 이런 저런 신(神)이 많다고 한다. 집집마다 조그만 정원에 조촐하게 꾸며진 석조 탑이나 바위, 나무를 두고 숭배하며 좀 큰 동네에는 신사를 짓고 수시로 드나든다. 신궁은 규모도 더 크고 공식적으로 큰 사찰에 해당한다.

입구에서 양손을 깨끗한 물로 씻고 물을 입에 넣어 헹구어 뱉는 의식을 거친 후 입장한다. 신궁 내실은 돈 많이 기부한 사람들만 들어가고 돈 없는 사람들은 바깥에 마련된 헌금통에 동전을 넣고 소원을 빈다고 한다. 세계 어딜 가봐도 그 놈의 돈이 웬수여~ 거~참!

청화정(세이카테이)은 1880년 북해도 개척당시 귀빈 접대소 용도로 세워졌다고 하는데 북해도 역사에 중요한 의미를 갖는 곳이다. 건물 안으로 들어가니 양실과 화실이 함께 갖춰져 있고 다양한 자료가 전시되어 있었으며 내실에서 정원을 내다보는 맛도 정감이 있어 좋았다.

화실과 마루

이제 기다리던 점심시간. 출출한 게 배에서 싸인이 온다. 밥귀신이 들어앉았나~ 메뉴는 현지식으로 해산물 철판구이. 야채, 콩나물, 생선, 해산물이 잘 조화되어 담백하고 간이 잘 맞고 입안에 착착 달라붙는다. 삿포로 맥주 한잔 곁들이니 금상첨화로다! 오매~ 좋은 거!

점심을 잘 먹은 후 약 1시간 정도 버스로 이동하여 죠잔케이 온천마을에 도착하였다. 북해도 3대 온천지라는 명성에 어울리게 광탕廣湯이라는 온천텔에 귀중품을 맡기고 한 사람당 큰 타월 하나, 작은 타월 하나씩 받았다.

남탕과 여탕 따로 따로 들어간다. 이 온천탕엔 혼탕은 없단다. 올케-시누이팀의 한 할매(?) 왈, "남자들은 좋것다. 사람들이 별로 없어서." 우리 일행 중 한 친구가 맞받아친다. "그럼 어르신은 우리 따라 남탕에 들어가시지요~ 환영합네다!" 모두 한바탕 폭소가 터진다. ㅎㅎ

온천탕은 내부가 상당히 넓고 외부 경관이 시원스레 탁 트여 있었다. 눈을 흠뻑 이고 있는 나무들과 간간히 불어오는 바람에 흔들리는 눈꽃들. 산 중턱에 펼쳐지는 환상적인 설경…. 겨울 온천여행의 맛이 바로 이것이리라. 맛있는 거 먹고, 온천하고, 눈 구경하고, 자연을 피부로 느끼며 동화되는 것이다.

2시간의 시간이 주어졌으니 김이 모락모락 피어오르는 계곡에서 쉴 새 없이 흘러내리는 계곡물을 감상하며 느긋하게 노천탕에서 천천히 몸을 담그고 온천욕을 하면서 일행들과 주고받는 대화 속에 시간은 흘러가고…. 몸이 뜨거워지면 잠시 나와 몸을 식힌 후 약간 한기가 느껴지면 다시 탕 속으로 머리만 남기고 잠수하고. 이러다 보니 시간은 훌쩍 지나가 버렸다.

그런데 온천탕에서 한국사람인지 일본사람인지 구별하는 법… 선생님들, 아시나요? 필자는 남탕만 다녔으니까 여탕은 모르겠습니다. ㅋㅋ 첫째, 한국 남자들은 거시기를 안 가리고 씩씩하게(?) 활보(?)하고 다니는데 일본 남자들은 항상 타월로 아래를 가리고 수줍게⁇ 다닌다는 것. 둘째, 한국 남자들은 탕에 들어갈 때 타월을 안 가지고 들어가거나 타월이 탕 물에 안 젖게 약간 높은 곳에 두는데 일본 남자들은 타월을 4각~8각으로 잘 포개서 머리 위에 신주단지 모시듯 올려놓고 있다는 것. 탕 밖에서 보면 거~ 희한하데요~ ㅎㅎ 하긴 일본사람들이 보면 우리가 이상하게 보이겠지요? ㅎㅎ 참 재미있는 목욕문화의 차이입니다.

온천욕을 하고 나와 타월로 닦지 않고 자연풍에 젖은 몸을 말리는데 스르르… 웬 아지매가 슬그머니 들어와 물건과 집기를 정리 정돈하기 시작한다. 허~걱! 전에도 겪어본 적이 있는지라 크게 당황하지는 않았지만 좀 거시기하데요~ ㅋㅋ

밖으로 나오니 여자들도 대부분 나와 로비에 앉아 휴식을 취하고 있었다. 다시 버스로 이동, 삿포로 시내로 들어와 저녁 먹으러 간다. 대학 동기들과 광양에서 숯불에 석쇠를 올려 구워 먹었던 광양불고기 맛은 아니더라도 구워서 먹는 불고기 맛은 그런대로 수준급이다. 전주에서 온 부부와 함께 사케를 곁들이니 금상첨화로다. 오매~ 좋은 거!

오늘이 삿포로에서의 마지막 밤. 그냥 방콕 할 수는 없지요? 시내 나들이 하면서 백화점도 들러본다. 필자는 별로지만 마눌님이 제일 좋아하니 따라다닐 수밖에. 그렇게 춥지 않으니 가능한 일이고요~

각양각색의 조명으로 삿포로의 밤은 화려한 낭만으로 빠져든다! 바둑판 모양으로 구획 정리가 잘된 중심지를 한참 쏘다니다 느지막하게 호텔에 들어와 삿포로 맥주 한잔 걸치니 잠이 스르르 몰려온다.

이렇게 둘째 날도 막을 내리고 있었지요. 사요나라~

+++

여행 셋째 날. 호텔에서 아침식사 후 오전 8시 정시, 서둘러 아름다운 호수의 마을 도야로 출발한다. 총 29명. 오늘도 일행 중 늦은 사람이 없다! 홍상, "오늘 일정이 빡빡한데 이렇게 협조를 잘해줘서 감사 또 감사합니다." 생글생글 웃음이 얼굴에 가득하다. 이번에 북해도에 온 한국 여행팀 중 우리가 제일 먼저 출발한다고 대단들 하시다고 치켜세워 주네요~ 강남에서 온 할매들 큰 박수로 화답한다. 항상 칭찬받으면 기분이 좋아지지요~

약 2시간이 소요되어 도야 호수를 한눈에 내려다 볼 수 있는 사이로 전망대에 도착하였다. 전망대에서 인증샷 한 컷 날리고 유람선 선착장으로 향한다.

도야 호수는 북해도 최대규모의 칼데라 호수(화산 폭발로 생긴 호수)이다. 호수라기보다는 바다 같은 느낌이 많이 들며 둘레가 43km라고 한다. 1차 폭발후 한 번 더 폭발하여 가운데에 섬이 생겨 도넛 모양의 호수가 되었다고~

유람선에 탑승하여 50분에 걸쳐 호반을 한 바퀴 돌았다. 우리나라 강화

사이로 전망대

도야 호수에서 바라본 설경의 장쾌한 요테이산

외포리와 석모도를 오가는 배에 갈매기 떼들이 몰려들 듯이 이곳에도 관광객들이 던져주는 새우깡을 먹어 통통하게 살이 찐 갈매기들이 유람선 주위를 맴돈다.

호수 주변의 눈 덮인 산들이 장쾌한 자연을 연출하고 있었고, 멀리 요테이산 정상의 장쾌한 경치에 모처럼 눈이 호강한다. 요테이산은 북해도 서남부에서 제일 높은 약 1,898m의 휴화산이다. 세련된 원뿔형의 아름다운 모습에서 '북해도의 후지산'이라는 이름이 붙여졌다. 정상에 오르면 동해와 태평양을 동시에 바라볼 수 있다고 한다.

도야 호수의 물은 온천수가 계속 흘러 들어오고 물결이 비교적 세며 따스한 햇볕이 비춰 추운 겨울에도 얼지 않는다고 한다. 그래서 유람선은 항상 운행되고 있다.

2008년 G8 정상회담이 이곳 도야에서 열렸다. 일본인들도 선진국 정상들에게 도야의 아름다운 경치를 보이고 싶었겠지요~ 참고로 우리나라는 G20 정상회담을 작년 11월 성공적으로 개최하였다.

　호수 유람을 끝내고 활화산인 소화신산(쇼와신잔)으로 이동하였다. 1943년 지진에 의한 지각변동으로 멀쩡하던 보리밭이 융기하여 300m의 산이 된 후 화산활동이 시작되어 현재 443m이며 아직도 살아있는 활화산으로 뭉게뭉게 연기가 피어나고 있었다. 지금도 계속 산이 높아지고 있고 마그마로 인한 지열로 식물이 자라지 못해 온통 벌거숭이가 되어 있다. 오늘따라 약간 비가 뿌려서인지 뿌연 분연과 매캐한 유황냄새가 더 나는 것 같다.

　소화신산은 개인 소유로 9만 평을 고작 고작 28,000엔에 불하 받았다고 한다. 거저 얻은거지요~ 불하받은 분은 이 지역 우체국장으로 지리학에도 조예가 깊어 지진 연구를 많이 해서 곧 화산이 터진다고 정부에 계속 건의했는데도 묵살당했다고 한다. 여하튼 이곳에 동상을 세워줄 만큼 선견지명이 있는 분인 것 같다.

　소화신산을 배경으로 인증샷 날리고 금강산도 식후경이라고 출출하던 차 점심 먹으러 가자고 한다. 오늘의 점심 메뉴는 가리비를 메인 재료로 한 해산물 튀김. 그런데 몇 점 먹으니 느끼해져서 더는 못 먹겠다. 이럴 때 김치가 있어야 딱인데! 에~고 김치 생각이 굴뚝같은 것은 우리 부부랑 동석했던 젊은 학생들도 마찬가지. 젓가락을 그냥 내려놓는다. 한국 사람들 식탁에 김치, 고추장은 필수지요!

    곧바로 버스에 탑승하여 북해도 최고의 유황온천지로 유명한 노보리벳츠로 이동한다(약 1시간 소요). 노보리벳츠 도착 후 제일 먼저 도쿠가와 이에야스 막부에 의해 250년 이상 평화와 안정이 지속되며 태평성대를 구가한 일본 에도시대(1603~1868), 말하자면 사무라이 시대의 사회, 풍속, 문화를 재현한 노보리벳츠 시대촌을 둘러보았다.

    약 15만여 평의 부지 안에 서민 마을, 무사 저택, 당시 생활상을 재현한 마네킹 모형 등 둘러보는 재미가 쏠쏠하였다. 우리나라로 치면 민속촌이라고 보면 되겠으며 영주 등을 위한 첩보활동과 둔갑술을 익혀 막부의 그림자

노보리벳츠 시대촌

로 암약한 에도의 상징, 닌자를 주제로 한 공연도 관람하였다.

닌자란 검은 색의 복장을 하고 날렵한 몸동작으로 적을 쓰러뜨리거나, 수리검 등의 무기를 사용해 적을 제압하고, 명령을 은밀하게 실행하며 둔갑술로 불리는 교란 기술을 사용하는 사람들을 칭한다. 에도시대 도쿠가와 가家에 속했던 그들은 주군이 대치하였던 조직에 침입하여 정보를 빼내거나 적의 작전을 교란시켰으며 임무가 없을 때는 평온한 생활을 하였다고 한다. 그러나 성실하고 풍류를 잘 몰랐던 삶의 방법밖에 선택할 수 없었던 그들은 시대의 변화 속에 귀찮은 존재로 여겨져, 후에는 슬픈 말로를 맞이하게 된다.

'핫토리 한조'라 불리는 역사에 이름을 남긴 닌자를 메인 캐릭터로 하여, '닌자 카스미 저택'에서 펼쳐지는 리얼 액션 쇼는 그런대로 볼 만하였다. 공연 전 창호지를 한 장씩 주었는데 이것은 관람 후 동전(보통 100엔)을 창호지에 싸서 무대 쪽으로 던져주기 위한 것으로 팁문화, 무대 매너라고 한다. 흥미롭게 보았으니 필자 부부도 당연히 동전을 창호지에 싸서 던져 주었다.

닌자들과 함께한 필자 부부

계곡을 따라 흐르는 유황 온천수

시대촌 관광을 마친 후 다음 관광코스인 지옥계곡으로 이동하였다. 직경 450m의 거대한 폭발화구가 만든 계곡을 따라 약 600m의 산책로가 조성되어 있었으며 유황냄새가 가득하였다. 황회색 바위 곳곳에서 솟아오르는 수증기와 뜨거운 열기, 강한 유황냄새가 마치 지옥을 연상케 한다고 하여 지옥계곡이란 이름이 붙여졌으며 노보리벳츠를 대표하는 관광명소이다.

유황온천수가 흐르고 있고 1분에 약 3,000리터의 온천수가 솟아오른다고 한다. 산책로 끝에 조성된 우물 같은 웅덩이에서 수십 초 간격으로 솟아오르는 뜨거운 온천수를 눈으로 직접 확인할 수 있었다. 온천수의 온도는 섭씨 80도라고 한다.

지옥계곡을 걸어 내려와 오늘 우리가 숙식하게 될 료칸 스타일의 온천호텔(석수정)로 이동하였다. 홍상 왈, "회사에서 신경을 많이 써주어 본래 예정되어 있던 객실에서 업그레이드해 전통 화실(다다미방)과 양실을 겸비한 방으로 배정해 드렸으니 그리 아세요~" 우리 모두 박수치며 "감사합네다!"

배정된 방에 짐을 갖다놓은 뒤, 저녁 식사는 호텔 뷔페식인데 한 시간 정도의 여유가 있어 유카타 차림으로 온천탕에 들어서니 삿포로에서의 온천탕보다 규모가 크다. 암반으로 만들어진 노천온천은 유황냄새가 진동하고 여러 성분의 크고 작은 온천탕을 전전하며 몸이 호강한다. 또한 공중 대욕장에서 바라보는 절경도 일품이다. 대자연의 파노라마를 여유롭게 감상하며 그동안의 피로를 풀어본다. 온천 후 유카타 차림으로 식당에 들어서니 모두 선남선녀들마냥 혈색들이 장난이 아니게 좋다. "때깔들이 좋네! 정말 좋은데! 그런데 그 이상 어떻게 표현할 방법이 없네!"

일, 양식 뷔페인데 우리 일행은 특별히 게요리가 추가되어 나오고 맥주 또는 사케도 나온다. 즉석조리한 덴푸라도 맛있고 스테이크도 맛있고. 배가 나오든 말든 "실컷 먹자!" 먹다 죽은 귀신은 때깔도 곱다고 누가 말했지요?

갑자기 북과 꽹과리 소리가 입구 쪽에서 요란스럽게 나더니 한 무리의 도깨비 탈을 쓴 광대들이 등장하여 손님들에게 액운을 없애주고 복을 준다는 부적을 나눠준다. 필자가 받은 부적은 앞면에 탕귀신湯鬼神, 뒷면에 "卯"자(신묘년 토끼해)가 앞에 쓰여 있었고 이어 개운초복장수開運招福長壽라고 적혀 있다. 운을 열어 복을 부르고 장수하라는 뜻이지요? 또 유식한 척하네~ ㅋㅋ

일본에선 구정을 쇠지는 않지만 입춘이 지난 지 얼마 안 되어 신사나 신궁에 들러 소원을 빌고 점을 보며 부적을 주고받는다고 한다. 도깨비 탈을 쓴 이들은 호텔 직원들이라고 하는데 어떻게든 손님들을 위한 조그만 배려와 서비스 정신을 발휘하는 걸 보니 우리가 일본인들에게 꼭 배워야 할 점이라고 생각된다. 일행들과 유카타 차림으로 담소를 나누며 많이 먹고, 마시고, 웃고, 그렇게 짧은 시간은 흘러만 갔다.

다시 방에 돌아와 일본 여행의 마지막 밤을 어떻게 보낼까 궁리하던 차, 노천 온천탕에서 나 혼자만의 시간을 갖는 것이 좋으리라 생각되어 방에 있던 녹차를 마눌님과 한 잔 마시고 서둘러 노천탕으로 향한다.

뜨거운 유황 온천 독탕에 몸을 담그고 밤하늘에 반짝이는 별을 바라보면서 사색의 시간을 가져본다. 사람들이 별로 없어 참 좋다. 오매~ 좋은 거! 언제 또 이런 온천에 오려나~ 하긴 얼마 후 6월 초 대학 졸업 40주년 기념 아오모리, 아키타 여행 시에도 온천욕 하겠지~ 이렇게 뜨거운 물속에서 뜨거워지면 잠시 나왔다가 한기가 들면 머리만 남기고 다시 탕 속으로 입수! 이러기를 반복 또 반복. 진을 빼도 나가고 싶은 생각이 없었지요.

한 시간여를 온천욕으로 즐긴 후 다시 방에 돌아오니 목이 마르다~ 시원한 삿포로 맥주를 단숨에 원 샷하니 이 세상 부러운 것이 없도다! 거기에 이곳 특산술인 지옥계곡 사케를 곁들이니 상쾌, 통쾌, 유쾌! 바로 이 맛이야! 마음이 차분히 가라앉고 환희의 시간은 흘러가고…. 나도 모르게 스르르 잠이 찾아들며 비몽사몽간에 꿈나라로 빠져들었다. 사요나라~

여행 4일째. 한국으로 가는 일정만 남았다. 오전 8시 치토세 공항으로 출발, 공항에서 짐 부치고, 수속하고, 11시 35분 JAL항공편으로 이륙, 오후 2시 10분 인천공항에 무사히 도착하였다. 짐 찾고 일행들과 작별 인사하고 가이드 홍상에게도 "수고했어요~ 고마웠어요!" 이렇게 3박 4일간의 북해도 겨울 여행이 막을 내리고 있었다.

도쿄나 교토, 나라, 오사카 등 잘 알려진 일본 도시 관광, 일본 북알프스와 오쿠호다케 다께(3,090m) 등정, 그리고 작년 5월 가라쿠니다케(한국악) 등정. 그때의 느낌과는 확연히 다른, 또 하나의 일본, 북해도를 만나고 왔다.

편안한 휴식과 온천, 신선한 털게 요리, 미소 라멘, 백의 연인 초콜릿, 오르골과 라벤더 아이스크림, 도야 호수와 유람선, 소화신산과 지옥계곡, 그리고 아름다운 설경이 함께한 북해도 겨울 여행이었다. 필자에게는 짧은 기간이었지만 여행을 통해 많은 것을 느끼고, 배우고, 재충전할 수 있는 값진 기회였다고 생각한다.

2011. 09. 16 ~ 09. 25

스페인

아빌라, 세고비아, 마드리드

지난 9월 16일부터 25일까지 7박 10일간 '태양과 정열'의 나라 스페인을 다녀왔다. 강렬한 에너지와 축제를 제대로 즐길 줄 아는 여유를 가진 나라, 스페인은 예술과 결합된 화려한 볼거리와 아름다운 자연으로 인하여 관광객들이 끊이지 않고 있다. 유럽의 나라들 중에서 오래된 역사를 가지고 있는 스페인은 웅장한 건축물과 현대적인 감각이 잘 어우러져 다채로운 매력을 선사한다.

작년 9월에 터키를 다녀온 후 마눌님 왈 "여보~ 스페인이 좋다는데 내년에 가입시다~" "그러십시다!" 맞장구를 쳐주니 마눌님… 좋아한다. 여행은 항상 좋은 거지요~ ㅎㅎ 본래는 추석연휴를 끼어 휴가를 받으려 하였으나 보건소 감사가 있어 부득이 1주일 늦춰 스케줄을 잡았다.

9월 16일 밤 11시 25분 인천공항을 출발하여 13시간 30분이 소요되어 마드리드 공항에 무사히 도착, 호텔로 이동, 짐을 풀고 아침식사를 한 후 바로 유네스코 문화재로 스페인에서 가장 완벽한 중세 성채도시인 아빌라로 이동하였다. 40세의 한국인 현지 가이드는 활발하고 개방된 아줌씨(?)로 마드리드에 유학 와서 스페인 남자를 만나 결혼하였는데 전남 광주가 친정이며 호칭을 광주 수피아여고의 수피아로 불러달라고 한다. 수피아~ 본명보

다는 훨씬 낫네요~ㅎㅎ

스페인은 유럽의 남서쪽 끝 이베리아 반도에 위치한 나라로 북쪽으로는 프랑스, 서쪽으로는 포르투갈, 동쪽으로는 지중해를 접하고 있다. 정식 이름은 에스파냐로 스페인은 영어식 이름이다.

입헌군주제 국가로 현재 후안 카를로스 국왕과 소피아 왕비, 펠리페 왕세자 내외가 수도 마드리드 인근의 궁에 살고 있다. 한반도의 2.5배의 국토에 라틴족이며 인구는 4,800만 명, 국민소득은 35,000불이다. 종교는 거의 대부분 카톨릭을 신봉한다. 17개 주로 나누어져 있고 우리에게는 정열적이고 투우를 좋아하는 나라로, 그리고 애국가를 작곡한 고 안익태 선생님이 살았던 나라로 기억된다. 농업국가이지만 제조업을 기본으로 자동차 산업이 활성화되어 있다.

아빌라는 마드리드에서 북서쪽으로 85㎞ 떨어져 있고 해발 1,132m 지점 아다하 강 유역의 고원지대에 있으며 스페인에서 가장 훌륭한 중세의 유적이 잘 보존되어 남아있는 유명한 관광지이다.

로마시대에 건설된 도시로 아직도 로마식 성벽이 완벽하게 보존되어 도시를 둘러싸고 있었다. 옛날부터 군사적인 요충지로서 회교도와 그리스도교도 간에 300년 동안이나 공방전을 계속한 곳이며 파괴와 수리를 되풀이하여 현재의 모습으로 개축된 때가 1099년이다. 성벽의 전체 길이는 2.5km, 높이 12m, 폭 3m의 잘 다듬은 갈색의 화강암으로 도시를 완전히 둘러쌌는데, 타원형 탑이 88개소, 성문이 9개소가 있다. 성벽은 태양의 움직임에 따라 황색과 적색으로 변화하여, 색다른 정경을 자아낸다.

12세기 초부터 16세기에 걸쳐 지은 로마네스크와 고딕양식의 대성당이 있으며 성당은 시벽의 반원형 탑을 형성, 시벽 밖을 향해서 무게 있게 자리 잡고 있어 요새의 본진과 같은 구실을 하고 있었다.

아빌라 성벽

산타 테레사 수도원 (Convento Santa Theresa)

또한 역사상 아빌라가 낳은 최고의 인물로 성녀 大 테레사가 있다. 테레사 수녀(1515~1582)의 생가 터에 건축한 산타 테레스 수도원이 유명하다.

아빌라 관광을 마치고 버스로 세고비아로 이동하였다. 세고비아는 마드리드에서 북서쪽으로 약 90km 떨어진 곳에 있는 중세의 도시로 아름다운 자연과 수많은 유적이 있다.

세고비아에는 로마 시대의 유적인 수도교가 거의 원형 그대로 남아 있었다. 2000년 전에 콘크리트도 없이 2만개의 돌을 쌓아올려서 만든 것이라고는 도저히 믿겨지지 않는 엄청난 건축물이다. 1884년까지 이 수도교는 프리오 강으로부터 16㎞의 거리를 거쳐 세고비아 시까지 물을 공급하였다. 로마 시대 건축물 중 가장 잘 보존된 것 가운데 하나로 콜로세움보다 이 수도교가 더 경이롭게 느껴졌다.

과다라마 산맥에서 채굴한 검은 화강암으로 만들었으며 접착제를 사용하지 않았다고 한다. 전체 길이는 728m이고 높이가 9m 이상인 17개의 아치로 이루어져 있는데, 특히 지형이 움푹 패인 중앙 부분에는 지상 28.5m 높이의 2층짜리 아치가 세워졌다. 완벽한 조합과 함께 견고함, 단순함, 우아함, 장엄함을 모두 갖춘 걸작물로서 1985년 유네스코에 의해 세계문화유산으로 지정되었다.

로마 수도교(水道橋) : 최상부에 수도관이 설치되어 있다.

수도교 관광을 마치고 금강산도 식후경이라고 점심식사로 스페인 특식인 코치니요(새끼 돼지통구이)를 먹었다. 엄마 돼지를 엄선된 천연 사료를 먹여 엄격히 관리하고, 새끼돼지는 엄마젖만 먹여 키우다가 생후 3주, 몸무게가 5kg만 되면 요리를 할 수 있다고 한다.

접시로 내려쳐 노랗게 구어진 고기를 잘라낸 후 접시는 바닥에 던져 깨트린다. 첫 번째 접시를 내려치는 이유는 고기의 연함을 보이기 위함이고, 두 번째 접시를 바닥에 던져 깨는 이유는 실제 접시임을 증명하고 요리를 먹는 손님들에게 행운을 주기 위함이라고 한다. 균등하게 분할하여 손님의 접시에 덜어줌으로써 쇼는 끝난다.

고기맛은 우리의 전기 통닭구이와 비슷하나 더 쫄깃쫄깃하고 입안에서 살살 녹는다. 여기에 1병에 10유로짜리 하우스 와인을 곁들이니 와~ 별미다! 오~메 맛있는 거!

여행 내내 구미에서 온 부자(아버지와 아들)팀과 식사를 같이 하였는데 31세 된 아들이 스무살 대학생으로 보여 우리 일행들 모두 아들이라고 불렀다. 근데 아버지가 와인이 체질에 안 맞는다고 서울에서 가져온 소주를 마신다. 또 맥주는 차서 싫다고 한다. 에~고~ 코치니요에는 하우스 와인이 최고인데…. 자기는 입이 아니라 주둥이라나 뭐라나~ 입맛이 제각각이니 할 수 없지요~ ㅋㅋ

골목골목 아기자기함이 가득한 세고비아 구시가지와 대성당을 외부에서 관광하고 알카사르로 향한다.

알카사르는 에레스마강과 크라모스강의 합류점에 위치하고 있으며 주변은 빽빽한 숲으로 뒤덮여 신비스러움을 지니고 있는 아름다운 성이다. 1474년 카스티야 왕국의 이사벨 여왕이 이곳에서 즉위식을 가졌고 페르난도 국왕과 결혼하여 스페인의 국토 회복과 통일을 이루고 콜럼버스의 신대륙 발견의 후원을 하게 된 곳이기도 하다.

세고비아 대성당

세고비아 알카사르 성

이 성은 가운데에는 높은 첨탑을 가지고 있으며, 주변에는 작은 탑들이 아름답게 솟아나와 있어 동화 속에 나올 법한 겉모습을 가지고 있었다. 실제로 월트 디즈니의 만화 백설공주 속에 나오는 성은 바로 이 성을 모델로 하고 있다. 성채에 군사 요새가 절묘하게 결합되어 있고 난공불락의 절벽으로 이어지며 내부는 중세 가구와 초상화, 무기들이 소장되어 있었다.

알카사르 관광을 마치고 다시 마드리드로 이동하였다. 창밖으로는 목초지가 펼쳐지고 군데군데 양떼들이 몰려있다. 분뇨 냄새가 많이 나며 유기농을 한다고 하네요.

마드리드에 도착하여 푸에르타 델 솔 광장으로 향한다. 솔 광장이라는 애칭으로도 불리는 푸에르타 델 솔은 태양의 문이라는 뜻으로 마드리드의 중앙에 위치해 있어 시민들이 휴식처나 약속 장소로 이용하기도 하는 등 늘 붐비는 곳이다.

붉은 벽돌로 지은 시계탑 건물(마드리드 자치정부 청사) 앞에는 스페인 국도의 기점을 표시하는 0km라는 표시가 있으며, 이곳으로부터 스페인 각 지역으로 가는 9개의 도로가 시작된다고 한다. 또한 1808년 스페인을 침공한 나폴레옹과 전투가 벌어졌던 곳이기도 하며, 그 후 이곳을 중심으로 독립운동을 펼쳤다고 한다.

솔 광장을 중심으로 동쪽에는 프라도 미술관이, 서쪽으로는 왕궁이 인접해 있으며 가장 번화가인 그란비아 거리와도 가깝다. 마드리드의 상징인 과일을 따먹는 곰 동상이 눈길을 끈다.

딸기 따 먹는 곰 동상이 뒤로 보인다.

마드리드 마요르 광장

　솔 광장과 더불어 마드리드 시민들의 휴식처인 마요르 광장은 9개의 아치를 갖춘 가로 120m, 세로 94m의 직사각형으로 된 광장으로 4층 건물들로 둘러싸여 있다. 건물 1층은 카페와 레스토랑, 기념품 상점 등이 있고 2-4층은 주거용이다.

　마요르 광장은 17세기부터 19세기에는 각종 공연 행사, 왕실의 결혼식, 투우경기, 사형집행장, 승마경기 등으로 사용되었다고 한다. 광장 중앙에는 이탈리아의 조각가가 만든 펠리페3세의 기마 동상이 있는데 마요르 광장이라는 이름을 만든 왕이다. 아치로 된 문으로 나가면 푸에르타 델 솔 광장으로 향한다.

　이제 오늘 관광의 마지막 코스인 헤밍웨이가 자주 들렸다는 레스토랑으로 향한다. 세계에서 가장 오래된 레스토랑이라고 해도 과언이 아닌 보틴Botin은 헤밍웨이의 작품 속에도 등장한 바 있다. 헤밍웨이의 사인이 새겨져 있는 창이 이채롭게 보인다.

　수피아 왈 "이곳은 여행 일정에 없었어요!"라고 열을 올린다. 모두 박수로 화답을 하였지요~ "저녁에 와인 한잔 쏠게요~" 수피아의 얼굴에 금방 희색이 감돈다. "감사합~니다!" ㅎㅎ

　저녁을 한식으로 하는데 부자팀 아배 슬그머니 소주를 권한다. "한 잔 하실렵니까?" "참새가 방앗간을 그냥 지나가나요~ 좋지요~ 감사합니다!"

　호텔로 들어와 샤워하고 자리에 누우니 나도 모르게 스르르 꿈속으로 빠져들었다. 이렇게 여행 둘째 날 마드리드의 밤은 깊어만 갔다. 사요나라~

콘수에그라, 꼬르도바, 세비야

    여행 3일째(2011.9.18 일요일) 호텔식으로 아침 식사를 한 후 콘수에그라로 이동하였다. 대평원에 솟아오른 언덕배기에 세르반테스의 소설 『돈키호테』에서 돈키호테가 거인으로 착각하고 싸운 11개의 하얀 풍차가 보였고 그곳에서 멀리 평원을 보면서 비로소 이곳이 돈키호테의 무대가 되고도 남았을 것이란 상상을 해본다.

풍차는 얼핏 보기에도 높이가 10m는 돼 보이는 꽤 큰 규모였다. 내부로 들어갔더니 1층은 곡물저장이 가능한 창고였다고 하는데 지금은 기념품을 팔고 있었고, 계단을 따라 올라가니 맨 위층은 전망대 역할을 하도록 되어 있었다. 바람이 굉장히 시원하게 느껴졌던 풍차언덕에서 문득 풍차를 향해 창을 들고 달리는 돈키호테가 연상된다.

인증샷 몇 컷 날리고 돈키호테가 머물렀고 기사작위를 받은 여관을 들러 보았다. 이곳에는 돈키호테 동상과 그림이 있었으며 포도주를 저장하는 큰 독들이 있었고 1층 바에는 음료와 커피, 간단한 음식을 파는 바텐더와 기념 품을 진열해 놓은 진열장도 있었다.

카페 콘레체(스페인 커피로 내츄럴 커피에 우유를 섞음. 1유로 50센트)를 마시며 돈키호 테의 발차취를 음미해 본다. 셰익스피어의 햄릿을 빼고 영국을 말할 수 없 듯이 세르반테스의 돈키호테를 빼놓고 스페인을 논할 수 없다.

본명이 '미겔 데 세르반테스 사아베르다(1547~1616년)'인 세르반테스는 평생

양철로 만든 돈키호테 동상

화려한 삶과는 다소 거리가 먼, 어찌 보면 불행한 삶을 산 사람이다. 그러나 불행을 문학적 상상력으로 극복하고 '돈키호테'라는 저돌적인 인간형을 창조했다는 점에서 두고두고 스페인뿐만 아니라 전 세계 사람들의 사랑을 받는, 죽은 후 더 유명해진 작가다. 그의 연보를 살펴보면 마드리드 근교의 조그만 대학도시에서 가난한 시골귀족의 아들로 태어나 어떤 정규 교육을 받았는지조차 명확한 기록이 없다고 한다. 제대로 문학수업을 받지 못했다는 추측도 가능하다.

세르반테스가 살았던 당시의 스페인은 황금의 시대를 목전에 둔 국운의 상승기였는데 그 역시 군인이 되고자 했고 그 유명한 레판토 해전에 참가했다가 부상을 당해 팔 한쪽을 쓰지 못하게 돼 '레판토의 외팔이'라는 별명을 얻는다. 또 귀국길에는 그가 탄 배가 투르크 해적선의 습격을 받아 5년간 포로생활도 하였다. 그러나 그의 불행은 여기서 그치지 않고 그라나다에서 세금징수원으로 일하다가 공금을 맡겨둔 은행가의 실종 사건에 휘말려 감옥에 가기도 했다. 이처럼 이런저런 불행이 닥쳤음에도 세르반테스는 말년에 매우 활발한 문학활동을 펼쳤다.

돈키호테의 내용은 많은 사람이 아는 것처럼 라만차에 살고 있는 늙은 시골선비가 그 당시 유명하던 기사도 이야기를 읽고 이에 심취되어 세상의 부정을 바로잡고 학대받는 사람들을 돕겠다며 돈키호테를 자칭하고 여행을 떠나면서 세상과 좌충우돌하는 희극적인 이야기이다.

이 돈키호테가 오늘날까지 회자되는 것은 셰익스피어의 햄릿형과 대조되는 인물형이기 때문으로 햄릿이 생각에 골몰한 우유부단형이라면 돈키호테는 생각보다 행동이 앞서는 돌진형이다. 실제로 이러한 두 인물형은 세상을 살면서 쉽게 부딪치는 사람들의 모습이기도 하다.

셰익스피어의 햄릿과 더불어 알려진 돈키호테의 작가 세르반테스는 어쩌면 셰익스피어에 비해 상대적으로 덜 알려진 작가이기도 하다. 그러나 묘하게도 두 사람은 같은 날 죽은 것으로 기록되어 있다. 1616년 4월 23일 1시간 차이로 셰익스피어와 세르반테스가 죽었다고 한다.

유엔이 셰익스피어와 세르반테스가 죽은 날을 기념해 '세계 책의 날'로 지정했다고 가이드 수피아가 열을 올리며 설명한다. 셰익스피어는 52세에, 세르반테스는 69세의 삶을 살았으나 그들이 남긴 고전은 수백 년이 지난 지금도 사람들에게 읽히고 있다. 세계에서 제일 많이 팔리는 책이 성경이며 그 다음이 『돈키호테』라고 하니!

이제 콘수에그라 관광을 마치고 꼬르도바로 이동한다. 수피아 왈 꼬르도바까지 3시간 30분이 소요되니 피곤하신 분은 취침하시고 생생(?)한 분은 그냥 들으시라고 이야기보따리를 풀어놓는다. "이제부터 질문 세 가지 낼 텐데 맞히는 분에게 점심때 맥주 쏠게요~" 맥주 쏘겠다는 말에 모두 박수치며 자겠다는 사람이 하나도 없다. 거~참~ 공짜라면 양잿물도 마신다더니…ㅎㅎ

"스페인 코인에 들어가 있는 인물이 누군지 아시는 분?" 모두 동전을 꺼내 보는데, "글쎄요~ 모르겠는데…" 이구동성으로 외치는 목소리 중 딱 한 목소리. 스페인 여행 오기 전 공부 좀 하고 왔다는 싸모님, "세르반테스!" 수피아, 박수치며 맞혔는데 반만 맞혔다고 하데요. "또 다른 인물은 누구여요?" 요리조리 뜯어봐도 잘 모르겠지여? 헤헤… 이번에도 그 '다 안다' 사모님 일행 중 한 사람이 말한다. "혹시 현재의 국왕 아닌가요~" 수피아 "와~ 잘했어요~ 맞아요. 카를로스 국왕이에요. 제가 맥주 쏘겠습니다. 그런데 세 번째 질문 맞히면 맥주가 따따블이에요~ 유로화에 들어있는 성당 이름이 뭘까요?" 연신 지폐를 꺼내보는데 모두 고개만 갸우뚱 거릴 뿐 아무도 대답을 못한다. 필자도 마찬가지. "거시기~ 아무도 모르지요~ 지가 가이드 생활 3년에 이거 맞춘 분 딱 한 분 있었땅께요! 산티아고 대성당입니다." "아하!" 모두 아쉬운 탄식을 털어놓는다. 여하튼 맞히지는 못했지만 재밌었지요~ㅎ

스페인 사람들은 보통 아침은 먹지 않고 오전 10시~11시쯤 커피(카페 콘레체 또는 카페 솔로)와 샌드위치로 아점을 먹고, 점심은 오후 3시에서 5시까지 정찬으로 잘 먹고 오후 10시쯤 저녁을 먹는다고 한다. 그래서 저녁 초대는 아예 없다고. 또한 결혼을 두 번하게 되는데 가족 친지만 참석하여 시청에서 혼인 신고 겸 결혼식을 간단하게 올리고 성당에서 많은 하객을 모신 가운데 3시간이나 걸리는 결혼식을 또 올린다고 한다. 그리고 성당에서 한 경우에는 이혼할 경우 5년간은 못한다고 함! 그래서 요즘 젊은이들은 성당에서 하는 것을 꺼리고 시청에서 간단히 식을 올린다고 한다. 이혼을 쉽게 하려는 게지요. 관광수입은 세계 1위가 미국이고 2, 3위를 프랑스와 스페인이 다투고 있다고 하네요.

수피아 왈 "암 걸렸다 살아난 사람 한 번도 못 봤어요. 검사받는 데 6개월이 지나야 차례가 옵니다. 그러니 차례가 오기 전 모두 저 세상으로 가지요. 에~고~ 의사가 많지 않아서 돈푼깨나 가지고 있는 사람은 비싼 개인보험에 들지요~" 비싼 개인 의료보험에 들어야만 제대로 적기에 의료혜택을 받을 수 있다고 한다. 그렇다고 의사 수입이 많은 것도 아니고 많이 벌어야 우리 돈으로 한 달에 500만 원 정도라고. 제일 수입이 많고 인기 있는 직업은 투우사와 소방관이라고 한다.

차창 밖으로 포도밭과 올리브나무들이 끝없이 펼쳐져 있다. 이곳의 포도들은 대부분 알이 작고 떫어 와인이나 샴페인용으로 재배된다. 보통 7유로 이상 되어야 맛이 있다고 하며 우리에게 스페인 와인이 인기가 없는 것은 처음에 수입업자들이 우리 입맛에 맞지 않는 싼 라만차 와인을 수입했기 때문이라고 한다.

올리브는 열매의 70% 정도를 기름으로, 20~25%는 샐러드로, 나머지는 화장품으로 활용한다고 한다. 올리브 수확철이 되면 모로코에서 수천 명의 저렴한 노동력이 들어와 일해 준다고 하며 식당에 가면 올리브기름이 식탁에 올라와 있는데 빵을 이 올리브기름에 찍어 먹으면 담백하고 맛이 있다.

우리 버스는 어느새 꼬르도바에 도착하였다. 금강산도 식후경이라고 중식으로 점심을 먹는다. 수피아 말대로 '다 안다' 싸모님팀 테이블에 맥주 2잔이 놓인다. 일행이 넷인데 두잔이라니! ㅎㅎ 필자 부부는 父子팀과 같이 앉아 이슬이 한잔씩 하니 피로가 싹 풀린다. 이곳 식당에서 주문하면 소주 한 병에 25,000원이라고 하는데 아배가 가지고 와서 권하니 고맙기 그지 없었지요~ "고맙습니다."

점심식사 후 이슬람과 그리스도교가 뒤섞인 건축물 메스키타(꼬르도바 대성당) 내부를 관람하였다. 꼬르도바는 기원전 152년부터 로마의 지배를 받으면서 독특한 문화를 형성하기 시작하였으며 10세기 이슬람 알 라흐만 3세 때 세계 최대의 도시로 전성기를 누렸고 주택 수가 20만 호, 인구가 100만 명, 도서관의 장서가 40만 권, 회교 사원이 600여 개나 될 만큼 유럽에서 각광을 한 몸에 받으며 스페인 최대의 학문 및 예술의 도시로 자리 잡았었다. 그러나 '붉은 꽃은 열흘을 가지 못한다'는 옛말처럼 화려하고 찬란한 코르도바의 향기는 백 년을 넘기지 못하고 역사 속으로 흔적만 남긴 채 사라졌고, 현재 인구는 30만 명이다.

스페인에서는 흔히 모스크를 메스키타라고 부른다. 프랑스어로 모스케, 영어로 모스크라 불리는 메스키타는 '이마를 땅에 대고 절하는 곳'을 뜻하는 아랍어 마스지드에서 유래한 것이다.

메스키타는 後우마이야 왕조를 창건한 아브드 알흐르만 1세가 바그다드보다 큰 수도를 건설하기 위해 꼬르도바에 지은 것이다. 200년 동안 세 번에 걸쳐 증축을 하면서 건설된 메스키타는 2만 5,000명이 한꺼번에 알라신에게 기도를 할 수 있을 만큼 규모가 매우 크다.

꼬르도바 메스키타

　8세기 이슬람교도들이 꼬르도바에 오면서 교회 자리에 그들의 이슬람 사원을 지었다고 한다. 그 후 이슬람 왕국을 몰아낸 그리스도교들이 16세기에 사원의 둥근 지붕과 기도소를 뜯어내고 그 자리에 가톨릭 성당을 지어 한 지붕 두 종교의 집합체로 현재까지 이어지고 있다. 수피아 말로는 기둥을 200개 뽑아냈다고 하네요~

　메스키타를 처음 지을 때도 교회의 기둥과 주춧돌을 그대로 이용하였고, 다시 성당을 지을 때는 이슬람 사원을 완전히 파괴하지 않고 일부분만 고쳤기 때문에 이곳은 이슬람의 전형적인 사원 양식과 성당을 세울 때 사용한 로마네스크 양식, 고딕 양식, 르네상스 양식 등 아주 다양한 건축 양식이 서로 얽혀 있어 건축가들은 이곳을 건축 양식의 백화점이라고 부른다.

　꼬르도바는 다양한 민족들에게 지배받았기 때문에 그들의 자취를 찾는 재미 또한 빼놓을 수 없다. 로마 문화, 이슬람 문화, 그리스도 문화 등 시대를 달리 하면서 각 민족이 만들어 낸 유적과 유물은 꼬르도바만이 가진 특징이라고 할 수 있다.

캄파나리오 탑

　꼬르도바를 가로지르며 흐르는 과달키비르 강 위에는 로마 시대에 지어진 로마교가 모진 세월의 역경을 이겨내고 오늘날까지 건재하게 놓여 있었다. 이 다리는 지금도 사람과 차들이 이용할 정도로 견고하고 튼튼하게 만들어져 새삼 로마인들 건축 기술의 훌륭함을 실감할 수 있었다.

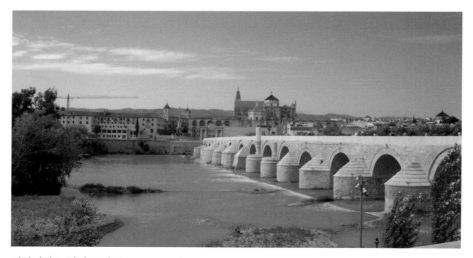

과달키비르 강과 로마교

또한 메스키타 주변에는 꼬불꼬불한 골목길과 하얀 색깔의 집들이 빽빽히 들어선 유대인 거리가 있다. 이곳은 과거에 유대인들이 살았던 지역으로 골목은 어른이 양팔을 벌리면 벽에 닿을 정도로 폭이 좁고 미로처럼 얽혀 있다. 집집마다 다양하게 장식된 창문과 작은 창문 밖으로 예쁘고 향기로운 형형색색의 화분들이 놓여 있어 유대인들의 옛 자취를 느낄 수 있는 꽃의 골목이라고 할 수 있었다.

꽃의 거리(골목). 메스키타 사원이 보이는 것이 이 거리 관광의 포인트

꼬르도바 관광을 마치고 버스에 올라 오늘 일정의 마지막 종착지인 세비야로 이동하였다.

2시간을 달려 세비야에 도착하여 플라멩고 공연장으로 향한다. 정열의 도시 세비야에서 플라멩고가 빠질 수 없다. 집시들의 전통춤으로 알려진 플라멩고는 기타 반주에 노래와 춤이 어우러져 삶의 애환을 표현하는 예술이다. 스페인의 대도시인 마드리드나 바르셀로나에서도 플라멩고 공연을 만날 수 있지만, 플라멩고의 진면목을 보기 위해서는 세비야를 찾아야 한다.

공연이 시작되자 악사의 기타 선율에 따라 가수(칸테: Cante)가 발을 굴리며 노래를 시작하며 현란한 의상을 한 무용수가 손뼉을 치며 분위기를 잡아간다. 남녀 무용수들은 세빌리아 연극학교를 졸업한 전통무용가라고 한다. 가

수의 노래에는 애달픈 삶과 한, 그리고 슬픔이 깃들어 있었고, 무용수의 뒤틀린 손끝에는 허망한 현실에서 탈출이라도 하고 싶은 듯 처절함이 배어 있는 동작이었다.

느린 템포로 시작되던 노래와 춤은 끝부분으로 가면서 빠른 박자와 격렬한 노래에 따라 현란하고 격정적인 손과 발동작으로 바뀌면서 잠재되어 있는 한을 모두 발산시키듯 무용수가 꽝꽝 소리를 내며 발을 구르는 것으로 1시간 30분에 걸친 공연이 끝났다. 샹그리아(와인)을 마시며 정열적이고 애환이 깃든 소리의 종합예술 플라멩고를 마음껏 즐감하였다.

오늘의 관광일정을 모두 끝내고 호텔에 도착하여 늦은 저녁을 먹으면서 이슬이 한잔 걸치고 방으로 올라와 샤워를 하고나니 피로가 싹 가시면서 나도 모르게 스르르 잠이 몰려오며 꿈나라로 빠져든다. 이렇게 여행 3일째도 막을 내리고 있었지요. 아~ 오늘도 즐거운 여행~~~ 이젠~사요나라~

세비야, 론다

　　여행 4일째 9월 19일(월요일) 오늘도 날씨는 화창하다. 호텔식으로 아침식사를 한 후 스페인에서 네 번째로 큰 도시이자 이슬람교도와 그리스도교도의 대립과 갈등으로 많은 시련과 아픔의 그림자가 스며 있는 세비야 관광에 나섰다.

　　1492년 콜럼버스가 아메리카 대륙을 발견하기 위해 돛을 올린 곳이고, 그의 유해가 안치되어 있어 세인들의 관심을 한 몸에 받는 도시이기도 하다. 또한 비제의 카르멘, 로시니의 오페라 〈세빌리아의 이발사〉의 무대로 유명하다. 우선 세비야에서 단연 돋보이는 관광지인 스페인 광장을 보기로 하였다. 스페인광장은 마리아 루이사 공원에 인접해 있으며, 대성당 동쪽으로 약 10분 거리에 위치하고 있다. 한가인, 김태희 등 유명 연예인들이 CF를 찍었던 바로 그곳이다.

　　이탈리아 로마에 있는 스페인 광장, 그리고 마드리드, 바르셀로나에 있는 스페인 광장 등 많은 광장들이 스페인 광장으로 불리고 있지만 세비야의 스페인 광장은 다른 광장들과는 다른 아름답고 운치 있는 풍경들이 시선을 사로잡는다.

스페인 광장

　1929년 중남미를 중심으로 했던 이스파노 아메리카 박람회 때 본부 건물로 건축된 것으로, 건축가 아니발 곤잘레스의 작품으로 라틴 아메리카 스타일이다. 광장은 반원의 형태로 둘러싸인 거대한 건물로 현재 안달루시아 주의 정부 부서들이 입주해 있는데, 건물 벽면은 58개 칸으로 나누어져, 스페인 각 지방의 지도와 문장, 그리고 대표적인 역사적 사실들이 타일 모자이크로 장식되어 있었다.

지방성이 강한 스페인 사람들은 이곳을 방문하여 자신이 속한 도시 앞에서 사진 찍는 것을 매우 좋아한다고 한다. 또한 광장 가운데 수로에는 물을 채워서 배도 띄운다고 한다.

스페인광장 관광을 끝내고 세비야 대성당을 향해 도보로 이동하였다. 수피아와 같이 걸어가는 우리 싸모님들 무척 빨리 가데요. 수피아 왈 "사모님! 거시기 참 빠르네요잉~ 뭣땀시 고로콤 빨리 가지라?" "우린 수피아가 빨리 가니께 허벌나게 쫓아가는 중이구만~" 대전에서 온 쇼핑 싸모님의 한마디에 모두 배꼽을 잡는다. ㅎㅎ

대성당으로 가는 중에 마리요 공원 안에 있는 콜럼버스의 대항해 및 신대륙 발견 기념비 앞에서 잠시 휴식시간을 가진다.

세비야 대성당은 711년 안달루시아를 점령한 무어인(무슬림)에 의해 세워진 회교 사원(모스크)이었으나 15세기 기독교인들이 점령한 후 오렌지나무 정

원과 히랄다 탑을 제외한 나머지를 고딕 양식의 대성당으로 완전히 바꿔 건축하였다. 현존하는 고딕 양식 성당 중 가장 크고 전체 가톨릭 성당 중에서는 성 베드로 대성당과 영국 런던 세인트 폴 성당에 이어 세계에서 세 번째로 크다. 높은 첨탑과 천장, 웅장하고 엄숙한 분위기, 아름다운 스테인드글라스 등이 전형적인 고딕 양식을 보여준다.

세비야 대성당 히랄다탑

12세기에 세워진 33층 높이의 히랄다 탑은 원래 회교 사원 당시에 꼭대기에 사람이 올라가 큰 소리로 기도 시간을 알리는 용도였다고 한다(지금도 회교 사원에서는 사람이 직접 노래 부르듯 기도 시간을 알린다고 한다. 확성기를 사용한다는 점은 다르지만).

기독교인들이 모스크를 성당으로 개축한 뒤 히랄다 탑의 꼭대기에 종루를 세우고 맨 위에는 바람이 불면 흔들리는 '히랄다(바람개비란 뜻으로 일종의 풍향 풍속계임)'를 올려놓아 탑 이름이 '히랄다'로 불리게 되었다고 한다.

황금벽

성당 내부에는 스페인의 무리요나 고야 등 유명 화가들이 그린 성화들이 많이 걸려 있었는데, 예를 들면 무리요의 〈성모수태〉 같은 것은 정말 유명하다고 한다. 하지만 뭐니뭐니해도 다른 성당에 없는 세비야 대성당만의 볼거리는 신대륙에서 온 황금으로 만든 보물들이다. 당시 세비야는 신대륙 상품이 들어오는 독점 항구였기 때문에 성당에도 금으로 만든 유물들이 많이 남아있다. 이 중 황금벽이 가장 유명한데, 정말 거대한 벽 하나를 모두 황금 조각으로 가득 채웠다. 예수님의 생애를 나타나는 45개의 조각들로 이루어져 있는데 1.5t의 황금을 사용했다고 한다. 벽과 천장도 일부분은 황금 칠을 한 것 같았다.

성당 안에는 또 콜럼버스의 묘가 있는데, 레온·카스티야·나바라·아라곤 등 4명의 국왕이 콜럼버스의 관을 메고 있는 모습을 볼 수 있었다. 그만큼

콜럼버스의 묘

콜럼버스는 이 세비야를 번성하게 해 준 인물로 대성당에 안치될 만큼 스페인 사람들에게 중요한 인물이었던 셈이다.

성당내부 관람을 끝내고 대성당 동쪽에 위치한 구시가지 골목으로 들어서니 작은 광장이 나오고 벽이 하얀 예쁜 집들과 오렌지나무들이 줄지어 서 있었다. 옛날 유대인이 살았던 곳으로 〈세비야의 이발사〉의 젊은 연인들이 사랑을 속삭였던 발코니의 배경이라고 수피아가 열을 올리며 설명한다. 믿거나 말거나~ㅎㅎ

구시가지 관광을 끝내고 걸어서 황금의 탑으로 향하였다. 황금의 탑은 아랍인들의 통치 시대인 1220년에 방어용 성곽의 일부로 세비야를 흐르는 과달키비르 강어귀에 세워진 12각형 모양의 탑이다. 이 탑은 처음에 강을 통과하는 배를 검문하기 위해서 세워졌는데, 강 건너편에 있던 8각형의 은색

황금의 탑

탑과의 사이에 쇠줄을 매어놓고 통행하는 배를 검문했었다고 한다.

이 탑의 이름이 '황금의 탑'이라 불린 이유는 몇 가지 설이 있다. 처음 탑을 지을 당시 금 타일로 탑의 외부를 덮었기 때문이라는 설과 신대륙에서 가져온 금을 이곳에서 하선하였기 때문이라는 설이다. 옛날 이곳에서 마젤란이 세계일주 항해를 떠났다는 연유로, 현재 황금의 탑은 해양도시 세비야의 영화를 말해주는 해양박물관이 되어 있다.

세비야 관광을 하다 보니 점심시간이다. 금강산도 식후경이라고 "아이구야~ 밥 묵고 보십시다!" 부자팀 아배가 독촉하네요~ 중국식으로 점심을 먹은 후 버스에 올라 깊은 협곡을 사이에 둔 절벽 위에 펼쳐진 도시, 투우의 본고장 론다로 이동하였다.

론다에 도착하여 바로 투우 경기장으로 향한다. 스페인에서 가장 유명한

스포츠인 근대투우의 발상지가 바로 '론다'라는 지역인데, 그래서인지 곳곳에 투우와 관련된 동상, 장식물 등이 많이 눈에 띄었다. 투우장은 영화에서도 흔히 보았듯이 원형 경기장에 층계 좌석으로 이루어져 있다. 그늘지고 높은 자리일수록 비싸고 좋은 좌석이어서 좌석 간의 금액 차이도 10배 이상이나 난다.

투우경기는 총 세 가지 역할의 투우사들이 등장하게 된다.

가장 처음에 나오는 '삐까도르'라는 투우사는 소의 힘을 빼는 역할을 하게 되며 소에게 짧은 창을 찔러 소가 더욱 화나도록 유도한다. 그다음으로 등장하는 투우사는 '반데리예로'인데 끝이 약간 휘어진 작살을 소에게 꽂는 역할을 하는 투우사다. 마지막에 등장하는 투우사 '마타도르'가 우리가 가장 많이 알고 있는 빨간 천을 흔드는 그 투우사이다. 마타도르는 소를 결정적으로 죽이는 역할을 하는 투우사다. 다시 말하면 소의 뒷목과 잔등사이로 칼을 심장에 정확하게 찔러 한 번에 즉사하게 하는 기술을 구사한다.

가장 멋진 경기를 보여준 투우사에게 관중들은 하얀 손수건을 흔들어주는데 이때 주최 측에서 상으로 소의 귀를 주게 된다. 경기의 질에 따라 소의 두 귀를 받는 경우도 있고, 정말 최고의 경기를 보여준 마타도르에게는 소의 꼬리까지 주는 경우도 있었다고 한다. 이런 투우사는 최고의 인기를 얻으며 부와 명예를 함께 쌓게 되는 것이다.

투우경기는 부활절 주간인 4월에 시작하여 10월에 끝나는데 일요일만 열린다고 한다. 우리가 방문한 투우장은 1785년 스페인 최초로 건설된 투우장이라고 하는데 경기는 일 년에 딱 세 번, 산호세 축일인 3월 19일, 5월 첫째 일요일, 10월 12일에만 열린다. 투우사 6명이 한 조가 되어 20분에 걸쳐 한 마리씩 죽여 6마리의 소를 죽이는 것으로 경기가 끝난다고 한다.

우리는 투우장 내부와 박물관에 전시된 소의 머리와 투우할 때 쓰는 칼, 복장, 투우사의 사진, 이력을 둘러보았다.

　이제 투우장을 떠나 해발 750m의 고지대에 있는 누에보 다리로 이동하였다. 누에보 다리는 100m깊이의 따호 강 절벽을 가로질러 신·구 시가지를 연결하는 다리로 헤밍웨이의 소설 『누구를 위하여 종은 울리나』의 배경이 되었던 곳으로도 유명하다.

협곡을 잇는 누에보 다리

다리 건너편 절벽에 건설된 구시가지

　수피아 왈 "자유시간을 1시간 드리닝께 카페에서 차 한잔 하실랑가, 다리 건너편 구시가지를 한번 보실랑가 싸게싸게 거시기 하랑께요~잉!" '다 안다' 싸모님 팀 네 사람, 60년 친구 간이라는 7학년 3반 할매 두 분, 필자 부부 모두 8명이 용감(?)하게 구시가지로 내려선다.

　한참 내려가니 옛날 이슬람 지배 때 건설된 다리를 만나게 된다. 여기서 그 밑으로 또 하나의 다리가 보이는데 옛날 로마시대 때 통행했던 다리라고 한다.

　다리를 가로질러 다시 구시가지의 아름다운 마을을 둘러보며 구경하다 보니 방향감각을 잃어버렸다. 필자가 앞장서서 걸었는데 허~걱! 좁은 골목에 구불구불~ 그게 거기 같고 가보면 아닌 거 같고 왔다리 갔다리~ 할매들 한 마디씩 던진다.

　"우리 이제 우짜면 좋노?" "걱정 붙들어 매세요~ 지가 알아서 모셔다 드리겠습니다." 큰소리는 쳤는데 에고~ 난감! 스페인 사람들 영어를 모르니 "누에보"를 외칠 수밖에…. 다행히 30대로 보이는 젊은 아낙이 "누에보" 했더니 금방 알아듣고 친절하게 가는 길을 가르쳐 준다. 이렇게 고마울 수가 있나~ "글라시아스~"

약속시간에 정확히 맞쳐 만남의 장소에 도착하였다. 그리고 의기양양하게 큰소리 쳤지요~ "모두 운동 잘하셨지요~ 지가 시간에 맞추느라 일부러 돌아서 온 것입니다. ㅎㅎ" 우리 일행 모두 웃으며 하는 소리, "역시 남자들이 길눈은 밝아요~"

론다에서의 관광을 끝내고 버스에 올라 오늘의 종착지인 말라가로 이동하였다. 1시간 30분이 소요되어 말라가에 도착하여 호텔에서 저녁밥 먹고 방으로 올라와 샤워를 끝내고 와인 한잔하니 눈이 스르르 저절로 감기며 꿈나라로 빠져들었다.

이렇게 여행 4일째도 즐겁게 막을 내리고 있었다.

말라가, 미하스, 그라나다

여행 5일째^(9월 20일, 화) 오늘도 날씨는 청명하다.

지중해를 마주하고 있는 스페인 남부의 항구도시 말라가는 추상파 화가인 파블로 피카소가 태어난 곳으로 유명하며 많은 관광객이 찾는 곳이다. 또한 많은 유럽 부호들이 별장을 갖고 싶어 하는 휴양도시이기도 하다.

상쾌한 마음으로 버스에 올라 기사에게 "부에노스 디아스~" 하고 인사하니 밝은 미소로 "부에노스 디아스~" 화답한다(부에노스 디아스는 아침인사로 안녕하세요~). 역시 언어는 달라도 사람 간에 느끼는 정은 어디에서나 똑같으리라….

수피아가 인원을 체크하더니 "아따 딱 맞어부려요~잉! 우리 선상님과 싸모님들은 긍께~ 멋져부러요~잉! 요로콤 시간을 잘 지키니께~" 전라도 사투리에 버스 안은 아침부터 한바탕 폭소가 터진다. 웃음은 항상 건강에 좋지요~

우리는 말라가의 작은 마을 미하스로 이동하였다. 말라가에서 남서쪽으로 31km 떨어진 해발 428m의 미하스는 흰색 벽과 붉은 색 기와지붕이 아담하고 아기자기하게 아름다운 모습으로 산기슭부터 중턱까지 빼곡하게 들어차 있어 장관이었다.

전망대로 올라가 보니 조그만 동굴 성당이 있었다. 내부를 둘러보고 나오니 앞으로 시원스레 탁 트인 푸른 바다! 아름다운 지중해가 눈앞에 삼삼하게 펼쳐진다. 시선을 밑으로 돌리니 집집마다 풀장을 갖춘 예쁜 별장들이 저마다 솜씨를 뽐내며 한 폭의 그림을 그려내고 있었다. 오매~ 부러운 거!

미하스 마을

미하스 '하얀 마을'로 들어서니 예쁜 레스토랑, 카페, 기념품 가게들이 줄지어 있었고 꽃으로 장식된 작고 하얀 집들은 우리로 하여금 한 번쯤 들어가 보고 싶은 충동을 불러일으켰다. 그래서 일본사람들이 이곳을 스페인 여행의 필수코스로 꼽는 모양이다.

 미하스 관광을 끝내고 이제 우리는 말라가 해변으로 이동하였다. 작열하는 태양 아래 수영복 차림으로 선탠을 즐기는 여유로운 사람들, 푸른 지중해 바다, 모래사장 그리고 야자수…. 북유럽과 영국사람들이 이곳을 자주 찾는 이유를 알 것 같았다. 인증샷 몇 컷 날리고 잠시 휴식을 취한 후 버스에 올라 그라나다로 이동하였다.

 그라나다에 도착하여 점심을 먹은 후 그라나다의 상징이자 이슬람문화의 최고 걸작품인 알함브라 궁전을 관광하였다. 알함브라 궁전은 1238년 그리스도 교도들에 쫓겨 그라나다로 와서 이슬람 문화를 세운 후 22명의 왕들에 의해 조금씩 완성된 이슬람 왕국의 궁전이다.
 아라비아어로 알함브라는 '붉은 성'이란 뜻인데, 이는 성곽에 사용된 석벽이 다량의 붉은 철을 포함하고 있기 때문이다.

진리의 샘으로 알려진 아라야네스 중정

알카사바 성벽

이 궁전은 크게 4개의 지역으로 나뉘는데 카사레알(왕이 머물던 내궁)을 비롯해 카를로스5세 궁전, 알카사바 성채, 헤네랄리페 별궁 등이 그것이다.

카를로스 5세 궁전

알함브라 궁전이 어디 있는지는 몰라도 스페인의 전설적인 기타연주자 타레가(Francisco Trega Eixea)의 애잔한 기타연주곡 '알함브라 궁전의 추억'은 잘 알 것이다. 스페인의 기타리스트인 프란시스코 타레가는 어느 날 한 여인에게 사랑의 감정을 느끼게 되지만 그 여인은 이미 배우자가 있었다. 타레가는 그녀와 함께 알함브라 궁전을 돌아보며 사랑을 키워왔지만 이미 배우자가 있었기에 이루어지진 못했다. 그 후 깊은 슬픔에 빠지게 된 타레가는 감정을 주체하지 못할 때마다 알함브라 궁전에 가서 자신의 이룰 수 없는 사랑을 노래했다. 이렇게 만들어진 곡이 '알함브라 궁전의 추억'이다. 이런 작곡 배경 때문인지 이 기타의 감미로운 선율은 듣는 이의 가슴을 저민다.

애잔한 선율 때문에 무언가 깊은 사연과 애잔함이 서려있는 것 같은 궁전을 둘러보기로 한다.

레알카사 왕궁은 알함브라 궁전의 핵심으로 대사의 방, 두 자매의 방은 볼 만하였지만 사자의 뜰은 보수 중이어서 12마리의 사자가 있는 분수대를 별도의 방에서 보는 것으로 만족해야 했다(사진 촬영도 금지).

헤네랄리페 정원은 아라비아어로 '모든 것을 볼 수 있는 사람이 사는 정원'이란 뜻이다. 아랍 왕들이 더위를 피해 이곳에 왔으며, 정원의 꽃과 분수, 화단의 조화가 정말 아름답고 멋이 있었다. 특히 정원 안에는 아세키아 뜰이 돋보였는데 계절에 따라 아름다운 꽃들이 번갈아 핀다고 한다.

알함브라 궁전과 마주보는 언덕에 위치한 알바이신 지구는 옛날 아랍인들의 집이 밀집해 있던 곳으로 이곳의 성채는 13세기에 처음 지어졌으며 30개 이상의 회교 사원이 있다고 한다.

알바이신 지역

알바이신 지역을 조망하는 것으로 오늘의 마지막 관광을 마무리하고 호텔로 들어와 샤워를 끝내고 와인을 곁들인 저녁을 먹으니 '알함브라 궁전의 추억' 선율이 귓가에 맴돌며 나도 모르게 비몽사몽간에 꿈나라로 빠져들었다.

바르셀로나 1

여행 6일째(9월 21일, 수) 아침식사 후 그라나다 공항으로 이동, 오전 9시 15분 바르셀로나행 비행기에 몸을 싣고 1시간 20분이 소요되어 10시 35분 바르셀로나에 도착하였다. 바르셀로나는 스페인에서 두 번째로 큰 도시이고 인구는 340만 명이다.

짐을 찾고 바르셀로나 해변가 식당으로 이동, 스페인 전통음식 해물빠에야로 점심을 먹었다. 빠에야는 우리의 해물 볶음밥과 같은 스페인 특식 요리이다. 요리사가 요리하여 직접 들고 온 해물빠에야가 먹음직스럽다. 이것을 적당히 나누어 접시에 담아 샐러드와 함께 식탁 위에 올려놓는다.

'빠에야'란 넓적한 팬을 뜻하는 말로 이 팬에 올리브유를 두르고 양파, 마늘 등의 야채와 홍합, 새우, 오징어 등 해산물 등을 넣어 볶다가 쌀과 사프란을 넣어 만든 요리이다. 그런데 우리처럼 쌀을 먼저 물에 불려서 밥을 지어 볶는 것이 아니라 쌀을 물에 불리지 않고 바로 올리브유에 익을 때까지 볶기 때문에 우리의 볶음밥보다 훨씬 기름이 많고 좀 더 씹는 맛을 느낄 수 있었다. 필자는 무슨 음식이든지 잘 먹는 편이지만 이 빠에야는 특별히 더 맛있게 먹었다.

스페인 전통 요리로 또 한 가지를 소개하자면 하몽을 빼놓을 수 없다. 하몽은 소금에 절여 말린 돼지고기이다. 스페인 사람들이 즐겨 먹는 음식으로 일반 햄처럼 샌드위치에 넣어 먹거나, 그냥 먹기도 한다. 스페인 곳곳의 음식점에서 하몽 즉 돼지고기의 넓적다리를 염장하여 널어놓은 모습을 쉽게 볼 수 있었다. 밑에 꼬깔콘처럼 생긴 것을 받힌 이유는 기름받이를 위한 것이고 돼지 넓적다리를 소금에 절였기 때문에 파리가 붙지 않는다고 한다. 하몽 이베리코가 최상품이라고 하는데 하몽은 와인을 마실 때도 최고의 안주감이다.

점심을 먹은 후 세계적으로 유명한 스파클링 와인(샴페인)인 카바CAVA 공장을 방문하였다. 인상 좋은 동네아저씨 같은 공장 지배인의 안내로 카바 와인 제조방법과 저장에 대한 설명을 들은 후 와이너리 투어가 시작되었다. 제일 먼저 들어간 건물에는 초창기 이용되던 와인 제조법과 처리시설, 기구들이 전시되어 있었다.

지하 20m에 위치한 카바 와인 저장고에 내려가니 섭씨 13도~15도를 계속 유지하고 있다고 하는데 바깥온도가 섭씨 32도이니 아주 시원하게 느껴졌다. 내부가 엄청 넓어 전기차를 개조한 투어기차를 타고 둘러본다. 타고 가다 모퉁이에서 90도로 턴할 때는 아찔할 정도로 고도의 기술을 요하는데 지배인은 싱글거리며 능수능란하게 운전하니 우리 일행들, 감탄사가 저절로 터져 나온다. "우와! 스릴 만점! 멋져부러~"

내부를 둘러보고 시음장에서 글라스에 담긴 와인 향기를 음미하며 화이트 샴페인과 레드 샴페인을 각각 시음했는데 입안에 착 달라붙는 게 감칠맛이다. 오매~좋은 거~

우리 일행 중 주류酒類(?)는 원형 테이블에 빙 둘러서서 와인 예찬론으로 웃음꽃을 피우고 와인을 마시며 담소를 나누는데 비주류非酒類는 눈만 멀뚱멀뚱 깜박이며 천장만 쳐다보고 있으니 참 안돼 보이데요~ 에~고~ 우리를 위해 미리 따라 놓은 와인인데 왜들 안 마시는지… 그거 참~ 아깝다! 주류들이 할 수 없이 한, 두 잔씩 더 마셨지요. 건강을 위해서라도 한, 두 잔은 기본인데! 필자만의 착각인가요? ㅎㅎ

부자팀 아배, 시음장 옆 판매장에서 카바 와인을 6병이나 구입한다. "샴페인 맛이 좋고 무척 입맛이 땡기시나 봅니다~" "아닙니더~ 지는 와인체질이 아니라예~ 지는 소주가 최고지예~ 우리 애가 직장 상사에게 선물로 돌릴라꼬 산 겝니더! 오해 마이소~" "알겠습다!" 서로 쳐다보고 한참 웃었지요~ㅎㅎ

카바공장을 나온 후 바르셀로나에서 60km 떨어진 몬세라트 산으로 이동하였다. 스페인어로 몬은 마운트, 산을 의미하고 세라트는 톱니란 뜻이다. 다시 말하면 톱니처럼 생긴 산이라는 뜻이다. 실제로 산을 보니 희한한 모양의 바위들이 톱니처럼 솟아있었다. 산 중턱 절벽 위에 11세기경 세워진 산타마리아 수도원이 유명하다고 수피아가 설명한다.

"몬세라트 수도원이 유명한 건 거시기… 나무로 만든 검은 마리아상이 있기 때문이랑게요~ 예수님의 어머니인 성모마리아의 얼굴이 검고 흔히 볼 수 없는 마리아 상인께 요로콤 관광객들이 많은 게지라~"

관광객이 이곳을 찾는 또 한 가지 이유는 9세~ 11세의 소년들로 구성된 세계 3대 소년 합창단의 하나인 나무 십자가 소년 합창단의 합창을 듣기 위해서라고 한다. 산악열차, 차량, 케이블카를 타고 수도원에 오를 수 있으나 우리는 케이블카를 타고 등정, 아름다운 몬세라트 수도원과 기암괴석으로 이루어진 웅장한 바위산 등 주변경관을 감상하였다.

케이블카에서 내려 바라본, 마치 팔을 벌리고 서 있는 듯한 거인의 모습과도 같은 다양한 형태의 바위들

몬세라트 수도원 본당

산타조지 조각상

　수도원 입구에 있는 산타조지 조각상은 신기하게도 눈동자가 보는 이를 따라 같이 움직였다. 거~희한하데요! 착시현상을 일으킨 건 아닌데… 필자만이 아닌 우리 일행 모두 똑같이 느꼈으니까~ 스페인의 천재 건축가 가우디가 이곳을 찾아 바르셀로나 성가족교회의 건축 영감을 얻었다고 한다.

　성모마리아상을 경배하기 위해 관광객들이 줄을 서서 기다리는데 좀처럼 앞으로 나가지를 못했다. 30분 넘게 걸려 좁은 2층 계단을 올라가니 마리아상이 보이고 관광객들마다 소원을 빌고 인증샷 날리고, 경배하고~ 그래서 시간이 많이 지체되었다. 필자부부도 예외는 아니어서 마눌님은 경배하고 필자는 인증샷 날리고~ 간만에 바빴지요~ 예수님을 앞으로 안고 있는 모습이 참 포근하고 인상적이었고요~

유명한 검은 성모마리아상

　수도원과 검은 성모마리아상을 경배한 후 버스에 올라 우리가 오른 케이블카 반대편 구불구불 산길을 따라 기암괴석과 깎아지른 절벽을 바라보며 하산을 하였다.

　하산 후 바르셀로나로 이동하여 중국식으로 저녁식사를 한 후 호텔에 투숙하였다. 오늘의 일정도 즐겁고 편안하게 마친 것에 감사하며 자리에 누우니 여행 6일째의 막도 서서히 내려가고 있었다. 아~듀!

바르셀로나 2
(구엘공원)

여행 7일째(9월 22일, 목), 오늘도 날씨는 청명하다. 아침식사 후 천재건축가 가우디의 재기발랄한 아이디어를 엿볼 수 있는 구엘공원으로 향하였다.

가우디는 스페인 최고의 천재 건축가로서 성가족성당, 구엘공원, 카사밀라 등을 설계, 건축하였는데 이 건축물들은 하나같이 천재의 재능을 그대로 느낄 수 있기에 많은 관광객들이 그의 자취를 쫓아 바르셀로나를 찾는다. 가우디의 작업은 초기(1878~1892:카사밀라), 성숙기(1892~1914:구엘공원) 그리고 말기(1914~1926:사그라다 파밀리아 성당)로 구분할 수 있는데, 성숙기에 만들어진 '사람을 위한, 사람과 자연의 완벽한 조화'로 그의 작품 세계를 가장 잘 나타내고 있는 구엘공원을 먼저 보기로 하였다.

바르셀로나 도심 북측, 지중해와 시가지가 내려다보이는 언덕 위에 세워진 구엘 공원은 원래는 이상적인 전원도시를 만들 목적으로 설계된 곳이다. 가우디의 경제적 후원자 구엘 백작이 평소 동경하던 영국의 전원도시를 모델로 했으며 구엘 백작과 가우디는 이곳에 60호 이상의 전원주택을 지어서 스페인의 부유층에게 분양할 예정이었다고 한다. 구엘 백작과 가우디의 계획은 당시로서는 매우 혁신적인 발상이었지만 실패한 계획이었다. 다시 말하면 1900년부터 1914년까지 14년에 걸쳐서 작업이 진행되었지만 분양이 안 되었고, 자금난까지 겹치면서 세 개의 건물과 광장, 유명한 벤치 등을 남긴 채 미완성으로 끝나고 말았다.

1922년 바르셀로나 시의회가 구엘 백작 소유의 이 땅을 사들였고, 이듬해 시영공원으로 탈바꿈시켰다. 애초의 원대했던 꿈은 이루지 못했지만, 공원은 여전히 스페인이 낳은 천재 건축가 가우디의 가장 훌륭한 작품 중 하나로 기억되고 있으며, 많은 시민들의 쉼터로 사랑받고 있다. 소수 부유층의 전원도시보다는 수많은 시민들의 휴식처가 되었으니 오히려 그 생명력과 효용면에서는 더 많은 것을 얻었을지도 모를 일이리라.

1984년 유네스코 세계 문화유산으로 등록되었으며 공원 안에는 가우디가 거주했던 집이 있고 도마뱀 분수를 비롯하여 곳곳에서 가우디의 재기 발랄한 발상이 엿보였다. 공원 설계는 가우디 건축 스타일의 독특함을 유감없이 보여준다. 직선이 아닌 곡선을 위주로 한 건물들, 어디서나 시선을 잡아끄는 화려하고 독특한 모자이크 장식과 타일, 인간의 근원적인 불안을 나타내기라도 하듯 위태롭게 기울어 있는 나선형의 층계, 자연미를 살린 꾸불꾸불한 길과 인공 석굴들, 어느 것 하나 '가우디'답지 않은 것이 없었다.

공원 입구에는 경비실과 관리실로 쓰려고 했던 두 개의 건물이 있었다. 갈색과 흰색이 어우러져서 동화 〈헨젤과 그레텔〉에 나오는 과자의 집을 연상시켰다. 외벽은 자연석의 자연스러운 질감과 곡선을 그대로 드러내놓고 있었으며 다양한 창문, 흰색 타일과 독특한 모양의 뾰족탑으로 마감한 지붕은 화려하면서도 신비롭고 낭만적인 분위기를 더해주었다.

공원 계단에는 중앙에 수목으로 장식한 작은 정원과 분수, 공원에서 제일 유명한 도마뱀 분수, 입에서 물이 나오는 용머리 모양의 분수 등 3개의 분수가 있었는데 화려한 색감의 타일로 모자이크 해놓았다.

공원에서 제일 유명한 도마뱀 분수

계단을 올라가면 90여 개의 기둥을 한 석주실을 볼 수 있었다. 평소 그리스 로마 신화에 관심이 많았던 구엘 백작의 요청으로 지어진 이 건물은 그리스 신전을 연상시킨다. 기둥은 아래쪽보다 위쪽으로 올라갈수록 가늘어지고 속이 비어있다고 하며 도리아식이었다.

약간 밋밋한 석굴기둥과는 달리 화려하고 밝은 색감의 타일 모자이크와 문양으로 장식된 천정, 옥상으로 이어지는 통로의 경사진 모양은 가우디의 독창성을 다시 한번 보여주었다.

옥상은 광장으로 형성되어 멀리 지중해와 바르셀로나 시내가 한눈에 보이며 공원이라기보다는 마치 동화 속 나라에 들어온 것 같은 환상을 불러일으키는 곳이었다. 뱀처럼 꾸불꾸불하게 이어지는 벤치는 다양한 색감의 타일 모자이크로 구성되어 있어 관광객들이 앉아 공원을 조망하며 휴식을 취하고 가우디의 천재성을 인식하고 체험할 수 있도록 되어 있었다.

아래쪽 석주실의
근엄함과 대비되는
화려한 색감의 무늬로
장식된 벤치와 광장

꾸불꾸불한 곡선과 울퉁불퉁한 벽면, 쓰러질 듯 기울어진 기둥, 자연을 테마로 한 직선이 아닌 곡선, 그리고 비싸지 않은 다양한 재료, 무게를 잘 유지하여 오랫동안 유지하는 다리와 실제 나무기둥과 같은 돌기둥들이 인상적이었다.

우리 일행들, 벌린 입을 다물지 못하고 감탄사를 연발한다. "와~우!" "대단해요!" "천재야~천재!" "바르셀로나는 가우디가 먹여살리네!"

구엘공원은 다시 말하면 가우디 특유의 형형색색 모자이크로 장식된 건물과 자연이 어우러져 초현실적이고 신비로운 분위기를 연출하고 있었다. 과자의 집처럼 생긴 건물이나 반쯤 기울어져 어딘가 불안해 보이는 인공석굴의 어디쯤에서, 혹은 꾸불꾸불한 산길 어디에선가 동화 속 요정이라도 만날 것 같은 느낌도 주고 있었다. 숲이 우거진 공원길 따라 산책하거나 조깅하는 사람들이 가끔 눈에 띄었지만 우리가 일찍 서둘러서인지 관광객은 그리 많지 않아 편안하게 구엘공원을 둘러보고 나올 수 있었다.

타일모자이크를 이용한 멋진 도마뱀 분수, 용의 머리 분수, 작은 수목정원 분수, 갈색과 흰색이 어우러진 동화 속에 나오는 신비하고 예쁘고 낭만적인 집…. 그리스 신전을 연상시키는 기둥과 천정이 특이한 석주실, 바르셀로나 시가지를 한눈에 내려다볼 수 있는 전망대(광장), 뱀의 형상을 한 듯이 꾸불꾸불하게 이어지는 인상적인 벤치, 가우디가 중년 이후 살았던 집으로 지금은 가우디 박물관으로 사용되는 집…. 요상한 모양의 돌들을 쌓아올려 만든 터널 및 인공석굴, 꾸불꾸불한 곡선과 울퉁불퉁한 벽면, 쓰러질 듯 기울어진 기둥, 타일을 붙여 장식한 아기자기하고 예쁘고 독창적인 계단….

구엘공원에서 이런 가우디의 걸작들을 보면서 가우디는 자연을 테마로 한, 직선이 아닌 곡선을 강조하고, 자유롭게 흐르는 선적線的 형태들을 3차원의 건축으로 표현한, 그리고 고정된 것도 없고 물 흐르듯, 떠 있는 듯한, 꾸불꾸불하고 울퉁불퉁한 웨이브가 주조를 이루는, 건축적, 예술적, 기술적 역량을 마음껏 보여주고 있다는 평가를 받기에 조금도 손색이 없는, 스페인이 낳은 천재 건축가라는 생각이 들었다.

오늘 여행기는 여기까지이고 다음은 성가족교회(사그라다 파밀리아 성당)으로 향해 보자!

바르셀로나 3
(성가족교회, 카사밀라, 피카소 박물관)

구엘공원 관광을 끝낸 후 우리 일행은 바르셀로나의 상징적인 건축물인 성가족교회(사그라다 파밀리아)를 보기로 했다.

성가족교회Sagrada familia는 가난한 신자들의 민간단체인 '산 호세 협회'에 의해 1882년에 건설되기 시작했으며, 1891년부터 안토니오 가우디가 이어받아 사망할 때까지 43년간 직접 설계하고 건축하였다. 가로 150m, 세로 60m, 최고 높이 170m의 이 건축물은 19세기 유럽에서 유행했던 네오 고딕식 건축 양식이지만, 여타 건물들과 확연히 다르다.

예수의 탄생, 수난, 영광 등을 주제로 각각 4개 탑, 모두 12개 탑으로 구성되어 있으며 이 12개의 탑은 12제자를 나타내고 정문에는 예수의 탄생을 표현하였다. 또한 가우디 사후인 현재에도 계속적으로 공사가 이루어지고 있는 미완의 교회이다. 현재 완성된 부분은 착공을 시작한 지 100년 만인 1982년에 완성된 것으로 그리스도의 탄생을 주제로 한 안쪽 107m 높이의 쌍탑과 바깥쪽 98.4m 높이의 탑이다. 이 4개의 탑을 포함하여 12개의 종탑 중에서 8개는 이미 완성되었다. 정문에는 예수의 탄생을 주제로 한 아름답고 살아 있는 듯한 조각상이 가운데 있고 양측으로 건축된 안쪽 107m 쌍탑과 바깥쪽 98.4m 쌍탑이 보인다.

앞으로 건설될 부분은 영광의 문 쪽의 4개의 종탑, 예수 그리스도를 기리는 170미터 높이의 중앙돔, 125미터의 성모 마리아 탑, 그리고 4명의 전도자들을 기리는 탑 등이다. 따라서 가우디의 성가족교회의 완성은 앞으로 100~200년이 더 걸릴 것으로 예측된다.

건물 정문의 탑은 그리스도 탄생을, 남쪽의 탑은 그리스도의 영광을, 후문의 탑은 그리스도의 수난과 죽음을 의미한다고 한다. 처음부터 속죄의 사원이란 개념으로 시작했던 성가족교회 건축을 위한 재정은 오로지 개인들의 기부와 관광객 입장료에 의해서만 이루어지고 있으며, 지금도 신자들과 이 프로젝트 지지자들로부터의 관대한 기부에 의해서 공사가 진행되고 있다. 사그라다 파밀리아의 전체 모양을 보면 아랫부분은 땅으로 가라앉은 것 같고, 옥수수 같은 첨탑들은 하늘로 솟구치는 불꽃을 연상시킨다.

교회 구조는 크게 3개의 파사드(건축물의 주된 출입구가 있는 정면부)로 이뤄져 있고 앞에서 언급했듯이 각 파사드에는 4개의 첨탑이 세워졌다. 정문에 자리 잡은 예수탄생을 묘사한 조각들은 살아 움직이는 듯 생생하였고 아름다웠다.

성당 내부의 전체적인 컨셉은 자라는 나무를 모토로 했기 때문에 나무기둥과 꽃잎 등을 형상화하여 아름다운 형태로 건축되었으며 곡선을 이용한

정문 위의 예수 탄생을 묘사한 조각상

다양한 형태의 건축물과 높고 멋있는 상상 밖의 우아한 천장이 필자의 혼을 쏙 빼놓았다. 감동 먹었어여!

천정에서 들어오는 빛이 환상적이었고 이태리 성당과 달리, 스테인드 글라스를 별로 쓰지 않은 것도 사그라다 파밀리아의 특징이었다.

성당 내부를 보고 예수의 수난과 죽음을 주제로 한 후문(출구) 쪽으로 나왔다. 성가족 교회 후문 위, 예수의 수난을 주제로 한 안쪽 107m 쌍탑과 바깥쪽 98.4m 쌍탑을 올려다본다. 이어서 예수의 고난과 성모마리아, 제자들의 슬픔을 표현한 조형물을 둘러보았다.

내부로 들어서니 둥근 천장은 나무처럼 생긴 기둥이 떠받치고 있었고, 천장은 별 무늬로 가득하였다.

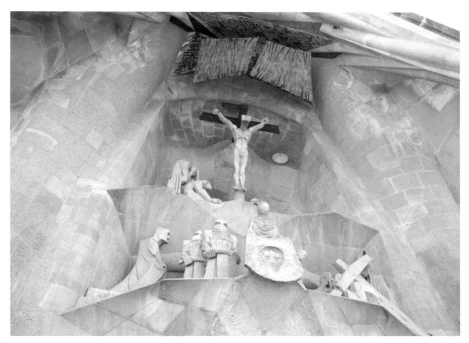

예수의 고난과 제자들의 슬픔을 묘사한 조각상

우측으로 고뇌하는 베드로도 보인다.

죄수를 묶는 기둥에 묶이신 예수

성격이 괴팍하여 결혼도 안 하고 평생을 독신으로 산 가우디는 개인적으로 불행한 삶을 살았다고 한다. 다행히 구엘백작을 만나 평생 재정적 지원을 받으며 천재적 예술활동을 펼칠 수 있었다. 그는 말년에 성가족교회 공사 현장에서 집으로 돌아가던 중 전차에 치여 세상을 떠났다. 반면에 피카소는 미남형으로 주위에 항상 여인들이 쫓아다녀 젊은 미녀들과 염문을 많이 뿌리며 돈, 명예, 여자 등을 움켜쥐며 93세까지 장수하였다. 두 사람 모두 동시대를 살다간 천재 예술가이지만 행복, 불행의 끈을 서로 반대편에서 쥐고 달리고 있었으니 사람의 인생 행로는 참 알다가도 모를 일이다.

72년의 일생 중 43년을 성가족교회에 매달렸던 가우디는 이런 말을 남겼다. "바르셀로나는 훗날 이 건물로 인해 유명해질 것이다." 그의 말은 결국 현실이 되었고, 또한 그의 꿈이 이루어진 것이리라.

가우디는 떠났지만 그가 남긴 스케치와 설계도에 따라 바르셀로나 시에서는 항상 변화를 추구하는 현대에 무언가 완성을 위한 목표가 있다는 것 자체에 의미를 두고 지금까지 계속 공사를 추진하고 있다. 성가족교회 관광을 마치고 버스에 올라 피카소 미술관으로 가던 중 가우디의 건축물이라고 수피아가 소개하는 카사밀라가 보였다.

카사밀라

1905년 가우디의 설계로 5년 동안에 걸쳐 완성된 공동주택으로 벽면의 소재가 석회암이라는 점이 특이하며, 석재를 연마하지 않고 꺼끌꺼끌한 상태로 쌓아올렸다. 율동하는 하얀 벽면은 물보라가 이는 바다를 연상케 하고, 베란다의 손잡이는 파도 속에 떠 있는 검은 해조류를 연상케 한 것이라고 설명한다. 설명을 듣고 보니 이해가 되기도 하고, 아닌 것 같기도 하고… 필자가 예술에는 젬병이라서 잘 모르겠네요. ㅎㅎ

바르셀로나 피카소 미술관은 주택가 좁은 골목에 위치하고 있었는데 가는 길목은 고풍스럽고 고즈넉한 분위기가 느껴졌다. 또한 바르셀로나 시민들의 삶의 한구석을 볼 수 있어 좋았구요~

미술관은 그의 유년기, 소년기, 청년기에 그린 스케치와 드로잉 등의 습작을 많이 볼 수 있는 곳으로 '미완의 가능성'과 천재성을 유감없이 보여주는 곳이었다. 그림에 대한 열정과 어린 시절의 습작들이 참 인상적이었다. 9살 때 그린 〈투우와 여섯 마리의 비둘기〉로 시작하여 15살 때 그린 〈첫 영성체〉는 어린 소년이 그렸다고 믿기지 않을 정도로 감탄사를 자아내기 충분하였다. 〈과학과 자선〉, 〈시녀들〉이란 작품도 천재성이 드러나는 걸작이었다. 유감스럽게도 미술관 내부는 사진 촬영이 금지되어 있었다.ㅜㅜ

피카소가 20세기 미술의 거장이라는 점에 이견의 여지가 없을 거라는 생각을 하면서 피카소 미술관 관람을 끝내고 밖으로 나왔다. 수피아 왈, "싸모님, 선상님! 오늘 거시기 점심 메뉴는 '몽고리언 해물 바베큐'니께 많이 드시지라~" 오늘 많이 걸어서인지 모두 이구동성으로, "와~ 금강산도 식후경이라고 했는데 배꼽시계가 울리려고 하던 차에 잘됐네! ㅎㅎ"

모두 한바탕 웃으며 즐거운 기분으로 식당으로 향하였다.

오늘의 여행기는 여기까지이며 졸필은 계속됩니다.

바르셀로나 4
(몬주익 언덕, 람블라스 거리)

　점심을 철판 해물볶음과 스시(초밥)로 맛있게 먹은 후 몬주익 언덕에 위치한 바르셀로나 주 경기장과 1992년 바르셀로나 올림픽 마라톤에서 우승을 차지한 황영조 선수의 마라톤 제패 기념비를 보기로 했다.

몬주익 언덕에 위치한 카탈루냐 미술관

미술관 앞에서 바라본 바르셀로나 시내 전경

바로 앞으로 보이는 광장이 에스파냐 광장으로 주말에 열리는 분수쇼가 유명하다고 한다~

바르셀로나 시내와 항구가 내려다보이는 몬주익 언덕의 '몬'은 여기 말로 산이란 뜻이고 '주익'은 유대인의 무덤이라는 뜻이다.

언덕을 버스로 오르면서 현지 가이드 김여사 왈, "제가 바르셀로나에 산 지 20년이 넘었어요. 그런데 몬주익 언덕은 바르셀로나 교민들에게는 남다른 기쁨을 준 곳이에요. 바르셀로나 올림픽의 마지막 피날레를 장식한 마라톤에서 황영조 선수가 금메달을 땄을 때 300여 교민들은 모두 얼싸안고 기쁨의 눈물을 흘렸지요. 대한민국 국민인 것이 정말 자랑스러웠고 황영조 선수는 우리들의 한을 풀어준 영웅이었습니다."

19년 전 스탠드에 있던 수만 관중들의 우레 같은 기립박수를 받으며 저 반대편 입구를 통해 입장하여 트랙을 한 바퀴 돈 후 결승선 테이프를 끊었던 황영조 선수의 모습이 눈앞에 삼삼하게 떠오르네요~

무더위가 한창이던 1992년 8월, '죽음의 언덕'으로 불리우는 몬주익 언덕에서 황영조 선수는 앞서 달리던 일본 모리시타 선수를 38km 지점에서 극적으로 따돌리고, 메인 스타디움에 제일 먼저 들어와 결승선을 통과하여 마라톤 금메달을 획득했었다. 손기정 선수가 베를린 올림픽 마라톤에서 금메달을 딴 후 56년 만에 국민들의 한을 풀어준 쾌거였다. 메인 스타디움 길 건너편에 조성된 황영조 기념비는 한국에서 가져온 돌로 예쁘게 꾸며져 있고 황영조 선수의 발, 경기도와 바르셀로나 시의 자매결연 내용이 돌에 새겨져 있었다. 이곳에는 '몬주익'의 영웅 황영조를 기념하는 날도 있다고 한다.

몬주익 언덕에서 내려다 보면 바르셀로나가 한눈에 담기고 바다가 어우러져 있어 항구도시임을 실감나게 해준다. 바르셀로나를 조망해 보기에는 일품인 곳이었다.

이제 우리는 바르셀로나 최대의 번화가 람블라스 거리로 향한다. 람블라스 거리Las Ramblas는 북쪽의 카탈루냐 광장에서 남쪽 항구와 가까운 레알 광장까지 약 1km에 달하는 거리를 말한다. 원래는 작은 시내가 흘렀으나 19C경에 현재와 같은 산책로가 있는 대로로 바뀌었다고 한다. 거리 주변에는 꽃집, 초상화 및 그림가게, 액세서리 가게 등이 있었다.

산책로는 모자이크가 바닥에 깔려 있었고 양 옆으로 멋진 카페들이 있어 많은 사람들로 붐볐다. 항구 쪽 끝으로 레알 광장이 나오는데 이곳은 19세기 건물로 둘러싸인 원형 광장으로 중앙에 콜럼버스 탑이 보였다.

레알 광장과 콜럼버스 탑. 탑 꼭대기에 오르면 바르셀로나 항과 람블라스 거리를 한눈에 볼 수 있다고 한다.

거리 중간쯤에 위치해 있는 산 호세 시장은 1840년에 만들어진 최대의 시장으로 넓은 시장 안에 신선한 야채와 과일, 고기, 어패류 등이 진열된 가게들이 많이 늘어서 있었으며 저렴한 물건을 구입하려는 관광객들로 매우 붐비는 곳이었다. 필자 부부도 시장 안으로 들어가 이곳저곳을 구경해 본다. 각양각색의 과일이 넘쳐나고 하몽도 주렁주렁 매달려 손님을 기다리고 있었다. 마눌님이 하몽 가게 앞에서 인증샷을 원해, 한 방 날리고 온갖 과일도 사진에 담아보고 필자는 덩달아 신이 났다. ㅎㅎ

콜럼버스 탑을 둘러보고 카탈루냐 광장 쪽으로 돌아오면서 나오다 보니 한 무더기씩 사람들이 몰려있는 곳에 영락없이 행위예술가들이 공연을 하고 있었다. 개중에는 몇 센트나 몇 유로 주고, 같이 기념사진 찍는 젊은이들도 눈에 띄었다. 바르셀로나 현지 가이드 김 여사가 신신당부하며 강조하던 말이 생각났다.

"람블라스 거리는 소매치기가 많은 곳으로도 유명하니 가방은 앞으로 매고 손으로 넌지시 잡고, 지갑은 절대 뒷주머니에 넣지 마세요! 조심 또 조심하세요!"

카탈루냐 광장 앞 노천카페에서 커피 한잔하면서 휴식을 취해본다.

세계 각처에서 바르셀로나를 찾은 관광객들이 얼굴색은 달라도 카탈루냐 광장과 람블라스 거리를 활보하며 이곳 문화를 체험하고 짧은 시간이지만 분위기에 동화되고 싶어 하는 것은 누구나 똑같은 인지상정이리라….

바르셀로나의 여행 일정은 모두 끝이 났고 한식으로 저녁을 먹기 위해 식당으로 향한다. 어제는 카바공장과 몬세라트 산과 수도원을 다녀왔고, 오늘은 아침부터 구엘공원 관광을 시작으로 사그라다 파밀리아(성가족 교회), 피카소 미술관, 카사밀라, 몬주익 언덕 올림픽 주경기장과 황영조 기념비, 람블라스 거리 등 많은 곳을 관광하며 즐거운 시간을 보냈다. 이제는 바르셀로나를 떠나야 할 시간… 공항으로 이동하여 오후 9시 30분 바르셀로나를 출발하여 마드리드 공항에 오후 11시에 도착, 짐 찾고 우리가 첫날 묵었던 호텔에 도착하니 밤 12시다.

샤워 후 잠자리에 누우니 피로가 몰려오며 나도 모르게 스르르 꿈나라로 빠져들었다.

오늘도 즐거운 여행이었어요~

톨레도

여행 8일째(9월 23일. 금), 오늘도 날씨는 쾌청하다. 수피아가 오늘도 환하게 웃으며 "아따~ 날씨가 요로콤 좋은 거 봉께 선상님들 평소에 좋은 일을 많이 하신 모양이지라우~"

이 말 한마디로 아침 인사를 대신한다. 호텔식당에서 조식을 마친 후 마드리드에서 남쪽으로 70km 떨어진 천년의 고도古都, 타호 강에 둘러싸여 중세의 모습을 그대로 간직한 난공불락의 요새, 톨레도로 향하였다.

톨레도로 가는 길, 창밖으로는 올리브 밭들이 즐비하고 도로변에는 이름 모를 꽃과 나무가 아름다운 자태를 한껏 자랑하고 있었다. 톨레도에 도착, 강변길을 따라 전망대로 올라가 시가지를 원경遠景으로 바라보며 수백 년 동안 변치 않은 중세도시의 풍경을 즐겼다.

톨레도Toledo는 우리나라로 치면 경주와 같은 곳이다. 톨레도 주의 주도主都이며 1986년 도시 전체가 유네스코 세계문화유산으로 등록되었다. 이슬람교와 기독교, 유대교 유적이 공존하는 곳이며, 스페인의 옛 수도이기도 하다. 다시 말하면 현재의 톨레도는 과거의 모습을 대부분 그대로 간직한 채 골목길과 작은 광장, 대성당과 성곽이 어우러진 참으로 고풍스럽고 멋진 곳이었다.

전망대에서 바라본 구시가지

　우리는 먼저 톨레도 대성당을 보기로 했다. 톨레도 시민들의 휴식처인 소코도베르 광장 옆 좁은 골목 가운데로 톨레도 대성당이 보였고 골목길 바닥은 몇백 년은 족히 되었을 반들반들한 돌이 깔려 있었으며 양쪽 건물들은 고색창연하였다.

　톨레도 중심부에 웅장한 자태를 자랑하며 서있는 톨레도 대성당은 1227년 페르난도 3세에 의해 착공되어 270년 만에 완공된 건축물이다. 고딕 양식으로 건축되었으며 성당 내부는 길이 120m, 넓이 90m, 가장 높은 천장이 33m에 달하는 커다란 규모로 그 화려함은 아름다움의 극치를 이루며 스페인 수석 대교구답게 장엄하였다.

　내부에는 88개의 기둥으로 떠받친 5개의 신당이 있었으며, 그 안에 22개의 소예배당이 있었다. 750장이나 되는 스테인드글라스에서 쏟아져 들어오는 빛이 많은 천사와 성인상을 부각시켜 아름답고 화려한 분위기를 연출하였다. 또한 유리창에서 비추이는 햇살에 조각 전체가 황금빛을 발하는 장관

을 볼 수 있었다. 대성당의 보물실에 있는 보물들은 그 화려함이 말로 표현할 수 없을 정도였다.

천정을 통해 들어오는 빛을 이용하여 시시각각 다른 느낌을 주는 바로크 양식의 대리석 조각작품, 엘 트랜스페렌트El Transparent가 화려하면서도 고풍스러움을 더해 주었다.

톨레도 대성당

보물실의 성체현시대(Custodia), 이 황금탑은 예수님의 성체를 대신한다.

화려한 보석실을 나와 엘 그레코의 그림이 있는 방으로 들어갔다. 엘 그레코의 그림 〈엘 엑스폴리오〉(성의의 박탈)는 1579년에 완성된 작품으로 예수가 십자가에 매달리기 전, 옷을 벗기는 장면을 표현한 작품으로 강렬한 원색과 형태를 통해 대상을 극적으로 표현하고 창조해냈다고 한다. 또한 사람을 길고 홀쭉하게 표현하는 변형과 왜곡기법을 통해 작품에 초자연적인 종교성을 보여주려고 했다.

엘 그레코의 〈엘 엑스폴리오〉

"슬픔에 잠긴 예수를 보면 목과 손은 비정상적으로 길쭉하고, 원근법이 전혀 고려되어 있지 않지요." 수피아가 설명하는 대로 열심히 듣고 보니 그런 거 같기도 하다. 대성당에서 천재 화가 엘 그레코의 그림을 보게 된 것은 또 하나의 귀중한 기회였다.

엘 그레코는 그리스에서 태어난 스페인 화가로, 본명은 도메니코스 테오토코풀로스이다. 엘 그레코라는 이름은 스페인으로 올 때 그리스인과 같다고 해서 스페인어로 〈그리스인〉이라는 말인 그레코(greco)라는 말을 붙인 데서 유래되었다.

그의 그림은 산토 토메 교회에서 다시 만나게 된다. 톨레도에 정착해서는 당시 스페인을 지배하고 있던 반종교개혁의 정신에 전적으로 공감해서 자신의 작품을 통해 사람들에게 가톨릭 교리를 전해야 한다는 확고한 사명감으로 작품 활동을 했는데, 이 결과 후대 사람들에게 놀라운 감동을 주는 독창적인 걸작을 많이 남기게 되었다.

엘 그레코의 〈오르가스 백작의 매장〉

화려한 대성당을 보고나서 간 곳은 산토 토메 교회였다. 이곳은 엘 그레코의 〈오르가스 백작의 매장〉이라는 그림을 소장하고 있어 유명한 곳이다. 스페인의 다른 성당에 비하면 규모가 큰 것도 아니고 화려한 외관이 있는 것도 아닌데도 엘 그레코의 그림을 보기 위해 많은 관광객들이 몰려든다고 한다.

성당으로 들어서자 오른쪽 벽에 480×360㎝의 대작이 나타났다. 〈성 오르가스 백작의 매장〉이라는 제목이 붙은 이 그림은 1578년 3월 산토 토메 교회로부터 주문을 받아 9개월 만에 완성했다고 한다. 이 그림은 톨레도 지방의 귀족으로 카스티야 왕국의 수석공증인을 지내고 1323년 죽은 오르가스 백작의 장례장면을 표현하고 있다.

오르가스 백작은 신앙이 돈독하고 동정심이 많아서 살아있는 동안 가난하고 소외된 이웃을 많이 도와주었다고 한다. 그리고 산토 토메 교회를 재정적으로 후원해 성직자와 신도들이 비교적 여유 있게 생활할 수 있도록 해주었다. 후대 사람들이 그 고마움을 표현하기 위해 사후 250년쯤 지나서 오르가스 백작의 장례식에 관한 전설을 그림으로 그려 성당에 걸기로 결정한 것이다.

전설에 따르면 오르가스 백작의 장례식날 하늘나라에서 두 성인 아우구스틴Augustin과 에스테반Esteban이 내려와 시신을 직접 매장했다고 한다. 그리고 주변에 있던 사람들은 하느님을 잘 섬기는 사람은 이처럼 보상받을 것이라는 얘기를 들었다는 것이다. 엘 그레코는 이런 전설을 토대로 천상과 지상에서 동시에 이루어지는 드라마를 그림으로 완성도 높게 표현했다.

〈성 오르가스 백작의 매장〉은 내용상 두 부분으로 이루어진다. 아래에는 백작의 장례를 지내는 현세의 모습을 표현하고 있고(지상계), 위에는 망자의 영혼이 올라가는 하늘나라의 모습을 표현하고 있다(천상계).

현실세계의 중심은 백작을 안고 있는 두 성인 아우구스틴과 에스테반이다. 오른쪽의 아우구스틴 성인은 원숙하고 노련하다. 이에 비해 왼쪽의 에스테반 성인은 젊고 진지하다. 화려하게 빛나는 이들 두 성인의 금빛 제의祭衣에서 종교적인 영원성이 느껴진다.

이들 성인의 좌우에는 네 명의 사제와 한명의 어린이가 장례의식을 돕고 있다. 왼쪽의 두 사제는 수도사로 보이고, 오른쪽 두 사제는 주교와 신부로 보인다. 그리고 백작을 가리키는 어린이가 바로 엘 그레코의 아들 호르헤 마누엘이라고 한다. 옷의 주머니 밖으로 드러난 손수건에, 그리스어로 된 그레코의 서명과 아들의 생년월일이 적혀있기 때문이다.

이들 뒤로는 톨레도 지방의 귀족과 유지들이 서 있다. 그런데 그 가운데 엘 그레코가 있다. 에스테반 성인의 머리 뒤쪽에서 시선을 앞으로 향하고 있는 사람이 바로 엘 그레코이다.

이 그림에 표현된 인물 중 시선이 앞의 관객을 향하는 사람은 엘 그레코와 그의 아들 호르헤뿐이다. 다른 인물들이 장례에 참여하는 사람의 입장이라면, 이들 둘은 장례를 관찰하는 사람의 입장이다. 자기 얼굴과 아들 얼굴을 유명한 그림에 남겨 후대에 전하였구나 싶었다. 이런 생각이 드는 것은 필자만의 생각일까? ㅎㅎ 참 재미있게 느껴진다.

천상의 세계에서 중심인물은 가장 꼭대기에 있는 예수 그리스도이다. 하늘나라에 사는 사람들의 시선은 대부분 예수님 쪽을 향하고 있다. 그리고 성모 마리아와 세례 요한이 그 아래에서 예수님을 보좌하고 있다. 그런데 얼굴 표정이나 의복의 화려함에서는 성모 마리아가 예수님보다 더 강조되고 있다. 세례 요한은 예수님께 무언가 간절히 간구하고 있다. 그림의 주제로 볼 때 백작에 대한 청원으로 보인다. 이들 두 사람 아래로는 금발의 천사가 백작의 영혼을 두 팔로 감싸 안고 하늘나라로 올라간다. 그런데 영혼이 하늘나라에서 새로 태어난다고 생각해서인지, 갓난아이로 표현되어 있다. 정말 흥미로운 그림이고, 참으로 멋진 화가이지요~ (이상 해설은 수피아의 설명을 들은 후 필자가 자료를 수집하여 올린 것입니다)

　　우리는 이제 타호강 협곡을 가로지르는 중세풍의 〈알칸다라〉 다리 부근에 위치한 식당으로 이동하여 스테이크와 생선튀김으로 점심을 맛있게 먹는다. 필자가 하우스 와인을 주문하니 딴 테이블에서도 "우리도 와인 한 병 주세요~" 주문이 뒤따른다.

알칸다라 다리

이 식당 주인 겸 주방장은 한국 남편, 서빙은 예쁘장하고 조그마한 체격의 스페인 부인이 하고 있다. 이곳에 유학 왔다 눌러앉았다고 하는데 젊은 부부가 열심히 사는 모습을 보니 참 보기 좋았다. "사장님! 깔끔하고 맛있는 음식 잘 먹었어요~ 돈 많이 벌고 부자 되세요!" 사장님 부부, 입이 귀에 걸리며 환한 웃음으로 화답한다. "감사합니다. 건강하시고 즐거운 여행 되세요~"

외곽에서 톨레도로 들어가는 입구에 위치한 〈알칸타라〉 다리는 로마 시대의 건축양식으로, 다리 양쪽에 출입문 격인 성문을 두고 있었는데 여러 차례 파괴되었다가 복원되었다고 한다. 다리 아래로는 타호 강이 흐르고 있으며 성곽너머로 웅장한 중세풍의 건물들이 우뚝 서 있었다.

우리 일행은 타호 강 협곡과 성곽, 아름답고 고풍스러운 중세도시 톨레도 시의 풍경을 오랫동안 눈에 담았고, 인증샷도 날리며 즐거운 시간을 가졌다. 이제는 톨레도를 떠나야 할 시간… 아쉬움을 간직한 채 버스에 올라 마드리드로 발길을 돌렸다.

마드리드
(마드리드 왕궁, 프라도 미술관)

마드리드로 귀환하여 우리는 왕궁을 보기로 했다. 왕궁은 현재 스페인 왕실의 공식 관저로 국가적 행사 시에 사용되고 있으며, 후안 카를로스 현 국왕과 가족은 마드리드 외곽의 작은 궁전인 사르수엘라궁에서 지내고 있다고 한다.

왕궁은 프랑스 파리에 있는 베르사유 궁전을 모델로 하여 카를로스 3세 때인 1764년 완공되었다. 이 궁은 2,800여 개 이상의 방을 가지고 있는 서부유럽에서 가장 큰 궁전이라고 한다. 현재도 사용 중인 궁이다 보니 아쉽게 50개 정도의 방만 일반인에게 공개되고 내부에서의 사진촬영이 엄격하게 제한되어 있었다. 따라서 왕궁 소개는 외부모습 위주로 하게 되겠다고 수피아가 조심스레 말하네요~

왕궁 내부로 들어서니 고풍스럽고도 근엄한 분위기가 옷깃을 여미게 하였으며 스페인 왕가가 수집해 온 역사적인 작품, 화려한 소장품, 가구들이 전시되어 있었다. 내부 장식으로 벨라스케스, 고야 등 최고 화가들이 궁전의 보수 작업 때 방마다 그려놓은 천정 벽화, 그림들로 꽉 채워져 있었는데 상당히 화려하고 아름다웠다. 사진을 찍을 수 없으니 필자는 눈으로 열심히 보고 마음에 담아올 수밖에 없었지요~ ㅠㅠ

마드리드 왕궁

　왕궁 외곽은 공원으로 둘러싸여 있어서 많은 사람들이 이곳을 찾아서 휴식을 취하는 공간으로 활용되고 있었다.

　이제 우리는 스페인 여행의 마지막 볼거리인 프라도 미술관으로 향한다. 〈프라도〉라는 단어는 스페인어로 목초지를 뜻하며 스페인 국민의 문화적 자존심을 상징한다. 마드리드 도심의 녹지공간 중앙에 위치한 프라도 미술관은 마드리드 여행의 핵심이라고 할 수 있는 곳이었다. 세계 4대 미술관 중 하나로 19세기 초에 처음 건축되어 계속 증·개축을 하여 현재의 모습을 하고 있다고 한다.
　미술관 북쪽 편에는 프란시스코 고야의 동상이 서 있었고, 동상 하단에는 그가 그린 작품으로 유명하기도 하며 그가 사랑했던 것으로도 추측되는 〈옷을 벗은 마야〉의 석상도 보였다. 그 뒤로는 아름다운 성당이 보였다.
　우리는 미술관 북쪽 출입구를 통해 입장하였다. 정문 앞에는 벨라스케스,

프라도 미술관

프란시스코 고야의
석상

남쪽 편에는 세비야를 대표하는 무릴로의 동상이 있다고 한다. "그 동상 본 거로 하입시다." 이구동성으로 외치는 7학년 할마씨들 땀시 덩달아 "그럽시다!" 그런데 수피아 왈 "거시기… 그 동상들은 애시당초 안 보려고 했거들랑 요~" 허~걱ㅋㅋ

1819년 문을 연 이 미술관은 15세기 이후 스페인 왕실에서 수집한 미술 작품들을 전시하고 있었다. 약 8,000여 점의 회화, 판화, 주화와 메달, 장식물, 조각상을 소장하고 있으며 3,000여 점을 전시하고 있는 세계적인 수준의 미술관이라고 한다. 스페인을 대표하는 화가인 디에고 벨라스케스, 프란시스코 고야, 엘 그레코를 비롯한 많은 화가들의 작품이 전시되어 있었으며 특히 고야의 대표적인 작품인 〈옷 입은 마야〉, 〈옷 벗은 마야〉, 〈1808년 5월 3일〉, 벨라스케스의 〈시녀들〉 그림 앞에는 많은 관람객들이 몰려 걸작을 감상하고 있었다.

폐쇄적인 종교적 환경 때문에 스페인에서 누드화란 상상하지도 못하던 시절, 고야는 대담한 누드를 그렸다. 아름다움과 추함 사이를 극단적으로 오가면서 자기세계를 갈구했던 것이다. 고야의 애인이라는 설부터 누드화를 그리다가 누가 오면 감추느라고 〈옷 입은 마야〉까지 짝으로 그렸다는 설까지 갖은 전설이 어려 있는 작품이다. 하나의 벽에, 같은 여인이 옷을 입고, 옷을 벗고 누워있다니… 두 작품을 동시에 감상하며 서 있으니 고야가 필자의 등을 탁 칠 것 같다. "놀랐지?" 하는 표정을 지으며…ㅎㅎ

스페인을 대표하는 중세 3대 화가를 꼽는다면 〈엘 그레코, 벨라스케스, 고야〉라고 수피아가 귀띔해 준다. 궁정화가였던 세 거장들은 스페인 미술사를 총괄하는 불멸의 작품세계를 보여주었다. 프라도 미술관도 관람객들의 사진 촬영이 금지되어 있어 아쉬움을 간직한 채 눈도장만 꾹꾹~ 찍을 수밖에 없었지요.ㅠㅠ 하지만 선생님들을 위하여 그림책에서 발췌한 거장들의 그림을 실어보기로 한다.

프라도 미술관 관람을 끝내고 우리는 한식으로 저녁을 먹고 난 후 호텔로 향했다. 오늘밤이 스페인에서의 마지막 밤이다. 그동안 수고한 인솔자, 가이드 수피아, 구미에서 온 아배, 아들에게 여행 피날레로 술 한잔 쏘겠다고 하니 모두 박수 치며 환영한다. 인솔자, 아들, 마눌님, 필자는 리오하 레드와인인 란LAN을, 수피아와 아배는 맥주를 마시며 웃음꽃을 피우고 즐거웠던 순간들을 리뷰하며 마드리드에서의 마지막 밤을 아쉬운 듯 마음껏 마시고

옷 벗은 마야 (The Nude Maja), 1800, Oil on canvas, 97 x 190 cm, Museo del Prado, Madrid

옷 입은 마야 (The Clothed Maja), 1801~03, Oil on canvas, 95 x 190 cm, Museo del Prado, Madrid

시녀들 (라스 메니나스), 벨라스케스, 1656년, 캔버스에 유채, 318 x 276cm

위 그림은 고딩 시절 미술 교과서에서 한두 번쯤 본 기억들이 있을 거다.

취한다. 이야기보따리는 끊어질 줄 모르게 이어졌고 시간은 그렇게 자꾸 흘러만 갔다.

여행 9일째(9월 24일, 토), 오늘도 예외 없이 쾌청하다. "오늘은 비행기 타고 한국 가는 날이라 비가 와도 되는데~" 여행 기간 중 워낙 날씨가 좋아서 필자, 장난기가 발동했는지 공연스레 객기를 부려본다. ㅎㅎ

마드리드 공항에서 스페인 와인인 리오하LAN와 두에로BROTO, 직원들에게 돌릴 선물을 사고 오전 9시 30분 인천행 비행기에 몸을 실었다. 암스테르담에 도착하여 내려서 잠시 대기한 후 오후 1시 30분 출발, 기내식 두 번 먹고, 영화 두 편 보고, 간간히 눈을 붙이니 인천 국제공항이다.

비행 소요시간은 10시간 30분이었으나 지루하지 않게 9월 10일(일) 오전 7시 무사히 도착하였다. 이로써 즐겁고 유익했던 스페인 여행 8박 10일간의 여정이 모두 끝이 났다.

2012. 05. 26 ~ 06. 06

북유럽 - 러시아 5개국

덴마크

지난 5월 26일부터 6월 6일까지 10박 12일 동안 북유럽−러시아 5개국 여행을 다녀왔다. 석가탄신일과 현충일이 끼어 있어 실제로 휴가를 낸 것은 6일간이었다. 더 늙기 전에, 그리고 건강할 때 자주 여행을 해야 된다는 것이 필자의 지론이다.

26일(토) 오전 7시 45분 인천공항에서 덴마크 코펜하겐까지 짐 부치고 10시 20분 핀에어 편으로 이륙, 9시간 15분이 소요되어 핀란드 헬싱키에 도착, 코펜하겐 행 국내선으로 환승, 1시간 40분 후 코펜하겐 공항에 무사히 착륙하였다. 시차는 서울보다 7시간 늦으며 현지시각으로 오후 6시 40분이니 서울 출발, 11시간이 걸린 셈이다. 일행은 22명으로 딘체 5팀 10명, 3팀 6명, 그리고 개인 3팀 6명이었다.

코펜하겐 공항에서 시내로 이동하면서 인솔자 왈, 여기가 북유럽이긴 하지만 중동과 동남아에서 원정 온 소매치기들이 여권과 지갑을 자주 노리니 주의하라고 신신 당부한다. 그 말이 무색하게 금방 사단이 나버렸다. 우리 일행이 저녁 먹으러 중식당에 들어갔는데 단체팀인 10명, 6명이 따로 테이블을 잡고, 나머지 개인팀 6명이 좌석을 배정받아 식사를 시작하였다.

중국 요리가 연달아 나오고 음식을 자기 접시에 담아 약간 정신없이 먹고 있는데 얼굴이 시커멓고 건장한 중동인 남자 둘이 들어와 우리 테이블을 지나 안쪽의 단체팀 10명이 앉은 쪽으로 가길래 손님으로 알고 있었는데 한참 지난 후에 단체팀 10명 중 한 분이 소리친다.

"오매~내 가방이 없어졌네~!" "허~걱!" "우짠 일이요? 단단히 찾아보소~!" "혹시 버스에 두고 온 거 아니요?" 갑자기 소동이 일어난다. 버스에 갔다 오더니 "없어요~!" 여권이 들어있는 가방이라니 "이거 예삿일이 아니다~ 오늘이 여행 첫 날인데 우짤고~?"

필자를 비롯하여 개인적으로 온 사람들도 모두 수심에 찬 얼굴들이다. 분실한 분은 10명 단체팀 중 연장자인데 가방이 약간 고급스럽게 보여 소매치기들이 밖에서 망을 보다가 우리가 식당에 들어가는 것을 보고 한참 후 따라 들어와 짐을 밑에 놔두고 식사에 정신이 팔려있던 연장자를 찍은 것이다.

식사를 대충 마치고 모두 밖으로 나와 버스에 대기하고 인솔자와 분실자는 가까운 경찰서에 가서 신속히 신고한다. 여행사와 영사관에 연락하고… 여권 사본을 가지고 있었으니 그나마 다행이다. 임시 여권을 만들려고 사진을 찍는다. 그런데 공휴일이라서 영사관 직원들이 출근을 안 해서 문제이다. 코펜하겐 관광 후 DFDS 크루즈에 탑승하여 노르웨이 오슬로까지 가게되어 있는데 배를 탈 수 있을지 지금으로선 알 수 없으니 이런 낭패가 또 있을까? 에~고~

그런데 서울에서 동행한 인솔자, 그 이름도 특이한 위○○ 씨, 베테랑답게 현지 코펜하겐 경찰서에 신속하게 사건 접수 시키고 여행사 본사에 연락하고… 영사를 수소문하여 공휴일이지만 출근하여 임시여권 발급을 초스피드로 발급하게 하는 등 당황하지 않고 시원시원하게 일 처리를 깔끔하게 하였다. "지 이름이 위나라 아닙니까? 위대한 나라지요~ 그리고 예쁜 공주예요~! 일 잘 될 거예요~ㅎㅎ" 남자답게 껄껄거리며 크게 웃으니 버스 안은 금방 분위기가 좋아지며 이구동성으로 칭찬한다.

"위나라~ 위나라~ 위나라~ 짝짝짝~ 수고했어요~! XX투어 최고당~! 만세!" 필자를 비롯한 개인팀들도 천만다행이라고, 잘 됐다고 위나라를 치켜세운다. 그리고 여권을 여보라고… "여보~! 항상 챙깁시당~!"

여행 2일째(27일. 일), 호텔 조식 후 코펜하겐 인근의 프레드릭스보그 성을 보기로 하였다.

1602~1630년 사이에 국왕 크리스티안 4세가 지은 붉은 벽돌로 된 독일 르네상스의 이 성은 '덴마크의 베르사유'로 알려져 있으며 호수 바로 위쪽에 자리 잡고 있었다. 완벽하게 조화된 숲과 호수, 우거진 녹음, 새하얀 백조들이 이 섬의 아름다움을 더해 주었다.

200년 동안 7명의 국왕들이 이곳에서 대관식을 올릴 정도로 유명한 성이며 1859년 화재로 성의 대부분이 소실되었을 때 왕실에서 이를 재건할 경제적 여유가 없어서 맥주 재벌 '칼스버그 야콥센'의 기부로 지금의 모습을 갖추었다고 한다. 현재는 역사박물관으로 덴마크의 유구한 역사를 알 수 있는 회화, 가구, 보물 등을 전시하고 있으며 우리는 내부 관람은 하지 않고 외부 관광만 하였다.

프레드릭스보그 성과 정원

안데르센과 낙농의 나라로 알려진 덴마크는 북유럽에 위치한 스칸디나비아 3국(노르웨이, 스웨덴, 덴마크) 중 하나이며 총 405개의 섬으로 이루어져 있으며 만과 강이 없는 나라이다. 면적은 남한의 절반 정도이며 인구는 550만 명으로 약 80%가 도시에 집중되어 있다. 북위 55도~56도에 위치해 있지만 해양성 기후로 온난하며 겨울에도 영하로 떨어지는 일이 없다고 한다. 바이킹의 후예로 오늘날 낙농업, 공업, 디자인 등으로 부를 축적하며 1인당 GNP가 7만 불을 넘는다고 한다. 특히 당뇨병 치료제 인슐린을 제조하며 전 세계시장의 70%를 커버한다고 한다.

국민들을 위한 평등·자유·복지가 세계 으뜸이며 정책은 여자가, 기업은 남자가 이끄는 특이한 나라이다. 정치 청렴도 세계 1위, 행복지수 1위이며 친환경 정책, 녹색 성장에 앞장서고 있다. 모든 차량은 시동을 켜면 전조등이 자동으로 켜지며 겨울이 길므로 안전을 생각하고 있는 것 같았다. 차를 생산하지 않고 차 값이 상당히 비싸며 이것도 환경을 고려한 정책으로 자전거 도로가 활성화되어 대부분의 국민들은 매연, 공해 없이 자전거로 출퇴근하고 있었다. 거리에는 인공림이 조성되어 방풍림을 겸하고 있었다.

전봇대가 없으며 전깃줄에 가로등, 조명 등을 설치하였으며 상품 부가세가 25%로 세금이 비싸게 책정되어 있었다. 하지만 무상 교육, 무상 의료 등 복지가 잘 이루어져 국민들은 세금을 많이 내지만 그만큼 혜택을 받아 여유로움과 자유로운 삶을 영위하고 있다고 한다.

'상인의 항구'라는 코펜하겐은 인구 170만 명으로 아름답고 깨끗한 거리가 인상적이었다.

우리는 매해 신년 축하를 위해 축제를 벌이는 시청사 광장을 보기로 하였다. 시청사 앞에는 동화작가 안데르센의 동상이 있었으며 광장은 1992년 유럽축구 챔피언십을 획득했을 때도 수천 명이 모여 자축했던 장소라고 한다.

시청사

크리스티안보 궁전은 1794년 화재 전까지 왕실 궁전으로 사용되었으나 화재 후 왕실은 아마리엔보 궁전으로 옮겨졌고 현재는 국회의사당으로 사용되고 있었다.

안데르센은 빈민 출신이지만 키에르케고르는 귀족출신이며 미남형이었다고 한다. 애인이 있었지만 당신을 사랑하기 때문에 결혼을 못한다고 했다지요? 글쎄올시다~ 이해가 잘 안되네용~ㅎㅎ 43세까지 미혼으로 지나다 생을 마감했다 하는, 안데르센과 함께 덴마크인들이 존경하는 인물이지요.

궁전 뒤뜰에 있는, 덴마크가 낳은 실존주의 철학자 키에르케고르의 동상

근위병들의 모습이 이색적이었으며 1m 가까이까지 다가서서 기념촬영이 허용되었다.

아마리엔보 궁전은 8각형의 광장을 둘러싸고 있는 4채의 로코코형 건물로 이루어져 있으며 1794년 이래 덴마크 왕실의 주거지로 현재 마르그레테 2세 여왕과 가족이 살고 있다. 여왕이 근무하고 있는 건물은 덴마크 국기를 꽂아 외부에 표시를 하고 있었다. 우측에 보이는 건물이 여왕이 거주하는 집무실이다. 국기가 보이시지요?

게피온 분수대

아마리엔보 궁전에서 500m 떨어진 곳에 위치해 있는 게피온 분수대는 1908년 제1차 세계대전 당시 사망한 선원들을 추모하기 위해 만들어졌으며 북유럽 신화에 등장하는 여신이 황소 4마리를 몰고 가는 역동적인 모습을 하고 있었다.

작은 인어상

　코펜하겐을 상징하는 '작은 인어상'은 에드바르드 에릭센이 안데르센의 동화 〈인어공주〉에서 소재를 얻어 유명 발레리나를 모델로 하여 만든 것이다. 약 80cm의 작은 동상이지만 수많은 관광객들로 북적거렸고 필자 부부도 어렵사리 인증샷을 날릴 수 있었다. "에~고! 인어공주가 뭐길래~!"

　이제 코펜하겐에서의 관광은 끝나고 항구로 이동하여 D.F.D.S SEAWAYS에 승선하여 노르웨이 오슬로로 향한다. 14시간의 항해로 내일 아침 오슬로에 무사 입항을 기대하면서 휴식을 취하며 여행 2일째를 마감하고 있었다.

노르웨이 1

여행 3일째(5월 28일, 월요일), 선내식으로 아침식사를 한 후 노르웨이 오슬로에 오전 9시 30분에 도착하였다.

피요르드와 바이킹의 나라 노르웨이는 자연의 아름다움을 마음껏 즐길 수 있는 매력적인 나라로, 스칸디나비아 반도의 서쪽 반을 차지하고 있으며 남서쪽에서 북동쪽을 향해 길게 뻗어있고, 해안선 길이는 무려 2,000km에 달한다. 수만 년 전부터 지속되어 온 빙하의 하중과 침식으로 생긴 U자형의 협곡에 바닷물과 녹아내린 빙하로 생긴 피요르드는 내륙까지 깊숙이 파고들며 깊은 골짜기에 솟아있는 봉우리들의 그림자를 에메랄드빛으로 비춰주고 있다. 또한 도처에 있는 낙차 큰 폭포와 조용한 호수는 피요르드의 풍경에 정취를 더해준다. 한마디로 피요르드는 노르웨이 관광의 백미이지요~

노르웨이는 남한의 4배 면적으로, 인구는 약 450만 명으로 사방 1km에 13명이 사는 꼴이다. 입헌군주제이고, 주로 수산업(30%), 석유 가스 산업(20%), 선박업(10%)에 종사하고 있다. 자원이 많고 지진, 해일 등 자연재해가 없는 지상에서 가장 아름답고 동화 같은 나라이다. GMP가 9만 달러로 세계 2위(1위는 룩셈부르크), 석유 수출도 2등이라고 한다.

오슬로는 900여 년 전, 북유럽을 주름잡던 바이킹들이 가장 사랑했던 도시로 바이킹의 활동이 두드러져 '바이킹의 수도'라는 별명을 얻었다. 타 유럽국가들의 수도와는 달리 시골과 같은 한적함을 느낄 수 있으며 면적의 3/4이 삼림과 전원지대로 이루어져 있다.

인구는 50만 명으로 물가가 엄청 비싸다. 껌 하나가 3,000원, 담배 한 갑은 18,000~20,000원이라고 한다. 제조업이 없고 모든 것을 수입하므로 비싼 것이다(사람까지 수입한다고 하네요). 이 나라의 정책은 '자연과 건강'이니 억울하고 비싸면 안 피우면 되지 않느냐는 말이다. 맞는 말이지요?ㅎㅎ 대신 건강에 좋은 우유 값은 엄청 싸다. 몸에 좋은 것이니 많이 마시라는 거지요. 9988234의 전형적 모델이며 60~70세까진 나이 들어 보이나 그다음 죽을 때까지는 늙어 보이지 않고 그대로라고 한다.

오슬로 시내는 1800년 후반에 지어진 고풍스런 중세 건물이 즐비하였으며 2~3년마다 한 번씩 페인트칠을 한다고 한다. 휴가는 1년에 5주간이며 노르웨이 중년들의 꿈은 '산장, 요트, 캠핑카'를 갖는 것이라고 한다. 출산휴가, 보육휴가를 봉급을 받으면서 10개월씩 받을 수 있고 교육비도 무상으로 지원된다. 전 국민 의료보험제와 주치의 제도가 활성화되어 모두 주치의를 갖고 있다. 단점으로는 증후가 안보이면 치료를 안 해준다고 한다. 그래서 상당수의 교포들은 건강진단을 받으러 한국을 다녀온다고 한다. 출산하면 보조금이 지급되고 쌍둥이가 그렇게 많단다.

이야기를 늘어놓다 보니 곁다리로 한없이 흘러가네요~ㅋㅋ 여기서 일단 접고 원위치합니당~ㅎㅎ

우리는 노르웨이의 세계적인 조각가 구스타프 비겔란드의 조각작품이 전시되어 있는 비겔란드 조각공원으로 향하였다. 비겔란드 조각공원은 총면적 10만 평으로 200여 점의 조각이 전시되어 있고 입구부터 중앙에 이르기까지 인간의 탄생과 죽음에 관련된 조각품들이 펼쳐져 있어 윤회에 대한 동양적인 사상을 엿볼 수 있었다.

조각가 비겔란드는 무척이나 가난했으며 가족을 부양해야 하는 운명과 조각에 전념하고 싶은 욕망 사이에서 갈등했다. 이때 비겔란드의 천재성을 안 오슬로 시에서 그에게 의식주에 대한 걱정 없이 조각에 전념할 것을 부탁하여 탄생한 것이 이 비겔란드 조각공원이고 이곳의 작품은 영구히 시의 소유가 되었다. 입구 정면에는 어린이들의 다양한 표정을 담고 있었으며 중앙의 분수에는 인간의 탄생부터 죽음의 과정이 순서대로 조각되어 있었다.

특히 공원의 끝부분에 위치한 높이 17m의 '모노리텐'이라 불리우는 조각품이 걸작이었다. 화강암에 나선형으로 조각된, 121명의 남녀노소가 뒤엉킨 채 서로 먼저 위로 올라가려는 인간의 모습을 표현한 것으로 인간의 본성을 잘 나타내고 있었다.

'화가 난 아이', 주먹 쥔 왼손을 얼마나
잡아 주었는지 반짝반짝 빛이 난다.

모노리텐 석탑

오슬로 시 청사, 이곳은 노벨 평화상을 주는 곳으로 잘 알려져 있지요?

　　조각공원 관광을 마치고 우리 일행은 오슬로 시 청사를 방문하였다. 시 청사는 1931년 공사가 착공되어 1950년 완공이 되었으며 오슬로 시 창립 900년을 기념하기 위해 건립되었다고 한다.

　　김대중 대통령도 이곳에서 노벨 평화상을 수상하였다. 노벨은 스웨덴 사람인데 "평화상은 오슬로에서 주어라."라는 유언에 따른 것이다. 다른 노벨 상은 모두 스웨덴 스톡홀름에서 수여하지요~

　　시 청사 내로 들어서니 전면에 큰 그림이 우리를 사로잡는다. 계단을 따라 올라가 본다. 붉은 카펫 이 깔려있지는 않지만 노 벨 평화상 수상자의 기분

이 되어본다. 수상 소감을 말하려고 연설대에 서 본다. 허허~ 내가 왜 이럴까? 거~참! 환상은 자유니께~! ㅎㅎ 2층으로 올라가니 여직원이 지금 시장님이 집무 중이니 조용히 관광하라고 한다. 벽에 걸린 벽화도 눈길을 끌고 창밖으로 내다보이는 항구 모습도 정감이 간다.

시청사를 둘러보고 오슬로의 대표적 번화가인 카를 요한스 거리를 관광하였다. 오슬로 중앙역에서 왕궁까지 이어지는 카를요한스 거리는 오슬로의 대표적인 번화가이다. 기념품점에서 필자가 바이킹 배를 기념으로 사려고 만지작거리니 마눌님, "난 이런 거 사는 게 제일 싫은데!" 궁시렁거린다. 시선을 피한 채 못들은 척 얼릉 40유로에 사서 포장 잘해달라고 부탁한다. 나중에 이걸 보며 노르웨이 관광을 떠올려보려는 걸 왜 모르실까요? ㅋㅋ

시청사 관광을 마치고 오슬로 시내에서 한식으로 점심을 먹은 후 버스에 올라 1994년 동계올림픽이 열렸던 릴리함메르로 향하였다.

오늘부터 2박 3일간 노르웨이 피요르드를 담당할 현지 가이드가 자기를 소개한다. 현지 노르웨이 아가씨와 결혼한, 안면도가 고향이며 노르웨이에 산 지 9년 된다는 야심찬 노청년. 노르웨이대학에 한국어과를 개설하고 노르웨이어-한국어 사전을 집필하고 언어학자가 되는 것이 꿈이라는, 그러나 경제적 여건만 갖춰지면 와이프와 한국에서 살고 싶다는 소박한 마음도 가진, 한마디로 야무진 꿈을 가진 대단한 청년(?)임에 틀림없었다. 다녀보면 의지의 한국인이 참 많더라고요~

차창 밖으로 미에사 호수가 끊임없이 펼쳐지고, 전나무, 자작나무, 소나무들이 위로 똑바로 일직선으로 올라가며 위용을 뽐내고, 자작나무 껍질을 덮어 방수를 하고, 풀을 덮은 후 잔디를 깔은 잔디지붕이 가끔 보였다. 좀 특이하데요~ 침엽수림과 호수, 파아란 밀밭과 그린 잔디, 그리고 유채화와 민들레들… 민들레가 우리 것보다 꽤 크다. 게르만 민족 바이킹들이 장신長

$身$, 장두長頭라더니 꽃까지 큰가 보다(필자의 생각입니다). ㅎㅎ

우리 일행 중 74세 먹은 경북 칠곡이 고향이라는 어르신 왈, "민들레 끓인 물에 할미꽃 뿌리를 달인 물을 같이 마시믄 췌장암 덩어리가 싹 없어지거덩~요." 믿거나 말거나 말씀! 거~참!

멀리 눈 덮인 만년설, 설산과 그 아래 평원에서 방목된, 한가롭고 평화롭게 풀을 뜯고 있는 양들… 그리고 전원 풍경들… 스위스에서 보던 풍경과 비슷한 경치를 빚어내고 있었다. 맹수들이 없고 특히 늑대들이 없어 양들의 천국이라고 한다. 뱀은 있지만 독사가 아니어서 물려도 괜찮다고 하네요. 산비탈의 집에도 차도車道가 있고, 산 정상 스키장에도 주변에 호수가 있어 물을 끌어 식수로 사용한다고 한다.

가이드 신 선생, "우리 선생님들은 평소에 덕을 많이 쌓고 베푸신 모양입니다. 요전의 팀들은 노르웨이 여행 3일간 꼬박 비가 와서 관광이 난리부루스가 되었는데! 노르웨이는 워낙 비가 오는 날이 많습니다. 하지만 노르웨이 사람들은 우산 안 쓰고 그냥 맞고 다닙니다. 폭우는 없고 그냥 내리다 말다 하니까요~" 우리가 운이 좋은 거 같다. 하긴 산성비나 공해가 없으니 비 맞아도 아무 문제가 없겠지요~

덴마크, 노르웨이, 스웨덴, 핀란드까지 호텔에서 수돗물을 마셔도 된다고 하여 그냥 마셨고 생수병에 담아서 가지고 다녔다.

릴리함메르에 도착, 전망대에서 스키점프대를 바라보며 인증 샷 날리고, 시내와 미에사 호수, 밀밭, 감자밭, 그린잔디를 조망하였다. 이곳에서 흐드러지게 핀 민들레와 나도냉이, 야생화 꽃향에 빠져 잠시 휴식을 취한 후 빈스트라를 거쳐 오늘의 숙박지 돔바스로 이동한다.

신 선생, 이제 이곳 출신 ABBA의 노래와 Secret Garden의 Spring Serenade, 노르웨이 folk song을 감상하며 즐거운 시간을 갖자고 제안한

다. 우리 모두 이구동성으로 "좋지요~! 근데 먼저 신 선생 노래부터 들어봅
시당~! 박수 짝짝~~!" "저와 와이프는 패티 김의 노래를 좋아합니다. 못하
지만 패티김의 '그대 없이는 못살아~' 해볼랍니다." 수준급으로 정말 잘한다
~ "와~우! 원더풀~!" "굿~! 앵콜~!" 박수가 계속 터진다.

즐거운 시간은 자꾸 흘러가고 이제 돔바스에 점점 가까워진다. 여기 와서
잠을 설친 지도 며칠째, 백야 현상으로 밤 9시~10시까지 해가 안 지고 중
천에 떠있으니! 그리고 시차 적응이 안 되어 새벽 3시에는 알람이 없어도 꼭
잠이 깨 그 다음부터는 잠이 안 오고…. 관광버스에 앉고 가이드가 마이크
잡으면 잠이 오니 거 이상타~~! ㅎㅎ

돔바스에 도착, 150년 된 산장호텔에서 저녁을 먹었는데 아직도 해는 쨍
쨍. 그렇지만 습도가 없고 공기가 좋아 산책을 하기로 하였다. 깎아지른 절
벽과 호수 그리고 전나무, 소나무 사이로 조성된 오솔길을 거닐어 본다.

심호흡을 하며 맑은 공기를 들이마신다. 금방 상쾌해지며 피로가 가시는
것 같다. 산책을 마치고 샤워 후에 이슬이 한잔하면서 잠을 청하니 나도 모
르게 슬그머니 꿈의 나라로 빠져든다~ 오늘은 수면제 먹지 않아도 잠이 올
것 같다. 이렇게 여행 3일째의 막이 내리고 있었다.

노르웨이 2

소나무 숲이 퍽 인상적이었던 돔바스에서 1박하고 여행 4일째(5월 29일) 호텔 조식 후, 게이랑에르 피요르드를 보기 위해 버스에 오른다.

돔바스에서 게이랑에르까지는 약 5시간이 소요된다. 도중에 '요정의 길'이라 불리우는 '트롤스티겐'을 경유해야 되나 눈사태로 길이 막혀서 오르지 못하고 우회하면서 깎아지른 듯한 요정의 벽, 폭포, 전원 풍경, 빙하가 녹은 호수 등을 감상하면서 달렸다.

지금도 1년 중 거의 절반이 눈으로 덮이는 노르웨이지만 과거 빙하시대에는 노르웨이 북쪽 대부분이 얼음으로 덮여 있어서 남쪽 사람들은 북쪽에 어떤 대단한 힘을 가진 존재가 있다고 믿어왔다. 그 존재를 'troll'이라고 불렀으며 거인, 장난꾸러기, 난장이, 요정으로 묘사되었다.

우리가 어릴 적에 도깨비라고 불렀던 것과 흡사한 것이지요. 음침한 침엽수림과 설산, 깎아지른 절벽에서 떨어지는 폭포 옆에서 순식간에 나타났다 사라지는 요정들을 상상해 보십시오. 돔바스를 지나 북쪽으로 올라가는 지역이 요정들이 나타나는 바로 그런 곳이랍니다. 나중에 플롬지역 폭포 옆에서 일반적인 요정이 아닌, 노르웨이만의 독특한 요정을 만나는 재미 또한 쏠쏠하였다.

또 곁다리로 이야기가 빠져들었네요. ㅎㅎ 원위치합니당~

멀리 보이는 설산, 환상적 쪽빛 호수, 푸른 평원에서 평화롭게 풀을 뜯고 있는 양들 그리고 전원주택! 모두 우리가 늘상 접하는 칼렌다 풍경이다. 카페리를 타고 강 건너편으로 도강, 버스로 게이랑에르 전망대로 오르니 환상적인 풍경이 펼쳐진다. 오~ 원더풀~!

멀리 페리 크루즈와 게이랑에르 마을이 보인다. 말로 표현할 수 없는 감흥에 취해 온몸에 전율을 느끼며 신이 빚은 자연의 아름다움에 흠뻑 빠져든다. 오매~ 좋은 거~! Fantastic! 인증샷 몇 장 날리고 다시 내려와 페리 크루즈에 선승하여 게이랑에르 피요르드의 절경을 약 1시간 동안 감상하였다.

먹이를 던져주는 관광객을 따라 페리호를 쫓아오는 갈매기들의 멋진 비행 모습도 평화롭고, 피요르드 절벽 위에 집을 짓고 살고 있는 사람들의 모습도 이채로웠다. 전망대에서 보던 것과는 또 다른 풍광을 맛본다!

게이랑에르 피요르드

7자매 폭포

청명한 날씨가 받쳐주니 금상첨화, 정말 멋있다~! 눈이 연신 호강하네요 ~ㅎㅎ 그중 압권은 7자매 폭포이다. Fantastic! 입을 다물지 못하고 감탄사가 저절로 나온다. 아~~! 멋져부러~!

게이랑에르 피요르드는 롬스달 지역 최남단에 위치한 보석같이 아름다운 작은 마을 게이랑에르에 위치한 해발 1,500m에 있는 산맥들 사이에 끼어있는 16km에 달하는 피요르드이다. 노르웨이 3대 피요르드 중 하나로 가장 수려한 경관을 자랑하며 피요르드 주변 높은 산위에서 떨어지는 수많은 절벽폭포를 감상할 수 있었다. 참고로 송네 피요르드는 노르웨이에서 가장 길고(204km) 가장 깊은(1,309m) 피요르드로, 장엄하고 숨 막히는 경관이 펼쳐지지만 아기자기한 맛은 떨어진다고 한다.

우리는 게이랑에르 페리크루즈 관광을 마치고 헬레쉴트에서 브릭스달까지 약 2시간 정도 달렸다. 브릭스달에서 6인용 전동차를 타고 산길을 거슬러 올라가 하늘빛 푸른 빙하를 볼 수 있는 곳으로 갔다.

푸른 빙하

　푸른 빙하를 근접 촬영하고 차디 찬 빙하가 녹아 흐른 호수에 손을 담가본
다. 아~ 손 시려~!

　의대 졸업 35주년 기념행사로 캐나다 록키에서 설상차를 타고 직접 빙하
위에 올라가 빙하를 만져보고 빙하 물을 마셨던 것과는 또 다른 체험이다.
그 당시 오○○ 샘이 일부러 빙하물에 빠져 들어가려는 걸 붙잡고 말리며 "참
게나~! 왜 이러나~? 이 아름답고 환상적인 빙하에서…" 하면서 동기생들
과 한바탕 웃었던 추억이 새롭다. 푸른 빙하 관광을 끝내고 피얼런드 터널
을 지나 통과한 후 송네 피요르드의 한 지류인 만헬라−포드네스 구간을 카
페리를 통해 건넌 후 오늘의 숙박지인 래르달로 이동하였다.

　이동 중 가이드 신 선생 왈, "지금부터 오메가 3, 6, 9(연어, 물개 성분이 포함됨)
2통을 경품으로 걸고 내기를 하겠습니다." 여행사에서 여행객 2명에게 추첨
으로 선물을 주겠다고 하더니 바로 그것인가부다. 지금까지 버스에서 자던
사람까지 눈을 번쩍 뜬다. "뭐~ 내기라고요?" 한국사람 내기 참 좋아하지
요? ㅋㅋ

"지금부터 5분 후부터 반대편에서 오는 차량이 10분간 몇 대인지 알아맞히는 분에게 이 오메가 삼육구를 드립니다. 제가 버스 앞에서부터 뒤쪽으로 가면서 여쭤 볼 테니 잘 생각했다가 몇 대일지 말씀해 주십시오."

모두들 어린애처럼 환호성을 지르며 좋아한다. 재미있는 게임 같다~ 근데 2분이 지났는데도 반대편에서 오는 챠량이 하나도 없다. 이상타~! 하긴 사람도 거의 안 다니니까 이거 5대 미만이 아닐까 싶기도 하고? 그런데 가이드 신선생, 힌트를 준다면서 많이 쓸수록 좋다나 뭐래나~ 우리 일행 중 신선생의 ROTC 선배한테 "선배님~ 한 50대 쓰시지요? ㅎㅎ" "뭐라고? 50대라고? 그럼 43대로 하지~" 버스 안이 온통 박장대소한다~ "거시기~ 넘 많이 쓴 거 아니여?"

앞에서부터 물어보고 이름 옆에 차량댓수를 적기를 차례대로 하다가 이제 필자에게 다가왔다. "아버님은 한 20대 하시죠~ 헤헤~" "내가 보니까 2분 동안에 한 대도 안 지나가던데… 일행 중 11대 아직 없지요? 그라믄 큰 맘 먹고 11대로 할께요~" 앞에 앉아 있던 마눌님은 16대로 했다고 한다.

차량 댓수 적기를 끝낸 후 "1불 내면 지금이라도 바꿔줄 수 있으니까 바꾸실 분 없나요? 헤헤~" 일행 22명, 3대서부터 시작하여 43대까지 넓게 분포되어 있다. "지금부터 시작합니당~"

1분이 지나고 2분이 지나고 3분이 지나도 개미 새끼 한 마리 안 지나간다. ㅎㅎ 근데 3분이 지나 20여 초 지났을까? 저 멀리 반대편 쪽에 차 1대가 보이면서 우리 옆을 지나간다. "아~ 반갑다~반가워~! 이렇게 차가 반가울 수가~!" 연이어 2번째, 3번째 차가 지나간다. "3대 쓰신 XXX님! 탈락하셨습니당~!" 모두 웃음바다가 된다.

근데 큰 도로에 가까울수록 차가 많아진다. 5분이 지났는데 7대가 지나갔다. 이 정도 추세라면 11대가 대박을 터트릴 수도 있겠다. ㅎㅎ 8번째…9번째…10번째…6분이 되었는데 3대가 한꺼번에 지나간다. 20대 언저리를 쓴 사람들은 환호성을 지르며 좋아하고… "아~~ 빨리빨리~ 차야! 나타나라~!" 11번째 차가 지나가고 바로 12번째 차가 지나간다ㅠㅠ "이승진 아버님! 탈락하셨습니당!" 모두 박수치며 좋아한다. 그렇다고 박수까지 칠 일은 아닌데…ㅎㅎ 남의 불행이 나의 행복? 골프에서나 있는 줄 알았는데 여기서도 해당되넹! 거~참!ㅎㅎ

이렇게 시간은 흘러가고…마눌님도 떨어지고…시간은 10분을 향해 달려가는데… 대로변에 나오니 차가 많아졌다. 20번째가 지나가고 시간은 10분에 다다랐을 때 21번째 차가 지나갔다. 이제 땡치고! 오늘의 우승은 21대이다. 근데 21대 써 낸 사람이 없다. "19대와 23대를 쓴 분이 있는데 두 분에게 하나씩 주기로 하는 게 어떨까요?" "좋아요~~!" 한 분은 여권 잃어버린 분이고 다른 한 분은 노처녀 자매(43세. 41세)중 한 명이다. 모두 박수로 축하한다. 특히 여권을 잃어버린 분이 당첨되었으니 조금이나마 위안을 삼았으면 좋겠고 결과적으로 잘 되었다. 재미도 있고….

신 선생 왈, 노르웨이 당국에서 조사해 봤더니 1분에 평균 두 대가 지나가더란다. 재미있는 게임을 치르고 노르웨이 뽕작 음악 들으며 창밖에 비치는 풍경을 감상하며 달리다 보니 래르달에 도착하였다.

호텔에서 인솔자 위나라, "아버님, 어머님! 전망 좋은 방이 6개 안 좋은 방이 6개입니다. 키를 여기 쟁반에 올려놓을 테니 찍기에 자신 있는 분 한 집에 한 분씩 대표로 키를 집어가세요~!" 오늘은 계속 뽑기네요~ㅎㅎ 마눌님에게 "당신이 아까 찍기에서 나보다 잘했으니 집어봐요~" 일행 모두 키를 가져갔고 두 개가 남았다. 노처녀 자매와 우리 부부인데 서로 먼저 집으라고 권한다. 노처녀 쪽에서 먼저 키를 집었고 우리가 제일 나중에 키를 집었다.

래르달 호텔 역시 오래되었으며 엘리베이터가 버튼식이 아닌 수동으로 문을 열고 들어가고 밖으로 나올 때는 손으로 문을 열고 나오게 되어 있었다.

원사장 부부와 같이 엘리베이터를 탔는데 내려야 할 층에서 한참 서 있었다. "아~ 자동으로 문이 열리는 게 아니지~!" 수동으로 문을 열고 나왔다. ㅋㅋ 방으로 들어오니 "와우~!" 피요르드가 창밖으로 펼쳐지는 전망 좋은 방이었다. "여보~! 잘 찍었어~! 당신이 최고요~!"

백야로 오후 7시인데도 태양이 쨍쨍 내려쬐는 한낮 같다. 피요르드 호숫가에 있는 그늘진 벤치에 앉아 휴식을 취한다. 에메랄드 호수와 맑은 공기, 절벽, 그리고 파아란 하늘과 햇볕… 한순간에 피로가 싹 가시는 것 같았다.

"여보~ 저녁 먹을 시간이에요~ 아까 위나라 씨가 7시30분까지 식당으로 오라고 했는데…" "벌써 시간이 그렇게 되었나? 가십시다."

식당에서 푸짐한 바이킹 현지 음식과 와인을 곁들이니 금상첨화로다. 여행 중 식사 때는 원 사장 부부와 같이 했는데 술이 약해 와인 한 잔이면 끝이 난다. "사업상 술좌석이 많은데 술을 잘 못해 낭패를 볼 때가 많아요. 소주 한 병이라도 하면 참 좋겠는데요~" "체질적으로 술이 약한 건 어쩔 수 없지요. 건강에도 좋구요~" 아까 우리보다 먼저 키를 집은 노처녀 자매에게 묻는다. "방이 어때요?" "전망이 꽝이예요~ 잘못 집었어요~ 에휴~~" 원 사장 부부와 필자 부부, 한바탕 웃는다. ㅎㅎ

이렇게 여행 4일째도 즐겁고 기분 좋게 막을 내리고 있었다.

노르웨이 3

여행 5일째(5월 30일. 수), 호텔식으로 아침식사를 한 후 플롬으로 이동하였다. 호텔을 떠나 조금 가다 보니 북유럽에서 제일 긴, 총길이 24.5km의 래르달 터널을 지나게 되었다. 터널 입구(24.5km 표지판이 보이며 시속 80km로 약 15분간 소요된다고 함) 중간 중간 천정에 푸른 조명을 하여 눈을 피로하지 않게 배려하였으며 평지가 아닌 약간 언덕진 곳도 잘 올라가고 있었다. 노르웨이의 터널 건설 기술은 세계 최고라고 하지요~

플롬은 송네 피요르드의 지류인 아울란즈 피요르드 가장 안쪽에 자리 잡고 있었다. 굉음을 내는 폭포들과 깊은 계곡, 그리고 가파른 산으로 둘러싸인 플롬은 가히 자연이 만들어낸 예술품이라 할 수 있었다.

로맨틱 산악열차 여행은 해발 2m 플롬에서 해발 866m 미르달 역까지 20km 구간을 약 1시간 동안 이동하면서, 시종일관 펼쳐지는 웅장한 규모의 설산과 절벽, 천둥소리를 일으키며 떨어지는 폭포 등의 거친 자연의 모습을 경외감을 느끼며 직접 체험하는 짜릿하고 신비한 자연관광이었다.

협곡을 따라 빙하에서 발원한 강이 흐르고, 정상이 눈으로 뒤덮인 가파른 산허리에서 폭포가 흘러내리는 절경을 매우 느린 속도로 운행하는 낭만열차에 앉아 감상하는 감격은 말로 형언할 수 없는 것이다. 아~! 자연의 신비로움이여~!

플롬 라인(낭만열차 여행) 7번째 역에 열차가 서고, 열차에서 내리니 높이 93m나 되는 효스폭포가 눈앞에 나타난다. 굉음을 일으키며 떨어지는 엄청난 폭포~! 아~ 장관이당~!

우측 옆 절벽 위에 붉은 드레스를 걸친 트롤, 요정이 물보라 속에 홀연히 나타난다. 어디선가 흘러나오는 음악에 맞추어 갑자기 춤을 추는 것이다. 눈을 크게 뜨고 자세히 보려 하니 옆의 암굴 속으로 홀연히 사라진다. 나타났다 사라지고…나타났다 사라지고… 그것도 물보라 속에… 그러기를 반복…또 반복… 허허~~ 역시 도깨비에 홀린 거 같다. 거~참!

연신 디카 셧터를 눌러대고… 요정을 줌으로 찍어대고… 수많은 인파 속에 인증샷도 한 컷 날리고…아~ 바쁘다 바뻐~! 가이드 신 선생, 옆에서 한마디 툭 던진다. "아버님, 어머님들, 운이 좋으신 겁니다. 요정인 알바 여대생을 보통 6월 1일부터 출근시키는데 이틀 먼저 나왔군요~" 조금 있으니 요정은 영영 사라지고… 우리는 다시 폭포 앞에서 인증샷 날리고… 기차에 오른다.

효스 폭포

"아이고마~ 트롤 도깨비가 여자로 바꿔가 날 홀렸데이~ 고마~가자~!" 우리 일행 중 최연장자인 76세 영감이 한마디 하자 올해가 칠순인 마나님, "아이고~ 무시라~! 꿈에 볼까 무섭타~! 어데 저런 요상스런 서양년이 다 있노~? 가입시다~!" 한바탕 폭소가 터진다. ㅎㅎ

미르달 산악 철도역에서 일반열차(빨간 열차)로 바꿔 타고 창밖으로 펼쳐지는 풍경을 감상하며 보스로 향한다. 창문을 통해 보게 되는 수많은 절경! 위험 구간은 터널로 통과되고… 탄성을 자아내게 하는 폭포의 연속… 플롬계곡 폭포물이 냇물이 되어 내려오는 맑디맑은 물의 향연… 수정같이 맑다.

보스에서 버스를 타고 터널 50개를 지나 베르겐으로 이동하였다(믿거나 말거나, 가이드가 50개라고 하네요. ㅋㅋ). 그런데 느닷없이 가이드 신선생, "서른세 번 화장실에 갔다 오면 노르웨이 관광 끝납니다. 그래서 고상하게 말해서 공부하러 간다고. 앞으로 화장실을 도서관이라고 부르겠습니당~ 그런데 도서관이 무료도 있지만 유료가 더 많지요(잘 아시겠지만 유럽은 화장실(Toilet) 이용하려면 요상하게 돈 내야 하지용~). 노르웨이는 유로화를 일반 상점에선 안 받고 노르웨이 크로나로 받습니다(1유로=7크로나. 1달러=5.5크로나). 그러니 도서관도 크로나로 내야 하는 불편한 점이 있습니다. 공공도서관(무료화장실)을 가급적 이용하시고 사설도서관(유료화장실)은 가지 않으셨으면 합니다. 헤헤~"

말이 떨어지기 무섭게 우리 일행 중 70대들이 이구동성으로 외친다. "신선생~! 70 돼봐라~ 1시간마다 소변 마려운데 우째 참노~? 바지에 쌀기다~!" "아이고마~ 요상타~! 예삿일이 아니넹~! 도서관이 공부하러 가는 긴 줄 알았는데 그기 아이고만~!" 마나님들까지 나서니 신 선생, "알았시유~ 지가 잘못했구만유~ 지 고향은~~유~~ 충청도 안면도구만유~~" 또 한 번 폭소가 터진다. ㅎㅎ

브뤼겐 거리

베르겐은 노르웨이 제2의 도시로, 12~13세기까지는 노르웨이의 수도였으며 현재 인구는 21만 명이다. 브뤼겐 거리는 15세기~17세기 한자동맹 당시 독일 상인들의 거주지였으며, 항구를 마주하고 벽을 쌓은 것처럼 보이는 삼각뾰족 지붕의 알록달록한 목조가옥이 촘촘하게 늘어서있는 거리이다. 잠시 중세로 되돌아간 듯한 기분을 맛보며 인증샷 몇 컷 날리고 어시장으로 발길을 돌렸다.

어시장은 고요한 북유럽에서 활기찬 모습을 확인할 수 있는 곳으로 부근에서 갓 잡아 올린 싱싱한 생선들을 볼 수 있었다. 베르겐 중앙 부근에 있으며 특이한 것은 생선을 파는 형형색색의 천막, 텐트의 모습이었다. 이 색깔들로 어시장이 더욱 활기차 보였으며 생선(대구, 연어), 게, 새우 등 각종 어패류와 꽃, 과일 등의 농산물도 눈에 띄었다.

서울대학교 경영대학원 동기생들로 구성된 단체 5팀과 경상도 노익장 70

대 그룹 3팀은 오늘 밤 각자 노르웨이 여행 기념 파티를 열 모양으로 해산물을 산다. "뭘 사셨어요?" 필자가 물으니 단체 5팀 중 총무 되는 분(가이드의 ROTC 선배)이 답한다. "생연어가 물이 좋길래~ 그리고 새우하고 해서 넉넉히 샀으니 이따가 오세요~" "제가 껴도 되겠습니까? 우리 부부는 괜찮으니 신경 쓰지 마시고 일행끼리 즐기세요~" "마라톤, 등산 등 운동도 많이 하시고, 저희들하고 말씀도 많이 나누셨는데 꼭 오세요~기다리겠습니다." 회장까지 나서서 한마디 하네요. "말씀만이라도 감사합니다."

여행을 하다 보면 여러 계층의 사람들을 접하게 되고, 이야기를 나누다 보면 공동 관심사도 생기고, 친근감도 생기고~ 그렇게 어울려 추억을 만드는 것이 여행의 또 다른 맛이며 한국인의 인지상정이리라…

베르겐에서의 자유시간도 끝나고 버스에 올라 인솔자 위나라 씨, 인원 체크하는데 두 사람이 안 보인다. 경영대학원 동기생 일행 중 남자 두 분이 뒤늦게 헐레벌떡 올라탄다.

"지송해요~비싼 도서관 갔다 늦었어요~ 저 언덕 위에 있는 도서관에 갔는데 매표소 아줌마에게 1달러 주니까 '노' 하는 거예요. 그러면서 카드를 달라는 거예요. '여긴 화장실 가는데도 카드 받는가 부다!' 하고 생각 없이 카드를 내밀었죠~ 그런데 80크로나씩 두 사람 160크로나를 찍는 거예요~" "어~어~! 이거 아닌데! 어이쿠~! 두 사람이 서로 얼굴을 쳐다보다 다시 매표소 아줌씨에게 도서관(화장실)을 가리키자 그제서야 알아차리고 환불해 주는데… 노르웨이 크로나로 거스름돈 156크로나(한화 3만 원 정도)를 동전으로 주더라구요~" "어이쿠~이제 이 노르웨이 크로나 언제 어디서 다 쓰고 가지? 카드는 왜 내밀었어~? 이 바보야~!ㅠㅠ"

버스 안이 온통 웃음바다로 변하며 나머지 경영대학원 동기생들이 약을 올린다. "앞으로 북유럽 여행 온 우리일행 모두 유료 도서관 갈 때 맘 푹 놓고 쓰면 되겠넹~! 하하~" "그래도 다 못 쓸 것 같은데… 손주에게 갖다 주

며 할아버지가 유료화장실 거하게 쓰고 남은 것이라고 하세용~! 하하!" 모두 배꼽을 잡고 웃는다. ㅎㅎ

시내를 조망하기 위해 설치된 전망대 케이블카 매표소 옆의 유료 화장실을 이용하려고 한 것인데 매표소 아줌씨는 케이블카 타려는 관광객으로 알고, 1달러 주었더니 크레딧 카드를 달라고 했고… '화장실도 카드를 받는가부다' 생각하고 무심코 카드를 건넸고… 아줌씨가 나중에 알고 동전으로 거스름돈을 내주고…도서관(화장실)에 얽힌 한 뭉텅이 동전 사건의 전말이었다. ㅎㅎ

이제 우리는 다시 왔던 길을 되돌아 보스로 와서 노르웨이 제2의 규모를 자랑하는 하당에르 피요르드 지역으로 이동하여 하당에르 피요르드 지류인 브루라빅–브림네스 구간을 카페리로 건넌 후 오늘의 숙박지 게일로로 향하였다.

신 선생 왈, "제 ROTC 선배님도 계시고, 아까 베르겐에서 생연어도 사셨고, 운 좋게 한국 유학생이 알바로 나와 회 쳐주었고… 오늘이 노르웨이 여행의 마지막 날인데 '버린폭포'로 모시겠으니 거기서 추억에 남을 즐거운 시간을 보내시길 바랍니다." 버스 안에 갑자기 "와~우!" 환호성이 터진다. "신 선생~! 최고여~! 멋져부러~!"

버린폭포는 해발 800m 되는 곳에 위치해 있었다. 차에서 내리니 우리 이외에는 관광객은 아무도 없고 바람이 꽤 차다. 바닥이 까마득히 내려다보이는 아찔한 절벽과 폭포에 소름이 끼친다.

"절벽 위의 집들 보이시나요? 저런 곳에도 예쁜 집을 짓고 사는 억척스런 바이킹의 후예들, 대단하지요? 원 사장 부부가 절벽 위에서 인증샷을 부탁한다. OK! "서로 사이좋게 머리 맞대시고 웃으세요~김~치~~" 관광객을 모시고 왔다 절경에 취해 절벽에서 떨어진 덴마크 운전기사의 영정과 꽃이

버린폭포

눈길을 끈다. "아~ 아까운 청춘이여~ 이곳 버린 폭포에서 못다 한 꿈 이루세요!"

몇 컷 사진 찍고, 버스 있는 데로 오니 야외 파티가 한창이다. "이박사님~! 어데 가셨다 지금 오세요? 얼릉 오세요~! 자~이리 자리 잡으세용~" 경영대학원 동기생 모임 회장님이 목이 빠지게 필자를 부른다. 노익장 70대도 한 테이블, 경영대학원 팀도 한 테이블, 필자 부부, 경영대학원 팀 쪽으로 얼릉 자리를 잡는다.

테이블 위엔 연어와 새우, 초고추장 그리고 이슬이… "고맙습니당~ 이렇게 푸짐한 자리에 불러주셔서! 생연어, 그리고 새우! 와~ 정말 맛있네요~!" 입안에서 생연어가 살살 녹는다. 그동안 소금에 절인 연어 훈제만 먹었는데 정말 맛있당~! 그리고 새우, 소금 맛이 적당히 들어 담백하면서도 깊은 맛이 있다. 회장과 총무가 컵에 따라준 이슬이를 곁들으니 와~ 금상첨화로당~! 필자가 술을 마다하지 않는 걸 알았는지 연신 권한다. "오매~ 좋은 거

~! 너희들이 이 맛을 알아~! ㅎㅎ" 기분 좋게 잘 먹고 마셨습니당~! 고맙습네당~~

    파티를 끝낸 후 뒤처리를 깔끔히 한 뒤 게일로로 이동한다. 버스는 어느새 해발 1,200m까지 오른 후 한없이 펼쳐지는 설원을 달린다. 중간에서 버스에서 내려 눈을 손으로 뭉쳐 힘껏 던져 본다. 옛날 초딩시절 남산동에 살 때 언덕길에서 눈썰매 타고 눈싸움 많이 했었지요~ "아~ 그리운 옛날이여~!" 그땐 겨울이 참 추웠고 눈도 많이 왔었는데⋯ 오늘 간만에 눈다운 눈 맛을 보네요~

    이제 언덕을 내려오니 호수가 보이는 해발 1,000m인 게일로에 도착하였다. 게일로는 노르웨이 유명스키장이 있는 곳으로 저 멀리 스키장 슬로프가 보인다.

    호텔에서의 저녁식사는 버린 폭포에서 먹은 푸짐한 생연어 회와 새우로 별로 생각이 없다. 뜨는 둥 마는 둥 적당히 먹고 방으로 들어와 샤워를 마치니 스르르 졸음이 찾아온다. 이젠 수면제를 안 먹어도 되는가보다. 비몽사몽 중에 "아~ 오늘도 좋았~시~유~~~!"

    이렇게 여행 5일째도 서서히 막을 내리고 있었다.

노르웨이 4

여행 6일째(5월 31일, 목), 호텔식으로 아침식사를 한 후 오슬로로 이동하였다. 차창 밖으로 녹색 초원에서 평화롭게 풀을 뜯고 있는 양과 도로를 따라가는 양과 염소 떼가 보인다. 양과 염소떼가 도로를 횡단할 때는 모든 차량들은 안전하게 다 지나갈 때까지 기다린다. 염소가 양보다 IQ가 높아 같이 어울릴 때는 염소가 양을 리드한다고 한다.

신 선생, 우스갯소리 한마디 한다. 40대 이상 한국 주부들에게 물었단다. "이 세상에 다시 태어나 결혼하게 된다면 지금 남편과 결혼하시겠어요?" 90% 이상이 "노, 다시 안 합니당~!" 남자들에게 똑같은 질문을 던졌더니 50%가 "다시 하겠어요~" 남편이 먼저 세상을 떠난 할머니들한테 물으니 모두 다시 안 하겠다고 하는데 유독 한 할머니만 하겠단다. 그 연유를 물으니… "그놈이 그놈이여~! 길들이려면 한참 걸려~!!" 버스 안이 한바탕 웃음으로 자지러진다. ㅎㅎ

"신선생~! 노르웨이 사람들 단점이 뭐예요?" 일행 중 한 분이 질문한다. "게으르고, 전문가가 없고, 또 계획성이 없지요~ 제가 오슬로 와서 편입하는 데 6개월 걸렸어요~ 그리고 셈이 부족해요. 편의점에서 물건 사고 계산하려면 한참 걸리지요. 아버님, 어머님들 아마 경험하셨을 거예요. 답답하셨지요?" "맞아요~!" 모두 맞장구친다.

신 선생이 덧붙인다. "수리력은 떨어지지만 창의력은 대단해요. 널빤지 수십 개로 원통욕조를 직접 만들어요. 사랑채 등, 집도 전기, 보일러 빼고 직접 지어요." 장인이 그렇게 한다면서 처음에는 목수인 줄 알았단다.

출산율은 1.8명이며 자녀가 18세만 되면 쫓아내고 부부만 산다고 하며, 오락문화는 없고, 점심은 따로 챙겨 먹지 않고 샌드위치로 때운다고… 그리고 저녁은 거하게 먹는다고 한다. 어둡고 은은한 조명을 좋아하여 초를 켜 놓고 식사하고 진토닉이나 와인을 곁들이며 밤새도록 수다를 떨며 주로 정치얘기를 많이 한다고 한다.

신선생이 우스갯소리 2탄을 꺼낸다. "LA에서 여행 끝내고 공항만 가는 일정만 남았는데, 할머님 한 분이 도서관(화장실) 갔다 끝으로 늦게 나오셨어요. 버스에 모두 다 승차한 줄 알고 출발하였는데 공항 반 정도 가서 안 타신 걸 발견하고 난리가 났지요. 공항에 도착하여 할머니 찾으러 다시 가려는데 저기 택시 승강장에 할머니가 서 계시는 거예요~"

"할머니~! 어떻게 우리보다 더 빨리 오셨어요?" "응~ 내가 택시 잡아타고 기사에게 공항이름을 대고 두 팔을 새처럼 펄럭이며 '로스엔젤레스 휘어~휘어~ 날아라 훨훨~~' 했지롱~ 그랬더니 기사가 알아듣고 이리로 데려다 주데! ㅎㅎ" 버스 안에 다시 한번 폭소가 터진다. ㅎㅎ

중간에 휴게소에 들러 원사장 부부와 차 한 잔 마시며 담소를 나눈 후 휴게소 내부에 장식된 소담하고 담백한 꽃과 화단에 화려하게 피어 있는 루핀 꽃을 디카에 담는다.

다시 버스에 올라 두 시간 여를 달린 후, 오슬로에 도착하여 점심으로 특식 연어 회정식을 먹는다. 어제 연어 회를 아주 맛있게 먹어서인지 별로 당기지 않는다. 식사 후 국립극장과 왕궁을 외부에서 조망하고 다양한 상점과 카페가 들어서 있는 카를스 요한거리, 아케르 브뤼게를 둘러보았다.

국립극장

이어서 뭉크를 비롯한 노르웨이 화가들의 작품이 소장되어 있는 국립미술관을 내부 관람하였다. 아쉽게도 내부사진 촬영은 불가능했다.

국립미술관 외부

관람을 끝내고 나오니 지금까지 노르웨이 관광 안내를 한 신 선생이 작별을 고한다. "아버님~어머님~! 남은 여정 즐겁게 보내시고 한국에 무사히 돌아가셔서 만수무강 하세요." "신선생~! 그동안 수고 많으셨고 계획한 꿈을 꼭 이루시길 바랄게요~!"

오슬로를 떠나 스웨덴 칼스타드로 이동하였다. 오슬로에서 스톡홀름까지 버스로 8시간 정도 걸리기 때문에 중간지점인 칼스타드에서 휴식을 취하고 하룻밤 묵도록 배려를 했다고 한다.

인솔자 위나라가 마이크를 잡는다. "심심한데 야그 좀 할까요?" "좋지요~!" "상대를 행복하게 하면 본인이 행복해집니다. 고로 남을 웃기는 사람은 오래 삽니당~ㅎㅎ 야한 영화를 보고 나서 연애 초반엔 '어머~' 중반엔 '쥑인다~!' 후반엔 '잘 봐 둬~!' 키스를 하면서 연애 초반엔 '살짝 해~' 중반엔 '더 깊게~~!' 후반엔 '장난 쳐~?' 최불암씨리즈 하나 할께요~ 최불암 씨가 마실 갔다 와서 찬장에 있는 파김치를 꺼내 밥에 비벼 먹었는데 시골 외곽 도서관에서 큰 거 볼 일 보는데 끝에서 하나가 안 빠지는기라! 용을 쓰면서 턱이 내려갔다 올라갔다 내려갔다 올라갔다~ㅎㅎ 나중에 숟가락으로 파 머리통을 빼냈다고 하데용~ㅎㅎ 돈 중에서 중국 돈이 가장 더럽다고 하네요~ 돼지우리에 한국사람, 중국사람, 일본사람이 같이 들어갔는데, 일본사람이 제일 먼저 나오고, 그다음 한국사람이 나오고… 그다음 중국사람이 아닌 돼지가 나오더랍니다." 하하하~ 남자처럼 큰소리를 내며 웃는다~

"돈에는 2,000여 종의 세균이 있는데 세계에서 제일 깨끗한 돈은 어느 나라 돈인 줄 아세요? 북한 돈이에요~ 세균이 100종만 있었다고 해요~ 노르웨이 베르겐에서 도서관 갔다 노르웨이 크로나 잔뜩 받아 오신 아버님~! 한국에 가셔서 손자, 손주에게 귀엽다고 동전 주지마세요~얼마나 더러운데요~ 넹~! 하하~ 그리고 가지고 오신 모든 돈은 다 쓰고 가세용~넹~ㅎㅎ"

이제 버스는 노르웨이-스웨덴 국경지대를 지나가며 스웨덴의 풍경이 펼쳐진다. 윗나라의 역사공부 강의가 이어진다. 일부는 황짜르트가 된다(마이크 들면 자고, 마이크 끄면 일어난다. ㅎㅎ).

"8세기~12세기 노르웨이, 스웨덴, 덴마크 바이킹들이 먹고 살 게 없으니까 양쪽이 뾰죽하고 안을 흙과 벽돌로 쌓은, 가볍고 튼튼한 배를 만들어 타고 다니면서, 나쁘게 얘기하면 해적질, 좋게 얘기하면 장사를 하던 상인들이었죠~ 물론 계략과 속임수, 교활한 점이 있었지만요~그렇게 세력을 확충해 나가다 영국 알프레드 대왕에게 전쟁에서 크게 지고 바이킹왕인 헤럴드왕은 사로잡혀 두 가지 조건을 수락할 것을 요구당합니다. 첫째, 앞으로 절대 영국을 다시 침략하지 말 것과 둘째, 앞으로 기독교를 믿으라는 것이었죠~ 이로부터 바이킹들이 정착하게 되었고 기독교화된 것입니다. 오늘 공부는 이것으로 끝내고 조금 쉬어 가겠습니다."

"와~~! 대단하당~! 2시간 반 동안 쉬지 않고 계속 강의(?)를 하다니~~! 대단해용~!"

버스는 벌써 칼스타드에 도착하였다. 중국식으로 저녁식사를 한 후 호텔에 투숙하여 샤워를 끝내니 피로가 엄습하며 나도 모르게 꿈의 나라로 빠져든다. 이렇게 여행 6일째도 막을 내리고 있었다.

스웨덴

여행 7일째(6월 1일. 금) 호텔식으로 아침식사를 한 후 스웨덴의 수도 스톡홀름으로 이동한다.

스웨덴은 유럽에서 네 번째로 넓은 국토를 가지고 있으며(한반도의 2.4배) 북동쪽은 핀란드, 서쪽은 노르웨이와 접하고, 남서쪽으로는 덴마크, 독일과 해협을 사이에 두고 있으며, 인구는 약 900만 명으로 수도는 스톡홀름이며 인구의 약 80%가 도시에 집중되어 있다. 영세중립국이고, 시차는 한국보다 8시간 늦으며 종교는 95%가 루터교이다. 화폐는 스웨덴크로나를 쓰며 1유로가 8크로나이다. 금발에 푸른 눈, 털이 많은 게르만 족이며 언어는 스웨덴어를 사용한다.

스웨덴 사람들은 빛과 자연을 사랑하며 과묵하다. 광대한 대지, 한없이 이어지는 원시림, 태고의 모습이 그대로 간직된 대자연이 국민들에게 강한 영향을 주었기 때문이다. 이런 이유여서인지는 몰라도 금발에 푸른 눈, 미녀들이 많다. 영화배우 잉그리드 버그만도 스웨덴 미녀라지요?

우리처럼 남성 전용 술집이 없고, 바이킹들이 본래 모계 사회여서 그런지 여성상위, 여자들의 천국이다. 응급구조 우선순위를 보더라도 여자가 1순위, 장애인, 소아, 노인이 2순위, 개나 고양이 등 애완동물이 3순위, 그다음이 남자다. 개만도 못한 남자~! 거~참! 웃을 수도 없고… 울 수도 없고…
거기다 한 술 더 떠서 여자가 바람나면 남자가 짐 싸서 나가야 된단다. 귀(기)
가 막히고 코가 막혀서~~에고~거~참~^^

위나라, 아침부터 신이 나서 열을 올린다. "아버님들! 어머님들한테 고마
워하셔야 되요~! 넹~! 지금까지 이혼 안 하고 살아준 것을! 으하하~ 이혼
하면 부인 생활비, 애들 양육비 일체를 남편이 부담해야 해요. 남자가 두 번
이혼 당하면 차라리 죽는 게 낫다고 해요~ 거시기 두 쪽만 차고 거리에 나
앉아야죠~ 으하하~~! 넹~! 50% 이상 누진세가 붙어 엄청난 세금까지 물
어야 되니까요~! 대신 두 번 이혼하면 여자들은 참 좋아요~ 세금과 관계없
는 돈이 매달 꼬박꼬박 들어오거들랑용~~ 넹~! 그래서 이혼율이 높답니
다. ㅎㅎ" (유럽은 남녀 불평등이지만 남성이 아닌, 여성에게 무조건 유리하게 법 조항이 되어 있다)

성문화가 개방되어 결혼식 올리지 않고 동거 상태로 사는 부부가 많다고
한다. 같이 살다 나중에 필요하면 그때 결혼식을 올리는 것이지요.

제조업이 발달되어 있으며 공무원들은 청렴결백하고, 국회의원은 두 가지
직업을 가지며 회기 내에만 출석하는 명예직이라고 한다. 바이킹의 후예답
게 봉건조직에 익숙하며, 명예를 중시하고 지방자치제가 잘 발달되어 공동
체 의식이 강하다고 하네요. 노벨상의 발원지이고 노르웨이나 덴마크 왕가
와는 혈연관계를 유지하고 있다.

인솔자 위나라 씨 또 발동을 건다. "물건 살 때 각 나라마다 국민성이 묻
어나는 질문들이 있는데 독일 사람들은 무엇부터 물어볼까요? 독일 사람들
은 얼마나 오래 쓸 수 있는지를 물어본다 합니다. 미국사람은 가격부터 물
어보구요~일본은 명품이냐 아니냐~ 그러면 한국사람은 뭔지 아세요? 의심
이 많은 나라라서 그런지 '이거~ 진짜예요?'"

그러고 보니 맞는 거 같다… 쩝~! 고추를 고추장에 찍어먹는 독종들(?)…
ㅎㅎ

스톡홀름에 접어들자 비가 내리기 시작한다. 그동안 덴마크, 노르웨이 관광에는 날씨가 받쳐주어 최고의 관광을 하였는데…^^ 입맛에 맞게 다 좋을 수는 없고 어쩔 수 없는 노릇이지요~ 주로 시내관광이고 박물관 내부 관람이라 큰 문제는 없으리라 생각하니 마음이 금방 편해집니다. 여행은 생각하기 나름이에요~ ㅎㅎ

스톡홀름은 지명 자체가 '작은 섬'을 뜻하듯이 섬들로 이루어진 물 위의 도시이다. 그래서 북유럽의 베니스라 불리기도 하지요. 멜라렌호수의 흐름이 발트해와 만나는 지점에 떠 있는 작은 섬, 감라스탄을 발상지로 하여 13세기에 건설된 이 도시는 1523년 국부 구스타프 바사가 수도로 정한 이래, 발전을 거듭하여 오늘날과 같이 14개의 섬과 49개의 다리로 형성된 인구 65만의 대도시로 탈바꿈되었다. 베니스, 암스테르담과 함께 세계 3대 운하 도시 중 하나이다. 또한 상업적 동기에 좌우되지 않고 이상적인 목표를 세워, 도시계획 전문가들의 인간환경을 중시하는 현대적 계획 이론에 따라 몇 세기에 걸쳐 건설되어 왔다고 한다.

시내를 달리던 중 버스 좌측으로 비를 흠뻑 맞으며 얼룩달룩한 옷차림에 국기를 흔들고 남녀 구분 없이 음악에 따라 노래 부르고 춤을 추며 혼성으로 경적을 울리며 시내를 질주하는 트럭이 보인다. 색다른 전통 중 하나로 고등학교 졸업축제 후 가두 퍼레이드를 벌이는 거라고 한다. 세계촌 어디 가나 젊은이들의 열정과 발랄함은 각양각색이다. "아~ 젊음은 좋은 것이여~~!" 시민들은 앞으로의 삶을 격려하는 뜻에서 모두 박수로 축하해 준다.

우리는 먼저 시 청사를 보기로 하였다. 시 청사는 스톡홀름시의 상징적 건물로 1911년부터 1923년에 걸쳐 라그나르 오스트베리의 설계로 건축되

었다. 북유럽의 중세분위기 디자인으로 유명하며 20세기의 가장 뛰어난 건물이란 평가를 받고 있다.

내셔널 로만National Roman 양식의 건물로 높이 106m의 탑, 건물을 둘러싼 붉은 벽돌, 고딕 풍의 창문, 비잔틴 스타일의 금색 장식 등이 어우러져 멋진 조화를 이루며, 시청 건물이라고 하기보다는 우아한 궁전 같은 분위기를 풍겼다. 탑 위에 스웨덴의 상징 3개의 왕관을 장식한 것도 특이했다.

건물 안으로 들어가니 먼저 블루 홀Blue Hall이라는 넓은 공간이 나타났다. 창문을 높게 설계해 햇볕이 부족한 나라답게 채광의 효과를 꾀한 것이라고

2층에서 내려다본 블루 홀

한다. 이곳은 콘서트 등 다양한 목적으로 사용되지만 가장 유명한 행사는 12월 10일의 노벨상 축하 만찬이다. 이곳에서 만찬이 끝나면 2층 황금의 방에서 노벨상 수상 파티 무도회가 열린다.

계단을 올라 황금의 방에 들어서

황금의 방, 노벨상 수상 파티 무도회장　　　2층 의회 회의실 천정의 모습

서, 1,900만 개의 금박 모자이크로 장식했다는 화려한 벽면 앞에 섰다. 눈앞이 아찔할 정도로 환상적이며, 이슬람 문화, 문양과 유사하게 느껴졌다.

시의원의 50%를 여성이 차지하고 있다는 회의실로 들어선다. 바이킹 여전사들의 후예답게 여성들의 정치 참여가 높다고 한다. 바이킹 배를 뒤집어 놓은 모양의 천정이 이채롭게 보인다. 회의를 하면서 옛 선조들의 바이킹 정신을 잊지 말자는 뜻이 아닐까 생각해 본다.

시 청사 안의 화장실을 찾으니 분명히 Toilet 안내판이 있는데 가보니 없다. 이상타~! 우리 일행 중 남자 일곱… 이리…저리로~ 왔다리 갔다리~ "아이고마~ 요상스럽데이~바지에 쌀기구마~! 변소 어데 있노~!" 경상도 노인네 한 분의 얼굴이 몹시 다급해 보인다.

마침 지나가는 직원에게 물으니 청사 안의 화장실은 내부수리 중이라고 건물 밖으로 나가란다. 밖으로 나와 건물 우측으로 돌아 지하 미로(?)를 통과하니 화장실이 보인다. "야그들이 우릴 골탕 멕일라코, 요론 요상스런 데다가 맹그로 놨는갑소~!" "하몬~! 우리나라 맹키로 살기 편한 데가 없데이~! 스토콜롬, 파이다~!" 모두 서로 쳐다보고 웃는다~ ㅎㅎ

시청사 앞의 해변가에서 바라본 스톡홀름 감라스탄… 중세풍의 건물이 어우러져 아름답다.

시청사에서 바라본 구시가지 감라스탄의 모습

　시청사 관광을 마친 후 우리는 스톡홀름 구시가지, 감라스탄으로 발길을 옮겨 중세의 향취를 느끼면서 돌길을 밟아보기도 하고, 북쪽에 위치한 역대 왕들이 살았던 르네상스 양식의 왕궁을 외부에서 둘러보았다. 3층 건물로 60년이라는 오랜 공사 끝에 완성된 왕궁이지만 지금은 왕이 거주하지 않고 있다. 이 왕궁은 스웨덴 왕실의 공식행사에만 사용되는 궁전이다. 현재 국왕은 교외의 드로트닝홀름 궁전에서 가족과 함께 거주한다고 한다.

　대성당은 왕궁의 남쪽에 위치하며, 스톡홀름에서 가장 오래된 성당이다. 1279년에 건축되어 몇번의 개·보수를 거친 후 현재의 모습을 갖추게 되었다. 옛날부터 왕조의 대관식 및 결혼식 등의 의식이 행해진 장소이며 가장 최근에는 현재의 국왕인 칼16세 구스타프 왕과 실비와 왕비의 결혼식이 있었다.

스톡홀름 대성당

　왕궁 앞으로 감라스탄의 중심부인 스토르토리에트 광장이 있다. 지금은 평화로워 보이지만 죄인이 처벌받던 곳으로 스톡홀름 대학살이 있었던 아픈 역사를 지니고 있는 곳이다. 당시 덴마크 크리스티안 2세의 침입에 항거한 귀족 고관 등 90명이 이곳에서 단두대의 이슬로 사라져 피로 물들인 뼈아픈 과거가 있다. 그래서 피의 광장이라고 불리기도 하는데, 가운데 보이는 고색창연한 분수대(우물)가 단두대의 현장이다. 덴마크에 항거하는 스웨덴 귀족들을 처단한 장소라서 피의 광장이라고도 불리운다.

　광장 주변에는 중세풍의 예쁘고 멋진 건물이 늘어서 있었는데 지금은 레스토랑, 카페, 크리스탈 부티크로 개조되어 있었다. 비가 와서 그런지 야외 카페는 자리가 텅 비어 있었다. 비가 안 왔으면 일행들과 맥주 한 잔 기울이며 옛날 중세 스웨덴의 역사적인 사건들을 유추해 볼 수 있었을긴데… 아쉽네요~

스토르토리에트 광장

감라스탄 골목, 바닥이 중세의 돌 그대로 반질반질하였다. 2001년 노벨상 제정 100주년을 기념해 만든 노벨 박물관도 옆에 있었으나 우리는 외부에서 노벨의 발자취를 둘러보는 것으로 만족하고 다음 관광지로 향했다.

우리가 도착한 곳은 바사호 박물관이었다. 현존하는 배로는 가장 오래된 전함 바사호가 전시된 박물관으로, 건물 안이 배 하나로 가득 차 있다.

독일과의 30년 종교전쟁에 참전하기 위해 1625년 건조된, 길이 69m, 폭 11.7m, 높이 52m의 화려한 전함은 승무원 437명을 싣고 1628년 8월 10

바사호

일 왕궁 근처의 부두를 출발하여 첫 항해에 나섰으나 스톡홀름 항구에서 바로 수심 32m의 바다 속으로 침몰하게 된다. 침몰한 이후 바다 속에 있던 바사 호는 1956년 해양 고고학자인 안데스 프란첸에 의해 발견되어 333년만인

1961년에 인양되었다. 1962년 Rorhksehlsx 임시 박물관에 있다가 1990년 바사 박물관이 개관되면서 전시하게 되었다. 전함이라고는 하지만 배 전체가 조각으로 장식되어 있었으며, 배 꼬리부문은 모두 금색으로 덮여 있어 매우 화려하였다.

스웨덴의 국력을 과시하기 위해 목재로 만들어진 호화 전함이었지만 침몰한 정확한 이유는 아직 밝혀지지 않고 있다. 단지 너무 많은 대포를 장전하여 하중을 이기지 못하고 침몰하였다는 설이 가장 유력하다고 한다. 전투로 인한 침몰이 아니라 출항 직후 침몰한 전함이기에 480여 년 전 전함의 모습이 온전히 보전되고 있어, 당시 장병들의 선상 생활, 그릇, 무기, 복장 등을 실감나게 느낄 수 있었다.

거리에는 유모차를 밀고 다니는 젊은 여성들이 많았다. 스웨덴은 선진 복지국가로, 저출산 곡선을 다시 일으켜 세우는 데 성공한 나라이다. 혼전 동거 상태 또는 미혼 독신녀가 낳은 아이나 엄마에게 법적, 사회보장 차원에서 차별이 없는 나라이기도 하다.

살아 본 후에 결혼한다는 유럽 사람들의 사고방식은 우리 문화의 기준으로 본다면 성의 문란, 가족체계의 파괴로 볼 수밖에 없지만 "어떻게 살아보지도 않고 결혼하느냐?"고 우리에게 되묻는 그들의 결혼관을 어떻게 생각해야 할지 필자는 잠시 할 말을 잃는다. 하얀 피부에 파란 눈의 금발미녀들… 우리나라 남남북녀라는 말이 이곳에서도 맞는 말일까?

남방 민족은 체격이 왜소하고 햇볕에 잘 그슬리는 황갈색 피부를 가지고 있으며, 더운 지역에서는 멋을 낼 만큼 차려 입을 수도 없는 것이 현실이다. 북방민족은 육식을 많이 하고 키가 크고 체격이 건장한 것도 특징이지만, 햇볕에 타면 까무잡잡해지지 않고 붉어지다 마는 하얀 피부가 특징이다. 여름 한철 한국 여성의 필수품인 양산을 그들은 필요로 하지 않는다. 오히려 일광욕을 즐기며 살아가기에 더 활동적인지도 모른다. 그렇기에 일찍 피부가 노화되고 검버섯이 생기는 것이리라….

우리는 크리스탈 가게로 들어갔다. 예쁜 문양이 들어간 크리스탈 기념품을 마눌님 눈치를 보며, "이거 어때? 아주 좋아 보이는데…!" 했더니 "난 별로예요~!" 시선을 돌리며 자리를 뜬다. 할 수 없이 상품을 슬그머니 내려놓는다. 쇼핑도 관광의 일부인데…ㅠㅠ

유람선 '바이킹 라인' 탑승을 위해 항구로 이동하려는데, 인솔자 위나라와 원 사장 부인 정 사장이 "잠시만요~!" 하고 버스에서 내려 감라스탄 골목으로 열심히 뛰어간다. 원 사장이 한마디 한다. "오늘이 제 귀빠진 날(회갑)이고, 여긴 제과점이 없어 케이크를 준비 못했는데 1주일 전 문을 연 가게가 있다는 현지 가이드 말을 듣고 케이크 사러 갔으니 양해 좀 해주세용~ 미안합니당~" "괜찮아요~!"

바이킹 라인은 실야 라인과 더불어 스톡홀름—헬싱키 구간을 운행하는 대표적 크루즈이며 선내에는 면세점, 카지노, 디스코텍, 레스토랑, 사우나 등 부대시설이 갖추어져 있었다. 배정된 선실에 짐을 갖다 놓은 후 뷔페 식당에서 위나라, 원 사장 부부와 자리를 같이 했다.

위나라 씨가 말문을 연다. "여러분~! 오늘 원 사장님 생신이예용~! 회갑이랍니당~ 모두 생일 축하 노래 같이 하시고 축하해 주세용~!" "생일 축하합니다~생일 축하합니다~사랑하는 원 사장님~~~" 원 사장 부부가 촛불 끄고, 케이크 자르고, 박수~ 짝짝짝~ 와인으로 건배가 이어진다. "회갑 축하드리고 건강하세용~ 한 컷 찍어드릴 테니 러브 샷도 하세용~!ㅎㅎ"

바이킹 라인에서의 회갑 축하 파티. 원 사장 부부에게는 잊지 못할 추억이 될 것이다. 다양한 뷔페 음식, 바이킹 요리… 많이 먹고 마셨다.

위나라 씨, 또 발동이 걸려 우스갯소리를 시작한다. "지는 나폴레옹이 변태라고 생각하는데 아버님은 어떻게 생각하세요?" "변태라구요? 처음 듣는 얘기인데…." "나폴레옹이 뚱뚱하고 과부에다 볼품없는 조세핀과 결혼하고 왕비로 앉혔잖아요~ 변태라서 그래요~넹~!" "그게 무슨 변태예요?" 원 사장이 되묻는다. "나폴레옹이 특정한 냄새를 좋아하고 집착했어요~ 입냄새, 머릿냄새, 발고락냄새, 암냄새… 아버님~! 무슨 냄새였을까용~?" "여자 거시기 냄새 아닐까?" "맞아요~! 조세핀이 하도 뒷물을 안 해 특유의 냄새를 풍겼다지용~~ 으하하~~나폴레옹 진짜 변태예요~~하하하!"

"우리 여행사에서 조사한 한국 여성관광객 분실물 1위가 뭔지 아세용~?" "반지, 귀걸이, 목걸이, 팔찌, 시계, 카메라, 충전기 뭐 그런거겠지… 맞지요?" "아니예용~ 빤즈랍니당~빤즈~! 여자들이 빤즈 빨아서 건조대에다 올려놓고 다음날 아침 그냥 나오는 거예요~ 넹~! 우리 어머님들 중에 어제 빤즈 빨아서 건조대에 올려놓고 그냥 오신 분 있으면 우리 여행사 분실물 센터로 오세용~ 으하하~~"

이렇게 먹고, 마시며, 웃고, 담소하며 여행 7일째도 막을 내리고 있었다. 여행은 언제나 즐거운 것이여~~!

핀란드

여행 8일째(6월 2일, 토), 바이킹 라인에서 선내식으로 아침식사를 한 후 10시 10분 핀란드 헬싱키에 도착, 하선하였다.

북유럽 5개국 중에서 아이슬란드와 함께 공화국인 핀란드는 스칸디나비아 반도의 뿌리 부분에 자리하고 있다. 국토의 9%는 6만 개의 호수와 하천이며, 육지의 70%가 삼림지대이다. 핀란드 정식명칭도 "늪과 호수의 땅"이라는 뜻의 "수오미 공화국Suomen Tasavalta"이다. 침엽수 삼림이 끝없이 이어지는 시적인 나라가 핀란드이다. 한국에도 잘 알려진 포크 댄스와 폴카는 옛날부터 전해 내려오는 국민 오락으로서, 농민 문화의 일부로 그들의 생활에 깊이 스며 있다.

수도는 헬싱키, 인구는 약 515만 명, 면적은 한반도의 1.5배, 국민소득은 약 4만 불이다. 핀족이며 핀란드어를 쓰고 종교는 91%가 루터복음교(개신교)이고, 시차는 한국보다 7시간 늦다.

산타크로스가 핀란드에 살고 있다고 전해지는 것은 지금으로부터 30년쯤 전에 우체국 직원 한 사람이 어린이들에게 답장을 쓴 것이 시초가 됐다고 한다. 1961년부터는 이것이 체신부의 정식 업무가 되었다 하니 핀란드인들은 어지간히 로맨티스트인 듯하다.

바다에 둘러싸여 있는 헬싱키는 인구 52만 명이며, 60여 개의 박물관이 있고, 레스토랑과 카페, 그리고 자연을 마음껏 누릴 수 있는 곳으로 관광객의 낙원이라고 할 수 있다. 또한 헬싱키 대학 본 건물 외에 공대, 상대 건물과 부속 건물들이 산재해 있었으며 독특한 현대식 기법으로 멋과 우아함을 뽐내고 있었다. 학생 복지에 힘을 써 기숙사비, 학비, 용돈까지 국가에서 부담한다.

우리는 러시아 정교의 대성당인 우스펜스키 성당을 방문하였다. 머리에 양파형 돔과 황금십자가를 올려놓은 아름다운 건물이었다. 모자를 벗고 내부로 들어가니 마침 어린 아이를 안고 있는 미모의 여인이 중앙에 앉아 있었는데 아이 세례를 받기 위해 기다리는 것 같았다. 아이들은 언제 봐도 참 귀엽고 예쁘당~!

성당에서 나와 인증샷 날리고 부두에 위치한 마켓광장으로 이동하였다. 버스에서 내리니 몸을 가누기 힘들 정도의 비바람이 몰아친다. 그래선지 노천 상가는 손님이 별로 없고, 한산하다. "아이고~ 바람도 불고 춥구마~! 됐

우스펜스키 성당

네요~! 본 걸로 하고 가십시당~!" 앞다퉈 버스에 오른다.

암석으로 된 독특한 디자인의 암석교회(템펠리 아우키온 교회)는 1969년 티오 모와 투오모 수오마라이넨 형제의 설계로 바위산 위에 세워졌다. 기존 교회 의 모습을 완전히 깨트린 최첨단 교회로, 내부는 천연암석의 특성을 살린 독특한 디자인으로 되어있었으며, 암석 사이로 물이 흐르고, 파이프 오르간 이 이색적이었다. 암석교회 내부자연의 음향효과를 충분히 고려해 디자인되 었으며 음악회장으로도 자주 이용되고 있고 주말에는 결혼식이 자주 열린다 고 한다.

각종 국가의 종교행사가 열리는 원로원 광장은 알렉산테린 거리의 동쪽

암석교회

암석교회 내부

끝 대성당 앞에 있는 광장이다. 약 40만 개에 달하는 화강암이 깔려 있는 정사각형 광장으로 중앙에는 러시아 황제 알렉산드로 2세 동상이 서 있었다.

광장 정면에는 핀란드 루터파의 총본산인 헬싱키 대성당이 자리하고 있었는데, 밝은 녹색을 띤 산화된 구리돔과 흰색 주랑이 조화를 이루고 있는 아름다운 건물이었다. 국가적인 종교행사가 거행되는 곳이며, 1830년 착공하여 1852년 완공되었다.

러시아 황제 알렉산드로 2세 동상

기념사진 몇 컷 날리고, 기념품 가게에서 눈쇼핑 하고 버스에 오르는데 광장 저 멀리 대성당 앞 계단에 젊은 여고생들이 졸업 기념사진을 찍기 위해 모여있다. 하나같이 생기발랄하고, 예쁘고, 젊음이 넘쳐흐른다~! 아~ 좋을

헬싱키(루터교) 대성당

때여~~! 근데 인솔자가 인원 체크하더니 한 분이 아직 안 오셨다고 한다.

"얼릉 자기 짝이 있는지 보세요?" "내 짝이 안보이넹~! 아이고~! 조기 젊은 애들 사진 박는 데 서 있넹~! 저 영감 제 짝 놔두고 와 저기 서있노? 아이고 참말로 남사스럽데이~! 저러니께 여권 잃어버렸제~~!! 아직도 정신 몬차렸구망~!"

조금 있으니 여권 분실했던 분, 헐레벌떡 버스에 오른다. "시간이 좀 남아서리 젊은 피 좀 수혈 받을라고 갔었구망~~뭐~ 잘못됐시요~? 하하~" "아이고~ 내 몬산다~! 여권 분실해 비자 없어 러시아도 몬 들어카고! 참말로 얄굽데이~! 우리만 내일 서울 가게 된 기 아쉬워서 당신~ 수혈 받으러 간기요~?? 문둥이~#$%^&*" 버스 안이 한동안 웃음으로, 배꼽을 잡고 뒤집어진다. ㅎㅎ

우리는 헬싱키의 마지막 일정인 시벨리우스 공원으로 향했다. 핀란드의 세계적 작곡가 시벨리우스를 기념하여 만들어진 공원으로 24톤, 600개의 강철을 이용한 파이프오르간 모양의 시벨리우스 기념비와 시벨리우스 마스크가 인상적이었다. 여류조각가 에이라 힐토넨의 1967년 작품이라고 한다.

두상 옆의 조형물은 영감을 암시하는 구름조각이다. 자세히 보면 귀가 없

시벨리우스 기념비

시벨리우스 두상

는데, 청각 아닌 영감으로 음악을 작곡하였다는 의미라고 한다.

시벨리우스는 평생 동안 조국 핀란드에 대한 사랑과 용감한 사람들의 생애를 주제로 작곡하였으며 교향시 〈핀란디아〉는 그의 대표작이라고 한다. 기념비를 보고 나오면서 바라본 작은 호수와 나무들, 근처 바닷가에서 불어오는 바람으로 필자의 마음은 상쾌해진다.

현지 가이드가 묻는다. "시벨리우스 기념비를 보시고 뭐 느끼시는 거 없나요?" "글쎄~ 파이프 오르간 모양 같기도 하고 잘 모르겠는데요~" "넹~! 빙고~! 하나는 정답이에요~ ㅎㅎ 첫째는 나무, 숲을 상징하고, 둘째는 오로라, 셋째는 아버님이 말씀하신 시벨리우스 음악의 정수를 표현한 파이프 오르간입니다."

핀란드는 구소련 영향을 많이 받아 공산주의를 수용하며 복지국가를 건설했다고 한다. 역사적으로 러시아의 지배를 받은 적이 있고 나쁜 감정도 가지고 있어, 소련해체 이후에는 서방과의 관계를 강화하고 있다. 하지만 현재는 러시아와도 좋은 관계를 유지하고 있단다. 부패가 없는 나라 중 하나로 손꼽히며 지금도 교직자나 공직자들이 이곳 헬싱키를 많이 찾는다.

건식 사우나를 즐기며 사우나 후 차가운 호수로 뛰어들었다가 다시 사우나로~ 그리고 호수로~ 그러기를 반복한다고 한다. 우리가 목욕탕에서 온탕, 냉탕 왔다리갔다리 하는 것처럼… 또한 수줍고 낯가림을 잘하고, 검소하다고 한다.

자작나무로 자기 몸을 때리면 자작나무의 피톤치드가 흡수되어 스트레스가 해소되고, 항균 효과를 볼 수 있어 그렇게 한다고 하는데… 글쎄올시다~! 그렇다고 때리기까지… 쩝~! 거~참! 하지만 몸에 좋다면 뭐든 먹는 한국, 중국 사람도 있는데 그걸 못하겠어요~? ㅎㅎ

금강산도 식후경이라! 배가 출출해지며 신호가 온다. 우리는 한식당에서 오랜만에 한식을 맛있게 먹고 러시아 상트페테르부르크로 가는 열차를 타기 위해 헬싱키 중앙역으로 이동하였다.

인솔자가 플랫트홈에서 설명한다. "두 분 서울로 가시고! ㅠㅠ 일행이 20명인데 불행하게도 좌석이 2호차, 5호차로 쪼개졌습니다. 그러니 경영대학원 일행 아버님, 어머님들 여덟 분은 5호칸으로, 나머지 열두 분은 2호칸으로 가시기 바랍니다. 저녁은 상트페테르부르크에 도착하여 드시면 너무 늦기 때문에 부득이 열차에서 드시게 됩니다. 아까 점심 드신 한식당에서 도시락을 준비했으니 핀란드–러시아 국경지나 러시아에서 여권 검색, 검문이 끝난 뒤 드시기 바랍니다. 러시아 애들 검문은 좀 까다롭게 하기도 해요~ 선반에 있는 짐을 몇 개 찍어서 열어 보라기도 하고… 여하튼 시키는 대로 하시고 제가 왔다리 갔다리 할 테니 너무 긴장하지 마세요~ㅎㅎ"

필자 부부를 위시한 12명은 2호차에 탑승하여 배정된 좌석에 앉으니 핀란드 열차승무원이 여권과 열차 탑승권을 검사한다. 그 후 창밖으로 펼쳐지는 풍경을 감상하며 몇 개 역을 지나니 국경지역을 지나 러시아 지역으로 들어선다. 갑자기 건물들이 우중충하며 지저분한 낙서들로 산만한 검회색 벽들이 나타난다. 역에 정차하니 뒤쪽 객실 통로문이 열리며 러시아 공안원 남, 녀 두 명이 모습을 드러낸다.

우리 일행 모두 긴장하며 러시아 비자가 포함된 여권을 손에 쥐고 있다. 한 사람씩 여권과 비자를 확인하고 선반 위의 가방 및 짐들을 유심히 살핀다. 그리고 한쪽에 쌓아놓은 도시락 꾸러미를 보더니 보석상 안주인 정 사장에게 묻는다. 모두 일행이냐고? 그리고 이거 뭐냐고? 정 사장이 유창하게 영어로 "모두 일행이고 도시락이예요~" 하니 OK. 더 이상의 까다로움 없이 검문이 끝난다. 어느 나라든 여자에게는 친절하고, 예의 바르고, 군소리가 없다. 특히 젊은 미인에게는 ㅎㅎ

도시락을 까먹으니 옛날 중딩, 고딩 시절 수학여행 가면서 먹던, 삶은 계란, 오징어, 땅콩 생각이 난다. 그땐 참 맛있었는데! 중고 시절 수업시간이 끝날 때마다 우루루 매점으로 달려가 마파람에 게 눈 감추듯 사 먹던 앙꼬빵과 우동… 정말 맛있었지요~!ㅎㅎ

현지시각 오후 7시 35분(핀란드와 러시아는 시차가 1시간 있으며 러시아가 1시간 빠름), 상트페테르부르크에 도착하여 역을 빠져 나오니 현지가이드가 기다리고 있었다. 버스를 타고 호텔로 이동, 배정된 방으로 올라오니 전망은 없고, 우중충한 창살 밖으로 옆 건물 옥상이 이어져 있는데, 크고 검은 비둘기들이 뭔가 던져달라고 어슬렁거린다. 마구 버린 담배꽁초들과 음식 찌꺼기, 시멘트 건축자재들… 나도 모르게 커튼으로 슬그머니 시선을 가린다.

샤워를 끝내고 남은 이슬이 몇 잔 걸치니 스르르 눈이 감긴다. 이렇게 여행 8일째도 막이 서서히 내려지고 있었다.

러시아 1
(상트페테르부르크 1)

여행 9일째(6월 3일), 아침 식사를 한 후 상트페테르부르크 도심에서 30km 떨어진 핀란드만 해변가에 위치한 피터대제 여름궁전의 아름다운 분수공원을 감상하기로 하였다. 버스에 오르니 상트페테르부르크 현지 가이드가 러시아 이야기를 시작한다.

러시아는 면적이 한반도의 78배이고, 동슬라브족(80%)이며, 수도는 모스크바, 인구는 약 1억 5,000만 명이다. 언어는 러시아어를 사용하며, 종교는 러시아정교, 화폐는 루블이며 미화 1불이 28루블이라고 한다. 시차는 한국보다 6시간 늦으며 독일, 캐나다로 이민을 많이 가기 때문에 인구가 많이 줄고 있다고 한다. 세계에서 가장 인구 밀도가 낮다.

"러시아 사람들은 40이라는 숫자를 참 좋아해요~ 왜 그런지 알아맞혀 보실래요? 제가 말씀드리죠~ '40도 이하의 술로 술을 마셨다고 얘기하지 마라' 그러니까 러시아인들은 적어도 40도 이상의 보드카를 마신다는 거죠. '40리 이하의 거리를 걷고서, 걸었다고 얘기하지 마라' 적어도 40리 이상의 거리를 걷는다는 거지요. '40인치 이하의 허리로 허리를 얘기하지 마라' 대부분 허리 사이즈가 40인치 이상이 된다는 거지요~"

나라마다 국민들이 좋아하는 숫자들이 있다는 게 떠오른다. 우리나라는 3

을 좋아하고 4를 싫어하고, 중국사람들은 8을 좋아하고, 서양사람들은 7을 좋아하고 13을 아주 싫어하듯이~

상트페테르부르크는 영어로 Saint Petersburg, 즉 성스러운 피터대제의 도시라는 뜻이다. 그런데 '피터'나 '표트르'는 예수의 제자인 '베드로'와 음이 같고 베드로는 돌이나 반석이란 뜻이니 '성스러운 돌의 도시'라고 칭할 수도 있다. 인구는 550만 명이고, 산이 없고 평야로 이루어져 있다.

제정러시아의 상징인 상트페테르부르크는 러시아 제2의 도시이며 1703년 피터대제에 의해 건설된 이래 약 200년간 로마노프 왕조의 수도가 되었다. 그 후, 많은 동란과 혁명으로 굴절 많은 역사의 장이 되었다. 러시아 혁명당시의 페트로그라드, 소비에트 시절의 레닌그라드를 거쳐 1991년 소련이 붕괴되면서 옛이름인 상트페테르부르크라는 이름을 되찾게 되었다. 필자에게는 구 소련 시절의 레닌그라드라는 지명이 더 익숙하다. 상트페테르부르크는 도시 전체가 세계문화유산으로 등재되어 있다.

모스크바와는 다른, 독특한 매력과 분위기로 찾는 이들의 마음을 사로잡는다. 시내 중심부에 미관을 고려해 건설된 18, 19세기의 바로크, 클래식 양식의 건축물이 격동의 시대를 넘어 아직도 그대로 잘 보존되어 있었다.

핀란드 만으로 흐르는 네바 강 델타 지대에 발달한 도시로, 네바 강의 운하와 지류로 모두 65개의 강과, 100여 개 이상의 섬이 있다고 하며, 365개의 다리로 연결되어 '북쪽의 베니스'라고도 불린다. 러시아인들이 죽기 전에 꼭 한 번 오고 싶어 하는 곳이라고 하네요.

여름궁전에 도착하여 차에서 내리니 우리를 환영하는(?) 3명의 악단이 아리랑을 연주한다. 역시 어디가나 한국 관광객은 팁 잘 주기로 입소문이 난 모양이다. 그냥 지나칠 수 없어 1불을 넣고 지나가는데 한국말로 "감사함네다."

러시아 분수들의 수도라고 불리는 여름궁전은 피터대제와 가족, 상트페테르부르크 귀족들이 여름을 보내던 곳으로 피터 대제가 베르사유 궁전을 염두에 두고 조성한 궁전이라 '러시아의 베르사유'라고 불리기도 한다. 여름궁전에서 가장 큰 건축물은 언덕 위에 있는 대궁전이었으며 길이 300미터의 2층 건물로, 1714년에 건조되었고 제2차 세계대전 때 독일에 의해 파괴되었다가 1958년 완전히 복구되었다.

계단식 폭포와 64개의 분수가 궁전의 중심부를 차지하고 있었으며 주변의 250개 고대 그리스와 로마 신화에 나오는 황금색 조각상들이 예술적 가치를 뽐내고 있었다. 대궁전, 계단식 폭포와 조각상이 잘 보이는 삼손 분수대 앞에서 인증샷을 날리고 아름다운 공원을 둘러보기로 한다. 1,000ha가 넘는 부지에 20여 개의 소궁전과 140여 개의 분수, 7개의 공원이 조성되어 있었다.

아랫정원에서 바라본 여름 궁전 대궁전 및 계단식 분수와 황금 동상들

현지 가이드가 씩 웃으며 한마디 던진다. "오전 11시 정각에 이곳 삼손 대분수대에서 분수쇼가 시작되니 늦지마세요~"

잘 가꾸어진 가로수 길을 따라 걸으니, 예쁜 꽃이 흐드러지게 핀 정원, 소분수대와 조각상, 예쁜 바로크식 소궁전들이 눈앞에 펼쳐진다. 또한 자작나무, 홍송(紅松) 외에 가문비나무가 눈길을 끈다. 심호흡을 하며 한순간 가문비나무가 되어본다. ㅎㅎ

사진 몇 컷 날리고 좌측으로 난 길을 따라 운하 쪽으로 발길을 옮기려는데 원 사장이 채근한다. "이 박사님~! 벌써 분수쇼 할 시간이 다 되어가네요~! 가시지요~!" "벌써 시각이 그렇게 되었나요~? 얼릉 가십시다."

11시 정각 팡파레가 울리면서 분수쇼가 시작되었다. 분수공원의 핵심이 되는 대분수에는 삼손이 사자의 입을 찢고 있는 황금색 모습의 조각상이 만들어져 있었는데 사자의 입에서 20m 높이의 분수가 뿜어져 나오고 있었다. 삼손(러시아)이 사자(스웨덴)의 입을 찢고 있는 모습인 것이다.

러시아가 스웨덴과의 전쟁에서 승리한 것을 기념하기 위하여 만들었기 때문에 삼손과 사자는 각각 러시아와 스웨덴을 상징하는 것이다. 지금이야 별 것 아니겠지만 18세기 초 20km 떨어진 계곡의 물을 끌어와 130m높이의 수압으로 물을 뿜어내게 했다는 것은 그 당시로서는 대단한 일이었으리라 생각이 든다. 연신 디카 셔터를 누르며 아름다운 풍경을 눈에 담는다.

삼손 분수

　대분수에서 운하를 통해 직선으로 배들이 도착하는 핀란드만까지 연결되어 있다. 아쉬움을 간직한 채 여름궁전 관광을 마치고 버스에 올라 상트페테르부르크 도심으로 이동하였다.

　"러시아인들이 존경하는 3명의 인물이 누구인지 아세요?" "가이드가 말하는 세 명 중 한 명은 피터대제겠제. 맞지요?" 70대 노빠(노인오빠)가 자신 있게 답한다. "맞아요~! 나머지 두 사람은 레닌과 푸쉬킨입니다."

　푸쉬킨은 러시아 최대의 국민 시인으로, 아내에 대한 사랑 때문에 최후의 결투로 생을 마감한 인물이다. 우리에게는 〈삶이 그대를 속일지라도〉라는 시로 유명하다. 필자도 알고 있는 시詩이지요~ 죽기 전 유언으로 이 시를 남겼다고 하네요.

삶이 그대를 속일지라도 슬퍼하거나 노하지 말라. 슬픈 날엔 참고 견디라. 즐거운 날이 오고야 말리니.

마음은 미래를 바라느니 현재는 한없이 우울한 것 모든 것 하염없이 사라지나, 지나가 버린 것 그리움 되리니.

삶이 그대를 속일지라도 노하거나 서러워하지 말라. 절망의 나날 참고 견디면 기쁨의 날 반드시 찾아오리라.

마음은 미래에 살고 현재는 언제나 슬픈 법, 모든 것은 한순간 사라지지만 가버린 것은 마음에 소중하리라.

이제 가이드의 역사 강의(?)가 시작된다. "주무실 분은 주무시고 그냥 부담없이 들어주세요~레닌은 러시아 혁명을 성공적으로 이끈 인물입니다. 트로츠키, 스탈린과 삼두체제를 이룬 가운데 신 경제정책을 접목시켜 토지 자유거래, 남녀평등을 주창하며 많은 인민들에게 존경을 받았지요. 1924년 뇌출혈로 사망하였지만 레닌이 먹는 음식에 소량의 독을 넣어 서서히 죽게 했다는 설도 있어요. 레닌이 죽은 후 트로츠키와 스탈린의 권력다툼에서 스탈린이 승리하여 언변가 트로츠키를 축출하고 수많은 사람들을 숙청하였지요. 스탈린은 한마디로 음흉한 인물입니다. 스탈린이 1924년부터 53년까지 집권하고 죽은 후, 후루시쵸프 서기장이 집권하였고(1953~1964), 그다음이 브레즈네프시대(1964~1982), 고르바초프(1985~1991)를 거쳐 1991년 술주정뱅이(?) 엘친이 등극하였고, KGB 요원이었던 푸틴이 '강력한 러시아'를 주창하며 정권을 잡아 현재에 이르고 있습니다. 러시아 국민 70%의 지지를 받고 있는 푸틴 대통령은 강력한 지도력으로 계속 인기상승 중입니다. 막내딸이 한국인과 열애중이며 잘하면 푸틴 대통령이 한국인 사위를 얻을 수도 있겠습니다. 자~이제 상트페테르부르크에 다 왔으니 주무시는 어르신들 일어나시지요~"

황짜르트 족들 언제 잤느냐는 듯 눈을 크게 뜬다. 거~참~! 희안하넹~!

"점심 식사 후 오후 일정은 에르미타쥐 국립박물관을 1시간 30분간 내부 관람하고, 바실리 섬의 뱃머리 등대와 페트로파블스키 요새, 성 이삭 성당, 피의 사원을 둘러볼 거예요. 그리고 저녁식사 후에 선택관광이 있는데 두 가지입니다. 유람선을 타고 네바 강 주변 경관을 조망하고 선내에서 펼쳐지는 러시아 민속춤과 노래 등 공연을 관람하는 것과 발레 공연을 보는 것이 있는데, 제 생각으로는 발레공연은 1인당 120유로씩 하니까 좀 비싸다는 생각이 드네요. 아버님, 어머님들이 돈에 구애를 받지는 않으시겠지만요~ㅎㅎ 네바 강 유람선 관광은 1인당 60유로씩인데 제가 추천하고 싶네요. 그리고 굳이 선택 관광을 하실 의향이 없으면 안하셔도 됩니다. 단지 유람선 관광인 경우 유람선 하나를 통째로 우리가 빌리는 것이니 적어도 15명은 되어야 하거든요~ 미리 유람선 예약을 해야 하니 안 하실 분 손 들어 주세용~"

이건 아니다 싶어 필자가 한마디 던진다. "가이드 양반~! 이건 아니에요~! 손 들라 하면 누가 손 들겠어요? 쪽 팔리겠스리… 가이드가 개별적으로 유람선 관광 가부를 조용하게 물어야지요~!" "맞아요~ 맞아~!" 모두 필자 의견에 동의한다. "아버님~! 미안합니다~제가 잘못 생각했네요~그렇게 하겠습니다."

"저녁 먹고 나도 해가 중천에 떠 있을 낀데 호텔에서 뭐 할끼요? 유람선 탑시당~!" 마눌님에게 동의를 구하니, "당신~ 속으로 다 결정한 거 아니에요? 그만 두자면 기분 나빠할 텐데 탑시당~!"

"잘 생각했어용~ 전세 낸 유람선 타고 네바 강에서 바라보는 아름다운 도심 풍경도 즐기고 민속춤과 노래 공연을 관람하는 것도 여행의 또 다른 재미이니 나중에 후회 안 할 거요~ㅎㅎ 그리고 가이드에게 조금 돌아가는 몫이 있을 테니 기분 좋게 해주십시당~!"

원 사장 부부와 노처녀 자매를 제외한 16명이 유람선 크루즈를 하기로 하였다.

점심식사 후 에카테리나 2세를 비롯한 황제들의 궁전이었고 현재는 세계적인 미술관으로 널리 알려진 겨울궁전 에르미타쥐 국립박물관으로 이동하였다.

루브르, 대영박물관과 함께 세계 3대 박물관으로 꼽히는 에르미타쥐 박물관은 1764년 피터대제의 조카며느리인 에카테리나 2세가 서구로부터 회화 226점을 들여온 것을 계기로, 현재 약 300만 점의 전시품을 소장한 세계 최고의 박물관으로 잘 알려져 있다. 에르미타쥐는 프랑스어로 '휴식공간', '은둔자'라는 의미이다.

담록색 외관에 흰 기둥이 잘 어울리는 로코코 양식의 건물로, 총 1,056개의 방과 117개의 계단, 2,000여 개가 넘는 창문으로 이루어진 어마어마한 규모의 박물관이었다. 전시된 작품들을 한 점당 1분씩만 봐도 총 관람시간이 5년이나 된다고 한다. 엄청나지요?

에르미타쥐 국립박물관

웅장한 계단을 따라 올라가면 거대한 샹들리에로 장식된 으리으리한 대접견실이 나온다. 그리고 경이로운 미술품과 골동품으로 가득한 회랑들이 끝없이 이어진다.

놓치지 말고 봐야 할 것은 125개의 전시실을 갖춘 서유럽 미술관으로 레오나르도 다빈치, 라파엘, 미켈란젤로, 루벤스와 렘브란트, 고갱 등 우리와도 친숙한 화가들의 작품들이 전시되어

순금으로 장식된 공작새, 올빼미, 수탉 시계 정시에는 수탉이 울고, 한 달에 한 번은 공작새가 깃털을 펼친다고 한다.

있었으나 우리는 1시간 30분 동안에 관람을 끝내야 하기 때문에 가이드가 추천하는 유명작품만 열심히 쫓아다니면서 눈에 담고 설명을 들어야 했다. 소장품의 종류와 그 예술적 가치는 최고 수준이었고 박물관이 된 궁전 자체도 매우 훌륭하여 로마노프 왕조 러시아 황제의 권력과 화려한 생활을 엿볼 수 있는 기회였다.

관람을 마치고 나오니 70대 노빠 마나님 한 분이 가이드에게 대뜸 한마디 툭 던진다. "우리 손녀가 그림까지 그려주며 알까기 인형 꼭 사다달라고 했는데 기념품 샵에 언제 가나요?" "아~! 예~ 지금 잠깐 들리도록 하겠습니다. 보드카 술과 알까기 인형(마트료시카), 털모자 파는 곳으로 모실 게요~" 쇼핑도 관광의 일부이니 눈요기도 할 겸 우리 버스는 기념품 샵으로 향했다.

여름궁전, 겨울궁전 보느라 오늘도 눈이 호강했네요~ㅎㅎ 북유럽–러시아 5개국 여행 후기, 러시아 상트페테르부르크 1은 여기서 막을 내립니다.

러시아 2
(상트페테르부르크 2)

　버스에 올라 기념품 샵으로 이동 중 가이드가 한마디 던진다. "오늘 남은 관광 일정이 빡빡하고 유람선 탑승도 있어 기념품 샵에선 40분밖에 시간을 못 드려요. 모스크바에서 쇼핑 스케줄이 한 번 더 있으니 못 사신 것 그때 사셔도 됩니다."

　마트료시카는 나무로 만든, 슬라브 민족의 전통 인형으로, 일명 알까기 인형이라고 하는데 몸체 속에 조금 작은 인형이 반복하여 들어가는 속상자 구조로 되어 있었다. 적게 들어가는 것은 3개이고 많은 것은 37개까지 들어간다고 하며 보통 8개~9개의 인형이 들어가며 다산을 상징한다고 한다. 인형을 하나하나 넣으면서 소원을 빌면 이루어진다고 하네요. 믿거나 말거나 ~ ㅎㅎ 각각의 인형은 여성이 그려져 있는 것이 기본이지만 정치인 등 유명인이 그려진 변형품도 있었다.

　기념품 샵에서 마트료시카 하나 사려고 했더니, 마눌님이 사지 말라고 눈짓을 한다. 거~참! 다른 집에서는 부인이 사려고 하고 남편들이 사지 말라고 한다는데… 거꾸로넹~! ㅠㅠ

마트료시카(알까기 인형)

보드카 1병 사려고 했더니 인솔자가 나즈막이 속삭인다. "공항 면세점이 더 싸니 거기서 사세요~" 그러다 보니 살 게 없넹~! 눈요기나 할 수밖에요 ~ 에~휴~!

보드카는 추운 날씨를 이기기 위해 러시아 서민들이 즐겨 마시는 술이다. 우리나라 소주와 같은 것이지요. 보통 사람 입맛에 딱 맞는 도수는 40도라고 한다. 냉동실에 하루 이상 넣어, 병에 차갑게 성에가 낀 술을 훈제연어, 햄, 소세지 등 고기 안주를 곁들여 마시면 끝내준다고 하네요. 그렇게 안 해봐서 알 수는 없지만…ㅎㅎ 그리고 숨을 한번 들이킨 다음 조금 내뱉고 술잔을 단숨에 들이키라고 한다. 한마디로 원샷하라는 얘기지요. 다른 술과 짬뽕만 하지 않는다면 다음 날 아침 숙취는 전혀 없고 뒤끝이 깨끗하다고 한다. 우리처럼 술을 따라주고 권하기도 하지만 여자에게는 절대 처음부터 권하지 말라고 하네요. 아무래도 도수가 센 술이니까요~

해전에서의 승리를 기념해서 만든 로스트랄 등대. 등대 원주에 8개의 뱃머리 조각품이 달려 있다.

우리는 바실리 섬의 뱃머리 등대를 먼저 보기로 했다. 정식 명칭은 로스트랄 등대이다. 19세기 초에 건립된 고전적 건축물로서 강변에 두 개 세워져 있었으며 등대 원주에 8개의 뱃머리 조각품이 달려 있었고 해전의 승리를 기념하여 건축되었다고 한다. 높이는 32m이고 네모 받침대 사방에 세워져 있는 4개의 조각 여신상은 거대한 4개의 러시아 강, 즉 네바 강, 볼가 강, 드네프르 강, 볼코프 강을 나타낸다고 한다.

사진 몇 컷 담고 바실리 섬 동쪽에 있는 작은 토끼 섬으로 향한다. 이 섬에 있는 페트로파블로프스크 요새를 구경하기 위함이다.

페트로파블로프스크 요새는 피터대제가 스웨덴으로부터 러시아를 지키기 위해 1703년 건설하였으며 처음에는 나무와 돌로 만들어졌지만 18세기 중엽 돌로 재건축되었다. 18세기 중반부터는 정치범 형무소로 쓰였다고 한다.

요새 안에 있는 광장에서 가이드가 설명한다. "이 광장을 춤의 광장이라고 해요. 왜 그런지 아세요?" "그기야 사람들이 요기서 춤을 많이 추어서 그런 기지 뭘 물어보노?" 70대 노빠 한 분이 퉁명스럽게 답한다.

"대부분 그렇게 생각들 해요. 하지만 그게 아니고 이곳 광장 단두대에서 목을 쳐 떨어지면 머리통이 통통 튀어 춤을 추는 것 같아 그런 거랍니다." "지금 뭐라캣노~? 아이고~ 무시라~안 들은 거로 할 끼니 그 말 얼릉 치와 버리소~!" 노마님들이 몸서리친다.

피터대제가 1703년 도시 방어를 위해 네바 강변에 만든 페트로파블로프스크 요새

요새 안에는 121.8m의 높은 첨탑이 힘차게 솟아 있는 베드로와 바울St. Peter & Paul 성당이 있었다. 첨탑은 1850년대 세워졌으며 상트페테르부르크에서 가장 높은 건축물이자 금으로 도금되어 번쩍번쩍 빛이 나기 때문에 시내 어느 곳에서도 잘 보인다고 한다.

1712~1733년에 걸쳐 만든 '피터 앤 폴' 성당의 도시에서 가장 높은 121.8m의 뾰족한 황금색 첨탑.

이제 우리는 세계에서 세 번째로 큰, 성 이삭 성당을 보기로 했다. 청동 기마상 뒤로 보이는 이삭 성당은 성 이삭의 날인 5월 30일에 태어난 피터대제를 기리기 위해 건립된 것으로, 100kg이 넘는 황금을 녹여 만든 금빛 지붕(높이 21.8m)은 웅장하면서도 중후한 멋을 띠고 있었고, 제정 러시아 때 막강한 권력을 지니고 있었던 피터대제의 파워를 과시하는 듯 보였다.

원래 상트페테르부르크는 네바 강 삼각주에 세워졌기 때문에 지반이 아주 약하다고 한다. 그래서 대규모의 이삭 성당을 건축하기 위해서는 우선 기초를 튼튼히 해야 했다. 자작나무 말뚝 2만 4천 개를 박고 그 위에 화강암이나 석회암을 깔았다고 한다. 길이 111.2m, 폭 97.6m, 높이 101m로 총 1만 4천 명까지 수용할 수 있으며 도시의 어느 곳에서도 눈에 쉽게 띄는 건축물이다. 이 엄청난 공사에는 총 40만 명 이상의 인력이 동원되었다고 한다.

성당 내부는 성인과 성서의 내용을 묘사한 러시아 화가들의 회화와 조각품, 독특한 모자이크 프레스코화가 전시되어 있다고 한다. 우리는 내부관람을 하지 않고 외관만 감상하였다.

이삭 광장과 니콜라이 1세 동상, 성 이삭 성당

프랑스 건축가 몽페랑이 40년간(1818~1858) 이삭성당의 설계, 건축, 감독을 하며 제정 러시아 최고의 성당을 만든 후 러시아에서 생을 마감했다고 한다. 자기 나라도 아닌 타국에서 약관의 나이 20대에서 시작하여 평생 동안 성당을 건축한 몽페랑. 스페인 바르셀로나의 가우디처럼 그 이름은 영원히 모든 사람들에게 각인이 되며 기억되리라.

이삭 성당 앞 광장에는 말을 탄 러시아 황제 니콜라이 1세의 동상이 있었고 성당 맞은편에는 현재 시청사로 쓰이는 궁전 건물이 보였다. 이 건물은 니콜라이 1세가 딸에게 결혼 선물로 지어준 것인데 아버지의 등과 말 궁뎅이가 꼴 보기 싫다고 이사를 갔다고 하네요. 못 말리는 딸인가 봅니다. ㅎㅎ

전통적인 러시아 건축양식 중 하나인 모자이크 프레스코로 장식된 그리스도 부활교회는 1883년부터 1907년에 걸쳐 알렉산드로 2세가 암살된 자리에 그를 기리기 위해 세워졌다. 따라서 사람들에게는 '피의 사원'이라는 별

피의 사원

칭으로 더 잘 알려져 있다. 모스크바 붉은 광장에 있는 바실리 성당을 부분적으로 모방했다고 한다. 9개의 양파모양의 지붕을 '꾸볼'이라고 하는데 촛불형상으로 하늘에 봉헌하는 의미라고 한다.

　정말 화려하고 멋이 있어 인증샷을 여러 번 날리려고 하는데, 가이드가 갑자기 "가방, 소지품 앞으로 매시고 조심하세요~!" 외친다. 아니나 다를까 옆으로 시꺼멓게 생긴 사내 둘이 지나간다. 가이드 왈 "피의 사원 근처에서 관광객 지갑을 노리는 소매치기들입니다. 저는 이곳에서 자주 봅니다."

우리는 유람선을 타기 위해 선착장으로 이동하였다. 전세 낸 배를 타고 2층 갑판으로 올라오니 네바 강 양쪽으로 아름다운 경관과 건물이 시원스레 펼쳐진다.

"이 박사님~! 저희들 단체사진 한 장 부탁드려도 될까요?" 경영대학원 팀의 최연소자이면서 찍사인 올해 환갑인 김사장이 카메라를 내민다. "당근이지요~ 모두 웃으세요~김~치~" "와~ 이 박사님 사진 찍는 기술이 수준급이네요~ 정말 잘 나왔네요. 고맙습니당~!" 근데 필자는 디카 밧데리가 다 되어 스마트 폰으로 찍을 수밖에 없었다. 스마트 폰으로 찍었는데 그런대로 볼 만은 하다.

1층으로 내려오니 좌측으로 70대 노빠들 일행 6명이 두개의 테이블에 앉아있었고 우측 테이블에는 경영대학원 팀 8명이 두 개의 테이블을 차지하고 있었다. "이 박사님~! 이리로 오시지요~" 못 이기는 척 경영대학원 팀에 합석한다. 테이블에는 보드카 2병과 바나바, 오렌지 과일과 간단한 요깃거리, 생수가 놓여있었다.

남녀 혼성 5명으로 구성된 러시아 전통 복장의 단원들이 공연을 시작한다. 현란한 민속춤과 노래로 분위기를 한층 띄우더니 그중 한 명이 관객을 휘어잡는 가창력으로 멋들어지게 '오 솔레미오', '산타루치아'를 부른다. 우리 부부가 낀 경영대학원 팀들은 연신 박수를 치고 환호하며 즐거워한다. 보드카를 몇 잔 곁들이니 취기가 오르며 기분 좋은 분위기에 젖어든다.

상대방을 마주보고 서서, 풀어진 줄을 빨리 감아 중간에 묶여진 수건에 빨리 도착하는 사람이 이기는 '줄 빨리 감기' 게임도 재미있었다. 필자는 경영대학원팀 회장과 붙었는데 졌고, 마눌님은 총무 부인과 겨뤘는데 졌다. 에~고. 울 부부 둘 다 완패다. ㅠㅠ 그 사람들 손놀림이 엄청 빠르고, 많이 해 본 솜씨다.

젊은 남자 단원이 마눌님을, 여자 단원이 경영대학원 찍사를 찍어 중앙으로 나오게 하여 함께 벌이는 포크 댄스도 볼 만하였다. 마눌님도 기분이 좋은지 연신 웃으며 몸을 돌린다. 경쾌한 음악에 맞추어 돌리고 돌리고~ 함께 앞으로 나가고~ 그리고 돌리고~ 돌아가고~

연신 웃음과 박수가 이어지고… 그렇게 1시간은 훌쩍 지나갔고 배는 네바 강을 한 바퀴 돈 후 다시 선착장에 도착하였다. 기분 좋게 단원들에게 팁을 주고 하선하니 모두 허리 굽혀 인사하며 한국말로 "감사합네당~!"

여행을 한층 풍부하게 하는 유람선 관광이었고 즐거움을 만끽하게 하는 좋은 시간이었다. 일정은 모두 끝이 났고, 우리는 호텔로 향했다.

'상트페테르부르크는 러시아이지만 러시아가 아니다.' 이는 러시아 제국의 마지막 황제인 니콜라이 2세가 한 말이다. 상트페테르부르크는 그의 말처럼 실제로 러시아스럽지 않은 독특한 분위기를 간직하고 있었다.

여름궁전, 겨울궁전, 바실리 섬 뱃머리등대, 피터 앤 폴 요새와 대성당, 성 이삭성당, 피의 사원, 네바 강 유람선까지 상트페테르부르크의 진수를 모두 맛 본 소중한 하루였고 여행 9일째의 막도 이렇게 서서히 내려지고 있었다.

러시아 3
(모스크바 1)

여행 10일째(6월 4일, 월), 호텔에서 간단히 도시락을 먹고 공항으로 이동, 오전 8시 국내선으로 상트페테르부르크를 이륙하여 1시간 30분 만에 모스크바에 도착하였다.

모스크바는 1917년 러시아 혁명 이래 철의 장막이 내려졌고 그 안으로 들어가기는 쉬운 일이 아니었다. 하지만 오늘날 모스크바는 누구나 갈 수 있는 곳이 되었다. 과거에는 두려움의 상징이었던 크렘린은 아이러니컬하게도 세계의 이름난 관광명소가 되었다. 사회주의가 붕괴된 후 지극히 러시아적인 과거 권력의 흔적들과 더불어 봇물처럼 들이닥친 서구사회의 모습이 공존하는, 아주 흥미로운 광경들을 만날 수 있는 것이다.

까다로운 수속을 마치고 공항을 빠져나오니 모스크바 가이드가 기다리고 있었다. 모스크바 예술대학원에서 연극을 전공하고 있는 31세의 유학생이다. "모스크바 물가가 비싸고 여름에는 아르바이트를 해야 학비를 조달할 수 있어 나왔어요. 또 한 가지 이유가 있는데 그건 모스크바 떠나실 때 말씀드릴게요~!"

모스크바는 인구가 1200만 명, 면적은 서울의 1.3배이고 국민소득은 2

만 달러, 빈부 격차가 심하다고 한다. "집 사기가 엄청 어려워요. 하지만 차를 더 사고 싶어 하죠. 그리고 모스크바에는 거의 택시가 없습니다. 지나가는 차를 세워 흥정하고 타고 가면 됩니다. 한마디로 불법 영업이 활성화되어 있지요."

"미스터 권~! 인도에 반쯤 삐딱하게 쭉 차를 주차시켜 놓았는데 안 끌어가나요?" 보석상 정 사장이 묻는다. "네~! 괜찮아요. 주차공간이 부족하거든요. 그리고 접촉 사고가 나면 경찰이 올 때까지 기다려야 합니다. 우리처럼 사고차 표시를 하거나 사진을 찍고 바로 차를 빼지를 않죠. 그러니까 30분도 좋고 1시간도 좋고 교통경찰이 와야만 해결이 됩니다. 뒤에 있던 차들은 꼼짝없이 기다릴 수밖에요. 아까 공항 앞에서 어르신들이 전세버스를 30분 이상 기다리셨죠? 공항 주차장에서 빠져나오려고 하는데 앞 차 운전기사끼리 싸움이 붙어 경찰이 올 때까지 기다리다 늦었다고 하더군요. 여기 교통경찰은 월급이 한 달에 130만 원~140만 원밖에 안 되요. 그러니까 알아서 돈을 뜯으라는 거지요. 범칙금 대신 경찰에 돈 주는 것이 당연시되어 있습니다. 궤도 전차와 무궤도 전차가 있으며 급좌회전이나 급우회전 시에는 운전기사가 내려 전기줄을 바꿔줘야 하는 희한한 일도 종종 볼 수 있어요. 도로망은 크렘린 궁을 중심으로 3개의 원형도로와 18개의 직선도로가 방사형으로 잘 정리되어 있어 북한에서 벤치마킹할 정도입니다. 지하철을 지하 150m 되는 곳에 건설하였으며 노선은 11개로 전 시가지를 누비고 지하철 에스컬레이터는 초고속으로 경사도가 심합니다."

러시아는 영어가 잘 통용되지 않는다. 달러도 제한적으로 사용되기 때문에 반드시 루블화로 바꿔야 하는데 환전소는 많다.

국민이 존경하는 인물(대제 칭호)은 피터대제와 이반대제, 푸쉬킨, 레닌이며 요즈음 푸틴에게 대제 칭호를 붙이는 사람도 있다고 한다. 푸틴은 농군의 아들로 KGB 출신이며 배반하지 않는 의로움 때문에 발탁이 되었고 대통령과 총리를 번갈아 하며 장기 집권이 가능할 정도로 인기가 많다고 한다.

어느새 버스는 모스크바 도심에 진입하여 크렘린 궁으로 가기 위해 인공 강인 모스크바 강을 가로지르는 다리를 넘어간다. 그런데 다리 양쪽으로 LG 기업 상호가 눈에 들어온다. LG가 다리를 무상으로 보수해 주면서 앞으로 50년간 광고판을 부착할 수 있는 독점계약을 했다고 한다. 모스코바 사람들은 LG 다리라고 부른다. 우리나라 국력의 신장을 보는 것 같아 얼쑤~~! 기분이 업그레이드된다.

우리는 붉은 광장을 먼저 보기로 했다. '붉은'의 의미는 고대 러시아어로는 '아름다운'의 뜻이기 때문에 아름다운 광장이라는 말이다. 그러나 많은 사람들은 메이데이와 혁명기념일에 붉은 색의 현수막이 국립 역사박물관과 굼 백화점 벽에 걸리고, 사람들도 붉은 깃발을 손에 들고 있어서 광장이 온통 붉은 색이 되었던 것에서 그 유래를 찾기도 한다.

광장은 길이 695m, 폭 130m 의 직사각형 모양으로 넓이는 약 27,000평이라고 한다. 15세기 말 이반 3세가 상가를 철거하고 지금의 광장을 만들었다.

붉은 광장

제정러시아의 황제가 칙령을 선포하거나 종교적 행사가 열리기도 하였고 사형이 집행되기도 한 장소이며, 1812년에는 나폴레옹이 열병식을 갖기도 하였다. 오래전부터 상공 노동자의 날인 메이데이나 혁명기념제가 열린 곳으로 알려져 있다.

광장을 사방으로 둘러싸고 있는 북쪽 국립 역사박물관, 서쪽 크렘린 성벽과 레닌 묘, 동쪽 모스크바 최고의 굼 백화점, 그리고 남쪽 성 바실리 성당은 조화롭고 고색창연하게, 중세 도시를 연상시키며 아름답고 화려한 자태를 뽐내고 있었다.

국립 역사박물관

러시아 최고의 굼 백화점

크렘린 궁 성벽

성 바실리 성당

특히 성 바실리 성당은 붉은 광장 진입로로 들어서는 모든 관광객들의 시선을 한눈에 사로잡아 버릴 만큼, 아름다우면서도 묘한 느낌을 주었다. 200여 년간 러시아를 점령하고 있던 몽골의 카잔 한을 항복시킨 것을 기념하기 위해 이반 대제의 명령에 따라 지어진 건축물로, 성당의 이름도 이반 대제에게 많은 영향을 끼쳤던 수도사 바실리에서 유래되었다.

각양각색의 8개 둥근 양파형 돔 지붕(꾸뽈)으로 유명한 성당으로 이슬람사원 지붕을 접목해서 러시아정교에 맞게 아름답게 건축한 것이라고 한다. 모스크바 소식이 전해질 때마다 상징적으로 나오는 둥근 돔 지붕이 크렘린 궁인 줄 알았는데 실제로 와보니 바실리 성당이었다.

1555년에 착공해 1561년에 이르러 마침내 성당이 완성되자 이반 대제는 그 아름다움에 매료되어, 더 이상 이와 같은 성당을 짓지 못하도록 설계자 두 사람의 눈을 뽑아버렸다는 일화가 전해지고 있다. 노고를 치하하고 칭찬해 줘도 모자라는 판국에 눈까지 뽑다니… 에이~ 몹쓸 황제로당~! (필자의 생각입니당~ ㅎㅎ)

바실리 성당 앞에서 인증샷 날리고 북쪽 역사 박물관을 배경으로 또 한 컷. 나중에 남는 것은 사진 밖에 없다고 누가 그랬지요? 연신 셔터를 누른다.

가이드가 재촉하는 바람에 레닌묘를 못 보고, 우리는 크렘린 궁으로 발길을 돌렸다. 원 사장 부부가 궁시렁거린다. "안돼~~! 저렇게 내빼면 쫓아가기 바쁜데! 거참~!요상타~!"

크렘린은 모스크바의 심장부로 러시아의 역사를 엿볼 수 있는 곳이었다. 크렘린 궁은 14세기 이후 러시아 정교회의 중심지로 오랫동안 러시아 황제의 거처로 사용되었으나 1918년 이후 구소련 정부의 청사로 활용되다 지금은 러시아 대통령 관저로 이용되고 있다.

크렘린은 러시아어로 '성채', '요새'를 의미하며 성벽은 총길이 2.2km, 높이 9~20m이고, 망루와 탑들이 총총하게 서 있었다.

크렘린 궁 입구에서 우리는 트로이츠카야(삼위일체)탑을 감상한 뒤 궁내로 들어갔다. 삼위일체 탑은 1495년 만들어졌으며 높이 80m로 20여 개의 크렘린 망루 중 제일 높은 탑이라고 한다. 꼭대기에 있는 별은 비바람, 눈보라에도 빛이 바래지 않도록 금으로 도금했다.

트로이츠카야 탑

나폴레옹이 원정 시 이곳을 통하여 입성을 하였고 이반 대제는 법으로 이것보다 높은 건물은 지을 수 없도록 명령했다고 한다. 나폴레옹 군대가 종루를 폭파하려 하였으나 실패하였고 일부 파손된 것이 남아 있다.

트로이츠카야 탑의 문 바로 왼쪽에 피터 대제의 병기고(무기 박물관)가 있는데, 그 앞에는 1812년 나폴레옹 전쟁 당시에 노획한 고풍스런 프랑스제 대포들이 전시되어 있었다.

궁 안에는 3대 성당인 성모승천 성당, 성모수태고지 성당, 대천사 미카엘 성당과 이반 대제의 종루(종탑)가 있었다.

우스펜스키사원(성모승천 대성당)은 러시아 정교회의 중심이 되는 사원이며 역대 황제의 대관식이나 총 주교의 임명식이 거행되는 사원이다. 다섯 개의 돔 중에서 가운데 큰 돔은 예수 그리스도, 둘레의 돔 네 개는 네 명의 사도를 나타낸다고 한다.

이반대제 종탑은 15세기 말 이탈리아 건축가가 만든 건축물로 당시 모스크바에서 가장 높은 81m 종탑이다. 중심에는 무게 70t이나 되는 우즈펜스키

성모승천 대성당

종이 있고 주변에 21개의 크고 작은 종들이 조화를 이루며 달려 있다. 종교적 의식이나 제정 러시아 황실에 경사가 있을 때 이반 대제 종루에 있는 종의 타종을 신호로 하여 시내의 수백 개의 종들이 타종되었다. 1721년에 피터 대제도 이반 대제 종루의 웅장한 종소리를 들으며 대관식을 거행했다고 한다.

이반 대제의 종루

이반 대제 종루 바로 앞에는 '종의 황제'라는 세계에서 가장 큰 종이 있었다. 높이 6m, 직경 6.6m에 무게 200t이 넘는 이 거대한 종은 1733년에서 1735년 사이에 당시 주조 기술의 정수를 결집하여 제조되었으나, 주조 중에 불이 나, 물을 부어버리는 바람에 종의 일부가 떨어져 나가 미완성인 채로 끝나고 말았다. 현재 이 종은 일부분이 떨어져 나간 채 보존되고 있었다(떨어져 나간 부분만 11kg라고 하네요).

종의 황제(황제의 종)

이반 대제 종루 바로 뒤에는 다섯 개의 돔이 달린 아르항겔스키 사원(대천사 미카엘 성당)이 있다. 이 사원의 이름은 사원 안의 프레스코 벽화로 장식되어 있는 성화인 대천사 미카엘에서 유래된 것으로 대천사 미카엘의 러시아식 발음이 아르항겔스키인 것이다. 이탈리아 르네상스양식으로 1505~1508년에 건축되었다. 14~18세기 황제 46명의 관이 안치되어 있다고 한다.

아르항겔스키 사원

성모수태고지 성당

블라고베시첸스키 성당(성모수태고지 성당)은 1484~1489년에 세워졌다. 성당 내부에는 15~16세기에 그려진 성장(이코노스타스)들이 있다.

대포의 황제

대포의 황제(1586)는 길이 5.34m, 무게 40t, 포탄도 1톤이 넘는단다. 포신에는 황제의 기마상이 양각되어 있고 구경(890mm)보다 탄알(105mm)이 커 사격한 적은 없단다. 대러시아를 나타내는 하나의 장식물에 불과하다.

70대 노빠 중 한 분이 발동이 걸린다. "내 오늘 푸틴 한번 만나보고 저녁 거하게 얻어묵고 나갈끼니께 기다리지 마소~ 하하." "하몬~ 그라믄 우리끼리 비행기 타고 헬싱키 갈끼니께 욕 좀 보소~! 헤헤~" 노마님이 받아친다.

크렘린 궁 관광을 마치고 나왔을 때 시계방향 11시와 2시 방향으로 보이는 삼성과 현대의 광고판. 유학생과 교민들이 한국인임을 자랑스럽게 생각하며 조국애를 느끼게 해주는 뿌듯한 광고이다. 푸틴 집무실에서도 창밖으로 대형 삼성 광고판이 눈에 확 들어온다고 한다. 대한민국의 위상을 높이는 대기업의 긍정적인 면도 인정해 주어야 되지않을까 하는 생각이 잠시 들었다.

크렘린과 붉은 광장 관광을 모두 마치고 모스크바 국립대학교로 향한다. 여행기도 이제 마무리에 접어들면서 한 번 더 이어집니다~

러시아 4
(모스크바 2)

　도심을 지나면서 '백조의 호수' 발레 공연을 볼 수 있는 볼쇼이 극장도 보이고 국가 정보기관인 KGB 건물도 지나간다. 또한 양파 모양의 지붕돔이 특징인 러시아 정교 사원도 눈에 들어온다.

　가이드 미스터 권 왈, "지금부터 러시아 역사에 대해서 간단히 설명드릴게요." 70대 노빠들과 마나님들, "아이고마~ 또 시작이다~! 우리 눈 감꼬들을 테니께 신경 붙들어 매소~!"

　"989년 그리스 정교를 받아들여 러시아 정교가 되었어요. 1237년부터 1480년까지 약 240여 년간 몽고의 지배를 받았고요. 17세기에 피터대제가 네덜란드 유학 후 계획도시인 상트페테르부르크를 건설하였습니다. 1821년 프랑스 나폴레옹이 쳐들어 왔고, 20세기 레닌에 의해 사회주의 혁명이 일어났지요. 1941년~1945년 세계 제2차대전에 참여해 전체인구 1억 명 중 2700만 명이 희생되었고요. 다시 말하면 4명 중 1명이 죽은 게지요. 요즘 남자가 별로 없고, 여자 특히 할머니들이 많답니다. 그래서인지 노르웨이나 스웨덴보다 남자들이 좀 인기가 있지용~ㅎㅎ 이제 모스크바 국립대학에 다 왔으니 일어나시지요~"

모스크바 국립대학은 1755년 로마노소프가 설립하였으며 러시아 최고의 대학이다. 세계적으로도 15위권에 드는 명문대학으로 지금의 건물은 1953년 스탈린 양식으로 지어졌다. 스탈린 양식이란 고딕양식을 현대 고층 건물에 적용한 것으로, 사회주의 국가의 예술적, 기술적 우수성을 전 세계에 알리고 고풍스럽고 웅장함을 나타내기 위함이었다고 한다. 모스크바에는 외무성, 우크라이나 호텔, 예술인 아파트 등 7개의 스탈린 양식의 건축물이 있으나 모스크바 국립대학이 스탈린 양식의 대표적인 건물이라고 한다.

본관 건물은 높이 240m(32층 높이), 정면 길이 450m로 중앙 건물 부분은 대학 관리부가 있는 관리탑이고 양 옆의 17층짜리 날개 부분은 학생 기숙사로 사용되고 있다고 한다. 4,500개의 강의실을 갖추고 있으며 8,000명의 교수들이 약 3만 명의 학생들을 가르치고 있다. 6명의 노벨상 수상자를 배출하였다니 모스크바 대학의 높은 위상을 짐작할 수 있겠다.

모스크바 국립대학

우리는 내부 관광은 하지 않고 외관만 감상하고 인증샷을 날린 후 벤치에 앉아 웅대한 대학 본관 건물을 바라보며 담소를 나누며 휴식을 취하였다.

국립 중앙 도서관은 모스크바 대학 후문 맞은편에 있었는데 모스크바 설립 250년을 기념하여 2005년에 완공되었다고 한다.

이제 우리는 모스크바 시내를 조망할 수 있는 바라뵤비 언덕으로 이동하였다. 버스에서 내리기 전 미스터 권이 한마디 툭 던진다. "버스에서 내리는 한국, 중국, 일본 관광객을 구별하는 법 아세요?" "하이고~ 그기 뭐꼬~? 퍼뜩 이바구 해봐라~" 노빠 중 한 분이 답한다.

"예~ 지가 이바구 하지요~ㅎㅎ 중국사람들은 버스에서 내리자마자 확 퍼져 사방팔방으로 흩어지죠~ 일본사람들은 내리자마자 줄을 이어 가이드를 쫓아갑니다. 사브작 사브작~~! 한국사람들은 내려 불규칙하게 서있다 가이드가 출발하면 허벌나게 줄지어 쫓아갑니다. 헤헤~" 듣고 보니 일리가 있는 이바구입니다. ㅎㅎ

바라뵤비 언덕은 레닌 언덕으로 불리는데 예전엔 참새들이 많아 참새언덕이라 불리우기도 한단다. 해발 115m로 모스크바에서는 제일 높은 곳이지만 우리 기준으로는 언덕도 아니고 조금 지대가 높은 곳이었다.

혼인 신고를 마친 신혼부부들이 우리가 오전에 보았던 크렘린 안에 있는 무명용사의 묘역에 헌화한 뒤 이곳에 와서 기념촬영을 한다고 한다. 듣고 보니 모스크바 사람들의 결혼문화 일면을 보는 것 같았다.

언덕 위에서 모스크바 시내를 조망하면서 연신 셔터를 누른다. 1980년 올림픽 스타디움도 보인다. 그때는 아마 미국이 불참하여 반쪽짜리 올림픽이 었지요? 모스크바 강도 보이고 스탈린 양식의 건축물도 보이고 연신 눈에 담는다.

"아버님, 어머님들~! 오늘 새벽부터 상트페테르부르크를 출발하여 비행기 타고 모스크바에 오셔서 지금까지 관광하시느라 고생하셨으니 쇼핑 샵으로 모시겠습니다. 마트료시카, 보드카 술, 시베리아 녹용, 털모자, 차가버섯 등이 있으나 녹용과 차가버섯은 쇼핑 샵에선 눈 쇼핑만 하시고 저한테 말씀하시면 제가 아는 업소에서 싸게 구입하여 드리겠습니다."

쇼핑 샵은 관광객들이 그리 많지 않았다. 경영대학원 총무 부인은 보드카에 털모자, 마트료시카를 모조리 사고 미스터 권이 얘기한 녹용과 차가버섯 일체를 구입한다. 그리고 나서 하시는 말씀, "여봉~ 나 잘했지용~ 호호~" 총무, 시무룩해서 퉁명스럽게 한마디 던진다. "당신 인천공항 검색대에서 팬티까지 벗어보라고 할지 모르것당~! 에~공!" 버스 안이 한바탕 폭소로 자지러진다. ㅎㅎ

미스터 권이 얼마 전 TV에서 방송한 고려인 3세 빅토르 최에 대한 이야기를 시작한다.

"러시아 락의 대부, 현대 음악의 신. 빅토르 최는 28세의 젊은 나이에 교통사고로 저 세상으로 갔어요. 22년 전인 1990년 운전 중 대형버스와 충돌하여 현장에서 즉사했지요. 그런데 상대편 버스기사는 조사도 안 하고 풀어줘 지금도 누구인지 모른답니다. 귀가 막히고 코가 막혀서…ㅜㅜ 체제에 대한 저항과 부정적인 노래를 불러 KGB에서 고의로 사고를 유발하고 죽였다는 설이 유력하지요. 그렇지만 아르바트 거리 벽을 장식한 '빅토르 최의 벽'에는 음악을 사랑하고 빅토르 최의 락에 심취한 젊은 이들의 추모 물결이 22년이 지난 지금도 이어지고 있습니다. 우리는 시간도 없고 일정에도 없어 안 가고, 대신 히트작 〈불꽃〉이라는 노래를 틀어드리겠습니다."

음악에 대한 식견은 없지만 한 시대를 락 음악으로 석권하고 간 한국인의 피가 섞인 젊은 가수의 영혼을 기리며 숙연한 마음으로 듣는다. 이어서

1995년 TV 드라마로 인기 절정이었던 〈모래시계〉 주제곡이 나온다. 원곡은 〈백학〉이라는 러시아 노래인데 전쟁에 나간 아들이 죽어, 돌아오지 못하는 아픔을 백학에 비유해서 노래한 것이라고 한다. "러시아 노래 한 곡 더 들으시겠어요?" "기분도 다운됐는데 한 곡 더 들어봅시다." "그럼 아버님도 잘 아시는 심수봉의 〈백만 송이 장미〉를 들려드릴게요~본래 원곡은 러시아 가수가 불러 히트한 러시아 노래입니다."

이제 오늘의 모든 일정을 끝내고 호텔로 이동한다.

"아버님, 어머님. 창밖으로 보이는 고급 주택은 다차라는 고급 공무원 별장입니다. 다차dacha란 자연을 즐길 수 있도록 설계된 러시아인들의 제2의 주택, 다시 말하면 텃밭이 딸린 도시 근교의 조그만 목조 가옥이지만 정부 고관들의 것은 호화 별장에 가깝습니다. 요즘 우리에게도 인기가 있는 주말 농장 비슷한 것이지요."

러시아 하면 문학, 발레, 음악, 연극 등에서 천재적인 예술가들을 떠올리게 된다. 겨울이 길고 춥기 때문에 집에 있는 시간이 많고, 보드카를 마시며 추위와 우울증을 이겨내고, 글과 음악을 하다 보니 리얼리즘 문학의 대가인 톨스토이나 도스토옙스키 같은 대문호나 비창, 백조의 호수, 피아노협주곡 1번, 호두까기 인형의 작곡가 차이코프스키가 탄생하게 되었다고 하는데 필자 생각으로는 전적으로 동의할 수는 없다.

가이드가 호텔에 가까워지면서 마무리 멘트를 한다. "제가 오늘 아침 가이드를 하는 세 번째 이유를 말씀 못 드렸는데 이제 하겠습니다. 연극의 삼 요소는 희곡, 배우(공연 내용), 관객입니다. 가이드를 하면서 손님들에게 한 번이라도 더 연극극장을 찾아달라고 말씀 드리려고 나온 것입니다. 관객이 많아야 배우들이 신이 나서 연극을 하게 되거든요. 연극 많이 봐 주세요. 혹시 알아요~! 제가 나중에 유명 연극인이 될지…." "맞아요~ 맞아~! 우리도 자주 연극 극장 찾을 테니 한국인의 긍지를 살려 열심히 연극 공부하고 성공하세요~!"

호텔에 도착하여 배정된 방으로 올라오니 전망이 좋고 깨끗한 방이었다. 저녁을 먹고 샤워를 마치니 나도 모르게 스르르 눈이 감긴다.

여행 11일째 6월 5일(화), 오전 8시30분 호텔을 출발하여 공항으로 향한다. 10시에 도착하여 가이드와 기념사진도 찍고, 한국에서 가져간 남은 라면도 주고…(가이드에게는 며칠간 맛있게 먹을 수 있는 한국 음식이지요) "어머님~! 고맙습니다. 잘 먹을게요~"

까다로운 수속과 보안 검색을 두 번에 걸쳐 하고 검색대를 통과하니 보딩 시간까지는 시간이 넉넉하다. 기념품 파는 곳에서 붉은 광장에 있는 바실리 사원을 조각한 예쁜 조각품이 있어 손에 잡는다. 마눌님도 예쁘고 조그만 바실리 사원 조각품을 보더니 아무 말도 않는다. 얼릉 30유로 주고 포장을 부탁한다. 마음 변하기 전에…ㅋㅋ

12시 50분 모스크바를 출발하여 오후 1시 30분 헬싱키에 도착하였다. 시간이 많이 남아 공항 바에서 맥주 한잔 하면서 휴식을 취한다.

오후 5시 30분 헬싱키를 출발하여 6월 6일(수) 오전 8시 20분 인천공항에 무사히 도착하였으며 비행시간은 약 9시간 소요되었다. 이로써 10박 12일 간의 북유럽−러시아 5개국 여행은 대단원의 막을 내렸다.

서유럽, 동유럽, 남유럽, 스페인, 터키 여행과는 또 다른 맛을 선물하는 북유럽−러시아 여행!

피요르드와 유람선에서의 절경, 설산과 설원, 절벽과 폭포, 빙하와 플롬 낭만열차 등 자연의 웅대함과 아름다움을 마음껏 접하고 즐길 수 있었던 노르웨이. D.F.D.S와 바이킹 라인 크루즈에서의 환상적인 분위기, 이벤트, 파티, 쇼핑, 바이킹 뷔페. 버린 폭포에서의 잊지 못할 생연어 파티. 안데르센과 낙농의 나라로 국민들을 위한 평등, 자유, 복지가 세계 으뜸인 덴마크에서의 작은 인어상, 프레드릭스보그 성, 게피온 분수대 그리고 시청사 광장. 북유럽의 베니치아라고 불리우는 스웨덴 스톡홀름의 바사 박물관, 시청사 노벨상 만찬장인 황금(푸른)방, 감라스탄. 늪과 호수의 땅 핀란드의 우스펜스키 사원, 암석교회, 원로원광장과 대성당, 시벨리우스 공원.

동토의 나라 러시아. 하지만 사회주의가 붕괴된 후 과거권력의 흔적과 서구사회의 모습이 공존하는 나라. 수많은 운하와 아름다운 다리, 그리고 6월이면 해가 지지 않는 백야의 도시, 상트페테르부르크. 여름궁전, 겨울궁전(에르미타쥐 박물관), 성 이삭 성당, 페트로파블로프스크 요새, 피의 사원. 현대적인 빌딩 사이로 러시아 정교회의 첨탑들이 오색빛을 발하는 곳. 레닌과 스탈린 시대의 어둠의 흔적 사이로 푸쉬킨, 톨스토이 등 문호들이 무한한 상상력을 펼쳤던 곳. 모스크바의 성 바실리 사원, 붉은 광장, 굼 백화점, 크렘린, 모스크바 국립대학, 레닌 언덕.

수많은 역사적인 건물들과 그 시대의 역사적인 인물들의 발자취를 음미하고, 체험하면서 많은 것을 배우고 공감하며 즐겼던 좋은 여행이었다고 생각한다. 짧은 기간이었지만 잊을 수 없는 추억거리도 많이 만들고, 좋은 분들과 삶의 지혜와 철학에 대해 심도 있는 대화도 나누었다. 앞으로도 시간과 기회가 주어진다면 계속해서 여행을 할 생각이다. 가슴 벅찬 추억과 함께 이제 북유럽 여행기는 끝맺도록 한다.

2012. 08. 15 ~ 08. 19

서안, 황룡, 구채구, 정주

서안 1

    지난 8월 15일부터 19일까지 4박 5일간 중국 서안과 황룡, 구채구 여행을 다녀왔다.

    필자는 수년 전, 장가계와 원가계, 황산 천도봉, 서해대협곡 트레킹을 하면서 웅장하고 기기묘묘한 산봉우리를 섭렵하였으나 이번에는 중국인들이 죽기 전에 꼭 가보고 싶어 하는 여행지 1위, 연못과 호수, 폭포 등이 어우러진 동화세계, '물'의 나라, 황룡과 구채구를 보고 싶어 마눌님과 함께 여행길에 오른 것이다.

    8월 15일(여행 첫날), 새벽 4시 30분 기상, 콜밴을 타고 인천공항에 6시 20분 도착하여 출국 수속을 밟고 8시 35분 출발하여 약 3시간이 소요되어 서안국제공항에 현지시각 10시 40분 도착하였다(시차는 한국보다 1시간 늦다). 입국 수속을 하고 짐 찾아 나오니 서안 현지 가이드가 기다리고 있었다. 일행은 모두 18명으로 "안녕하세요~?" 가볍게 인사를 나누고 버스에 올라 서안 시내로 이동하였다. 가이드는 조선족 3세로 고향은 연변이라고 한다.

    "서안은 안개가 자주 끼고, 분지라서 엄청 덥습니다. 여름에는 섭씨 40도를 오르내리는 불가마 도시예요. 조금 전에 우리가 내린 서안 국제공항은 4개의 황제무덤이 있던 곳으로 개항 후 이륙하려고 엔진 시동을 걸었으나 비행기가 땅에 붙어 꼼짝 안하는 거예요~" "머땀시 고로콤 뱅기가 얼어붙었능가? 오매~ 참말로 환장하고 자빠질 노릇이었네잉~~" 우리 일행 중 여수에서 온 아지매가 한마디 던진다. ㅎㅎ

"조종사와 승무원 등 관계자들은 모두 당황했고 안절부절, 무덤이 없어진 4명의 황제가 노발대발해서 그렇다고 수근거리기도 하고… 지금까지 믿거나 말거나 이야기입니당~제 이야기가 너무 썰렁했나요? 하하."

3,000여 년의 역사를 가진 섬서성陝西省의 성도省都 서안은 중국 5대 고도古都의 하나이며 1,100년 이상이나 중국의 정치, 경제, 문화의 중심도시였다. 다시 말하면 한漢, 진秦, 수隋, 당唐나라 등 기원전 11세기부터 기원후 10세기까지 13개의 왕조나 정권이 도읍으로 삼거나 정권을 세웠던 곳이고 과거 동서 문화 교류에 중요한 역할을 했던 실크로드의 시발점이기도 하다. 우리에게 서안西安보다는 수, 당나라 시대의 수도였던 장안長安이란 이름이 더 익숙해져 있다.

유네스코 세계유산인 진시황릉과 세계 8대 불가사의 중의 하나로 꼽히는 진시황 병마용 박물관이 있으며, 당 현종과 그의 애첩 양귀비가 사랑을 나누었던 화청지, 그리고 서안성벽, 대안탑, 소안탑 등 고대 중국의 향수에 흠뻑 빠져들 수 있는 곳이다. 서안의 곳곳에는 수많은 문화 유적이 산재하여 실제로 서안 사람들은 어디든 땅을 파면 보물이 나온다고 생각하고 있다고 한다.

"서안은 밀과 옥수수가 많이 납니다. 옛날 대상隊商들이 실크로드를 따라 장사 길에 나설 때 밀가루를 반죽하여 밀가루 모자를 쓰고, 길게 전대 모양을 하여 허리에 차고 다니며 배가 고프면 조금씩 떼어내어 칼국수를 해먹거나 구워 먹었다고 합니다." "때가 끼고 땀에 절어 불결할 낀데! 그걸 먹다니! 에그머니나~ 역시 떼놈들이군~!" 일행 중 한 분이 한마디 던지는데 모두 배꼽을 잡는다. ㅎㅎ

"오늘 일정을 말씀드릴게요. 점심식사로 섬서성 대표음식인 교자연(만두)을 드신 후 진시황릉 지하궁전과 화청지, 병마용갱을 보시게 됩니다. 저녁을 현지식으로 드신 후 원하시면 선택관광으로 당 현종과 양귀비의 사랑이야기 인 '장한가長恨歌' 공연을 보시게 됩니다. 화청지 야외 공연장에서 화려한 조명 속에 펼쳐지는, 베이징 올림픽 개·폐회식을 연출했던 장예모감독의 작품 이니 제가 꼭 추천해 드립니다. 안 보시고 가신 분들이 나중에 후회 많이 하시더라구요~"

"당신~ 볼거예요~?" 나즈막하게 마눌님이 묻는다. "당근이지~~ 나중에 후회하면 안 되지용~ 보십시당~!"

기원전 246년, 13세의 나이로 즉위한 진시황은 기원전 221년 즉위 26년 만인 39세의 나이로 중국을 통일했고 스스로 황제라고 칭하며 최초의 황제 로 등극했다. 만리장성을 축조하여 황제의 권위와 위엄을 만천하에 드러냈 으며 화폐와 문자를 통일하고 계량기, 마차를 만들었다. 그러나 사치스런 아방궁을 짓고 죽은 후에도 살았을 때처럼 권력을 누리고 보호받기 위해 호 화로운 지하궁전을 건설하고 무덤을 지킬 병사와 군마 등을 실물 크기로 만 들어 배치하면서 백성들에게 더할 수 없는 고통을 주었다. 또한 분서갱유로 제국의 인재인 유생을 모두 죽이고 방탕한 폭군이 되었다.

높이 80m, 동서로 485m, 남북으로 515m의 크기에 달하는 진시황릉은 아직까지 내부가 발굴되지 않아 외부만 관람이 가능하다. 그가 황제로 즉위 한 13세 때부터 시작한 것이며 50세 죽기까지 완성하지 못한 대역사였다.

우리는 버스를 타고 내부를 가늠케하는 모형전시관 내부관람을 위하여 버 스로 이동 중, 나즈막한 야산으로 보이는 진시황릉을 멀리서 조망하였다.

진시황이 무덤을 설계할 때 훗날의 도굴을 방지하기 위해서 수은 등을 이 용한 지하수를 흐르게 설치해 두었다고 하며 능의 입구를 아직 찾지 못하고

가운데 진시황릉의 관이 보인다. 동으로 주조된 진시황의 관이 예측되는 위치에 봉안되어 있었다.

수은 지하수의 비밀을 풀 수 없어 과학이 조금 더 발전하여 그 비밀을 풀 수 있을 때 발굴한다고 한다.

진시황이 죽어 능에 매장되자 후궁들도 모조리 생매장되었으며 매장 직후에는 비밀유지를 위하여 능 안의 모든 문을 걸어 잠그어 매장에 참여한 사람들이 모두 그 안에서 생죽음을 당하도록 하였고, 무덤 위에는 나무를 심어 산처럼 보이도록 위장하였다고 한다.

진시황릉은 1987년 유네스코 세계유산으로 등록되었다. 모형전시관은 실제와 똑같은 형태로 축소하여 전시되어 있고 내부는 궁전과 누각 등의 모형과 각종 진귀한 유물들로 가득 채워져 있었다.

1, 2층 관람을 모두 마치고 우리 버스는 화청지로 이동하였다. 화청지華淸池는 서안에서 25㎞정도 떨어진 여산驪山산록에 있는 온천이다. 화청지 입구를 통과하면 당현종과 양귀비가 사랑을 맹세했던 장생전長生殿이 있다. 뒤에 보이는 것은 여산이다.

장생전

　수려한 풍경과 질 좋은 지하온천수가 풍부하여 주나라 때부터 무려 3천년간 역대 황제들의 온천 휴양지로 명성을 누려온 곳이다. 또한 당 현종과 양귀비(본명: 양옥환)가 사랑을 나누었던 장소로도 유명하다.

　양귀비는 서시, 왕소군, 초선과 더불어 중국 4대 미인 중 한 사람으로 시, 노래, 춤에 능하고 미모가 뛰어나 현종의 18번째 아들인 수왕의 비가 되었다고 한다. 그러니까 양귀비는 처음에는 당 현종의 며느리였던 것! 수왕의 어머니 무혜비가 죽고 나서 외로워하는 현종을 위해 춤에 재능이 있는 양귀비를 현종의 술자리에 보내 춤을 추게 하였는데, 양귀비에 반한 현종은 740년 양귀비를 여승으로 만들어 아들인 수왕에게서 빼냈고 4년 후 다시 궁으로 들인 후 745년에 현종의 귀비로 책봉했다.

　이때 현종의 나이는 57세, 양귀비는 22세였다고 한다. 현종은 양귀비를 맞으면서 사랑에 눈이 멀어 정치는 관심 밖의 일이 되었고, 양귀비를 낀 환관과 탐관오리가 득세하면서 부정부패가 만연하게 되었다. 그럼에도 현종은 양귀비를 위해서 화청지에 화려한 누각을 짓고 양귀비와 사랑하는 일에만 전념하며 배가 너무 나와 땅에 닿을 정도의 '배불때기' 안록산의 간계에 빠져 양귀비와 주지육림의 늪에서 헤어나지 못하였다.

당현종이 안록산에게 "신의 배에는 무엇이 들었길래 그리 부른가?" 안록산이 답하기를, "폐하~! 제 배에는 폐하에 대한 충심과 충성이 바닥에 닿을 정도로 가득 들어 있사옵니다."

그 말도 무색하게 이후 안록산의 반란이 일어나자 현종은 양귀비와 함께 사천성으로 달아나다 사랑과 목숨의 갈림길 앞에서 결국 목숨을 택하였고, 양귀비는 강제 자결로 죽음을 맞이하게 되었다고 한다.

"당 현종과 양귀비에 얽힌 러브스토리 내용을 설명드렸으니 저녁 식사 후 공연을 보시면 이해가 빠르실 거예요~ 그런데 우리 손님들, 한 분도 빠짐없이 모두 공연 관람을 신청해 주셔서 제가 제일 좋은 앞좌석으로 예약을 했으니 그리 아세요~ㅎㅎ"

"가이드 설명을 들으니께 거시기~ 싸게싸게~ 봐뿌러야 쓰것네잉~!ㅎㅎ" 이번에도 전라도 사투리를 유난히 잘 쓰는 여수 아지매가 끼어든다.

맨 먼저 들른 곳은 해당탕海棠湯으로 귀비지貴妃池라고도 하는데 양귀비가 전용으로 목욕을 하던 곳이다. 해당탕은 탕의 모양이 해당화를 닮았다하여 붙여진 이름인데 탕 안에는 바닥을 다 덮을 정도의 백옥이 놓여 있었다. 뜨거운 온천수가 차가운 옥에 닿아 서서히 식으면서 목욕하기에 알맞은 온도를 만들어 주는 역할을 하였다고 한다. 양귀비는 한약재와 꽃잎 등을 탕 속에 넣고 목욕을 했다고 한다. 온천수로 채워져 있었을 해당탕은 관광객이 던진 동전들로 채워지고 있었다.

해당탕. 관광객이 던진 동전들이 보인다.

욕탕에 들어가는 모습의 양귀비 입상(높이 3m)

당현종이 머문 비상전을 둘러보고 연못 중앙에 반라半裸의 모습으로 수줍게 서 있는 양귀비 입상을 배경으로 사진을 찍기 위하여 다가선다. 이미 많은 관광객들로 북적거렸다.

여우 가죽을 걸치고 몸을 반쯤 노출한 양귀비가 약간 머리를 숙인 요염한 자태로 천천히 욕탕에 들어가는 모습이었다. 그 앞에는 아직도 온천수가 뿜어져 나오고 있었는데 손을 대보니 뜨겁다. 온천수의 온도는 섭씨 43도라고 한다.

중국 4대 미인이었던 양귀비는 통통한 몸매를 지니고 있어 현대 기준으로는 미인이 될 수 없었다. 키 162cm, 체중 76kg이었다니 그 당시에는 통통한 몸매가 미인의 기준이었으리라 짐작된다. 양귀비가 목욕을 좋아했던 이유는 몸에서 암내가 많이 나서 하루 세 번 목욕하여 암내를 없애기 위함이었는데, 현종이 비염이 있어 냄새를 맡을 수 없었다는 점에서 천생연분이었다고 전해진다.

화청지 옆 뜰에 현종이 양귀비에게 계절마다 싱싱한 과일을 먹을 수 있도록 여러 대추나무에 감나무의 접을 붙여 키웠는데 대추는 열리지 않고 감만 열려 실패하였다고 한다. 지금도 접목된 나무들이 남아 있고 그 옆 석류나무에는 석류가 주렁주렁 열려 있었다.

화청지 관광을 마치고 병마용갱 박물관으로 이동하였다. 병마용이란 흙으로 빚어 구운 병사와 말을 가리키는데, 불멸의 생을 꿈꿨던 진시황이 사후에 자신의 무덤을 지키게 하려는 목적으로 제작한 것이며 세계 8대 불가사의로 꼽힐 만큼 거대한 규모와 정교함을 갖추고 있었다.

서안 시내에서 동북쪽으로 약 30km, 진시황릉에서 북동쪽으로 1.5㎞ 떨어진 곳에 위치해 있었다. 이곳이 세상에 모습을 드러낸 것은 그리 오래되지 않았다. 1974년 3월, 서안의 '양신만'이라는 농부가 우물을 파다가 우연히 발견했고, 2천 2백 년 동안 잠자던 도용들을 큰 손상 없이 발굴할 수 있었으며 현재도 발굴이 진행 중이다.

병마용갱은 총 3개의 전시관으로 이루어져 있다. 1호갱은 당시 농민이 처음 발견한 것이고, 후에 2, 3호갱이 발견되었다. 1호갱은 세 곳 중에서 가장 규모가 크며, 길이가 약 230m, 너비 약 62m로 총 면적이 12,000평방미터이다.

병마용 1호갱

병마용의 배치와 배열은 당시 진나라의 군진과 일치한다. 군인과 말들은 실제 크기라고 하나 그 시대의 체격보다는 좀 더 크게 만들었다(신장 187cm). 병사와 말들은 발굴당시 적, 청, 녹색으로 채색되어 있었다고 하는데 외부 공기 유입으로 현재는 거의 그 빛을 잃어 가며 산화해 검회색으로 변했다. 사람 생김새가 서로 다르듯 도용의 얼굴도 제각기 다르다. 눈썹과 손금, 머리모양, 옷고름까지 똑같은 게 없다고 한다.

6,000여 병마가 실물 크기로 정연하게 늘어서 있어 금방이라도 함성을 지르며 무기를 들고 달려나올 것만 같다. 인증샷을 몇 컷 날리고 떨어지지 않는 발길을 옮긴다.

현재 2호갱은 발굴이 되고 있는 상태에서 전시되어 있었다. 3호갱은 면적이 520㎡으로 凹모양이며, 병마용들은 양쪽으로 늘어서 있었다. 역시 현재까지도 발굴 작업이 진행 중이다. 3호 갱은 규모가 제일 작으며 지휘부가 있었던 곳으로 추정된다. 학자들은 발견된 3개의 갱 외에도 진시황릉 근처에 아직 발굴되지 않은 더 많은 병마용갱이 묻혀 있을 거라고 보고 있다.

병마용 박물관 안에 있는 병마용들이 대부분 동쪽을 바라보고 있는데 그 이유는 진시황이 동진東進하여 전국을 통일했고, 또 사후에도 분열되지 않고 제국이 안정되기를 바라는 마음에서 동쪽을 경계하는 마음을 담았기 때문이라고 한다.

진시황은 그 누구보다 삶에 집착한 인물이다. 살아서 만리장성을 쌓아 그 위엄을 온 사방에 떨치고, 거대하고 화려한 아방궁을 지어 사치생활의 극치를 누렸다. 장생, 불로초를 구하겠다고 광분했고, 죽어서도 황제의 지위를 누리고자 지하궁전을 지었다. 그럼에도 불구하고 그의 생애는 고작 50세였다.

그 화려한 아방궁은 어디에 있는가? 주지육림의 사치가 생명과 무슨 관계이던가? 스스로 영원히 살고자 생매장한 그의 후궁들과 신하들, 그리고 400여 명의 아까운 유생들의 목숨들…. 남을 죽여서 자신의 생명을 연장하고자

한 폭군의 어리석음 그리고 욕심이여~! 남의 생명을 지켜주고 존중하는 데서 자신의 생명도 연장되는 것이다. 생명이란 부와 권력으로 윤택해지는 것이 아니다. 최선의 삶이란 적량適量의 소유로 유유자적하는 것이고, 법이 없어도 살 수 있는 편한 마음으로 자연의 섭리대로 구름처럼, 바람처럼 살면, 순리대로 영생永生을 얻는 것이리라….

진시황의 광기에 찬 위엄과 권력, 그리고 생명에 대한 특별한 애착은 인간 생명의 본질을 알지 못함으로 인해 자신의 생명을 단축시키게 하였으며 결과적으로 권력의 무상함과 허망함이 중생들에 회자됨으로써 후대의 비웃음거리가 되었던 것이다.

1, 2, 3호갱을 둘러보고 그 옆의 진시황 전시관으로 발길을 옮겼다. 전시관 입구에 들어서니, 마눌님이 힘이 드는 모양이다. "여보~ 내가 좀 힘이 들어 여기 의자에 앉아있을 테니 다녀오시구려~!" "알았시용~!"

지하로 내려가 진시황이 탔던 마차를 둘러보았다. 진품은 아니고 모형이며 실물의 4분의 1 크기라고 한다.

"병마용갱은 진시황 지하궁전을 지키는 친위군대의 강력한 위용을 보여줍니다. 근데 재미있는 이야기 하나 해드릴게요~ 영국 총리가 중국을 방문하여 신장 1m 54cm의 등소평을 만나 한 말, '각하~! 키가 작아 불편하시지요?' 했더니 왈~ '아니요~ 천만에요~ 하늘이 무너져도 키 큰 당신이 먼저 죽지 키 작은 나는 먼저 안 죽어용~!하하~'" 버스 안에 한바탕 폭소가 터진다.

진시황이 타고 다니던 마차

우리는 저녁을 현지식으로 먹은 후 다시 화청지로 이동하였다.

1,800개의 좌석은 꽉 차 만석을 이루었는데 가이드 말대로 우리는 무대 맨 앞 VIP석이었다. 화려한 조명과 여산 아래 호수 위의 누각들, 그리고 달과 별들… 하늘에서 가마타고 등장하는 양귀비 그리고 현종과의 만남, 로맨스…. 사치와 부정부패, 백성들의 원망, 안록산의 반란과 도주, 양귀비의 죽음… 러브 스토리가 화려하게 펼쳐지고 있었다.

1시간 10분의 공연은 끝났고, 우리는 흐뭇한 마음으로 호텔로 향하였다. "장한가 공연 괜찮았지요?" 가이드가 묻는다. "잘 봤어용~~! 돈 값 합디다. 그리고 무대 앞이라서 시원한 분수 물줄기도 가끔 맞으며 재미있게 봤어요~"

이제 오늘의 일정은 모두 끝이 났다. "내일은 구채구 황룡으로 가는 비행기를 아침 7시 55분 타야 하기 때문에 새벽 5시 30분에 공항으로 출발해야 합니다. 편히 쉬세요~" 호텔에서 방 키를 나눠주며 가이드가 설명한다.

샤워를 끝내고 자리에 누우니 나도 모르게 꿈나라로 빠져든다. 여행 첫날 밤은 이렇게 막을 내리고 있었다.

황룡

8월 16일(목, 여행 이틀째), 호텔에서 새벽 4시 30분 wake-up call, 미리 준비한 도시락을 받아 새벽 5시 30분 버스에 올라 서안 국내선 공항으로 출발한다.

버스에서 도시락을 대충 먹고 잠깐 눈을 붙이니 공항이다. 티켓팅하고 수속을 마치니 서안 가이드 미스터 김이 인사한다. "황룡, 구채구 관광 잘하시고 오세요. 18일, 토요일 다시 뵙겠습니다."

오전 7시 55분 출발인데 보딩 후에도 비행기는 이륙할 생각을 안 한다. 구채 황룡 공항은 해발 3,500m에 위치한 공항으로 산봉우리를 통째로 깎아 만들었다고 한다. 높은 곳에 위치해 있는 만큼 변화무쌍한 기상에 따라서 비행기가 연착되거나 취소되는 일이 많다고 하는데, 실제로 우리 비행기도 구채 황룡 공항위 일기가 불순하여 이륙이 지연되고 있다고 안내방송이 나온다. 1시간이나 늦게 오전 9시 5분 출발하여 10시 5분, 구채 황룡 공항에 무사히 도착하였다.

비행기에서 내리니 산소가 희박한지 약간 머리가 띵하다. 고산증 때문이리라. 어제와 오늘, 우리 부부는 고산증 예방약을 먹었지만, 타이레놀 325mg 1정을 다시 입안에 털어 넣는다.

공항을 빠져나오니 구채구 가이드가 기다리고 있었다. "안녕하십네까? 반갑습네다~ 다행히 오늘 날씨가 잘 받쳐주어서리 운이 좋으신 겝니다. 어제는 비바람에 안개가 많이 끼어서리 비행기가 착륙 못하고 모두 회항했습네다. 이제 50km 떨어진 황룡으로 이동하겠습네다." 대기하고 있던 전용버스에 올라 1시간 걸리는 황룡 풍경구로 이동한다.

해발 3,500m인 공항에서 버스가 출발하자 구채구 가이드가 말을 꺼낸다. "이곳에서 해발 3,000m인 소수민족 장족마을과 천주사를 거쳐 4,000m가 넘는 고산 고갯길을 넘어 황룡으로 가게 됩네다. 고산지대라서 고산증이 올 수 있으니 약이 필요하신 분은 말씀해 주세요~먹는 약도 있고 1회용 산소통도 있습네다. 장족마을에 들러 점심식사를 한 후 황룡 풍경구로 갑네다."

우리 버스는 소수민족 티벳 장족들이 거주하는 마을, 천주사 앞을 지나고 있었다. "장족들은 대부분 유목과 밭농사를 하고 있어요. 그리고 1처 다부제입니다. 여자 한 명이 여러 형제와 돌아가며 잠자리를 같이 하고 살지요~ 근친 결혼하는데 기형아는 생기지 않습네다. 워낙 공기 좋고 물이 좋아서라고 말하지요. 자식이 생기면 누가 아버지인지도 모릅네다~ 대체로 그 마을 족장이 성과 이름을 붙여줍네다. 장족들은 물을 신성시 하고 이곳이 자외선이 강해서리 목욕을 하면 땀구멍이 열려 수분이 빠져나가기 때문에 일생에 세 번 목욕한다고 합네다. 태어날 때, 결혼할 때, 죽을 때이지요. 저도 나이가 37살 먹은 노총각인데 티벳 여자들은 목욕을 안 해서리 싫습네다~! 조선족 아가씨가 좋지요~ 헤헤~"

창밖으로 만국기와 같은 각종 색깔의 깃발이 보인다. 또한 붉은색, 노란색, 파란색으로 단장한 티벳 기와집들도 눈에 들어온다. 천주사는 본래 절 이름인데 그 절을 중심으로 작은 읍 정도의 마을이 생겼고, 마을 이름도 그냥 천주사라고 해 버렸다고 한다.

유료 화장실이 있는 장족 가게 앞에 잠시 정차하자, 짐칸을 열어젖히며 호스로 물을 가득 채운다. 고산지대 가파른 길을 내려갈 때 브레이크에 열이 많이 발생하여 종종 물을 뿌려 식혀줘야 사고가 나지 않는다고 한다.

점심을 먹고, 우리 일행들 대부분 가이드가 건네주는 고산증 예방약을 두 병씩 사서 마신다. 한 병 마셔서는 안 되고 두 병을 마셔야 예방이 된다니 모두 따를 수밖에 없지요~ 가이드가 필자에게도 권한다. "고산증 예방약 안 먹습네까?" "집사람과 나는 어제와 오늘 두 번 먹었시유~!"

버스에 올라 고갯길에 접어들어 구불구불 산길 고도를 높이며 질주를 한다. 비장이 크기 때문에 2천 미터급 이상에서만 살 수 있다는 야크들이 떼를 지어 한가로이 풀을 뜯고 있었으며, 태양열을 받아 따끈따끈한 아스팔트 위에 덥석 주저앉아 쉬고 있는 장면이 특이하였다. 블랙 야크는 식용으로 장족 사람들이 즐겨 먹는 주식이라고 한다. 야크 한 마리가 한국에서 기르고 있는 어미 소 값보다 비싸다고 한다. 해발 4,007m인 고산 고갯마루에서 정차하여 잠시 내려서 사진 촬영을 하였다. 탁 트인 전망이 더 할 수 없는 아름다운 경치를 선물하였다.

이곳 티벳족들의 종교 경전이 빼곡히 적힌 라마교 깃발이 수없이 매달려 바람에 나풀거리는 성지도 보이고, 고개 저 멀리 민산산맥 최고봉 설보정(해발 5,588m)도 하얀 눈으로 반쯤 덮여 눈을 호강시킨다. fantastic~!

재미있는 것은 이곳 사람들 대부분 학교에 다니지 않아 글을 모르고, 따라서 라마 경전을 못 읽기 때문에 경전이 적힌 깃발이 바람에 나풀거리는 것을 보면 경전을 한 번 읽었다고 생각한단다. 바람 따라 펄럭이는 경전 깃발에 자신의 건강과 소원을 빌어보는 것이리라.

우리 일행 중 몇 사람은 가슴이 답답하다고 하면서 구토 증상까지 일으킨다. "고산증 예방약 두병이나 먹었는디 뭐땀시 요로콤 토악질을 하는지 모르겠소~잉~? 환장하겠스라~!" 여수 아지매도 끼어든다. "약 먹었다고 고산증 안오는 거 아닙네다. 심하면 제가 드린 산소통 마스크 사용하세요~"

버스에 올라 다시 구불구불 산길을 돌아 내려가니 기기묘묘한 바위가 나타난다. 안개와 구름을 동반한 언덕이 시야에 들어온다. 저 멀리 말과 야크가 풀을 뜯는 것이 보인다 싶으면 끝없는 들판이 여지없이 나타난다. 고개를 내려오니 황룡 입구가 보이는데 인산인해로 발붙일 곳이 없을 정도이다.

케이블카 타는 곳은 약 200m쯤 길게 두 줄로 늘어서 있는데 거의 대부분 중국사람들이다. 입장료가 5만~6만 원으로 비싼 편이며 하루 입장객이 평균 2만~3만 명이라고 한다.

황룡은 민산산맥 주봉인 설보정 아래 길이 7km, 폭 300m의 협곡에 계단식으로 연이어 자리 잡은 석회암 연못들이 있으며 1992년 세계자연유산으로 지정되었으며 그 수는 3,400여 개나 된다.

황룡이란 이름은 협곡 맞은 편 쪽 산에서 보면, 계곡의 형세가 용의 형상 같이 보인다고 하여 붙여진 이름이다. 전체적으로 에메랄드 색인 연못의 물은 깊이와 보는 각도에 따라 빛과 어울려 다양한 색깔을 낸다. 터키의 파묵칼레와 비슷하나 다랭이 논처럼 보이고 물색깔이 훨씬 더 곱다. 석회성분과 각종 광물들 그리고 햇볕으로 인해 물색깔이 시시각각 다르게 보인다.

1시간 이상 기다려 6인승 케이블카에 탑승하니, 금방 고도가 높아지며 약 2km의 거리를 5분 만에 주파한다.

해발 3,400m인 정류장에 내리니 약간 어지러움 증상이 나타난다. 마눌님은 약간 가슴이 답답하기는 하나 괜찮다고 한다. 가이드가 신신 당부한다. "이 나무데크를 따라 천천히 걸으세요. 절대 빨리 가시면 안됩네. 고산증이 오거든요. 그리고 우리 일행 열여덟 분이 같이 이동할 수가 없습네. 걷는 속도와 체력 차이가 있으니까요. 상행길 2.4km를 숨을 크게 들이마시고 내쉬면서 걸으세요. 오채지로 오르는 마지막 400m 구간이 경사가 꽤 있으니 고산증이 있거나 피로감이 있는 분은 우측으로 빠져서 하산하세요. 하산길은 4.6km입네. 지금 오후 2시니까 천천히 걸으면 4시간이 소요될 거예요. 위급상황이 생기면 제 휴대폰으로 연락주시고요."

오채지로 가는 울창한 침엽수림 숲에 나무데크 시설을 해놓아 편하게 이동할 수 있지만 어깨가 부딪칠 정도로 함께 오르는 많은 관광객들 틈에 끼어 천천히 걷는다. 물을 자주 마시며 산림욕을 하다 보니 고산증은 없어지고 상쾌한 기분이 든다. 전망대에서 바라보는 민산 산맥 연봉과 발아래 펼쳐지는 협곡과 아름다운 풍광들… 인증샷 몇 컷 날리며 휴식을 취해본다.

우리 일행 중 혼자 온 40대 중반 남자 분이 필자 앞에 가는데 힘들어 보인다. "뒤에서 보니 힘들어 보이는데 괜찮으세요?" "네~ 숨이 가끔 멎는 거 같아 산소를 흡입하니 조금 나아지고 있어요. 오채지까지는 못 갈 것 같고, 삼거리에서 우측으로 빠져 하산할랍니다." "물을 조금씩 자주 마시고 숨은 깊게 들이마시며 내쉬고, 가끔 쉬면서 가세요." 오채지로 가는 길에 어린이, 어른 할 것 없이 고산증에 시달려 쉬고 있는 모습이 종종 눈에 띄었다.

오채지로 오르는 400m 길목에서 가이드가 기다리고 있다가 필자에게 다가서며 한마디 던진다. "우리 일행 중 몇 분 여기서 우측으로 빠져 하산했는데… 아버님, 어머님~! 오르실 겁네까?" "당근이지요~ 오채지 보러 여기까지 왔는데 봐야지요~ 아직은 괜찮으니 걱정마세용~!"

황룡의 가장 꼭대기(해발 3,600m)에 있는 에메랄드빛 물의 향연, 황룡의 백미라 할 수 있는 다섯 빛깔의 빛을 발산하고 있다는 오채지에 도착하였다.

각기 다른 모양의 노란 질그릇에 오묘한 다섯 가지의 물감을 타 놓은 듯, 맑은 거울 속을 들여다보는 것처럼 산중의 작은 연못은 자연이 빚은 최고의 걸작으로 완성되어 모든 시선을 압도하고 있었다. 산정에 덮혀있는 눈이 녹아 흐르는 물이 석회암을 녹아내려 수없는 계단식 테라스가 만들어진 것이다. 오채지를 감상하며 걸어가면서 중앙 전망대 앞, 많은 사람들 틈에 끼어 인증샷 날린다. 눈이 간만에 호강을 하였다.

오채지

우측으로 방향을 틀어 한 바퀴 돌아 내려가게 되어 있었다. 옅은 파란색, 연두색, 그리고 노란 색으로, 마치 한국 농촌의 논배미를 붙여 놓은 것 같기도 하고, 신안 앞 바다에 있는 염전을 연상시키기도 한다. 아름답고 놀랍다. 물빛도 놀랍지만, 사람의 손으로 논두렁을 저렇게 막아 놓은 것이 아닌, 오묘한 자연의 힘이 어떻게 저렇게 물막이를 해 놓았는지 감탄하지 않을 수 없었다. 보석처럼 투명하게 빛나는 물빛~! 신비스럽고 오묘한 아름다움~! 오매~ 좋은 거~!

나무데크를 따라 걸어 내려오니 황룡의 전설이 시작된, 목조로 만들어진 도교사원 황룡사(해발 3,555m)에 이른다. 절 마당 양쪽의 커다란 향로에는 진한 향을 내뿜으며 연기가 끊임없이 피어오르고 있었다.

한漢족이 대부분인 거대한 중국 대륙, 그 틈바귀에서 살아가는 55개의 소수민족…. 장족 민족의 영원한 삶과 행복의 나래가 하늘을 향해 오르고 있

쟁염지

는 것처럼 느껴졌다. 역대 도교문화의 중심지로서 도교와 장족불교, 전통무속의 혼합 속에 사천성 구채구, 황룡구에서의 종교발전에 중요한 장소로 역할을 해왔다고 한다.

주차장을 향해 내려가는 하산 길은 황룡계곡으로 계속 이어지는데 이곳 또한 노랗게 굳어진 바위의 석회화 지대로 파란 잉크를 뿌려 놓은 듯 서로 다른 모양의 작은 연못을 이루며 가득 물을 채우고 있어 신비의 세계에 와 있는 느낌이었다.

발길을 돌려 내려오니 아름다움을 다툰다는 쟁염爭艶이라는 이름을 가진 연못 쟁염지를 만났는데 남색, 하늘색, 회색, 백색 등 여러 색으로 서로 뽐내기를 자랑하고 있었다.

명경도영지

　그다음 다다른 곳은 명경도영지로, 맑은 거울이 비추는 호수라는 뜻의 이름을 가진 곳이다. 연못이 맑고 깨끗하며 주변의 숲이 연못에 거꾸로 비치는 모습이 장관이었다.

　다음은 10개의 석회암 연못으로, 오래된 나무가 잠겨 기이한 풍경을 이루는 분경지를 보게 되었다.

　그다음 명승지는 세신동으로, 절벽에 생성된 석회암 동굴이 보였고 폭포수는 계속 밑으로 떨어지고 있었다. 사진 한 컷 날리고 천천히 발길을 돌려 내려온다.

　황룡 출구로 내려오니 오후 5시 30분. 3시간 30분이 소요되었다. 가이드가 출구에서 기다리고 있더니 한마디 툭 던진다. "생각보다 빨리 내려오셨네용~! 수고하셨습네다. 버스가 우측 광장에 대기 중이니 타고 계세요. 아직 안 내려온 일행이 좀 있어서리 저는 여기서 조금 더 기다리겠습네다."

분경지

세신동

별다른 사고 없이 우리 일행은 무사히 황룡 풍경구 관광을 마치고 버스에 올라 우리가 지나온 고산 고개를 다시 넘어 구채구 호텔로 이동하였다. "여기 두 개 산소통 반납입니다. 사용 안 했어요~!" "와우~! 선생님 그리고 사모님~! 대단하시네요~!" 버스에 있는 일행들 모두 이구동성으로 화답한다.

그런데 대구에서 온 치과개원의 사모님이 얼굴이 창백해지고 계속 구토를 한다. 고산증에 멀미를 한 것 같다. 앞자리에 반쯤 누워 있는데 힘들어 보인다. 응급으로 타이레놀과 위장약을 투약하나 소용이 없다. 남편분은 계속 등을 두드려주며 비닐봉지를 갖다 댄다. "고산증 예방약을 두 병이나 마셨고망~ 근데 이게 뭐꼬? 내사마 죽겠데이~!" "너무 많이 걸으신 것 같습니더~! 좀 있으믄 나아지겠지예~~거기다 의사선상님 한 분과 약사 세 분이 있으니 뭔 걱정이 있것습니꺼~? 지는 걱정 안합니더~ 본인이 괴로와해서 그렇치~요~" 걱정스레 바라보는 일행들을 남편이 안심시킨다.

"일정에 황룡 관광 후 발 마사지를 받으시게 되어있는데 10불 더 내셔서 전신 마사지 받으시는 거 어떻습네까?" "좋치요~! 온몸이 쑤시는데! 전신 마사지 합시당~!" 일행들 너나없이 동의한다. 남자들은 여자들이, 여자들은 남자들이 하는데 시원하게 하지는 못한다. 전신 마사지 1시간 후 가이드가 "마사지 시원하게 잘하지요?" 모두 시큰둥하게 건성으로 "그래요~! 시원합디당~!"

저녁은 한식으로 먹었는데 고산증으로 시달렸는데도 꿀맛 같다. 정말 잘 먹었지요.

구채구 호텔에 도착하여 간단히 샤워를 끝내고 자리에 누우니 슬그머니 꿈나라로 빠진다. 여행 이틀째도 이렇게 막을 내리고 있었다.

구채구

8월 17일(금. 여행 3일째), 호텔에서 조식 후, 30분 거리에 있는 구채구 풍경구로 이동한다.

가이드 미스터 김, "안녕히 주무셨습네까? 어제는 고산증으로 고생들 하셨지만 오늘 구채구 일정은 약 안 드셔도 될만큼 고산증에 적응이 되셨으니 걱정 붙들어 매셔도 됩니다. 또 어제는 케이블카 타고 올라가 7km를 걸어 오채지, 황룡사, 쟁염지, 명경도영지, 세신동 등을 보고 하산했지만 오늘은 셔틀버스로 이동하기 때문에 훨씬 수월합네다. 단지 워낙 중국 사람들이 많아서리 우리 일행은 떨어지지 말고 버스도 같이 타고 행동도 같이 하며 혼자 외톨이 되지않게 단도리 잘 하셔야 됩네다. ㅎㅎ"

"그라믄 우리 서로 팔장 끼고 다닙시데이~! 헌데 지는 혼자라서, 여섯분이 단체로 온 은행 여자분들 사이로 끼는기 편한데…하하~!" 혼자 온 퇴직 교수라는 남자분이 맞받는다. "교수님~! 저희들은 젊은 남자분이 좋은데요~! 우짜죠~? 와이프 없이 혼자 여행 다니기 좋아하는 저 남자분 우리랑 팔짱 한번 껴볼까요? 호호~"

"아이고마~! 내 저 싸모님들 전속 찍사로 쫓까다니며, 공들여가 사진도 찌가드렸는데 헛물 켰구마이~! 알았으니께네 다음부턴 내보고 사진 찍어

달랑 말씀 마이소~! 하하~" "아이고~ 교수~님~! 잘못했심당~ 얼렁 팔장 낍시당~! 호호~" 우리 일행 한바탕 폭소를 터트린다.

　사천성 서북부, 장족 자치주 내 위치한 구채구는 해발고도 1,990m부터 4,764m에 이르는 민산산맥 깊은 골짜기에 위치해 있다. 워낙 고산지대의 첩첩산중에 묻혀 있다 보니 중국사람들도 1970년대 되서야 그 존재를 알게 되었고, 이런 선경仙景을 발견한 것은 벌목공들에 의해서이다. 114개의 호수와 13개의 폭포가 서로 연결되어 흐르는데 오색찬란한 물빛, 그리고 호수와 산이 어우러진 독특한 풍광은 세계 어디에서도 볼 수 없는 경이로우며 환상적인 예술이라고 한다.

　구채구라는 이름은 9개의 장족마을이 거주한다고 하여 붙여진 이름이며 현재 3개의 마을이 개방되어 관광객들을 받고 있다.

　"이곳 3개 장족마을 사람들은 엄청난 관광 수입으로 모두 벼락부자가 되었으며 대도시에 집을 갖고 외제 승용차를 굴리며 여름과 가을 성수기에만 구채구에 들어와 장사와 관광업을 합네다."

　나머지 6개 마을 사람들도 중국 당국에서 개방해 주기를 학수고대하고 있다고 한다.

　구채구는 1992년 유네스코 세계자연유산으로 등재되었고, 1997년에는 세계생물권 보호구로 지정되었다. 중국 내국인과 세계 각지의 관광객이 몰려드는 것은 최근 10여 년 전부터이다.

　"'황산을 보고 나면 다른 산을 보지 않고, 구채구 물을 보고 나면 다른 물은 보지 않는다.'라는 말이 있을 정도로 구채구는 아름답습네. 중국사람들이 평생 가보고 싶어 하는 곳 1위가 구채구이지요. 남북방향으로 Y자 형이며 총 길이 50km입네다. 입구에서 구채구 중앙지점인 낙일랑까지를 '수정구'라고 부르는데 40여 개의 각양각색의 호수(해자)로 이루어져 있습네다.

낙일랑에서 우측 원시산림까지를 '일측구'라고 하는데 산과 호수, 폭포 등이 어우러져 구채구 관람의 하이라이트지요. 낙일랑에서 좌측은 '측사와구'로 구채구에서 제일 높은 곳(해발 3,150m)에 위치한 장해와 오채지가 볼 만하네다. 우리는 우선 낙일랑까지 간 다음 거기서 일측구로 가는 버스를 갈아타고 팬더해에서 하차합니다. 낙일랑 가는 버스 탑승 시에는 호수 풍경이 좌측에 펼쳐지므로 가급적 버스 운전기사 쪽 의자에 앉으세요. 그리고 중국사람들 버스 탈 때 질서가 없고 무대뽀로 새치기도 잘하니 체면 차리면 못앉습네다. 인정사정 보지 말고 마구 마구 앉으세요. 하하~"

구채구 입구에서 장사진을 이루며 차례를 기다리는 중국사람들~ 정말 시끄럽고 무질서하다. 우리는 일행과 떨어지지 않으려고 5명씩 붙어 입장하는데 사이사이 틈만 나면 마구잡이로 끼어든다. 허허~ 버스가 도착하니 선후先後가 없이 뒤와 옆에서 끼어들어 냅다 버스로 돌진하는 중국사람들~ 이래서야 어디 선진국 대열에 합류할 수 있을까? 거~참~!

겨우 버스에 올라 20분을 고개 언덕길을 올라 낙일랑에 도착하였다. 하차하니 장족 마을이 우측에 보였다. 여기서 '일측구' 원시산림으로 가는 버스로 바꿔 타고 다시 20분 걸려 팬더해에서 하차하였다.

"구채구를 차근차근 다 보려면 3일 걸립네다. 그래서 오늘 우리는 중요한 명소名所만 보도록 하겠습네다. 팬더해는 죽순을 먹고 자라며 죽순이 많은 이곳 구채구에서만 서식하는 팬더곰들이 자주 출현하여 붙여진 이름입네다. 이곳 장족사람들은 평생 바다를 보지 못하기 때문에 호수를 해자海子, 바다라고 생각하고 있습네다. 이곳에서 20분 자유시간 드릴 테니 기념사진 찍으시고 저 밑으로 계단을 내려가면 팬더 폭포가 있으니 내려갔다 오실 분은 가셨다 오세요. 폭포로 내려가는 계단 경사가 심하니 어제 고산증에 시달린 사모님과 선생님들은 안 가시는 게 좋겠습네다."

팬더해는 물이 워낙 맑고 깨끗하여, 구채구내에서 서식하고 있는 팬더가 물을 마시러 와서 놀다가 갈 만하였다. 수심이 15m 정도 되는데 바닥이 보이며, 크고 작은 물고기도 있었다.

팬더해를 배경으로 화려한 티벳 장족 의상을 빌려 입고 기념사진을 찍고 있는 부인들이 보인다. "여보~ 당신도 예쁜 장족 의상을 걸치고 서 보구려~ 내 인증샷 날려줄게~!" "일 없었습네당~!" 마눌님이 웃으며 조선족 가이드처럼 답한다. ㅋㅋ

팬더 폭포를 보기 위해 계단을 따라 조심스레 내려가니 시원한 폭포 밑에서 많은 사람들이 기념촬영을 하고 있었다. 우리도 폭포를 한참 동안 감상하며 휴식을 취한 후 시간에 늦지 않게 계단을 다시 오른다.

인원 점검 후 구채구에서 가장 아름다운 호수, 오화해五花海로 향했다. 오화해는 해발 2,472m에 위치하고 있으며, '다섯가지 꽃의 바다'라고 불리운다. 숲과 나무, 청록색 물이 어우러져 다채로운 색의 장관, 동화세계를 이루고 있었다. Fantastic~!

호수를 한참 보고 있으니 구채구가 왜 '물의 나라'라고 불리우는지 수긍이 되었다. 호수 속으로 이미 석회화된 지 오래되어 썩지 않는 커다란 소나무가 깊고 푸른 물속에서 조용히 깊게 잠들어 있는 모습은 마치 수천 년 전 구채구의 오래된 이야기를 간직하고 있는 것 같이 보였다.

넓이 310m, 높이 28m의 진주탄 폭포는 구채구 관광의 하이라이트이다. 진주탄은 세차게 흐르는 물살이 바위에 부딪쳐 무수한 물방울을 일으켜 햇볕에 반짝이는 모습이 흡사 수많은 조개속의 진주알 같다 하여 붙여진 이름이다.

이곳에서 인증샷도 날리고, 벤치에 앉아 폭포를 감상하며 휴식을 취해본다. 그동안 필자의 몸속에 축적되어 있던 노폐물과 스트레스를 저 폭포 속으로 날려 보낸다. 오매~ 시원한 거~! 금방 몸이 가뿐해지며 상쾌해진다.

팬더해

오화해

진주탄 폭포

장족마을 탑

버스를 타고 낙일랑으로 내려와 장족마을 탑을 지난다. 탑 주위로 울긋불긋 달린 오색 깃발은 '룸다'라고 하는데 천 조각 하나하나에 불경이 적혀 있다고 한다. 그 불경 글귀를 바람에 펄럭이며 낭송하게 하는 숭고한 신앙심! 깃발이 바람에 휘날리면 불경을 한번 읽었다고 생각하는 마음이 경이로움을 느끼게 한다. 탑에는 라마교의 경전이 적혀 있었고 탑에 공들여 돌을 올려 놓은 풍습은 우리나라와 유사하였다.

족장 집에 마련된 쇼핑센터(?)로 들어가니 콜레스테롤을 없애준다는 차를 권한다. 할아버지 고향이 대구라는 조선족 3세 아가씨가 경상도 사투리를 섞어가며 유창한 한국말로 목청, 석청등 꿀, 프로폴리스, 상황버섯, 녹차 등의 효능을 설명하는데 가격은 비싼 편이다.

40대 후반인 은행 지점장 부인이 비만에 무릎 관절이 좋지 않아 지팡이를 들고 짚고 다녔는데, "싸모님~! 이거 드시면 지팡이 일 없습네다~! 살도 빠져 저처럼 날씬해지고요~! 호호~" 결국 지점장 부부, 18만 원어치 약을 한 보따리 사서 들고 나온다.

"카드가 된다 해서 샀드니 전기가 나가 카드 안 된다고 해서 현찰로 몽땅 주고 샀어요~ 빈털털이네요~ 하하." "그래도 사모님을 위해 썼으니 잘한 거예요~ 지팡이 일 없게 됐습니당~ㅎㅎ" 필자가 한마디 하자 일행들 모두 한바탕 웃음보를 터트린다.

낙일랑 장족마을에서 점심을 먹고 다시 버스를 타고 '측사와구' 쪽 장해로 향한다. 20분을 타고 올라가 해발 3,102m로 구채구에서 면적이 가장 크고 해발고도가 가장 높은 장해長海에서 내렸다.

눈이 녹아 내리고 바닥에서 흘러나온 물이 이렇게 큰 호수를 이루었다니 신비로울 뿐이었다. 구채구 고산 호수 중에서 왕과 같은 풍모를 보여주는 호수로 두 달 전 본, 노르웨이 게이랑에르 피요르드를 떠올리게 하는 광활하고 심원한 풍광을 드러내고 있었다.

장해에서 약 15분 걸어 내려오니 해발 2,995m의 오채지가 나타났다. 어제 황룡에서 본 오채지와는 다르게 규모는 작지만 수려하고, 호수의 물은 순결하고 투명하여 물 밑의 자갈, 암석 무늬, 식물의 채색도 선명하게 구별할 수 있었다.

　이것으로 '측사와구' 명승지 관광을 마치고 낙일랑으로 내려와 낙일랑 폭포로 향한다. 낙일랑이란 장족말로 '장엄하다, 장관이다'라는 뜻이다. 낙일랑 폭포는 320m의 폭으로 중국에서 지금까지 발견된 폭포 중 가장 큰 폭포라고 한다. 해발 2,365m에 위치하고 있으며, 낙차 높이는 35m라고 한다. 장엄한 폭포를 연신 눈에 담으며 한동안 시선을 떼지 못하고 폭포의 일부가 되어 본다. 세찬 폭포수와 물보라 때문에 안개가 끼어있어 더욱 신비롭게 보였다. 아~! 장엄한 자연이여~! 말로 표현할 수 없는 웅장한 낙일랑 폭포여~!
　이제 우리는 Y자 아래쪽인 수정구 중 서우해, 노호해, 수정폭포, 수정군해 네 곳을 둘러보기로 했다.
　해발 2,315m에 위치한 서우해(犀牛海)는 구채구에서 장해 다음으로 큰 호수이다. 옛날 중병을 앓고 있는 장족의 라마 승려가 코뿔소를 타고 이 서우해에 와서 물을 마시고 병이 호전되었는데, 밤낮 물을 마시며 떠나기를 아쉬워했다고 한다. 결국 코뿔소를 타고 호수 속으로 들어가 영원히 이곳을 떠나지 않게 되었으며 그 후 서우해라고 불리게 되었다고 한다. 지하에서 흘러나오는 일정한 수량으로 형성된 호수이기 때문에 깊이나 넓이에 변함이 없단다.
　서우해에서 걸어 한참 내려오니 흐르는 호수에 물레방아 원리를 이용하여 자동으로 돌아가는 '마니차'가 보인다. 장족들은 원통 모양의 마니차를 돌리거나 라마 경전이 적힌, 바람에 휘날리는 '룽다'를 보며 소원을 빌면 반드시 이루어진다고 믿고 있단다.

낙일랑 폭포

서우해

마니차

조금 더 내려오니 노호해老虎海이다. 노호해는 호랑이 바다라는 뜻으로 가을 단풍이 들면 호랑이 털 색깔처럼 알록달록한 느낌이 든다고 해서 붙여진 이름이다.

노호해

수정폭포

　노호해를 감상하고 내려오니 노호해에서 흘러내린 물이 작은 폭포를 이루는데 구채구 4대 폭포 중 가장 작은 수정폭포이다. 수정처럼 맑은 물방울의 향연이 펼쳐진다 하여 붙여진 이름이라고 한다. 수정폭포에서 인증샷 한 장 날리고 발걸음을 재촉한다. 폭포 맞은편에는 장족 마을인 수정채가 있지만 우리는 시간관계상 그냥 지나친다.

　이어지는 수정군해는 이삼십 개의 크고 작은 호수가 계단식 형상으로 아름답게 이어져 있었으며, 호수 주위에는 측백나무, 소나무, 삼나무 등이 있었다. 호수에서 세차게 아래로 떨어지는 물은 폭포가 되어 맑고 투명한 물이 사방으로 흩어지며 하류로 향한다.

　아름답게 이어지는 수정군해를 끝으로 Y자 계곡의 구채구 계곡 경관 관광을 모두 마치고 버스에 오른다.

　구채구는 원시적인 생태환경, 신선한 공기, 산림, 호수, 폭포 등 신기하고 아름다운 자연 풍경과 자연을 그대로 보호하려는 장족들의 마음이 그대로 어우러져 신비스럽고 환상적인 동화세계, 인간 선경을 그대로 그려내고 있었다.

"이제 구채구 관광을 마쳤으니 호텔로 이동하겠습네다. 호텔에서 뷔페식으로 저녁식사를 하신 후 장족쇼 관람 신청을 한 열두 분은 8시 10분 전까지 로비로 내려오세요. 공연장은 호텔에서 도보로 10분 거리입네다. 제가 장족 인사말 하나 가르쳐 드릴게요. 우리는 보통 '안녕하세요?' 또는 '진지 드셨습네까?'하지요? 이곳 사람들은 '자시드러~'합네다. '복 많이 받으세요~'라는 뜻입네다. 따라 해 보세요~ '자시드러~'" "자시드러~" 모두 함께 복창한다.

"장족들은 물의 신을 숭배해서 물고기(생선)를 먹지 않습네다. 여자들은 수놓는 것, 남자들은 사냥을 즐겨하지요. 구채구는 팬더 곰의 서식지라고 어제도 말씀드렸는데 맹수가 없다는 것도 특이하지요. 장족들의 결혼풍습은 마음에 드는 여자가 있으면 그 집 앞에서 노래로 청혼을 하는데 노래 부르는 남자가 마음에 들면 문을 열어 받아들이고 문을 안 열어주면 거절이라고 합네다. 장례문화는 탑장, 천장, 수장, 화장, 토장이 있는데 탑장은 덕이 높은 스님의 유해를 탑에 모시는 것이고, 천장은 시신을 잘라 산 정상에서 독수리에게 먹이는 것으로, 독수리가 남김없이 먹을수록 죽은 자는 빨리 하늘로 올라간다고 믿고 있습네다. 돈 있는 사람들이 주로 이렇게 하지요. 토장은 죄를 지은 사람들이 죽었을 때 하는 의식으로 땅 속은 지옥이라고 이 사람들은 생각하고 있습네다. 장족들은 평균 수명이 86세로, 오래 사는 것은 자연친화적인 생활습관 때문이 아닐까 생각합네다. 이야기 하다 보니 벌써 호텔에 도착하였네요. 저녁 뷔페 많이 드시고 장족쇼 안 보시는 분은 편히 쉬시고, 쇼 보실 열두 분은 제가 예약을 해놓았으니 조금 후에 뵙겠습네다."

저녁 식사를 마치고, 단체로 온 여자 은행원 여섯분, 약사 부부, 전주에서 온 관리 약사 둘, 필자 부부까지 열두 명이 호텔에서 10분 거리에 있는 공연장으로 향한다. 공연장 앞 광장에는 공연을 보기 위해 손님을 태우고 온 버스들로 꽉 차 있었다.

"이곳 쇼가 가장 화려하고 인기가 있어 늘 이렇게 붐빕니다. 한 번 정도는 볼 만합네다."

공연장 입구로 들어서니 '자시드러' 하면서 '하다'라는 부드럽고 질감이 좋은 흰색 목도리를 하나씩 건넨다. 하다는 결백함과 숭고함의 상징으로, 존경스럽거나 중요한 사람VIP에게 건넨다고 한다.

하다를 목에 두르고 우리가 예약한 자리에 앉으니 불경이 적혀있는 붉고 푸른 작은 종이 묶음을 준다. 공연 마지막에 소원을 빌며 종이를 무대 쪽으로 던지란다.

공연은 시작되고 야크, 팬더곰, 유목민들이 한데 어우러져 한바탕 잔치를 벌인다. 자연에 순응하면서 살아가는 장족사람들의 삶을 엿볼 수 있는 '장족쇼'. 한恨이 서린 장족들의 전통 음악과 노래, 힘을 바탕으로 한 춤사위는 그들만의 독특하고 화려한 의상 속에서 현란하게 펼쳐지고 있었다.

1시간 10분의 공연시간은 순식간에 흘러가고 마지막 피날레는 필자를 비롯한 모든 관객이 던지는 오색 종이 테이프가 허공에서 춤을 추면서 끝이 났다. 무대로 내려와 출연한 무희, 가수들과 기념촬영을 하면서 뜻깊은 시간을 가진다. 이날의 공연 장면은 아직도 필자 가슴에 잔잔하게 남아있다.

　밖으로 나와 호텔로 향하는데 갑자기 소나기가 쏟아진다. 마눌님과 조그만 우산을 함께 쓰고 걸어가면서 "여보~! 공연 보고 이렇게 비 맞으며 우산 같이 쓰고 밤길 가는 것도 나쁘지 않네~!" 하니 마눌님, 말없이 배시시 웃기만 한다.

　호텔로 돌아와 샤워를 끝내고, 그동안 고산증을 우려해 이틀간 마시지 않았던 이슬이 한잔 걸치니 스르르 눈이 감긴다. 이렇게 여행 3일째 막도 서서히 내려지고 있었다.

서안2, 정주

8월 18일(토. 여행 4일째), 호텔 조식 후 해발 3,500m인 구채구 황룡 공항으로 이동한다. 오전 9시 40분 구채구를 이륙하여 5분쯤 지나니 창밖으로 구름에 쌓인 민산산맥 설산 설보정(5.588m)이 보인다.

잠시 후 환상적인 설산은 시야에서 사라지고, 조용히 휴식을 취해본다. 그런데 기류변화로 갑자기 비행기가 상하좌우 요동을 치며 크게 흔들린다. 기내에 있는 탑승객들 모두 크게 놀라며 자신도 모르게 옆 사람 손을 꼭 잡는다. 조금 후에 또다시 비행기가 갑자기 밑으로 푹 꺼져 내려가며 요동을 치니 여기저기 비명도 들린다. 그동안 비행기를 많이 타고 다녔지만 이런 경우는 처음이다. 거기다 중국 국내선 항공기이기 때문에 더 불안했는지도 모른다. 10시 40분 서안 공항에 무사히 도착하니 모두들 안도의 한숨을 내쉰다. "아이고마~식겁했넹~!" "비행기가 잘못 되는가 싶어 십년감수했넹~!" 모두 한마디씩 던진다.

짐을 찾아 나오니 서안 가이드가 기다리고 있었다. "황룡, 구채구 관광 잘 하셨습네까? 그런데 모두 안색들이 안좋습네다. 무시기 일이 있었습네까?" "아이고~ 나가 살다살다 고로콤 죽었다 까무라치기는 첨이랑께~~! 나가 참말로 환장해 버렸쓰~! 뱅기가 지랄하고 자빠졌소~잉! 시방도 요로콤 사지가 떨리네~잉~ 아이고~~!" 여수 아지매가 한마디 던지자 일행 모두 폭소를 터트린다.

모두 버스에 올라 시내로 이동한다. 가이드가 마이크를 들고 오늘의 일정을 소개한다.

"시내로 들어가면 점심식사를 하게 됩네다. 고급 한식당에서 삼겹살을 무제한으로 마구마구 드십시오 ㅎㅎ 그리고 대안탑 북광장과 서안 성벽을 보시고 마지막으로 섬서성 역사박물관을 둘러보고 호텔에서 현지식으로 저녁 드시고 서안을 떠나 고속열차편으로 정주로 가시게 됩네다."

"중국사람들이 평생 다 못해보고 죽는 것 네 가지가 무시긴즐 압네까?"
"음식, 명승지, 글자 세 가지는 알겠는데 한 가지는 잘 모르겠네요~"

"잘 아십네다~! 평생 동안 수도 없이 많은 중화요리 다 못 먹고 죽습네다. 중국 땅덩어리가 워낙 넓어 다 못 가보고 죽습네다. 한문 워낙 많고 어려워 다 못 알고 죽습네다. 마지막은 중국의 모든 역사 다 못 배우고 죽습네다."

"구채구, 서안, 정주 등 남방 여자들… 살기 좋은 데가 구채구이고 그다음이 바로 요깁네다. 서안과 정주 여자들… 노름, 마작 좋아합네다. 자전거 앞에 장바구니 달린 것은 모조리 장보러 나온 남자들입네다. 여자가 노름에서 돈을 땄을 때는 남편에게 '밥 지어놓고 기둘려~!' 합네다. 남편은 바깥에서 집으로 들어오는 아내를 기다려야 합네다. 우리 선상님들~! 아내 기다리며 집 앞에 서있는 남편에게 인사하지 마세요~ 인사하면 성질난다고 갑자기 달려들어 맞습네다. ㅋㅋ 여자가 돈 잃으면 남편에게 전화로 '니나 처먹어~!' 하고 욕을 합네다. 여자 말대로 밥 먹었다면 그날이 남편 죽는 날입네다~! 하하~"

한식당에 들어가 자리에 앉으니 우연히 대구 치과의사 부부, 전주에서 올라온 관리약사들과 같은 테이블에 앉게 되었다. 삼겹살을 불에 올리니 지글지글 노랗게 익으면서 맛있게 보인다. 상추에 고기 올리고 풋고추, 마늘, 맛

장을 곁들여 입안에 넣으니 살살 녹는다. 여기에 곡주가 빠지면 안 되지용
~! ㅋㅋ 필자, 맥주와 이슬이 한 병씩 시킨다. 대구에서 올라온 치과의사 부
부는 술을 못한다. 마눌님은 이슬이 한, 두 잔은 하고, 전주 관리약사들은
소맥으로 마신다. 오매~! 다른 테이블은 술을 안 시키고 고기만 먹으니 식
당 여종업원이 은근히 눈치를 준다. 그러나 저러나 우린 술을 시켰으니 눈
치 볼 거 없고! "여기 고기 추가요~! 고기가 정말 맛있넹~! 입안에서 살살
녹네요~ 한 접시 추가요~~!" 식사를 끝내고 대안탑으로 향한다.

불교 성지인 대안탑은 652년 당나라 고승, 삼장법사 현장이 인도에서 귀
국할 때 가지고 온 경전이나 불상 등을 보존하기 위해 고종에게 요청하여 만
든 탑으로 주위를 공원으로 조성하였는데 시간 관계상 우리는 공원 북광장
분수 앞에서 기념촬영을 하는 것으로 만족해야 했다.

대안탑

　서안 성벽은 명나라 홍무제 때 건설되었으며 역사는 600년에 이른다. 지금은 단지 역사적인 건축물의 의미를 넘어서 기존의 성곽길, 성문, 옹벽을 조화롭게 단장하고, 자전거, 전동차를 운행하는 공원이 조성됨으로써 더 친근감을 갖게 되었다.

　전체둘레는 13.75km이며 성내 면적은 총 12평방킬로미터로 당나라 장안성의 1/7크기라고 한다. 동서남북 4개의 문이 있고 성벽의 높이는 12m, 성벽 위의 너비는 12.4m라고 한다. 우리는 계단을 올라가 성벽으로 난 길을 따라 산책도 하고, 인증샷도 날리며 수백 년 전의 주인공이 되어 본다. 멋져 부러~!

　섬서섬 역사박물관은 섬서성 최대 박물관으로 원시시대부터 시작하여 1,840년 아편전쟁 중 섬서성에서 출토된 각종 전시품들을 전시하고 있었다. 서쪽에는 주제 전시관이 있었는데, 주로 실크로드 등 섬서성의 역사, 문화 등에 관한 문물들이었고, 주요 전시품은 청동기, 도용, 금은 장식구 등이었다.

박물관 관람을 마치고 우리는 서안 특식인 현지식을 호텔에서 즐겼다. 요리도 다양하고 예전처럼 향신료도 넣지 않아 필자 입맛에 딱 맞는다. 예전에 주장/무석, 장가계/원가계 갔을 때는 음식이 입에 전혀 맞지 않아 가지고 간 라면을 먹거나 김, 고추장, 마른 반찬으로 적당히 끼니를 때우는 경우가 많았는데 이제는 많은 한국 관광객이 찾는 바람에 음식도 한류화되어 가는 것 같았다.

많이 먹었는데도 닭튀김이나 탕수육 등 요리가 남아돌자 퇴직 교수님이 한마디 툭 던진다. "안주거리가 많이 남았는데 아이고마~ 열차 시간이 다 돼가 싸갖고 가입시더~! 쇠주 안주론 최곤데! 열차 안에서 묵읍시당~! 하하~"

저녁을 맛있게 먹고 고속열차를 타기 위해 서안역으로 향하였다. 열차는 오후 7시 55분 출발하여 2시간 40분 걸려 정주역에 10시 35분 도착 예정이란다. 정주역에서 우리가 오늘 묵을 호텔까지는 약 1시간이 걸린다니 밤늦게 들어갈 것 같다.

"선생님~! 맥주 파티라도 하려면 오늘밖에 없는데 정주 도착하면 너무 늦을 것 같고, 열차에서 한잔하시는 거 어떻습니까?" 약사 남편이 필자에게 다가와 조용히 묻는다. "좋지요~! 저도 생각하고 있었는데… 멤버를 구성해 보실래요?" "알았습니다~! 그러지요~" 약사 남편과 함께 컵과 캔맥주를 사러 편의점에 들르니 캔맥주가 모두 미적지근하다. 중국사람들은 찬 맥주를 싫어하고 보통은 냉장고에 맥주를 넣지 않고 그냥 마신다. "미적지근한 캔맥주를 사서 들고 다니느니 그냥 열차 안에서 삽시당~!"

그동안 수고했던 서안 가이드가 머리 숙여 인사하고 서안역까지 온 정주 가이드에게 인계한다. 우리 일행, 남은 밑반찬, 라면 등을 가이드 가방에 넣어준다. "그동안 수고 많았고 즐거웠어용~"

열차에 오르니 우리 좌석 바로 옆의 칸이 식당인데 약사 남편, 식당 차에 갔다 오더니, "선생님~! 아주 차게 냉장된 캔 맥주가 많이 있네요. 테이블에 앉아 맥주 파티 하기 딱이에요. 지가 의향이 있는 분을 섭외하겠습니다."

식당차 두 테이블을 잡고 필자가 남은 소주 팩 세 개, 마른안주를 가방에서 꺼내 테이블에 놓는다. 캔 맥주 10개와 식당에서 가져온 튀김과 호두, 땅콩을 올려놓으니 금방 푸짐해진다. 약사 남편, 43세에 지점장이 되어 중국 근무 예정인 은행 지점장, 퇴직 교수, 필자가 한 테이블에 앉았는데 교수가 은행원 여섯 중 술을 제일 잘한다는 김여사를 부른다. 여자 챙기고 끼어들어 환심 사는 것은 아무나 할 수 있는 일은 아니지요~ 대학 동기 중 ○○샘이나 ○○샘 같은 고수 아니 연애박사들이나 할 수 있지용~! ㅋㅋ 또 그것이 여자들에게 인기 있는 오빠로 각인이 되기도 하구요~ 필자는 그런 면에서는 젬병이지요~ㅎㅎ

옆의 테이블은 전주에서 올라온 관리약사 두 명과 활발한 성격의 개업약사, 마눌님이 앉았다. 잔을 따르고 퇴직 교수님이 필자에게 건배 제의를 요청한다. 필자가 제일 연장자이고 나이 먹어 보인다나 뭐래나~ 필자가 보기에는 교수가 얼굴에 검버섯이 피고 주름도 더 있구만… 거참~!

사양하던 필자, 분위기를 띄우기 위해 마지못해 건배를 제의한다. "황룡-구채구 여행의 무사 귀환을 축하하고 우리 모두의 건강과 행운을 위하여~!" 시원한 맥주 한 잔에 피로가 풀리며 화기애애한 분위기에서 담소가 이어진다.

"이번 황룡, 구채구 여행은 비교적 날씨가 좋아 비행기도 정상적으로 뜨고, 내리고 했지요~ 여기 계신 사모님이나 전주에서 오신 요조숙녀께서 평소 좋은 일을 많이 하신 모양입니다." 필자가 말을 꺼내자 교수님이 끼어든다. "이번 멤버들을 보니께네 의약계가 많으시네용~! 메디칼 닥터인 선생님도 계시고 치과원장님, 약사분도 세 분 계시고. 병원 하나 차려도 되겠심더~ 지는 부총장까지 했으니께네 사무장 시켜주면 퍼뜩 하지예~ 하하~"

"아이고~ 부총장님이 사무장 하시겠다면 억수로 환영하겠고, 사무장 하려 했던 제가 조용히 물러나게용~ 하하" 약사 남편이 눈치 있게 받아친다.

"전속 찍사로 여섯 여자를 쫓가다니시더니 성과가 좀 있습네까?" 필자가 물으니, "아이고마~ 여섯 여자 쪼까다니다가 가랭이 찢어질 뻔 했씀니더~ 이젠 일 없습네당~!" 모두 빼꼽을 잡고 한바탕 폭소가 터진다. 소주는 이미 동이 나고, 맥주 캔 5개를 추가로 주문하여 테이블에 올린다.

시속 340km 인 고속열차는 어느새 화산, 낙양을 거쳐 정주로 진입한다. 가이드가 와서 여기 식당차가 문을 닫을 시간이라고 한다. 모두 즐거운 표정으로 마지막 원샷! 을 외치며 맥주 파티를 마감한다.

정주에 도착하여 대기 중인 버스에 올라 호텔에 도착하니 밤 11시가 훨씬 넘긴 시각이었다. 간단히 샤워를 마치고 자리에 누우니 스르르 눈이 감긴다. 여행 4일째도 이렇게 막을 내리고 있었다.

8월 19일(일, 여행 5일째). 호텔 조식 후 하남성 박물관으로 향한다.

정주는 옛 중국 최초의 은나라 도읍이 있던 곳으로 하남성 중부에 있는 성도로서 교통의 요충지이다. 또한 황하가 흐르는 문명의 발상지로서 3,500여 년의 오랜 역사를 가진 곳이기도 하다. 신석기 시대의 주거지나 은나라의 청동기 유적이 많이 발굴된 지역이며 무려 1,500여 차례에 이르는 황하 범람으로 '중국의 슬픔'이란 닉네임이 붙은 눈물의 도시이다. 요즘 정주는 주위에 태항산, 소림사 등이 있어 신 관광지로 부상하고 있다고 한다.

박물관은 기본 진열관과 전문테마 진열관, 임시 전람관 등으로 나눠져 있었다. 10만여 개의 문물을 소장하고 있으며, 그중 1급, 2급 문물이 5,000여 개나 된다고 한다. 기원전에서부터 상商나라, 주周나라 때의 청동기, 역대 도자기, 옥기 등이 주요 전시물로 박물관을 차지하고 있었다.

박물관 관람을 마치고 나오니, 가이드가 깨, 잣, 호두 등을 파는 가게로

하남성 박물관 로비에 있는 조형물. 양측의 코끼리를 거주민이 밀어내는 모습이라고 한다.

우리를 유도한다. 사모님, 요조숙녀들은 너나없이 모두 몇 개씩 사서 트렁크에 넣는다. 마눌님도 잣 두 봉지를 사더니 트렁크에 넣으라고 한다. "알았시유~!" "트렁크 무게가 23kg을 넘으면 안 되니까 요령껏 분산해서 넣으세요~" 가이드가 일러준다. 약사 부부, 정확하게 트렁크 무게가 22.5kg이었다고 웃으며 고개를 절레절레 흔든다.

출국 수속을 마치고 비행기에 탑승하여 오후 1시 정주를 출발, 오후 4시 10분 인천공항에 무사히 도착하였다. 짐을 찾고 4박 5일간 즐거운 여행을 한 일행들과 일일이 작별인사를 한다.

"덕분에 즐거운 여행이었습니다. 항상 건강하시고 부자 되세요~"

이렇게 서안, 황룡, 구채구, 정주 여행은 대미를 장식하였다.

이번 여행도 보는 재미, 먹는 재미, 구매하는 재미, 배우고 체험하는 재미, 사진과 글 남기는 재미, 삶을 엿보는 재미, 좋은 사람들을 만나는 재미 등 가지각색 재미를 만끽할 수 있었던 좋은 여행이었다. 여행 다녀온 지 얼마 되지 않았는데 벌써부터 다음 여행이 기다려진다.

아~ 여행은 좋은 것이여~~!

2013. 09. 14 ~ 09. 25

발칸

루마니아 1

지난 9월 14일부터 25일까지 10박 12일간의 일정으로 루마니아, 불가리아, 세르비아, 보스니아−헤르체고비나, 크로아티아, 슬로베니아 등 발칸 6개국과 이탈리아 베네치아(베니스)를 다녀왔다. 필자에게 주어진 공식 연가(휴가)는 년 21일이지만, 부서장이라는 직책 때문에 오래 자리를 비울 수 없어 추석 연휴를 이용하여 5일간의 휴가만 내어 마눌님이 원하는 환갑 기념 발칸여행을 하게 된 것이다.

발칸이란 지명은 현재 발칸 반도 북동부에 있는 발칸 산맥에서 유래한 것이며 옛날 터키어(투르크)로 산맥이란 뜻이다. 또한 발칸이 '야만의 유럽'으로 불리기도 하는데 "발칸이란 말이 아드리아해와 흑해 사이에 놓인 거칠고 무법적인 나라들을 정확하게 표현해 주기 때문이다"라고 감정적으로 말하는 사람들도 있다.

아무튼 발칸 반도에 소속된 국가는 9개국으로 루마니아, 불가리아, 세르비아, 보스니아−헤르체고비나, 크로아티아, 슬로베니아, 몬테네그로, 마케도니아, 알바니아 등이다. 이 중 루마니아, 불가리아, 알바니아를 제외하고 나머지 국가는 과거에 '유고슬라비아 사회주의 연방공화국(유고 연방)'이었다.

필자는 발칸 반도의 본질을 가장 잘 표현한 말이 '종교와 문화의 모자이크'라고 생각하고 있다. 모자이크란 서로 다른 여러 가지가 한데 모여 있다는 뜻을 내포하고 있다. 따라서 이 말은 발칸 지역이 여러 종교와 문화가 복잡하게 뒤섞여 있다는 것이다. 세계 지도를 놓고 발칸 반도를 들여다보면 모자이크라 칭할 이유를 찾기 그리 어렵지 않다.

발칸반도는 지리적으로 최소한 두 개 이상의 세력이 항상 대립하는 접점에 있었기 때문이다. 고대 로마가 동─서로 나뉠 때 발칸 반도는 정확히 중간 지점에 있었고, 나중에 합스부르크 제국과 오스만투르크가 전쟁을 벌일 때도 발칸은 정확히 분기점에 있었다.

이처럼 적대적인 민족─인종이 부딪치는 지점에 위치한 운명을 수천 년 동안 지속하다 보니 종교, 문화, 민족, 인종 등이 모자이크를 이루면서 갈등과 분쟁을 유발하기도 하지만 동양과 서양의 문화를 동시에 흡수하고 향유할 수 있는 기회를 갖게 된 장점도 있다. 하지만 한편으로, 투쟁 속에 문화의 창조가 이루어지는 반면 인간 자체는 파괴를 일삼는 법이다. 따라서 2,000년 동안 종교, 문화, 인종적으로 갈등하고 싸워온 발칸 사람들이 역사 속에서 얼마나 기구한 삶을 살아왔을지 짐작하기는 어렵지 않은 일이다.

건물의 총탄 자국보다 더 아픈 현대사를 간직하고 있으면서도 자연의 아름다움으로 빛나는 발칸, 중세시대의 고풍스러움과 로맨틱함을 동시에 느껴볼 수 있는 발칸, 이제 낭만의 발칸 반도 여행을 떠나보려고 한다.

필자 부부와 같이 여행을 함께 할 인원은 총 32명. 인솔자는 20년 경력의 43세 노처녀 권 부장이다.

"저는 유럽 패키지를 주로 뛰는 43세 노처녀구요~ 부모님 모시고 서울 영등포구 당산동에 사는 가장입니다. 결혼을 약속했던 남자 친구가 먼저 하늘나라로 가는 바람에 혼기를 놓쳤어요. 가끔 외롭기도 하지만 제 운명이라고 생각하고 있지요. 선생님~! 댁이 여의도라면 제 집과 가깝네요~ 반갑습니다. 즐거운 여행 되시고 앞으로 잘 부탁드립니다. 호호."

조금 통통한 몸매에 머리 회전이 빠르고 시원시원한 성격이다. 부장까지 됐으니 자타가 공인하는 베테랑인 거 같다.

14일 0시 45분 이륙한 우리 비행기(카타르 항공)는 약 10시간의 비행 끝에 무사히 카타르 도하 공항에 현지시각 4시 30분에 도착(시차는 한국보다 6시간 늦다), 루마니아 부카레스트로 가는 비행기로 환승하여 약 5시간의 비행 후에 오후 1시 10분 부카레스트 공항에 안착하였다. 짐을 찾고 공항 밖에 대기 중인 버스에 올라 우리가 오늘 투숙할 호텔로 향한다. 권 부장이 마이크를 들고 오늘 오후의 일정을 설명한다.

"비행기를 15시간 타고, 또 환승하느라고 3시간여 기다리셨으니 피곤하실 거예요. 호텔에서 한 시간 정도 쉬신 후 시내 투어 들어가겠습니다. 우리가 이틀간 투숙할 호텔은 객실이 1,200개나 되는 큰 호텔입니다."

부카레스트 현지 가이드는 루마니아 카톨릭 신학박사 학위를 받고 내년에 사제(신부)가 될 사람으로 루마니아 여성과 결혼하여 딸만 둘이라고 한다. 콧수염을 기르고 모자를 벗고 인사를 하는데 대머리이다. "아직 나이도 어린데 이렇게 머리가 쉽게 빠졌네요. 못생겨서 미안합네당~" 수년 전 타계한 코메디언 이○○처럼 말한다. ㅋㅋ "제가 말을 조금 더듬더라도 이해해 주세요. 그 대신 이틀간 열심히 할게요~" 우리 일행 모두 박수로 화답한다. 말을 열심히 하겠다는 것인지 가이드를 열심히 하겠다는 것인지? ㅎㅎ

시내로 들어서니 중세풍의 건물들이 길 양쪽으로 늘어서 있었고 시내 입구에 파리의 개선문을 모방한 개선문이 보인다. 그리고 샹들리제 거리를 연상케 하는 거리가 시야에 펼쳐진다.

"루마니아는 프랑스의 영향을 많이 받아 1차 세계대전 승리의 기념으로 개선문을 건설하고 샹들리제 거리를 조성하였지요."

루마니아는 면적이 한반도의 1.1배이며 인구는 2,300만 명, 수도 부카레스트의 인구는 190만 명이다. 옛 로마제국의 명성을 되찾겠다는 "로마인의 의지와 땅"이란 뜻에서 루마니아라고 지칭하였다고 한다. 종교는 87%가 루마니아 정교이며 카톨릭 7%, 개신교 6%이며 언어는 루마니아어를 사용한다. 사회주의 정권 시절 북한과 돈독한 관계를 유지하였으나 1989년 민주화 혁명 이후 대한민국과 더 교류가 활발하다고 한다.

"터키 다음으로 한국교민이 많이 살고 있습니다. EU에 가입이 되어있지만 유로화를 안 씁니다."

필자의 뇌리에는 루마니아 하면 올림픽 '체조요정' 코마네치와 김일성 주석을 형님으로 깍듯이 모셨던 독재자 차우셰스쿠, 그리고 소설 드라큘라 백작의 성을 기억할 뿐이다. 같은 동구권이라 해도 헝가리나 체코에 비하면 많은 사람들이 루마니아를 여행지로서 쉽게 떠올리지 못하는 것이 사실이다.

숱한 변화와 어려운 경제로 인해 사람들은 다소 지친 듯 보이지만 구소련이 붕괴되면서 겨우 사회주의 체제를 벗어났다고는 하나 여전히 동유럽 내 최빈국에 속하기 때문이다. 그러나 지금의 부카레스트(부쿠레슈티)는 판이하게 다르다.

거리와 상점들엔 활기가 넘치고 사람들 표정도 환하게 밝다. 유럽의 여느 도시 못지않다. 시내를 가로질러 가다 보면 한국산 브랜드 간판들이 눈에 많이 띈다. 특히 삼성, LG, 기아, 대우 등 국산 휴대폰과 자동차 브랜드들은 루마니아 시장점유율 1위를 점하기도 한다. 하지만 이것이 한국계 브랜드인지 아는 사람들은 드물다. 남한과 북한을 구분하지 못하는 사람이 태반일 정도로 이들의 한국에 대한 지식은 일천하다.

루마니아인들은 어디서나 여행자들을 따뜻하게 맞아 준다. 동유럽에서 유일한 라틴계여서 아마도 활달한 민족성이 한몫한 듯하다. 비록 삶은 고단하지만 아직까지 순수성을 버리지 않은 모습이 인간미를 풍기는 것이다. 호기심 많고 친절한 사람들, 저렴한 물가, 흥미로운 사건의 연속. 이런 것들이 루마니아로의 여행을 재촉하는 요인들이 될 것이다.

우리 버스는 부크레슈티 혁명광장 및 구 공산당 본부 앞에 멈추어 모두 차에서 내렸다. 부크레슈티 혁명광장Revolution Square은 부크레슈티 빅토리에이 거리 남쪽에 있는 넓은 광장으로, 1989년 차우셰스쿠 독재정권을 무너뜨린 12월 혁명이 일어났던 곳이다. 1938년 화재 및 혹시 있을지 모르는 폭동에서 왕궁을 보호하기 위해서 만들었다고 한다. 처음에는 '왕궁 앞 광장', 공산정권 시절에는 '공화국 광장' 또는 '공산당 본부 앞 광장'이라고 불렸으며, 1989년 혁명 이후 '혁명광장'이라고 불리고 있다.

부크레슈티 혁명광장과 구 공산당 본부

1989년 12월 21일 정오 차우세스쿠 대통령의 연설이 5분 만에 중단되고, 대통령 지지 집회가 아수라장으로 변하면서 루마니아 12월 혁명이 발발했다. 차우세스쿠 대통령은 옥상에서 헬리콥터를 타고 도망갔지만 헬리콥터 기장이 후환을 두려워해 이름 모를 언덕에 대통령 부부를 내려주고 줄행랑을 치고, 대통령 부부는 시위대에 의해 금방 잡히게 된다. 이틀간의 시위와 총격전 끝에 시위대가 루마니아 국영방송국을 장악했고, 12월 25일에는 차우세스쿠 대통령 부부가 총살을 당하게 된다. 혁명 이후에도 공산당 간부들이 여전히 실권을 행사했기 때문에 '반뿐인 혁명', '도둑맞은 혁명'으로 불리기도 하지만, 루마니아 현대사에 한 획을 그은 사건임에는 분명하다.

광장 주변의 석조 건물에는 지금도 탄흔이 선명하게 남아 격렬했던 순간들을 떠올리게 한다. 당시 시위 장면은 국영 텔레비전을 통해 루마니아 전역에 방송되었고 후에는 전 세계에 방송되어 큰 화제가 되기도 했다.

권 부장이 뜬금없이 "차우세스쿠 처형 장면 동영상이 있는데 보실래요?" 한다. "그래요? 보십시당~~" 그렇게 당당하던 차우세스쿠가 죄수복에 수갑을 차고 초췌한 모습으로 끌려나와 5명의 기관총 사수들의 30발 사격에 고개를 떨어뜨린다. 보고나니 입맛이 씁쓰름하다. 독재자의 말로는 이렇게 비극으로 끝나는 것이다. 국민을 무시하고 민심을 외면한 권력은 천심을 얻지 못하고 그대로 스러져 종말을 고하는 것이다.

하얀 대리석으로 만든 25m 높이의 삼각형 조형물이 하늘을 찌를 듯 솟아 있는데, 1989년 당시 사망한 민주 혁명 희생자들을 기리기 위한 혁명 기념탑이다.

혁명광장 바로 옆으로 루마니아 왕국을 세운 카를 1세의 기마상이 서 있었고, 그 뒤로 국립 중앙 도서관 건물이 보였다. 광장 길 건너편에는 전형적인 루마니아 정교회인 크레출레스쿠 정교회가 보였는데 18세기에 건립되었다고 한다.

국립 중앙 도서관

크레출레스쿠 루마니아 정교회

그러나 '기쁨의 도시'라는 의미의 부쿠레슈티에서 가장 먼저 눈에 띄는 것은 차우셰스쿠 궁전(의회궁전), 지금의 국회의사당이다. 차우셰스쿠가 북한의 김일성 주석궁과 인민문화궁전을 보고 와서 지었다고 한다. 4면에서 바라보는 모습이 똑같고 높이만 80미터에 이른다. 미 국방성 건물인 '펜타곤' 다음으로 세계에서 두 번째로 큰 건물이다. 2만 명이 동원되어 하루 3교대로 5년에 걸쳐 건설됐다고 한다. 독재자의 지독함을 느끼게 하는 대목이다.

　　차우셰스쿠 궁전은 무리하게 건설을 강행한 후 국가 재정파탄과 독재자 타도 군중 봉기 및 민주화 혁명을 야기하며 몰락의 단초를 제공하였다.

　　의사당으로 들어가는 통일대로에는 루마니아의 41개 주를 상징하는 41개의 각각 다른 모양의 분수들이 늘어서 있었다. 의회궁전 앞은 헌법광장이며 주위에 둘러 서 있는 건물들은 정부 청사들이며, 통일대로가 시원스레 뻗어 있었다.

　　차우셰스쿠 궁전(인민궁전) 5층 발코니에서 "국민 여러분~~" 하면서 연설

차우셰스쿠 궁전(의회 궁전)

하려고 했던 차우셰스쿠의 허황된 꿈도 죽기 전 공사를 끝내지 못하고 역사의 뒤안길로 사라졌으나 20여 년간의 우여곡절 끝에 지금의 웅장한 모습을 드러내고 있었다.

자유당 시절 고 이승만 대통령이 하야 성명하면서 "궁~민~여러분~~!" 하던 말을 시작으로 멋지게 연설하려던 차우셰스쿠 대신 마이클 잭슨, 레이디 가가 등 세계적인 톱 가수들이 발코니에 올라 공연을 하였는데 특히 마이클 잭슨이 2003년 수많은 군중 앞에서 공연하면서, "Hello, Budapest~!" 라고 말실수를 하여 화가 난 부카레스트 시민들이 "Go Home~!"이라고 야유를 퍼부었다는 웃지 못할 일화가 전해진다고 한다. 침을 튀겨가며 이승만 박사 흉내 내는 가이드의 모습에 일행들 한바탕 웃음을 참지 못한다. ㅎㅎ

"선상님들이 넘 좋아 제가 일정에 없는 부카레스트 대성당으로 모시겠습네다." 신학박사 출신의 콧수염 현지 가이드의 제언에 남편들이 환갑이라 4

부카레스트 대성당

커플이 부부동반으로 왔다는 단체팀 중 한 분, "아이고마~지들이 억수로 피곤하니끼네 퍼뜩 보고 쉬십시더~"

부카레스트 대성당은 17세기에 지어진 것으로 종탑이 특이하고 비잔틴 양식으로 창문이 작게 나 있었다.

이제 오늘의 시내 투어를 끝내고 한식으로 얼큰한 육개장 한 그릇을 맛있게 비운다. 역시 한식이 우리 입맛에는 제격이여~ 호텔로 돌아와 샤워를 끝내고 잠을 청하려는데 시차 때문에 잠이 안 온다. 수면제 1정을 입에 털어 넣고 조금 있으니 스르르 꿈나라로 빠져들었다다.

루마니아 2

여행 이틀째(9월 15일 일요일), 루마니아 최고의 휴양지 시나이어로 이동하였다. 창밖으로 펼쳐지는 대평원, 밀, 옥수수, 감자, 해바라기… 끝없이 지평선으로 이어지며 루마니아가 농업국임을 실감나게 하였다. 체리, 자두, 호두, 복숭아, 매실 등 과수 농가도 보이고, 평화롭고 한가하게 풀을 뜯고 있는 소, 양떼들 등 전원 풍경이 필자의 눈을 즐겁게 하였다.

도로 반대편에서 오는 차량들이 하나같이 전조등을 켜고 달려온다.

"이곳에선 시내를 벗어나면 전조등을 켜도록 되어있어요. 또한 마을 통과 시 제한 속도는 50km입니다. 안전이 제1순위이지요. 지금 창밖으로 송유관과 정유공장이 보이시지요? 유전지대로 루마니아는 산유국입니다."

콧수염 현지 가이드가 뜬금없이 "저처럼 장황하게 더듬거리며 설명할 때 '이제 얘기 그만 합시다~!' 하려면 손을 높이 들고 고개를 끄덕이세요~ 싫을 때 루마니아에선 우리처럼 고개를 좌우로 흔드는 게 아니라 고개를 끄덕입니다. 헤헤~"

말이 떨어지기 무섭게 버스 안 여기저기에서 손을 들고 고개를 끄덕인다. "알았습네다. 마이크 끄겠습네다. 미안합네당~!" 버스 안에 한바탕 웃음보가 터진다. ㅎㅎ

"루마니아는 의료기술이 탁월하여 김일성 주석이 여기서 목 뒤의 혹 수술을 하려고 하였지요. 또한 피부재생 시술이 뛰어나고 제로비탈Gerovital이란 항노화 크림이 유명하여 유럽에 있는 부호들이 동안童顔이 되려고 루마니아로 마구마구 달려온답니다. 제로비탈 사용 후 주위에서 선생님들 얼굴 못 알아볼지 모르니 사진 미리 찍어두세요~ㅎㅎ 28일간 얼굴 전체에 바르면 주름이 펴집니다.(믿거나 말거나~) 루마니아는 젊어지는 나라입니다. 헤헤~"

모두 콧수염 가이드의 너스레에 혀를 차며 웃음으로 대신한다. 거~참~! 허허~

'카르파티아의 진주'라고 불리우는 휴양도시, 시나이어… 해발 800m에 위치하여 여름에는 피서지로, 겨울에는 스키장으로 관광객의 발길이 1년 내내 이어진다고 한다. 시나이어에서 단연 최고로 손꼽히는 화려하고 아름다운 건축물, 카를 1세가 1875년에서 1883년까지 목재로 지은 루마니아 왕실의 여름별궁, 루마니아 국보 1호, 펠레슈성을 이제 보려고 한다.

버스에서 내려 산길을 따라 오르니 중세 귀족들의 별장들이 줄지어 그림처럼 펼쳐졌다. 지금은 호텔이나 고급 카페로 사용되며 중세풍의 화려한 외관 장식이 눈길을 끈다. 카르파티아 산맥 봉우리와 숲으로 둘러싸여 있으며 주변 돌길이 운치를 더해준다.

울창한 나무들 향기에 취해 심호흡을 하며 걷고 있을 때, 뾰족한 첨탑이 하늘을 찌르는 우아한 자태의 펠레슈 성이 모습을 드러냈다. 정교한 장식을 새긴, 나무로 만든 건물 외관, 네오 르네상스 양식의 멋지고 화려한 건축물에 모두 환성을 내지르며 한동안 눈을 떼지 못한다. 아~ 아름답고 화려한 건축물, 펠레슈 성城이여~!!

건물城 내부는 사진 촬영이 금지되어 있으나 입장료 이외에 8유로를 추가로 내면 촬영을 허용한다고 하여 얼른 추가 요금을 지불하였다. 모든 게 돈

펠레슈 성

이여~! ㅋㅋ

　카를 1세는 이 성을 만들 때 유럽에서 가장 현대적인 것들을 사용하였으며, 전기로 천정을 열었다 닫았다 할 수 있는 장치, 엘리베이터, 유럽 최초의 난방시스템 장치, 비밀의 방으로 들어가기 위해 책장으로 위장된 비밀문 등을 설치하였다고 한다.

　건물 내부엔 왕 접견 대기실, 무기의 방, 양탄자가 사방을 장식한 터키방 등 170여 개의 방이 있으며 화려한 크리스탈 샹들리에와 멋진 카펫, 도자기, 금은 접시, 멋진 조각품, 거울, 탁자를 받치고 있는 사자조각, 대리석에 새겨진 레이스장식, 대리석으로 새긴 인물상, 이탈리아 화가 라파엘로를 비롯하여 10여 명의 유럽 작가들에 의해 그려진 2,000여 점의 벽화, 각종 무기, 스테인드글라스 창문, 가구들까지 모두 사치스러울 만큼 화려하게 꾸며져 있었다.

　내부 관람을 마치고 외부 조각 정원을 둘러보았다. 카를 1세의 동상과 분

조각정원

수대, 드넓은 정원에 각종 아름다운 조각상과 나무, 꽃들이 고고한 여인처럼 하늘을 향해 오롯이 서있는 펠레슈 성을 더욱 아름답게 장식하고 있었다.

펠레슈 성을 나와 발길을 옮기니 펠리쇼르 성이 시야에 들어오는데 우아하고 장엄한 모습은 또 하나의 장관이었다. 카를 1세가 조카 페르디낭드와 부인 마리를 위해 세웠다고 한다.

우리는 이제 트란실바니아의 중세도시 브라쇼브로 이동하였다. 이동 중 창밖 좌측으로 케이블카가 설치된 산 정상에 십자가가 구름 사이로 보였다. 바위산과 청명한 하늘, 케이블카 그리고 구름사이로 보이는 십자가… 한 폭의 그림을 연출하고 있었다.

콧수염 가이드가 뜬금없이 마이크를 잡더니, "제가 재미있는 얘기 하나 할게요. 루마니아에는 유기견이 참 많습니다. 선생님들도 길거리나 휴게소에서 어슬렁거리는 개들을 많이 보셨지요? 여기선 개가 늙으면 안락사를 시키지 않고 그냥 버립니다. 유기견이 10만 마리라고 하네요. 다음 달에 유기견 안락사 찬반 국민투표를 합니다. 아마 개 때문에 국민투표하는 나라는 루마니아가 유일할 거예요. 하하~"

　브라쇼브는 독일 이주민에 의해 건설된 도시로 몰다비아, 왈라키아, 트란 실바니아의 세 지형을 잇는 상업 중심지다. 지리적인 특성으로 인해 오랫동 안 항가리아와 루마니아 분쟁의 씨앗이 되었으며 세계 1차 대전 결과 루마 니아 땅이 된 곳이다. 루마니아에서 다섯 번째로 큰 도시이며 인구는 25만 명이라고 한다.

　도시 자체가 요새처럼 만들어져서 15세기경 오스만 투르크가 루마니아를 침략했을때도 강하게 저항하였고 이로 인해서 지금도 많은 문화유산들이 잘 보존되어질 수 있었다고 한다. 가이드의 설명대로 집들의 간격이 좁고 2중 창문이며 가옥구조가 전술용으로 지어져 성곽을 이루며 견고해 보였다

　이곳에 있는 '검은교회'는 구시가지에 있으며 1385년 착공해 1477년 완성 하기까지 거의 100년이 걸린 브라쇼브의 상징적인 건축물로, 유럽 전역에 서 가장 규모가 큰 독일식 고딕 양식 교회에 속한다.

검은 교회

1689년 합스부르크가家 군대의 공격으로 큰 화재가 발생했는데, 교회 외관이 검게 그을린 후 '검은교회'라는 이름을 얻게 되었다. 교회 내부에는 터키에서 가져온 양탄자가 사방에 전시되어 있었고, 남동 유럽에서 가장 규모가 큰 대형 파이프오르간을 소장하고 있으며 지금도 연주되고 있다고 한다.

'드라큘라 성'으로 잘 알려진 브란 성城은 작은 중세도시인 브란에 위치하고 있다. 드라큘라의 성으로 알려지면서 동유럽 최고의 관광지가 된 브란 성은 중세시대 루마니아를 상대로 무역을 하던 색슨족이나 서유럽 상인들에게 관세를 부과하던 곳, 현재로 말하자면 세관에 해당하는 곳이다. 물론 세관의 역할을 하지만 군사적 요충지로도 매우 중요한 역할을 했다고 한다. 1377년 중세의 전형적인 건축 양식으로 지어졌으며 그 후 고딕, 르네상스, 바로크 등의 다양한 건축양식이 추가되었다.

피를 빨아먹는 흡혈귀이며 십자가를 무서워한다는 드라큘라 백작은 실존 인물이다. 드라큘라의 모델 블라드 체페슈는 흡혈귀가 아니고, 오스만 투르크(터키)와의 전쟁을 승리로 이끈 루마니아의 영웅인데 포로를 처형하는 방법이 워낙 잔혹해 소설에서 흡혈귀로 묘사되었다. 항문에서 입까지 나무창을 찔러 진이 빠지게 죽여 내걸어 오스만 투르크(터키) 병사들이 치를 떨었다. 이것은 터키 병사들에게 두려움을 주기 위한 것이었다고 한다(체페슈는 루마니아어로 말뚝, 꼬챙이라는 뜻이다).

브란(드라큘라) 성

1897년 이곳을 여행한 아일랜드 출생의 소설가 브램 스토커가 이 성을 배경으로 흡혈귀 드라큘라Dracula 소설을 썼는데 슬라브 민족에게 전해오던 흡혈귀 전설에 블라드 체페슈의 잔혹한 이미지를 이용해 작가가 쓴 소설일 뿐이며, 소설이 전 세계적으로 유명해져 드라큘라 백작은 급기야 흡혈귀 드라큘라로 오인받게 된 것이다.

브란 성이 드라큘라 성으로 불리게 되었지만, 사실 드라큘라 백작의 모델이었던 블라드 3세는 어렸을 때 이 성에 잠시 머물렀다거나, 3일 정도 포로로 잡혀있었다는 설이 있을 뿐이다.

우리는 버스에서 내려 입구에서 숲 속으로 15분 정도 산을 올라갔다. 오르다 보면 브란 성 입구에 십자가 비석이 보이는데 많은 사람들이 여기서 희생되어서 십자가를 세워 후세에 넋을 기린 거라고 한다.

"소설 속에서는 드라큘라가 십자가를 무서워한다는 내용이 있는데 요즘은 뭐라고 하는지 아세요?" 가이드의 물음에 아무도 답변을 못한다. "십자가를 들이대니까 드라큘라가 싱글거리고 웃으며 '나 예수 믿어!' 한답니다. 하하~"

좁은 계단을 올라 건물 안으로 들어가니 미로와 같은 많은 방과 유물이 보관되어 있었다. 독서실 책장 위가 왕의 침실로 연결이 되어 1층은 회의실이며 2층은 침실로 되어 있었고, 방문들은 열고 닫을 때 귀신이 나올 것처럼 삐걱거리며 기분 나쁜 소리를 냈다. 계단은 좁고 여러 개의 미로 같은 비상구와 방어 창문이 매우 독특하였다. 또한 오스만터키 군대가 쳐들어오는 것을 멀리서도 볼 수 있도록 교묘하게 만든 창문도 많았다.

테라스에서 보이는 정원도 인상적이었는데 우물은 비상 탈출구 역할을 하였다고 하며 한 쪽에 있는 저울은 마녀사냥 식으로 몸무게를 달아서 저울추가 기울게 되면 사형을 시켰다고 하네요. 지금 생각해 보면 어처구니가 없지요~ 에~고!

창문에서 바라본
브란 시내

　쓸쓸한 마음을 안고 성 밖으로 나오니 거센 바람 때문인지 기다리기로 한 장소에 아무도 없다.

　먼저 나온 일행은 아마 추워서 버스 있는 곳으로 내려간 모양이다. 필자 부부도 기념 컷 몇 장 날리고 나머지 일행과 함께 조심스레 내려왔다. 오늘의 일정은 이것으로 끝이 나고 부카레스트로 귀환하여 한식으로 저녁식사를 하였다.

　식사 후 호텔로 이동하여 내일 불가리아로 가기 위한 짐을 미리 싸고 편안한 마음으로 와인 한 잔을 곁들이니 스르르 잠이 오며 루마니아의 마지막 밤이 깊어가고 있었다.

불가리아 1

여행 3일째(9월 16일, 일요일), 우리는 불가리아로 이동하였다. 일행이 32명이지만 발칸여행을 할 정도라면 유럽 여행을 많이 해본 분들이 많아 정확하게 출발시각을 지킨다. 인솔자 권 부장도 편하게 인원 점검을 끝내고 크로아티아 출신 버스기사에게 출발 OK sign을 낸다.

버스기사 젤리코는 발칸을 전문적으로 뛰는 베스트 드라이버인데 성격도 좋은 42세 노총각이다. 손님들 여행용 큰 가방을 힘든 기색없이 혼자서 버스에 싣고 내리는 성실함, 항상 웃는 모습, 중간 중간 휴게소에 차를 세워 손님도 쉬고, 차도 쉬고, 본인도 쉬며 운행 일지에 대한 확실한 준비, 안전제일의 운행에 모두 혀를 내두르며 "젤리코~! 고마워요~ 당신이 최고여~!" 하며 엄지를 추켜세우면 우리말로 "감사~합니다~" 하고 'V'자를 그리며 빙그레 웃는다.

우리는 루마니아와 불가리아의 국경인 도나우 강의 다리 중간, 불가리아 지역으로 들어가 입국 수속을 하였다. 국경지역이라 사진 촬영은 금지되어 있었고 여권심사를 마친 후 불가리아 전통마을인 아르바나시로 이동하였다.

불가리아는 유럽 동남부 발칸반도의 동부에 있는 공화국으로 남한 면적의 1.1배, 인구는 723만 명, 수도는 소피아이며 루마니아와 마찬가지로 낙농국가이다. 국민의 대부분은 불가리아인(82.6%)이며 터키인이 9.5%, 종교는 불가리아정교 82.6%, 이슬람교 12%이다. 공용어는 불가리아어, 국화國花는 장미, 문자는 키릴 문자, 4계절이 뚜렷하며 1인당 국민소득은 5,200불이다.

1989년까지 사회주의 국가이면서도 비교적 잘 살았던 나라 중 하나이다. 1990년 피 한방울 흘리지 않고 비교적 조용하게 혁명(민주화)이 일어났고, 2007년 EU에 가입하였다. 그러나 EU 가입 후 유능한 인재는 여건이 좋은 주변국으로 빠져나가 인구가 줄어들고 있다고 한다. 또한 공산주의 시절의 영화는 사라지고 토종기업이 해외 자본기업과 경쟁하다 도산하면서 경제가 어려워져 현재는 발칸 지역에서 최빈국으로 자리하고 있으며 유로화는 통용되지 못하고 있다.

불가리아는 장수 국가로 익히 알려져 있다. 그들이 자랑하는 장수의 첫째 비결은 사람이 살기에 가장 적당한 고도이다. 사람 살기에 적당한 고도는 보통 해발 700~800미터인데, 불가리아의 평균 고도가 이 높이에 딱 맞아떨어진다.

장수의 또 다른 비결은 CF를 통해 잘 알려진 건강발효식품 '요구르트'이다. 불가리아인들은 가히 요구르트를 주식主食으로 먹는다고 해도 과언이 아니다. 이들의 요구르트는 세계적으로 유명하다. 불가리아에선 거의 모든 음식에 요구르트가 함유되어 있다고 보아도 무방하다. 집에서 수시로 요구르트를 만들어 식탁에 올리며 우리가 김치를 즐겨 먹듯 요구르트를 채소와 올리브유와 곁들여 많이 먹는다. 필자 부부도 불가리아 여행 중 휴게소, 현지식당, 호텔에서 으레 요구르트를 많이 먹었는데, 마눌님 왈, "여보~! 내가 지금까지 먹어본 요구르트 중 이렇게 맛있는 건 처음이에요~ 정말 맛있네~!" 우리나라 '불가리스'는 불가리아와 관계가 있는 것처럼 광고하고 있으나 사실은 불가리아와는 아무 관계가 없다고 한다.

불가리아 전통마을 아르바나시(Arbanasshi)

아르바나시는 불가리아 왕국의 옛 수도 벨리코 투르노보 근교의 마을로서 우리나라의 안동 하회마을과 같은 곳이다. 돌담으로 쭉 이어진 골목이 군데 군데 나 있고 가옥들도 기와지붕, 돌, 흙벽으로 되어 있어 우리나라 전통 가옥과 유사하고 간혹 나무로 되어 있는 대문은 더욱 그렇게 느껴졌다. 돌벽도 중간에 나무를 끼워넣어 겨울철 온도변화에 대응하게끔 되어 있었다. 마눌님, "여보~! 우리나라 집들과 비슷하네요~! 그렇지요?" "그러네~!" 맞장구를 쳐준다.

금강산도 식후경이라고 배꼽시계가 울리니 권 부장이 잽싸게 한마디 던진다. "배꼽시계가 울렸으니 식당으로 가겠습니다. ㅎㅎ 불가리아 현지 가이드도 식당으로 오기로 되어 있어요. 현지 가이드는 저도 오늘 처음 뵙는 분인데 불가리아 한인회 회장이라고 합니다."

식당에 도착하니 가이드를 이틀간 하게 될 박 회장이 먼저 와서 우리 일행을 기다리고 있었다. "선생님들, 불가리아에 오신 것을 환영합니다. 여행은 인생의 보상이지요. 그리고 추억입니다. 저는 소피아에서 두부공장을 하고 있습니다. 지금 불가리아에 있는 한인들은 200명도 채 안됩니다. 모두 한 가족처럼 지내지요. 가이드들이 부족하여 제가 직접 나왔고요. 먼저 현지식 으로 점심을 준비했으니 맛있게 드십시오."

담백한 빵, 두부같이 생긴 양치즈와 올리브유를 약간 뿌린 야채샐러드, 토마토 즙이 알맞게 배인 생선, 그리고 음료수로 마시는 요구르트 등 전통 불가리아 음식이 전혀 거부감 없이 입맛을 돋우었다.

맛있게 점심 식사를 한 후 이 마을에서 가장 오래된 불가리아 정교회인 탄 생교회를 관광하였다. 1597년에 건축을 시작하여 1681년에 완공되었으며 남녀 예배실 등 4개의 예배실로 되어있고, 내부에는 벽과 천정에 예수 탄생 에 대한 화려한 프레스코 벽화들이 가득 차 있었다.

콘스탄트 살리예브 하우스는 불가리아인들의 전통 생활양식과 가옥의 구 조를 보여주는 17세기의 건축물로 주로 지위가 높은 관리가 살았던 주택이 다. 건물 내부에는 거실, 가족들의 방, 가구와 침대, 손님을 접대하던 방, 주 방용품 등이 전시되어 있었다.

얀트라강 상류에 있는 고도古都 벨리코 투르노보Veliko Tarnove는 제2 불가리 아 제국의 수도(1185~1396)였으며 아센2세(1218~1241) 시대에는 슬라브 문화의 중심지로 '불가리아의 아테네'라 불리던 곳이다.

불가리아 제국은 1393년 오스만 터키제국에게 멸망했으나 벨리코 투르노 브는 그 이후 5세기에 걸쳐 교육 문화의 중심지로 번창했던 곳으로 1867년 오스만제국에게 저항하는 무장봉기의 중심지가 되었고, 2차 세계대전 때에 는 반 파시즘의 최대 거점이기도 했다.

벨리코 투르노보 언덕 위에 위치한 차르베츠 요새는 12세기 불가리아 왕 국의 궁전을 방어하기 위하여 중세시대에 만든 성곽의 요새로 얀트라 강이 휘감아 돌고 북쪽으로는 험준한 산악지형으로 되어 있었다.

투르노보 성벽 투어가 시작되는 다리에서 바라보면 멀리 차르베츠 요새의 언덕 위에 자리한 성모승천교회가 보였다.

좌측부터 돌사자상, 제1성문, 제2성문 그리고 성모승천 교회

양쪽으로 수십 길의 절벽을 이루면서 이어진 언덕길 다리 입구에는 십자 무늬의 방패를 든 돌사자상이 있었고 그것을 지나가면 제1성문 앞에는 통로를 차단하는 장치가 마련되어 있어서 이 장치만 차단하면 성으로 들어간다는 것은 전혀 불가능하게 되어 있다.

제1성문을 지나서 조금 걸어가면 제2성문이 나오는데 제2성문을 지나 성벽을 따라 오를 때 양쪽으로 바라다 보이는 마을풍경은 아름다운 한 폭의 그림이었다.

차르베츠 언덕을 요리조리 올라가니 성 꼭대기에 성모승천교회가 보인다. 교회 바로 밑에는 두 개의 말굽자석 모양 종탑이 있었으며 작은 종이 3개 층층이 있고 큰 종 하나는 따로 있었다.

교회 앞 테라스에서 바라본 풍광은 멋진 모습을 연출하고 있었다. 얀트라 강이 도시 중심의 협곡을 통과하여 휘몰아 흐르고 있었고, 협곡의 절벽 위나 경사진 언덕에는 붉은 기와지붕의 하얀 집들이 계단식으로 지어져 마치 동화 속의 마을을 보는 듯했다.

벨리코 투르노보 정상에 있는 성모승천교회는 유일하게 벨리코 투르노보 유적 중에서 가장 완벽한 형태로 남아 있었는데 이는 1985년에 대대적인 보

차르베츠 요새의 가장 높은 언덕 위에 있는 성모승천 교회

수를 했기 때문이다.

교회 내부에는 1393년부터 오스만 투르크 제국의 지배하에 있었던 500년간의 고통스러웠던 피지배 민족의 과거를 현대작가인 테오판 소케로프 Teofan Sokerov가 그려서 1985년 기증한 그림들이 사방의 벽과 천장에 가득 차 있었는데, 종교계의 성인들은 그려져 있지 않고 불가리아의 역대 왕과 귀족 등 역사적인 인물들만 그려져 있었다.

교회 뒤 아래쪽에는 옛날의 왕궁 터가 보였고, 불가리아의 3색 국기가 바람결에 나부끼고 있었으며 멀리 성채와 성곽, 그리고 아래쪽으로는 얀트라 강이 굽이쳐 흐르고 있었다. 교회 주변을 둘러보며 기념 샷을 몇 컷 날리고 다시 조심스레 성채를 내려왔다.

이제 성벽투어를 끝내고 버스로 3시간 30분 걸리는 소피아로 이동한다. 창밖으로는 밀, 옥수수, 해바라기 밭 등 대평원이 펼쳐지고 있었다. 가이드한 회장이 마이크를 잡고 불가리아에 대한 이야기를 시작한다.

"남한 면적의 넓이에 인구가 723만 명밖에 되지 않아 버스로 이동 중 사람 구경하기가 어려우실 겁니다. 흔하디 흔한 비닐하우스와 저장 창고도 안 보이고 공장도 없어 굴뚝 연기도 나지 않지요. 제 철에 나는 농산물은 싸지만 철이 지나면 없어서 못 먹습네다. 이 사람들 해산물은 잘 먹지 않습니다. 제가 생선회 먹고 싶으면 손수 차 운전해서 터키 이스탄불까지 다섯 시간 가야합니다."

"불가리아 사람들, 미래에 대한 계획과 투자 없습니다. 하지만 개인적인 여가를 즐기며 자신만의 시간을 소중히 여깁니다. 11개월 열심히 일하고 6, 7, 8월에 1개월간 휴가 여행을 떠나서 돈을 다 쓰고 옵니다. 은행에 입금을 안 하고 집에 보관하지요~ 왜 그런지 아세요?" "글쎄~ 은행에 예금하면 안전할 낀데…은행에 뭔가 구린 데가 있는가 보지요?" 우리 일행 중 연장자인 70세 마나님이 한마디 한다.

"제가 말씀드릴게요~ 은행에 10만 원 입금하면 9만 원만 입금으로 잡힙니다. 또한 입금 시간이 오래 걸려요~ 유로를 바꾸기 위해 차를 타고 가서 수수료를 내야 하고, 거래하기 위한 준비과정이 복잡하기 때문에 은행거래를 잘 안 하고, 돈을 모아서 집에 보관하다가 휴가 가서 다 씁니다."

"불가리아는 사람 살기 좋은 나라입니다. 사업과 마음과 음식이 한국사람에게는 잘 맞지요. 말이 처음에는 안 통해도 눈이 마주치면 웃어주므로 금방 친근감을 느끼고 포근합니다. 미소의 나라, 장미의 나라, 장수의 나라이지요. 소피아 인구 150만 중 한국 교민은 선교사 빼면 100여 분이 사는데 가족같이 지냅니다. 정육점에 고기 사러 가서 한국사람 누가 뭘 사갖고 갔나 알아보고, 그 집으로 쳐들어가서 그냥 고기를 먹고 나옵니다. 헤헤~"

"듣고 보니 쪼끼 거시기한데 회장님이라서 그런 것 같고, 회장님이 거 뭐냐~ 민폐 끼친 거 아닌가요? 하하~!"

일행 중 샤프한 질문을 많이 하는 박 교수가 한마디 툭 던진다. "아닙니다. 그만큼 교민사회가 가족처럼 지낸다는 말이지요~ㅎㅎ"

"불가리아 사람들의 근무행태에 대해 말씀드릴께요~ 공무원이든 회사원이든 주 5일 근무하며 오전 9시부터 오후 5시까지 근무합니다. 그런데 쉬는 것을 좋아하여 출근하면 담배 피우고 커피 마시며 전날 밤 어떻게 지냈는지 얘기합니다. 9시 30분이 되면 1시간 동안 업무 준비하고 남겨진 커피 마시고 담배 피우며 점심에 뭘 먹을까 생각합니다. 1시간 30분 정도 근무한 후 정오(낮 12시) 땡 치면 모두 나가 점심 먹고 오후 1시 30분 또 모여 커피와 담배 즐깁니다. 두세 시간 일한 후 저녁에 뭐 먹을까 또 생각합니다. 그리고 오후 5시 되면 업무를 마무리합니다. 그러니까 일한 시간은 잘해야 서너 시간입니다. 여기서는 남녀노소, 아들 딸 며느리, 손자 손녀 모두 맞담배 피웁니다."

"박회장님 얘기 들어보니 불가리아가 놀고먹기 딱이네요~ 거기다 사람 좋고 물 좋고 요구르트 실컷 먹고… 이민 오고 싶네유~!" 대전에서 치과 개업하고 있다는 노처녀(41세)의 말이 떨어지기 무섭게 박 회장이 나선다. "선생님 같은 분이 이민 오신다면 쌍수로 환영합니다. 투자이민으로 미화 50만 불만 가져오면 영주권 나옵니다. 제가 책임지고 적극 도와드릴께요~! 치과의사 선생님이시고 미혼이라면 여기선 인기 짱입니다. 하하~ 다른 분들도 한국에 돌아가셔서 곰곰이 생각해 보시고 연락 주세요."

경기도 이천에서 온 단체팀 8쌍도 이구동성으로 거든다. "한국 들어가서 빨리 가산 정리하고 이민 오자구여~! 박회장만 믿겠수다~! ㅎㅎ"

"한국사람들 불가리아에 살기 편합니다. 제가 도와드릴 테니 많이 이민 오세요. 불가리아 얘기는 내일 또 하기로 하고, 마이크 내려놓겠습니다."

버스가 어느새 소피아로 들어서니, 어둠이 깔리고 있었다. 호텔로 이동하여 저녁식사와 샤워를 마친 후 한국에서 가져온 팩소주를 한 잔 걸치니 나도 모르게 꿈나라로 빠져든다.

불가리아 2

여행 4일째(9월 17일. 화요일), 오전 8시 30분 소피아 시내 관광을 나섰다.

소피아는 1877년 러시아-터키 전쟁으로 러시아에게 점령되었고, 이듬해 불가리아인에게 넘겨져 1979년 수도가 되었으며, 입법, 행정, 사법의 중심이 되었다. 공원과 녹지가 많아 '녹색의 도시'라고 불리우며 유럽에서 가장 오래된 도시 중의 하나로 시내 도처에 지난날의 번영을 말해주는 유적들이 많이 보였다.

시내 중심가는 높은 빌딩은 없으나 3층~5층으로 된 관공서, 은행 등 상용 건물들이 석조 건물로 이어져 깨끗하고 육중하게 보였으며, 국회의사당 건물이 눈에 띄었다. 또한 구 레닌 광장의 분수대를 중심으로 대통령 집무실과 길 건너 의원회관, 총리 집무실, 고고학 박물관 등 웅장한 건물들이 즐비하게 늘어서 있었다.

의원회관 건물은 구 공산당 본부로 사용되었으며 로켓 같은 첨탑의 꼭대기에 공산주의를 상징하는 별이 위용을 자랑하고 있었으나 1990년 8월 민주화 시위 때 별은 제거되었다고 한다. 대통령 집무실은 과거 공산당 영빈관으로 사용했던 'ㅁ'자 모양의 건물로 절반인 ㄱ자 부분은 쉐라톤호텔로 사용되고 있었다.

성 게오르기 성당   성 네델리아 교회

　건물 가운데 정원에는 BC 3세기 이후의 '세르디카'의 유적이 발견된 곳으로 그 옆에 성 게오르기 성당이 보였다. 파괴된 유적은 로마시대 목욕탕이었다고 한다. 성 게오르기 성당은 소피아에서 가장 오래된 건축물 중 하나로 로마 시대에는 교회로, 터키 지배 시에는 회교사원으로 사용되었으며, 현재 박물관으로 사용되고 있었다. 유적지를 보호하기 위해 건물을 유적지 외곽으로 뺑 돌려 'ㅁ'자로 지은 것이 아닌가 싶다.

　쉐라톤 호텔 앞 시내를 걷다 보면 스베타 네델리아 광장 주변에 있는 성 네델리아 교회를 만난다. 네오비잔틴 양식으로 지어진 이 교회는1856년부터 1863년에 세워진 불가리아 정교회로, '네델리아'라는 의미는 불가리아어로 '일요일'이란다. 1925년 폭탄테러 사건으로 훼손된 것을 복원하였다고 한다.

　거리에는 자동차가 넘쳐나고 있었다. 차가 무려 100만 대나 되어서 시민 2명당 1대꼴이라니 놀랄 수밖에 없었다. 사회주의에서 자본주의로 변한 지 얼마 되지 않았는데도 말이다. 이처럼 자동차가 많은 소피아는 교통 완화책으로 지하철 공사를 하고 있었다.

　'세르디카'는 비잔틴 시대의 소피아의 지명으로, '세르디카' 유적은 구 공산당 본부 앞 광장에서 지하철 공사 중 5~6세기경의 성벽 유적이 발견되어 세상에 알려지게 되었으며 지하철 공사와 병행하여 지금도 지속적으로 발굴 작업이 진행되고 있다고 한다.

　바냐바시 모스크는 1576년 오스만 터키 지배 당시에 터키 최고 건축가인 시난이 지은 유럽에서 가장 오래된 이슬람 사원이다. 둥근 돔과 하늘 높이 치솟은 미나레트(첨탑)가 눈길을 끌며 터키시대의 번영을 상징하는 것이다.

　'바냐바시'라는 이름은 건물 옆에 터키 목욕탕인 '바냐'가 있었던 것에서 유래하였으며 주변에는 이 모스크가 건립될 당시 번영을 구가하던 터키계 주민들이 지금도 살고 있다고 한다.

　건너편에 소피아 온천장이 서 있는데 로마시대의 목욕탕으로 터키식 목욕탕의 원조라 한다. 수온이 섭씨 47도로 류마치즘과 위장병에 효험이 있어 많은 사람들이 애용하고 있다. 이 건물은 1913년 불가리아 르네상스 양식으로 완성한 것이다. 현재 박물관으로 개조하고 있는 중이며 차단막이 설치되어 있었다. 온천장 앞에는 지금도 뜨거운 온천수가 여러 개의 수도꼭지를 통하여 줄줄 흘러나온다. 소피아 시민들은 온천수를 담아가서 그대로 마신다고 한다.

　"이곳 시민들은 그대로 마셔도 되나 사모님, 선생님들은 배탈이 날 수 있으니 안 마시는 게 좋을 거예요." 가이드 박 회장의 말에 마시지는 않고 모두 손을 갖다 대니 물의 감촉이 매끄럽고 뜨겁게 느껴진다.

"이런 따슨 온천물이 한국에 있스믄 원조탕이라고 해 가 억수로 노다지를 긁을 낀데… 아이고~ 아숩고마~!" 김천에서 토목업을 한다는 임 사장이 한마디 툭 던진다. 역시 직업은 못 속이네요~ ㅎㅎ

노상에서 파는 각종 꿀들을 마눌님이 사려고 하였으나 가이드 박 회장 왈, "포장이 부실하여 한국 들어가면 다 터져버리니 사지 마세요~!"

구 공산당 본부 광장에서 바라보면 지붕만 나와 있는 성 페트카 지하교회는 오스만 터키 제국이 지배하던 14세기에 건축한 중세 교회로 그 당시 오스만 터키인들의 눈을 피해서 지하에다 교회를 지어서 예배를 보았다고 한다. 외부는 창문도 없이 타일에 덮여 볼품은 없으나 내부는 비교적 아름답게 꾸며져 있어서 그 당시 소피아 시민들의 눈물겨운 역사를 보는 것만 같았다. 지하교회는 중앙백화점 앞 지하도 안에 있었으며 주변에 기념품 가게와 카페가 보인다.

"장미의 나라답게 장미 제품이 많이 있습니다. 선물용 기념품을 사시려면

멀리서 보면 지붕만 보이는 성 페트카 지하교회

장미 핸드크림을 추천합니다. 그 밖에 장미 향수, 비누 등이 있지요. 그리고 물건을 살 때 돈을 주고 물건을 받고 잔돈 받은 후 방향을 트세요. 여기 상인들 셈이 아주 늦습니다. 우리 동네 가게에선 한 시간도 좋고 두 시간도 좋고 줄을 서서 기다립니다. 불가리아 부인들… 얘기하기를 좋아하여 뒤에 기다리는 사람 신경도 안 쓰고 끝도 없이 얘기합니다. 그리고 계산하는 데 30분 이상 걸립니다. 그래서 저는 아예 동네 가게 안갑니다. ㅎㅎ"

말이 떨어지기 무섭게 모두 기념품 가게로 들어선다. 필자 부부도 직원들에게 줄 여행선물로 핸드크림을 구입하였다. 10개들이 1박스에 10유로니 싸긴 싸데요~ 거기다 덤으로 하나를 더 준다. "루마니아에 가면 똑같은 장미 크림을 하나에 8유로씩 받아요~" 박 회장이 한마디 덧붙인다.

알렉산드로 네프스키 대성당은 네오비잔틴 양식의 발칸반도 최대의 규모을 자랑하는 성당이다. 성당 내부는 1,300㎡로서 5,000명을 수용할 수 있다고 한다. 불가리아의 독립을 위해 터키와 싸우다 죽은 20만 명의 러시아 군인을 기리기 위해 1882년 착공하여 1912년 완공되었다. 성당 안으로 들어가니 프레스코화, 유명화가들이 그린 벽화, 거대한 샹들리제가 필자의 눈을 호강시켰다. 외부 돔의 화려한 금박은 러시아에서 20kg의 금을 기증받아 장식한 것이라고 한다.

알렉산드로 네프스키
대성당

알렉산드로 네프스키 성당 광장 건너편에는 소피아 성녀를 위한 소피아 성당이 있는데 6세기 동로마제국의 유스티나우스 황제가 건설한 것으로 우리는 외관만 관광하였다. 소피아의 뜻은 '지혜'라는 뜻이다.

"그러고 보니 오늘(9월 17일)이 소피아의 날이네요. 저기 국기를 게양하고 의장대 행진하는 거 보이시지요. 지금 대통령이 소피아 성당에 와 계신 모양입니다. 검은 정장에 선글라스를 낀 경호원들도 쫙 깔려있네요."

소피아 성당에서 도로 건너편에 노점상인 벼룩시장이 서고 있었는데, 자수제품, 의류, 그림, 시계, 카메라, 망원경 등 골동품과 총, 칼 등 전쟁 유품 등을 전시 판매하고 있었다. 대전 치과의사가 구닥다리 카메라를 연신 만지고 있더니 덜렁 사버린다. "150유로 달라는 거 70유로 주고 샀어유~ 지가 잘 산 거지유~?"

"작동이 제대로 되는 건가요?" 필자의 물음에 "되것지유~! 맘 같아서는 하나 더 사고 싶은데유~ 하하~" 아니나 다를까 다른 카메라를 꼼지작 거리더니 또 덜렁 사버린다. 정말 못말리는 여성이네~ ㅋㅋ

불가리아에는 국민의 5% 정도가 집시족이고 사회적으로 문제를 많이 일으키고 있다며, 특히 사람들이 많이 모이는 시장 등에서는 집시족을 주의하라고 가이드 박 회장이 여러 차례 경고한다.

"선생님들 혼자 계실 때 미모의 불가리아 여성 둘이 양쪽으로 찰싹 붙으면 100% 소매치기이니 조심하세요~ 제가 열을 내는 이유는 한국 여행객을 맞을 때마다 반복해서 주의를 줘도 두 팀에 한 명 정도씩 휴대중인 금품을 도난당하기 때문입니다."

"그러나 내 눈에는 집시족이 한 사람도 안 보이는데요~" 친정 엄마를 모시고 온 젊은 아낙이 거들자, "우리 팀이 정말 운이 좋은 것 같습니다. 저는 사모님들보다는 선생님들한테 젊은 집시여성 조심하라는 겁니다. 하하~"

지하도를 지나자 소피아의 중심지인 레닌 광장이 나타난다. 그 한복판에는 러시아의 혁명가인 레닌의 동상이 서 있었으나 공산주의가 붕괴되고 자유화되자 레닌 동상을 철거하고 그 자리에다 소피아 여신상을 만들어 놓았다. 여신상은 한 손에는 지혜를 상징하는 부엉이를, 다른 손에는 명성을 상징하는 월계관을 들고 있고, 머리에는 금빛이 찬란한 황금관을 쓰고 있다. 마치 불가리아의 미래가 황금처럼 빛나기를 기원하는 것처럼 보였다.

"오늘 소피아 시내 관광은 이것으로 끝내고 점심 드시러 한식당으로 모시겠습니다. 그 전에 불가리아 사람들이 요구르트 만드는 법을 설명드릴게요~ 양 젖을 짜서 끓인 후 식혀서 유산균을 넣어 24시간 숙성시키면 요구르트가 됩니다. 사모님, 선생님들에게 권할 유산균 캡슐이 있는데 하루에 3캡슐을 복용하면 좋습니다. 필요하신 분 계시면 말씀해 주세요~ 식당에서 드리겠습니다. 그리고 요구르트를 만들어 드실 분은 한국에 가셔서 흰 우유 200cc에 3캡슐을 까서 넣은 후 천이나 타올을 덮고 실온에서 24시간 놔두세요. 그러면 요구르트가 됩니다."

마눌님이 귀국 후 가이드 박 회장이 말한대로 그대로 해본 모양이다. "여보~! 가이드 말대로 요구르트가 되었네요~! 맛도 불가리아에서 먹었던 바로 그 맛이네~! 잘 샀네~! ㅎㅎ"

"사지 말라고 그럴 때는 언제고… 앞으로 내가 살 때는 가만히 계시오~ 두 개 더 샀어야 되는긴데! ㅎㅎ"

점심 식사 후 우리는 발칸 반도 최대의 도시 세르비아의 수도인 베오그라드로 이동하였다. 소요 예상시간은 6시간 30분이며 국경 통과하는 데 40분이 걸린다고 한다. 창밖으로 펼쳐지는 옥수수, 해바라기 밭을 감상하며 낙천적, 긍정적 성격과 자연을 벗 삼아 살아가는 불가리아인들의 생활상을 반추하며 버스기사 젤리코의 안전제일 운전에 마음을 맡기고 잠시 눈을 붙이고 있었다.

소피아를 떠난 지 2시간 30분여, 갑자기 앞서 가던 차들이 back 하여 돌아온다. 앞을 보니 모든 차량이 올 스톱하여 정체된 차량의 행렬이 끝이 없이 이어진다. 한참을 기다려도 버스가 꼼짝달싹 못하고 움직일 줄 모른다. 무슨 사고가 생긴 것이 틀림없었다. 모두 차에서 내려 뜻하지 않은 광경에 속수무책… 기다릴 수밖에 없었다. 이천 단체팀 8명 중 남정네 넷이 자기네들이 무슨 일이 일어났는지 알아보겠다고 길을 나선다.

젤리코가 버스 짐칸을 열더니 레드 와인 두 병을 꺼낸다. 권 부장 왈 "젤리코가 손님들에게 와인 한 잔씩 돌리겠답니다. 생각이 있으신 분들은 한 잔씩 하시지요~"

레드 와인 한잔하면서 무료함을 달래고 있는데, 김천에서 온 자칭 '노가다' 임 사장이 다가선다. "선생님예~ 오늘 베오그라드 가긴 틀린 거 같습니더~ 지가 권 부장 데불고 저기 있는 민가로 가서예 양 한 마리 잡아 놓으라고 할끼니께네 그렇게 하실랍니까?"

"저야 좋치요~ 어차피 하룻밤 지새우려면 그렇게라도 해야겠지요. 근데 여자들이 문제겠네요~ 화장실 문제도 그렇고…그나저나 현장에 간 사람들이 온 후 결정하도록 하지요~"

벌써 1시간 30분이 지나가고 있었으나 소식이 없다. "선생님~! 레드 와인 한 잔 더 하시지요?"

"고맙습니다. 한 잔 더 합시다~" 웃으며 권 부장에게서 잔을 받아든다.

"원 세상에~ 유럽 여행 많이 다녀봤지만 이런 일은 처음이네~" 나도 모르게 넋두리를 늘어놓는다. 그런데 갑자기 저 멀리 아득하게 앞선 차들이 조금씩 움직인다. 모두 "와~ 차가 움직이기 시작했넹~! 천만다행이다~" 하며 함성을 지른다.

모두 차에 올라 이동을 시작하여 4km쯤 달려 우리 일행 남정네들 넷을 태우고 2km쯤 가니 도로 공사하면서 산을 깎아놓은 우측에서 흙이 흘려내려 도로 반을 먹고 있었다. "오늘 경상도 말로 식겁했지만 그래도 이만 하기 다행이네요~ 날 샐 줄 알았는데…" 필자의 말에 모두 이구동성으로 동의한다.

이제 베오그라드까지 능수능란한 젤리코의 운전 덕분에 일사천리로 달린다. 모두 식겁하고 와인 한 잔 걸친 후라서 그런지 한동안 잠에 빠져들었다. 얼마나 달렸을까 권 부장의 "베오그라드에 도착하였으니 모두 일어나시라"는 멘트에 눈을 떠보니 오후 8시이다.

호텔에서 방 배정받고 저녁식사하고 샤워를 끝내니 여행 4일째 밤도 깊어가고 있었다.

세르비아
(베오그라드)

    과거 발칸반도는 유고슬라비아라는 이름의 한 나라였지만 현재는 세르비아, 크로아티아, 보스니아, 마케도니아, 몬테네그로, 슬로베니아 등 6개 나라로 갈라져 있고 코소보가 세르비아에서 독립을 선언하고, 미국과 EU에서 독립 인정을 하고 있어 7개국으로 볼 수 있다.

    민족적, 역사적, 지정학적 문제가 다양하게 얽혀 있지만 이들이 갈라지게 된 가장 커다란 이유는 종교였다. 크로아티아와 슬로베니아는 카톨릭, 보스니아는 이슬람, 세르비아는 동방정교회를 믿는 나라이다. 세르비아로 들어와 가장 흔하게 볼 수 있었던 풍경은 시골 마을마다 세워진 동방정교회 건물이었다.

    세르비아는 남동부 유럽의 발칸반도 중앙부에 위치하고 있는 나라이다. 수도는 베오그라드이며 1918년 12월 남부 슬라브계 다민족국가인 세르비아－크로아티아－슬로베니아 왕국(일명 베오그라드왕국)의 일원이었으며, 제2차 세계대전 이후에는 구 유고슬라비아 사회주의 연방의 하나였다. 1992년 유고슬라비아연방 해체 시 몬테네그로와 신유고연방을 결성하였고, 또다시 2006년 몬테네그로가 분리되어 연방이 해체되면서 세르비아라는 이름으로 오늘에 이르게 되었다. 세르비아의 면적은 남한의 3분의2 정도 되며 인구는

720만 명이다.

베오그라드Beograd는 '하얀 도시'라는 뜻이다. 원래 이 도시를 방어하기 위해 성벽을 쌓을 때 사용한 돌의 색깔이 흰색beli이어서 멀리서 하얗게 잘 보였기 때문에 '도시'를 의미하는 'grad'를 합해 '하얀 도시Belgrad'라고 이름을 지었다고 한다. 베오그라드는 해발 약 115m이며 도나우 강과 사바 강의 합류점에 위치한다. 역사적으로도 베오그라드는 서방 세계와 동방 세계 사이의 교차점 역할을 해왔다.

베오그라드의 드높은 하늘은 시시각각으로 변하지만 그 아름다움에는 변함이 없고, 한 편의 낭만적인 서정시가 흐르는 도시이지만 전쟁의 아픈 상처가 도시 곳곳에 남아 있었다. 아마 이 도시만큼 외세 침략과 내전으로 가슴 시린 상처를 많이 가진 곳도 드물 것이다. 그래서인지 혹자는 베오그라드의 매력을 "회색빛 도시의 상처 깊은 역사와 우수 어린 낭만"이라고 표현하기도 하는데 이 말에 필자는 공감한다.

1999년 세르비아는 코소보를 침공한다. 코소보가 세르비아로부터 독립을 선포한 것을 보복하기 위해 침공을 하였는데, 나토에서는 물러날 것을 수차례 경고하였지만 러시아를 등에 업은 세르비아는 경고를 무시하였다. 이에 대한 응징으로 스마트 탄을 이용하여 세르비아 국방성을 폭격하였으며 78일 동안 세르비아를 공습해 슬로보단 밀로셰비치 대통령의 항복을 받아낸 뒤 밀로셰비치 대통령을 유엔 전범재판소로 보냈다.

스마트탄은 벽을 뚫고 들어가 건물 내부에서 폭발하는 최첨단 탄약으로 이웃의 건물들은 손상 없이 국방성 건물과 지휘소만 정확히 파괴하였는데, 폭격 후 14년이 지난 지금도 흉물스럽게 남아 있었다. 이 건물을 그대로 남겨놓은 이유는 재건축 비용이 문제가 아니고 나토의 공습 실상을 그대로 국민들이나 관광객에게 보여줌으로써 경각심을 불러일으키기 위함이라고 한다.

한편 2008년 2월 17일 코소보 의회는 120여 명의 의원이 참석한 가운데

찬반 투표를 실시해 만장일치로 코소보의 독립을 결정했고, 미국과 EU(유럽연합)등으로부터 독립을 인정받았다.

베오그라드 구시가지의 중심 공화국 광장은 그리 크지는 않지만 베오그라드 사람들의 만남의 장소로 유명하고, 유명한 관광지답게 많은 사람들로 가득해 활기찬 모습이었다. 공화국 광장이라는 이름은 1945년 공화국제가 시작됨을 기념하여 붙여졌다고 한다. 바로 보이는 기마상은 이 도시를 오스만 투르크의 지배에서 해방시키고 수도를 베오그라드로 옮긴 세르비아의 왕, 미하일로 오브레노비치의 동상이다.

공화국 광장에서 아주 가까운 곳에 크네즈 미하일로 왕의 거리가 있다. 우리나라로 치면 명동거리 같은 곳으로 서점, 화랑, 쇼핑센터, 카페 등이 줄지어 서있었다. 시민들이 즐겨 찾는 보행인만을 위한 거리로 노상 음악 및 거리 예술 등이 행해지기도 한다. 또한 거리 중앙에는 수도 시설도 있어 지나는 이들이 자주 이용하고 있었다.

공화국 광장에 세워져 있는 미하일로 오브레노비치 기마상. 세르비아의 영웅 미하일로 기마상 뒤에 보이는 건물은 국립박물관인데 현재 보수 중이다.

베오그라드의 명동이라 일컫는 마하일로 왕의 거리

우리 일행은 보헤미안이 많이 모이는 문화의 거리, 우리나라 인사동 같은 곳인 스카다리야 거리로 나선다. 공화국 광장에서 북동쪽으로 조금 들어가면 나타나는 옛 거리로 파리의 몽마르뜨 같은 곳이었다. 19세기 중반에는 세르비아의 작가, 화가, 음악가 등 예술인들의 활동 무대였다고 한다. 우리가 찾았을 때는 아침이라서 아직 카페나 포장마차들이 문을 열지 않았고 한적하였다. 스카다리야 거리 중간 부분쯤에 보헤미안 출신의 낭만파 화가이자 시인인 주네 압스타의 조각상이 세워져 있는데 사람들이 앉아 사진을 찍느라 무릎을 하도 만져서 반짝반짝 빛이 났다.

칼레메그단 요새 정문 근처, 미하일로 왕의 거리가 시작되는 곳에서 보이는 세르비아 정교회의 본산인 사보르나 교회는 규모

보헤미안이 많이 모이는 스카다리야 거리에서 본 시인상

자체는 별로 크지 않으나 다른 정교회의 건축 양식과는 달리 카톨릭과 세르비아 정교회의 건축 양식이 혼재된 것이 특징이었다. 세르비아가 오스만 투르크의 지배로부터 해방된 후 1837년에 착공하여 1845년에 완공된 네오 클레식 양식의 건축물이며 이 나라의 중요한 종교 행사는 이 교회에서 열리고 있다고 한다.

사보르나 정교회 초입에 물음표(?) 카페가 보였다. 1923년에 문을 연 이 카페는 베오그라드에서 가장 오래된 선술집이다. 카페 이름이 "?"가 된 유래는 개업 당시 이름을 '사보르나 교회 앞 카페'라고 붙이자 교회 측에서 항의를 하였기 때문이란다. 주인은 마땅한 이름이 생각나지 않아서 우선 간판에 임시로 "?"라고 써 놓았다. 그런데 그것이 오히려 유명해져서 장사도 잘되고 하여 현재까지 그대로 내려오고 있다고 한다.

사보르나 정교회

칼레메그단 요새는 사바 강과 도나우 강이 합류하는 인근, 높이 125m의 언덕에 위치하고 있었으며, 칼레(성)와 메그단(전쟁터)이 합쳐진 터키어에서 유래됐다고 한다.

칼레메그단 요새는 BC 3세기에 독일 남부 겔트족이 최초로 정착한 이래, 군 요새로 여러 번 축조되었지만 동로마제국에 의해 정복된 후 유스티나아누스 1세(483~565) 시대에 지금의 요새가 건설되었다고 전해진다. 오스만 투르크가 정복한 1521년 이후 요새는 방치되어 황폐해졌고 18세기 초에는 오스트리아가 20년 이상 지배하면서 군사를 두기 위해 요새를 수리했다고 한다. 또한 세계 1, 2차 대전으로 일부 피해를 입었으나 다시 복구되었다. 오늘날 요새는 오랫동안 침략을 받은 베오그라드의 역사와 나토 공습에도 불구하고 여전히 온전한 모습을 유지한 채 자랑스러운 상징으로 남아 있었다. 1890년부터 공원으로 조성되었고 베오그라드 시민이 가장 즐겨 찾는 휴식처이기도 하다.

공원은 아주 잘 가꾸어져 있었고 조형물도 군데군데 많았다. 날개를 단 힘차고 풍만한 여인이 가슴은 앞으로 내밀고 두 손은 뒤로 뻗은 자세를 취한 조각품이 높은 받침대 위에 있었다. 조각품 받침대 뒷부분에는 "1914~1918년 사이 프랑스가 우리를 사랑한 것처럼 우리는 프랑스를 사랑합니다"라는 글이 새겨져 있었다. 세계 1차 대전 때 프랑스가 세르비아를 도와주었고, 고마움의 표시로 프랑스풍의 정원을 조성하였고 조각을 세운 것이다.

필자 부부 앞에서 엄마와 같이 온 30대 새댁이 조각과 똑같이 포즈를 취한

다. "와우~! 정말 조각이 취한 동작과 똑같네요~!" 필자가 웃으며 말하자 "그래요? 감사합니당~ 호호" 하고 기분 좋아한다.

　칼레 메그단 요새 출입문을 들어서니 세계 1차 대전 당시의 재래식 무기들을 전시해 놓았다. 군사박물관에 전시된 무기들을 보며 이곳에서 있었던 전쟁의 참상을 잠시 떠올려 본다. 요새 끝에 서서, 시야에 들어오는 도나우 강과 사바 강이 합류하는 곳을 중심으로 아름다운 풍광과 신시가지를 조망하였다. 그런데 필자의 시야에 삼성이라는 옥상 위 옥외간판이 눈에 확 들어온다. 역시 삼성이로다~ ㅎ

　베오그라드엔 우리 교민이 약 300여 명 정도가 거주하고 있는데 그중 대다수가 기업체 직원들이라고 한다. 현대, 삼성 등 국내의 대기업이 진출해 있고, 지하자원 및 식량 등 모든 물자가 풍부하여 전쟁 후유증이 치유되면 다시 세계 시장을 움켜쥘 것을 대비하여 기초를 다지고 있다고 한다.

칼레메그단 요새 출입구

전쟁 승리의 기념탑인 빅토르의 벌거벗은 동상이 사바 강을 향해 서 있었다. 오른손에는 칼, 왼손에는 비둘기를 들고 서 있는 이 동상은 세르비아가 터키에게서 독립한 것을 기념하기 위해 제작된 것이다. 원래는 베오그라드 시내 중심에 있었으나 벌거벗은 동상의 모습이 볼썽사납다는 시민들의 여론 때문에 이곳으로 옮겨졌고, 노출된 거시기 때문에 강을 바라보게 세워 멀리서는 잘 안 보이게 하였다고 한다. 그냥 앞만 살짝 가리게 하거나 아니면 팬티를 입혀주든가 하면 될 걸…ㅎㅎ(필자의 생각입니당~)

승리기념탑(빅토르상)

이제 우리는 베오그라드를 떠나 1984년 동계올림픽이 열렸던 발칸반도 최대의 이슬람 도시인 보스니아의 수도 사라예보로 이동한다. 이동시간은 6시간 30분이 소요될 거라고 한다. 우선 베오그라드에서 계속 사바 강을 끼고 달리는 버스는 마침내 국경이 가까워지면서 드리나 강을 새로운 벗으로 삼아 질주하였다. 아름다운 드리나 강은 수도 사라예보를 향하는 노상에서도 오랫동안 따라왔으며 세르비아와 보스니아의 자연 국경이기도 하다.

마침내 드리나 강을 건너서 보스니아–헤르체코비나로 들어왔다. 보스니아에는 무슬림이 가장 많이 살지만 과반수는 아니며 로마 가톨릭이 그 뒤를 바짝 쫓고, 동방 정교회, 유태교인까지 함께 살고 있단다.

우리가 오늘 묵을 호텔은 할리우드 호텔인데 처음에는 할리우드 연예인을 유치하려고 하였으나 할리우드 사람들은 한 사람도 오지 않아 할 수 없이 단체팀을 받게 되었다고 한다. 호텔에 도착하여 방을 배정받고 석식 후 휴식을 취하니 여행 5일째도 막을 내리고 있었다.

보스니아-헤르체고비나
(사라예보, 모스타르, 메주고리예)

여행 6일째(9월 19일, 목), 우리는 제1차 세계대전의 도화선이 되었던 비극의 역사 현장인 보스니아 사라예보의 라틴 다리로 이동하였다.

보스니아-헤르체고비나는 1992년 3월 분리독립한 신생공화국이다. 면적은 남한의 약 절반(55%) 정도이며 인구는 약 400만 명, GNP는 약 4,300달러이다. 이 나라의 종교적 분포를 보면 이슬람교 40%(보스니아계), 카톨릭교 17%(크로아티아계), 동방정교 30%(세르비아계)로 이루어져 있다. 이런 종교적 분포는 이 나라가 독립하는 과정에서 종교적 갈등으로 비화되었고 1992년 4월부터 1995년 12월까지 3년 반 이상 계속된 보스니아 내전을 불러일으킨 중요한 원인이 되었다.

발칸 반도의 이슬람 도시인 사라예보는 보스니아-헤르체고비나의 수도로 인구는 30만 명이다. 우리에게는 1973년 이에리사와 정현숙 선수가 주축이 되어 세계탁구선수권 대회에서 우승을 한 도시로 기억되고 있다. 구기 종목 최초로 우리나라가 세계 선수권 단체전을 제패했던 역사적인 곳이지요. 1984년 제 14회 동계 올림픽이 개최된 곳이기도 하구요. 이곳의 한국 교민은 딱 한 가구가 살고 있는데 오늘 나오는 가이드는 아버지라고 한다. 라틴 다리 근처에서 중절모를 쓰고 작달막한 키의 중년 신사가 차에 오른다.

"안녕하세요? 보스니아 가이드 김XX입니다. 사라예보 오신 것 환영합니다. 이곳에는 한국사람이라고는 제 아내와 두 아들밖엔 없지요. 우리 가족이 한국 관광객 가이드 일을 나누어서 하고 있습니다. 또한 영사관, 대사관이 없어 여권 분실 시 사건 처리도 우리 식구들이 나서서 하고 있습니다."

"사모님, 선생님들~! 사라예보 하면 이에리사 선수가 세계탁구 제패한 것과 1984년 동계올림픽이 열렸던 곳, 그리고 보스니아 내전의 중심지로 기억하실 거예요. 1992년 독립을 주도한 세력은 보스니아 이슬람정부와 이들 세력에 협조한 크로아티아 인들이었는데 또 다른 분리독립을 주장하는 세르비아계와 세르비아 연방군이 사라예보를 공격하면서 내전이 시작되었지요. 밀로셰비치가 비 세르비아인들을 '인종청소'하면서 유엔을 비롯한 세계 각국의 비난을 받았구요. 여러분들이 시내 관광하시면서 도처에 파괴된 건물과 건물 외벽의 선명한 총탄 자국을 보실 거예요. 그 당시의 처참한 참상은 말로 표현하기 어려울 지경입니다. 20만 명의 희생자와 230만 명의 난민이 발생하였지요. 다종교, 다문화, 다민족의 보스니아가 지금은 평온을 되찾았지만 언제 또 터질지 모르는 화약고입니다."

사라예보 시내를 가로질러 흐르는 밀야츠 강 위의 라틴 다리는 1914년 6월 28일 오스트리아의 황태자 프란츠 페르디난트 대공과 그의 부인 소피아가 세르비아 민족주의 청년이자 대학생이었던 가브릴로 프린치프에게 암살된 곳이다.

다리 건너편 우측에 역사의 현장을 담은 작은 박물관이 보인다. 밀야츠 강물은 세월을 따라 여전히

라틴다리

유유히 흐르고 있었고 우리는 비극의 역사 현장 흔적을 찾으려고 다리를 건너가고 있었다.

보스니아 정교회는 사라예보에 위치한 정교회 건물로 이슬람, 카톨릭, 정교회 등 다양한 종교 때문에 살육이 끊이지 않는 보스니아의 한 축을 담당하던 곳이다. 정교회는 보스니아 내전(1992~1995)시 파괴되었다가 1999년에 재건축되었다. 갈색으로 지어진 교회는 다섯 개의 돔을 가지고 있으며 교회 내부에는 정교회 특징인 이콘들이 제대와 벽을 장식하고 있었다.

'가지 후스레프 베그' 모스크는 사라예보를 대표하는 이슬람식 건축물로 당시 보스니아를 통치하던 '가지 후스레프 베그'의 지시로 1530~1531년에 거쳐 완성되었다. 사라예보 구시가지인 바슈카르지아 지역에 자리하고 있었으며, 26M의 웅장한 초록색 돔이 눈길을 끄는 이 사원은 보스니아 내전 중에 많이 파괴되었지만 사우디아라비아를 비롯한 중동지역의 이슬람 국가들의 지원 덕에 1996년에 모두 복원되었다고 한다. 이 사원을 창설한 '가지 후스레프 베그'는 보스니아 지역을 통치했던 터키인으로 모스크와 학교, 도서관 등 많은 공공시설들을 짓는 업적을 세운 사람이다.

보스니아 정교회

사라예보 카톨릭 성당

'가지 후스레프 모그' 모스크

　사라예보 구거리의 중심인 바슈카르지아는 자갈로 덮인 터키 직인 거리로 415년간 오스만투르크 지배 당시 터키인들이 모여 살던 거리이다. 직인職人이란 수습공 과정을 끝내고, 장인匠人, master한테 기본적인 기술을 마친 후 고차적인 기술을 연마하는 과정의 사람을 말한다. 가게 안에서 금속공예 세공을 직접하고 있는 모습을 볼 수 있었다. 다시 말하면 우리나라의 인사동과 같은 곳으로 금속공예품, 양탄자 등 이슬람 문화권을 느낄 수 있는 곳이다. 이슬람인들의 금속공예 기술은 세계적으로 유명하다. 필자도 사라예보

관광기념으로 직인 가게에서 종을 하나 구입하였다.

　바슈카르지아 광장의 한복판에는 오두막 모양의 샘이 있는데 이 샘이 바로 세빌리 샘이다. 1754년 처음 만들어졌으며 1852년 한차례 화재

로 인해 전소되었다가 다시 1891년에 현재의 모습으로 건축되었다. 이 샘의 물은 깨끗하여 지금도 식수로 사용되고 있는데 이 물을 마시면 그 어디를 가더라도 다시 안전하게 사라예보로 돌아올 수 있다는 전설이 내려와 이곳 세빌리 샘은 사라예보 시민들의 사랑을 받는 상징물이다.

모리차한Morica'han은 16세기 후반이나 17세기 전반에 카라반(교통이 발달하지 못했던 시절, 낙타나 말에 짐을 싣고 특산물을 교역하던 상인의 집단)을 위한 숙소, 말하자면 지금의 여관이며 당시에는 40여 개의 방과 거실, 상품창고, 마굿간 등을 갖추었다고 한다. 1층은 현재 이슬람풍의 가게와 카페, 식당으로 운영되고 있었다.

모리차한에서 나와서 사라예보 최고의 쇼핑가인 페르하디야 거리로 가는 길에 오스만터키 시절 만들어진 아케이드 시장 '베지스탄'이 있었다. 1543년 가지 후스레프 베그의 명령으로 104m에 이르는 석조건물로 건축되었으며 내부는 이슬람풍의 스카프, 옷, 선글라스, 악세서리 등을 파는 점포들로 이어져 있었다. 뒤편으로는 Hotel Europe 건물이 보였는데 오스트리아–헝

세빌리 샘

가리 시절인 1882년 건축되었으며 1914년 오스트리아의 페르디난트 황태자 부부가 묵었던 호텔로 지금도 사라예보를 방문하는 세계 정상들이 자주 이용하는 호텔이라고 한다.

"제가 우스운 얘기 하나 해도 될까요?" 가이드의 말이 떨어지기 무섭게 푼수떼기(?) 치과 노처녀가 대답한다. "얼릉 해~보세~유~~!"

"어떤 여행객이 택시 타고 기사에게 예쁜 여자 있는 데 가자고 얘기했는데 가 보니 아가씨가 아닌 할머니가 나타나더랍니다. 하도 귀(?)가 막히고 코가 막혀서 그냥 나와서 다른 택시를 잡아타고 예쁜 여자 있는 데로 가자고 하였더니 다시 그 집으로 가더랍니다. 좀 썰렁했나요? 하하~" 버스 안에 갑자기 킥킥거리며 웃음이 터져 나온다.

보스니아 터키 전통가옥은 1640년 이전부터 있었으며 1697년 화재로 소실된 것을 18세기에 재건하여 이슬람인 상인과 가족이 살던 집이다. 이슬람인 주거공간의 대표적인 건축양식을 따랐으며 개인적인 공간과 공동 공간으로 나누어져 있었다. 1960년부터 박물관으로 일반인에게 공개되었다.

사라예보 시내에선 트램(전차)을 흔히 볼 수 있었는데 세계에서 두 번째로 설치되었다고 한다.

터키 전통가옥

오스만 터키 시절의 유적들

"반미 감정이 많은 사라예보에 얼마 전에 맥도날드 체인점 1호가 생겼어요. 이제 이 지구상에서 맥도날드 체인점이 안 들어간 곳은 북한이 유일할 거예요."

또한 곳곳에 오스만 터키 지배 시절의 유적의 흔적이 남아있었다. 안타깝게도 이 유적은 지진으로 파괴되었다고 한다.

사라예보 여정을 마치고 현지식으로 점심을 먹은 후 헤르체고비나 지방을 대표하는 이슬람풍의 중세 도시 모스타르로 이동하였다. 모스타르로 가는 길 가에는 사과나무가 많았으며 알이 작았고 저절로 떨어진 것이 많이 보였다.

모스타르는 '오래된 다리'라는 뜻이며 사라예보에서 1시간 반쯤 거리에 있는 작은 도시이다. 15년이 지난 지금까지도 내전의 상흔이 처참하게 남아 있다. 에메랄드빛 네레트바 강 위에 놓여 있는 보스니아 헤르체고비나-모스타르 다리는 500년 가까이 다리 양쪽의 마을(이슬람 마을-카톨릭 마을)을 이어주며 화합과 평화의 상징물이었으나 1993년 내전으로 생긴 갈등으로 인해 크로아티아계에 의해 파괴되었다가 2004년 복원되었고 2005년 세계문화유산으로 지정되었다. 다리 중앙에서는 매 시간마다 1명씩 다리 난간에서 다이빙하려고 폼을 잡고 있는데 평화를 위한 경각심을 높이기 위함이라고 한다.

　중세 터키식 건물과 조약돌 거리를 관광한 후 이제 우리는 오늘의 마지막 관광지인 메주고리예로 향한다.

모스타르 다리

모스타르
조약돌 거리

성모발현지로 유명한 메주고리예는 '산과 산 사이의 지역'이란 뜻이며 지금까지 여러 곳에서 일어난 발현 역사 중 성모발현이 가장 오래 지속되는 곳이다. 아이들을 포함해 마을사람들과 순례자들에게 발현된 것만 이미 5000회를 넘고 있는데, 초자연적인 현상과 인류를 향한 회개와 평화의 메시지, 앞으로 있을 경고와 기적의 표징을 포함한 여러 가지 발현 흔적 때문에 1981년 6월 발현 이후 세계 각지에서 2,500만 명이 넘는 사람들이 이곳 메주고리예를 다녀갔다고 한다.

우리는 시간이 없어 성 야고보 성당 관광을 생략하고 십자가에 매달린 '치유의 예수상'만 보기로 했다. 사람들은 간절한 마음으로 예수상의 다리를 어루만진다. 무릎아래 작은 구멍에서 물방울이 맺혀 성수가 흐른다고 하는데 이 성수를 작은 수건에 묻혀 아픈 곳에 대면 기적처럼 낫는다는 믿음 때문이다.

우리가 메주고리예 주차장에 도착했을 때 비가 부슬부슬 내리기 시작한다. 예수상 앞에는 많은 사람들이 줄을 지어 기다리고 있었다. 예수상 다리에 손을 갖다 대고 만진 후 곧이어 손수건을 대고 조용히 기도를 드린다.

"이렇게 비가 내리는 날엔 성수와 빗물 구분이 어려울낀데…" 필자가 속으로 궁시렁거린다.

필자는 줄을 안 서고 마눌님만 예수상 계단에 오른다. 사람들이 하도 만져 반짝거리는 예수상 다리에 손을 얹고 만진 후 손수건을 갖다 대고 기도를 드린 후 조금 후에 내려온다. "여보~! 성수가 느껴집디까?"

"모르겠어요~ 작은 구멍에서 물방울이 맺혀 성수가 흐른다는데 성수인지 빗물인지 어떻게 알아요? ㅎㅎ" 하긴 마눌님 말씀이 맞는 말이다. "나도 그렇게 생각하고 있었소~ ㅎㅎ"

근래 교황청에서 성모 발현을 인정했다고 권 부장이 귀뜸을 해준다. 일행 중 한 분이 한마디 툭 던진다. "보소~ 권 부장~! 성모님이 발현했싸믄 거시기 거 뭐냐~ 보스니아 내전서 사람들이 허벌나게 죽지 안꼬롬 고로케 싸게 싸게 해싸야 되는기 아니요?" 듣고 보니 맞는 말씀, 버스 안에 한바탕 폭소가 터진다.

이제 우리는 '아드리아해의 보석', '지구상의 낙원'이라 불리는 유럽문화와 예술의 상징적 도시이자, 유네스코 지정 세계문화유산인 크로아티아 두브로브니크로 이동하였다. 그런데 두브로브니크로 가기 위해선 보스니아 영토인 약 21.4km의 네움Neum을 통과해야만 했다. 본래 네움은 크로아티아 땅이었으나 베네치아를 저지하기 위해 보스니아의 힘을 빌리면서 1667년 이곳을 보스니아에게 넘겨주었다고 한다. 그 덕분에 내륙국가인 보스니아는 아드리아해에 진출할 수 있게 되었고, 크로아티아 본토와 떨어진 두브로브니크는 고립된 영토가 된 것이다.

우리는 해안선을 따라 아드리아해의 아름다운 풍광을 즐감하였으며 지나는 곳마다 다양한 풍경이 펼쳐져 잠시도 눈을 뗄 수가 없었다.

메주고리예를 출발한지 4시간여… 두브로브니크 호텔에 도착하여 석식 후 휴식을 취하니 여행 6일째 밤도 깊어가고 있었다.

크로아티아
(두브로브니크 1)

발칸 여행 7일째(9월 20일. 금), 우리는 케이블카를 타고 스르지산(412m)을 오른다. 아드리아해의 진주, 지상낙원인 두브로브니크를 한눈에 내려다보기 위함이다.

크로아티아 남서부 해안을 달마티아 지방이라고 하는데, 이곳에서 딱 한

케이블카를 타고 오르며 내려다본 구시가지

도시만 꼽아 여행을 하라고 하면 선택은 두브로브니크Dubrovnik이다. 슬라브어로 '참나무 숲'이라는 뜻을 지닌 두브로브니크는 인구 4만 5,000명의 작은 도시이다. 하지만 전형적인 지중해성 기후로 날씨가 화창하고 코발트색 바다 위로 거칠게 솟은 절벽, 다시 그 위에 세워진 하얗고 미끈한 성벽과 요새, 그 안에 들어선 붉은색 지붕의 건물들이 빚어내는 풍광 때문에 천혜의 휴양지로 각광을 받으며 매년 수백만 명의 관광객이 찾는 인기 명소가 되었다.

스르지산 정상에는 옛 요새와 라디오탑, 카페, 기념품점, 1808년 나폴레옹이 이곳을 점령한 후 기념으로 세운 하얀 십자가가 있었다. 우리는 전망대에서 맑고 투명한 아드리아해의 쪽빛 바다와 로크룸섬, 중세 성곽, 성벽, 그리고 구시가지의 주황색 지붕들이 절묘한 조화를 이루며 빚어내는 절경에 감탄하며 잠시도 눈을 뗄 수가 없었다.

정상에서의 아름다운 아드리아 연안 조망을 끝내고 구시가지 관광에 나섰다. 구시가지 서쪽입구, 필레 게이트에는 이 도시의 모형을 들고 있는 성 블라이세 조각상이 있었다. 성문을 통과하니 성곽으로 올라가는 계단이 보이고 그 옆으로 성 사비오르 성당도 보였다.

프란체스코 수도원 앞 분수대 광장에 있는 돔 형태의 오노프리오 분수는 1438년에 건축되었으며 20km 밖에서 수로를 통하여 물을 끌어와 식수 저

필레 게이트

성벽 오르는 계단 그리고 성 사비오르 성당

오노프리오 분수

장고 겸 분수로 이용되고 있다고 한다.

이 분수로부터 프란체스코 수도원을 옆으로 끼고 구시가 중심거리인 플라차 거리가 시작된다. 거리는 약 300m이며 동쪽 루자 광장까지 쭉 이어진다. 수백 년 전 조성된 대리석 보도블록은 수많은 사람이 밟고 다녀 반질반질하게 닳아버렸고 광택이 났다. 거리 양쪽으로는 각종 상점과 서점, 여행사, 악세사리점 등이 늘어서 있었고, 건물 사이 돌길로 이어진 좁은 골목엔 레스토랑, 커피숍, 카페, 기념품점들이 운치 있게 자리하고 있었다. 또한 성벽 쪽으로 난 골목길에는 아주 가파른 계단이 끝없이 이어져 있었다.

동쪽 끝 루자 광장에 있는 스폰자 궁은 고딕양식과 르네상스 양식이 훌륭하게 조화를 이룬 건물로 아케이드가 있는 회랑과 아치형 창이 특이하였으며 아름다웠다. 왕이 살던 곳이 아니고 두브로브니크로 들어오는 무역상인들의 무역센터 역할을 하였는데 무역상들에게 관세를 거두는 것이 목적이었다고 한다.

▲ 스폰자 궁

◀ 플라차 거리 골목길

드브로브니크는 아드리아해의 해상무역 거점으로 15, 16세기에 걸쳐 번영을 누린 무역항이었다. 십자군 전쟁 이후 한때 베네치아의 지배를 받기도 했지만, 그 후에는 독자적으로 세력을 구축해 베네치아와 맞섰다. 아드리아해의 거의 모든 항구 도시들이 베네치아의 통치하에 있었지만 두브로브니크는 베네치아에 라이벌로 맞서 겨뤘던 것이지요. 지금의 이 아름다운 건물이 당시의 영화를 말해주고 있었다.

스폰자 궁 바로 옆에 있는 시계탑은 높이 35m로 맨 위쪽은 왕관 모양으로 되어있었고 그 밑은 아치형이며 속엔 그리니스 종이 있었다. 1444년 건립되었으나 1667년 지진으로 무너졌고 1929년 재건되었다. 그런데 희한하게도 종은 파손되지 않고 원형 모습 그대로라고 한다. 이글거리는 태양을 형상화한 둥근 시계 안 로마숫자로 시각 표시를 하고 있었다.

시계탑

렉터 궁전

　렉터 궁전은 1441년 두브로브니크 수로와 분수를 건설한 오노프리오가 설계, 건축했다. 후기 고딕과 초기 르네상스 양식을 혼합한 아름다운 건축물이며, 귀족들을 위한 업무와 종교행사 때만 사용하였다. 1667년 대지진으로 건물이 심각하게 훼손된 후 17세기에 바로크 양식으로 보수되었다.

　궁전은 아치형 회랑의 대리석 기둥머리에 섬세한 조각 장식이 있고 교회 의자처럼 장식한 대리석 의자가 놓여 있었다. 내부에는 아름다운 안뜰이 조성되었는데, 두브로브니크 여름축제 기간에는 이곳에서 클래식 음악회가 열린다고 한다. 1638년 세운 미호 프라켓의 청동상이 있었는데, 부호였던 그는 시민들을 위하여 전 재산을 기증했다고 한다. 2층은 현재 시 박물관으로 사용되고 있었고 라구사 공화국Republic of Ragusa 시절의 유물들을 전시하고 있었다.

　루자 광장 시계탑 우측에 있는 성 블라이세 성당은 두브로브니크에서 가장 사랑받는 성당이다. 처음에 만들어진 로마네스크 건물이 지진으로 무너

성 블레이세 성당

지자 18세기(1715년) 재건축되었다. 1706년 화재로 파괴된 성당에서 유일하게 남은 것은 왼손에 시가지 모형을 들고 있는 은으로 만든 성 블라이세 조각상이었다고 한다. 성당 지붕 위 중앙에 있는, 지진 이전의 두브로브니크 시가지 모형을 들고 있는 성 블라이세 조각상이 두브로브니크 수호성인으로서의 중후한 모습을 나타내고 있었다.

루자 광장 중앙에 있는 올란도 기둥은 국기 게양대로, 중세 최고의 기사인 롤랑의 조각상이 기둥에 새겨져 있었다. 올란도의 기둥은 자유도시의 상징으로 롤랑의 오른쪽 팔꿈치에서 손까지의 길이는 51.2cm로 두브로브니크의 팔꿈치라고 부른다. 그 당시 길이 측정의 척도로서 부정 상행위를 근절할 수 있었다고 한다. 올란도는 롤랑의 이태리식 표기이다.

올란도 기둥

렉터궁전 건너편에는 성모승천 대성당이 있었고, 앞으로 보이는 골목을 따라 들어가니 군둘리치 동상이 서 있는 광장이 나오는데 야채와 과일을 파는 재래시장이 열리고 있었다. 군둘리치는 두브로브니크의 유명한 시인이며 크로아티아 화폐 50쿠나 동전의 모델이기도 하다.

성모승천 대성당

군둘리치 광장(재래시장)과 군둘리치 동상

크로아티아
(두브로브니크 2)

구시가지 관광을 끝내고 우리는 유람선을 타고 아드리아해에서 두브로브니크 시가지를 보기로 했다.

청명한 하늘, 쪽빛 바다, 구시가지의 붉은 집들, 바다로 돌출한 성곽과 요새들, 스르지 산…. 이 모든 것들이 어우러져 한 폭의 아름다운 그림을 그려내고 있었고, 배 뒤로 하얀 포말을 일으키는 물결은 푸른 바닷물 위에서 멋진 낭만을 연출하고 있었다.

아드리아해의 작은 섬인 로크룸 섬 바위 위에 벌거벗은 사람들이 보인다. 이곳 로크룸 섬에서는 나신(裸身)을 허용하고 있다고 한다. 나체의 남녀들이 움직이며 우리들에게 손을 흔들고, 우리도 엉겁결에 같이 손을 흔들어주니 우리들에게 오라고 손짓한다.

우리 일행 중 닭살 부부로 은연 중 찍힌(?) 남정네가 씩 웃으며 뜬금없이 한마디 툭 던진다. "권 부장~! 우리 죄다 로크룸 섬 가서 홀랑 옷 벗고 거시기 하다 오면 어쩔가이?" "아이고마~ 남사스럽게스리~~~! 우짜 그런 말씀을~~" 여기저기에서 부인네들이 혀를 차며 아우성친다. "그냥 웃자고 한 야그랑께~~! 하하~" 남정네가 쑥스럽게 받으니 이내 배 안에 폭소가 터진다. ㅎㅎ

벌거벗은 자유가 바위에 고스란히 널려 있었고, 그들은 파아란 하늘과 작렬하는 태양 아래 영혼과 육체를 코발트 빛 바다에 온전히 맡기고 있었다.

유람선 관광을 마치고 항구에서 가까운 레스토랑으로 향한다. "오늘 점심은 씨푸드인데 맥주는 제가 쏘겠습니다." 권 부장의 한마디에 모두 좋아하며 박수를 친다.

"사실은 회사에서 그렇게 하라고 한 겁니다. 제가 무슨 돈이 많다고… 헤헤~ 대신 제가 여기 오면 늘 찜해놓는 장소로 모실 테니 후회는 안 하실 겁니다."

권 부장이 안내한 곳은 바닷물이 바로 우리 테이블 앞까지 들어와 있고 물고기들이 유영하는 것이 투명하게 보이는 곳이었다. 스르지 산에서의 조망과 구시가지, 유람선 관광을 하고 출출하던 차에 씨푸드에 맥주 한 잔! 상쾌한 청량감이 기분 좋게 목을 타고 넘어간다.

"씨푸드도 맛있고 해서리 제가 추가로 맥주를 쏠 테니 기분 좋게 드시지요~" 필자가 한마디 던지니 남정네들보다 부인네들이 더 좋아하며 박수로 환영한다. 김천에서 온 임 사장이 옆에서 거든다. "오늘 관광도 최고고예, 박사님도 억수로 최곱니더~!"

식사를 마치고 나니 웨이터가 우리가 먹고 남은 빵조각과 씨푸드 찌꺼기를 가져가지 않고 앞에 있는 바닷물에 던져버린다. 그러자 물고기들이 달려들어 순식간에 먹어치운다. "빵조각은 몰라도 씨푸드 찌꺼기까지 먹어치우다니 희한한 일이네요~" 모두 이구동성으로 외친다.

이제 우리는 돌계단을 따라 오르락 내리락 1시간 20분 정도 소요되는 성벽 투어를 시작한다.

고대에서 근세까지 그리스, 로마, 베네치아, 프랑스, 오스만튀르크 등 외세의 침략에 끊임없이 시달렸던 달마티아 지역의 해안도시에는 빠짐없이 방어용 성채가 들어서 있다. 그중 대표적인 것이 두브로브니크 성벽으로, 예로부터 견고하고 조형미가 뛰어나기로 이름이 높았다. 곳곳에 설치해 놓은 요새와 적절히 배치된 망루하며 보존상태까지 완벽하였다.

7세기 무렵부터 도시가 형성되기 시작한 두브로브니크에 성벽이 건설되기 시작한 것은 8세기부터이며, 15~16세기에 현재의 모습을 갖춘 것으로 전해진다. 전체 길이가 약 2km, 높이 평균 25m에 달하는 성벽 안에는 고대와 중세 건물이 빼곡히 들어서 있었다. 이 옛 시가지는 전체가 1979년 유네스코 세계문화유산으로 지정되었다.

코발트빛 바다와 하늘, 하늘을 찌를 듯이 솟아있는 성 프란체스코 종루… 그리고 주황색 기와지붕들이 기막힌 조화를 빚어낸다. 이 구시가지의 건물들은 초기에는 목조로 지어졌지만 여러 번의 화재로 인해 소실되어 후에 석조 건물로 다시 지어졌는데, 지금의 모습은 1667년 대지진 후 완성된 것이라고 한다.

절벽과 성벽

　폭이 2미터는 족히 되어 보이는 성벽 위를 천천히 걷다 보면 로마와 고딕, 르네상스 양식이 혼재하는 시가지의 모습이 한눈에 내려다 보인다. 절벽과 그 위의 성벽 높이까지 합하면 50m에 달하는 곳도 있었다. 발 아래로 아드리아해의 푸른 물결이 끝없이 펼쳐지고, 빛나는 지중해의 태양이 이 바다 위에 드리워 있었다. 바이런이 '지상낙원'이라고 감탄한 것도 바로 이 풍광 때문이었으리라….

　1,300년이 넘는 세월 동안 두브로브니크는 수많은 우여곡절을 겪었다. 1667년에는 대지진이 덮쳤고, 1991년에는 크로아티아가 유고연방으로부터 독립을 선언하자 세르비아가 주축이 된 유고연방군이 폭격을 퍼부어 건물 지붕의 70%가 파괴되기도 했다. 이때 프랑스 작가인 장 도르메송 등 유럽의 지성인들은 폭격을 중지시키기 위해 '인간사슬'을 시도하기도 했다.

　내전이 끝난 후 시민들의 열성적인 복구로 두브로브니크는 옛 모습을 되찾을 수 있었다. 아름다운 이 성벽은 수많은 역경을 견뎌낸 극적인 이야기를 품고 있어 오늘날 명소로 더 각광받는 게 아닌가 싶다.

　눈이 부시도록 하얀 성벽, 그리고 붉은 지붕의 아담한 집들, 푸르다 못해 검게 보이는 아드리아해, 그 바다에 떠 있는 요트들…. '지구상의 낙원'이란 말이 어쩌면 이런 곳을 두고 하는 말이 아닐까? 16세기에 이르는 동안 해를 거듭하며 "더 두껍게, 더 높게, 그리고 더 튼튼하게"를 반복해 온 결과물이라 하겠다.

　돌계단을 따라 걷다가 전망 좋은 곳에 멈춰 서서 놀랍도록 강렬한 아름다움을 선사하는 이 중세도시를 눈으로, 피부로, 온 마음으로, 느끼고 음미하였다. 아~ 평생에 잊지 못할 풍광이어라~~ 이제 우리 일행은 두브로브니크를 뒤로 하고 '중부 달마시안의 황홀한 꽃'이라 일컫는 스플릿으로 이동하기 위해 버스에 오른다.

　버스에 오르니 뜬금없이 푼수떼기 노처녀가 권 부장에게 한마디 툭 던진다. "권 부장님~! 가이드도 참 잘하는데 젤리코하고 결혼해서 여행사 하나

차리면 어떨까요? 하하~" "차라리 욕을 해라~! 욕을 해~!" 권 부장의 반격에 버스 안은 한동안 웃음바다가 된다.

4시간여를 달려 스플릿에 도착하니 권 부장이 제안을 한다. "일정에 없지만 젤리코가 우리 손님들을 위해 스플릿 야간 시내 투어를 해주겠다고 하는데 어떻게 생각하세요?" 말이 떨어지기 무섭게 젊은 층에서 박수가 터져나온다. "그럼 시내투어 나가실 분은 저녁 식사후 로비에 모여주세요."

호텔에서 현지식으로 저녁을 먹고 로비로 내려가니 임 사장 부부가 반갑게 맞이한다. "박사님도 60대라 빠지시는 줄 알았는기라요~" 그러고 보니 60대는 우리밖에 없다. "호텔에서 할 게 없지요~ 시내 나가서 맥주라도 한 잔하고 싶어서요~" "그러시지요~하하~"

로마 유적인 디오클레시안 궁전이 있는 곳에서 1시간의 자유시간을 준다. "이곳 유적지 안내판이 있는 곳에 정확히 1시간 후에 모여주세요."

임 사장 부부와 함께 궁전 안으로 들어가니 많은 사람들로 붐비고 있었고, 궁전 밖에서는 젊은이들의 록 페스티벌이 열리고 있었다. 이곳 저곳 구경을 하다 노천카페에 앉아 맥주를 마시며 담소를 나누니 이렇게 여행 7일째 밤도 깊어가고 있었다.

크로아티아 3
(스플릿)

여행 8일째(9월 21일. 토요일), 어제 야간 시내투어를 했던 스플릿으로 향한다. 이제 발칸 여행도 후반에 들어서고 있다.

크로아티아 제2의 도시 스플릿은 크로아티아 남서부, 아드리아해海의 가장자리에 위치한 휴양도시로, 옛날의 영화를 반영한 로마 유적이 원형 그대로 남아있어 세계적인 명소가 되었다.

디오클레티안 궁전은 달마티아 지방에서 해방노예의 아들로 태어나 로마제국의 황제에 오른 디오클레티아누스가 퇴임 후 스플릿에서 여생을 보내기 위해 BC 295년부터 305년까지 10년에 걸쳐 완공했으며 BC 313년 세상을 떠날 때까지 살았고 이후 로마황제들이 계속해서 머물렀다고 한다.

궁전의 3면은 육지에, 한 면은 바다에 접해있고 동서남북으로 출입구가 있었다. 각 출입구는 은의 문(동문), 철의 문(서문), 황금의 문(북문), 청동의 문(남문)으로 불리며, 바다(아드리아해)를 향해 있는 문은 남문이다.

궁전 안 좁은 골목으로 들어서면 타임머신을 타고 중세 로마시대로 온 듯한 착각을 불러일으킨다. 동서 108m, 남북 215m, 성벽 높이 20m, 두께 2m에 이르는 궁전 안에는 현재도 약 3천 명의 주민이 살고 있어 현재와 과거가 공존하고 있다고 볼 수 있다. 로마 유적 중 가장 보존상태가 뛰어나다는 평가를 받고 있으며 1979년 유네스코 세계문화유산으로 지정되었다.

남문을 통해 성안으로 들어가니 지하 궁전의 모습이 나타나는데, 1,700여 년의 세월이 녹아 있을 공간에 기념품 가게와 상점들이 즐비하게 양쪽으로 들어서 있었다.

지하궁전을 지나 계단을 올라가니 디오클레티안 궁전의 중앙인 페리스틸 광장(열주 광장)이 나타나고 코린트 양식의 기둥이 늘어선 모습에서 그 옛날의 영화榮華가 느껴진다. 기둥들과 주피터 신전의 스핑크스는 이집트에서 가져온 것이라고 한다. 16개의 열주랑 기둥이 반원형 아치를 떠받들고 있어 열주 광장이라고도 불린다.

페리스틸 광장은 황제 시절, 행사나 회의가 열렸던 장소로 지금은 이곳에서 콘서트가 열리기도 한다. 어젯밤에도 젊은 뮤지션들이 팝송과 클래식 명곡들을 연주하며 관광객들의 눈과 귀를 즐겁게 해주었었다.

계단의 방석은 노천카페의 자리라고 한다. 그냥 쉬어가는 자리인 줄 알고

페리스틸 광장

앉았는데 거~참~쩝! 카페의 종업원이 쏜살같이 다가와 주문하라고 닦달한다. 돌계단에 앉아 차를 마시며 잠시 로마시대로 돌아가 보는 것도 뜻깊은 일이리라 생각되어 주문한다.

로마병사 복장을 한 두 명의 젊은이들이 광장 중앙에서 관광객들과 기념 촬영을 하고 있었다. 우리 일행 중 어머니를 모시고 온 새댁도 포즈를 취하고 있다가 필자 부부에게 말을 건넨다. "2유로라고 하는데 한 장 찍으시지요?" 마눌님 얼굴을 보니 싫다는 표정이다. "우린 됐고 제가 예쁘게 찍어드릴게요. ㅎㅎ"

페리스틸 광장 남쪽에 자리한 건물로 들어가니 천장이 뚫린 둥근 돔 건축물이 나타난다. 이곳은 황제 알현실로 쓰였던 건물로 6명의 아카펠라 중창단이 고운 합창을 들려주고 있었다. 달마시안 지방의 전통민요가 돌로 지은 원통형 건물 벽을 타고 공명이 잘되어 아름답게 울려 퍼진다. 아카펠라 가수들의 모습과 아름다운 선율을 동영상에 담아본다. 아카펠라 중창단들이 노래를 부르며 CD를 팔고 있다. 음향효과가 좋아 이곳에서 부르는 것이다.

성 도미니우스 대성당은 네오 로마네스크 양식의 건축물로 1,700년 전에 로마 황제 디오클레티아누스에 의해 지어진 신전을 13~14세기에 개조하여 황제의 영묘 위에 60m 높이의 종탑과 함께 건축한 것이다. 디오클레티아누스 황제는 가장 강력하게 기독교도를 박해한 인물이었으며 후대에 기독교도들이 황제의 영묘를 파괴하고는 그 기초 위에 성당을 세웠다고 한다.

동문(은의 문) 밖은 재래시장이었으며 서문(철의 문)에는 현대적인 숍과 레스토랑이 눈에 띄었다. 북문(황금의 문) 밖으로 나오니 거대한 동상이 서 있었는데, 이름하여 그레고리우스 닌Gregorius Nin 동상으로 10세기 크로아티아 주교였던 닌은 라틴어 성경밖에 없었던 당시에 라틴어 대신에 자국어인 크로아티아어로 미사를 볼 수 있도록 교황청을 설득했다고 한다.

성 도미니우스 대성당

그레고리우스 닌 주교 동상

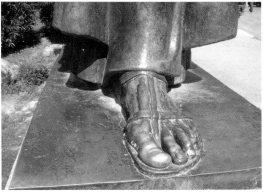

왼쪽 엄지 발가락을 만지고 기도를 드리면 행운이 찾아온다는 속설 때문에 많은 사람들이 만져 동상의 발이 반들반들 닳아있었다. "여보~! 당신이 우리집 대표로 발가락 만지며 소원을 빌어 보시구려~! 메주고리예 예수상에서처럼….″

남문(청동의 문)으로 해서 밖으로 나온다. 남문을 통해 나오니 바다에 면하여 대리석을 깐 장방형의 넓은 도로로 이탈리아어로 항구란 뜻을 가진 리바Riva 거리가 나타난다. 200미터 정도 곧게 뻗은 대로이며 성벽을 따라 카페, 레스토랑이 자리하고 있었다. 관광객과 주민들의 휴식처이자 산책길로 사랑받고 있으며 디오클레티아누스 황제가 궁전을 건설하던 당시에는 여긴 바다였고, 배를 타야만 남문으로 들어갈 수 있었다고 한다.

시원한 바닷바람을 맞으며 마리아 해변을 거니는 사람들과 야자수, 그리고 정박하고 있는 크루즈 선박, 요트, 쪽빛 아드리아 해를 바라보며 남문 성벽 노천 카페에서 맥주 한 잔 걸치니 이 세상 부러울 것이 없다. 오매~ 좋은 거~~!

이제 우리는 아쉬움을 간직한 채 버스에 올라 도시 전체가 유네스코에 의해 세계문화유산으로 지정되어 있는 토르기르로 이동하였다.

크로아티아 4
(토르기르)

우리는 스플릿에서 약 40분 정도 이동하여 토르기르에 도착하였다. 토르기르는 크로아티아 본토와 돌다리로 연결되어 있는 작은 섬이다. 도시의 기원은 기원전 3세기, 그리스인이 정착하면서 형성되었고, 6세기에는 동로마(비잔틴)제국에 합병되었다. 그 후 수많은 외세의 침략과 지배를 받아왔는데 1406년에는 베네치아 공국이 이곳을 사들여 1797년까지 지배했다. 로마네스크, 고딕, 르네상스, 바로크 양식의 성당, 궁전, 탑과 주거지 등 다양한 양식의 건물이 오늘날까지 잘 보존되어 있어 1997년 세계문화유산으로 지정되었다.

구시가지 관광은 아바나 파블라 광장 주변에 있는 성 로브르성당(성 로렌스 성당)과 종탑, 시청사, 시계탑, 법원, 시피코 궁전(귀족들의 집), 해안가 등을 보는 것이다. 우리는 다리를 건너 구시가지로 들어가는 북문으로 발길을 옮겼다.

성문을 통과하니 좁은 미로가 나타나고 마을로 들어선다. 꽃과 나무, 화분으로 장식한 주택 밖으로 걸어놓은 빨래들이 일반 서민들의 삶의 단면을 보는 것 같았다. 성 세바스티안을 기념하는 교회(시계탑) 옆 법원으로 사용한 건물은 외부 벽 없이 코린트식 기둥들로 건축되었다.

법원 안으로 들어서니 재판하던 장소 정면에 헬레니즘 양식의 부조가 눈길을 끌었다. 또한 한쪽 벽에는 크로아티아 유명한 조각가 이반 메스트로비치가 조각한 크로아티아 주교, 페트루 베리슬라비츠 부조 작품이 걸려있었다.

13~15세기에 건축된 성 로렌스 성당은 토르기르를 대표하는 건축물로 크로아티아에서는 최고의 걸작으로 꼽히고 있으며 정문에 있는 정교한 조각으로 유명하다. 당시 크로아티아 최고의 조각가였던 거장

북문 꼭대기에 이 도시의 수호성인인 성 이반 오르시니의 상이 보인다.

라도반의 걸작인 '아담과 이브'가 로마네스크 양식의 문 양쪽 기둥, 베네치아를 상징하는 사자상 위에 조각되어 있었다.

이브의 나체상

아담의 나체상

성 로렌스 성당 종탑

하얀 대리석으로 지은 높이 47m의 종탑은 4각형 모양의 3층탑 위에 붉은 지붕을 하고 있었는데 1, 2층은 고딕양식, 3층은 17세기 초의 후기 르네상스 양식이다.

성당 정문 위에는 성 이반 오르시니 주교의 조각상이 있었고, 그 아래 아치 안에 있는 부조는 그리스도의 탄생을 표현하고 있었다. 성당 제단 상단의 우측에는 성모 마리아상, 좌측에는 가브리엘 천사, 하단 우측에는 성 이반 오르시니, 좌측에는 성 로브르의 조각상이 보였다.

천장에는 하나님이 지구를 들고 우리를 내려다보고 있었다.

필자는 성 로렌스 성당의 종탑을 올라가 보기로 했다. 권 부장이 한마디 툭 던진다. "종탑 오르려면 어지간히 힘들걸랑요~ 담력도 필요하구요~! 체력, 담력 괜찮으신 분들만 올라가세요~" 일행 중 절반 이상은 포기한다. 특히 치마 입은 부인네들과 자매팀은 빠지겠다고 한다. "여보~! 나도 여기서 기다릴테니 혼자 올라갔다 오시구려~!" 마눌님의 말씀에 고개를 끄덕인다.

성당의 한쪽으로 난, 작은 문이 있는 곳으로 들어서니, 몸뚱이 하나만 허용할 좁은 나선형 계단이 이어지고, 빙글빙글 돌며 오르니 약간 현기증이

성당 종탑에서 내려다본 조망

난다. 이제 다 왔나 싶어질 때 본격적으로 시작되는 아찔한 철 계단… 그것도 아슬아슬 한참 올라갔는데…. 이번에는 더 고난도다. 절대로 아래를 내려다볼 수 없는 아찔한 계단을 오르는데 마지막엔 사람 몸 하나 겨우 빠져나갈 수 있는 좁은 계단을 통과해야만 한다. "와~! 이거 완전 유격 훈련이네~!" 식은땀이 절로 나며 나도 모르게 궁시렁거린다.

좁은 공간을 겨우 빠져나와 마지막 계단 상단 줄을 잡고 오르니 드디어 종탑이다. 역시 아름다운 풍경은 쉽게 내어주지 않는다더니 종탑에서의 풍경은 정말 아름답다~! 날씨까지 받쳐주어 파란 하늘, 하얀 구름, 붉은 지붕의 집, 바다…. 내 발 아래 토르기르 구시가지를 굽어보면서 한동안 눈을 호강시키고 있었다.

종탑에서 조심스레 내려와 우리는 성벽 밖 해안가 쪽으로 나왔다. 해안가 산책로에는 성벽을 끼고 카페와 노점들이 즐비하게 늘어서 있었고 야자수와 요트, 유람선, 푸른 바다, 건너편에 보이는 치오보 섬들이 한 폭의 그림을 그려내고 있었다. 이제 우리는 토르기르에서의 여행을 끝내고 바다 오르간과 일몰을 즐기기 위해 자다르로 이동하였다.

크로아티아 5
(자다르)

자다르로 이동 중 휴게소에 들러 아이스크림을 먹으며 잠시 휴식을 취한다. 아이스크림이 그렇게 달지 않으면서 깊은 맛이 있고 담백하여 필자 입맛에 딱 맞는다. 전망대에서 바라보는 풍경도 일품이어서 여기서 인증 샷을 날린다.

자다르의 멋진 해변가를 걸어가다 보면 바다와 접한 계단이 나오고 하단에 바다 오르간Sea organ이 있다. 니콜라 바사츠라는 크로아티아의 설치 예술가가 2005년에 만든 것으로, 배가 지나가거나 바람이 불어 파도가 칠 때마다 계단 하단에 수직으로 박혀있는 직경이 다른 35개의 파이프에서 각기 다른 음이 흘러나온다. 파도의 크기와 속도, 바람의 세기에 따라 바다의 움직임은 공기를 밀어내며 예측불허의 힘과 에너지로 수많은 변주곡을 끝없이 연주하고 있었다. 그 소리가 파이프 오르간 소리와 비슷하다 하여 바다 오르간이라고 부르는 것이다. 유럽 공공장소 설치 예술상을 받은 작품으로 세계 유일의 바다 오르간이라고 한다.

계단에 앉으니 아름다운 아드리아해海와 석양, 그리고 바다 오르간의 음악소리가 필자의 눈과 귀 그리고 마음을 즐겁게 한다. 자연이 연주하는 오르간 소리~~! 은은하게 울려 퍼지며 환상적인 무드로 젖어든다.

　자다르의 매력은 멋진 석양으로부터 시작된다. 영화감독 히치콕이 이곳에서 바라본 석양이 세계에서 가장 아름답다고 극찬했을 정도이다. 한국에서 바라보는 석양은 금방 끝나 버리는데, 자다르의 석양은 꽤 오랜 시간 붉은 색을 보여주었다. 아드리아 해변에 있는 계단에 앉아 일몰, 바다, 요트, 오르간 음악과 혼연일체가 된다. 사랑하는 사람과 여행의 매력을 마음껏 느껴볼 수 있는 아름다운 정경이리라….

　바다 오르간 바로 근처에는 태양 열판이 있었다. 이 열판은 낮에 태양열을 받아서 그 열로 밤에 라이트 쇼Light show를 한다고 한다~ 조명이 들어오면 번쩍번쩍 아름다운 야경을 볼 수 있고, 환상적인 무대가 될 거라는 생각이 들었다.

　한쪽에서는 결혼식을 끝내고 자다르 해안가로 나온 신혼부부와 일가친척, 친지, 친구들이 크로아티아 국기를 중심으로 멋진 축하 파티를 하고 있었다. 권 부장 왈, "이곳 사람들~ 결혼식 끝나고 차 타고 경적을 울리며 시내

태양 열판

를 질주해요~ 그러면 지나가던 차들도 모두 경적을 울리며 축하를 해주지요~ 색다른 결혼문화입니다. 저 사람들 바닥에 조명 들어오면 밤새 마시고 춤추며 파티를 합니다. 이곳은 자다르에서 가장 사진 찍기 좋은 장소이기도 하죠."

"그러니께 권 부장도 젤리코하고 싸게싸게 결혼 해뿌러 조로케 거시기 하면 겁나게 조케지잉~~!ㅎㅎ" 일행 중 여수에서 왔다는 아줌씨의 한마디에 모두 배꼽을 잡는다. ㅎㅎ

나로드니 광장Narodni Square 근처에는 자다르의 주요 관광지들이 거의 모여 있었다. 그중에서도 포룸은 고대 로마 시대의 시민광장으로 사용된 장소로서, 아드리아해 동부 연안에 있는 가장 큰 로마 시대 광장이기도 하다.

사진에서 보이는 성당은 성 도나타 성당으로 자다르를 대표하는 성당이기도 하다. 이 성당은 9세기경 비잔틴 양식으로 도나타 주교에 의해 세워진 것이다. 그리고 근처에는 성 아나스타샤 대성당이 있는데, 이 성당이 달마티아 지방에서 가장 큰 성당이라고 한다.

자다르의 구시가지는 바닥이 대리석으로 깔려 있었으며 길 양 옆으로 쇼핑가가 들어서 있었다. 이제 우리는 오늘의 여행 일정을 끝내고 호텔로 향한다. 호텔에서 방 배정을 받고 휴식을 취하니 여행 8일째 밤도 깊어가고 있었다.

포룸

성 도나타 성당

성 아나스타샤 성당

크로아티아 6
(플리트비체)

여행 9일째(9월 22일. 일요일), 자다르에서 2시간이 소요되는 플리트비체로 이동하였다.

플리트비체 국립공원은 크로아티아의 중앙부, 수도 자그레브와 자다르 두 도시의 중간 지점에 위치하고 있으며 호수와 숲으로 둘러싸인 천혜의 자연 환경으로 축복받은 도시이다. 숲 속의 요정이 금방이라도 튀어나올 것 같은 신비로움을 간직하고 있으며 자연의 기운을 만끽할 수 있는 '힐링'을 테마로 하는 여행에 딱 알맞은 곳이다.

사람들은 이곳을 악마의 정원이라고도 부른다고 한다. 그 이유는 옛날에 호수가 말라붙자 사람들이 비를 내려달라고 기도를 하였고, 검은 여왕이 폭풍을 일으켜 호수를 가득 채웠기 때문이라고 한다.

플리트비체는 16개의 계단식 호수와 그 호수 사이에서 흘러내리는 92개의 폭포가 진기한 풍광을 빚어낸다. 이 같은 풍경이 만들어진 것은 석회암으로 이뤄진 카르스트 지형 때문이다. 석회가 녹아 있는 물이 호수에 스며들면서 호숫가에 퇴적물이 쌓이기 시작했고, 그 퇴적물이 바위처럼 굳어지며 둑을 형성하게 되었다. 퇴적 작용이 지금도 계속되어 이 둑들은 매년 1㎝씩 높아진다고 한다. 수압이 높은 곳에서는 퇴적물이 쌓이는 대신 둑에 구멍이 뚫리게 되고, 결국에는 둑이 터져 폭포를 이루게 된다.

계단식 호수가 반복되고 이 사이에 작은 폭포 수십 개가 한꺼번에 쏟아져 내리는 지형은 세계에서도 좀처럼 보기 힘들다고 한다. 1949년 크로아티아 최초의 국립공원으로 지정되었고, 1979년 유네스코 세계문화유산으로 등재되었다.

국립공원 입구에서 권부장의 얘기를 들으며 우리는 트레킹을 시작하였다. "플리트비체 전체를 둘러보는 데 보통 3일이 걸려요. 우리는 아래쪽 5개의 호수와 크고 작은 폭포를 보고 다섯 번째 호수에서 배를 타고 반대편에서 버스를 탑니다."

공원 전망대에 서니 탁 트인 시야에 한 폭의 그림이 눈앞에 다가선다. 푸른빛을 담고 있는 호수가 내려다보이고 웅장한 규모는 아니지만 일련의 폭포 무리가 서로 앞을 다투는 듯 여러 갈래로 갈라져 바위에 부딪치며 흘러내리고 있었다.

전망대에서 경사로를 따라 내려오니 에메랄드빛 호수가 눈앞에 펼쳐지고 우리는 호수 옆으로 난 흙길을 걸으며 환상적인 풍경에 눈이 호강한다.

호수를 가로지른 후 오른쪽 나무다리를 따라 걸어 내려가니 벨리키 스라프Veliki Slap라는 플리트비체 국립공원에서 가장 높은 폭포Big Water fall가 나타나는데 높이는 78m라고 한다. 우기철이 아니어서 수량水量은 그리 많지 않았지만 물소리의 진동이 가슴 속 깊이 울려 퍼지니 계단 위에 올라서서 인증샷을 날려본다.

계단식으로 연결된 호수들은 모두 독특한 형태를 지니며 하늘색, 밝은 초록색, 청록색, 진한 파란색 등 다양한 빛깔을 띠고 있었는데, 물색이 다른 이유는 물에 포함된 광물, 미생물의 양과 빛의 각도에 따라 결정되기 때문이다. 이 호수들은 12개의 위쪽 호수들과 4개의 아래쪽 호수들로 나뉘어져 있는데 남북방향으로 8km가 넘게 펼쳐지며 코라나Korana 강으로 흘러 들어간다.

너도밤나무, 전나무, 삼나무 등이 울창하게 우거진 원시림의 숲과 수많은 폭포, 계곡과 연결된 16개의 호수들은 석회암 성분이 다량 함유되어 에메랄드색, 초록, 비취색 등 다양한 색상으로 각자의 매력을 뽐내며, 정말 요정이 나올 것 같은 동화 속 호수를 나타내며 환상적인 절경을 선물한다. 자연을 그대로 간직한 곳인만큼 수많은 동식물이 서식하고 있으며, 맑은 호수 안을 들여다보면 송어들이 떼 지어 노닐고 있다. 유영하는 오리들도 쉽게 호수 위에서 볼 수 있었다. 또한 이곳에는 유럽 불곰과 늑대, 멧돼지와 사슴이 살아가고 있다고 한다. 호수의 물이 수정처럼 너무나 깨끗하고 맑아서 주변의 경관들이 호수에 그대로 비쳐져 더욱 더 아름다운 경관을 연출하고 있었다.

나무로 만들어진 다리는 호수 위를 지나기도 하고, 호수가 나무다리 위를 지나 얕게 흐르기도 하여 매우 상쾌한 산책로를 형성하고 있었고, 호수 물 속 안에 이끼나 나무, 나무뿌리들을 인위적으로 정리하지 않고, 자연 그대로 놔두어 중국 구채구처럼 멋진 모습을 보여주었다.

실제로 플리트비체를 유럽 구채구라고 한다네요. 필자는 마치 물 속 세상에 들어와 마음이 자연에 정화되는 느낌을 받았다. 나무 다리를 따라 좌우의 크고 작은 폭포와 호수를 감상하며 나아가니 앞에 거대한 동굴이 나타난다. 플리트비체 국립공원은 석회암지대라 곳곳에 이런 석회암 동굴이 많다고 한다. 동굴 앞에서 임 사장 부부와 인증샷을 날린다.

"임 사장~! 나중에 남는 건 사진밖에 없어요~" "박사님 말씀이 맞십니더~맞고예~! 폼 한번 잡아보겠심더~! 하하~" 서로 쳐다보고 씩 웃는다.

동굴을 배경으로 인증샷을 날리고 다시 되돌아 나오니 또 다른 호수가 나오고 곧 멋진 폭포가 이어진다.

폭포를 지나니 플리트비체 호수 중 가장 규모가 큰 코즈야크kozjak호수가 나타났다. 현재 환경친화적인 전기 유람선이 운행 중이라고 한다. 조금 걸어 내려가니 간단한 식사와 차를 즐길 수 있는 레스토랑과 기념품 가게가 보이고 관광객의 휴식을 위한 긴 의자들이 있었다. 이곳이 코즈야크 유람선 선착장P3이고 우리는 벤치에 앉아 유람선을 기다리며 잠시 휴식을 취했다.

유람선에 올라 아름다운 코즈야크kozjak호수를 가로지르면서 주변경치에 몰입한다. 그런데 유람선이 바로 가지 않고 목적지 선착장 맞은편에 있는 선착장에 관광객을 내려준다. 이 중간 선착장에서 입구로 나갈 관광객들은 맞은편 선착장까지 배를 갈아타야 한다.

에메랄드빛의 투명한 호수에 송어들이 유유히 노닐고, 그 사이로 오리가 유유히 유영하고 있었다. 오리는 바로 옆에 송어들이 지천임에도 불구하고 이들 고기에는 관심이 없다는 듯 혼자 놀기 바쁘고, 송어들 역시 오리가 오든 말든 유유자적이다. 맞은편 선착장으로 가는 배를 타고 배 위에서 바라보는 풍광이 또 하나의 선경을 선물한다.

코즈야크 호수

금강산도 식후경이라고 트레킹을 해서인지 배꼽시계가 울린다.

"오늘 점심은 송어구이입니다. 맛있게 드세요~ 와인을 곁들이면 더 좋겠지요~ 그리고 한쪽을 먹고 나서 절대 뒤집지 마시고 생선가시만 들어내고 드세요~ 왜냐하면 배가 뒤집어질지 모르니까요~ 헤헤~" 권 부장의 조크에 모두 한바탕 웃음보가 터진다. ㅎㅎ

손바닥만 한 크기의 송어구이는 고소하면서 담백하였고 여기에 white wine을 곁들이니 제 맛이 난다. 역시 생선구이에는 레드 와인보다는 화이트 와인이 제격이다.

플리트비체 호수 공원 관광과 맛있는 송어구이 점심을 끝내고 버스에 오르니 은은하게 흐르는 선율이 마음을 편안하게 해주며 일순간의 행복감과 안락함에 젖어든다. 창밖으로 펼쳐지는 풍경을 즐감하며 우리는 슬로베니아 블레드로 이동하였다.

슬로베니아
(블레드, 포스토이나)

슬로베니아는 유럽 발칸반도 북서부, 아드리아해 연안에 위치하며 '유럽의 미니어처'로 불릴 만큼 알프스, 지중해, 중세 도시의 매력을 한 번에 느낄 수 있는 곳이다. 면적이 한반도의 11분의 1밖에 안되고 인구는 200만 명밖에 안 되지만 줄리앙 알프스 산맥 기슭의 아름다운 자연을 잘 지켜 발칸의 알프스로 불린다. 구 유고 연방 공화국 소속이었다가 1991년 독립을 하였고 2004년에 유럽연합EU에 가입해 과거 공산국가였다는 느낌이 들지 않을 만큼 자유로운 나라가 되었다.

어제 우리는 플리트비체 관광을 끝내고 4시간 30분이 소요되어 블레드 인근 보니히 호텔에 투숙하였다. 새벽에 일어나서 호텔 주변 산책을 하다 보니 안개가 자욱이 낀 보니히 호수가 보인다. 호수와 주변 경관을 본 후 기념 조각이 있어 다가가 보니 우리나라의 백두산처럼 슬로베니아 민족의 영산인 트리글라브산(2,864m)을 최초로 18세기 후반에 등정한 보니히 출신 4명의 등산가 조각이 서 있었다.

일본 북알프스 오쿠호다케다케(3,100m)와 동남아 최고봉 말레이지아 키나바루(4,100m) 등정 경험이 있고 관심이 가서 한참 기념탑 주위에서 서성였다.

참새가 방앗간을 그냥 지나가지 않지요~ㅎㅎ

　슬로베니아 북서쪽의 작은 호반도시, 블레드는 줄리앙 알프스의 빙하와 만년설이 녹아내린 물이 해발 500m 분지에 고여 커다란 호반이 되었고, 호수 주변으로 마을이 형성되었다고 한다. 말하자면 자연의 아름다움과 역사적인 흥미를 모두 가지고 있는 매력적인 도시이다.

　블레드의 이미지는 '성, 거대한 호수, 호수 가운데의 작은 섬'으로 잘 알려져 있으며, 블레드 성에서 내려다보는 전경은 그야말로 환상적인 절경이다. 원래 관광지가 아니었던 이곳이 유명해진 이유는 스위스인 의사가 광천수를 발견하고 요양소를 설립한 이후 입소문을 타 전 유럽에 알려졌기 때문이라고 한다.

블레드 호수, 블레드섬, 블레드성, 트리글라브산(줄리앙 알프스)

우리는 두 팀으로 나뉘어 호수 자연 생태계를 보호하기 위해 기름을 사용하지 않는, 사공이 젓는 무동력 전통 나룻배인 플레트나pletna를 타고 블레드 섬으로 들어갔다. 플레트나를 운행하는 일은 금녀禁女의 영역으로 18세기부터 플레트나 뱃사공은 오직 남성에게만 허락되었다. 뱃사공이 젓는 노의 물살을 가르는 소리가 에메랄드 빛 호수위에 청량하게 울려 퍼지고, 점점 가깝게 보이는 블레드 섬의 성모승천성당이 자연과 어우러져 아름답게 빛난다.

블레드 호수는 길이 2천여m, 폭 1천 4백여m, 깊이 30m, 호수 둘레 7km로 호수 주변에서 섭씨 20도가 넘는 광천수가 솟아 항상 따뜻한 수온을 유지하기 때문에 여름뿐만 아니라 겨울에도 수영하는 사람들이 있다고 한다. 에메랄드빛 호수 가운데 떠있는 작은 섬과 성모승천성당, 호숫가 100m 절벽 위에 있는 블레드 성이 일 년 내내 관광객을 불러 모은다. 그럼에도 불구하고 어느 관광지보다 조용하고 평화로운 분위기여서 세계 각지의 유명인사들이 많이 찾는다고 한다.

섬에 도착하여 배에서 내리니 바로 앞에 성당으로 오르는 가파른 계단이 다가선다.

"여기서 선생님들이 사모님들을 업고 쉬지 않고 저 계단 끝까지 올라가면 사랑이 식지 않는다는데 자신 있는 분들은 한번 해보실래요? 헤헤~" 권 부장의 한마디에, "아이고마~ 혼자 오르기도 억수로 힘들낀데 어바 올라가라꼬요~? 낸 못한다~!" 김천 임 사장이 답하니 여기저기 "하몬~ 지도 허리가 아파가 병원 대니고 있거든~~ 내 허리병 악화되믄 권 부장이 책임질라요? 택도 없는 소리 하지 마이소~!"

"그러니께 제 말은 그런 속설이 있다는 거지요~ 자신 없으면 그만 두시고요~ 헤헤~" "오매~ 무신 남정네들이 고로꼼 힘이 없당가~ 참말로 싸게싸게 힘 좀 쓰시랑께~!" 여수 아줌씨의 한마디에 한바탕 폭소가 터진다.

결국 닭살부부, 서울에서 부산까지 자전거타고 완주했다는 싸이클 매니어 부부, 불가리아 벨리코 투르누보 요새를 미니스커트 입고 구두 신고 올라갔던 부부가 나선다. 남편들이 부인들을 업고 낑낑거리며 올라가는데 역시 40대라 그런지 힘이 좋다. 세 부부 모두 성공적으로 오르니 우리 모두 박수를 치며 축하한다.

"블레드 섬에서 추억에 남을 만한 이벤트를 만드셨네요~ 서로 사랑하며 건강하게 사세요~" 필자의 덕담에 "감사합니다. 선생님께서도 사모님과 함께 항상 행복하세요~"

99개의 가파른 계단 길 위에는 유서 깊은 바로크 양식의 성모승천 성당과 16세기에 지은 50m 높이의 종탑 '소원의 종'이 있었다. 소원을 빌고 종을 치면 바람이 이루어진다는 전설이 있어 많은 사람들이 이곳을 찾아와 종을 친다고 한다. 또한 이 성당은 슬로베니아의 가장 인기 있는 결혼식 장소로 유명하다. 신랑은 신부를 안고 99개의 계단을 올라가 결혼식장인 성당으로 들어가야 하며 식을 마친 신혼부부는 성당 내부에 있는 커다란 밧줄을 잡아당겨 종을 울리면서 사랑과 소원을 빈다고 한다.

성당 안에 들어가기 전, 권 부장이 설명한다.

"지금 종소리 들리시지요? 먼저 들어간 관광객이 치고 있는 겁니다. 그런데 밧줄 당기는 게 쉽지 않아서 그거 신경쓰다 보면 소원을 빌지도 못하는 불상사(?)가 일어나기도 해요~ㅎㅎ 밖에서는 종소리가 저렇게 들리지만 안에서 종을 치는 사람은 잘 안 들릴 수도 있어요. 부부가 종 치기 전 기념촬영 하시고, 소원을 빌며 밧줄을 당겨 세 번 칩니다. 아시겠죠?"

"종 치는 거 은근히 신경 쓰이네요~" 마눌님이 옆에서 한마디 툭 던진다.

성당 안으로 입장하여 차례로 부부가 종 치는 밧줄 앞에서 인증샷 날리고 밧줄을 세 번 당긴다. 필자 부부 차례가 되어 인증샷 날리고 밧줄을 잡고 소원을 빌며 당기기 시작한다. 그런데 밧줄 당기는 것이 장난이 아니게 힘들다. 이러니 밧줄 당기는 것에 신경 쓰다 소원을 못 빌고 나온다는 이야기가 나오는가 싶다. 세 번 힘들게 잡아당기며 얼떨결에 소원을 빌었는지 말았는지 우리가 울린 종소리를 은은하게 느끼며 성당 밖으로 나왔다.

"여보~! 여기서 밧줄 세 번 잡아당기면서 종소리 들었으면 그거로 소원 빈 것이니 만족합시당~"

뱃사공과의 승선 시간이 좀 남아 산책로를 따라 호수 주위를 걸으며 경관을 즐기는 여유를 가질 수 있었다. 오리와 백조들이 호수 수면을 미끄러지듯 지나가고 연인들이 작은 배에 마주 앉아 노를 젓고 있는 모습이 너무나 평화스럽다. 구름 한 점 없는 청명한 하늘에 멀리 보이는 줄리앙 알프스 트리글라브산, 호수 위 바위 절벽에 우뚝 솟아 있는 블레드 성의 모습이 한 폭의 풍경화다.

블레드섬 관광을 끝내고 다시 무동력 나룻배 플레트나에 오르니 호수 주변에 아름다운 별장들이 보인다. 그중 유달리 하얗고 큰 별장이 눈에 띄었는데 유고 연방시절 티토 대통령 별장이라고 한다. 티토는 이곳에서 각국 정상들과 회담을 자주 했는데 북한 김일성 주석도 이곳을 방문하고 회담이 끝난 후 이곳의 아름다운 경치에 매료되어 일정에 없는 2주간을 더 머물렀다고 한다. 지금은 '빌라 블레드'라는 이름으로 레스토랑과 호텔로 이용되고 있어 슬로베니아를 찾은 유명인사는 이곳을 방문한다고 하네요.

우리는 버스를 타고 블레드 호숫가 약 100m 높이의 언덕에 우뚝 솟은 블레드 성으로 이동하였다. 블레드 성은 1004년 독일 황제 헨리 2세가 대주교에게 영토를 하사한 것을 기념해서 호숫가 수면에서 100m나 솟아 있는 언덕에 성벽과 로마네스크 탑만 세웠으나 중세 말에 전망탑이 추가로 건설되

블레드 성

면서 요새의 모습을 갖추게 되었다고 한다.

이곳에는 두 개의 정원이 있는데 아래쪽에 있는 것은 외부의 방어성이 있는 곳이며, 위쪽에 있는 것은 거주지 공간으로 쓰였던 곳이다. 두 개의 정원은 바로크 양식의 나선형 계단으로 연결되어 있었다. 성은 발 아래 펼쳐지는 아름다운 경치로 800여 년간 유고슬라비아 왕가의 여름 별장으로 사용되었다.

성 안으로 들어서니 호수에서 올려다보던 느낌과 달리 꽤 넓었다. 왕가의 여름별장이었던 건물은 현재 박물관으로 다양한 유물이 전시되어 있었고, 바로크 양식으로 개조된 별채는 성당으로 꾸며져 있었다.

그러나 블레드 성의 하이라이트는 누가 뭐라 해도 정원 전망대에서 바라보는 블레드 호수의 풍경이다. 에메랄드빛의 깊고 푸른 호수, 호수 주변의 별장들과 마을이 마치 동화 속의 풍경처럼 아름답다. 호수 위에 떠 있는 작은 섬, 그속에 그림 같은 성모승천 성당이 살아 움직이는 듯하다.

　고색 찬란한 블레드 성곽에서 멀리 바라다 보이는 슬로베니아의 명산, 트리글라브산도 더 아름답게 다가선다. 블레드 섬의 솟아오른 소원의 종탑도 필자가 서 있는 블레드 성곽에서 보는 것이 훨씬 감동적이었다.

　인증샷 몇 컷 날리고 아쉬움을 간직한 채 성을 내려와 포스토이나로 이동하였다.

　포스토이나 동굴은 중국 장가계 용왕굴 다음으로 세계에서 두 번째로 긴 석회동굴이다. 포스토이나는 슬로베니아의 수도 류블랴나에서 남쪽으로 50km 정도 떨어져 있는 작은 도시이다. 고작 1만 명의 인구가 거주하고 있으나, 세계 각지에서 몰려든 사람들로 언제나 북새통을 이루는 곳이다.

　권 부장의 조크가 시작된다. "슬로베니아는 포스토이나 동굴 말고도 석회동굴이 만 개가 넘어요. 아마도 슬로베니아 국민 200만 명이 한꺼번에 뛰면 땅이 폭삭 꺼져버릴 거예요~! 헤헤~"

"오매~나가 환장해뿌러~! 고로콤 되믄 쓰건남~! 남 나라라고 거시기 하면 안되제~! 맘 곱게 쓰야제~!" 여수 아줌씨의 한마디에 모든 사람들이 웃으며 고개를 끄덕인다.

포스토이나 동굴 입구에서 두툼한 겨울용 점퍼를 꺼내어 입었다. 동굴 안으로 들어가면 섭씨 8도로 춥다는 권 부장의 사전공지가 있었기 때문에 동굴 입구에서 망토를 빌리는 사람은 없었다. 권 부장이 수신기를 하나씩 나누어 주며 설명한다.

"가는 곳마다 번호판이 세워져 있고 그 번호를 누르면 수신기에서 한국어로 해설이 나옵니다. 제가 인솔하겠지만 워낙 관광객이 많아 같이 행동하기 어려우니 각자 관람하시고 나중에 동굴 밖에서 뵙겠습니다."

포스토이나 동굴은 길이가 20km에 이르는 카르스트 지형 동굴인데 일반인에게는 5.2km만 개방되어 있었다. 우리는 꼬마열차를 타고 2km를 10분 정도 달리고, 내려서 1km를 걸으며 동굴 탐방을 하고, 다시 열차에 올라 2km를 달려 동굴 출구로 나오게 되어 있었다. 예정 관람시간은 1시간 30분이었다.

입구에서 꼬마 기차를 타고 동굴로 들어가니 지나갈 때마다 동굴벽에 부딪힐까 봐 저절로 머리가 숙여졌다. 꼬마열차에서 내려 지정된 장소에서 수신기의 번호를 누르니 한국어로 해설이 나온다. 동굴 내부엔 수백만 년에 걸쳐 조금씩 이루어진 석회암의 용식으로 인하여, 자연적으로 생겨난 희귀한 모양의 기기묘묘한 형태의 종유석, 석순, 석주들이 장관을 이루고 있었다.

거대한 영화 촬영 세트장에 들어선 것 같은 착각을 불러일으킨 동굴 내부는, 세계적인 조각가 영국의 헨리 무어가 "경이적인 자연 미술관"이라고 극찬했을 정도로 기이하고 아기자기하면서도 태고의 신비를 느끼게 하는 그야말로 변화무쌍한 동굴이었다.

동굴에서 서식하는 생물 중 가장 유명한 것이 인간물고기Human fish라고 하는데 어두운 동굴에서 살다 보니 눈이 퇴화되어 앞을 보지 못한다. 이 인간 물고기는 외부 아가미를 통해 호흡을 하며 수명은 약 100세로 10년 동안 아무 것도 먹지 않고도 살 수 있으나 빛이 있으면 살지 못한다고 한다.

전 세계에서 유일하게 이곳에서만 볼 수 있다는 인간 물고기Human fish의 정식 이름은 올름Olm으로, 동굴 안에 있는 웅덩이에 살고 있는 도롱뇽의 일종이다. 몸은 흰색의 피부에 길이가 20cm 정도이고 짧은 4개의 다리로 움직인다. 수족관 안에 몇 마리를 보존하고 키우고 있었는데 워낙 어둡게 하여서 육안으로 자세히 들여다봐야 겨우 보일 정도이니 사진 촬영은 불가능하였다. 또한 빛을 싫어하는 동물이니 만일 사진 촬영을 하면 이 인간 물고기가 놀랠 수 있으므로 당연히 사진 촬영은 금지하고 있었다.

마눌님과 열심히 수족관에 붙어 서서 인간 물고기를 찾고 있었는데 눈이 좋은 마눌님 왈 "여보~! 여기 있네요~그런데 흰색이 아니네요~" 자세히 보니 완전 흰색은 아니다. "움직이는 거 보니까 맞는 거 같은데 너무 어두워서 그렇게 보이는가?" 그런데 갑자기 카메라 플래시가 터진다. "NO Flash~!" 동굴 관리인이 놀래서 쫓아온다.

옆을 보니 우리 일행 푼수때기 치과의사가 보이고 또 찍으려고 한다. 마늘님도 너무 놀래 "그만 하세요~! 지금 찍어도 어두워서 안 나와요~! 그리고 물고기가 놀래잖아요~!" 푼수때기 치과의사의 답변이 가관이다. "어차피 눈이 멀었는데 플래시 터트린다고 알것시유~?" 참 귀(?)가 막히고 코가 막히는 말이다. 성질 같아서는 뺨을 때려주고 싶다. "에이~! #$%^&*!"

각종 종유석과 석순, 석주의 향연을 구경하고 맨 마지막에 도착하는 곳이 바로 콘서트홀이었다. 높이가 40미터이고, 만 명의 사람들을 수용할 수 있으며, 울림 현상이 강하여 메아리가 수 초 동안 지속된다고 한다. 총 면적도 3천 평방미터나 되어 중요한 음악회가 이곳에서 열리기도 한다. 기념품 가게를 둘러보고 다시 콘서트홀에서 울림 현상이 있는지 한번 나즈막이 소리를 내보니 메아리가 금방 나타난다.

이제 우리들을 기다리고 있는 꼬마기차를 타고 2km를 달려 동굴 입구에서 내린다. 그런데 관광객들이 기념사진 판매소에서 자신들의 사진을 찾고 있었다. 필자도 두리번거리며 사진을 찾으니 멋진 포즈의 사진이 금방 눈에 뜨인다. 사진사가 필자 모르게 찍었는가 보다. 오전에 블레드 성 문에서의 필자 사진도 찾아서 샀으니 포스토이나 동굴에서의 사진도 당연히 기념으로 사야겠지요~ 못마땅해하는 마늘님의 시선을 슬쩍 피하며 얼른 사진을 사서 동굴 밖으로 빠져나온다.

우리는 포스토이나 동굴 관람을 끝으로 슬로베니아를 떠나 이태리 베니스로 이동하였다. 2시간을 달려 베니스에 도착, 여장을 풀고 휴식을 취하니 여행 10일째도 막을 내리고 있었다.

이태리
(베네치아)

　이번 발칸 여행의 마지막 도시인 베네치아로 가기 위해 배를 탔다. 베네치아는 영어로 베니스를 말하며 이탈리아 동북부 아드리아해 끝에 위치하고 있는 인공섬이다. 2006년 9월 서유럽 여행 시 와본 곳이라 오랜만에 만나는 옛 친구처럼 친근한 느낌이 들었다.

　베네치아는 방파제로 막아놓은 베네치아만 안쪽, 석호에 흩어져 있던 118개의 섬을 4백여 개의 다리로 연결해 놓은 물의 도시이다. 로마, 피렌체, 밀라노와 더불어 이태리 관광 명소 중 하나이다. 섬과 섬 사이 수로는 곤돌라와 수상택시가 중요한 교통수단이 되어 독특한 도시 풍경을 연출한다.

　집들은 모두 석조건물이다. 하지만 모두 나무 말뚝 위에 서 있다. 고급 소나무인 백향목을 일정한 간격으로 진흙 뻘에 박고, 그 사이에 다시 잔 나무 말뚝을 박아 단단한 지대를 만든 뒤 건물을 올리는 방식이라고 한다. 물속엔 산소가 적어 나무가 잘 썩지 않고, 물속 광물질과 화학반응을 일으키면서 경화硬化 현상이 일어나 나무가 바위처럼 굳어진다고 한다.

　베네치아 사람들은 "모래 위에 세운 집은 무너져도 물 위에 세운 집은 수백 년 간다"고 말한다. 하지만 19세기 무분별한 지하수 개발로 지반이 침하되고, 20세기 후반 온난화로 바닷물 수위가 높아지면서 베네치아는 현재 위기에 처해 있다고 볼 수 있다.

"신은 자연을 만들고 인간은 도시를 만들었다"고 하지만 기상천외한 상상력으로 일군, 수상도시 베네치아는 감히 신에게 도전한 인간의 피조물이라고 할 만하다.

9~15세기에 지중해 상권을 장악했던 베네치아는 동서 문물의 합류지점이었고, 18세기말 나폴레옹에게 점령당할 때까지 독자적인 문화를 가지고 공화국 체제를 지켜오며 번창해 왔으며 '아드리아해의 여왕'으로 불리우며 화려한 시대를 풍미했던 곳이다.

해양 강국으로 로마 세계와 비잔틴 세계를 이어주는 다리 역할을 했고 오랫동안 부강한 나라를 일군 강인한 사람들이 인류사에 다시없을 문명을 이루어낸 곳, 베니스 비엔날레, 베니스 영화제, 베니스 카니발이 벌어지는 문화, 예술의 축제 도시인 베네치아를 벅찬 가슴으로 둘러보기로 한다.

대해협을 따라 배를 타고 가면서 북쪽 베네치아를 보니, 거대한 크루즈선도 정박해 있고, 산마르코 성당 종탑과 두칼레 궁전이 눈에 들어온다.

베네치아 건너편은 남쪽으로 길게 뻗은 주데카Giudecca 섬이다. 이름이 말하듯 10세기부터 유대인들이 살던 곳이고 16세기 말을 무대로 한 세익스피어『베니스의 상인』의 피도 눈물도 없는 유대인 고리 대금업자 샤일록도 주데카 사람이다. 성경에선 돈은 빌려준 만큼만 받으라고 가르쳤지만, 처음으로 이자라는 개념을 더해 돈을 빌려준 사람들이 유대인이라고 하네요. 거기에다 중세에 퍼진 흑사병을 유대인들이 퍼뜨렸다는 누명까지 쓰면서 중세 유럽에서 가장 자유로운 도시국가였던 베니스조차 유대인들을 이 섬에 따로 살게 했다고 한다.

주데카 섬에 아름다운 성당이 보인다. 17세기 흑사병이 끝난 것을 기념해 지었다는 산타마리아 델라 살루테 성당이다. 둥근 돔 천장으로 덮인 팔각 건물이 물 위에 떠있는 꽃병처럼 아름답다. 주데카 섬 동쪽에 붙어 있는 작은 섬에 있는 산 조르조 마조레 성당도 보인다.

드디어 베네치아 중심가 선착장에 도착하여 육지에 오른다. 해협 건너 조금 전 주데카 섬 앞을 지나며 보았던 산타 마리아 델라 살루테 성당이 보인다. 오른쪽 붉은 건물은 액션 할리우드 영화 〈투어리스트〉의 무대가 되었던 '다니엘리' 호텔이다.

두칼레 궁전과 산 마르코 광장 쪽으로 발길을 옮기니 수많은 관광객들로 붐빈다. 계단을 오르니 '리오'라는 소운하가 있고 그 위로 '탄식의 다리'가 보여 인증샷을 날린다. 두칼레 궁전과 프리지오나 감옥을 연결하는 다리로, 두칼레 궁전 안에 있는 법원에서 재판을 받고 감옥형이 결정되면 다리를 건너 옆 건물 감옥으로 향한다. 죄수들이 지하감옥으로 들어가면 다시는 살아나오지 못하는 것을 알고 한숨을 쉬었다 하여 '탄식의 다리'라는 이름이 붙었다.

이곳을 더욱 유명하게 만든 인물은 작가이자 역사에 길이 남을 바람둥이였던 카사노바인데 이 감옥을 탈출한 유일한 사람이었다고 한다. 카사노바는 바람둥이의 대명사지만 미워할 수 없는 부러움의 대상이기도 하다. 그는 문학, 철학, 예술 등 다방면에 재주가 뛰어난 인물이었고, 특히 여자 다루는 솜씨는 만점…ㅎㅎ 재판장의 아내를 건드려 체포되어 스파이 혐의로 사형선고를 받고 수감되나 여자 간수를 꼬드겨 탈출에 성공하여 파리로 갔다고 한다. 여자 간수는 "당신은 자유인이 되어야 한다"고 몰래 탈출시켰다나…ㅎㅎ(믿거나 말거나~) 그가 탈출할 때 감옥에 남긴 말은 너무나 유명하다.

"당신들이 나를 이곳에 가둘 때 나에게 동의를 구하지 않았듯이 이제 나도 자유를 찾아 떠나며 당신들의 동의를 구하지는 않겠소~!"

산 마르코 광장 입구 정면으로 들어서니, 베네치아의 상징인 날개 달린 사자상과 그리스의 전사이자 베네치아 최초의 수호성인인 산 테오도로 조각상이 있는, 두 개의 오벨리스크가 8년 전의 필자가 본 모습 그대로 솟아있었다. 오벨리스크는 콘스탄티노플에서 옮겨온 것이라고 한다.

베네치아의 모든 길은 산 마르코 광장으로 통한다고 해도 과언이 아니다. 어느 방향에서든 산 마르코 광장을 쉽게 찾을 수 있다. 나폴레옹이 '세상에서 가장 아름다운 응접실'이라고 극찬했던 산 마르코 광장은 길이 175m, 폭 80m에 이르는 거대한 광장이다. 광장 한복판에는 98.5m 높이의 종탑(캄파닐레)이 우뚝 솟아있으며 전망대에 올라가면 베네치아 시내가 한눈에 들어온다. 갈릴레오가 종탑에 올라 천체를 관측했다는 얘기도 전해진다.

두칼레 궁전은 베네치아에서 가장 멋진 건물로 9세기경 베네치아 총독의 관저로 지어졌다. 현재 외관은 14~15세기경에 고딕양식과 비잔틴, 르네상스 건축 양식이 복합된 모습으로 건축되었으며, 백색과 분홍색의 아름다운 문양은 인상적이며 그 멋을 더해주고 있었다.

두칼레 궁전 바로 옆, 산 마르코 대성당은 비잔틴과 로마네스크 양식이 혼재된 성당으로 유명하며 우아한 대리석 기둥과 건물을 덮고 있는 둥근 지붕에 운치가 흐른다. 11세기에서 15세기에 이르기까지 오랜 기간에 걸쳐 완성되었다. 성당에는 12사도 가운데 한 명이자 복음서 '마가복음'을 쓴 베니스의 수호성인 성 마르코의 유해가 안치되어 있다고 한다.

"지금부터 2시간의 자유시간을 드릴 테니 명품 샵에서 쇼핑도 하시고, 기념사진도 찍으시고, 노천 카페에서 차나 와인도 한잔하시면서 추억을 만드세요. 만나는 장소는 이곳 오벨리스크 앞입니다. 두 시간 후 수상 택시 타고 운하를 둘러보며 주위 경관을 볼 예정이니 시간 꼭 지켜주세요~"

베니스 현지 가이드의 말이 떨어지기 무섭게 우리 일행들 뿔뿔이 흩어진다. "박사님예~! 우린 명품가게 먼저 갈 낀데 같이 안 가실랍니꺼~?"

"그럽시다~ 아이 쇼핑이라도 해야지요~ㅎㅎ" 임 사장 부부와 같이 명품 샵으로 향한다.

베네치아가 낳은 인물로 우리에게 자주 회자되는 인물은 이곳 출신인 마르코폴로, 비발디, 카사노바 등이 있고, 베네치아를 상징하는 단어로는 물, 유리, 가면, 곤돌라, 광장 등이 있다. 베네치아는 카니발이라는 단어가 가장 잘 어울리는 도시이기도 하다.

상점마다 내걸린 여러 가지 모양과 빛깔의 화려한 가면들이 "당신은 베네치아에 왔다"고 말하는 듯하다. 베네치아에는 오랫동안 집을 비우는 상인들이 많이 살았었고 당시 가면무도회가 유행이었다고 하네요. 그러니 가면을 쓰고 곤돌라를 타고 어디에선가 내려 밀회(?)를 즐기기에 안성맞춤이 아니었을까요? (어디까지나 필자의 개인적인 생각입니다. ㅎㅎ)

광장 뒷 골목에 있는 화려하고 다양한 가면 판매점, 명품 센터, 기념품 상점을 둘러본 후, 광장에 있는 290년 전통의 고풍스런 플로리안 노천카페에 앉아 커피를 주문한다. 베니스 여행에서 이곳의 커피를 마셔야지만 여행을 마무리했다는 속설이 떠돌 정도로 유명한 카페이다. 8년 전에는 이 카페에서 커피 대신 맥주를 마셨었다.

플로리안 카페는 유럽 최초의 카페이며, 바그너, 니체, 괴테, 릴케, 바이론, 쇼팽 등 세기의 작가, 지식인, 예술가들이 자주 찾아왔을 뿐만 아니라 이곳에 앉아 담론을 나누었고, 희대의 바람둥이 카사노바가 '작업을 걸던' 곳이라고 한다. 중앙 무대에선 '베사메무초'가 연주되고 있었고, 그래서인지 커피의 맛이 더 깊고 달콤하였다.

베네치아의 숨결과 낭만을 호흡하고, 아름다운 선율을 따라 잠시나마 베네치안이 되어본다. 옛날 지성인들이 이곳에서 느꼈었던 감성을 필자도 세월을 뛰어 넘어 느껴보려고 했다.

이제 우리는 수상택시에 6명씩 나누어 타고 운하 투어에 나섰다. 베네치아의 메인 스트리트격인 대운하(총길이 3.8km)의 좌, 우측에는 화려한 귀족풍의 저택들이 늘어서 있었다. 대운하는 산 마르코 성당 앞에서 리알토 다리를 지나 산타루치아 역까지 이어진다고 한다.

폭이 넓은 운하를 중심으로 건물 사이로 작은 수로가 미로처럼 연결돼 운치를 더한다. 폭이 좁은 수로를 가려면 곤돌라를 이용하는 것이 더 좋다. 베네치아에 네 바퀴 달린 것은 없다. 곤돌라 크기가 작아 좁은 수로에 잘 어울리기도 하지만 아름다운 건축물들을 가까이에서 살펴보기에는 곤돌라가 더 효과적이기 때문이다. 8년 전 베니스에 왔을 때 곤돌라를 타고 골목골목을 누비던 기억이 새록새록 되살아난다.

수상택시를 타고 다리를 지나고 운하를 돌며 물길을 따라 달리다 보니 클로버 문양이 장식된 건물들이 눈에 띄었다. 베네치아에서 클로버 문양은 권력을 상징한다고 한다. 저 문양이 있고 없고로 귀족인지 평민인지 알 수 있다고 하네요.

베네치아 중심부에 자리하는 리알토 다리는 르네상스 양식의 하얀 석조 다리로, 베네치아를 이야기할 때 빠지지 않고 등장하는 명소이다. 원래 목조였던 다리를 16세기 말에 1만 개 이상의 말뚝을 박아 지금 모습으로 재건했다. 리알토 다리 위와 그 주변은 베니스 상권의 중심지로 대운하의 가장 좁은 부분을 무역선들과 큰 배들이 지나갈 수 있도록 아치형으로 높게 만들었다. 다리 주변에는 레스토랑과 카페, 상점이 즐비해 휴식을 취하거나 쇼핑을 즐기기에 좋다고 한다.

이제 운하 투어를 끝내고 배가 갑자기 속력을 내기 시작한다. 선장이 좌로, 우로, 이리저리 지그재그로 키를 돌려대니 배는 요동을 치며 달리며 스

리알토 다리

릴 만점의 시간을 갖는다. 우리 부부하고 같이 탄 자매팀의 동생이 선미船尾
에서 외친다. "와우~! 와~! 날아갈 것 같고 기분 째지고 짱이네~!" 평소에
말이 없어 요조숙녀로 알았더니 그게 아니다. ㅋㅋ

　잠시 후 수상택시가 육지에 닿고 배에서 내리니 우리 일행 모두 즐거운 표
정이다. 점심으로 비빔밥을 먹고 공항으로 이동, 베니스를 출발, 카타르 도
하에서 항공편 바꿔 타고 9월 25일 인천 공항에 무사히 도착하여 같이 여행
한 일행들과 인사하고, 발칸 여행을 마무리하였다.

　9월 14일부터 25일까지 10박 12일간 루마니아, 불가리아, 세르비아, 보
스니아, 크로아티아, 슬로베니아 등 발칸 6개국과 이태리 베네치아를 여행
하면서 아름다운 풍경과 유적지, 내전으로 인한 아픈 상흔들, 역사적 인물
과 사건들의 발자취, 다민족 다종교에 따른 다양한 생활 풍습과 음식 문화,

동방 정교회, 이슬람 모스크, 카톨릭 성당들의 공존, 아드리아 해의 절경과 바다 오르간, 일몰 풍광, 포스토이나 동굴의 신비함 등 많은 것을 체험하고 즐겁게 감상한 유익한 기회였다고 생각한다.

이제 발칸 여행 후기를 마무리하면서 문득 머리에 떠오르는 것이 있다. 여행은 가슴이 떨릴 때 해야지 다리가 떨릴 때는 못한다고… 그리고 여행은 인생에 대한 보상이라고….

2014. 09. 04 ~ 09. 13

미국 동부 - 나이아가라 - 캐나다

Nunawut

Manitoba

Newfoundland and Labrador

Quebec

Ontario

New
Brunswick

Maine

North Dakota   Minessota

Vermont
New Hampshire

South Dakota

Wisconsin

MIchigan

New York

Massachussetts
Rhode Island
Connecticut

Iowa

Pennsylvania

New Jersey
Vermont

Nebraska

Illinois   Indiana

Ohio

West Virginia

Washington D.C.

Kansas

Missouri

Kentucky

Virginia

North Carolina

Oklahoma   Arkansas

Tennessee

South Carolina

Alabama   Georgia

Mississippi

Texas   Louisiana

Florida

뉴 욕

　지난 추석 연휴를 이용하여 9월 4일부터 13일까지 미국 동부와 나이아가라, 캐나다 토론토, 몬트리올, 퀘백 등을 여행하였다. 필자는 미국 서부와 하와이, 캐나다 록키와 밴쿠버는 예전에 다녀왔기 때문에 이번에는 미국, 캐나다 동부를 보고 싶었다.

　9월 4일(목), 오전 10시 30분 인천국제공항을 이륙하여 13시간 50분의 비행 끝에 현지시각 10시 55분 뉴욕 JFK 공항에 무사히 도착하여 입국/세관 심사 및 짐을 찾은 후 밖으로 나와서 가이드와 미팅하였다. 가이드는 뉴욕 현지 여행사 직원으로 대기 중인 버스에 오르니 한국에서 간 여행객과 현지 합류 손님에게 공손히 인사한다.

　"제가 앞으로 10일간 선생님들을 모실 가이드입니다. 제 이름은 한 번 들으면 안 잊어버리실 거예요. 성○환인데 '성 전환'만 기억하시면 돼요~ 하하~" 가수 싸이를 빼치게 닮은 30대 초반의 활기찬 청년이다.

　"이곳 공항이 있는 퀸즈에서 맨하탄으로 넘어갈 겁니다. 기내식 드신 지 얼마 안 될 테니 시장하지 않으시면 맨하탄 시내관광 먼저 하시고 유람선 타고 자유의 여신상 보고 엠파이어 스테이트 빌딩으로 가시는 것이 어떨까요?" 모두 이구동성으로 "좋아요~!"

"일정이 빡빡하고 이곳 교통체증이 심해서 관람지역과 경유지역으로 나누어 진행합니다. 경유지역은 버스에서 내리지 않고 차창 밖으로 보시는 겁니다. 헤헤~"

"엠파이어 스테이트 빌딩 전망대에서 보는 일몰이 좋다는데 가능할까요?" 필자가 물으니, "아버님~! 우리가 낮 시각에 가기 때문에 힘들 것 같네요. 하지만 노력해 보겠습니다."

미대륙 동부해안에 위치하고 있는 뉴욕은 맨하탄, 브룩클린, 퀸즈, 브롱크스, 스테이튼 아일랜드, 5개의 섬이자 독립구로 나뉘어져 있다. 또한 5개의 섬들은 터널이나 브릿지로 연결되어 있다고 한다. 이 중 뉴욕 관광의 중심지인 맨하탄은 동쪽으로 이스트강, 서쪽으로 허드슨강, 남쪽으로 어퍼 뉴욕만에 둘러싸인 길다란 섬으로 되어 있다.

맨하탄 섬은 이탈리아 항해사 지오반니 다 베라자노Giovanni da Verrazano가 1524년 최초로 발견하였다. 그 후 1626년 네덜란드가 허드슨 강에 진출해 맨하탄에 뉴암스테르담을 세웠고, 1825년 에리 운하가 개통되고 활발한 무역거래가 시작되면서 발전에 발전을 거듭했다. 19세기 말과 20세기 초에는 수백만의 이민자들이 이곳 뉴욕에 들어왔고, 20세기 초 맨하탄의 푸른 하늘을 장식하는 고층 빌딩들이 들어서기 시작하면서 뉴욕은 세계 경제와 문화의 중심지로 발전했다.

맨하탄은 유명한 쇼핑가, 세계 경제의 중심지로 불리는 월 스트리트, UN 본부, 타임스퀘어, 예술, 문화의 중심지인 브로드웨이 등 뉴욕을 대표하는 모든 것들이 모여 있는 곳이다. 하늘 높이 치솟은 빌딩들, 일류 박물관과 공연예술극단, 금융, 패션, 미술, 출판, 방송, 연극, 광고의 중심지로서의 명성을 지니고 있다. 그리고 뉴요커들은 당당한 태도, 이국적 다양성, 세련된 멋쟁이 등으로 세계적으로 유명하다.

버스에서 가이드 미스터 성이 맨하탄에 대해 설명한다.

"맨하탄은 바위섬으로 되어있어 지하 주차장이 없어요. 섬에서 섬으로 이동하면서 터널을 통과하기 때문에 엄청난 교통체증이 생깁니다. 바둑판처럼 생겼고 AVENUE와 STREET로 구성되어 있지요. 우리는 맨하탄 동쪽으로 들어갑니다. 다양한 민족이 모여 있는 곳이구요. 공해가 별로 없으며 구두닦이도 없지요. 지하철은 건설된 지 100년이 지나 굉장히 더럽지요. 우선 우리는 맨하탄 중심가 7AVE 42번가 타임스퀘어로 갑니다. 그곳에서 잠깐 차를 세울 테니 타임 스퀘어를 얼른 보시고 오세요."

1904년 뉴욕타임즈가 이곳에 사무실 빌딩을 건설하기 시작하면서 뉴욕 최고의 번화가 타임 스퀘어Times Square를 탄생시켰다. 타임 스퀘어는 7번가와 브로드웨이, 42번가가 맞닿은 삼각지대를 포함하고 있었다. 브로드웨이의 극장가, 화려한 네온사인, 거리의 공연예술가로 가득한 이 지역에는 수

타임스퀘어

많은 볼거리와 즐길 거리를 찾는 많은 사람들로 붐빈다. 필자는 여행 8일째 뉴욕 마지막 날, 대학 동기이며 스테이튼 아일랜드에 살고 있는 한○ 선생을 만나고 맨하탄 야경을 꼭 보리라 다짐한다.

버스에서 내려 타임 스퀘어에서 인증샷 몇 컷 날리며 맨하탄 중심가와 브로드웨이를 거닐어본다. 수많은 극장과 영화관, 레스토랑, 스탠드바 등이 쭉 늘어서 있고 오가는 사람들로 넘쳐나고 화려한 네온사인과 벽마다 붙은 포스터들, 거리의 음악가 등 흥미로운 풍경이 곳곳에서 펼쳐지고 있었다.

버스에 다시 올라 센트럴파크와 개선문을 연상시키는, 영화 〈어거스트 러쉬〉의 배경지로 유명한 워싱턴 광장을 차창 밖으로 보았다. 미스터 성이 한마디 툭 던진다. "워싱턴 광장은 워싱턴에 없고 뉴욕에 있어요. 아셨죠? 하하~"

건물들은 100년 이상 된 건물들로 비상용 외부 철제 계단이 있었으며 안은 목재건물로 되어 있다고 한다. 시립도서관 옆에 조성되어 있는 브라이언파크에선 평화롭게 휴식을 취하는 시민들과 탁구를 열심히 치는 청춘들이 눈에 띄었다.

뜬금없이 미스터 성이 마이크를 잡는다.

"클린턴 전 대통령이 센트럴파크 인근 아파트에 입주하려고 했는데 아파트 주민들이 바람둥이하고 같이 살 수 없다고 하여 할렘가에 있는 오피스텔을 얻었다고 해요. 뉴요커들 자존심이 대단해요. 이곳 뉴욕시장으로 브룸버그 시장과 줄리안 시장이 있었는데 브룸버그 시장은 교통체증traffic jam을 해소하기 위해 '나도 일주일에 한 번 지하철, 버스, 자전거를 타고 다니겠다'고 하면서 몸소 실천하였고, 줄리안 시장은 치안과의 전쟁을 선포하고 벽의 낙서 지우는 데 혼신의 노력을 하여 지금은 많이 나아졌어요. 시민들에게 추앙받는 시장으로 기억되고 있지요. 맨하탄에 뉴욕대학교가 있는데 캠퍼스가 형성되어 있지 않아요. 땅 값이 비싼 큰 부지를 확보하기 어렵기 때문입니다. 뉴욕대라고 하면 아까 보신 맨해튼 복판에 있는 워싱턴광장 공원 주변에 밀집된 콘크리트 건물들을 지칭하지만 뉴욕대 건물들은 머레이힐과 그리니치빌리지, 차이나타운, 소호, 노호, 첼시까지 맨해튼 사방으로 분산되어 있지요. 뉴욕대학교의 학풍은 현장을 바탕으로 학문에 정진한다는 것으로 요약할 수 있습니다. 이는 세계 최대의 도시 한가운데 자리를 잡고 있다는 특징 즉 현장에서 배우고 익힌 것을 바로 실생활과 연결시킬 수 있다는 것과 관련이 있다고 하겠죠. 다시 말하면 도심 속에 뿔뿔이 흩어진 이들 캠퍼스를 구분 짓는 것은 단과대별로 독특한 건축양식과 함께 학생들의 독특한 개성입니다. 따라서 뉴욕 문화예술계의 중추를 이루는 사람들 중에는 뉴욕대학교 출신들이 많습니다."

"와우~! 미스터 성~! 공부 많이 했네요?" 일행 중 한 여성분이 박수를 치며 화답하니, "제가 벌써 가이드 생활한 지 7년 됐어요. 그 정도야 기본이죠. 흐흐~"하고 자랑스러워한다.

우리는 뉴요커와 관광객들로 항상 붐비는 쇼핑거리 소호SOHO를 지나간다. 5 AVENUE에 위치하며 세계에서 상가 임대료가 가장 비싼 곳이다.

맨하탄을 동서로 가르는 뉴욕에서 가장 번화한 거리로, 세계 유명한 명품 브랜드가 거리 양쪽으로 나타났다. 소호SOHO는 사우스 어브 하우스턴SOuth of HOuston의 머릿글자를 따서 붙여진 이름이다.

소호의 특징은 창고로 쓰이는 주철의 단단한 건물들과 코블스톤 스트리트 cobblestone street이다. 자갈이 깔린 거리들은 거주민들이 업타운으로 이주한 이후인 1850년대에 등장하였고, 1960년대를 지나면서 예술가들이 조용히 이곳의 버려진 건물에 이주하기 시작했다고 한다. 싼 임대료, 넓고 천장이 높은 창고를 그들의 창작 공간으로 활용하려는 예술가들이 모여들면서 새로운 예술의 거리로 부상하기 시작했으며, 1970년대까지 주거, 상업, 예술 지구로 변모시키면서 독특한 지역공동체로 발전했다. 구찌, 루이비통, 티파니, 샤넬, 페라가모, 자라 등의 유명 상점들이 늘어서 있어 눈이 즐거웠다.

전 세계 어느 곳의 차이나타운보다 크고 화려한 뉴욕 차이나타운을 지나 금융 밀집 구역, 세계 금융시장의 중심가인 월스트리트Wall Street로 들어서니 황소 동상이 나타났다. 그런데 관광객들이 황소의 거시기를 만지고 있다. 하도 만져 거시기가 반짝반짝 빛이 난다. 거시기를 만지면 큰돈을 벌수 있고 복권을 사면 대박이란다.

32가 한인 타운에 들어서니 한글로 된 입간판이 즐비하게 들어서 있었다. 한인들이 많이 하는 직업은 세탁소, 식당, 잡화상 등이라고 한다.

UN본부, 록펠러 센터를 경유하면서 미스터 성이 열을 올린다. "반기문 유엔사무총장 부임 후 한국인의 위상이 높아졌어요. 교민들에게 항상 따뜻하게 대해주시죠."

태극기가 건물 정면 중앙에 자리 잡고 있었다. 한국의 이니셜 알파벳 K가 유엔 가입국 중 중간에 위치하기 때문이지요.

이제 우리는 페리를 타고 자유의 여신상과 맨하탄 마천루를 보기 위해 사우스 스트리트 씨포트South Street Seaport로 향하였다. 선착장에 도착하니 브룩클린 브릿지가 눈앞에 전개된다.

브룩클린 브릿지Brooklyn Bridge는 뉴욕에서 가장 오래되고 가장 유명한 교각으로 사우스 스트리트 씨포트South Street Seaport 바로 북쪽에 자리하고 있다. 1869년 착공하여 1883년 완공 당시에는 세계에서 가장 긴 현수교이자 뉴욕시티에서 가장 높은 건축물이었다. 총길이는 5,989피트, 가장 높은 곳은 1,595피트에 달하고, 총 1,800만 달러를 투자하여 완공하였다.

브룩클린 브릿지

　페리에 탑승하여 2층 갑판으로 올라가 브룩클린 브릿지를 가로질러 이스트강으로 나아간다. 뉴욕시의 초고층 빌딩인 마천루skyscraper와 엠파이어 스테이트 빌딩, 911테러로 없어진 세계무역회관(일명 쌍둥이 빌딩)자리에 준공된 프리덤타워(1776피트, 541m)의 위용이 모습을 드러내고 아름다운 전경이 눈앞에 삼삼하게 펼쳐진다. 와우~! 감탄사가 절로 터져 나오며 쉴 새 없이 디카 셔터를 눌러댄다.

　셀카 밧데리가 다 나가 울상이 된 안산에 살고 있다는 이 여사, 박 여사에게 인증샷을 날려준다. 나중에 메일로 보내주겠다고 했더니 연신 허리를 구부리며 감사의 예를 다한다.
　"아이고~ 선생님이 구세주입니다~! 고맙습니다~!"
　이제 저 멀리 자유의 여신상이 보이기 시작한다. 리버티 아일랜드Liberty Island에 위치한 자유의 여신상Statue of Liberty은 1886년 미국 독립 1백 주년을 기념하여 프랑스에서 기증한 것이다. 미국과 프랑스의 우호 증진을 위한 선물이었지만 지금에 와서는 전 세계인들에게 미국의 상징 더 나아가서는 자유의 상징으로 인식되고 있다.

프랑스의 조각가 바르톨디가 자신의 어머니를 모델로 하여 조각하였다고 한다.

1시간에 걸친 유람선 관광을 끝내고 사이공 특식으로 점심을 먹은 후 우리 일행은 오늘의 마지막 관광코스인 아름다운 전경을 한눈에 볼 수 있는 뉴욕의 상징, 엠파이어 스테이트 빌딩Empire State Building으로 향했다.

1930년에 완공된 엠파이어 스테이트 빌딩Empire State Building은 뉴욕을 상징하는 고층빌딩으로 수많은 영화에 등장한 세계적으로 유명한 건축물이다.

높이 약 443m로 이제는 더 이상 세계에서 가장 높은 건물은 아니지만 아직까지도 세계인의 사랑을 받고 있으며 한 해 평균 3백 50만 명 정도의 관광객이 방문하고 있다. 또한 2001년 9월 11일에 일어난 9.11 테러사건으로

자유의 여신상(왼손에 독립선언서를 들고 있다)

인해 세계무역센터 건물(일명 쌍둥이 빌딩)이 무너진 이후로 맨해튼의 랜드마크 landmark 구실을 도맡아 하고 있으며 인기가 더 높아진 건물이기도 하다.

전망대에 올라가면 주변지역의 전경이 한눈에 들어오고 특히 밤에 바라보는 맨해튼과 주변지역의 야경이 일품이다. 뉴욕이 한눈에 바라보이는 전망대는 실외테라스와 연결된 86층(320m)과 유리창을 통해 바라보는 102층(373m)에 있다.

엠파이어 스테이트 빌딩은 맑은 날 해 지기 직전에 오르는 것이 가장 좋다. 강렬한 노을빛에 물든 맨해튼 마천루의 모습과 센트럴 파크의 풍경을 감상할 수 있기 때문이다. 우리가 도착하여 86층(320m) 전망대에 오르니 운 좋게 일몰 광경이 눈앞에 펼쳐졌다. 또한 아름다운 뉴욕시의 전경과 맨하탄 마천루가 우리 눈을 즐겁게 해준다. Fantastic~~!

수많은 인파 속에서 인증샷도 날리고 아름다운 풍광을 눈에 한참 동안 삼삼하게 담아본다.

여행의 첫날 관광일정을 모두 끝내고 뉴저지에 있는 호텔에 도착, 저녁을 먹고 샤워를 끝내니 오늘의 피로가 몰려오며 나도 모르게 꿈나라로 빠져들었다.

나이아가라 1

9월 5일(금), 여행 이틀째, 뉴저지에 있는 호텔을 출발하여 나이아가라로 이동하였다.

가이드 미스터 성이 마이크를 잡더니, "한양마트(한국인이 운영하는, 뉴저지에선 유명한 마트)에서 뉴저지에 거주하는 유학생, 재미동포 등이 합류하여 같이 나이아가라로 갑니다. 나이아가라까지는 7시간 30분 정도 소요될 예정이며 미대륙 서북방향으로 버스는 올라갑니다. 오늘 아침 일기예보를 들으니 지금 나이아가라에는 비가 억수로 온다고 하네요.ㅠㅠ 하지만 나이아가라 날씨는 변화무쌍해서 오후에는 괜찮을 수도 있습니다. 지금 타신 이 버스(56인승)로 계속 여행하실 텐데 혹시 가격이 얼마나 되는지 아세요?"

버스 안 여기저기서 1억, 1억 5천, 2억, 2억 6천, 3억 2천, 4억 5천까지 값을 매긴다. "한화로 6억 5천입니다. 장거리를 뛰는데 승객들이 편안하시도록 쿠션을 좋게 만들었다고 하네요."

"차 값은 억수로 비싼데 앞에 달린 TV 모니터는 쪼그매한게 와 이리도 작노?" 앞자리에 앉은 경상도 아저씨가 궁시렁거린다.ㅎㅎ

"버스 뒤쪽에 화장실이 있지만 우린 이용을 안 할 겁니다. 손님들이 수시로 쓰면 냄새가 나서 아버님, 어머님들이 힘드실 거예요. 두 시간마다 휴게소를 들를 예정이니 그때 화장실을 이용하세요. 그리고 과일을 갖고 국경을 통과 못 하니 그 전에 다 드세요. 아 그리고 제 별명은 '볼매'인데 무슨 뜻인지 아세요?" 일행 중 경상도 대구에서 왔다는 남정네가 씩씩하게 대답한다. "아이고마~ '볼수록 매력있다' 아이가~? 억수로 쉽쿠마~ 하하~" "맞습니다. 맞고요~ 손님들이 저를 볼수록 매력있다고들 해요. 헤헤~"

"미대륙을 횡단할 때 동부와 서부를 연결해 주는 고속도로는 짝수 번호이고 남북을 연결해 주는 고속도로는 홀수 번호입니다. 뉴욕에서 차로 한 번도 쉬지 않고 48시간을 서쪽으로 달리면 샌프란시스코에 도착합니다. 고속도로 통행료(Toll 비)를 내는 도로는 Service area(편의점이 있음)가 있고, 톨Toll비를 안 내는 도로는 Rest area(화장실)만 있지요. 서부에서는 고속도로를 Free way(톨비가 없음)라고 하고, 동부에서는 High way라고 합니다. 제가 퀴즈 하나 낼 텐데 맞히시는 분은 와인 한 병 쏘겠습니다."

"아이고~미스터 성~! 시방 와인이라 했소? 나가 징혀~ 싸게싸게 야그 해보소~" 전라도 사투리의 아줌씨가 재촉한다. 역시 필자를 비롯하여 한국 사람들은 공짜를 좋아한다. ㅎㅎ 눈을 붙이거나 붙이려는 사람들까지 초롱초롱 시선집중, 귀를 기울인다. 와인이 뭐길래~~ㅎㅎ

"지금 반대편에서 오는 차량들이 낮시간인데도 헤드라이트를 켜고 운행하는데 무슨 이유일까요?" 말이 떨어지기 무섭게 여기저기서 아우성이다. "경찰이 있으니 조심운전하라는 게지요." "여기가 한국인 줄 아세요? 미국입니다. 미국 ㅎㅎ" "앞차를 추월하지 말고 차간거리 유지하라는 거요." "아닌데요~" "나가 싸게 야그 하것소~ 거시기~ 거 뭐냐 ~ 졸음운전 하지 말랑께 ~ 그거 아니것소~ 쉬워뿌러~" "맞습니다. 아버님이 맞혀뿌렀소잉~하하~" 미스터 성이 장단을 맞춘다.

"역시 별명을 잘 지었네요. '볼매' 미스터 성~! 볼수록 매력이 있네요." 마늘님이 덧붙인다.

미스터 성이 틀어주는 올드팝을 들으며 80번 하이웨이를 달리더니 우리 버스는 뉴저지 주 북쪽에 위치한 펜실베이니아 주로 들어선다. 북쪽으로 올라갈수록 단풍이 들기 시작하였다.

"미국의 역사는 400년밖에 안 돼요. 미국 사람들은 보여주는 매너는 좋은데 예의범절은 없어요. 예의범절은 한국사람이 최고지요. 선생님들에게 점수 따려고 그러는 거 아니예요~^^ 헤헤~"

"펜실베이니아 주는 남북전쟁이 치열했던 주예요. 승패를 좌우했던 게티스버그 전투가 벌어진 곳이구요. 당시 미국의 북쪽은 상공업, 남쪽은 농업이 발달했으며 펜실베이니아 주는 애매하게 중간에 위치해 있었지요. 남쪽에선 노예제도를 유지하려고 하였으나 북군의 승리로 노예들은 해방이 되었죠. 영화 〈바람과 함께 사라지다Gone with the wind〉 보셨죠? 남쪽의 미국인들은 노예를 부려 농사를 지으며 귀족과 같은 사치스러운 생활을 하였지요. 그러니 당연히 노예제도 폐지가 마음에 안 들었던 게지요. 심지어는 볼일을 보고도 노예들이 뒷처리를 해주었다고 해요."

창밖으로는 광활한 대지 위에 끝없이 옥수수 밭과 싸이로(곡물 저장창고)가 펼쳐지고 있었다.

"콘벨트Corn Belt 지역이에요. 옥수수는 하나도 버릴 것이 없답니다. 팝콘 원리로 화약을 만들기도 하고, 옥수수 안의 하얀 씨로 친환경 일회용 플라스틱을 만듭니다. 또한 옥수수 기름을 차에 주유하기도 하지요. 식용이나 사료로 쓰이는 것은 말할 것도 없고요."

갑자기 미스터 성이 소리친다. "저기 검은 옷을 입고 모자를 쓴 한 무리의 남녀들 보이세요? 저 사람들은 아미쉬Amish라고 해서 현대문명을 받아들이지 않고 16세기~17세기 종교개혁 당시의 모습 그대로 간직한 채 살아가는 사람들이에요. 지금도 차를 타지 않고 마차를 타고 다녀요. 제가 우스갯소리 하나 할 게요. 나이아가라에 가보시면 저 아미쉬를 많이 보게 될 거예요. 차를 타지 않고 어떻게 나이아가라까지 왔나 궁금하여 물었지요. '당신들 어떻게 여기까지 왔냐? 마차 타고 오진 않았을 텐데.' '물론 차 타고 왔지~' '어떻게?' '어~ 내가 운전 안 했어~!' 귀(?)가 막히고 코가 막혀 걍 웃을 수밖에요…ㅎㅎ" 아미쉬 사람들도 나이아가라 폭포는 보고 싶었던 모양이다. ㅎㅎ

이 사람들이 사는 마을에 가면 전기와 자동차를 사용하는 대신 마차와 재래식 도구를 사용하며 공교육을 따르지 않고 자신들이 직접 교육을 한다고 한다. 아미쉬 중에서 가장 성공한 사람은 허쉬초콜렛을 만든 사람이라고 한다.

우리는 미국 뉴욕 주의 루이스턴과 캐나다 온타리오 주의 퀸스톤을 연결하며 나이아가라 강 위에 위치한 루이스턴-퀸스턴 다리를 지나 캐나다 나이아가라 폴스Niagara Falls로 들어갔다. 나이아가라 폴스라는 같은 이름을 가진 미국과 캐나다의 도시가 강의 양쪽 기슭에 각각 위치한다. 사실 미국 측 나이아가라 폭포는 뉴욕시와 같이 뉴욕 주에 있음에도 불구하고 뉴욕 주의 형태가 굵고 커다란 'ㅓ' 모양으로 생겨 뉴욕시에서 뉴저지 주와 펜실베이니아 주를 거쳐 다시 뉴욕 주로 들어가서 폭포를 보게 되는 것이다.

나이아가라 폭포Niagara Falls는 오대호 중 하나인 이리 호Lake Erie에서 흘러나온 나이아가라 강이 온타리오 호로 들어가는 도중에 형성된 大폭포로 세계 3대 폭포 중 하나이다. 참고로 3대폭포를 열거하면 이과수 폭포, 빅토리아 폭포, 나이아가라 폭포이다.

나이아가라 폭포는 미국 뉴욕 주와 캐나다 온타리오 주 사이의 국경선을 가로지르는 세 개의 폭포를 통틀어 말한다. 두 개의 대형 폭포는 염소섬Goat Island을 경계로 하여 캐나다령의 말발굽 폭포Horseshoe Falls와 미국의 미국 폭포American Falls로 분류되며, 소형 폭포인 면사포 폭포Bridal Veil Falls 또한 미국에 속해 있다. 미국 쪽 폭포의 높이는 56m, 폭은335m, 캐나다 쪽의 폭포는 높이 57m, 폭 670m의 규모를 자랑하고 있다. 나이아가라 폭포는 빙하기 이후 폭포 절벽의 하류 11m 지점에 있었던 폭포가 연간 약 30cm 씩 바위를 계속 침식해 현재의 모습으로 위용을 갖추게 되었다.

인디언들이 '천둥소리를 내는 물기둥'이라고 했듯이 실제로 나이아가라의 굉음은 어마어마하다. 물이 60m의 낙차로 떨어져 내리면서 내리는 소리는 그야말로 '신이 창조한 기적'이다. 또한 시간과 계절에 따라 물소리가 제각기 달라지는데 인디언들은 이를 신이 노한 것으로 여겨 해마다 아름다운 처녀를 폭포에 바쳤다고 하는 '안개의 처녀' 전설은 지금도 전해지고 있다.

나이아가라는 그 수량이 '1분에 욕조 100만 개를 채울 수 있을 정도'라고 한다. 1km에 이르는 넓은 강폭과 50m의 높이에서 떨어지는 매분 1억 6천 리터 이상의 엄청난 수량, 그리고 하얗게 피어오르는 물안개 등 이루 말로 다 할 수 없는 자연의 아름다움에 매년 약 1,200만 명의 관광객들이 이곳을 방문하고 있다

두 개의 폭포가 미국령으로 속해있지만, 캐나다 측의 말발굽 폭포가 그 규모와 장관이 더 뛰어나고 미국 측 폭포까지 모두 정면으로 볼 수 있기 때문에 캐나다 쪽으로 관광객들이 더 몰린다. 그래서 당연히 우리도 캐나다로 건너갔다.

미스터 성이 마이크를 잡더니 "나이아가라 관광은 선택관광이 많습니다. 선택관광 안 하실 분은 자유시간 드릴 테니 주변에서 관광하시면 됩니다. 〈나이아가라 헬기〉는 비싸고 실속이 없기 때문에 저는 스릴 넘치고 추억거리를 많이 만들 수 있는 〈제트 보트〉를 추천합니다. 〈바람의 동굴〉은 나이아가라 폭포 물을 직접 맞는 체험을 할 수 있으므로 적극 추천합니다. 캐나다 옵션인 〈스카이론 타워 전망대 스테이크 특식과 I-MAX 영화〉, 〈천섬 유람선〉, 〈몬트리올 몽 모렌시 폭포〉, 미 동부 우드버리 아울렛 가기 전 〈어저블캐즘 계

곡)관광이 있습니다. 잘 선택하셔서 저에게 말씀해 주십시오."

필자 부부는 미서부 그랜드 캐넌을 가봤기 때문에 〈어저블캐즘〉은 빼고 나머지는 다 하기로 했다.

다행히 우리가 나이아가라에 도착하니 비는 걷히고 청명한 하늘을 보이고 있었다. "비를 몰고 다닌다는 가이드가 있다고 하던데 미스터 성은 그 반대네요." 필자의 칭찬에 미스터 성, 씩 웃으며 양쪽 어깨를 으쓱 추켜세운다.

바람의 동굴 입구에서 비옷과 샌들을 지급받았다. "샌들은 강남 스타일이니 기념으로 한국으로 가지고 가셔서 서울 강남에서 신고 다니셔도 돼요. 실제로 우리 손님들 중 그런 분이 많아요. 하하~"

섬 모양이 염소를 닮았다 해서 붙여진 이름인 고트섬Goat island 좌측의 면사포 폭포 쪽으로 발길을 옮긴다. 폭포 쪽으로 한 걸음씩 옮길 때마다 좌측의 나이아가라 강과 정면의 레인보우 브릿지, 그리고 장대한 폭포와 아름다운 무지개가 눈앞에 펼쳐졌다. Fantastic~!

"오전에 비가 억수로 많이 와서 무지개가 보이는 겨~! 우리가 복 받은 겨~!" 일행 중 누군가가 묻지도 않았는데 혼자 궁시렁거린다. ㅎㅎ 면사포 폭포를 가장 가까이서 볼 수 있는 난간에 기대서서 폭포를 감상해 본다.

아, 이게 말로만 듣던 나이아가라 폭포구나! 곧은 절벽을 무서운 기색 하나 없이 떨어지는 폭포의 우람한 자태와 폭포수가 떨어지며 내는 轟흡(굉음)에 필자는 넋을 잃고 폭포를 한참 동안 바라보았다. 무지개의 출현 또한 우리에게는 더 없이 귀중한 선물이었다.

나무 데크와 계단을 오르고 폭포에 다가서면서 연신 디카 셔터를 눌러댄다. 그리고 폭포수를 직접 체험할 수 있는 곳에서 수 초간 서 있어본다. 순간 몸속으로 짜릿한 전율이 느껴졌다.

바람의 동굴, 면사포 폭포 관광을 마치고 우리는 제트보트를 타기 위해 루이스턴 Dock로 이동하였다. 월풀 제트보트 투어는 Dock를 출발하여 퀸스턴-루이스턴 다리 아래를 통과하여 월풀까지 갔다가 월풀을 반환점으로 되돌아오는 흥미만점의 급류를 체험하는 관광코스이다.

승선 전에 안전 교육을 받고 구명의를 착용하였다. 우리가 탄 보트는 제트 돔 보트Jet Dome Boat로 선수船首 쪽은 돔이 있어 열리고 닫히며 선미船尾 쪽은 돔이 없어 물폭탄을 직접 받으려면 선미船尾 쪽에 앉으라고 한다.

같이 승선한 미스터 성이 다가와 한마디 툭 던진다. "아버님, 어머님은 선수에 앉으시는 게 편하실 거예요." "그렇게 하지요." 필자 부부는 얼릉 선장 Captain 바로 뒤 좌편 자리에 앉았다. 캡틴 양 옆으로는 뉴욕대에 재학 중인 한국 여학생 둘이 앉는다.

잔잔한 강물을 거슬러 올라가서 퀸스턴-루이스턴 다리를 통과하니 우측에 캐나다 수력발전소인 아담 벡경 발전소와 좌측에 미국 수력발전소인 로버트 모제스 발전소가 보인다.

점점 물살은 거세어지며 보트는 좌우로 곡예운행을 시작한다. 요란한 엔진소리를 내며 덮개 문을 닫고 배꼬리를 360도 급회전하여 급류 속으로 들어서는 순간 눈앞에 거대하고 하얀 파도가 만들어지고 그 파도는 어느새 머리 위로 솟구치는가 싶더니 수직 낙하하며 엄청난 힘으로 우리를 세차게 강타한다. 와우~! 원더풀~~! 온몸을 전율케하는 짜릿함~!

급류가 Dome 위를 덮으며 지나가기 때문에 때로는 마치 물속을 달리는 것처럼 착각이 들기도 하였다. 선미 쪽에 앉은 미스터 성을 비롯한 젊은 친구들은 너나없이 환호성을 지르며 좋아한다.

두 군데 포인트(악마의 굴)에서 몇차례 반복하여 묘기를 부린 제트보트는 급류를 거슬러 올라 대규모 소용돌이인 〈월풀〉에 다다랐다. 필자부부도 선미 쪽으로 이동하여 〈월풀〉을 배경으로 인증샷을 날린다.

월풀은 나이아가라 폭포에서 흘러 내려온 나이아가라 강이 90도로 꺾이면서 강폭이 좁아져 상류에서 내려온 거센 흐름이 일시적으로 막히면서 자연스레 강한 소용돌이가 일어나는 곳이다. 월풀세탁기의 원리는 이 월풀에서 아이디어를 얻었다고 한다. 월풀에 빠지면 순식간에 강바닥으로 빨려들어가 시신도 찾을 수 없다고 한다.

월풀을 반환점으로 다시 내려오면서 한두 차례 더 곡예를 부린다. "와우~!" "Fantastic~!" "Wonderful~!" 가이드 미스터 성과 젊은 친구들이 "Once more~!"를 외치며 환호성을 지른다.

필자도 엄지를 치켜세우며 "Good~! Number one~!" 하고 캡틴을 칭찬해 주니 캡틴도 신바람이 나서 "OK~!" 하며 다시 턴하며 몇 번인가 더 곡예운행을 한다. 몇 차례 더 해주는 것은 캡틴 마음이지요~~ ^^ ㅎㅎ

1시간의 제트보트 관광을 끝내고 호텔로 들어와 휴식을 취하는데 갑자기 비가 쏟아지기 시작한다. 창밖으론 금요일 밤마다 쏘아 올린다는 불꽃놀이가 한창이다. 필자는 여의도에서 세계불꽃축제를 많이 보아왔기에 별 흥미를 느끼지 못한다.

　스카이론 타워 전망대에서 나이아가라 폭포 야경을 보기 위해 호텔을 나섰다. 비가 엄청 많이 오기 시작한다. 가이드인 미스터 성이 셔틀 버스가 올 테니 잠깐 기다리라고 한다. "미스터 성~! 저기 보이는 스카이론 타워 걸어서 얼마 안 되는 거 같은데 걸어가십시다." "비가 와서 그러는데 좋으시다면 걸어서 5분밖에 안 걸리니 그렇게 하시지요." 말이 떨어지기 무섭게 필자를 비롯한 대부분의 일행들이 걸어간다.

　스카이론 타워 전망대에 오르니 빨간색, 노란색 등의 아름다운 조명이 폭포를 더욱 영롱한 모습으로 비추어 주었다. 캄캄한 밤에도 관광객을 위한 시설에서 나오는 빛의 향연은 화려한 야경을 수놓았다. 유감스럽게 비가 많이 와서 사진을 찍어도 빗방울이 전망대 창문에 부딪쳐 흘러내리기 때문에 좋은 화면을 얻지는 못하였다. ㅠㅠ

　화려한 폭포 야경을 즐기고 호텔로 돌아와 휴식을 취하며 곡주 한 잔 걸치니 스르르 잠이 들며 여행 2일째 밤도 깊어가고 있었다.

나이아가라 2

　9월 6일(토), 여행 사흘째, 나이아가라 폭포를 가까이서 볼 수 있는 테이블 락Table rock전망대로 이동하였다.

　테이블 락Table rock전망대에 서니 우측으로 나이아가라 폭포의 진면목을 보여주는 웅장한 말발굽 폭포와 엄청나게 피어나는 물안개가 기둥을 이루며 하늘로 솟아오르는 풍광이 감동적이었다.

말발굽 폭포와 유람선

중앙에는 염소섬Goat island과 어제 관광한 〈바람의 동굴〉 데크 시설이 있었으며 좌측으로는 미국 폭포와 레인보우 브릿지가 보였다. 미국 폭포는 캐나다에서 봤을 때 일직선으로 가로로 길게 보인다 해서 신부의 면사포처럼 포근하게 감싸주는 느낌이라 면사포 폭포Bridal Veil Falls라고 부른다.

전망대에서 인증샷을 날리고 나이아가라 공원을 산책한 후 다시 버스에 올라 유람선 탑승장으로 이동하였다. 이동 중 미스터 성이 뜬금없이 내기를 하자고 한다. "제가 퀴즈를 내서 손님들이 맞히면 제가 커피를 사고 틀리면 손님들이 커피 쏘는 겁니다. OX 문제니 잘 찍으세요~! 첫 문제는 나이아가라에는 횟집이 있다? 없다? 손 드세요."

"아이고~ 쉬워뿌러~ 문제가 쪼께 거시기 헌디~ 횟집이 분명 있당께~ 그랑께 문제를 냈것제?" 전라도 사투리의 아줌씨 답변에 모두 고개를 끄덕인다.

"그럼 두 번째 문젭니다. 나이아가라에는 절이 있다? 없다? 손 드세요." "나이아가라에 뭔 절? 아이고마~ 내사마 알것다~! 억수로 수월쿠마~! '있다'가 맞지요? 헤헤~" 이번에는 부산에서 왔다는 남정네가 얼릉 답변한다.

"제가 졌네요. 맞습니다. 나이아가라에는 폭포횟집이 있고 만불상 절이 있습니다. 제가 손님들에게 커피를 쏘겠습니다."

"이 많은 사람들에게 커피를 쏘려면 커피 값이 만만치 않을 낀데?" "신경 불들어 매세요. 제 호주머니에서 나가는 게 아니고 회사에서 주는 겁니다. 그래서 제가 일부러 내기를 하자고 한 거고요. 제가 질 줄 알았지요. 하하~" "역시 '볼매'네요~ ㅎㅎ" 우리 일행 모두 박수로 화답한다.

창밖을 내다 보니 월풀 골프장을 지나가고 있었다. "이 월풀 골프장은 페어웨이가 좁고 길어서 상당히 어려워요. 스코어가 잘 안 나옵니다. 저도 이 골프장에서 몇 번 쳐봤는데 100타를 훨씬 넘겼어요. 헤헤~"

우리 버스는 월풀 골프장을 지나 유람선 선착장으로 들어서고 있었다. 일행 모두 우의를 걸치고 〈안개속의 숙녀호〉 유람선에 승선하였다. 어제 〈바람의 동굴〉 투어에서 나이아가라 폭포를 온몸에 느꼈지만 오늘은 유람선을 타고 미국 폭포를 지나 말발굽 폭포 아래로 가서 폭포를 체험하는 것이다. 말하자면 빨려 들어갈 듯한 물보라와 폭포의 위력을 뼛속까지 느낄 수 있도록 폭포의 중심에 서 보는 것이다.

인디언어로 '천둥소리를 내는 물'이라는 굉장한 말처럼 실제로 배를 타고 말발굽 폭포 아래로 다가가면 물안개와 물보라 때문에 눈을 뜨고 바라볼 수 없을 지경이라고 한다.

〈안개속의 숙녀호〉 유람선은 이곳에 살고 있던 인디언 원주민들이 폭포가 뿜어내는 천둥소리를 신이 노해서 내는 소리로 알고 매년 처녀를 제물로 바쳤다는 전설에서 착안하여 이름을 붙였다고 한다. 유람선은 먼저 미국 측 폭포 쪽으로 다가선다.

레인보우 브릿지와 미국 폭포 전망대를 뒤로 하고 폭포에 가까워지니 물안개와 물보라가 사정없이 들이친다. 엄청난 폭포 물줄기가 쏟아지지만 직접 물줄기를 맞는 것은 아니고 물안개에 흩날리는 물방울을 맞는 것임에도 불구하고 눈을 뜰 수가 없을 지경이다.

미국 측 폭포를 지나, 배는 서서히 캐나다 말발굽 폭포로 다가선다. 폭포수 떨어지는 소리가 천지를 진동시키는 듯한 굉음으로 엄청나게 크게 울려서 간담이 서늘하였다. 처음엔 폭포 사방을 둘러보고 위를 쳐다보기도 했으나 속 깊이 들어가서는 앞도 분간하기 힘들었고 물보라 흩어지는 장관에 전율을 느낄 정도였다. 어떻게 저렇듯 넓고 높은 곳에서 한꺼번에 장관을 이루며 폭포가 쏟아 부어질 수 있을까 싶었다.

자연의 힘은 무섭지만 아름다웠다. 이 느낌을 말로 다 설명할 순 없지만,

뭐랄까… 자연의 존재 자체를 존중하게 되는 겸손한 마음이 저절로 들게 하였다. 웅장하고, 아름답고, 거친 캐나다 말발굽 폭포는 속도와 크기에서 할 말을 잃게 만들었다.

실제 나이아가라 폭포의 94%는 이 말발굽폭포로 흐르고, 높이 55m, 폭은 671m에 달한다고 하니 그 규모가 가히 어마어마하다고 할 수 있다. 폭포의 한가운데에 이르러 잠시 멈춰 섰을 때에는 유람선이 마치 소용돌이 속으로 빨려들 것 같은 착각을 불러일으키고 물기둥을 따라 솟아오르는 상상도 하게 되었다. 또한 폭포 물결과 안개에 둘러싸여 있으니 나이아가라 폭포와 하나가 되는 느낌도 들었다. 시원하고, 두렵고, 웅장하고, 아름답고… 가슴이 뻥 뚫리는 것처럼 청량하였다. ^^

우리 일행은 말발굽 폭포의 진수를 만끽한 뒤 하선하여 월풀로 향하였다. 월풀은 캐나다 말발굽 폭포에서 강을 따라 약 5km 정도 내려온 지점에 생기는 소용돌이를 말한다. 나이아가라 강이 90도로 급히 꺾이고 강폭이 좁아지면서 자연적으로 생기는 소용돌이다.

유람선에서 바라본 말발굽 폭포

어제는 제트보트를 타고 월풀 가까이 접근하여 스릴 있게 흥미 만점의 급류체험을 즐겼었고 오늘은 월풀을 위에서 내려다보며 전체적인 조망을 하였다. 월풀을 가까이 보기 위해 건설된 스패니쉬 에어카(케이블 카)가 운행되고 있었다.

꽃시계는 1950년 조성된, 직경 12.2m의 세계에서 가장 큰 시계 중 하나이다. 이곳 나이아가라 원예대학교 학생들이 단장을 하고 있다고 하며, 봄에는 보라색의 바이올렛과 노란색 등이 조화를 이루고 5월 말부터는 양탄자 꽃밭으로 만든 꽃밭을 볼 수 있다. 시간을 나타내는 글자는 NIAGARA PARKS를 나타내고 분침과 시침은 목발 형태로 되어 있었는데 장애인을 위한 의미라고 한다.

인증샷을 몇 컷 날리고 스카이론 타워 전망대로 이동하였다. 옵션으로 선택한 아이맥스 영화를 관람하였는데 나이아가라 폭포의 형성과 원주민들의 전설과 일화를 보여주었다. 원주민 처녀가 나이 많은 사람과 결혼시키려 하자 도망을 쳐서 폭포에 이르러 폭포 속으로 뛰어들어 폭포를 지켜주는 여신이 되었다는 전설, 그리고 나이아가라 폭포에서 떨어져 살아남은 이야기 등이 사뭇 흥미로웠다.

스카이론 타워 전망대에서 조금 전 보았던 나이아가라 폭포를 내려다보는 맛은 또 다른 감흥을 불러일으켰다. 창가 쪽 테이블에 앉으니 조금씩 회전하면서 색다른 조망 포인트를 선물하였다. 원형으로 되어 있어 360도 회전하면 원위치로 오게 되어 있단다. 옵션으로 되어 있는 스테이크 특식을 먹으며 아들이 뉴욕에 유학 중이라는 부부와 맥주를 곁들여 환담을 나눈다.
"선생님~! 여행을 많이 다니신 것 같습니다."
"예~ 좀 다녔지요~ 미국은 세 번째인데 하와이와 미국 서부를 봤고 동부를 못 봐서 이번에 추석연휴를 이용해서 왔습니다. 나이아가라, 와 보니 대단하네요~!" 필자가 화답하니 "저희들은 아들 녀석이 이번에 대학에 들어가서 두 번째 오는 겁니다. 캐나다까지 같이 갈 텐데 잘 좀 봐주세요." 한다.

"저희들도 캐나다 록키와 밴쿠버 등은 다녀왔지만 동부 쪽은 초행길이라 똑같습니다. 피차일반입니다. ㅎㅎ"

스카이론 타워 전망대 조망을 끝내고 버스에 올라 나이아가라 온더 레이크(마을) 방향으로 이동하였다. 미스터 성이 마이크를 잡더니 뜬금없이 한마디 툭 던진다. "여러 선생님들~! 오전에 제가 내기에서 졌지요? 이제 가시면서 정답이 확인될 겁니다. 폭포횟집 간판도 보이고, 만불상 절도 보일 겝니다. 그리고 제가 하는 대로 따라서 크게 외쳐주세요~!"

"나이야~~! 가라~~!" 모두 일체감 있게 힘차게 외친다. "나이야~~! 가라~~!" 그리고 너나없이 "나이가 5년이나 뒤로 갔다"고 박수를 치며 화답한다. 창밖으론 폭포횟집 간판과 만불상 절이 보이고 있었다.

전망대에서 바라본 나이아가라 폭포
좌로부터 미국 측 면사포 폭포, 염소섬, 캐나다 측 말발굽 폭포

토론토

미스터 성이 다시 마이크를 잡는다. "지금 빨리빨리 우측 창밖을 보세요
~! 저기 작은 교회 보이시나요~?" "어디, 어디요?" 버스 안의 모든 시선이
우측 창밖을 향한다. 조그마한 교회가 시선에 들어와 얼릉 디카 셔터를 누
른다.

"자~ 보셨죠? 지금부터 또 퀴즈입니다. 이번도 와인 한 병입니다~ 방금
보신 교회는 세계에서 가장 작은 교회입니다. 몇 명이 들어갈 수 있을까요?
그리고 결혼식이 열린다면 누구누구가 들어가는지 말씀해 주세요?"

이번에는 뉴욕에 살고 있고, 아는(?)체를 많이 하는 마나님이 재빨리 손을
든다. "5명이 들어갈 수 있고 주례, 신랑 신부, 양측 증인이요~!" "맞습니
다. 어머님이 정확히 맞추셨네요. 와인 한 병이요~" 모두 박수로 축하한다.

1969년 만들어진 교회로 기네스북에 등재되어 있으며 지금도 신혼부부들
의 선망의 장소로 인기가 있고 결혼식이 자주 열린다고 한다.

나이아가라 온더레이크 마을은 동네가 아주 예뻤고 가이드가 창밖으로 예
쁘고 중후한 중세 건물풍의 호텔을 가리키는데 영국 엘리자베스 여왕이 묵
었던 호텔이라고 한다.

우리는 일정에 나와 있는 아이스 와이너리를 방문하였다. 이곳 아이스 와인은 디저트 와인으로 상당히 달다. 날씨가 춥고 햇볕이 좋아 포도 수확철을 늦춰 12월이나 1월에 한다고 한다. 그렇게 하면 포도가 얼었다 녹고, 얼었다 녹고를 반복하여 포도알이 쭈그러들면서 수분이 다 빠지고 당분만 남아 높은 당도를 유지한다고 한다.

아이스와인 시음장에서 와인 한 잔씩 돌린다. 와인은 눈, 코, 입의 순서로 테스트하며 즐겨야 한다. 필자도 아이스 와인 한 잔을 받아, 맑고 노오란 와인을 음미하고 코를 갖다 대어 향을 맡아본다. 그리고 입을 갖다 대어 조금씩 맛을 보는데 너무 달게 느껴진다. 디저트 와인이라고는 하지만 필자에게는 맞지 않는다. 마눌님도 단 것을 싫어해서인지 고개를 좌우로 흔든다. 그래도 안산에서 왔다는 이여사와 박여사는 맛있다고 몇 병 사네요.

"저희들 입에는 이게 꼭 맞네요. 달콤한 게 아주 맛있네요~^^ 호호~"

아이스 와이너리 관광을 마치고 버스는 어느새 계단식으로 만들어진 수상 운하를 지나 캐나다 토론토로 진입하였다.

토론토는 인디언 말로 '만남의 장소'라고 한다. 캐나다는 러시아에 이어 세계에서 두 번째로 큰 나라이긴 하지만 인구는 3천 3백만 정도밖에 안 되며 풍부한 자원과 깨끗한 환경, 좋은 사회보장제도 등으로 살기 좋은 나라로 꼽힌다. 수도는 오타와이지만 우리의 관광코스는 토론토를 경유하여 킹스톤으로 가서 천섬 유람선을 타보고, 캐나다 속 프랑스풍의 도시 몬트리올과 퀘백을 둘러보는 것이다.

"미국은 인종차별이 심합니다. 제가 고등학교 때 부모님이 경제적으로 어려워 수업료가 싼 흑인들이 다니는 학교에 다녔어요. 전교 통틀어 한국 애들이 7명이었는데 완전 왕따당하고 집단 폭력에 시달렸지요. 그렇게 당하고 지내다가 한번은 7명이 작당하여 우리를 제일 괴롭히던 놈을 불러내어 시장에서 산 칼 세트로 칼 휘두르기 재주를 좀 부렸지요. 물론 위해를 가할 생각은 없었고 겁을 주기위한 것이었죠. 이놈이 겁에 질려 도망치는데 마침 순찰 중인 경찰이 이 광경을 목격하고 저를 체포하였지요. 부모님들이 경찰서로 오시고, 자초지종을 처음 알게 된 후 저를 백인들이 다니는 학교로 전학을 시켰어요. 전학 후에도 계속 왕따를 당했고 저도 예민해져서 말도 잘 안하고 지냈죠. 대학에 들어가 미식축구를 하면서 조금씩 동료들과 친하게 되고, 말도 잘하게 되었습니다. 지금은 이렇게 가이드도 하고 말이에요. 하하~ 미국은 서비스 정신이 없습니다. 한국은 서비스가 아주 좋습니다. 전 세계적이죠. 캐나다는 다양한 민족이 같이 살지만 인종차별이 없습니다. 특히 살기 편합니다. 하지만 돈을 벌 수가 없지요. 반면에 미국은 아메리칸 드림이 존재합니다. 캐나다는 병원 어디를 가도 free(공짜)지만 미국은 앰뷸런스 한 번 이용하는 데 1,000불, 일주일 입원해서 치료하면 2만여 불, 맹장수술하고 1주일 입원하면 10만 불이에요. 엄청나죠?"

"미국이 고로콤 병원비가 비싸면 없는 사람들은 앉아서 죽겠스라… 시방 가이드 말쌈이 참말이당가? 아이고~ 정말 징혀~ 거시기형께 나가 여기서 못산당께~!" 전라도 아줌씨의 한마디에 버스 안은 한바탕 웃음으로 채워진다. ㅎㅎ

"온타리오 주의 토론토 관광도 관람지역과 경유지역으로 구분하여 진행합니다. 선택관광으로 세계에서 두 번째로 높다는 CN 타워 전망대 조망이 있는데 저는 이걸 빼겠습니다. 선생님들이 지금까지 뉴욕 엠파이어스테이트 빌딩 전망대, 스카이론 타워 전망대 조망 등 많이 하셨기 때문에 굳이 돈 내고 CN 타워 전망대에 올라가실 필요는 없을 것 같네요. 이건 어디까지나 가이드 생각입니다. 나중에 토론토 대학교에 가실 것이니 거기서 CN 타워 외관을 보셔도 충분합니다. 그래도 '나는 죽어도 올라가 보겠다'는 분 계시면 손 들어 주세요."

"가이드 양반~! 돈 써가 전망대 올라가 봐도 별 볼끼 없다는 기 아닝교~~! 알았구마~ 차삐립시다~!"

부산에서 왔다는 60대 아줌씨의 한마디에 또 한 번 폭소가 터진다. ㅎㅎ "역시 볼매네~! 볼매야~!" 여기저기서 궁시렁거린다.

경유지역인 토론토 블루제이스 홈구장인 로저스 돔구장을 지나면서 미스터 성이 마이크를 잡는다.

"홈팀이 이겼는지 졌는지 외부에서 어떻게 알 수 있을까요? 이건 내기 아닙니다. ㅎㅎ 제가 말씀드릴게요. 비가 안 오는데도, 지면 열 받아 뚜껑(돔)이 열린 다네요. 하하~(믿거나 말거나)"

토론토 월스트리트와 한인타운도 경유지역인데 한인타운 지날 때 '엄지 분식', '까치 분식' 등 한국 상호명이 눈에 띄어 반가운 마음이 들었다.

"이건 토론토 한인타운에서 실제로 있었던 실화인데요~ 여기 토론토 공원에 매일 아침 유모차를 밀고 나오는 할머니가 있었는데, 그 시각에 이름 모를 할아버지도 꼭 나왔답니다. 할머니는 모르는 할아버지에게 김밥을 드시라고 했지요. 할머니는 매일 김밥을 싸들고 나와 할아버지에게 드렸고… 그러면서 사랑이 싹 텄고… 그런데 할아버지는 토론토 10대 부호였답니다. 스토리는 해피 엔딩으로 끝났지요. ㅎㅎ 근데 그것으로 끝난 게 아닙니다. 그 사건이 있은 후 신데렐라를 꿈꾸며 김밥을 싸들고 매일 아침 공원을 거니는 엄마들이 많아졌다는 겁니다. 하하~"

미스터 성의 조크에 버스 안은 한바탕 웃음보가 터진다.

버스는 토론토 시청, 신청사와 구청사 광장으로 들어서고 있었다.

"버스에서 내리셔서 신청사와 구청사를 배경으로 기념촬영도 하시고 자유 시간을 가지세요. 신청사는 현대식으로 지었는데 우리 몸의 일부를 형상화했다고 해요. 잠시 후에 버스에 다시 오르시면 저에게 신체 부분을 말씀해 주세요. 선물 있습니다~! 하하~ 청사 안내원에게 물어보거나 인터넷 검색하는 것은 반칙입니다. 아셨죠? 그리고 신청사 안에 화장실이 있으니 사용하시고, 로비에 있는 조형물도 특색이 있으니 거기서 인증샷도 날리시고요."

　필자를 비롯한 일행들 모두 버스에서 내려 신청사가 신체 어느 부분일까 유심히 살펴본다. 근데 도대체 모르겠다. 필자도 명색이 의생인데 요리조리 보고 머리를 굴려 봐도 답이 떠오르지 않는다. 에고~

　신청사와 구청사를 배경으로 기념촬영을 한 후 신청사 안의 조형물도 감상한다. 벽에 대못을 박아 형상화한 예술작품도 눈길을 끌었다.

　오늘의 마지막 코스인 토론토 대학교로 향한다.

　버스에서 미스터 성이 마이크를 든다. "조금 전에 제가 내드린 퀴즈 문제 생각 좀 해보셨어요? 아시는 분 손 들어주세요." 여기저기서 손을 든다. "심

토론토 시청 신청사

장 아니예요?" "아닌데요~" "넓적다리요~" "아닌데요." "몸통 아닝교?" "아닌데요. 아시는 분 없습니까?"

버스 뒷좌석에 앉아 있던 젊은 아낙네가 손을 들더니 "눈이요~!" 하고 소리친다. 순간 미스터 성이 "맞습니다. 맞고요. 눈입니다. 제가 선물로 뜨겁게 허그해 드리겠습니다. 헤헤~"

미스터 성 말이 떨어지기 무섭게 버스 안은 폭소가 터진다. ㅎㅎ

"사실 지상에선 눈인지 아닌지 알 수가 없습니다. 하늘에서 내려다보면 두 건물의 곡선이 사람의 눈을 상징합니다. 시민들의 시정을 잘 살피는 눈과 같은 시청을 의미한다고 하며 그 취지가 감동을 줍니다. 맞히신 분 조금 후에 화끈하게 허그 선물드릴게요. 하하~"

"역시 '볼매'네~ '볼매'야~! 하하~" 버스 안이 한바탕 웃음으로 가득 채워진다.

토론토 대학교에서 하차하여 바로 보이는 교정과 반대편에 우뚝 솟아있는 CN 타워를 배경으로 기념촬영을 하며 벤치에 앉아 잠시나마 휴식을 취한다. CN타워는 높이가 533m라고 한다.

이제 오늘의 일정은 모두 끝났고 우리는 호텔로 이동하여 휴식을 취하며 여행 사흘째를 마무리하였다.

나이아가라 테이블락 전망대 조망, 유람선 체험, 월풀, 스카이론 타워 전망대 조망, 아이스와이너리 방문, 토론토 시청 구청사와 신청사 관광, 토론토 대학교 탐방 등 즐겁고 바쁜 일정이었다.

킹스턴 천섬,
몬트리올

9월 7일(일) 여행 4일째, 온타리오 호수를 따라 킹스턴에 있는 천섬 Thousand Islands으로 이동하였다.

킹스턴은 온타리오 호수 북쪽 연안에 위치한 곳으로 한때 캐나다의 수도였다. 프랑스인들이 인디언들과 모피 교역을 하기 위해 만든 마을이며 1783년 프랑스가 영국과의 식민지 쟁탈 전쟁에 져서 영국이 차지하였고, 영국의 왕당파들에 의해 본격적으로 도시로 발전되었다. 현재 캐나다 해군기지가 있어 온타리오 호수를 관할하고 있다.

천섬은 킹스턴 북쪽 세인트 로렌스 강 위에 있는 1,865개의 섬들을 말하는데 섬이 천 개가 넘는다고 하여 천섬이라고 한다. 캐나다 인디언들은 고요하고 아름답고 신비한 이곳을 신의 정원Garden of Great Spirit이라 불렀다고 한다. 또한 인디언들의 전설에 의하면 하느님이 이곳을 우연히 바라보다가 너무 아름다워 그만 손바닥으로 섬을 치며 감탄하자 산산이 부서졌는데, 그 부서진 조각들이 1,800여 개나 되었다고 해서 붙여진 이름이라고도 한다.

우리는 버스에서 내려 잔잔하고 아름다운 온타리오 호수와 주변 경관을 조망한 뒤 유람선을 타고 강 위에 떠있는 작은 섬 사이사이를 지나며 그림 같은 별장들을 구경하였다.

천섬의 관람 포인트는 아름다운 개인 별장들이다. 숲과 호수 사이에 제각기 모양들이 다른 별장들이 너무 예쁘고 아름다웠다. 정말 사람 몇 명 못 서있을 것 같은 작은 섬에도 작은 별장이나 심지어는 우체통이라도 세워 자기 땅임을 알리는 모습도 인상적이었다. 대부분 개인 요트나 배들을 타고 별장으로 들어간다고 한다. 그리고 나무 2그루만 있으면 섬으로 인정한다고 하네요.

천섬에서 가장 유명한, 유람선 관광의 하이라이트는 볼트성이다. 볼트성 이야기는 우리에게 많은 것을 시사해 주는데, 미국의 호텔왕 조지 볼트와 그의 부인에 얽힌 스토리를 잠시 소개하려고 한다.

비가 오는 어느 날 노부부가 시골 호텔을 찾아와 방을 달라고 했지만 호텔은 이미 예약이 다되어 방이 없었다. 이 노부부를 측은하게 여긴 호텔 지배인 볼트는 누추하지만 자기가 사용하는 방을 노부부에게 내어준다. 그로부터 얼마 후 뉴욕에서 편지가 한 통 날아 왔다. 뉴욕 왕복권 비행기 티켓과 함께…

   그 노부부는 다름 아닌 뉴욕의 월도프 아스토리아 호텔을 갖고 있는 거부였고, 자기가 갖고 있는 호텔의 지배인으로 와 달라고 정중히 요청한다. 처음에는 극구 사양을 했으나 계속 오라고 하여 볼트는 그 호텔로 가게 된다. 말단 직원부터 시작하여 나중에 호텔의 총지배인이 되었고, 그 노부부의 딸과 결혼하여 호텔 갑부가 되었다. 막대한 재산과 사랑을 모두 이루었지만 아내가 불치병에 걸리고, 1900년 볼트는 아픈 아내에게 선물하기 위해 물 좋고 공기 좋은 이곳 섬을 구입하여 성을 짓기 시작한다. 성을 하트 모양으로 만들어서 하트 성이라고 칭한다.

   성이 완공되기 전에 아내를 미리 성에 초대하여 병으로 입맛을 잃은 아내를 위해 새콤달콤한 드레싱을 만들어 식사에 내놓는다. 이것이 오늘날 우리가 즐겨 먹는 사우전드 아일랜드 드레싱Thousand islands dressing의 원조가 된 것이다. 결국 아내는 성의 완공을 보지 못하고 1904년 죽게 되었고 슬픔에 빠진 볼트는 성을 짓는 걸 중단하고 미완성의 상태로 방치하게 된다. 그런데 주위에서 "부인은 어차피 떠났고, 부인도 남을 위해 이 성을 기증하여 좋은 일에 이용되기를 하늘나라에서 바라고 있을 거예요."라는 말을 하는 것에 공감하여 성을 단돈 1달러에 캐나다 정부에 넘겼다고 하네요~^^〉(믿거나 말거나~)

   아름다운 성城이 보이기 시작하고 유람선은 천천히 다가간다. 바로 이 성이 볼트성이고 동화 속에 나오는 성과 유사하다. 연신 셔터를 눌러대며 필자도 모르게 감탄사가 흘러나온다. fantastic~!

   볼트성만 관람하는 반나절 코스가 따로 있고, 성에 내려서 볼트성 안도 구경할 수 있다고 한다. 하지만 우리는 일정상 천섬 유람선을 타고 볼트성을 외부에서 보는 것으로 만족해야 했다.

세상에서 가장 짧은 국경. 왼쪽 섬이 캐나다 땅, 오른쪽 섬이 미국땅이다. 왼쪽 땅은 조금 커서 별장도 지었는데 오른쪽은 작아서 그냥 기둥만 하나 세워놨다. 그리고 그 가운데 3m가량의 다리. 이곳이 국경인 셈이다~^^ 이 또한 천섬 관광에서 빼놓을 수 없는 곳이죠~^^ 정말 이런 곳에 별장 하나 있었으면 좋겠다! (필자가 무슨 백만장자 갑부라고…^^ 에고~ 필자도 가끔 이렇게 엉뚱할 때가 있다. ㅎㅎ)

천섬 유람선은 4월 중순부터 10월까지만 운행을 한다. 이유는 겨울에는 너무 추워서 강이 얼어붙기 때문이라고 한다.

천섬 유람선 투어를 마치고 금강산도 식후경이라고 선착장 인근에 있는 조경이 멋있는 식당에서 온타리오 호수를 조망하며 점심을 먹었다.

점심식사 후 버스에 올라 '북미의 파리'로 불리우는 몬트리올로 이동하였다. 미스터 성이 다시 마이크를 잡는다. "선생님들~! 제가 어제 내기에서 졌기 때문에 몬트리올로 가는 도중에, 휴게소에서 커피를 쏘겠습니다. 〈팀

좌측이 캐나다 땅, 우측이 미국 땅. 가운데 국경인 다리가 보인다.

홀튼〉커피인데 캐나다에선 맛이 있다고 소문이 났어요. 드셔보세요~^^"

6억 5천짜리 버스가 휴게소에 들러 기름을 넣는 사이에 모두 버스에서 내려 커피숍으로 들어갔고, 잠시 후에 미스터 성이 〈팀 홀튼〉 커피, 큰 통으로 하나 사들고 와서, 수십개의 1회용 컵에 따르고 돌린다.

"미스터 성~! 역시 볼매네~^^ 잘 마실께요~ 고마워요~" "아닙니다. 아버님~! 천천히 드세요."

커피향이 아주 좋고 진한 것이 특유의 맛이 있었다. 뉴욕에서 합류한 자매가 내놓은 스낵과 곁들이니 더 좋았다. 커피 브레이크를 가진 후 다시 몬트리올로 이동하였다.

몬트리올은 1976년 몬트리올 올림픽 레슬링 종목에서 한국인 최초로 양정모 선수가 금메달을 획득하여 국민들에게 기쁨을 안겨주었던 곳이다.

"캐나다 몬트리올은 워낙 추운 곳이라 사람들은 주로 지하로 다니고 지하철역 바로 옆의 아파트가 인기가 있고 가격도 비쌉니다. 도심의 지하철역이 서로 연결되어 거대한 도시 같은 모습을 이루고 있지요. 몬트리올도 관람지역과 경유지역으로 나뉘는데 일정표에 경유지역으로 되어 있는 성요셉 성당을 관람하겠습니다."

미스터 성의 말이 떨어지기 무섭게 박수가 터져 나온다. "아이고마~ 고맙데이~" "볼수록 매력 있다 아입니꺼~^^ 볼매넹~" "하몬~" 두 경상도 마나님들이 엄지를 치켜들며 환하게 웃는다.

성 요셉 성당St. Josephs's Oratory은 캐나다의 수호성인인 요셉을 모신 성당으로 연간 200만 명이 방문하는 순례지로 유명하다.

프랑스계 가톨릭에는 기적을 신봉하는 경향이 강하다. 성 요셉 성당 또한 기적의 신비를 간직하고 있는 곳이다. 성당을 세운 앙드레 수도사는 불치병을 고치는 불가사의한 힘을 지녔던 인물로 '몽루아얄의 기적을 일으키는 사람'이라고 불렸다. 성당 입구에 쌓여있는 목발들이 바로 그가 병을 고친 사람들의 것이라고 전해진다. 이는 기적을 증명하는 증거물로 전시되고 있다. 병설되어 있는 박물관에는 앙드레 수도사의 심장이 전시되어 있었으며 앙드레 수도사가 살았던 침실이나 부속 예배실은 일반인에게 개방되고 있었다.

성 요셉 성당은 몽 루아얄Mount Royal의 꼭대기에 자리 잡고 있었다. 돔의 높이가 97m에 이르는데, 이는 로마에 있는 성 베드로 성당에 이어 세계 두 번째 규모를 자랑한다. 몬트리올의 남서부 어디에서나 이 성당의 돔을 볼 수 있다고 한다.

성당 내부 관람을 끝내고 밖으로 나오니 무릎으로 성당 계단을 오르는 사람들이 보이는데 아마 걷지 못하는 사람들의 믿음의 계단 순례길이 아닐까 싶었다. 못 걷는 사람들이 걸어 나가는 기적이 수없이 일어난 곳에서 기적을 바라며 고통을 참는다면 저렇게 할 수도 있겠다는 생각이 들었다.

우리는 다음 행선지로 몬트리올 노트르담 성당으로 이동하였다.

노트르담 성당은 몬트리올에서 가장 역사 깊은 성당으로 1824년에 건축되기 시작해서 1830년에 완공되었다고 한다. 노트르담은 '우리들의 귀부인'이라는 뜻으로 '성모마리아'를 뜻한단다. 네오고딕 건축양식의 결정판이라 할 수 있는 노트르담 성당은 내부가 웅장하고 화려하며 신비로운 아름다움 때문에 매년 수백만 명의 관광객이 이곳을 찾는다고 한다. 우리는 패키지 일정이 꽉 짜여 있어 내부 관광은 하지 못하였다.

성당 양쪽에는 상징적 의미의 탑이 있었는데 동쪽 탑은 절제, 서쪽 탑은 인내를 뜻한다고 한다. 영화 〈타이타닉〉 주제곡을 부른 이곳 출신 셀린 디온의 결혼식이 이 성당에서 열려 더 유명해졌다고 한다.

성당 앞 다름 광장의 중앙에는 1642년 몬트리올을 창시한 메종뇌브의 동

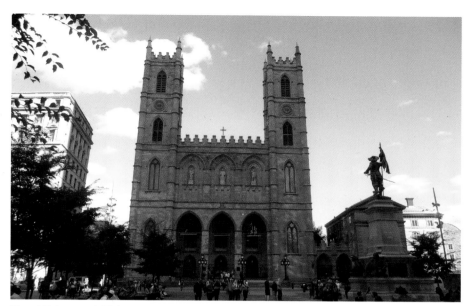
몬트리올 노트르담 성당

상이 서 있었다. 몬트리올 다름광장은 구시가지 경제, 종교의 중심이며 은행과 회사가 주위에 줄지어 있었다.

광장에는 거리 악사들이 열심히 연주를 하고 있었고 프랑스풍의 예쁜 가게가 눈길을 끌었다. 인증샷을 몇 컷 날린 후 우리는 오늘의 마지막 관광코스인 몬트리올 시청사와 자크 까르티에 광장으로 이동하였다.

자크 까르티에 광장은 사람들로 넘쳐났다. 여기저기 캐리커처를 그리는 사람들과 넬슨 제독의 동상이 있었고, 위쪽으로 몬트리올 시청사가 보였다. 오텔 드 빌 이라고 불리는 푸른 지붕을 가진 시청은 웅장하고 아름답다는 생각이 들었다. 양 옆으로는 옥외 파티오들이 놓여져 있는 음식점들이 즐비하였고, 악기를 연주하는 사람, 꽃을 파는 사람, 마차로 관광하는 사람들의 발길이 끊이지 않아 활기가 넘쳐나고 있었다.

"이곳 식당에서 랍스타 특식을 할 예정이오니 신청하신 분들은 저를 따라 오세요. 신청하지 않으신 분들은 따로 모시겠습니다. 여기서 잠시 기다려주세요."

미스터 성을 따라 식당으로 들어서서 미리 세팅되어 있는 테이블에 앉으니 잠시 후에 샐러드, 짭조름한 식전빵, 그리고 엄청 크고 맛있게 보이는 랍스타가 나온다. 미스터 성이 테이블마다 다니며 먹기 좋게 랍스타를 잘라주어 우리는 살을 발라내어 먹으면 되었다.

"역시 미스터 성은 볼매네요~ 고마워요~" 엄지를 치켜세우며 칭찬하니, 씩 웃으며 "뭘요~ 제가 할 일인데요. 많이 천천히 드세요." 하고 화답한다.

마눌님과 레드 와인 한 잔씩 주문하여 곁들이니 금상첨화로다. "오매~ 맛있는 거~! 니들이 랍스타 맛을 알아? ㅎㅎ"

"식사 맛있게 하시고 이곳 까트리에 광장에서 자유시간 충분히 드릴 테니 구경하시고 넬슨 동상 앞에서 약속시간 잘 지켜 정시에 모여주세요~ 그럼 즐거운 시간 보내세요."

식사를 끝내고 시청사 방향으로 올라오다 보니 광장 여기저기에 여러 가지 퍼포먼스를 하는 광경이 눈에 띈다. 음악가가 기타를 치며 음률에 맞추어 세계각국에서 온 사람들에게 자기처럼 춤을 추라며 일체감을 유도하고 있었다. 이태리인, 프랑스인, 미국인, 캐나다인, 아랍인, 인도인, 케냐인까지 일렬로 서서 음악가의 동작을 따라 하고 있었다.

그런데 갑자기 음악가가 음률과 동작을 멈추더니 "코리언~!" 하고 외친다. 코리언이 없으니 나와 달라고 하는 것이다. 말이 떨어지기 무섭게 우리 일행 중 필자보다 두 살 적은 서울에서 뉴저지에 사는 딸도 볼 겸해서 왔다는 남정네가 뛰어나간다. 부인이 옆에서 궁시렁거린다.

"못 말려~! 저 화상~! 춤추고 노래 부르는 것은 아무도 못 말려~! 나이 값을 해라~!" 마눌님이 옆에서 말한다.

"사장님이 워낙 젊은 사람들에 끼어서 노는 것을 좋아하시나 보네요. 젊어지시고 좋지요. ㅎㅎ"

기타 선율에 맞춰 일체감 있게 춤추는 단체 율동이 재미있기도 하고 인종, 나이를 초월하여 보기 좋게 느껴졌다. 어느새 안산에서 왔다는 여사들이 필자 부부를 발견하고 다가서며 인증샷을 날려 줄 테니 포즈를 취하라고 한다.

"고마워요~ 나중에 남는 것은 사진밖에 없으니 많이 찍읍시당~ ㅎㅎ 여사님들도 내가 인증샷 날려드릴께요."

몬트리올 시청과 까르티에 광장에서의 관광을 마지막으로 오늘의 일정은 끝이 났다. 호텔로 이동하여 휴식을 취하니 여행 나흘째 밤도 깊어가고 있었다.

퀘벡

9월 8일(월), 여행 5일째, 캐나다의 프랑스라고 할 수 있는 퀘벡으로 이동 중 몽모렌시 폭포를 관람하였다. 퀘벡시 동북부 쪽에 위치한 몽모렌시 폭포는 규모는 작으나 낙폭이 나이아가라보다도 30미터나 높은 83미터로, 퀘벡 시티의 총독을 지낸 몽 모렌시 공의 이름을 딴 폭포라고 한다.

우리는 버스에서 내려 케이블카를 타고 폭포 위 브릿지 있는 곳으로 올라갔다. 케이블카에서 내리니 예쁘게 치장된 레스토랑과 기념품 샵이 보였다.

작은 전망대에서 보는 폭포는 갈색을 띄고 있었는데 유황 성분을 함유하고 있어서 그렇게 보인단다. 폭포 위의 다리를 건너면서 눈 밑으로 엄청난 낙폭으로 떨어지는 폭포를 감상하였다. 저 멀리 유유히 흐르는 세인트로렌스 강과 좌측으로 바위산에 긴 계단과 전망대를 만들어 사람들이 계단을 내려오면서 폭포를 감상할 수 있도록 하는 등 아기자기한 주변 관광시설을 만들어서 시선을 끌고 있었다.

퀘벡은 앨곤퀸 인디언의 말로 '강이 좁아지는 곳'이라는 의미를 지니고 있는 곳이다. 이름 그대로 시가지는 세인트로렌스 강폭이 좁아지는 곳에 자리 잡고 있었으며, 유네스코로부터 '주옥의 도시'라는 찬사를 들은 성벽 도시로 오늘날 세계유산 도시로 지정되었다.

퀘벡은 1608년, 중국을 찾아 항해하던 프랑스의 탐험가 자크 카르티에Jacques Cartier에 의해 처음 발견됐다. 퀘벡의 풍부한 자연자원을 확인한 프랑스인들은 퀘벡시티에 캐나다 최초의 도시를 세우고 식민지를 개척하기 시작했다. 그러던 중 뒤늦게 퀘벡의 가치를 알게 된 영국이 퀘벡을 침략했고, 1756년부터 1763년까지 이어진 7년 전쟁에서 영국군이 승리하게 된다. 영국군의 승리 이후 80여 년 동안 퀘벡에서는 프랑스와의 무역은 물론 프랑스어 출판까지 금지됐다. 퀘벡에서 새로운 삶의 터전을 일구며 살아가던 프랑스인들이 하루아침에 영국의 점령하에 들어가게 된 것이다.

지금 퀘벡인들이 프랑스어를 사용하는 것은 400년이 넘는 시간 동안 자신들의 뿌리를 잊지 않기 위해 노력해 온 결과이다. 자동차의 번호판이나 퀘벡주 어디에서나 자주 볼 수 있는 문장이 있다. "Je Me souviens(나는 기억한다)"라는 말이다. 퀘벡인들이 자신들의 뿌리를 얼마나 소중히 여기는지를 보여주는 증거다. 하지만 오해하지 말아야 한다. 퀘벡이 프랑스 영토였던 것만을 기억한다는 뜻이 아니다. 퀘벡의 원주민과 프랑스 식민 시절, 프랑스와 영국의 전쟁, 영국의 점령, 그리고 캐나다의 일부인 현재까지 모든 역사를 자신들의 정체성으로 여긴다는 의미다. 퀘벡주의 문양은 옛 프랑스 왕가를 떠올리는 파랑색 바탕에 흰색의 백합 문양이다. 중앙의 흰 십자가는 프랑스의 왕실을, 흰 백합들은 성모마리아의 순결을 뜻한다고 한다.

시가지는 어퍼 타운Upper Town과 로어 타운Lower Town으로 크게 구분되는데, 어퍼 타운(윗동네)에는 역사의 숨결이 느껴지는 샤토 프랑트낙 호텔을 비롯하여 세인트 로렌스 강의 전망을 한눈에 볼 수 있는 더프린 테라스, 화가들의 명화를 감상할 수 있는 화가의 거리, 중심지에 있는 다름 광장 등이 있었다. 다름 광장 한복판에는 퀘백 도시를 처음 만든 샤뮈엘 드 샹플렝의 동상이 서 있었다.

다름 광장Place d'Armes은 샤또 프론트낙 호텔 앞, 구시가 중심에 자리 잡고 있는 광장으로 프랑스 통치시대에는 그랜드 공원Grande Place이라 불리었던 곳이다. 과거에는 군대의 훈련, 운동, 퍼레이드 등이 펼쳐지던 장소였고, 1900년대부터 대중에게 개방되는 공원으로 바뀌었다. 퀘벡 구시가, 아니 퀘벡 시티를 여행하기에 가장 좋은 출발지로 여름에는 많은 사람들이 모여들며 거리의 악사나 각종 거리 공연이 펼쳐진다.

샤토 프롱트낙 호텔은 퀘벡시의 대명사이자 상징이다. 1892년 청동 지붕과 벽돌로 지어진 중세 프랑스풍의 이 호텔의 이름은 1673년 뉴프랑스의 초대 총독으로 부임한 콩트 드 프론트낙Comte de Frontenac에서 유래하며 600여 개가 넘는 객실을 자랑한다. 샤토 프롱트낙 호텔이 세계적으로 명성을 떨치게 된 이유를 단순히 우아한 인테리어나 웅장한 건물에서만 찾을 수는 없다. 역사가 깊은 이곳은 2차 세계대전 당시, 미국 대통령 루스벨트와 영국 수상 처칠이 회담을 가졌던 곳이며, 이곳에서 결정된 것이 바로 독일을 패

샤토 프롱트낙 호텔

망케 한 연합군의 노르망디 상륙작전이다.

로워 타운(아랫동네)은 옛 인디언들의 물물 교역 장소였다고 한다. 퀘벡의 발상지인 로얄 광장, 북미 최초의 석조 교회인 승리의 노트르담 교회를 비롯하여 골목 양쪽의 프랑스풍 예쁜 상가가 눈을 호강시킨다. 다시 말하면 올드 퀘벡에서 가장 사랑받는 장소인, 2012년 '캐나다에서 가장 아름다운 거리'로 선정되기도 한 쁘띠 샹플렝 거리Rue du Petit-Champlain인 것이다. 파스텔톤 하늘색, 분홍색, 연노랑색 칠을 한 상점, 레스토랑, 카페들이 저마다의 개성을 뽐내며 자리하고 있었다. 가격은 비싼 편이지만 퀘벡 아티스트들이 만든 수공예품과 캐나다산 기념품을 사기에 가장 좋은 곳이다.

쁘띠 샹플렝 거리는 이른바 '목 부러지는 계단Escalier Casse Cou'으로도 유명하다. 계단의 경사가 너무 가파른 탓에 술에 취한 사람들이 계단을 오르내리다 목이 부러진 일이 많아 붙은 이름이라고 한다. 캐나다에서 가장 아름다운 거리에 있는 계단의 이름치곤 잔인하단 생각이 들었지만 그만큼 조심

목 부러지는 계단

하라는 의미이리라.

5층 건물 한쪽 벽 전체에 그려진 프레스코화도 이채로웠다. 퀘벡의 역사를 표현한 이 벽화에는 퀘벡 역사의 주요인물 16인이 등장하며 퀘벡의 문화와 자연이 담겨져 있다고 한다. 지구본을 들고 있는 자크 까르티에, 퀘벡에 처음 정착하여 도시를 건설한 사무엘 샹플렝, 퀘벡 최초의 라발 주교, 미시시피 강을 발견한 루이 줄리엣이 보이며 퀘벡의 아름다운 사계 모습도 그려져 있었다. 12명의 아티스트들이 2550시간의 작업 끝에 1999년 완성하였다고 한다.

"저 프레스코화에 끼어 멋진 포즈를 취해 보세요~ 실제로 멋진 사진이 나올 겁니다. 헤헤~"

미스터 성의 한마디에 모두들 프레스코화에 다가가 포즈를 취한다. 필자 부부도 역사 속 인물들 옆에 서서 실제 입체처럼 보이는 사진의 구성원이 되어본다. 프레스코화의 시작은 겨울이 너무 추워 건물 북쪽 벽에 창문을 내지 않고 빈 벽에 그림을 그리기 시작한 것에서 유래했다고 한다. 필자도 사무엘 샹플렝의 어깨에 손을 올려놓고 그림에 등장하는 한 인물이 되어본다.

윗동네 언덕 위에 우뚝 솟은 퀘벡의 상징, 샤토 프롱트낙 호텔을 중심으로 아랫동네의 아기자기한 건물들이 프랑스보다 더 프랑스답다는 찬사를 받는다고 한다. 로어 타운(아랫동네)에 대기 중인 버스에 오르기 전 성곽도시 퀘벡의 아름다운 모습을 마지막으로 눈에 담는다.

오늘의 여정을 마치고 몬트리올에 있는 호텔에 도착하여 휴식을 취하니 여행 5일째도 막을 내리고 있었다.

프레스코 벽화

오저블캐즘, 우드버리,
뉴욕 맨하탄

9월 9일⑴, 여행 6일째, 우리는 몬트리올 호텔을 출발하여 뉴욕으로 이동하였다. 버스에 오르니 미스터 성이 마이크를 잡는다.

"선생님들, 안녕히 주무셨나요? 그리고 지난밤에 좋은 꿈 많이 꾸셨어요? 손님들이 어제 편의점에서 산, 메가밀리언 복권의 당첨번호를 지금부터 불러드릴게요. 대박 터지신 분은 저에게 절반은 주셔야 됩니다. 하하~"

"아이구마 내사마 몬산다~ 그 복권 단도리 잘 해야되는긴데 잃어뿌따 아잉가~ 아까버라~" "내 당신 출랑거릴 때부터 알아뿌따~! 내꺼 있으니끼네 걱정 마라~^^ 가이드님, 퍼뜩 불러보이소~" 부산에서 온 노부부의 대화에 폭소가 터진다.

"25, 34, 55, 70, 71 그리고 Mega볼 6입니다." 일순간 버스 안에 궁시렁거리는 소리가 크게 일어난다. "나가 지난밤 꿈에 똥을 밟았지라~ 쪼께 기대했구만이라… 근데 꽝이라 참말로 거시기허요." 전라도 아줌씨의 말에 모두들 배꼽을 잡고 웃는다.

필자 부부를 위시한 모든 사람들이 꽝이다. "재미로 산 기지 돈 벌라고 산기 아니니끼네 괜찮타~! 잊어뻐립시다." "가이드 양반~! 공짜 돈 먹기가 참말로 징혀! 똥꿈 꿨다고 고로콤 좋아했는디 허사가 돼 버렸소~잉. 이자 나가 쪼께 거시기 헝께 싸게싸게 가드라고~!"

버스는 어느새 캐나다와 미국 국경에 접어들고 있었다. 우리는 버스에서 내려 미국 입국 심사를 마치고 오저블 캐즘으로 향하였다.

오저블 캐즘Ausable Chasm은 '동부의 작은 그랜드캐년'이라고도 불리는데 뉴욕주의 북부에 위치한 협곡으로, 약 2억 년 전 빙하가 바위를 깎아 만든 그림 같은 곳이다. 필자는 그랜드캐년을 가보았기 때문에 일정에 없는 오저블캐즘 트레킹은 하지 않고 주위 산책로 탐방과 오저블캐즘의 풍광을 외곽에서 보는 것으로 만족했다.

오저블 캐즘 트레킹을 마치고 우리는 우드버리로 이동하였다. 〈우드버리 커먼 프리미엄 아울렛〉은 미동부 최대의 쇼핑몰이며 세일 중인 명품 매장이 240개나 된다고 한다.

뉴욕 주변의 아울렛 중 가장 유명하고 인기 있는 곳으로 Gucci, Chanel, Burberry, Celine, Armani, Adidas, Fendi, Etro, Calvin Klein 등이 있으며, 대부분 30~50% 이상 할인 판매하고 있다고 한다. 마눌님을 비롯한 안산 이여사, 박여사 등이 한국과 비교하면 1/3 정도 가격으로 구입할 수 있다고 좋아들 한다. 역시 한국 여자들은 값싸게 쇼핑을 하는 것을 즐긴다.

"자유롭게 쇼핑하시고 석식은 회비에 불포함 사항이니까 푸드코트에서 개별적으로 사서 드세요. 그리고 뉴저지에 있는 우리가 첫날 묵었던 호텔로 갈 것이니 약속 시간 꼭 지켜주세요."

오늘은 미국 뉴욕 스테이튼 아일랜드에 사는 대학 동기 한 박사를 만나기로 한 날이다. "미스터 성~! 오늘 저녁, 호텔 도착 예정 시각은 어떻게 돼요?" "아버님~! 그렇지 않아도 어제와 오늘 두 번이나 뉴욕에 있는 회사를 통해 제 휴대폰으로 호텔 도착 시각을 묻는 전화가 왔었어요. 이제 보니 아버님 친구 분인 것 같습니다. 제 휴대폰에 전화번호가 입력되어 있으니 제가 나중에 전화를 걸어 연결해 드릴게요~ 걱정 마세요."

역시 볼수록 매력이 있다. "미스터 성~! 고마워요."

우드버리 아울렛에는 매장마다 수많은 사람들로 붐비고 있었다. 제한된 시간에 다 들러볼 수는 없고 마눌님이 보고 싶어 하는 매장 몇 군데만 보기로 했다. 〈The North Face〉매장에서 마눌님 패딩점퍼와 필자 바람막이 자켓을 샀다. 가격은 한국에서 사는 것의 1/3 수준이라고 하네요. 쇼핑을 마친 후 버스에 오르니 안산의 이 여사는 손주들에게 줄 예쁜 인형을, 박여사는 신랑에게 줄 반바지와 속옷을 들어올린다. "같이 못 온 신랑에게 미안해서 좀 샀시유~ 선생님이 보기엔 어때유? 괜찮은갑유?" "색갈이 좋네요. 잘 사셨어요. 박 여사 마음이 중요하지요~^^ "

미스터 성이 건네주는 휴대폰을 받으니 반가운 목소리의 한 박사이다. "닥터 한~! 반갑네~! 지금 호텔로 가고 있는 중이고 오후 7시 도착 예정이니 호텔에서 보세나~" "알았시유~ 그럼 내가 먼저 가있을 테니 호텔 로비에서 보자고~"

호텔에 도착하여 로비로 들어서니 소파에 앉아 있는 한 박사가 벌떡 일어난다. 반갑게 악수하고 허그하고 안부를 주고받는다. 지난 2월, 한 박사가 한국에 왔을 때 보았으니 7개월 만이다.

"와이프는 장모님 병 수발 때문에 못 왔시유~ 안부 전해달라고 하더군."

"그래? 어쩔 수 없지요~ 대신 안부나 전해 주시게나~ 그리고 예전 미국 서부여행 시 사모님이 콜로라도 강변에서 부른 노래를 다시 듣고 싶었는데 못 들어서 유감이라고… 하하~ "

우리는 한 박사 차로 링컨 터널을 지나 맨하탄으로 진입하였다. 그리고 한 박사 사돈이 운영하는 한식당에서 불고기 한정식으로 대접을 잘 받았다. 1, 2층으로 되어있는 상당히 큰 레스토랑이었으며 이번 여행에서 제일 맛있게 먹은 한정식이었다.

식사 후 우리는 차를 32번가에 주차시키고 맨하탄 야경 구경에 나섰다. 42번가 타임스퀘어와 브로드웨이의 현란한 조명과 네온사인, 그리고 수많은 인파가 빌딩 숲 사이를 오가며 젊은 열정과 패기를 불태우고 있었다.

그런데 42번가 중심가 교차로 코너에 삼성과 LG 대기업 홍보 광고판이 눈앞에 전개된다. "와우~ 원더풀~!" 국내에선 잘 모르지만 해외에 나가보면 대기업들이 얼마나 국위선양을 잘 하고 있는지 알 수 있다. 모스크바 여행 시 붉은 광장과 크렘린 궁 진입하는 다리 양편의 LG 입간판, 크렘린 삼위일체탑을 빠져나왔을 때 눈에 선명하게 들어오는 삼성과 현대 광고판이 반갑고 고마웠다.

맨하탄 야경. 세계의 심장이라는 명성에 맞게 조화로운 리듬의 물결… 인파 속에 밀려 적당한 템포로 걷게 되는 재미도 있었다. 또한 거리 공연을 보기 위해 스탠드에 앉아 있는 젊은이들 속에 섞여 젊은 피를 수혈받는다. 필자 부부, 한 박사와 어울려 잠시나마 뉴요커가 되어본다.

"한 박사~! 아쉽기는 하지만 벌써 10시가 훨씬 넘었으니 록펠러 센터 빌딩만 보고 돌아가야겠네." "그러자고. 사모님, 오늘 발품을 많이 팔아 힘드시죠?" "아니에요~ 한 박사님 덕분에 저녁 잘 먹고 환상적인 맨하탄 야경 관광 잘했네요. 감사합니다." "제가 한국 나가면 이 박사가 늘 대접을 잘해 주었는데 이건 아무것도 아니죠~ㅎㅎ"

록펠러 센터 빌딩 앞에서 인증샷 몇 컷 날리고 우리는 차가 있는 32번가로 걸음을 재촉했다. 뉴저지에 있는 호텔에 도착하니 자정이 다 되어가는 시각이었다. 이제는 헤어져야 할 시각. 한 박사와 아쉬운 작별인사를 하였다. "한 박사~! 집까지 조심해서 운전하시게. 그리고 항상 건강하시고 연락 자주 취합시다. Goodbye."

샤워를 끝내고 잠자리에 들으니 나도 모르게 스르르 꿈나라로 빠져들었다.

워싱턴, 루레이 동굴,
허쉬 초콜릿 월드

9월 10일(수), 여행 7일째, 뉴욕을 출발하여 볼티모어를 경유하여 워싱턴으로 이동하였다.

워싱턴 DC는 미국의 어느 주(州)에도 포함되지 않는 독립된 도시(수도)이다. 전략적이고, 거대한 공원처럼 만들어져 있으며, 벌집모양을 하고 있는 정삼각형의 도시이다. 미국은 1776년 독립 당시 13개 주였으나, 현재는 알래스카와 하와이를 포함하여 50개 주와 1개의 특별구(워싱턴 DC)로 구성되어 있다. 워싱턴 DCWashington District of Columbia는 초대 대통령 워싱턴과 아메리카 대륙을 발견한 콜럼버스를 의미한다.

우리는 올드 컨트리 뷔페Old Country Buffet에서 점심을 먹은 후 워싱턴 시내 관광에 들어갔다. 제일 먼저 간 곳은 워싱턴의 랜드마크이자 미국의 상징인 국회의사당이다. 그리스 복고 양식의 건물로 중앙돔이 있고 그 위에는 자유의 여신상이 있었다. 높이 94m, 길이 250m로, 1793년 조지워싱턴이 초석을 놓고 1863년에 완공된 워싱턴의 대표적 명소이다. 내부도 무료로 관람이 가능하다고 한다. 전략도시이기 때문에 워싱턴 건축법상 국회의사당보다 높은 구조물을 세울 수 없게 되어 있단다. 단 워싱턴 기념탑(연필탑, The tower of Pencil)은 예외라고 하네요.

국회의사당을 배경으로 인증샷을 날리고 자연사 박물관으로 이동하였다.

"이곳 코끼리 조형물에서 좌측으로 들어가 관람하시고 2층에 있는 42캐럿 초대형 다이아몬드도 구경하시고 해양 박물관까지 보시고 조형물 우측으로 나오시면 됩니다. 약속된 시각 꼭 지켜주세요."

미스터 성의 말이 떨어지기 무섭게 일행들이 뿔뿔이 흩어진다. 박물관 내부엔 박제된 각종 동물들과 조류, 해양 어류, 금속과 보석류 등이 전시되어 있었다. 특히 42캐럿 초대형 다이아몬드 앞은 수많은 사람들로 붐비고 있었다. 또한 박물관 출입문 우측에 있는 200만 년 된 원목이 필자의 눈길을 끌었다.

백악관은 911테러 이후에 일반인들의 출입을 엄격하게 규제하기 때문에 멀리서 기념 촬영하는 것으로 만족해야 했다.ㅜㅜ

워싱턴 기념탑과 조폐국은 버스에서 내리지 않고 경유하면서 조망하였다.

"워싱턴 기념탑은 미국 초대 대통령인 조지 워싱턴을 기념하기 위한 169m의 독립구조물로 이 근방에 더 높은 건물이 없기 때문에 어디에서든 잘 보여요. 그리고 자세히 보면 밑과 위쪽의 돌 색깔이 다를 거예요. 공사중에 터진 남북전쟁으로, 완성되기까지 37년이나 걸렸기 때문에 밑 1/3 부분

워싱턴 기념탑(탑의 하부 1/3의 돌 색깔이 다른 것을 볼 수 있다)

과 위쪽 2/3 부분의 돌 색깔이 다른 겁니다. 아셨죠? 이렇게 자세히 설명해 주는 가이드 있으면 나와 보라고 하세요~ 헤헤~" "그러넹~ 볼수록 매력이 있네요~ㅎㅎ"

　제퍼슨 기념관은 지붕이 이오니아식 돔 구조로 된 원형 건축물로 신 고전 낭만주의 양식의 표본이다. 워싱턴을 대표하는 유명 건축물 중의 하나로 국립미술관을 만든 건축가인 존 러셀 포프John Russell Pope가 만들었다고 한다. 미국 국립 기념물로 지정되어 있으며, 루즈벨트 대통령 때 착공해 1943년에 완공되었다고 한다. 건물 안에는 대륙회의에서 연설하고 있는 제퍼슨의 동상이 있다고 하는데 우리는 내부관람은 하지 않았다. 제퍼슨은 위대한 정치가이자 과학자였고, 정치에 대한 확고한 철학을 가지고 있었던, 미국 독립 선언서 초안을 만든 주요 집필진 중의 한 사람이었다. 이 기념관은 제3대 대통령이었던 토머스 제퍼슨의 200주년 탄생일을 기념하여 세운 건물이다.

우리가 다음으로 간 곳은 한국전쟁에서 희생된 병사들을 기리고 있는 한국전쟁 참전용사 기념공원이었다. 한국전쟁 추모공원은 1995년 7월 한국전쟁 45주년을 기념하여 건립되었고 링컨 기념관 옆에 있었다. 조지 부시 대통령(아버지)이 추진하여 클린턴 대통령 때 완성되었다고 한다.

참전용사 기념공원은 한국전에 참전한 미군 병사 19명이 판초(우의)를 입고 M1 소총을 손에 쥔 채, 혹은 무전기를 등에 맨 채 전투 대형으로 행군하는 장면이 생생하게 재현되어 있어 실감을 더해주고 있었다.

미군병사들이 판초우의를 입고 있는 것은 인천 상륙작전 시 비가 오는 가운데서도 용감하게 돌진하는 모습을 형상화하였기 때문이고, 미군병사 19명의 형상은 바로 옆에 있는 대리석 반사벽에 비친 19명을 포함하여 38명으로 한국의 38선을 상징한다고 한다.

대리석 반사벽에 새겨진 "Freedom is not free"라는 문구도 새겨 볼 만하다. 자유는 그냥 얻어지는 것이 아니다. 말하자면 "자유에는 공짜가 없다"라는 말이다.

전사자들의 숫자 54,240명, 실종 8,177명, 포로 7,140명, 부상 103,284명, 미군에 대한 상세한 기록도 새겨져 있었다. 공원 안에는 다음과 같은, 가슴 한 켠이 먹먹해지는 비문이 눈길을 끌었다.

〈우리 조국은 알지도 못하는 나라, 만난 적도 없는 국민을 지키라는 조국의 부름에 응한 미국의 아들과 딸들에게 경의를 표한다.〉

한국이라는 나라가 지구의 어디에 붙어 있는지도 모르고, 한국인이라고는 한 번도 만나본 적도 없는 미국의 젊은이들이 부모 형제와 떨어져 이역만리 한국에 와, 험준한 산악지형과 혹독한 추위와 더위를 무릅쓰고 한국을 지키기 위해 목숨을 걸고 공산군과 싸워 한국을 지켜내고, 한국민에게 자유민주주의를 안겨주었다는 사실에 머리가 숙연해진다. 이곳엔 항상 미국 군인들과 시민들이 많이 찾아와서 이들을 추모한다고 한다.

링컨 기념관Lincon Memorial은 제 18대 링컨 대통령을 기리기 위한 기념관으로, 그리스풍의 하얀 대리석 건물과 원통형 기둥은 파르테논 신전을 연상케 하였으며 내부에는 링컨 대통령의 동상(좌상)이 있었다.

동상 앞에서 기념 촬영을 한 후 내부를 둘러보고, 밖으로 나와 정문에 서서 앞을 바라보니, 기념관 앞으로 아름다운 호수와 워싱턴 기념탑이 멋있게 전개되었다.

링컨기념관 관광을 마지막으로 시내 관광을 끝내고, 호텔에서 휴식을 취하니 여행 7일째 밤도 깊어가고 있었다.

9월 11일(목), 여행 8일째, 미동부 최대 종유석 동굴인 루레이 동굴로 이동하였다. 루레이 가는 길이 엄청 예뻤고 쉐난도우 강이 창밖으로 보인다. 버스가 시골길로 들어서니 미스터 성이 존 덴버의 〈Take Me Home Country Roads〉를 틀어준다.

"버지니아 주에 들어섰으니 손님들이 잘 아는 팝송을 들으시면서 창밖의 예쁜 풍경을 감상하세요. 지금 우리는 노래의 배경이 되는 웨스트버지니아와 쉐난도우 강을 지나고 있습니다. 쉐난도우는 아름다운 경치와 이름 모를 야생화들이 참 많은 곳이지요. 또한 버지니아 북쪽에서 시작하여 웨스트버지니아 포토맥 강까지 이어지는 약 320km의 구불구불한 강이 쉐난도우 강입니다. 블루릿지 마운틴 그리고 계곡, 아름다운 등산로와 드라이브 코스는 환상적이에요. 노래를 들으시면서 풍경을 만끽해 보시지요. 그럼 이만 마이크는 내려놓겠습니다."

감미로운 노래가 울려 퍼지니 필자를 비롯한 버스 안의 일행들이 속으로 따라 부른다. "오매 겁나게 조와부러~! 가이드님이 최고랑께~! 역시 볼매여~ 볼매~! 멋져부러~!"

루레이 동굴Luray Caverns은 버지니아주 쉐난도우 국립공원 루레이 지역에 자리 잡고 있는 미국 동부지역에서 가장 크고 유명한 석회암 동굴이다. 1878년 8월 13일 처음 발견되었고, 여러 차례 소유주가 바뀌는 동안에도 동굴안의 종유석과 석순은 계속해서 자라고 있다고 한다.

동굴 안에서 다양한 형태의 종유석과 석순을 볼 수 있었다. 지금도 자라고 있는 동굴 내의 종유석을 보호하기 위하여 동굴 조명에도 세심한 주의를 기울이고 있었는데, 아름다운 종유석과 잔잔한 호수를 보고 있노라니 간접조명을 통하여 호수에 반사되는 모습이 장관이었다.

약간 넓은 공간에 아름다운 교향악이 울려 퍼지게 하는 Starac Pipe Organ(종유석 파이퍼 오르간)이 있었다. 오색영롱한 조명 시설 아래서 종유석을 이용한 파이프 오르간으로 연주되는 미국 민요 〈세난도〉의 아름다운 음률

을 들으니 지하 동굴이 아닌 천국에 와 있는 듯한 환상을 잠시나마 느끼게
되었다.

동굴 관람을 끝내고 버스에 오르니 미스터 성이 마이크를 잡는다.

"버지니아 하면 필립모리스 담배가 유명하지요. 아버님들 말보로 담배 아
시죠? 뉴욕에서 사는 것보다 여기서 사는 게 싸요. 1/4밖에 안 되니까요. 말
보로 담배 필요하신 분 저에게 말씀해 주시면 중간에 사도록 해드리겠습니
다. 여기서 퀴즈 하나 내겠습니다. 좀 썰렁하긴 하지만…하하~ 담배 좋아하
는 사람이 왜 경마장에 갔을까요? 헤헤~"

"기야 말 보러 갔겠지~~ 말보로~~" "맞습니다. 맞고요~ 말보로 간 깁
니더. 썰렁하지예? 하하~ 또 한 가지 말씀드릴 건 미국의 역사는 버지니아
주 제임스타운에서 시작되었어요. 1607년 영국인들이 건설한 최초의 식민
지가 바로 제임스타운인 게지요. 만일 남북전쟁에서 남군이 승리했다면 제
임스타운이 크게 발전했을 거예요. 이제 우리는 선택관광이긴 하지만 펜실
베이니아 '허쉬 초콜릿 월드'로 갑니다. 입장료가 20불이지만 제가 10불로

할인해 볼 테니 가급적이면 모두 입장하시지요."

"그러십시다." 우리 일행들, 이구동성으로 호응한다.

"제가 이제부터 프랭크 시나트라의 〈마이 웨이〉를 틀어드릴 테니 감상하시면서 가시지요." 〈마이 웨이〉는 언제 어디서 들어도 또 다른 감흥을 일으키며 좋다. 역시 명곡이다.

허쉬 초콜릿 월드에선 초콜릿을 만드는 과정을 체험할 수 있었다. Great American Chocolate Tour Ride를 타고 초콜릿을 녹여서 가공시키고, 자르고, 병에 담는 과정을 둘러보는 것이었다. 열차 투어가 끝나니 입구에서 새로 만들어 출시하려고 하는 초콜릿을 한두 개씩 나눠준다.

쇼핑센터에서 기념으로 작고 예쁜 허쉬 잔과 초콜릿을 샀다. 쇼핑을 끝내고 버스에 올라 뉴저지에 있는 호텔로 이동하여 지인들과 와인 한잔하면서 담소를 나누니 뉴욕에서의 마지막 밤도 막을 내리고 있었다.

9월 12일㉮, 여행 9일째, 아침 조식 후 공항으로 이동하여 현지 시각 13시 JFK 공항을 출발하여 14시간 10분의 비행 끝에 13일 오후 4시 10분 인천공항에 무사히 도착하였다.

이번 미국 동부–나이아가라–캐나다 여행을 통해서 세계 경제와 문화, 정치의 중심인 뉴욕 맨하탄과 워싱턴을 둘러보았으며 나이아가라 폭포와 캐나다 토론토, 킹스턴 천섬 유람선 관광, 그리고 캐나다 안의 작은 프랑스인 몬트리올과 퀘벡 관광을 하고 버지니아 루레이 동굴 답사를 하면서 많은 것을 보고, 즐기고, 체험하며, 배운 값진 10일간의 기회이었다.

이번 여행도 행복했어라! 감사합니다~~

2015. 09. 04 ~ 09. 13
뉴질랜드 - 호주

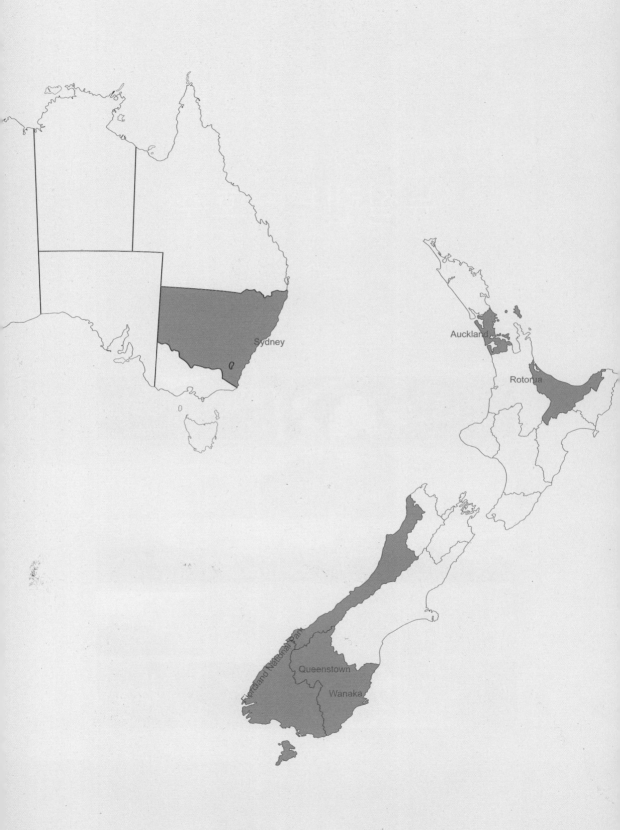

Sydney

Auckland

Rotorua

Fiordland National Park

Queenstown

Wanaka

오클랜드

지난 9월 4일부터 13일까지 8박 10일간 뉴질랜드-호주 여행을 다녀왔다.

마오리어로 아오테아로아Aotearoa인 뉴질랜드는 남서 태평양에 있는 섬나라로 쿡 해협을 사이로 두 개의 큰 섬인 남섬과 북섬으로 이루어져 있고 남과 북의 길이가 1,600km정도 된다고 한다. '아오테아로아'는 '길고 흰 구름'이란 뜻이며 이런 구름들은 뉴질랜드를 떠올리는 상징이 되었다.

뉴질랜드는 면적이 한반도의 1.2배로 인구는 약 450만 명이다. 수도는 웰링턴이고 우리나라처럼 사계절이 뚜렷하고 때 묻지 않은 천혜의 자연을 지니고 있어 많은 관광객이 찾고 있으며 우리 교민들도 약 3만 명이 거주하고 있다. 영국 연방으로 유럽계가 약 69%, 마오리 원주민 14.6%, 아시아인 9.2%, 그리고 비 마오리계 태평양 제도인 6.9%로 구성되어 있으며 인종 간 갈등은 없고 치안이 잘 유지되고 있다.

뉴질랜드는 호주와 태즈먼 해를 사이에 두고 동쪽으로부터 1,500킬로미터 떨어져 있고, 피지, 뉴칼레도니아, 통가 같은 태평양의 섬들로부터 대략 1,000킬로미터 떨어져 있다. 이렇게 멀리 떨어져 있기 때문에 인간이 발견한 마지막 섬나라 중 하나이다.

9월 4일 오후 4시 50분 인천공항을 출발하여 11시간 20분의 비행 끝에 뉴질랜드 오클랜드 공항에 도착하였다.

뉴질랜드는 시차가 한국보다 3시간 빠르며 호주는 1시간 빠르다. 뉴질랜드, 호주는 우리나라와 계절이 완전히 반대이다. 우리의 겨울(12월~2월)이 그쪽에선 여름(6월~8월)에 해당한다. 필자 부부가 여행한 9월 초는 이른 봄(3월 초)에 해당되어 공항에서 옷을 갈아입었다. 이번에 여행을 함께 한 인원은 29명으로 비교적 많은 편이었다. 필자의 경험상 단체여행은 18명~20명이 가장 좋은 것 같다.

우리가 처음으로 발을 디딘 오클랜드는 국토 전체에서 보면 북쪽에 치우쳐 있으며 1865년 수도가 웰링턴으로 옮겨지기 전까지 25년간 이 나라의 수도였다. 뉴질랜드 총독 William Hobson이 존경하던 인도 식민지 총독 오클랜드경의 이름을 따서 지었다고 한다. 기후가 온난하여 태평양에서의 해상·항공 교통의 요충지역이기 때문에 지금도 뉴질랜드의 관문으로 번영을 유지하고 있으며, 오클랜드의 인구는 150만 명 정도 되는데 이는 뉴질랜드 전체 인구의 3분의 1에 해당된다.

　현지 가이드(신XX 부장)와 미팅을 한 후 버스에 올라 오클랜드 도메인 공원으로 이동하였다.

　'왕의 영토'라는 뜻을 지닌 이 공원은 24만 평의 부지에 사계절 푸른 잔디와 잘 다듬어진 숲이 시민들의 휴식처 역할을 하고 있으며 1880년 공원용지로 지정되었다. 공원 안에는 온실인 워터 가든과 오클랜드 박물관이 있었으며, 공원과 인접하여 오클랜드 대학도 볼 수 있었다.

　워터 가든은 커다란 돔식 건물로 되어 있었는데, 메인하우스에서는 열대, 아열대 식물과 뉴질랜드에서만 자라는 고사리류들을 볼 수 있었다. 수목이 크게 자라 원숙한 숲을 이루고 있었으며 우리는 음이온을 흡입하며 산책길을 나섰다. 특히 수령이 400년 되는 카우리 나무와 온실의 예쁜 꽃들은 우리들의 시선을 끌기에 부족함이 없었다.

　우리는 건설한 지 100년 되었다는 페리 빌딩 앞에서 내려 페리Ferry에 탑승하여 데본 투어를 하였다. 데본 포트는 오클랜드 중심지에서 항만 건너편에 보이는 곳으로서 개성과 매력이 넘쳐 보였다. 1800년대 말과 1900년대 초에 건축된 클로니얼 목조빌라가 거리에 즐비하였고 시내 중심으로 향한 해안 쪽에는 격조 있는 저택이 자리 잡고 있는 등 전통유산이 지금까지 그대로 보존되어 있었다.

　화산구인 빅토리아 산을 사브작사브작 걸어 올라가니 오클랜드의 아름다운 전경이 한눈에 들어온다. 빅토리아 산은 드라마 아테나Athena의 뉴질랜드 촬영지라고 한다.

　데본 투어와 빅토리아산 조망을 끝내고 우리 일행은 〈반지의 제왕〉 촬영지인 마라마타로 이동하였다. 오클랜드에서 2시간 정도 버스를 타고 가야 한다. 시내를 벗어나니 시골 마을의 풍경이 펼쳐진다. 끝없이 펼쳐진 초지에 소와 양들이 한가로이 풀을 뜯고 있었는데 축사가 보이지 않는다.

신부장이 설명을 한다. "축사는 없어요. 비가 오거나 바람이 심하게 불거나 몹시 추워도 초지에서 그대로 이겨내지요. 자연 친화적이라서 그런지 뉴질랜드 우유가 유명합니다. 소 한 마리에서 하루에 짜는 우유는 무려 25리터쯤 됩니다. 북섬은 화산지대이고 버릴 땅이 없어요."

우리나라처럼 깔끔하게 정리된 농지도 없었고, 채소나 곡류를 가꾸는 농장도 보이지 않았다. 옹기종기 모여 사는 시골 마을의 동네 같은 모습도 볼 수 없었다. 생긴 그대로 울퉁불퉁한 구릉지대의 넓은 초원에 듬성듬성 농가들이 흩어져 있는 풍경이었다.

이곳 뉴질랜드는 소와 양을 기르는 축산업과 낙농업이 주 산업이고, 그 다음이 목재업이라고 한다. 1인당 양축 농가가 소유한 평균 초지가 45만 평이나 된다고 하니 우리나라에서 한 개의 마을에 해당되는 지역을 한두 사람이 소유하면서 축산을 하고 있는 셈이다.

"양은 보통 쌍둥이를 출산하며 뉴질랜드에 있는 양은 5천만 마리 정도 됩니다. 보통 3,000평에 35마리를 키우지요. 소는 1,000평에 한 마리 키웁니다. 토양은 마사토라서 벼농사는 안 됩니다. 주로 밭에 감자를 심고 감자가 주식입니다. 한국으로 키위와 단호박을 수출하지요."

소와 양들이 풀을 뜯고 있는 초지를 지나다 보니 울퉁불퉁한 높고 낮은 산지가 보이기 시작했다.

〈반지의 제왕〉 촬영세트장에 도착하고 있었다. 〈반지의 제왕〉은 영국의 작가 톨킨J.R.R Tollkien이 쓴 판타지 소설을 뉴질랜드 출신 피터 잭슨이 각본을 쓰고 영화로 제작하였다. 이 판타지 소설이 세계에서 성경 다음으로 많이 팔렸지만 이를 영화로 재현할 수 있다고 생각한 사람은 그 당시 아무도 없었던 모양이다. 심지어는 원작의 작가인 톨킨J.R.R Tollkien마저 판타지의 세계를 영화로 만드는 것은 불가능하다고 하였다. 그런데 이런 공상소설이 나온 지 20여 년이 지나서 피터 잭슨이 영화화한 것이고, 이 영화가 흥행을 일으키면서 뉴질랜드가 세계의 주목을 받게 되었다.

재미있는 것은 당초에 이곳 농장주는 자기 농장을 영화 촬영 세트장으로 빌려준 후에 촬영이 끝나면 원상대로 복구할 조건으로 계약했다고 한다. 그런데 영화가 흥행을 하다 보니 〈반지의 제왕〉이 끝나고 다시 영화 〈호빗〉의 세트장이 만들어질 때는 농장주가 세트장을 철거하지 않고 보존하는 조건으로 농장을 빌려주었고, 오늘날까지 관광명소로 보존하며 엄청난 관광수익을 올리게 되었다는 것이다. 우리는 가이드로부터 이런 비하인드 스토리를 듣고 버스에서 내렸다.

차에서 내리자 인간의 때가 묻지 않은 태고의 신비를 그대로 간직한 듯한 풍경이 펼쳐진다. 울퉁불퉁한 낮은 산들과 연못, 그리고 듬성듬성 서 있는 오래된 고목들이 원시 자연의 모습 그대로인 듯하다.

조금 걸으니 촬영세트장 입구를 표시하는 호비튼HOBBITON이라는 입간판이 보였다. 영화에서 나오는 난장이족 '호빗'이 사는 동네 입구라는 뜻이다. 인간이 사는 세상과 다른 새로운 세상이 펼쳐진다. 영화 촬영 세트장은 넓이가 45만 평이나 된다고 한다.

소설의 원작자인 톨킨은 호빗을 배가 불룩 나오고, 다리는 짧고, 둥글고, 명랑한 얼굴에 귀가 약간 뾰족해서 요정 같고, 머리카락은 짧고 (갈색으로)곱슬곱슬하며 키를 대략 3피트나 3피트 6인치(1m 정도)정도로 상상하면서 소설을 쓴 것으로 되어있다. 그런 호빗이 높고 낮은 언덕에 아치형의 토굴을 파서 집을 짓고 살았던 모습을 재현해 놓은 것이다. 집 입구에는 하나같이 둥그스름한 대문이 달려 있고, 대문 주변에는 아기자기하고 귀여운 물건과 소품들이 있었다.

호빗 마을에는 빌보의 집인 백 엔드Bag End를 포함하여 44개의 서로 다른

반지의 제왕 영화 세트장

호빗 집들이 있다고 한다. 영화 촬영장 세트인 만큼 외형의 문만 달려있고, 안쪽에는 영화 속에 나오는 난장이들의 먹고 자고 파티를 벌이는 그런 공간은 볼 수 없었다.

가이드 신 부장이 필자 부부에게 영화의 한 장면을 연출하라고 한다. "어머님은 안에서 문을 열고 나오시고 아버님은 빗자루를 들고 마당을 쓰는 장면입니다. 레디~고~! ㅎㅎ"시키는 대로 하면서 영화 속의 주인공이 되어본다. 하하~ 또한 우리는 광활한 초원의 전형적인 뉴질랜드 전경을 조망하였고 원시적 태고의 모습이 그대로 간직된 듯한 주변의 풍경을 배경으로 인증샷도 날렸다.

약 한 시간 반에 걸쳐 세트장을 오르고 내리며 둘러보고 걸은 후에 휴게소 벽난로 앞에 앉아 농장에서 제조한 흑맥주를 한 잔 마시면서 잠시 휴식을 취한 후 마오리의 역사와 문화의 중심지이며 호수, 온천과 유황의 도시로 유명한 로토루아로 이동하기 위해 버스에 올랐다.

　가이드 신부장이 다시 마이크를 잡는다.

　"로토루아 가려면 두 시간 정도 소요되니 주무실 분은 주무시고 편안하게 들어주세요. 뉴질랜드는 물, 공기, 햇볕이 세계 최고예요. 따라서 비염, 아토피 환자가 거의 없고 수돗물을 그냥 마십니다. 선생님들도 호텔에서 나오는 수돗물을 마음 놓고 드세요. 뉴질랜드 하면 떠오르는 또 하나의 상징은 순수입니다. 자연적이고 순수하고 깨끗하지요. 그리고 아무리 추워도 눈이 안 옵니다. 사람들은 자유를 만끽하고 남과 비교를 안 해요. 주말이면 너나없이 요트를 타고 바다로 나가 레저를 즐깁니다. 나이를 물어보지도 않으며 일찍 자고 일찍 일어납니다. 한국은 행복지수가 낮지만 이 사람들은 높지요. 차량 운전대는 우측에 붙어있으니 횡단보도 건널 때 반드시 우측을 보셔야 됩니다. 대문도 없고 울타리도 없습니다. 국민연금 등 복지가 잘되어 있고 의료 서비스 혜택이 좋습니다. 65세 되면 주 250불씩 연금이 지불되고 부부라면 4주 기준으로 2,000불(한화로 180만 원)입니다. 거기다 대중교통무료, 각종 할인혜택이 있고 병원비도 거의 공짜입니다. 노인들의 천국이지요. 뉴질랜드에서 1순위는 여자, 2순위 개, 3순위 아이들이라고 하지만 제가 봤을 때는 1순위가 노인들이예요. 연금이 목요일 통장으로 입금되므로 그날은 장사하는 사람들은 대목이지요. 선생님들 '고생 끝에 낙'이란 말 들어보셨죠? 지금은 '고생 끝에 병'입니다. 하지만 뉴질랜드에선 국가가 치료비를 부담해 줍니다. 아버님, 어머님, 뉴질랜드로 이민 오세요~! 제가 책임지겠습니다." 일행 중 한 분이 끼어든다.

　"신부장이 고로콤 싸게싸게 말씀하시는디… 나가 알기로는 뉴질랜드 영주권이나 시민권이 있어야 연금혜택이 있다는디 고게 참말이당가요?"

　"넹~! 10년 이상 뉴질랜드에 거주해야 하고 50세 이상 되면 5년 이상 거주해야 돼요~"

"그라믄 70이 가까운 우린 말짱 도루묵이넹~~! 에고~괜히 김치국부터 마셨넹~콜록~!" 버스 안은 갑자기 탄식과 한바탕 웃음이 교차한다.

"뉴질랜드는 정년이 없으며 집집마다 벽난로가 있습니다. 국민소득은 48,000불이고 국방예산은 3%밖에 되지 않으며 나머지는 대부분 보건복지 예산이지요. 공무원들은 월급을 많이 받고 줄서기가 없고 청렴도 1등 국가 입니다. 선거법 위반도 없지요. 부정부패가 없고 기업하기 좋은 나라입니 다. 아이고~ 제가 너무 남의 나라 자랑에 열을 올렸네요~^^ 헤헤~"

창밖으로는 길고 낮고 흰 구름과 끝없이 펼쳐지는 초원에서 평화롭게 풀 을 뜯고 있는 양떼들이 한 폭의 그림을 그려내고 있었다.

호수와 유황의 도시 로토루아에 도착하여 폴리네시안 풀 온천욕으로 피로 를 푼다.

수영복 차림으로 남녀가 같이 이용하는 유황냄새가 코를 자극하는 노천탕 에서 로토루아 호수를 바라보며 심신의 힐링을 체험하였다. 남양주에서 왔 다는, 부인이 회갑 기념으로 두 아들이 보내주어서 왔다는 조사장, "선생님 ~! 정말 좋네요~! 그동안 일에 파묻혀 여행도 못하고 했는데 앞으로 많이 다 녀야겠네요. 지금 여기 있는 7개의 노천탕 중 이 탕이 저에게는 딱이네요~" "그러네요~ 이하동문입니다~! 하하!" 서로 쳐다보며 함박웃음을 짓는다.

1시간의 온천욕을 마친 후 관절에 좋다는 초록홍합탕으로 저녁을 먹은 후 오늘의 여정을 마무리 지었다.

로토루아

9월 6일 여행 3일째, 로토루아 스카이라인 곤돌라에 탑승하여 해발 900m까지 올라 전망대에서 뷔페 조식을 한 후 로토루아 호수와 전경을 조망하였다.

　로토루아 인구는 7만 명이라고 한다. 조망을 끝낸 후 뉴질랜드의 전형적인 농장 아그로돔을 방문하였다. 아그로돔 실내공연장 관람석에 앉으니 의자 앞에 각 나라 말로 번역되는 헤드폰이 놓여 있었다. 헤드폰을 귀에 꽂고 한국어로 맞추어 놓고 잠시 있으니 해설이 나온다. 사회자의 지시에 따라 여러 종류의 양들 19마리가 차례로 등장하는데 제일 먼저 메리노가 중앙 상석에 오른다. 메리노는 양 중의 왕이고 털이 가장 비싸다고 한다. 양털깎이 쇼를 관람하고 관객들이 직접 체험할 수 있는 젖소 우유 짜기, 새끼 양 젖 먹이기 및 양몰이 개의 거위(오리)몰이 쇼와 양들의 등을 타고 뛰어넘는 재주, 마지막에는 메리노의 등 위에 타고 서는 재주 등을 재미있게 보았다.
　실내에서의 쇼를 관람한 후 야외 목장에서 펼쳐지는 양몰이 쇼도 관람하였다. 일반적으로 양몰이 개 한 마리가 양을 천 마리 넘게 통솔할 수 있다고 한다. 이국적인 농장을 둘러보는 농장투어로 트랙터를 타고 양, 사슴들에게 먹이주기 체험도 하였고, 양, 사슴들과 어울려 인증샷도 날리고 키위의 본고장, 뉴질랜드 키위 와인을 시음하였다.

로토루아 시내관광으로 로토루아 호수를 찾았는데 마침 호수 주변에 시골장이 서고 있었다. 우리의 시골장과 비슷한 모습이 펼쳐지는데 사람들 간의 인정과 순박함이 꾸밈없이 느껴졌다.

로토루아 호수는 '두번째 호수'라는 의미이며 14세기경 마오리족에 의해 발견되었고 우리에게 '연가'로 알려진 마오리족 민요 'Pokarekare Ana'의 발상지로 유명하다. "비바람이 치는 바다~~ 잔잔해져 오면~~"으로 시작되는 노래가 이곳 마오리족의 민요인 것이다.

로토루아 호수 산책 중에 운 좋게 블랙 스완(흑색 백조)을 볼 수 있었다. 유럽인들은 백조만 있는 줄 알았는데 이곳 대양주에서 검은 백조를 발견했다고 한다. 주둥이가 붉은 것이 독특하였으며 암수가 다정하게 유영하는 모습이 사랑스러웠다.

우리 일행은 간헐천과 수증기를 내품는 지열지대로 마오리족의 전통 문화와 자연을 융합시킨, 로토루아를 대표하는 관광지인 테푸이아로 이동하였다. 마오리Maori는 '보통의', '평범한'이라는 뜻을 가지고 있으며 마오리족은 5만 명 정도이다. 신 부장이 덧붙인다. "뉴질랜드 의원 120명 중 7명은 당연직으로 마오리족을 뽑습니다. 배려 차원이지요."

마오리 마을 행운석과 장승을 보고 민속마을로 들어가 전통가옥과 각종 공예품을 관람하였다. 그리고 포후투 간헐천으로 발걸음을 옮긴다. 포후투는 마오리 언어로 '폭발', '큰 분출'을 뜻한다고 한다. 간헐천은 뜨거운 물과 수증기, 가스가 주기적으로 분출하는 온천을 말한다. 포후투 간헐천이 있는 곳으로 접근하니 뜨거운 수증기가 뿜어 나오고 유황냄새가 진동한다. 1시간에 한 번씩 물줄기가 30m까지 치솟는다고 한다. 진흙이 물처럼 끓고 있는 열탕을 지나 따끈따끈한 찜질방을 연상시키는 계단에 앉는다.

신 부장이 한마디 툭 던진다. "여기 요 자리가 제일 뜨거운 자리인데 너무 뜨거워 10초를 못 견뎌요. 자신 있는 분 한번 앉아 보세요. 30초 동안 앉아 있는 분에게 제가 선물 드릴게요."

"먼 선물 주신다요? 나가 싸게 싸게 안자 볼랑께~" 목포에서 왔다는 아짐씨 앉았다 3초도 못견디고 엉덩이를 얼릉 치켜든다. "오매~ 허벌나게 뜨거워 환장하겠으라~ 나가 쪼까 징하고 우새시럽당께~" 갑자기 한바탕 폭소

마오리 마을 행운석

진흙 열탕

가 터진다.

계단에 앉았다가 등을 뒤로 바닥에 대고 누우니 금방 온몸이 뜨끈뜨끈해지며 피로가 풀린다.

"아~따 억수로 따숩네요~! 이기 천연 찜질방 아닝교? 선상님요~ 안그럽습니꺼?" 필자 옆에 누운 포항에서 자영업을 한다는 분이 동의를 구한다. "그러네요~ 억수로 좋네요^^ ㅎㅎ"

테푸이아 제일 꼭대기까지 올라가 간헐천과 열탕, 유황냄새를 뿜고 있는 지열지대를 조망하며 자연 체험을 하였다. 자연 체험을 끝내고 온돌계단으로 내려오니 신 부장이 씩 웃으며 한마디 던진다. "오늘 선생님들이 운이 좋으신 겁니다. 날씨도 끝내주고 간헐천이 금방 치솟을 시간이 됐네요."

모두 박수를 치며 좋아한다. 잠시 후 30m까지 치솟는 간헐천의 물줄기와 수증기를 감상한다.

이제 우리는 뉴질랜드의 국조이며 날개 없는 새 키위Kiwi를 보기로 하였다. 암실에서 키위를 볼 수 있었는데 사진 촬영은 새들이 놀래므로 금하고 있었다. 키위새가 울때 "키~위~ 키~위~" 하며 운다고 해서 키위라고 하네요. "뉴질랜드를 상징하는 세 가지 키위가 있는데 첫 번째는 뉴질랜드 국민들이 자신들을 칭하는 키위, 두 번째는 날지 못하는 새 키위, 세 번째는 먹는 과일 키위입니다." 신 부장이 덧붙여 말한다.

"어제도 말씀드렸듯이 뉴질랜드는 여성들이 활개 치는 나라이지요. 세계 최초로 여성에게 참정권을 부여했어요. 이혼하면 전 재산은 부인이 가지게 되고 자식까지 키우면 자녀 양육비까지 국가에서 지원합니다. 뉴질랜드 남자들을 키위 팔자라고 합니다. ㅠㅠ 암놈 키위가 알을 낳으면 숫놈이 부화시키고 보살핀다고 해서요. 그래서인지 뉴질랜드 총각들에게 한국 미혼 여성들 인기 짱입니다. 다소곳하고 남편에게 순종하고 잘 대해주기 때문이지요. ㅎㅎ"

　우리는 아름드리 붉은 나무들로 빽빽한 레드우드 수목원Redwood Grove에서 삼림욕을 하였다. 산책로를 따라 숲속으로 들어서니 아름드리 레드우드가 하늘을 향해 쭉쭉 뻗어 있었다. 이 나무들은 80년 전 미국 캘리포니아에서 들여온 수종인데 토양이 좋아 1년에 2cm씩 자란다고 한다. 맑은 공기와 음이온을 흡입하며 피로도 풀고 심신의 힐링도 한다. 오매~ 좋은 거~~!

　이곳은 기후가 좋아서인지 모르나 모든 식물이 잘 자라는 편인데 큰 고사리나무도 즐비하게 보인다. 잎의 뒷면이 은빛을 띠고 있어 은고사리Silver fern로 불리우며 뉴질랜드의 상징이다.

은고사리

레드우드

트레킹 코스가 여러 곳이 있으나 우리는 시간 관계상 짧은 코스를 택하여 30분 정도 걸었다.

트레킹을 마친 후 호텔로 돌아와 마오리 원주민의 전통쇼를 감상하며 지열을 이용한 전통요리인 항이식 디너를 즐기며 부인 회갑기념으로 두 아들이 보내서 여행 왔다는 남양주에서 온 조선생 부부와 와인 한잔하면서 여행 3일째를 마무리하였다.

퀸스타운

여행 4일째, 호텔 조식 후 쇼핑센터를 방문하였다. 야생 블루베리로 불리우는 빌베리와 머드 제품을 소개하는데 빌베리는 항산화물질인 파이토케미컬phytochemical과 안토시아닌을 블루베리보다 4배~6배 더 많이 함유하고 있다고 한다. 신 부장이 빌베리가 아주 좋다고 거들며 충주에서 온 80세 할배에게 권하자 "알았슈~~~ 살껴~~!" 한바탕 폭소가 터진다.

이제 우리는 로토루아에서 푸른 초원을 감상하며 요트의 도시 오클랜드로 다시 이동한다. 끝없이 펼쳐지는 대평원과 평화롭게 풀을 뜯고 있는 양들과 소들…. 그리고 버스 안에 울려 퍼지는 조용하고 감미로운 음악에 평온함이 스며든다.

신 부장이 마이크를 잡는다. "뉴질랜드의 교육제도를 말씀드릴게요. 5세에 입학하여 초, 중, 고교까지는 무상 의무교육입니다. 국가에서 학비를 지원해 주지요. 교육 예산은 20%입니다. 18세까지만 부모가 책임을 집니다. 고교 졸업 후 더 공부하고 싶으면 국가에서 무이자로 학비를 융자해 줍니다. 또한 1주일에 200불씩 한 달에 800불 학생수당을 줍니다. 나중에 취업하고 월급 타서 갚으면 되구요."

신부장이 사근사근 야그하니 자장가처럼 들리며 눈이 스르르 감긴다.

"제 말에 모두 주무시는 거 같으니 우스갯소리 하나 하겠습니다. 주부 사이에서 유행하는 야그인데 아시는 분도 많겠지만 그냥 들어주세요. 집에서 한 끼도 안 먹는 남편은 영식님, 한 끼 먹으면 일식 씨, 두 끼 먹으면 두식이, 세 끼 먹으면 삼식이 새끼, 야식까지 먹으면 이런 종간나새끼~~! ㅎㅎ"

차창 밖으로 보이는 바다에는 요트가 많이 보였다. 신 부장 설명으로는 이곳 사람들은 요트를 취미로 즐기는 사람들이 많고, 어떤 사람은 요트로 출퇴근을 하기도 한다. 오클랜드는 사방이 바다로 둘러싸여 있고, 사람들이 요트를 즐길 만큼 경제적으로 여유가 있기 때문에 그런 모양이다.

어느새 버스는 오클랜드 공항에 다가서고 있었다.

"북섬에서의 여행은 이것으로 끝납니다. 날씨가 받쳐주어 손님들이 더 즐거운 시간을 보내셨을 겁니다. 끝으로 한 말씀 올리겠습니다. 간단한 진리지만 순리대로 순응하면 스트레스 없이 긍정적인 사고를 가지게 되고 그게 뉴질랜드 사람들입니다. 그동안 협조 잘해주신 거 감사드리고 남은 일정 남섬에서 좋은 여행 되시고 항상 건강하세요."

"신 부장도 베테랑답게 가이드를 잘해주어 즐거웠어요. 수고 많으셨습니다." 모두 박수로 화답한다.

오클랜드 공항을 이륙하여 1시간 50분의 비행 끝에 동화 속 풍경처럼 천혜의 경관을 자랑하는 각종 레포츠의 휴양지인 남섬 퀸스타운에 도착하여 현지 가이드 미팅 후 전용 차량에 탑승하였다.

남섬 가이드 임 선생이 자기소개를 하며 부산 동래가 고향이라고 한다.

"남섬에선 세계 5개 나라의 자연을 보는 깁니더~ 첫 번째로 캐나다 록키의 호수를 볼끼고 두 번째로 스위스 알프스 산맥과 같은 남알프스 산맥과 뉴질랜드 최고봉 마운트 쿡(3,754m)을, 세 번째로 노르웨이 게이랑에르 피요르드나 송네 피요르드와 견줄 만한 밀포드 사운드, 네 번째로 오스트리아 짤즈부르크 풍광, 다섯 번째로 스코틀랜드 고산高山 방목지대를 억수로 볼깁니더. 헤헤~우선 세계 최초의 번지점프Bungy Jump대인 43m 높이의 카와라우 다리로 이동하겠심더~"

뉴질랜드는 번지점프를 상업적인 관광 상품으로 개발한 나라인데 상업적 번지 점프를 시도한 장소가 바로 퀸스타운의 번지점프 브리지(카와라우 다리)로 우리나라 영화 〈번지점프를 하다〉의 배경지가 되어 더욱 유명해진 곳이기도 하다.

우리가 카와라우 다리에 도착한 시각이 오후 4시가 조금 넘었기 때문에 번지점프 접수는 끝났다고 한다. 영업은 오후 4시까지이고 4시가 넘으면 직원들이 칼퇴근한다고 하네요. "임 선생~! 번지점프 타는 거 볼끼라고 기대했는데 아쉽구만~ 인자 사진이나 박읍시데이~ㅎㅎ" ○○의대 교수 정년퇴직하고 지금은 요양병원에 재직하고 있다는 양 교수가 한마디 던진다.

카와라우 다리를 배경으로 인증샷을 날리고 나오는데 지천으로 타임thyme이 보인다.

"사이먼 & 가펑클이 부른 '스카보로의 추억' 팝송 아시지예? 그 노래 가사 중에 Parsley, sage, rosemary, thyme이 나오는 기라예. 이게 타임입니더. 잎줄기를 따서 짤라 보이소^^ 진한 향이 나는 액이 나올깁니더. 타임은 우리말로 백리향百里香인데 밟고 지나가면 그 향이 신발에 묻어 백리까지 간다고 합니더."

우리는 서부시대 금광촌의 정취가 남아있는 애로우 타운Arrow town으로 이동하였다. "뉴질랜드 개척시대를 재현해 놓은 민속촌입니더. 하몬 19세기 강에서 금을 캐내던 시절, 애로우 타운은 뉴질랜드에서 가장 잘 사는 마을이었어예. 4월 말 만추에 이곳을 여행하면 단풍이 억수로 예쁘고요." 대부분의 건물들은 100년이 넘었으며 오후 5시면 상가가 철시하므로 거리는 조용하였다. 역사와 전통이 서려 있는 마을을 둘러본 후 버스에 오른다.

임 선생이 마이크를 잡는다. "남섬 인구는 100만 명밖에 안 되예. 창밖으로 보이는 풀은 터석Tussock이고예^^ 관상용으로 남섬 사람들은 집 정원에 억수로 많이 심습니다. 골프장에도 많이 있는데 골퍼들에겐 안 좋치예~ 터석 풀 속에 공이 들어가면 못찾습니다."

"아이고~ 뭔 말이여~ 나가 보니께 참말로 잡풀로 밖에 안보인당께~" 목포 아줌씨의 한마디에 모두 고개를 끄덕인다.

우리 일행은 북섬 로토루아에서 들었던 마오리족 민요인 '연가'를 들으며 퀸스타운으로 이동하였다.

"퀸스타운(여왕의 도시)은 아름다운 와카티푸 호수를 품고 있는 세계적인 관광 도시입니다. 차창 밖 왼쪽으로 보이는 호수가 와카티푸 호수라예. 와카티푸 호수는 길이가 80km나 되는 뉴질랜드에서 세 번째로 큰 호수이고예, 호수의 길이로 보면 뉴질랜드에서 제일 긴 호수이고, 면적은 여의도 의 25배입니다. 산으로 둘러싸인 그 풍경의 아름다움이 억수로 유명하지요. 호수 남쪽의 바로 아래에는 리마커블 산(2,280m)이 있는데 그곳에서 스키, 패러글라이딩, 번지점프를 즐길 수 있습니다. 뉴질랜드는 'No tip, No service charge'입니다. 호텔에서도 마찬가지고예^^ 오늘 저녁 잡수시고 호텔 들어가실 때 남섬 빙하수로 만든 스파이츠 맥주나 와인 한병 사 갖고 들어가시이소. 실망 안 하실겁니데이~ 와인은 20불이면 좋은 거 살 깁니다. 지한테 말씀하시면 사드릴게예~ 오늘 이렇게 날씨가 좋은 거 보니께 선상님들이 평소에 좋은 일 많이 하신 거 맞지예? 헤헤~ 국회의원들 왔다 카믄 날씨 쌩하게 조타카도 금방 억수로 비 옵니더. 아이고마~ 내사 이렇게 촐랑거리다 내일 비 올기다~! 하하~"

경상도 사투리를 섞어 말하는 임 선생의 넉살에 모두 혀를 차며 웃어제낀다. "거참~ 북치고 장구 치네~"

와카티푸 호수와 설산

　서울로 치면 명동거리에 해당하는 퀸스타운 번화가 버스정류장에서 내려 선착장으로 발길을 옮겼다. 와카티푸 호수는 워낙 커서 바다에 가깝다고 할 수 있으며 마오리족들은 비취 호수라고 불렀다고 한다. 호수 주위를 빙 둘러싸고 있는 높은 산과 호수변의 그림 같은 마을의 풍경이 절묘한 조화를 이루어 필자로 하여금 자연의 아름다움에 흠뻑 젖게 한다. Fantastic~!

　인증샷 몇 컷 날린 후 번화가 거리에서 쇼핑센터와 주류 매점에 들러 스파이츠 맥주를 사 가지고 나오는데 남양주 조사장이 필자에게 다가와서 말을 건넨다. "가이드가 얘기한 술 이거 맞지요?" 필자가 보니 아닌 것 같다.

　"제가 봐서는 아닌 거 같네요. 이건 샴페인인데요." "아이고~ 내 정신 좀 봐라~ 가이드에게 물어봐야겠네요."

　저녁을 먹고 호텔로 들어와 스파이츠 맥주 한 잔 걸치니 스르르 눈이 감기며 여행 나흘째 밤도 막을 내리고 있었다.

피오르랜드 국립공원

　　여행 5일째 호텔 조식 후 피오르드랜드 국립공원을 향해 출발하였다. 피오르드랜드 국립공원은 태초의 모습 그대로를 유지하고 있는 뉴질랜드 남섬의 대표적인 공원 중 하나이다.

　　버스에 오르니 임 선생이 오늘의 일정에 대하여 설명한다.

　　"오늘도 날씨가 억수로 좋네예~ 밀포드 사운드에 가서 유람선 투어 하고 다시 이곳 퀸스타운으로 올깁니더. 밀포드 사운드까지 320km이고 4시간 30분이 걸릴기라예. 왕복 640km끼네 서울 부산 간 갔다 온다고 생각하이소. 저기 보이는 산이 리마커블 산이고 그 뒤에 스키장이 조성되어 있지예. 인자 달리다 보면 갈색의 대초원이 나올 긴데 주위 산과 매칭되가 아름다운 풍광을 선물할 겁니데이~ 그기서 '나 잡아봐라~~' 한번 해보이소^^ 억수로 재미있을기라예. 하하~ 지가 대학에서 심리학을 전공했그던예. 여행의 공통점은 호기심이라예. travel은 trouble… 고통을 겪고 앞으로 나가는 겝니다. 'We must go' 우리는 가야만 합니다. 미지의 세계로 가야만 합니다. 돌아가야 할 home을 우린 가지고 있어 행복한 기라예^^ 우리는 가야만 합니다~! 아이고~ 이렇게 촐랑거리다 비나 눈 올기다~ 하몬~ 호머터널 통과 못할기다~헤헤~"

피오르드랜드 국립 공원 내 갈색 대초원

"나가 봉께 임선상 심뽀가 거시기 항께 싸게싸게 고만하시랑께~!" 목포 아짐씨의 한마디에 한바탕 폭소가 터진다. 버스는 갈색 대초원에서 정차하고 우리 일행은 모두 내려 인증샷을 날린다.

일행 중 30대 부부가 동심으로 돌아가 "날 잡아봐라"를 연출한다. 그렇치요. 여행의 묘미는 순간적인 이벤트를 만드고 추억거리를 만드는 것이지요. 역시 젊음은 좋은 것이여~ 필자, 마음속으로 젊은 부부에게 아낌없는 박수를 보낸다. 갈색 초원에서의 추억 오래 간직하세요.

물아일체! 청아한 맑은 수면에 주변의 풍경을 거울처럼 비추는 거울 호수 Mirror Lake가 이채롭다.

"선상님들~ 잠시 후에 빙하수를 직접 드실 수 있는 곳에 정차하겠심더~"

밀포드 사운드로 가는 중 빙하수가 흐르는 계곡을 지나고 잠시 후에 버스에서 내려 빙하수를 생수병에 담아 마신다. 짜릿하고 차고 시원한 물이 목을 타고 넘어간다. 청량함과 상쾌함이 교차한다. 대학 졸업 35주년 기념 캐

나다 록키 여행 시에 마신 빙하수하고는 또 다른 맛이다. 인증샷 날리고 버스에 오르니 천혜의 자연 경관에 눈이 호강한다.

이제 우리는 밀포드 사운드로 가기 위해 호머 터널을 통과해야 한다. 호머 터널Homer Tunnel은 1954년 개통되었으며 길이는 1,270m이다. 지질학자 호머의 지시에 따라 14년간 많은 인력이 동원되어 악천후 속에서 망치와 정으로만 뚫어 완공하였다고 한다. 가급적 자연을 훼손치 않으면서 터널을 뚫은 사람들의 각고의 인내심과 희생에 자연스레 고개가 숙여진다.

임 선생이 마이크를 다시 든다. "이곳은 눈이 많이 오거나 일기가 안 좋으면 통행금지입니더. 그람 여기까지 왔다가도 돌아가는 경우가 비일비재합니더. 오늘도 지가 촐랑거려서 은근히 걱정이 됐었는데 이젠 괜안해예^^ 헤헤~"

　천혜의 자연경관을 느낄 수 있는 밀포드 사운드Milford Sound는 뉴질랜드 남섬의 남서부 피오르드랜드 국립공원에 있는 피오르드로 뉴질랜드 남섬 여행의 하이라이트라고 할 수 있다. 테와히포우나우의 일부로 유네스코 세계 자연유산에 등록되어 있다. 별칭으로 '피오피오타히(Piopiotahi, 마오리어로 '한 마리의 피오피오 새')'라고 부른다.

　밀포드 사운드는 웨일스 지방의 밀포드 항구와의 유사성 때문에 1820년대에 한 고래잡이 선원이 밀포드라 이름 붙였다. 밀포드 사운드는 약 1만 2천 년 전 빙하에 의해 거의 수직으로 깎인 피오르드 지형으로 태즈먼 해에서 15㎞ 내륙까지 계속되고 있으며, 1,200m 이상의 절벽으로 둘러싸여 있다. 울창하고 무성한 우림이 절벽에 자라고 있는 반면에, 그에 접한 바다에는 물개, 바다표범, 펭귄, 돌고래 등이 자주 출현한다. 이 자연의 아름다움에 끌려 매일 수천 명의 관광객이 찾아온다. 밀포드 사운드는 연간 7,000~8,000mm의 강수량을 가지며, 1년 중 3분의 2는 비가 온다.

　우리는 최신의 크루즈에 승선하여 아름다운 풍경을 바라보며 선상 뷔페식

바다로 떨어지는 스털링 폭포

식사를 한 후 갑판으로 올라갔다. 노르웨이 게이랑에르 피오르드에서 보았던 것과는 또다른 경이롭고 아름다운 풍경이 펼쳐진다. 기암괴벽과 봉우리들 그리고 울창한 원시림… 쏟아지는 폭포… 봉우리에 걸린 하얀 구름… 일광욕을 즐기고 있는 물개들… 천상에 머무르고 있는 듯한 그림을 그려내고 있었다.

그리고 밀포드 사운드의 최대의 볼거리인 '스털링 폭포'! 유람선이 다가서며 느껴지는 짜릿한 전율과 폐부로 스며드는 시원하고 경이로운 폭포수~! 작년 나이아가라 면사포 폭포에서 맛보았던 환희가 다시 찾아든다. 오매~ 좋은 거~! 날씨가 받쳐주는 가운데 밀포드 사운드 관광의 환상적인 하이라이트를 즐감하였다.

밀포드 사운드 관광을 마치고 퀸스타운으로 귀환하기 위해 버스에 오른다. "뉴질랜드에 많은 한국 학생들이 유학을 오거든예. 근데 말입니더~ 유학생 아빠들 네 가지 유형이 있거든예~ 처자식을 떠나보내고 혼자 한국에서 외롭게 살아가는 아버지들을 '기러기 아빠'라고 하지예? 그럼 '독수리 아빠'가 뭔지 아시능교? 독수리 아빠라 카믄 경제적 여유가 있어가 마음만 내키면 수시로 외국에 나가는 아빠를 말합니더. 그라믄 '펭귄 아빠'는 아시능교? 돈이 없어가 아예 외국 방문을 포기하고 발만 동동 구르는 아빠를 말합니더. 그리고 마지막으로 사업이 쫄딱 망해 부도 내고 도망 다니는 아빠입니더. 이런 아빠들은 몰골이 말이 아니지예. 여기 이민 온 한국 교민 남자들 대부분 일정한 직업이 없는 백수들이라예. 지도 이민 와서 한 2년 백수 생활해 보니께 사람 사는 게 말이 아니드라구예. 그래가 밑바닥부터 시작해가 지금 이민 16년 됐지만 억수로 고생했지예. 지금은 남섬 여행 총책임자로 있어예. 남부럽지 않게 살고 있고예."

갑자기 버스 안 여기저기서 박수가 터져 나온다. "임 선생~! 대단해요~! 축하합니다." 일행 중 한 분이 씽긋 웃으며 농담으로 한마디 툭 던진다. "고마 해라~ 니 잘났다~" 버스 안이 한바탕 웃음으로 넘쳐난다. ㅎㅎ

창밖으로 끝없이 펼쳐지는 대초원에 헤아릴 수 없을 정도로 많은 엄청난 양떼와 한가로이 풀을 뜯고 있는 소떼들 그리고 유유히 흐르는 강물이 필자의 마음을 편안하게 해주었다.

퀸스타운에 도착하여 한식으로 대구 매운탕과 연어회, 그리고 와인 한 잔 걸치며 오늘의 밀포드 사운드 관광의 백미를 삼삼하게 떠올리며 여행의 즐거움을 반추하였다.

와나카

여행 6일째(9월 9일 수요일), 퀸스타운을 출발하여 와나카 지역으로 이동하였다. 이동 중 임 선생이 마이크를 잡는다. "선택관광으로 되어있는 퀸스타운 제트보트 타실 분 신청하이소. 선상님들이 첫날 간 카와라우 강에서 즐기는 제트보트라예. 좁은 계곡을 쏜살같이 돌아 나가는 짜릿한 경험과 스릴 넘치는 360도 회전까지 최고입니더. 타는 시간은 약 30분이라예. 안 타시는 분들은 주위를 산책하시거나 카페에서 커피 한잔하이소^^ 저와 인솔자는 타지 않습니데이~"

"제트보트는 작년에 나이아가라 월풀에서 타봤으니 오늘은 안탔으면 해요." 마눌님의 의견에 고개를 끄덕인다. 150년 전 사금을 캐던 곳이었으나 지금은 폐광촌이 된 주변 건물들을 둘러보고 카페에서 커피 한잔하면서 자유시간을 갖는다.

와나카 지역의 신기한 착시의 세계 – 퍼즐링 월드Puzzling World관광에 나섰다. 건물 한 모퉁이로만 서서 땅과 53도의 각도를 이루는 와나카 사탑, 재미있고 신기한 착시의 세계, 현대 스타일로 만들어진 미로 찾기, 개방된 공간에 변기가 나란히 놓인 고대 로마 양식의 공중화장실 체험, 비스듬히 서

실제 오목인데 볼록으로 보인다

와나카 사탑

있는 아기자기한 건물을 배경으로 연신 카메라 셔터를 누른다. 1시간의 관광을 끝내고 고즈넉한 와나카 호수로 이동, 에지워터 리조트에서 와인을 곁들인 스테이크 특식을 즐긴다.

남양주 조 선생 부부, 부산 양교수 부부와 한 테이블에 앉았다. 조 선생이 한마디한다. "소장님께서 저희 부부를 위해서 지금까지 배려를 많이 해주셨는데 오늘은 저희들이 와인 1병 쏘겠습니다." 모두 박수로 환영한다.

"그럼 제가 건배 제의를 하겠습니다. '환갑을 맞으신 조 선생 사모님의 건강하심과 가정의 화목과 평안을 위하여 건배'~!"

한 폭의 수채화 같은 와나카 호수는 뉴질랜드에서 4번째로 큰 아름다운 호수로 계절마다 각양각색의 아름다움을 느낄 수 있는 다양한 매력을 가진 곳이다.

와나카는 과장하거나 허세를 부리는 공간이 아니다. 저 호숫가 작은 마을에서 혼잡하지 않고, 원하는 것은 무엇이든 신이 만들어준 환상적인 자연 속에서 즐길 수 있고, 비슷한 취미를 갖고 있는 사람들이 서로를 이해해주며 정겹게 모여 사는 생활공간, 에너지와 애정이 넘치는 이웃들, 수정같이 맑은 호수, 바로 여기가 라이프스타일 천국이며, 사람이 사람답게 편히 숨쉬는 곳이다. 그렇게 느리고 긴 호흡으로 쉬면서 모든 것을 우리 몸 안으로 온전히 끌어들일 수 있는 곳… 자유가 넘쳐나고 아무런 주의도, 조심도 필요 없는 곳. 이런 풍요로운 라이프스타일이 가능한 곳, 그 시간과 공간에 대한 기억은 오랫동안 필자의 가슴에 남아 있으리라.

우리는 와나카 호수를 산책한 후 크라이스트처치로 이동 중 반지의 제왕 촬영지인 트와이젤을 향해 가고 있었다.

"지는 지금 크라이스트처치에서 살고 있지예. 1999년 이민 왔어예. 크라이스트처치는 뉴질랜드의 남섬 동쪽에 있는 캔터베리 지방의 주요 도시로, 인구는 30여만 명이니께 남섬에서 인구가 가장 많은 도시이고예 뉴질랜드에서 두 번째로 큰 도시입니더. 근데 2010년 9월, 7.2도의 지진이 있었지예. 고마 죽을 뻔 했심더. 식겁했지예~ 크라이스트처치가 목조건물이 많아가 폭삭 내려앉았지만 인명 피해는 크지 않았고예. 2011년 2차 지진 때 크라이스트처치 대성당이 많이 무너졌지예. 사람도 많이 죽었고예. 지금도 복구가 다 안되가 공사 중입니더. 한국 교민도 5천 명이 살았는데 지진 후에 크라이스트처치를 떠나가 지금은 2천 명만 남았고예. 대부분의 교민들이 백수이지만 성공한 교민도 있습니더. 하지만 1% 정도 일기라예. 키위를 키워 한국에 수출한 사람, 녹용을 수출한 사람, 관절에 좋다는 녹색 홍합을 수출한 사람이지예. 그 사람들 초창기 때 돈 억수로 벌었지예. 크라이스트처치는 초기 정착민들이 영국 옥스퍼드 대학 크라이스트 컬리지 출신들이 많아가 크라이트처치라고 명명됐심더. 대부분의 도시 건물들이 영국풍이고예. 서울 송파구와는 자매결연 맺고 있습니더. 시내관광은 안 하고 공항으로가 호주행 비행기 탈 깁니더. 영국사람들 겉으론 신사지만 속으론 엄청 엉큼합니데이^^ 하몬. 일본사람과 비슷하지예. 지가 16년 살면서 교활하다는 느낌을 많이 받았어예. '아이구마! 고마 해라~ 니 이바구 마이 했다 아이가~' 이런 말씀 듣기 전에 마이크 끊겠심더. 하하~"

버스는 어느새 푸카키 호수에 다가서고 있었다. 남섬에는 푸카키 호수, 데카포 호수, 오하오 호수 등 3개의 커다란 호수 중에 푸카기 호수가 2번째로 큰 호수이다. 버스에서 내려 푸카키 빙하 호수와 저 멀리 남알프스 연봉을 감상한다.

푸카키 호수는 남알프스 산맥에 있는 빙하에서 녹은 물이 타즈만 강을 따라 흘러가는데 오랜 시간 빙하가 녹으면서 나온 입자들이 독특한 에메랄드 빛을 띠어 데카포 호수와 더불어 밀키블루Milky Blue 호수라고도 부른다.

"선상님들이예~ 오늘은 구름에 가려가 남알프스의 최고봉 마운트 쿡은 안보이네예. 내일 아침 다시 오시지예^^ 마운틴 쿡이라는 이름은 영국의 탐험가 제임스 쿡에서 따왔지만, 마오리 원주민들은 이 산을 '아오라키(눈을 뚫고 나온 산. 구름을 뚫고 올라간다)'등으로 해석하고 부릅니다."

내일 아침 마운트 쿡을 볼 수 있기를 기대하며 맥켄지 컨트리 호텔로 이동하였다. 호텔에서 방 배정을 받고 휴식을 취하니 여행 6일째 밤도 깊어만 갔다.

푸카키 호수,
데카포 호수

여행 7일째(9월 10일 목), 어제 갔었던 푸카키 호수를 다시 찾았다.

빙하가 만들어 낸 에메랄드 빛 푸카키 호수 너머로 남 알프스의 최고봉이자 만년설로 뒤덮인 마운트쿡(3,754m)을 조망하기를 기대하였으나 구름에 가려 보이지 않는다. ㅠㅠ

"참말로 징하다요~! 그랑께 마운트쿡이 뭐땀시 우릴 요로콤 두 번씩이나

골탕 멕이능가 말이요~~나가 미치고 환장하겠스라~ 임 선상… 거시기 항께 싸게싸게 버스 타뿌러잉~!" 목포 아짐씨의 한마디에 모두 배꼽을 잡고 웃는다.

한쪽에 자그마한 '선한 양치기의 교회(선한 목자의 교회)'가 보인다. 이 교회는 멕켄지 컨츄리의 초기 개척자를 기념하기 위해 1935년 건립되었다고 한다. 동화 속 그림처럼 예쁘고 자그마한 교회로 오래전에 양치기들의 노고를 위로하기 위해 지어졌다고 하며, 아직도 실제로 예배를 드린다.

실제로 제임스 맥켄지라는 사람이 있었는데, 양 1,000여 마리를 훔쳐 자기 목장으로 가져왔다고 한다. 그러다 어느 날 맥켄지는 순찰 중이던 경찰에게 체포되어 재판에서 양도둑으로 유죄 판결을 받고 5년 선고를 받았단다. 지역주민들은 정부에 무죄를 계속 탄원하였고 당시 캔터베리 관리자였던 제임스 피츠제럴드James Fitzgerald에 의해 9개월 만에 추방 명령과 함께 석방되었단다. 맥켄지는 석방 후 마을 사람들을 위해 헌신적으로 좋은 일을

선한 양치기의 교회

많이 하였다고 한다. 이를 기리기 위하여 마을 사람들은 선한 양치기 교회를 짓고 마을 이름도 그의 이름을 따서 멕켄지라 불렀다고 한다.

선한 양치기의 교회 옆에는 청동으로 조각된 양몰이 개 동상이 세워져 있었다. 개척시대에 주민들이 양몰이 개를 기리는 뜻으로 "개가 없었다면 목장을 운영할 수 없었을 것이다"라는 문구와 함께 세운 거라 한다. 기록에 의하면 어느 추운날 양치기가 일하던 도중 발목이 부러지는 사고를 당했는데, 이 개가 주인을 감싸 따뜻하게 체온을 유지시키고 먹을 것도 물어다 주어 목숨을 건졌다고 한다. 어느 나라나 의로운 개가 꼭 한 마리씩은 있는 것 같다.

데카포 호수는 길이가 20km, 수심은 350m를 유지하고 있고, 해발 700여m에 위치하고 있었다. 호수의 바닥은 2만여 년간 빙하에 의해 침전된 퇴석으로 깔려 있다고 한다. 데카포 호수 역시 푸카키 호수처럼 남 알프스 산맥의 빙하가 녹아서 만들어진 에메랄드 색상의 맑은 물빛이 아름다웠다.

데카포 호수

임 선생이 덧붙여 설명한다. "밀키블루Milky Blue라고 일컬어지기도 합니더. 파란 잉크에 우유 한 방울 떨어뜨려 놓은 것 같다고 하데예. 그 말에 동의합니데이~ 하몬. 흠~ 멋진 표현인 게 맞지예? ㅎㅎ"

"임 선생, 내가 보기엔 우유 호수에 푸른 물감을 풀어 놓은 듯한 기묘한 물빛인데… 어쨌든 밀키블루네요."

"아버님 말씀이 맞습니더. 맞고요~! 우짰든 밀키블루입니더~! 헤헤~"

크라이스트처치로 이동 중 뉴질랜드에서 최상의 연어 낚시터로 꼽히는 라카이아Rakaia 지역, 연어의 동상이 서 있는 휴게소에서 뉴질랜드 커피 'flat white'를 마시며 잠시 휴식을 취한다.

우리는 다시 버스에 올라 광활한 켄터베리 대평원의 전경을 감상한다. 켄터베리는 뉴질랜드 중앙 남섬의 동쪽 해안에 위치하고 있으며 평지의 비옥한 옥토로, 뉴질랜드에서 가장 넓고 끝없이 펼쳐진 대자연의 아름다움을 간직한 평원이다. 양쪽으로 펼쳐진 초원위의 양떼, 사슴, 소, 말 등 자연 방목의 농장들이 보였으며 울타리가 쳐져 있는 곳은 사유지라고 한다.

어딜가도 깨끗한 하늘, 신선한 공기, 나라 전체가 휴양지 같은 느낌이 든다. 사람이 이렇게 자연과 가깝게 있다는 느낌을 받으면 아무 것에도 때 묻지 않은 그런 느낌, 순수함이 어디선가 솟아 나오리라….

크라이스트처치 공항 인근에서 쇼핑 센터를 방문하였다. 쇼핑도 여행의 일부분이라고 필자는 생각하므로 이곳에서 뉴질랜드 토산품인 마누카꿀과 프로폴리스를 구입하였다. 크라이스트처치 공항에서 그동안 수고한 가이드 임 선생과 작별인사를 나눈 후 호주 시드니행 비행기에 탑승하였다. 약 3시간이 소요되어 시드니 공항에 도착하여 현지가이드와 미팅을 가진 후 호텔로 이동하여 휴식을 취하니 여행 7일째도 막을 내리고 있었다.

시드니 1
(블루마운틴)

여행 8일째(9월 11일. 금), 호텔 조식 후 버스에 오르니 호주 가이드 이OO 선생이 자기소개를 한다.

"저는 25년째 시드니에 살고 있어요. 가이드 하기 전에는 통역을 했었습니다. 선생님들께서 즐거운 여행이 되도록 열심히 가이드하겠습니다. 오늘은 페더데일 야생동물원 투어를 1시간 정도 하고 유네스코 지정 자연유산인 블루마운틴 국립공원으로 이동하겠습니다." 똑 부러지게 일을 잘하고 대인관계도 좋을 것 같은 40대 중반 여성이었다.

우리는 페더데일 야생 동물원에서 색다르고 기묘한 호주의 동물들을 만났다. 특히 캥거루, 코알라, 왈라비, 웜뱃, 페어리 펭귄 등을 접하며 그들의 생태계를 관찰하였다.

코알라Koala는 오스트레일리아 원주민의 언어인 다루크어로 "물을 먹지 않는다"라는 의미를 가진 굴라gula에서 비롯된 이름으로, 먹는 것은 유칼립투스 나뭇잎뿐이며, 하루에 먹는 잎의 양은 600~800g 정도이다. 수분은 하루 필요량의 대부분을 먹는 잎에서 섭취한다고 하며 하루에 보통 20시간을 자고, 나머지 시간에는 먹는 일에 집중한다고 한다. 보금자리는 만들지 않고, 낮에는 나뭇가지 사이에 걸터앉아서 쉬다가 밤에 나뭇가지 위를 천천히 움직이면서 유칼립투스 나무의 잎이나 새싹만을 먹는다. 유칼립투스 나뭇잎 성분의 20퍼센트는 알콜과 마약 성분으로 되어 있다고 한다. 결국 코알라가 하루에 20시간이나 잠을 자는 것은 졸려서 잠을 자는 것이 아니라 유칼립투스에 있는 알코올 성분 때문에 취해서 조는 것이다.

"우리가 오늘 오전 일찍 온 것은 오후에는 대부분의 코알라가 자고 있기 때문이에요. 이제 코알라와 사진 같이 찍을 수 있는 장소로 이동할 텐데 자고 있는 것보다는 깨어있는 게 낫겠지요? 호호~"

이 선생이 덧붙여 설명한다.

"캥거루란 말이 생긴 것은 영국인이 처음 들어와 원주민에게 저기 노루얼굴에 토끼몸을 가진 동물의 이름이 뭐냐고 묻자 '캉가루'라고 했답니다. 영국인들은 고개를 끄덕이며 그때부터 '캥거루'라고 불렀지요. 그런데 원주민말로 '캉가루'는 '나도 몰라'라는 뜻이랍니다. 믿거나 말거나 한 얘기입니다. 호호~ 캥거루와 왈라비는 겉으로 구별하기가 참 어려운데 캥거루는 몸집이 크고 왈라비는 좀 작지요. 캥거루는 쌈박질을 잘하고 왈라비는 온순하여 사

코알라와 인증샷

람들을 잘 따릅니다. 캥거루 꼬리는 절대로 만지거나 밟지 마세요. 원주민들이 신성시 하는 것이 꼬리예요. 조금 후에 왈라비에게 먹이를 주는 이벤트가 있는데 기념으로 제가 사진을 찍어 드릴게요~"

우리는 페더데일 야생공원 투어를 마치고 블루마운틴으로 이동하였다. 블루마운틴은 시드니에서 서쪽으로 약 60km 떨어진 곳에 위치한 산악 국립공원으로 유칼리나무로 뒤덮인 해발 1,100m의 사암^{砂岩} 고원이다. 블루마운틴은 무려 5억 년 전에 형성된 지역이고 호주 원주민인 아보리진Aborigine들이 약 1,400여 년 동안 살았던 흔적을 여기저기에서 찾아볼 수 있는 곳이었다. 특유의 푸른 빛과 가파른 계곡과 폭포, 기암 등이 빚어내는 아름다운 경관으로 2000년 유네스코 세계자연유산으로 등록되었다.

이 선생이 마이크를 든다. "블루마운틴이란 이름은 멀리서 보았을 때 진한 푸른색을 띠고 있기 때문에 붙여진 이름이에요. 이 푸른 빛은 유칼리나무에서 증발된 유액사이로 태양광선이 통과하면서 파장이 가장 짧은 푸른빛을 반사하면서 생긴 것이지요. 91종이나 되는 다양한 유칼리나무들이 주종을 이루는 숲의 특징에서 연유했다고 할 수 있겠어요. 블루마운틴의 대부분은 붉은 색을 띤 사암층^{砂岩層}으로 구성되어 있으며 곳곳에서 사암이 침식되면서 생긴 수직 절벽들을 볼 수 있어요."

어느새 블루마운틴에 도착하여 우리는 버스에서 내렸다.

블루마운틴에서 관광객들이 주로 찾는 곳이 지금 우리가 내린 에코 포인트Echo Point로서 세자매봉이라고 불리우는 특이한 바위산을 비롯하여 블루마운틴의 탁 트인 전경을 감상할 수 있는 곳이다.

"이곳이 에코 포인트인데 세자매봉이 가장 잘 보이는 곳이에요. 세자매봉에 대한 전설을 말씀 드릴게요. 이곳에 아름다운 세 자매가 살고 있었는데, 자매에 관한 이야기를 들은 마왕이 세 자매를 자신의 것으로 만들려고 음모를 꾸몄다고 해요. 이 이야기를 전해들은 세 자매는 주술사를 찾아가 마왕의 것이 되지 않기 위해 잠깐만 바위로 변하게 해달라고 부탁하였지요^^ 주술사는 세 자매의 간청을 받아들여 세 개의 바위로 만들어 주었지만, 이 사실을 알게 된 마왕은 주술사를 죽여 버렸어요. 그래서 세 자매는 원래의 모습으로 돌아오지 못한 채 현재까지 바위로 남았다는 전설입니다. 이곳 에코 포인트에서 가족별로 예쁘게 인증샷을 날려드릴게요."

"참말로 이선상 친절하당께~ 결혼만 안했스믄 나가 며느리 삼고 싶당께. 겁나게 좋아뿌러~잉." 목포 아짐씨의 한마디에 한바탕 폭소가 터진다.

전망대에서 블루마운틴을 조망한 후 세자매봉을 좀 더 가까이 보기 위하여 조성된 내리막길을 따라 사브작 사브작 발걸음을 옮긴다. 세자매봉이 조금 더 가깝게 보이는 포인트에서 많은 관광객이 인증샷을 날리고 있었다. 우리도 기념 샷을 날린 후 다시 에코 포인트 근처에 있는 레스토랑에서 현지식 코스요리로 점심을 먹었다.

에코 포인트에서 바라본 세자매봉

"이제 식사를 하셨으니 본격적인 블루마운틴 관광을 하실 거예요. 우리 일행이 많으니 선두에 제가 먼저 설 것이고 제일 후미에 한국에서 같이 온 인솔자가 따를 겁니다. 절대 제 앞으로 먼저 가지 마시고 중간중간 포인트에서 설명하고 사진을 찍을 때도 제가 찍어드릴 동안 기다려 주세요. 아셨죠? 그리고 곤돌라, 궤도열차, 케이블카 이렇게 세 번 이동 수단을 탈 것이니 개인행동을 삼가 주세요. 자~ 이제 출발합니당~"

코스 중에는 호주 국화인 노란 아카시아도 보였고 한쪽의 사암벽도 눈길을 끌었다. 산불이 나 까맣게 그을린 유칼립투스 나무들이 있는 곳에서 이 선생이 걸음을 멈춘다.

"이곳은 선생님들이 보시다시피 산불이 난 곳이에요. 유칼립투스 나뭇잎에 알콜 성분이 많아 몇 주가 넘도록 불이 번지며 나무들을 태운다고 합니다. 하지만 나무 물줄기가 나무의 중심 한가운데 있어서 산불이 지나가고 앙상하고 새카맣게 탄 나무에도 촉촉이 비가 내리면 다시 초록색 새싹을 틔운다고 합니다. 유칼립투스 나무Gum Tree에 대하여 부언설명을 하면, Eucalyptus의 Eu는 'well', calytu는 'cover'를 뜻하며 상처를 잘 낫게 한다는 의미를 가지고 있지요. 나무의 잎은 호주 원주민들이 상처 치유에 널리 사용되어 왔어요. 피부에 청량감을 부여하며 근육통 치유 효과가 있고 잘라서 뿌려주면 병충해를 막아주지요. 나무껍질이 자주 벗겨지지만 조금 전에 말씀 드린 대로 생명선이 나무 중심 한가운데 있어 괜찮습니다. 유칼립투스 나무는 블루마운틴의 70%를 차지하고 있어요."

곤돌라(하이웨이)탑승장에서 인원 체크를 한 이 선생이 갑자기 얼굴이 노랗게 된다. "충주에서 온 어머님이 안 보이네요. 아버님~! 같이 안 다니셨나요?" "난 모르지~ 그 할망구 먼저 간겨~!"

충주에서 온 80세 동갑내기 노부부 중 할매가 사라진 것이다. "가이드가 먼저 앞서지 말라고 신신당부했건만… 낭패네~" 부산 양 교수가 한마디 툭 던진다. 근데 공주에서 같이 온 6명 중 한 부부가 곤돌라를 타고 먼저 가는 것이 보인다.

"아이구마~ 저 사람들 할매랑 같이 온 사람들 아인가~ 자기 일행 중 할매가 안 보여가 모두 이라고 있는 거 안 보이나? 억수로 인정머리 없데이~" 혀를 찬다. 인솔자와 이선생 등이 앞으로 한참 뛰어나가 보나 찾을 수가 없다고 다시 돌아온다. "아이고매~ 그 할매~ 거시기 형게 블루마운틴 체질인갑소~! 겁나게 가 뿌렀소~잉~!" 목포아짐씨의 한마디에 모두 씁스런 웃음을 짓는다.

이 선생이 우리가 온 길을 되돌아 레스토랑에 가보기로 하고 우리는 광활한 블루마운틴 절벽사이를 연결하는 스카이웨이(곤돌라)를 탔다. 차창 밖으로는 웅장한 절벽과 폭포, 유칼리나무 군락이 보였다.

곤돌라에서 내리니 할매랑 충주에서 같이 온 부부가 공연스레 웃으며 말을 건넨다. "지들이 먼저 건너왔구먼유~ 할매야 시간 되면 찾아오겠지유~~" "저희들은 걱정이 많이 되는데요."

모두 의자에 앉아 노심초사하며 가이드 이 선생을 기다리는데 한참 후에 얼굴이 벌겋게 된 이 선생이 할매와 함께 모습을 나타낸다.

"어머님이 손짓, 발짓으로 영어를 하도 잘하셔서 레스토랑에서 저에게 연락을 주셨어요. 오늘 십년감수했네요~ 후유~" "이 선생~! 수고 많이 하셨습니다. 앞으로 절대 이 선생보다 먼저 나가지 맙시다."

필자의 말에 충주 할배가 답한다. "미안허유~~ 앞으로 조심할 겨~~!"

우리는 과거의 석탄 탄광이었던 곳에서 탄광레일을 개조한 궤도열차에 탑승하였다. 잠시 후에 경사도가 70도는 됨직한 내리막길을 달려 내려가는데 스릴 만점이다. 궤도열차에서 내리니 우리 일행들 모두 신난 표정들이다. "아이고마~ 내사마… 억수로 식겁했데이~" 양 교수의 한마디에 모두 미소를 보인다.

이제 우리는 거대한 자연 숲속 산책길을 따라 삼림욕을 즐긴다. 마음이 편안해지고 느껴지는 이 상큼함은 나무에서 뿜어져 나오는 피톤치드 때문이리라…. 산책로를 따라 삼림욕을 끝낸 후 길이 544m의 케이블카에 탑승하여 블루마운틴의 장관을 감상하였다.

블루마운틴 관광을 마친 후 버스에 탑승하여 2시간을 달려 시드니로 복귀하여 석식 후 휴식을 취하니 여행 8일째도 막을 내리고 있었다.

시드니 2
(더들리페이지)

여행 9일째(9월 12일, 토), 호텔 조식 후 시드니 시내가 한눈에 들어오는 시드니 부촌 더들리페이지로 이동하였다. 지리적인 특성상 산이 없는 지형을 지닌 시드니는 세계적으로 유명한 스카이라인을 자랑한다. 시드니 외곽에 위치한 언덕, 더들리페이지는 매년 많은 관광객들이 방문하여 시드니 시티의 멋진 풍광을 조망하는 전망 포인트이다.

더들리페이지는 지금의 언덕에 집을 소유한 유대인의 이름이었다. 그의 집에서 바라보는 시드니의 전경이 매우 아름다워 많은 사람들과 그 멋진 모습을 공유하고자 집을 허물고, 그의 토지를 시드니 시에 기증했다고 한다. 이런 감동적인 스토리를 간직한 더들리페이지는 시드니를 방문하는 여행객들이 반드시 경유하는 코스 중 한 곳이다.

더들리페이지에서 바라보는 시드니 시티는 푸른 빛의 바다와 하늘, 멀리 보이는 하버 브리지, 오페라 하우스 등 명소들을 한눈에 담고 있다. 버스에서 내리니 고급 주택들이 즐비하게 들어서 있었고 저 멀리 오페라 하우스와 하버브릿지가 보였다.

"집값은 보통 70억~80억 하고 비싼 집은 200억~300억 해요. 바다가 내려다보이고 바다까지 5~10분 거리로 접근성이 좋으면 최고가最高價입니다.

이곳 부자들은 요트 정박장에 개인 소유의 요트를 가지고 있지요. 시간만 나면 요트 타고 바다로 나가 선탠도 하고 바베큐 파티도 하며 즐거운 시간을 보낸답니다. 이곳은 어선이 없어 비린내도 나지 않고 태풍도 없습니다." 이 선생이 열심히 설명한다.

아름다운 남태평양의 거대한 물줄기가 시드니 항만으로 굽이치는 절경을 내려다볼 수 있는 갭팍Gap park도 환상적인 곳이었다.

영화 〈빠삐용〉의 촬영지로 유명한 이곳은 깎아지른 수직 절벽 사이로 수많은 틈이 생겨 갭이라고 불리우며 호주 개척시대에 많은 영국 죄수들이 자살하던 곳이라고도 한다. 필자의 뇌리 속에선 빠삐용이 갭팍 절벽에서 자유를 향해 바다로 뛰어내리는 라스트 씬Last scene이 삼삼하게 스쳐 지나간다.

아름다운 해변과 여유로운 노천카페를 만날 수 있는 본다이 비치는 시드

갭팍

니 관광에서 빠질 수 없는 명소이다. 1km에 달하는 거대한 백사장과 밀가루처럼 고운 모래는 부드러움과 여유로움을 선물하였다. 본다이는 원주민어로 '바위에 부딪쳐 부서지는 파도'라고 한다. 필자 부부도 신발과 양말을 벗고 바지를 걷어 올리고 고운 모래를 밟으며 하얀 포말선을 그리며 밀려오는 파도를 맞는다. 청량감과 깨끗함 그리고 성취감이 온몸에 스며든다. 노천카페에서 커피 한잔하면서 해변 휴양지에서의 여유로움을 만끽하였다.

본다이 비치 관광을 마치고 씨푸드 뷔페 크루즈에 탑승하여 신선한 해산물과 다양한 요리를 화이트 와인을 곁들여 즐기며 여유 있게 점심 식사를 하였다. 식사 후 눈앞에 펼쳐지는 세계 3대 미항인 시드니의 풍광을 편안하게 감상하였다. 참고로 세계 3대 미항美港은 이탈리아 나폴리 항, 브라질 리우 데자네이루 항이다.

유람선에서 바라본 오페라 하우스와 하버 브릿지 그리고 주상 복합아파트와 최고층 건물들, 푸른 바다와 평화롭게 떠있는 요트들, 파아란 하늘과 흰

구름들은 아름다운 조화로움을 선물하며 한 폭의 그림을 그려내고 있었다.

유람선에서 하선하여 오페라하우스와 하버브릿지가 함께 어우러져 만들어낸 최고의 절경을 감상할 수 있는 미시즈 매쿼리스 포인트를 관광하였다. 미시즈 매쿼리스 포인트는 매쿼리 부인의 의자Lady Macquarie's chair라는 별칭을 가진 곳이다. 호주가 영국의 식민지였을 때 매쿼리 총독의 부인이 항해에 나간 남편을 의자에 앉아서 기다렸다는 일화가 있는 관광명소이다.

이 선생이 필자 부부에게 한마디 툭 던진다. "어머님, 아버님~! 매쿼리 부인 의자에 올라가셔서 어머님은 총독 부인처럼 앉으시고 아버님은 하인처럼 두 손을 모으시고 서 계세요. 제가 사진 한 컷 날릴게요^^ 호호~"

"저기 보이는 섬은 옛날 감옥이 있었는데 지금은 연인들이 자주 찾는 예쁜 카페가 있답니다. 저도 가끔 신랑이랑 가서 차 마시고 수다 떨고 하지요 ^^ 호호~"

잠시 해변을 산책한 후 잔디에 누워 하늘과 멋진 나무를 감상하며 마음의 풍요로움을 느껴본다. 그리고 오페라 하우스로 발길을 옮긴다.

세계인의 사랑을 받고 있으며 시드니의 상징적인 건축물로 평가받는 오페라 하우스는 1973년에 문을 열었다. 1,547석의 오페라 극장과 2,679석의 콘서트 홀을 비롯하여 여러 개의 극장, 전시관과 도서관 등이 있다. 이곳은 가장 유명하고 인상적인 20세기의 건축물 중 하나로, 세계에서 유명한 공연장 중 하나이다.

오페라 하우스의 지붕 모양은 국제 디자인 공모전의 우승 작가인 덴마크의 건축가가 오렌지 껍질을 벗기던 도중에 떠올린 것으로 알려져 있다. 바깥 표면은 범선의 소함대를 떠올리게 한다. 착공(1959년)에서 완공까지 14년이 걸린 호주의 상징적인 건물인 오페라 하우스는 오렌지 조각 같기도 하고, 조가비 모양으로도 보이는데 1억 2천만 달러가 들었다고 한다. 3개의 조가비 모양의 둥근 천장이 서로 맞물리는 독특한 구조를 자랑하며 천장과 외벽은 흰색, 크림색의 특수타일을 붙였고 비가 오면 자연적으로 씻겨 내려가 청소가 필요 없으며 날씨에 따라 달리 보인다고 한다. 타일의 숫자는 무려 105만 장이라고 하네요.

우리는 오페라 하우스에 입장하여 가이드 투어를 하기 전 TV를 통해 오페라 하우스의 소개 영상을 보았고, 한국인 직원 가이드로부터 오페라 하우스의 역사와 건축과정에 대한 정보를 습득한 후 2층 음악당으로 올라가 관람석에 앉아 내부 시설과 공연에 대한 설명을 들었다. 엄청난 규모의 좌석과 음향 장치 등을 볼 수 있었는데 사진 촬영은 허용되지 않았다. 공연 스케줄은 1년간 꽉 짜여 있다고 하며 어느 누구도 돈만 내면 관람이 가능하다고 한다. 한국 가수로는 패티김, 이효리, 비, 보아, 조수미 씨 등이 공연하였다고 한다.

내부는 특정 주물에 콘크리트를 부어서 찍어낸 후에 레고를 만들듯이 끼워 맞추는 방식으로 건축되었다. 바닥은 나사가 있어 나사를 풀면 전부 분리가 가능하여 가변적으로 사용할 수 있다고 한다. 오페라 하우스 내부에서 바라보는 하버 브릿지도 운치가 있었다.

오페라 하우스 포토존에서 인증샷을 날린 후 버스에 오른다.

시드니 3

"오늘 호주 여행 마지막 날이에요. 쇼핑센터 방문과 저녁 식사 후 선택관광으로 시드니 야경투어를 하려고 하는데 희망하시는 분은 신청해 주세요. 토요일 밤마다 달링 하버에서 불꽃 축제가 열리기 때문에 어제 야경투어 하려다 오늘로 미룬 겁니다."

"아이고마~ 우리 가이드님~ 억수로 고맙데이~~" 부산 양 교수가 어깨를 으쓱거리며 엄지손가락을 치켜세운다.

달링 하버에는 불꽃축제를 보기 위해 많은 인파가 몰려 있었다. 필자부부는 여의도 세계불꽃축제를 많이 보아왔지만 수많은 사람들 틈에 끼어 달링 하버 밤하늘을 수놓고 있는 색다른 불꽃 향연을 만끽하였다.

"한 분도 빠짐없이 모든 분들이 야경 투어를 신청해 주셨기 때문에 하버브릿지로 이동하겠습니다. 시내의 야경을 제일 잘 볼 수 있는 밀슨스 포인트에서 내려 사진 촬영을 한 후 하버 브릿지를 걸어서 건너는 특별한 경험을 하실 겁니다."

하버브릿지는 1932년에 완공되었으며 총길이는 1,149m로 세계에서 두 번째로 긴 다리이다. 시드니 북부와 남부를 잇는 교량이며 해면에서 도로까지의 높이가 약 59m로 페리가 통과할 수 있도록 높게 건설되었다. 마치 옷걸이 모양을 하고 있어 '낡은 옷걸이'라는 애칭을 가지고 있으며 자동차 전용도로, 트레일 선로, 보행자 및 자전거 전용도로가 있었다.

우리는 하버브릿지를 걸어 건너며 시드니 야경을 감상하고 포토존에서 인증샷도 날렸다. 하버브릿지 야간 투어를 마치고 시드니 세인트 메리 대성당을 외부에서 관광한 후 버스에 오른다.

"야경 투어를 하면서 제가 맥주 한 잔 쏘려고 했는데 대신 시드니 맛집으로 핫도그 잘하는 집이 있는데 그리로 모실려고 하는데 괜찮으시지요?"

"나가 시방 쇠빠지게 하버브릿지 건너와 쪼께 힘들지라~ 아따 이거시 뭐당가~ 오오미~! 고로콤 말쌈하시니 고맙당께~ 거시기 형께 이선상 맴 변키전에 싸게싸게 가불랑가~~"

목포 아짐씨가 거들며 나서자 모두 이구동성으로 "좋치요~! 감사합니다!"

울루물루 선착장에 있는 해리스 카페 드 휠Harry's cafe de wheels은 1945년부터 영업을 해온 시드니의 명물 핫도그 전문점이다. 소세지, 양파, 피클, 소스, 으깬 콩을 넣어 고소하면서도 담백하며 부드러운 식감이 필자의 입맛에 딱 맞는다. 마눌님도 맛있게 드신다.

"여보~ 핫도그는 별로 좋아하지 않는데 이건 정말 맛있네요~!"

버스에 오르니 가이드 이 선생이 마이크를 잡는다.

"오늘이 시드니의 마지막 밤이네요. 어제 페더데일 야생동물원 투어와 블루마운틴 탐방, 그리고 오늘 더들리페이지, 갭팍, 본다이비치 관광, 유람선 투어, 쇼핑센터 방문, 오페라 하우스 내부 관람, 달링하버 불꽃축제, 하버브릿지 야경 투어, 울루물루 핫도그 간식까지 선생님들을 모시고 즐거운 시간을 보냈습니다. 제가 시드니에 25년간 살고 있지만 살기 좋은 곳이에요. 특히 여자들의 천국이에요. 호호~ 영주권 따기가 하늘의 별 따기처럼 어려워

요. 한국 교민들은 주로 청소업, 세탁소 등을 운영하고 있지요. 전 국민이 주치의를 두고 있으며 주치의의 소견서가 있어야만 전문의의 진료를 받을 수 있어요. 의사는 명예직이고 큰돈을 벌 수 없어요. 예방의학적 측면을 중요시합니다. 전 국민이 병원비, 치료비 100% 무료입니다. 또한 6개월 단위로 예방목적의 진료를 받도록 통보가 옵니다. 공항에서 느끼셨겠지만 검역이 엄청 까다롭습니다. 한국 신혼부부들이 폐백 때 받은 밤, 대추들을 무심코 여행백에 넣어 갖고 들어오다 공항에서 적발되어 벌금 2,800불(200만 원)을 물은 적도 있어요. 방역에 대해 지나칠 정도로 엄격한 기준을 실시하고 있지요. 세계 최초로 생체 간이식을 성공하였고 헬리코박터균도 최초로 발견했어요. 역사가 200년밖에 되지 않지만 12개의 노벨상을 받았어요. 남자 65세, 여자 60세만 되면 매달 연금을 받습니다. 노인 복지제도가 잘 되어있지요. 직업의 귀천이 없고 용접공, 배관공, 미용사, 제빵사들이 돈을 많이 받습니다. 말씀을 드리다 보니 호텔에 도착하였네요. 내일은 관광 스케줄은 없고 아침 일찍 공항으로 갑니다. 안녕히 주무시고 내일 뵙겠습니다."

"이선생~! 이틀 동안 수고 많으셨습니다. 감사합니다." 우리 일행 모두 박수로 화답한다.

이렇게 여행 9일째 시드니에서의 밤도 깊어만 갔다.

여행 10일째(9월 13일, 일), 호텔 도시락 조식 후 공항으로 이동하여 현지 시각 오전 7시 45분 시드니를 출발하여 약 10시간 30분의 비행 끝에 오후 5시 50분 인천 국제공항에 무사히 도착하였다.

8박 10일간의 뉴질랜드-호주 여행을 간략히 리뷰해 본다.

자연과 도시가 잘 어우러진 파라다이스 - 뉴질랜드 북섬 오클랜드 데본 포트 투어, 페리 탑승, 도메인 공원 관광, 반지의 제왕 촬영지 호비튼 세트장 관광, 유황의 도시 로토루아, 폴리네시안 풀 온천욕, 레드우드 삼림욕, 아그로돔 양쇼, 농장 투어, 마오리 마을 간헐천, 뉴질랜드 남섬 퀸스타운-와카티푸 호수, 카와라우 번지점프대, 애로우 타운 관광 피오르드 국립공원 - 거울 호수, 호머터널, 밀포드 사운드- 유람선 투어(거대하고 맑은 호수와 마이터 피크 등 기암괴벽, 스털링 폭포, 물개), 와나카 퍼즐링 월드, 와나카 호수 조망 마운트 쿡 조망, 푸카키 호수, 데카포 호수 조망, 캔터베리 대평원 감상, 페더데일 야생동물 공원 탐방, 호주의 그랜드캐년 블루마운틴 관광(에코 포인트-세자매봉, 유칼립투스, 계곡과 폭포, 기암괴석 관광, 블루스카이, 궤도열차, 케이블카 탑승), 시드니 더들리 페이지 방문, 갭팍, 본다이비치, 유람선 투어, 오페라 하우스 내부관람, 미시즈 매쿼리스 포인트, 하버 브릿지 야경 투어, 달링하버 불꽃축제, 시드니 맛집-핫도그!

짧은 기간이었지만 때묻지 않은 깨끗함과 순수함의 상징인 길고 흰 구름 그리고 끝없이 펼쳐지는 푸른 평원, 평화롭게 풀을 뜯고 있는 양과 소떼들… 밀포드 사운드와 블루마운틴의 장엄함과 아름다움… 경이로운 자연의 신비함을 체험하였고, 시드니 유람선 투어, 오페라 하우스 내부관람, 하버브릿지 야경 투어, 뉴질랜드 원주민 마오리 족과 호주 원주민 애버리진 Aborigine의 문화와 생활상을 접할 수 있는 소중한 시간들이었다.

여행 후기를 끝내면서 문득 떠오르는 문구가 있다.
"신은 자연을 아끼고 사랑함을 아는 사람에게만 아름다운 자연을 맡긴다."

2016. 05. 12 ~ 05. 21

영국 일주

Edinburgh

Belfast

Dublin

Liverpool
Chester

Cotswolds Oxford

옥스퍼드

지난 5월 12일부터 21일까지 8박 10일간 영국 일주 여행을 다녀왔다. 유럽 여행은 10년 전 서유럽부터 시작하여 동유럽, 북유럽과 러시아, 터키, 스페인 등 남유럽, 루마니아와 불가리아를 포함한 발칸 6개국 등 대부분의 나라를 여행하였고, 영국도 서유럽 여행 시 런던을 방문한 적은 있지만 스코틀랜드 에든버러 성과 잉글랜드 윈저성, 그리고 7대 불가사의 중 하나인 솔즈베리 대평원의 스톤헨지를 보고 싶어 영국 일주 여행길을 나선 것이다.

보딩 타임이 지연되어 오후 3시 10분 이륙한 비행기는 12시간의 비행 끝에 런던 히드로 공항에 12일 현지시각 19시 15분에 무사히 도착하였다. 일행은 런던에서 합류한 목사 부부를 포함하여 20명이었다. 짐을 찾고 나오니 현지 가이드가 반갑게 인사한다. "안녕하세요? 영국에 오신 것을 환영합니다~"

좌석이 일행보다 두 배가 넘는 45인승 버스에 오르니 자리가 널널해서 좋다. 가이드가 마이크를 잡는다. "저는 영국에 온 지 3년 된 현지 가이드 황XX라고 합니다. 현재 아일랜드 더블린에 있는 현지 여행사에서 근무하고 있습니다. 그리고 저를 보조해 줄 박○○ 양과 손님들을 안전하게 모실 베테랑 운전기사 브라이언을 소개합니다. 큰 박수로 환영해 주세요~^^"

모두 박수로 화답하며 10일간의 안전 여행을 기원한다.

"영국은 잉글랜드, 스코틀랜드, 북아일랜드, 아일랜드, 웨일즈를 통틀어 말하지요. 여기에선 선생님들이 3포를 해야 되는데 3포가 뭔지 아세요? 다시 말하면 세 가지를 포기해야 된다는 말이지요. 호호~"

"모르니끼네 고마 퍼뜩 말씀하이소~" 일행 중 경상도 사투리의 중년 남성이 채근한다.

"날씨, 음식, 빨리빨리입니다. 선생님들도 아시겠지만 영국 날씨는 예측이 어렵고 안개 끼고 흐리고 비가 오는 날이 많습니다. 그러니 좋은 날씨는 기대하지 말라는 말이지요. 음식은 대체로 맛이 없어요. 일조량이 짧아 과일도 잘 안되고 식재료도 다양하지 않지요. 노동 인구가 도시로 유입되어 전통요리는 시간이 오래 걸려서 단순한 조리법이 주를 이루고요. 또한 청교도에 익숙하여 금욕 생활을 하기 때문에 소금, 설탕을 안 씁니다. 당연히 맛이 떨어질 수밖에요. 우리는 '빨리빨리' 해야 되는데 영국인들은 느긋합니다. 그래서 3포를 인정해야 돼요~ 그래도 여기서 제일 괜찮은 음식은 'Fish & Chips'입니다. 주로 대구와 감자를 식재료로 쓰는데 먹을 만합니다. 우리는 하도 먹어 질렸지만요~ 호호~"

"그랑께 시방 우리 보고 맛있는 거 포기하란 말씀이지라? 고로콤 되믄 나가 쪼까 환장하지라… 생선쪼가리와 감자튀김만 허벌나게 먹게 됐응께 거시기하네잉~! 맛있는 거 쪼까 드믄드믄 이라도 먹어봐야 허꺼신디 좃되버렸쏘잉~" 광주에서 왔다는 남정네의 한마디에 모두 배꼽을 잡는다.

우리는 세계학문의 도시 옥스퍼드로 이동하여 호텔에 투숙하였다.

여행 2일째(5월 13일, 금요일), 아침 산책을 나서니 우리가 투숙한 호텔 바로 뒤에 옥스퍼드 유나이티드 FC 축구팀 홈구장이 있었는데 생각보다 규모도 크고 시설도 잘되어 있어 축구의 본고장 영국의 축구 사랑을 느낄 수 있었다.

버스에 오르니 가이드 황 선생이 마이크를 든다. "출발하기 전에 여권, 휴대폰, 지갑, 방한복, 우산, 우비 다시 한번 챙기세요. 지갑 얘기가 나왔으니까 말씀드리는데 잉글랜드 지폐에는 여왕이 들어가 있는데 스코틀랜드나 북아일랜드 지폐에는 여왕이 없어요. 그러니까 잉글랜드 아닌 돈부터 쓰세요. 옥스퍼드는 황소여울이라는 뜻이에요. College는 본래 수도사들이 신학공부하던 기숙사고요. 그러니까 옥스퍼드는 university가 아닙니다. 캠브리지는 학생들이 주민들과 trouble이 있은 후 옥스퍼드와 조금 떨어진 곳에 세워진 대학이고요."

옥스퍼드는 런던에서 서북쪽으로 기차로 1시간 거리, 템즈강 상류 아이시스강과 처웰강 사이에 자리 잡은 오래된 도시로 1,209년에 학생들이 시 행정으로부터 독립해 자치권을 누리는 대학도시가 되었다.

옥스퍼드는 1,546년에 헨리 8세가 크라이스트 처치 대학을 세웠으며 17세기 청교도 혁명 시에는 크롬웰의 의회군을 방어하는 찰스 1세의 본거지로서 왕당파의 주요 거점이기도 하였다.

크라이스트처치 칼리지. '더 하우스'라고 불리는 옥스퍼드 최대의 대학. 지금까지 18명의 수상을 비롯한 수많은 시인과 정치인, 학자 등을 배출하였다.

인구 25만 명 정도의 중세풍 도시 모습에서 명문 사학의 유구한 역사와 전통, 학구 문화를 체감할 수 있었다. 학생들과 세계 각지에서 모여든 배낭 여행족들의 자전거 무리, 그리고 많은 관광객들이 도로를 메우고 있었다. 또한 낭만적인 삶과 미래를 꿈꾸며 열심히 공부하는 젊은이들로 인해 도시는 벅찬 생동감으로 충만해 보였다. 영어권 대학 중 세계 최고의 역사를 가진 옥스퍼드 대학은 38개의 단과대학으로 구성되어 있다고 한다.

성당을 겸하고 있는 예배당. 화려한 스테인드 글라스와 천장화, 바닥이 매우 매력적이었다. 대학 식당은 〈해리포터와 마법사의 돌〉의 촬영장소로 유명하며 벽에 걸린 역대 왕들의 초상화가 눈길을 끌었다.

옥스퍼드 관광을 마친 후, 우리는 셰익스피어(1564~1616)가 태어난 도시 스트래트포드 어폰 에이븐STRATFORD UPON AVON으로 이동하였다. 영국이 낳은 세계 최고의 시인 겸 극작가, 윌리엄 셰익스피어Shakespeare William의 도시로 알려진 이곳은 영국의 문화 유산 도시라는 칭호를 가지고 있다.

"올해가 셰익스피어가 서거한 지 꼭 400년이 되는 해입니다. 특이한 것은 셰익스피어가 태어난 날과 죽은 날이 똑같이 4월 23일입니다. 선생님들이 오시기 얼마 전에 400주년을 기념하는 대대적인 행사가 있었어요. 셰익스피어는 언어의 마술사라고 하지요. 4대 걸작은 선생님들이 저보다 더 잘 알고 계실 거고요. 빅토리아 여왕이 인도와도 바꾸지 않겠다는 영국이 낳은 대문호입니다. 지금도 사용되고 있는 신조어를 만들어 내었고 어머니와의 대화가 바탕이 된 상상력과 창의력으로 선과 악을 독창력 있게 표현하였지요. 셰익스피어의 작품 햄릿에서 나오는 명언 '죽느냐 사느냐 그것이 문제로다', '약한 자여 그대 이름은 여자이니라'는 지금까지도 자주 회자되고 있지요. 오늘 생가와 소년 시절을 보냈던 곳을 방문하시면서 셰익스피어의 숨결을 느껴보세요. 자유 시간은 충분히 드리겠습니다."

"서거 400주년 추모행사에 왔으믄 얼마나 좋았겠노~! 하몬~ 억수로 좋았을 긴데 아쉽고마~!" 영주에서 자영업을 하고 있다는 임 사장이 입맛을 다시며 한마디 툭 던진다. "치와버리소~! 지금 후회해 봐야 소용이 없어예~! 억수로 억울하면 500주년 될 때 또 오시이소~ 하하~" 부인이 옆에서 거들자 버스 안에 있던 일행들 모두 킥킥거리며 웃음을 참는다.

스트래트포드 어폰 에이븐
(건물 기둥이 특이하지요)

셰익스피어 생가 및 소년기를 보낸 집

우리 일행은 버스에서 내려 셰익스피어가 태어난 매력적인 소도시이며 셰익스피어가 첫울음을 터뜨린 생가를 방문하였다. 또한 생가 바로 옆의 셰익스피어 기념관 내부와 정원에서 셰익스피어의 발자취를 섭렵하였으며 셰익스피어 거리에서 영국 중세도시 건물의 멋과 자연스레 풍기는 평화로움과 여유로움을 느꼈다.

관광 후 세계 음악계에 큰 영향을 끼친 록 밴드 비틀즈를 탄생시킨 리버풀 LIVERPOOL로 이동하여 호텔에 투숙하였고 여행 이틀째 밤도 이렇게 막을 내리고 있었다.

리버풀

여행 3일째(5월 14일. 토), 버스에 오르니 가이드 황선생이 오늘의 일정에 대하여 설명한다.

"리버풀에 오셨으니까 비틀즈의 숨결을 느낄 수 있는 비틀즈 거리, 일명 '매튜 스트리트'에 위치한 캐번 펍, 'Cavern Walks' 쇼핑가, 비틀즈가 공연했던 캐번 클럽 등을 둘러보시고 윈더미어로 이동합니다. '레이크 디스트릭트' 최대의 호수인 윈더미어 호수에서 유람선 투어를 하신 후 글래스미어로 이동하여 시인 윌리엄 워즈워스가 생전에 살았던 오두막집 '도브 코티즈'를 보시고 윌리엄 워즈워스의 묘가 있는 글래스미어 마을을 관광합니다. 그리고 스코틀랜드 전통이 가득한 에든버러로 이동하겠습니다."

"리버풀은 인구 50만의 항구도시, 무역도시예요. 옛날에는 무역선이 오가며 노예들을 사고 팔았지요. 명문 프로축구팀인 리버풀 FC가 유명하고요. 1892년 창단되어 18회의 프리미어리그 우승 기록이 있답니다. 맨체스터가 가까워 맨체스터 유나이티드 FC와 라이벌이지요. 맨유 소속의 박지성 선수가 전성기 때 인기가 있어 이곳 리버풀에서도 한동안 떴었지요. 아이고~ 내 정신 봐라~ 비틀즈 얘기하다 엉뚱하게 축구 얘기로 빠졌네요~ 호호~ 죄송합니당~ 비틀즈는 리버풀 출신의 아이돌로 1961년 1월부터 1962년 2월까지 캐번 클럽에서 192회의 공연을 가지며 리버풀 최고의 밴드가 되었으며 그 후 세계적인 밴드가 되었어요. 이제 선생님들을 매튜 스트리트로 모시겠습니다."

비틀즈 거리인 매튜 스트리트에 들어서니 '캐번 펍'이 보이고 '명예의 벽'에는 캐번 펍을 다녀간 유명 인사들의 이름이 새겨져 있었다. 또한 실물 크기와 똑같은 존 레논 동상이 있어 인증샷을 한 컷 날린다. 맞은편에는 비틀즈가 초창기 때 공연했던 '캐번 클럽'이 있었는데 이른 시간이라 문은 닫혀 있었다.

리버풀 쇼핑가를 둘러본 후 버스에 올라 내셔널지오그래픽에서 '죽기 전에 가봐야 할 50곳'에 선정된 윈더미어로 이동한다. 영주 임 사장이 가이드 황 선생에게 질문을 던진다. "어제 셰익스피어 생가 박물관 2층에서 본 침대가 셰익스피어 침대가 맞능교? 억수로 작고 좁던데…."

캐번 클럽

"예~ 맞습니다. 맞고요. 그 당시 침대가 작은 이유를 설명 드릴게요. 그 당시 흑사병이 돌아 인구의 3분의 1이 죽었어요. 사람들은 신에게 벌을 받은 거로 생각하였고 누워서 편하게 자면 악마가 데려간다고 해서 베개를 등에 받쳐 앉아서 잤다고 해요. 우리나라도 성철 스님이 그랬다고 알고 있는데요. 여하튼 그런 이유로 침대가 작고 좁습니다. 종교와 연관된 생활습관이라고 봐야지요."

"내사마 하루를 살드래도 그러케는 몬산다~! 그기 사람 사는 기가? 차라리 죽는 기 낫지~ 하몬~!" 임 사장의 한마디에 모두 킬킬거리며 고개를 끄덕인다.

"윈더미어WINDERMERE는 15개의 아름다운 호수와 한적하고 아기자기한 농가, 아름다운 산자락을 감상할 수 있는 호수지역the Lake District이며 영국의 다른 지역처럼 뛰어난 건축물을 자랑하지는 않지만, 곳곳에서 자연의 아름다움을 느낄 수 있어요. 낭만파 시인 윌리엄 워즈워스를 필두로 샬롯 브론테, 풍경화가 존 컨스터블 같은 많은 예술가의 향취가 깊게 밴 이 호수지역은 아름답기로 소문난 영국에서도 가장 낭만적인 휴양지입니다. 관문 노릇을 하는 곳이 유일하게 기차가 닿는 윈더미어 마을이고요. 제가 일정에 없는 윈더미어 마을로 먼저 모시겠습니다. 동화책에서 나올법한 아기자기하고 예쁜 마을입니다."

"그랑께 아따 나가 디져블게 황선생을 좋아뿌러잉~!" 광주 남정네의 익살에 한바탕 웃음보가 터진다.

"레이크 디스트릭트에 대하여 부연 설명을 할게요. 피곤하신 분들은 눈을 감고 주무셔도 되고요. 호호~ 이 지역은 한 여인의 숭고한 봉사와 헌신으로 파괴되지 않고 지금까지 잘 보존되고 있습니다. 그 여인은 바로 비트릭스 포터(Beatrix Potter, 1866년 ~ 1943년)입니다. 포터는 영국 문학계의 살아있는 신화이자, 대표적인 아동 문학 작가이며, 지난 100년 동안 1억 5천만 부 이상 판매되고 30개 언어로 번역된 동화 『피터 래빗』작가로 유명하지요. 포터는 1866년 영국 런던의 니어 소리라는 작은 마을에서 방적 공장을 경영하는 상류층 가정의 외동딸로 태어났어요. 그녀는 어린 시절 유독 조용하고 수줍음이 많았고요. 평소 동물을 너무 좋아해, 집안에 토끼부터 개구리, 고슴도치, 심지어 박쥐까지 많은 동물들을 길렀으며, 또한 그림이나 이야기를 만들면서 풍부한 상상력으로 동물을 배경으로 하는 일러스트를 그리거나 관련 소설을 쓰는 것을 매우 좋아했지요. 1882년 16세 때 가족들과 함께 이 지역, 레이크 디스트릭트로 휴가를 왔었는데, 이곳의 아름다운 풍경에 감동하며 마음을 완전히 사로잡힙니다. 이곳은 포터가 어린 시절부터 동물들을 관찰해 쓴 『피터 래빗』의 탄생 배경이 되었던 장소이기도 하지요. 그 이후에 책을 팔아 모은 돈과 자신의 유산을 모두 합쳐 땅과 농장, 집을 구입했습니다. 그녀가 이곳에 땅을 사게 된 이유는 개발 위기에 놓인 레이크 디스트릭트가 더 이상 파괴되기를 원하지 않았기 때문입니다. 포터는 농장 14곳과 집 20채, 땅 약 500만 평을 환경단체 내셔널 트러스트에 기증했어요. 자연 그대로 잘 보존해 달라는 단 한 가지 유언을 남기고 말입니다. 현재까지도 포터의 유언대로 『피터 래빗』이 탄생한 '레이크 디스트릭트'는 잘 보존되고 있습니다. 제가 설명을 너무 오래 지루하고 장황하게 늘어놓았네요. 인제 눈 감고 계셨던 분들 눈 뜨세요~ 호호~"

우리 일행 모두 박수치며 칭찬한다. "강의가 교수님 빰치넹~! 잘 들었어요~ 고마워요~"

버스에서 내려 사브작사브작 걸으며 소박하면서도 예쁘고 아담한 윈더미어 마을을 둘러보고 인증샷을 날린다. 황 선생이 마늘님에게 다가서며 "사모님~! 이 마을 마음에 드시죠?" 하고 묻는다. "그럼요~ 황 선생 덕분에 좋은 곳 구경하네요. 고마워요~" 마늘님이 활짝 웃으며 답한다.

원더미어 마을

　우리는 원더미어 호수로 이동하여 선착장에서 유람선에 탑승하였다.

　"원더미어 호수는 길이 17km, 폭 1.5km, 깊이 70m이고 우리는 약
10km 유람합니다. 바람이 세니 모자가 날아가지 않게 조심하세요."

　황 선생이 한마디 툭 던진다. 유람선에서 바라보는 별장들과 호수에 떠있
는 요트들, 보트, 유람선 등 풍광이 한 폭의 그림을 그려내고 있었다. "원더

원더미어 호수

풀~!" 유람선에 타고 있는 일행들이 이구동성으로 감탄사를 쏟아낸다.

윈더미어 관광을 마치고 호반의 작은 마을 글래스미어로 이동하였다. 시인 윌리엄 워즈워스가 생전에 살았던 오두막집 도브 코티지도 보였다. 윌리엄 워즈워스(1770~1850)는 영국을 대표하는 낭만주의 작가로 자연을 노래한 시인이다. 그의 가장 훌륭한 작품 중 〈수선화〉와 〈서곡〉은 대부분 도브 코티지에서 썼다. 워즈워스가 결혼을 하고 아이를 낳고, 생애를 보냈던 곳이기도 하며 1890년 영국 내셔널 트러스트National Trust가 이 집을 구입하여 현재 관리하고 있다.

"윌리엄 워즈워스는 자연을 노래하고 평범한 일상에서 아름다움을 발견한 은둔자예요. 여동생 도로시 워즈워스는 영적인 동반자고요. 오빠를 많이 도와줬어요. 근데 오늘 날씨가 끝내주네요. 선생님들이 평소에 좋은 일을 많이 하셨나 보네요. 호호~"

"아따 황 선상이 머시길래 나를 요로코롬 사로잡아 뿐다요? 나가 환장하겄스라~ 말씀이 겁나게 이뻐뿌러잉~" 광주 남정네의 익살에 모두 웃음을 참지 못한다. ㅎㅎ

도브 코티지

글래스미어 마을

    도브 코티지를 둘러보고 윌리엄 워즈워스의 묘가 있는 글래스미어 마을로 이동하였다. 마을에는 수선화가 많이 피어 있었는데 윌리엄 워즈워스가 수선화를 주제로 시를 많이 쓰게 된 연유가 되지 않았나 하는 생각이 들었다.

    우리는 버스에 올라 아일랜드 전통음악인 켈틱 음악을 들으며 스코틀랜드로 이동하였다. 음악을 들으니 금방 요정이 튀어나올 것만 같은 풍광이 눈에 아른거린다. 노르웨이 효스 폭포에서의 요정처럼 신비로움을 간직한 채 다가서는 느낌이다. 창밖으로는 평화롭게 풀을 뜯고 있는 양떼와 노란 히스 꽃이 소박하면서도 예쁘게 피어있어 운치를 더해 주었다.

    "영국 국기 유니언 잭에 대하여 설명 드릴게요. 잉글랜드는 흰색 바탕에 빨간 십자가이고, 스코틀랜드는 파란색 바탕에 흰색 X자이고, 아일랜드는 흰색 바탕에 빨간 X자입니다. 이것을 1801년 합쳐서 유니언 잭을 제정하였지요. 웨일즈는 빠졌고요. 선생님들이 지금 지나고 계신 곳이 〈사랑의 도피처〉 그레트나 그린gretna green 마을이에요. 잉글랜드와 스코틀랜드 경계에 위치한 스코틀랜드 최하단 남쪽 마을이지요. 1753년 잉글랜드에서 부모의 동의 없이 결혼하려면 21세가 지나야 한다는 법률 때문에 21세가 안 된 젊은 남녀가 이 마을로 와서 대장장이Blacksmith 가게에서 대장장이의 주례로 초스피드 결혼식을 올렸지요. 그 후 이 마을이 사랑의 도피처로 유명해졌고 지금도 많은 젊은 예비 신랑 신부들이 이곳에서 결혼식을 올립니다. 인제 선생님들 스코틀랜드에 오신 것을 환영합니당~ 입국 수속해야 되니 모두 여권 준비하세요."

필자를 비롯한 우리 일행들 모두 시키는 대로 여권을 꺼내든다. "여긴 여권이 필요 없어요. 제가 그냥 웃자고 한 소리입니다. 하하~ 호호~"

"황 선상~! 고로코롬 우릴 놀려싸면 안되지라우~ 나가 징허게 기분 나빠질랑께~" 황 선생과 광주 남정네의 재치 있는 유머에 버스 안은 웃음이 넘쳐난다. ㅎㅎ

에든버러에 도착하여 여장을 푸니 여행 3일째도 끝나가고 있었다.

에든버러

여행 4일째(5월 15일, 일), 호텔 조식 후 에든버러 관광에 나섰다.

"에든버러는 스코틀랜드 행정, 문화의 중심지이며 옛 스코틀랜드 왕국의 수도입니다. 해류와 편서풍의 영향으로 기후가 온화하여 겨울에도 월 평균 기온이 섭씨 4도이고 여름은 섭씨 14도입니다. '근대의 아테네'라고도 불리는 아름다운 도시로, 스코틀랜드 문학가 '월터 스콧'의 기념탑과 프린세스 스트리트가 이어져 있고 골짜기 너머에는 에든버러 성이 있습니다."

버스에서 황선생의 설명을 들으며 우리 일행은 에든버러에서 가장 아름다운 전경을 감상할 수 있는 칼튼 힐로 향하였다. 칼튼 힐은 해발 110m의 언덕인데 우리를 반기는 듯, 양 옆으로 노란 히스꽃이 예쁘게 피어있었다. 계단을 오르니 아테네 파르테논 신전 모양의 기념물이 보이는데 건설하다 만 형국이다.

"저기 파르테논 신전 모양의 기둥들이 우뚝 솟아 있는 기념비는 나폴레옹 전투에서 전사한 병사들을 추모하기 위해서 세운 국립기념물이지요. 돈이 없어 짓다 말았고요. 그리고 이쪽으로 보이는 기념물은 트라팔가 해전에서 영국을 구하고 전사한 넬슨 제독 기념탑입니다. 그리고 앞에 보이는 것은 1792년에 건립한 천문대입니다. 저 멀리 보시면 에든버러 성이 보이시지요? 이곳

관광을 마친 후 에든버러 성으로 갈 거예요. 에든버러 성 앞쪽으로 뾰족 나온 탑은 유럽 최초의 베스트셀러 작가, 『아이반호』의 저자로 유명한 '월터 스콧'을 기념하기 위한 탑이고요. 칼튼 힐은 유명 건축물들과 산과 바다까지 멀리 볼 수 있어 항상 많은 관광객들이 찾는 곳이지요. 지금부터 자유시간 드릴 테니 사진도 찍으시고 휴식도 취하면서 즐거운 시간을 보내세요."

칼튼 힐에서 탁 트인 조망을 마음껏 바라보며 구시가지와 신시가지의 모습을 카메라에 담기도 하고 기념물을 배경으로 인증 샷도 날리며 몸과 마음의 힐링 시간을 보냈다.

전몰 장병 추모 국립기념물 (National Monument)

스코틀랜드 전통 복장인 킬트(치마)를 입은 노신사와 마눌님이 함께 기념촬영. 뒷배경, 좌로부터 에든버러 성, 시계탑, 월트 스콧 기념탑, 번스 기념탑이 보인다.

"이제 아침에 설명드린 에든버러 성으로 이동하겠습니다. 에든버러 성을 보시기 전에 메리 스튜어트 여왕(1542~1587)과 엘리자베스 1세 여왕 이야기를 좀 할게요. 16세기의 잉글랜드와 스코틀랜드는 엘리자베스 1세와 메리 스튜어트가 만들었다고 해도 될 만큼 많은 일들이 있었던 거 같네요. 그래서 지금도 스코틀랜드와 잉글랜드 간의 국민 정서가 다르고 지역감정도 심하다는 생각이 듭니다.

스코틀랜드 왕 제임스 5세와 프랑스 출신 왕비 사이의 외동딸인 메리는 태어난 지 1주일 만에 아버지가 죽자 스코틀랜드 여왕의 자리에 오릅니다(1542~1587). 6세부터 스코틀랜드와 친교가 있는 프랑스 궁전에서 양육되었어요. 16세에 황태자 프랑수아 2세와 결혼하였으며 프랑스의 왕비가 되었고요. 이때 프랑수아는 15살, 메리는 17살이었지요. 이 결혼은 프랑스와 스코틀랜드의 동맹을 위한 정략결혼이었고요. 그러나 프랑스의 황태자가 죽고 프랑스 권력에서 밀려난 메리는 18세에 스코틀랜드로 돌아옵니다. 메리 스튜어트는 엘리자베스 1세 여왕의 할아버지 즉 헨리 7세의 적손 증손녀로서 엘리자베스 1세보다 왕위 계승권이 우선이었다고 해요. 메리는 잉글랜드의 왕위를 요구해서 엘리자베스의 미움을 사기도 했어요.

한편 메리는 로마 카톨릭 교도였는데 스코틀랜드의 국교는 그녀가 없는 사이 프로테스탄트로 바뀌어 있었지요. 따라서 장로교의 창시자이며 종교 개혁가인 존 녹스를 비롯한 여러 사람들의 눈에는 다른 종교를 가진 외국인 여왕으로 비쳐졌고요. '당신은 이교도이고 외국인이므로 우리가 믿는 신을 따라야 한다'는 말에 맞장구를 쳐야 했죠.

가장 어려운 문제는 스코틀랜드의 귀족이었습니다. 이들은 방계 왕족들의 움직임을 좇아 파당을 만들고 소란을 일으켰으며 국왕을 보좌하기보다는 세력 확대와 개인적인 싸움에 골몰해 있었지요. 메리는 사촌인 꽃미남 단리 백작, 헨리 스튜어트와 두 번째 결혼을 했으나, 이 결혼은 불행한 운명의 시발점이 되었고, 결국 메리를 파멸로 이끌고 갔어요. 메리는 단리에 의해 처음으로 여자로서 육체를 지닌 기쁨을 알게 되었고 일단 그러한 기쁨에 눈을 뜨게 되자 그녀의 욕정은 터진 봇물처럼 거세어졌으며, 밤이 되는 것을 기다리지 못해 한낮에도 단리를 자신의 침실로 끌어들였습니다.

'여왕은 처녀였어!'라고 단리가 귀족들에게 자랑스레 떠들고 다녔지요. 그러자 메리는 수치심 때문에 결혼식을 올렸고요. 이 결혼은 엘리자베스를 비롯한 스코틀랜드의 권력구조와 이해관계가 있는 사람들의 적개심을 불러일으킴으로써 파멸을 초래한 선택이었습니다. 단리의 성격은 외모와는 달리 나약하고 방탕했으며, 자신이 왕이라고 떠들고 다녔어요. 결혼한 지 반년도 지나지 않아 메리는 단리의 이러한 성격에 실망하였고 또한 그와 결혼한 자신의 처지를 후회하면서 프랑스에서 귀국할 때 여왕을 수행한 샤토랄이라는 시인과 정을 통하게 됩니다. 그러나 그는 오래지 않아 단리의 명령에 의해 여왕의 침실에 숨어들었다는 죄목으로 참수형에 처해지고, 여왕은 샤토랄을 대신할 젊은 음악가인 데이비드 리치오를 선택했으나, 그도 마찬가지로 여왕이 보는 가운데 궁전의 뜰에서 목이 잘리는 신세가 되었지요. 같은 해 6월 아들 제임스가 태어났으나 두 사람은 전혀 화해할 기미가 안 보였고 메리는 이혼을 결심하지요. 1567년 2월 단리가 요양 중이던 집이 폭파되는 사건이 일어났고, 단리는 빠져나왔으나 목이 졸려 살해당했어요.

그 후 메리는 이 사건의 주모자로 의심받고 있는 제임스 헵번에게 유괴되어 겁탈당하고 결혼식을 올립니다. 시기심 많은 스코틀랜드의 귀족들이 보기에는 제임스 헵번 역시 단리와 마찬가지로 달갑지 않았어요. 그 후 메리와 제임스 헵번이 결별한 후 제임스 헵번은 추방당했고 메리는 리븐 호수에 있는 작은 섬에 유폐되어 1세밖에 안 되는 제임스 1세에게 왕위를 물려주고 퇴위했어요. 이듬해 유폐된 섬에서 탈출하여 잠깐 동안 자유를 얻었으나 지지자들이 패배해 다시 도망쳐야 했어요. 메리는 친척인 엘리자베스 여왕이

다스리는 잉글랜드로 피신했습니다.

그러나 메리와는 달리 정치적 간계에 능숙한 엘리자베스는 단리 사건과 관련하여 여러 가지 문제점을 구실삼아 이후 18년 동안 그녀를 여러 감옥에 번갈아 두면서 잉글랜드에 붙잡아 두었고요. 그 사이 스코틀랜드에서는 메리와 이복남매 간인 제임스가 섭정으로 통치했습니다. 메리는 부당한 감금생활에서 벗어나기 위하여 탄원을 하고 나중에는 음모를 꾸미는 등 온 힘을 기울였습니다. 잉글랜드의 카톨릭교도들은 프로테스탄트 군주인 엘리자베스를 왕위에서 몰아내고자 했고, 따라서 카톨릭교도인 메리에게 자연스레 관심이 모아졌으나 이는 메리에게 불행한 결과를 가져왔지요. 1586년 엘리자베스 여왕 암살 음모가 적발되어 카톨릭교도의 반란이 일어나자 엘리자베스는 메리가 가장 위험한 존재라는 사실을 확신했던 것입니다.

메리는 스코틀랜드 군주였음에도 불구하고 잉글랜드 법원에서 재판과 선고를 받았습니다. 아들 제임스도 메리를 젖먹이 시절 이후로는 보지 못한데다 잉글랜드 왕위 계승에 골몰해 있었기 때문에 이 재판에 이의를 제기하지 않았고요. 메리는 1587년 처형당했는데 그때 메리의 나이 45세였어요.

살벌한 처형 장면은 메리가 죽음 앞에서 보여준 위엄 있는 자태에 가려졌어요. 기구한 운명이었지만 처형당하면서도 우아함과 도도함을 잃지 않았고요. 지지자들에게는 낭만적이고 비극적인 인물로, 정적들에게는 간악한 요부로 비쳐진 메리는 살아 있는 동안 격렬한 논쟁을 불러 일으켰으며, 엘리자베스는 그녀를 가리켜 '논쟁을 몰고 다니는 아이'라는 별명을 붙였습니다. 그녀의 극적인 생애는 계속해서 사가들의 논쟁거리가 되었으며, '16세기의 요부' 메리에 대한 대중의 흥미는 지금도 줄어들지 않고 있다고 합니다. 제가 너무 지루하게 설명을 많이 했네요~ 미안합니다."

"아이고~ 무슨 말씀을 글케 하신다요~ 나가 참말로 징허게 들었당께~"

모두 황 선생의 소설 같은 이야기에 큰 박수로 감사함을 표한다.

에든버러 성은 Castle Rock이라는 깎아지른 절벽과 바위 언덕 위에 세워져 있었으며 천혜의 요새였다. 아래로 에든버러 시내를 내려다볼 수 있으며 건물들은 하나같이 고풍스럽고 중세를 재현해 놓은 느낌을 주었다.

"에든버러 성은 12세기 건축된 위풍당당한 성으로 에든버러의 랜드 마크로 년간 1백만 명이 넘는 사람들이 찾아오는 영국 최고의 관광 명소입니다. 잿빛의 벽돌로 쌓여진 성곽이 인상적이어서 보는 사람들을 압도하지요. 1979년 세계 문화유산으로 등록되면서 문화적 가치를 인정받았어요."

에든버러 성 앞에서 황선생의 설명이 이어진다.

"이 에스플래나드 광장은 매년 8월만 되면 세계적으로 유명한 'Military Tattoo Parade', 말하자면 군악대 행진이 펼쳐집니다. 세계 각국의 군악대가 모여 큰 페스티벌을 벌이고 이곳 숙소는 방을 구하기가 엄청 어렵지요. 생각이 있으시면 8월에 한 번 더 오시지요~ 호호~"

"아이고마~ 영국 여행 댕기온 지 얼마 안 됐는데 또 간다면 지는 뭐 먹고

절벽 위에 세워진 에든버러 성

살라구예? 됐심더~!" 임사장의 익살에 모두 혀를 내두른다. ㅎㅎ

잉글랜드 저항의 상징인 성답게 입구에는 스코틀랜드 독립의 선구자였던 두 사람의 전신상이 보였다. 윌리엄 웰레스William Wellace와 로버트 브루스 Robert the Bruce 국왕이다.

에든버러 성 안에 있는 노르만 양식으로 지어진 성 마가렛 예배당은 에든 버러에서 가장 오래된 건축물로 여러 차례의 폭격에도 남아 있어, 900년이 넘는 시간 동안 그 모습 그대로 유지되고 있었다.

성 마가렛 예배당

에든버러 성에는 대포들이 많이 놓여 있었고 시내가 내려다보이는 곳의 대포에서는 지금도 매일(일요일 제외) 오후 1시를 알리는 총성이 울려 퍼져 많 은 사람들이 이 총소리를 듣고 시간을 맞추기도 한단다. 에든버러 성 안에 있는 왕족들의 거처, 전쟁박물관, Great Hall(의전장소)을 둘러보고 바로 옆에 있는 Tea House에서 애프터눈 티Afternoon Tea 이벤트를 체험하였다.

"선생님들께 추억의 에든버러 성 관광을 뜻깊게 하기 위해 애프터눈 티

Great Hall (17세기 의전장소, 의회가 열렸던 장소)　　　메리 스튜어트 여왕 초상화

를 준비했어요. 박수 치지 마세요. 제가 준비한 게 아니고 국내 유일하게 우리 회사에서 해주는 것이니까요. 호호~ 점심과 저녁 사이인 오후 4~5시 무렵 스콘Scone, 케이크 등 티푸드와 홍차를 마시며 사교의 시간, 생활의 여가를 추구하는 시간이 바로 애프터눈 티입니다. 공작부인을 찾아온 손님들과 즐기는 사적이고 작은 티타임 습관은 어느 틈엔가 상류사회 부인들 사이에서 유행이 되어, 애프터눈 티는 영국인의 가장 즐거운 사교적 행사로 뿌리를 내렸지요. 차를 즐길 뿐 아니라 차를 통해 생활의 여유와 즐거움을 향유하며 생활 속의 미를 추구하는 티 문화이지요. 영국 전통차와 트레이에 담긴 스콘, 샌드위치, 케이크, 클로티드 크림, 잼을 드시면서 여유를 느껴보세요."

　　필자 부부도 트레이에 담긴 스콘, 케이크, 클로티드 크림을 홍차와 같이 들며 여유 있는 시간을 보낸다.

　　"여보~! 정말 맛있네요~" 마눌님이 미소를 짓는다.

　　티 타임을 가진 후 우리는 성을 나와 에든버러의 기장 변화가인 고풍스런 중세건물의 상점, 카페, 선물가게 등이 밀집한 '로얄 마일'로 사브작 사브작 발걸음을 옮겼다.

　　로얄 마일은 에든버러 성이 위치한 캐슬 락Castle Rock에서부터 홀리루드 수도원까지 동서로 길게 연결되는 1마일(1.6km)의 돌길로 예전에는 귀족들만 다녔다고 하여 붙여진 이름이다.

로얄 마일을 따라 걸으니 백파이프를 연주하는 악사를 만났다. 황선생의 설명이 이어진다.

"스코틀랜드의 상징은 백파이프, 체크무늬 천 즉 타탄으로 된 남성용 전통 의상인 킬트, 그리고 국화國花인 엉겅퀴입니다. 스코틀랜드를 가리켜 사람들은 '엉겅퀴의 나라the Land of Thistle'라고 부릅니다. 나라의 상징이라고 하면 보통 동물을 떠올리는 경우가 많지만, 스코틀랜드를 대표하는 가장 유명한 상징은 꽃인 '엉겅퀴'이기 때문입니다. 척박한 고산지대인 스코틀랜드에서는 길을 따라 걷다 보면 보랏빛의 엉겅퀴를 쉽게 발견할 수 있어요. 하지만 흔하게 피어있는 것과는 달리, 엉겅퀴는 그 잎과 줄기에 날카로운 가시가 붙어있기 때문에 쉽사리 베어 없애버리거나 먹거리에 사용할 수도 없지요. 유독 주변 국가의 침략을 많이 받았던 스코틀랜드의 역사에서, 척박한 환경을 이기고 강인하게 자라나는 엉겅퀴는 스코틀랜드 사람들이 닮고자 했던 기상을 의미했던 것입니다. 킬트는 허리에서 무릎까지 닿는 스커트로 앞 중앙부에 조그만 가죽 주머니를 달지요. 악사 뒤의 동상은 18세기 영국 경험론의 대표적인 철학자 데이비드 흄(1711~1776)입니다. 많은 사람들이 엄지발가락을 하도 만져 반짝반짝 윤이 나지요. 만지면서 소원을 빌면 꼭 이루어진대요. 호호~ 특히 에든버러 대학에 진학할 수 있다고 하네요~호호~ 믿거나 말거나예요."

우리 일행 중 부인네들이 너나없이 일제히 동상 엄지발가락을 만지기 시작한다. 아이고~ 못 말려요~^^

우리는 에든버러의 대표적인 랜드마크이자 로얄 마일의 중심지인 성 자일스 성당에 이르렀다.

성 자일스 성당

　성 자일스 성당은 에든버러의 수호성인 성 자일스를 위해 봉헌된 교회로 1120년 건축되었으며 1385년 재건되었다. 지금 건물은 19세기 재건되었고 오늘날에는 장로교의 모교회로 간주된다. 우리 일행 중 영국에서 합류한 목사님도 이 교회를 보기 위해 왔다고 한다. 1559년부터 1572년까지 종교 개혁의 선구자 존 녹스(1514~1572)가 이 교회의 사제가 되어 프로테스탄트 보급에 노력했다.

존 녹스 묘지(주차장에 있다)

　교회 첨탑은 왕관 모양으로 독특한 외양을 지니고 있었다. 황선생이 한마디 툭 던진다. "교회 뒤편으로 가면 주차장에 존 녹스의 무덤이 있여요. 가실래요?" "당근이지요~"

　모두 따라나선다. 그런데 주차장엔 묘지라는 표시 이외에는 아무 것도 없다. "자신의 무덤이 사람들에게 우상화될 수도 있다고 생

아담 스미스 동상

각했던 존 녹스는, 아무도 신경 쓰지 않는 땅 한켠에 묻히기를 원했어요. 지금은 주차장으로 변했지만, 그의 바람은 여전히 지켜져 가고 있어요."

교회 뒤편에는 국부론을 쓴 경제학자 아담 스미스의 동상도 있었다.

우리는 에든버러 관광을 끝내고 글래스고우Glasgow로 이동하였다. 글래스고우는 중세유럽의 건물을 그대로 유지하고 있었다. 마눌님이 황선생에게 질문을 던진다. "가이드님~! 건물 위로 너덧 개씩 뽈록뽈록하게 나온 게 굴뚝같은데 맞나요?"

"사모님~ 질문 잘하셨네요. 맞습니다. 굴뚝이에요. 벽난로가 많은 것으로 부富의 표시지요. 벽난로가 굴뚝으로 연결되니까 굴뚝 수가 부의 상징이 되는 겁니다. 재미있는 것은 창문 수와 커튼 길이에 따라 세금을 매긴다는 사실입니다. 이해가 안 되시지요? 호호~" "그기 참말잉교? 아이고마~ 여기 살라고 해도 내 몬 살 겠데이~!" 영주 임 사장이 옆에서 끼어든다.

영국의 명문대학교인 글래스고우 대학교는 초창기부터 중세유럽 지성의 핵심이었던 도미니크 수도사들로부터 결정적 도움과 지식을 전수받아 중세유럽의 위대한 지적 전통을 계승하였다고 한다. 고색창연한 대학 건물을 여기저기 거닐며 연신 셔터를 터트린다.

"국부론을 쓴 아담 스미스와 증기기관차를 발명한 제임스 와트도 이 대학 출신이어요. 아~ 그리고 윤보선 대통령 5촌 당숙인 윤치왕 박사도 이 대학을 졸업하여 산부인과 의사가 되었어요. 20명의 아기를 받아야만 졸업하는데 아일랜드에서 50명의 아기를 받아 당당히 졸업했다고 해요. 호호~ 아~ 윤보선 대통령은 에든버러 대학교 출신이고요. 제가 추천하는 글래스고우 대학교 포토 존이 있는데 그리로 모시겠습니다. 가족분들 포토존에 서시면 가족별로 제가 찍어드릴게요."

기념촬영을 마친 후 우리는 켈빈그로브 미술 박물관으로 이동하였다.

켈빈 글로브 미술박물관

    켈빈그로브 미술관 & 박물관Kelvingrove Art &Museum은 901년 개장한 붉은 사암으로 만들어진 건축물로, 프랑스 인상주의와 독일, 이태리의 르네상스 시대의 다양한 작품(보티첼리, 렘브란트, 보네, 반 고흐, 피카소 등)을 소장하고 있어 스코틀랜드에서 첫째, 둘째를 다툴 정도의 명성을 얻고 있다고 한다.

    1층 홀에서는 옛날 유럽 사람들이 착용했던 갑옷과 무기, 선사 시대 유물, 그리고 스코틀랜드의 자연사와 관련된 전시품들을 볼 수 있었다. 황선생이 2층에서 꼭 보아야 된다는 작품이 있는 곳으로 안내한다. 〈메리 스튜어트 여왕의 최후〉라는 작품인데 죽음을 앞두고도 도도함과 우아함을 잃지 않고 있었다. 또한 살바도르 달리의 작품은 필자의 느낌으로는 다이빙하는 예수님으로 비쳐졌다.

    밖으로 나오니 미술관 앞 계단에 필자보다 연상으로 부인이 왕년에 산부인과 개업을 했다는 대머리 어르신이 늘 쓰고 다니는 중절모를 벗어 앞에 내려놓고 평퍼짐하게 퍼져 앉아 "한 푼 적선하고 가세요~ 한 푼 줍쇼~" 하며 연신 고개를 수그리며 절을 한다.

필자를 보더니 "잘 어울려요? 근데 영 벌이가 신통치 않네요. 하하~""동냥할 모자로는 너무 멋진 모자네요~거기다 나비넥타이까지 매셨으니… 여기 거지들이 웃고 가겠습니다. 하하~" 필자의 한마디에 얼른 일어나며 "그런가요~"하며 한바탕 웃음보를 터트린다.

켈빈그로브 미술박물관의 외관도 빅토리아 말기 시대의 건축 양식을 보여주는 멋진 볼거리를 제공하였다.

우리는 북아일랜드 벨파스트Belpast행 페리를 타기위해 케어라이언 항구로 가던 중 우측으로 바다가 이어지는 아름다운 해변가에서 잠시 휴식을 취하였다.

"이곳에서 멀지 않은 곳에 도날드 트럼프 소유의 턴베리 골프장이 있어요. 2014년 브리티시 오픈이 이 골프장에서 열렸는데 박인비 프로가 우승하였지요. 스코틀랜드의 척박한 땅과 강한 바람을 이겨내어 그랜드 슬램을 이룬 쾌거였습니다. 조금 있으면 케어라이언 항에 도착할 텐데 짐 검사를 할 거예요. 모두 다 하는 것이 아니고 검사원들이 손님들 짐을 보고 무작위로 서너 분만 찍어서 하게 되요. 우리는 그걸 진선미라고 해요. 호호~ 진선미로 뽑힌 분들은 기분 나빠하지 마시고 나오시기 바랍니당~^^"

"무신 이런기 다 있노? 진선미로 뽑히믄 억수로 좋을줄 알았드만 파이네~!" 임사장이 궁시렁거린다. 일행 중 세 분의 여성이 불려나가고 모두 박수를 치며 환송한다. 뭐 박수 칠 일은 아닌데 말이다. 허허~ 잠시 후에 짐 검사를 끝내고 버스로 오르면서 하는 말, "진선미~ 두 번 다시 안 할란다~!"

케어라이언 항과 벨파스트 구간 페리 운행은 약 2시간 30분이 소요되었다. 북아일랜드 벨파스트에 도착하여 호텔에 투숙하니 여행 4일째도 이렇게 막을 내리고 있었다.

부쉬밀즈, 벨파스트

　여행 5일째(5월 16일. 월), 부쉬밀즈Bushmills로 이동하여 자이언트 코즈웨이를 관광하였다.

　"자이언트 코즈웨이Giant Causeway 지명에 대한 몇 가지 이야기들이 있는데, 어떤 거인이 한 여인과 사랑에 빠져 그 여인을 이곳으로 데려오기 위해 길을 만들었다는 이야기와 북아일랜드 거인 '파마콜'이 바다 건너 스코틀랜드에 사는 거인을 무찌르기 위해 만든 길이라는 설이 있어요. 북아일랜드 거인 파마콜이 스코틀랜드 거인에게 가봤더니 낮잠을 자고 있는데 몸집이 엄청 커서 겁이 나 도망쳐 왔지요. 얼마 후 스코틀랜드 거인이 북아일랜드로 온다는 소식을 들은 거인 파마콜의 부인이 꾀를 내어 파마콜에게 아기 옷을 입혀 요람에서 자고 있는 척 하였답니다. 스코틀랜드 거인이 와서 보더니 아기가 이렇게 크니 아빠는 엄청나게 클 거라고 생각하고 혼비백산 줄행랑을 쳤다는 전설이 전해지고 있어요. 호호~"

　무수히 많은 육각형의 돌기둥들이 밀려오는 파도를 가로 막듯이 빈틈없이 늘어서 있는데 이 돌기둥들이 하나하나 벌집처럼 매우 규칙 바르게 늘어서 있어 꼭 사람이 만들어 놓은 것처럼 보였다. 세계자연유산으로 등재되어 있

으며 주상절리의 신비로움을 느낄 수 있었다.

해안을 따라서 거대한 둑길이 형성되어 있었고, 지대가 높은 상코스, 그리고 중코스, 지대가 낮은 하코스로 나뉘어져 있다고 황 선생이 부언 설명을 한다.

과거의 급격한 화산활동으로 만들어진 엄청난 주상절리를 눈으로 보고 걸을 수 있다는 희열이 엄청났다. 어디에서 셔터를 눌러도 그냥 작품이 되었던 곳… 자이언트 코즈웨이… 이곳에서 새삼 아무리 인간이 위대하다고 해도 자연 앞에서는 한없이 낮아지고 작은 미물이라는 생각이 들었다.

관광을 마친 후 우리는 벨파스트로 이동하였다.

북아일랜드 지방의 인구 1/4이 살고 있다는 북아일랜드의 수도인 '벨파스트'는 '모래언덕의 낚시터'란 뜻으로 빅토리아 여왕 시절, 세수가 가장 많이 걷혔다고 한다. 산업혁명에 중요한 역할을 하였고 20세기 후반에 이르기까지 국제적인 산업 중심지였다.

타이타닉호가 이곳에서 1909년부터 3년간 건조되었고 1912년 4월 14일 출항하여 빙산에 부딪쳐 침몰하여 2,200여 명 중 1,500여 명이 사망하였다. 제임스 캐머런 감독의 영화 〈타이타닉〉에서 끝까지 키를 잡고 배와 함께 죽음을 맞이하는 구레나룻 선장과 침대에서 죽음을 맞이하는 노부부, 그리고 침몰하는 배와 함께 연주를 계속하는 바이올린 연주자의 모습이 아직도 생생하게 필자의 뇌리를 스치고 지나간다.

'벨파스트'에서 가장 높다는 해발 약120m '케이블 힐'에 위치한 '벨파스트
성'을 찾았다. 벨파스트의 역사적인 장소로 2차대전 때는 작전본부로 사용되
기도 하였다. 지금 우리가 보고 있는 성은 1870년대 완성된 것으로 전형적
인 스코틀랜드 귀족풍 건축양식을 보여주고 있었다. 벨파스트 성의 주인이
었던 Shaftesbury 가문에서 1934년 성과 정원을 시에 기증하였다고 한다.

　황 선생의 설명이 이어진다. "이곳 벨파스트 성 정원은 벨파스트 젊은이
들이 가장 결혼식을 올리고 싶어 하는 장소입니다. 그리고 나선형 계단은
미스코리아 존이에요. 제가 사진을 찍어드릴 테니 사모님들은 예쁜 포즈를
취해 주세요. 또한 이 정원에는 7마리의 고양이가 있어요. 다 찾으면 행운이
다가온다는 속설이 있어요. 마구마구 찾아주세요. 지금부터 20분간 자유시
간 드릴게요."
　벨파스트 호수와 시내가 내려다보이는 '벨파스트 성' 포토 존에서 인증샷
을 날린 후 고양이 그림과 조형물을 열심히 찾았으나 5마리밖에 못 찾겠다.
못 찾겠다 꾀꼬리~~ ㅎㅎ

벨파스트 성

벨파스트 성 안에 있는 레스토랑에서 점심을 먹었는데 디저트로 나온 '머랭'을 커피와 곁들여 먹으니 정말 맛이 있었다. 황 선생 왈 "귀족처럼 우아하고 도도하게 드세요. 호호~"

"아이고마~ 내사 그러케 몬한다. 우째 이리 맛있는 거 우아하고 도도하게 묵노?" 영주 임 사장의 한마디에 일행 모두 폭소를 터트리며 맞장구를 친다. "맞습니다. 맞고요."

벨파스트 시청사는 벨파스트 시내 중심 도네갈Donegal 광장에 자리 잡고 있었다. 1898년 착공하였으며 건축가 알프레드 토마스의 감독하에 1906년 완공하였다. 북아일랜드는 아직 영국에 속해 있어 정면으로 빅토리아 여왕의 조각상이 세워져 있었다.

시청사 관광을 끝낸 후 아일랜드의 정치, 경제, 문화의 중심지로 수륙교통의 요지인 더블린으로 이동하였다.

더블린

여행 6일째(5월 17일. 화), 아일랜드의 수도 더블린 시내관광에 나섰다.

더블린DUBLIN은 맑은 날보다는 비 오는 날이 더 많다고 한다. 비 오는 날의 축축함이 도시 곳곳에 배어있어 보는 이들을 흠뻑 빠져들게 하는 곳이다. 많은 문학작품과 영화 〈원스〉로 더욱 유명해진 도시로 흑맥주 기네스가 유명하다. 또한 아일랜드의 정치, 경제, 문화의 중심지로 수륙교통의 요지이다. 시의 중앙을 동서로 흐르는 리피 강 북쪽은 13세기 이후 발전한 비교적 새로운 시가지인데 반해, 남쪽은 오래된 구시가지로 더블린 성, 시청 등 유서 깊은 건축물들이 많다. 교육 문화기관으로 더블린대학(트리니티 칼리지), 국립도서관, 국립박물관 등이 있다.

우리는 먼저 기네스 맥주 박물관 내부 관광을 하였다. 지금의 기네스 맥주 하우스는 2000년에 문을 열었으며 주류 애호가와 기네스 맥주 애호가에겐 천국이 따로 없다.

1층에서는 맥주 양조 과정을 직접 볼 수 있었고, 아일랜드 인들이 사랑하는 기네스 맥주의 역사를 알 수 있는 곳이었다. 바닥에 타임캡슐처럼 '아서 기네스'가 땅주인과 체결한 임대 계약서가 보인다.

"현재 이 양조장 터를 1759년에 무려 9,000년 동안 임대계약을 했는데 연간 임대료가 달랑 45파운드라고 해요. 임대인이 취하지 않고서는 할 수 없는 계약이겠지요? 호호~"

"무신 그런 공짜 계약이 다 있노~? 소장님요~! 기네스 아서가 억수로 횡재한 기라요." 필자를 쳐다보며 임 사장이 입을 다물지 못한다.

황 선생의 설명이 이어진다. "기네스 흑맥주의 5대 재료는 숯가루처럼 검게 태운 보리, 홉, 이스트, 깨끗한 물, 그리고 아일랜드인의 마음입니다. 기네스맥주의 케그 안에는 이산화탄소와 질소가 들어있어요. 손님에게 내놓을 때 가는 구멍을 통과시켜 아주 미세한 거품이 만들어지도록 하여 부드러운 맛과 거품을 내는 것이지요. 처음에 맥주를 뽑아내면 연갈색으로 나오는데 조금 기다리면 흑빛으로 변해요. 그때 마시면 됩니다. 홉을 많이 넣어 쓴 맛이 나는 것이 특징이지요. 기네스 맥주는 술로서만 아니라 기업으로서 존경받는 국민 맥주예요. 1769년부터 수출된 기네스 맥주는 현재 세계 판매 1위의 프리미엄 흑맥주로 전 세계 150여 개국에서 사랑받고 있답니다. 이제 우리는 '기네스 스토어 하우스' 7층 라운지 'GRAVITY BAR'로 올라갑니다. 더블린 시내를 조망하면서 한 잔 즐기세요. 뽀글거리며 올라오는 거품소리를 들으며 눈으로 거품이 만들어지는 모습을 즐기시고 몰트(맥아)의 단맛을 느끼시면서 볶은 보리의 향, 흑맥주의 오리지널 맛을 음미하세요. 호호~"

맥주를 바로 뽑아내면 연갈색인데 잠시 후면 흑색으로 변한다.

쌉싸래한 탄 보리맛과 진하고 부드러운 거품…. 오리지널 기네스 맥주의 참맛을 음미하며 애주가인 필자는 삼매경에 빠져든다. "그래~ 바로 이 맛이야~!"

기네스 맥주 박물관을 나와 더블린 최고의 쇼핑가 크래프톤 거리에 있는 유명한 라이브 카페인 템플바를 들러보았다. 카페 안에는 낮인데도 많은 사람들이 맥주를 마시며 라이브 음악 공연을 즐기고 있었다.

더블린 트리니티 대학은 1592년 엘리자베스 1세가 옥스포드와 케임브리지 대학교를 모델로 설립한 대학으로 아름다운 정원 위의 고풍스런 건물이 인상적이었다. 설립 초기에는 더블린에 사는 영국 신교(성공회) 교인만 입학이 허용되었으나, 18세기 아일랜드의 로마가톨릭 차별 철폐가 진행되면서 1793년에 가톨릭 교인의 입학도 허용되었다.

황 선생의 설명이 이어진다. "거기 앞에 종탑이 보이시죠? 시험 때 저기를 통과하면 영락없이 낙제점을 받는데요. 그래서 시험 때는 저 종탑을 통과하는 학생은 한사람도 없대요. 만일 통과하는 사람이 있다면 관광객이 확실해요~ 재밌죠? 하하~"

"그랑께 조기~ 종탑문을 통과해싸믄 낙제한다는디 누가 하것소잉~ 참말로 거시기허당께~" 목포 아짐씨의 넉살에 모두 웃음을 터트린다. ㅎㅎ

아일랜드 국립 박물관은 킬데어 거리에 위치하고 있었으며 고고학 및 역사 섹션을 전문으로 하며, 선사시대의 유물과 고대 금 세공품, 바이킹 및 중세시대에 이르기까지 전시하고 있었다.

아일랜드에 처음 가톨릭을 전파한 성 패트릭을 기리기 위하여 세워진 세

트리니티 대학

인트 패트릭 성당은 초기 영국의 고딕 양식 건축물로서 내부로 들어서니 아름다운 조각과 화려한 바닥 타일, 멋진 스테인드글라스로 꾸며진 창문들로 장식되어 있었다. 이곳에는 『걸리버 여행기』를 쓴 스위프트Jonathan Swift의 묘지가 있었으며, 1742년 헨델Handel의 메시아Messiah가 초연된 장소이기도 하다.

모든 더블린 시내관광 일정을 끝내니 여행 6일째도 서서히 막을 내리고 있었다.

체스터, 코츠월드

여행 7일째, 호텔에서 준비해 준 도시락(간식)을 수령하여 더블린항에서 홀리헤드행 페리에 탑승하여 페리 내 라운지에서 식사를 하였다. 약 3시간 30분이 소요되어 홀리헤드에 도착한 후 콘위로 이동하였다. 에드워드 1세에 의해 1283년 건설된 콘위성을 관광한 후 체스터로 이동하였다.

로마네스크, 고딕양식으로 500여 년에 걸쳐 건설된 체스터 대성당을 관광한 후 코번트리 인근 도시로 이동하였다.

콘위성

체스터 동문 시계탑

체스터 거리

　여행 8일째 코츠월드의 베니스라 불리우는 '버튼 온더 워터'로 이동하였다. 코츠월드의 예쁜 마을들은 그 자체가 하나의 거대한 정원 같은 풍경을 연출하였다. 6개주에 걸쳐 약 200개의 마을이 있다고 한다. 돌담과 가옥을 구성하는 석회석은 북쪽 지방은 진한 노란색을 띠고, 남쪽으로 갈수록 빛깔이 강해진다고 한다.

버튼 온더 워터는 얕은 냇물을 사이에 두고 아기자기한 앤티크 상점들이
줄지어 있었다.

바이버리는 윌리엄 모리스가 가장 사랑했고 극찬했던 마을이다.

바스는 영국에서 유일하게 자연온천수가 발생하는 곳이다. 1987년 유네
스코 세계유산으로 지정되었다고 한다. 로얄 크레센토와 바스 수도원을 방

문하였고 로마 목욕탕 내부를 둘러보았다.

로마 대목욕탕

솔즈베리로 이동하여 스톤헨지 관광을 하였다. 세계 7대 불가사의의 하나이며 선돌 유적지로 기원전 4,500년 전 조성된 것으로 추정하고 있다.

관광을 끝낸 후 런던으로 이동하여 호텔에 투숙하니 여행 8일째도 막을 내리고 있었다.

솔즈베리 스톤헨지

여행 9일째 템즈강 유람선에 탑승하여 국회의사당과 빅벤, 타워브릿지, 런던 아이 등을 조망하였다. 하선 후에는 런던탑과 런던 아이, 웨스트민스터 사원을 관광하였다.

타워 브릿지

런던아이

런던탑

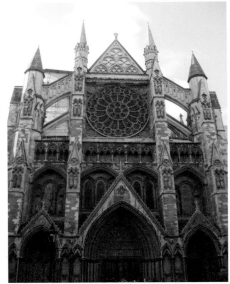
웨스트민스터 사원

내셔날 갤러리는 1824년 설립되었으며 트라팔가 광장과 넬슨 제독 동상을 볼 수 있었다.

내셔날 갤러리

넬슨 기념탑

윈저성은 영국에서 가장 오래된 왕궁으로 11세기 정복왕 윌리엄이 목조로 요새를 축조한 것인데 후에 여러 차례 개축, 정비되어 오늘날의 모습이 되었다. 우리 일행은 내부 관광하였으며 현재는 왕실의 별궁으로 사용된다.

관광 후 히드로 공항으로 이동하여 10시간 40분의 비행 후 인천공항에 무사히 도착하였다.

윈저성

영국일주 여행은 10일 내내 날씨가 받쳐주었고 일행들도 별로 모가 나지 않는 사람들이었다.

박○○라는 남자 이름을 가진 푼수 아줌씨의 행동거지도 재미있었고, 찔찔하지만 마음이 여린 베테랑 가이드가 미세하게 안경테 나사가 풀린 선글라스를 응급으로 고쳐주어 고마웠고, 영국사회의 다양한 모습과 중세건물들, 에든버러 성과 스톤헨지 등 고색창연하면서도 웅장한 건물들과 성벽, 유적들을 접하고, 기네스 흑맥주의 생산과정과 시음, 그리고 영국인이 즐겨 먹는 fish & chips, afternoon tea, 콘위성, 바스 목욕탕, 런던탑 탐방 등 여러 가지로 유익하고 즐거운 여행이었다.

2017. 08. 30 ~ 09. 07

스위스 - 남프랑스

프랑스
(파리)

지난 8월 30일부터 9월 7일까지 스위스–남프랑스 여행을 다녀왔다.

방문한 도시는 파리(프랑스)–바젤–루체른–베른–몽트뢰–제네바(이상 스위스)–샤모니–안시–리옹–아비뇽–아를–엑상프로방스–마르세이유–생폴드방스–깐느–니스–에즈(이상 남프랑스)–모나코–밀라노(이태리)이다.

8월 30일 아침 9시 인천공항을 이륙하여 11시간 20분의 비행시간이 소요되어 현지시각 오후 1시 20분 파리 드골 공항에 도착하였으며 짐 찾는 데 2시간이나 소요되었다. 그동안 해외여행을 많이 했지만 이렇게 늦게 나온 경우는 처음이다. 역시 인천공항이 모든 면에서 세계 1등 공항이지요. 현지 가이드는 파리에 17년 전 유학 왔다 눌러앉은 미술학도였으며 섬세함과 자상함이 몸에 배어있었다.

"파리는 면적이 서울의 6분의 1정도이며 인구는 240만 명으로 서울의 5분의 1 수준이에요. 나폴레옹 3세가 잘 정돈된 도시계획을 했고 150년이 지났지만 지금도 그 덕을 많이 보고 있지요. 파리는 주차난이 심각합니다. 창밖으로 보시면 노천카페가 즐비한데 테이블이 아주 작지요. 건물들은 주상

복합 아파트로 1층은 여기서는 0층이라고 해요. 옛날에는 창고나 마구간으로 사용되었으며 지금은 상가입니다. 0층은 춥고 습하여 침실이 없습니다. 보통 지은 지 100년에서 150년 된 건물들이고 8층 정도의 아파트 높이로 파리 시에서 제한하고 있으며 외벽은 주로 베이지색으로 통일시킵니다. 파리 시민들은 협조를 잘합니다. 옥상에 있는 것은 옛날의 벽난로 연통들이고요. 바닥은 냉골이므로 유럽에선 주로 카펫을 깝니다. 테라스를 꾸미고 있는 장식이 특이한 3층과 5층이 로얄층입니다. 선생님들이 보기에 약국 간판이 유독 많은 것은 약국에서 세계적으로 유명한 파리산 기능성 화장품을 팔고 그 수입이 쏠쏠하기 때문이지요. 파리에는 공동묘지가 시내에 10여 군데 있습니다. 산 자와 죽은 자가 공존하는 셈이지요. 지금 지나는 공원에 붙어 있는 공동묘지 보이시지요? 프랑스 사람들은 공동묘지를 혐오시설로 생각하지 않습니다. 마을마다 공동묘지가 있으며 빵집, 카페, 성당이 꼭 있습니다. 선생님들이 보기에 가로에 전선이 없지요? 전선, 전화선, 하수도가 모두 지하에 매몰되어 있지요. 그러니까 예술의 도시답게 가로가 확 트여 보이는 거지요. 하수도 박물관이 있어 변기에 반지나 귀중품, 스마트 폰이 빠지더라도 신고만 하면 찾을 수 있습니다. 찾을 수 있는 확률이 80%라고 하네요. 대단하지요? 선생님들, 귀중품을 호텔에서 변기에 한번 빠트려 보세요~ 제가 책임지고 찾아드리겠습니다. 물론 관광 못하시고 파리에 남아계셔야 됩니다. 하하~ 하수도 길이만 2,400km이고 쥐들이 엄청 많아 이 쥐들 때문에 골치를 썩고 있다고 합니다. 파리 사람들은 예술인이 많고, 기후 변화가 심하여 감정 기복이 심하다고 합니다. 아이고~ 파리 얘기 하다 날 새겠습니다. 헤헤~ 이제 선생님들을 몽마르트 언덕으로 모시겠습니다."

몽마르트르 언덕은 로마교회와 관련해서 종교적 의미를 띠면서도 시대에 따른 미술 사조의 흐름을 느낄 수 있을 정도로 문화, 예술적인 정체성을 간직하고 있는 곳이다. 파리 시내에서 가장 높은 해발고도 129m의 언덕을 말하며 '몽'은 산이고 '마르트'는 순교자, 그러니까 '순교자의 언덕Mont des Martyrs'이란 뜻이다.

몽마르트는 과거부터 수많은 예술가들이 삶을 보냈던 곳이다. 아직도 골목 곳곳에는 모네, 드가, 고흐, 르누아르 등 시대를 장식했던 예술가들이 즐겨 찾던 카페와 술집이 그대로 남아있어 그 독특한 감성을 느낄 수 있다. 이 일대는 관광객들을 대상으로 한 소매치기들이 극성이라 다소 위험한 지역으로 분류되지만, 오밀조밀한 파리 시내를 내려다보기에 이만큼 적당한 곳이 없다.

몽마르트를 생각하면 가장 먼저 떠오르는 이미지는 사크레 쾨르 성당의 모습일 것이다. 사크레 쾨르 성당은 프랑스가 프로이센과의 전쟁에서 패한 뒤 침체된 국민들의 사기를 고양시킬 목적으로 민간이 모금한 돈으로 만들어졌다. 1876년에 기공되어 약 40년이 지난 1910년에 완성되었으나 제1차 세계 대전 후 독일로부터 항복 소식이 전해진 후에 헌당식을 했다. 성당은 몽마르트의 가장 높은 언덕에 위치해 있으며, 로마네스크와 비잔틴 양식의 하얀 돔이 우아한 자태로 솟아 있는 모습이 무척 아름답다. 성당 전면에 프랑스의 영웅 잔 다르크와 루이 9세의 기마상이 조각되어 있어 더욱 이채롭게 보였다.

사크레 쾨르 성당

"버스에서 내려 계단을 따라 쭉 올라가면 집시들이 팔찌를 사라고 하거나 싸인해 달라고 접근할 거예요. 절대 눈길을 주거나 응하지 마세요. 한눈 파는 사이에 지갑이나 여권, 스마트폰 등 귀중품을 소매치기당합니다. 계단을 어느 정도 오르면 파리 시내가 한눈에 내려다보이는 전망대가 있습니다. 언덕 꼭대기에는 화가들이 초상화를 그려주거나 미술작품을 파는 테르트르 광장이 있는데 고흐, 세잔, 모네, 르누아르도 이 광장에서 활동을 하였지요. 지금부터 자유시간 드릴 테니 몽마르트 언덕을 올라가 보시고 즐거운 시간 되세요."

몽마르트 언덕 관광을 마치고 버스에 올라 개선문으로 향한다. 개선문, 샹젤리제 거리, 에펠탑, 세느 강 유람, 루브르 박물관 관광은 10여 년 전 서유럽 여행 시 하였기 때문에 두 번째이다. 지름 240m의 원형 광장에 서 있는 높이 50m, 폭 약 45m의 건축물인 프랑스 역사 영광의 상징인 개선문l'Arc de Triomph은 콩코드 광장에서 북서쪽으로 2.2km 거리에, 샹젤리제 거리의 끝 부분에 위치해 있다. 이 개선문과 그 주위를 둘러싼 샤를르 드골 광장은 파리에서 가장 유명한 장소라고 말할 수 있다. 샹젤리제를 비롯해 12개의 대로가 이곳으로부터 출발하는데 이 광장이 에트왈(etoile: 별, 방사형의) 광장으로도 불리는 것은 이런 이유에서이다.

이 문은 1806년 오스텔리츠 전투에서 승리한 나폴레옹 1세의 명령으로 착공되었으나 그는 개선문의 완공을 보지 못하고 사망하였고 나폴레옹의 사후인 1836년에야 루이 필립Louis-Philippe I의 요구로 겨우 완성되었다. 나폴레옹 1세는 전쟁의 승리를 축하하기 위해 자신이 만들어 놓은 이 개선문을 살아 있을 때는 통과하지 못하고, 죽은 후에 그의 유체가 개선문 아래를 지나 파리로 귀환해 앵발리드 돔 교회 아래에 매장되었다. 또한 제2차 세계 대전 때는 독일 점령에서 파리를 해방시킨 드골 장군이 이 문을 통해서 행진하

기도 했다.

샹젤리제 거리Avenue des Champs-Elysee는 파리에서 뿐만 아니라 세계적으로도 유명한 길이 2km의 대로이다. 개선문을 기준으로 뻗어 있는 12개의 방사형 길 중에 정면으로 있는 가장 큰 길이의 거리이다. 유명 자동차 매장들이 들어서 있으며 패션 브랜드 상점, 고급 레스토랑, 카페 등이 많아서 거리를 둘러보면서 재미를 느낄 수 있다. 마리 드 메디시스 왕비가 세느 강을 따라 걸을 수 있는 산책길을 만들게 하면서 '샹젤리제 거리'가 되었다고 한다.

에펠탑은 프랑스 혁명 100주년인 1889년에 세운 높이 320.75m의 철골구조의 탑으로 구스타프 에펠이 만국박람회를 기념하여 세운 파리의 상징이다. 파리의 경치를 해치는 것이라고 해서 완공 당시 모파상과 같은 예술가와 지식인 200명의 비판을 받았으나 년간 수입이 우리 돈으로 5,800억 원이고, 꼭대기에는 라디오 송신탑(무전탑)이 있어 반대여론은 수그러들었고 지금은 파리의 세계적인 명물로 자리 잡았다.

탑 아래 위치한 샹 드 마르스 공원 왼쪽에는 나폴레옹의 유해가 있는 앵발리드 교회가 있고 그 근처에는 로댕 미술관이 자리 잡고 있었다. 엘리베이터를 타고 정상의 전망대(2F~3F)까지 올라갈 수도 있다. 우리는 2층 전망대(115m)에서 파리의 아름다운 경치를 한눈에 바라 볼 수 있었다. 조명이 들어온 에펠탑을 광장에서 바라보는 풍경도 일품이었다. 10년 전에는 야간 유람선 투어 시 조명이 들어온 에펠탑을 봤었지요.

가이드가 에펠탑을 양쪽에서 미는 포즈를 취하라고 해서 그대로 따라 했지요.

예술의 파리를 에펠탑이 만들었다면 낭만의 파리를 만드는 것은 바로 세느 강이다. 파리 시내를 동서로 관통하는 세느 강은 서울의 한강에 비교했을 때는 폭이 좁은 강이다. 하지만 세느 강 좌우로 펼쳐진 고풍스런 건물들, 에펠탑, 노트르담 대성당 등이 아름다운 경관을 만들어내고 아름답게 치장된 다리들은 세느 강의 가치를 배가시킨다.

"루브르 박물관은 22,000평에 40만 점의 작품을 소장하고 있습니다. 800년에 걸친 역사를 가지고 있으며, 중세의 성에서 프랑스의 역대왕의 궁전까지, 그 후로는 미술관으로 그 건물 양식이 발전해 왔어요. 지금은 궁전보다는 미술관으로서 더 널리 알려져 있지요. 제대로 보려면 16km를 걸어야 하지만 제한된 시간 때문에 그럴 수는 없고, 중요한 작품에 한해 제가 안내 드리고 성심성의껏 설명드리겠습니다."

"아이고~ 그랑께 가이드님께서 미술 전공 했응께 시방 우린 싸게싸게 꿩 먹고 알 먹고 하겠스라우."

목포에서 올라온 아줌씨 한마디에 모두 한바탕 배꼽을 잡는다.

유리 피라미드는 1989년 프랑스 혁명 200주년 기념으로 만들어졌다. 루브르 박물관은 런던의 대영박물관, 러시아의 에르미타쥐 박물관과 함께 세계 3대 박물관 중 하나로 손꼽히고 있다. 가이드의 첫 설명은

'사랑의 신의 키스로 소생된 큐피드와 프시케' 조각에서 시작된다.

그 다음은 미켈란젤로의 '빈사의 노예상'이다. "죽어가는 노인상을 그려냈으며 잠자는 듯한 편안함을 표현하여 잠자는 노예상이라고도 불리우지요. 교황 율리우스 2세의 묘비를 장식하기 위해 재작된 것이라고 해요. 제가 제일 좋아하는 작품 중 하나입니다."

이어서 다음 작품을 소개한다. "다음은 밀로의 비너스 여인상입니다. 1820년 밀로섬에서 발견되어 밀로의 여인이라 불리우지요. 작가는 미상입니다."

"다음은 그리스 신화에 나오는 승리의 여신상 리케의 대리석상입니다. 전함 뱃머리에서 승리의 여신이 해전에서 승리를 환호하는 모습이지요. 해부학적으로 보면 완벽한 모습이며 헬레니즘 최고의 작품으로 꼽힙니다. 머리와 두 팔이 없으며 나이키가 조각의 옆에서 본 날개의 모습을 본 따서 로고를 만들었다고 하여

더 유명해진 작품입니다."

"뭐니뭐니 해도 레오나르도 다빈치의 '모나리자'를 빼놓을 수는 없지요. 어느 방향에서 보더라도 은은한 미소가 보는 사람의 시선을 따라오지요."

"다비드의 '나폴레옹 황제 대관식' 그림입니다. 캔버스에 그린 그림 중 가장 큰 그림으로 알려져 있지요. 나폴레옹 자신은 월계관을 쓰고 그의 아내 조세핀에게 왕후의 관을 씌우는 모습을 그렸지요. 이 작품의 배경은 노트르담 성당이라고 합니다."

"이 작품은 베로네세의 '가나안의 혼인잔치'라는 그림으로 루브르 소장 작품 중 가징 큰 그림입니다. 어린 예수가 어머니 마리아를 따라 가나안의 혼인 잔치에 갔다가 포도주가 바닥을 드러내자 어머니 마리아의 간청으로 첫 기적을 행하여 그가 그리스도임을 입증한 것을 표현한 작품입니다."

미술학도 가이드의 전문적이고 자상한 해설에 심취되어 시간 가는 줄 모르게 유익한 시간을 보냈다.

점심에 먹은 프랑스 달팽이 요리에 대하여 언급해 본다. 독특한 향으로 식욕을 돋구는 이 요리는 프랑스식 전채요리로 애용되고 있다. 프랑스의 어느 지방 성주가 포도농사를 망치는 달팽이를 없애는 방법으로 식용으로 먹기 시작한 것에 유래가 되었다고 한다. 먹어보니 달팽이 자체의 담백함과 부드러움이 요리의 미각을 자극하며, 프랑스식 버터향의 소스와 더불어 고소하고 향긋한 맛을 느낄 수 있었다.

그러나 10년 전 파리 여행에서 먹었던 달팽이 요리와 비교했을 때 솔직히 맛이 덜하고 달팽이 크기도 작았다. 필자의 입맛이 고급스러워졌나? 아니면 세월의 인정이 그만큼 야박해졌나? 여하튼 잘 먹고 잘 보고 그렇게 파리 여행도 막을 내리고 있었다.

스위스 1
(바젤, 루체른, 베른)

여행 사흘째(9월 1일), 오전 7시 23분 취리히 행 TGV를 타고 바젤로 향한다.

"스위스 바젤은 공업도시로 인구가 17만 명이라고 하는데 관광 목적으로는 잘 찾지 않아요. 스위스는 인구 820만 명이고 공용어로 독어(70%), 불어(15%), 이태리어, 라틴어를 사용합니다. 학교에서 라틴어를 가르치기 때문에 대부분의 스위스 사람들은 영어도 잘해요.

남한 면적의 40% 크기이고 전체면적의 60%가 산입니다. 농사지을 수 있는 땅은 6%밖에 안 됩니다. 1815년 독립하여 스위스 연방이 탄생되었고 영세중립국을 선언하게 되지요. 슈비츠란 동네에서 처음 제안하여 23개 주가 가입되어 연방이 결성되어 라틴어로 된 국명이 채택되었고 영어로는 Switzerland라고 불리우게 되었지요. 보통 우리는 스위스로 부르지요. EU에는 가입이 안 되어 있습니다.

국민소득이 8만 불이고 선생님들도 잘 아시다시피 금융산업과 정밀기계공업이 잘 발달되어 있지요. 스위스 은행은 전 세계의 갑부들이 안심하고 엄청난 돈을 맡길 수 있고 고객 비밀을 100% 보장하지요. 시계정밀산업도 제품에 믿음을 주기 때문에 수많은 사람들이 찾는 것이고요. 취리히와 로잔엔 1600년부터 연방공과대학이 설립되어 우수한 인재를 양성하고 있습니다. 또한 관광산업과 식품가공산업이 활성화되어 있지요. 네슬레 본사가 스위스에 있고요.

제네바는 국제 각종 회의가 열리며 국제본부가 많이 있는 곳이지요. 비정부기구NGO가 250개나 제네바에 있지요. 또한 시계정밀산업의 메카입니다. 알프스는 200년 전까지만 해도 아무 쓸데없는 척박한 땅이었어요. 하지만 지금은 융프라우요흐와 리기 산, 몽블랑 등 세계적인 산들로 알프스 최대 관광지가 되었습니다. 3,000m가 넘는 산들과 1,800여 개의 빙하 호수가 아름다운 풍경을 빚어내지요. 이런 유명한 산 정상을 산악열차를 타고 올라가면서 잡는 카메라 앵글 포인트는 어디를 잡아도 달력의 표지로 삼아도 될 만한 멋진 풍경들입니다. 3,000m가 넘는 산들은 여름에도 스키를 탑니다. 만년설이니까요.

선생님들, 호수와 바다의 차이가 뭔지 아세요? 바다는 나가기만 하지만 호수는 들어오는 곳과 나가는 곳이 있습니다. 쉽지요~잉~ 헤헤. 땅은 석회암이 많고 석해질은 물에 잘 녹으므로 배탈이 날 수 있지만 정수를 잘하기 때문에 스위스에선 수돗물을 그냥 마셔도 됩니다. 호텔에서 수돗물을 그냥 마셔도 되는 것이지요. 그리고 포도 ,옥수수 재배할 때 농약을 안 씁니다. 국민들이 마음 놓고 먹거리를 선택할 수 있지요.

마지막으로 스위스 용병에 대해 한 말씀 올리겠습니다. 용병이란 쉽게 얘기해서 돈 받고 대신 싸워주는 남자들인데 스위스 사람들이 많이 채용되었지요. 이유인즉슨 1506년부터 세계에서 가장 작은 나라인 바티칸시국을 목숨을 걸고 싸워서 지켜냈기 때문에 의리와 용맹함을 인정받아 지금까지 이어오고 있습니다. 이제 바젤에 도착했으니 마이크 내려놓겠습니다."

버스에서 내리니 약속된 장소에 버스가 안 보인다. 가이드가 기사에게 연락하니 고속도로에서 사고가 있어 그 여파로 버스가 옴짝달싹 못하고 있다고 한다. 예정에 없는 바젤 시내 관광을 한 후 1시간 15분 늦게 루체른으로 출발하였다.

루체른은 아름다운 루체른 호수를 중심으로 중세 분위기의 건축물들이 아기자기하게 어울리는 중부 스위스의 대표적인 도시이다. 특히 루체른 호수는 스위스에서 가장 많은 유람선이 운행되고 있을 만큼 많은 사람들이 찾는 곳이기도 하다. 호수를 중심으로 리기, 티틀리스, 슈토스 등 아름다운 알프스의 산들이 둘러싸고 있어 호수의 아름다움과 알프스의 깨끗한 자연을 한껏 느낄 수 있다.

가이드가 유람선 탑승시각을 못 맞출까 봐 안절부절 어찌할 바를 모른다. "가이드 양반~! 신경 붙들어 매소. 내가 유람선 붙들어 맬끼니끼네 걱정마이소~" 울산에서 온 중년의 남성에게 필자가 한마디 툭 던진다. "그냥 웃자고 한 얘기지요?" "맞습니더. 그냥 웃자고 한 얘깁니더. 하몬~ 하하~"

버스는 겨우 유람선 출발 시간에 맞추어 도착하였다. "어휴~ 배 못탈까 봐 제가 혼쭐났습니다." "가이드 양반 내도 식겁했데이~! 그나저나 루체른 관광도 못하고 유람선 탄기 쫌 아쉽기는 해도 우짜겠노~ 배 타니끼네 억수로 고맙데이~ 배에서 바라보는 풍광도 좋을끼구만~" 울산 아저씨의 넋두리를 들으며 모두 유람선에 오르며 웃음으로 화답한다.

잠시 후 비가 부슬부슬 내리기 시작한다. 물안개가 뿌옇게 피어오르고 리기 산과 루체른 호수 주변의 풍경이 묘한 신비감을 자아낸다. "박사님요~ 비가 살짝 뿌리니끼네 운치가 있어가 기분이 억수로 좋네예~ 헤헤~" "그렇지요? 저도 비 뿌리며 펼쳐지는 풍경이 멋지게 보이네요~" 필자도 맞장구를 치며 서로 환하게 웃는다.

유람선 투어를 마치고 하선하여 리기 산으로 이동하였다.

산의 여왕 리기 산은 스위스의 심장부에 위치해 있으며 루체른, 쭉, 라우에르쯔 호수에 둘러 싸여 있다. 해발 1,800m이며, 정상은 약 90평방킬로미터나 되는 스포츠 시설과 휴양지로 조성되어 있어 여름과 겨울에 관광을 즐기려는 방문객들이 줄을 잇고 있다고 한다. 또한 수십 킬로미터에 달하는 광활한 전망(융프라우요흐, 티틀리스, 필라투스 등)을 즐길 수 있다.

"리기산의 매력 포인트는 왕복 5시간의 융프라우(해발 3,454미터)에 비해 약 2시간 정도의 짧은 등하산 시간으로 알프스의 다양한 매력을 여유롭게 즐길 수 있다는 거예요. 해발 1,800미터의 산으로 고산증 없이 누구나 편안하게 관광할 수 있고요. 또한 등정 시에는 산악열차로, 하산 시에는 케이블카를 타므로 다채로운 체험이 될 거예요. 선생님들이 타실 산악열차는 백 년이 넘는 역사를 가진 유럽 첫 등산철도인 톱니 증기열차고요."

산악열차를 타고 리기 산에 오르니 안개가 끼어 루체른 호수 등 주변 전망이 전혀 보이지 않는다. 뜨거운 커피를 마시며 몸을 녹인 후 산 정상까지 올라 리기 산과 자매결연을 맺은 아미 산 표지석에서 인증샷을 날리고 송신탑도 카메라에 담는다.

여행 4일 차(9월 2일. 토), 스위스의 수도, 아름다운 중세도시 베른으로 이동하였다.

"선생님들… 창밖을 보시면 초지가 조성되어 있지요? 척박한 돌산을 개간하여 초지를 조성한 겁니다. 풀들은 다발로 묶어 팝니다. 스위스의 수도 베른Bern은 오래된 고풍스러움이 느껴지는 건물들, 역사가 묻어나는 탑, 독특한 분수 등 중세 시민의 건축양식을 잘 보여주는 곳입니다. 오랜 시간에도 도시 전체의 외관이 변하지 않아 도시 전체가 유네스코 문화유산으로 지정되어 있지요. 1191년 도시가 조성되었고 유독 곰들이 많아 베른이라고 명명되었고 사냥을 많이 하였어요. 인구는 15만 명 정도이며 다른 나라의 수도와는 달리 아담함이 느껴지는 도시로 우리나라 안동 하회마을처럼 강이 한 굽이 크게 휘감아 도는 양상으로 형성되어 있어요. 주민의 대다수는 프로테스탄트로 독일어를 사용하며 시내가 조용하고 차분한 느낌을 줍니다. 선생님들은 장미정원, 곰공원, 베른 대성당, 구시가지, 예쁜 분수대, 시계탑을 보시겠습니다."

언덕 위에 있는 장미정원은 비록 철이 지나 장미를 볼 수는 없었지만 베른 시내를 한눈에 내려다볼 수 있었다. 가이드의 설명대로 안동 하회마을처럼 강이 시내를 한 굽이 휘감아 돌아가고 있었으며 아담하고 고풍스런 중세건물들에서 오랜 역사를 느낄 수 있었다.

수원에서 온 여○○ 원장 부부와 인증샷을 날리고 언덕 밑으로 사브작사브작 내려오니 곰 공원이 보였다. 마침 우리에서 나온 곰들이 우리를 반기는 듯 서로 장난을 치며 놀고 있었다. "선생님들, 운이 좋은 겁니다. 보통은 우리에서 나오지 않아 잘 못 봅니다. 헤헤~"

니데크 다리 위에서 본 아래 강과 마을은 필자가 동화 속 마을에 온 것 같

은 착각을 일으켰다. 아레 강은 알프스 빙하가 녹아 흐르는 강으로 석회수
이다.

베른 대성당은 1421년부터 건설을 시작해 472년 만인 1893년 완공한 고
딕양식의 건축물로 100m 높이의 첨탑은 스위스에서 가장 높은 탑이기도 하
다. 구시가지의 중심을 이루는 슈피탈 거리 중앙에 트램(전차)이 다니고 16세
기 베른 시민의 생활상이나 신앙을 표현한 11개의 분수가 위치한 마르크트
거리로 접어들었다.

"건물들을 바싹 붙인 것은 외세 침입을 막기 위한 방어벽이었어요. 중세
의 모습을 보전하고 있는 마르크트 거리 1층은 아케이드이고 지하는 주로
카페로 사용되고 있지요. 상가마다 2층 테라스에 예쁜 꽃들이 보이시지요?
제라늄 꽃인데 독성이 있어 해충을 막아준다고 하네요. 분수대에 있는 물들
은 화재 발생 시 긴급하게 사용될 수 있는 장점이 있지요. 이곳 초등학교에
선 수영하기, 자전거 타기, 스키 타기를 필수 교육에 포함시키고 있어요. 자
전거 도로에선 자전거 우선입니다. 사고 나면 자전거 주인에게 사과해야 합
니다."

"그랑케 시방 자전거가 사람보다 낫다 했으라우? 뭣땀시 고로코롬 됐당가? 스위스란 나라 1등 국가인줄 알았는디 참말로 거시기 하당께. 참말로 징허여~잉." 목포 아줌씨의 한마디에 일행 모두 웃음보를 터트린다.

"마르크트 거리 끝나는 곳에 있는 치트글로게 시계탑은 13세기 초반에 건설되었고 감시탑과 감옥의 역할을 해왔다고 해요. 15세기 천문시계로 유명해졌고, 매시간 탑 꼭대기에 있는 금빛 인형이 종을 쳐 시간을 알려준다고 합니다. 아마 조금 있으면 종을 칠 시간이니 기대해도 좋으실 거예요. 하나 더 알려드리면 '상대성 원리'의 아인슈타인은 스위스 취리히 사람입니다. 연방공업대학 출신이지요. 그리고 분수대 중에서 사람 모양의 곰 분수는 꼭 보셔야 됩니다. 헤헤~"

치트글로게 시계탑

사람 모양을 한 곰 분수대

스위스 2
(몽트뢰, 제네바)

베른 관광 후 몽트뢰 시옹으로 이동하였다. 창밖으로 보이는 옥수수는 나중에 밑둥을 잘라 갈아서 사료로 쓴다고 한다. 소들은 축사 없이 방목을 하고 있었고 곳곳에 와인 단지도 보였다.

시옹성 부근에 있는 식당에서 점심 현지식으로 야채수프와 닭고기, 후식으로 아이스크림을 먹었다. 여원장, 제조업을 하는 최 사장과 함께 맥주잔을 기울인다. "박사님~! 치맥이 최고지요. 잘 마시겠습니다." 최 사장의 건배 제의에 "우리 모두의 건강과 즐겁고 뜻깊은 여행을 위하여~"

13세기에 지어진 호수 위에 떠 있는 섬같이 보이는 시옹 성은 외세의 침입을 막기 위해 자연 암벽을 그대로 이용하여 세워진 요새 성이다. 사보이 왕가에 의해 세워졌으며 레만호 건너편은 프랑스령이고 레만호를 따라가면 제네바에 이른다. 우리는 내부관광은 하지 않고 외부관광만 하였다.

세계적으로 유명한 고급 휴양지인 몽트뢰는 레만 호숫가의 꿈같은 마을로 레만 호수를 앞에 두고 그 위로 15km 산책로가 펼쳐져 있었다. 그림같이 아름다운 작은 마을, 몽트뢰에는 헤밍웨이, 채플린, 바바라 헨드릭과 같은 대스타들이 살기도 해서 더욱 유명해졌다.

시옹 성

가이드의 말로는 헤밍웨이나 채플린은 이곳을 천국이라고 했다고 한다. 뭐니뭐니 해도 레만호와 병풍처럼 둘러싸여 있는 알프스의 풍경이 잘 조화가 되어 세계적인 유명인사들이 정착하게 된 것이다. 특히 매년 여름에 세계적인 재즈 페스티벌이 열리는 곳으로 유명하다.

퀸Queen은 보컬 '프레디 머큐리Freddie Mercury'로 대변되는 영국 국민 밴드 이상의 록 밴드이다. 1971년 결성되었고 〈A Night At The Opera〉로 세계적인 스타가 되었다. 세대를 넘어 현재까지 사랑 받는 곡 'Bohemian Rhapsody(1976)'와 'We will Rock you(1977)', 'We Are The Champion(1977)'은 필자도 아는 노래이다.

예쁜 꽃과 예술품으로 치장된 정원, 조각품, 그리고 언덕 위의 아름다운 저택들과 우측으로 펼쳐지는 레만호를 감상하며 약 2km 산책로를 따라 들어가니 넓은 광장이 나오고 오른손을 들고 있는 '프레디 머큐리' 동상이 보인다.

"아프리카 출생으로 영국 가수이고, 카리스마 넘치는 표정은 동상에도 생생하게 살아 있어요. 에이즈에 걸리고 자기 생이 얼마 남지 않았다고 느끼면서 몽트뢰에 정착하게 되었지요. 몽트뢰를 진정으로 사랑하고 봉사를 많이 했어요. 기부도 많이 했고요. 그가 마지막으로 작업한 'Made In Heaven'이란 앨범을 이곳에서 녹음하게 됩니다. 이 자켓이 그의 마지막 자켓으로 레만호를 보고 포즈를 취한 모습입니다. 윤도현과 이소라가 이 동상에서 노래를 불렀어요. 저기 호수 위에 떠 있는 원형무대에 앉으셔서 몽트뢰의 풍경을 삼삼하게 담아 가세요."

프레디 머큐리 동상 앞에서 인증샷

몽트뢰 관광을 마치고 버스에 올라 'We Are The Champion' 노래를 들으며 제네바로 이동하였다.

세계 평화의 도시, 제네바는 스위스에서 세 번째로 큰 도시로, 국제 적십자사 본부와 국제연합UN 등 주요 국제기관이 위치해 있다. 따라서 크고 작은 각종 국제회의가 1년에 700여 건 이상 개최되며, 다인종, 다국적 사람들로 가득한 국제도시이다.

"30%가 외국인이고 그린피스 등 250개의 비정부가 여기에 있습니다. 레만호 끝자락에 위치하며 프랑스에 가장 인접해 있어 가까이 프랑스령에 있는 몽블랑과도 쉽게 연결됩니다. 인구 19만, 고도 375m로 국제도시지만 고층 빌딩이 거의 없고, 관광열차가 시내를 운행하지요. 또한 제네바는 스위스 시계의 메카입니다. 지금 우리가 건너고 있는 다리가 몽블랑 다리인데 폭 22m, 길이 274m입니다. 이제 레만호 부근에 있는 자연 그대로를 살린 영국식 정원을 보여드리고 레만호와 제네바 시내를 자유롭게 관광할 수 있는 시간을 충분히 드리겠습니다. 저기 레만호에 선생님들을 환영하는 대분수(제트분수)가 높이 치솟고 있네요. 제트 분수는 제네바의 상징입니다. 물줄기 최고 높이가 140m 높이까지 솟아오릅니다."

갑자기 비가 뿌리다 해가 간간히 나기도 하며 바람이 간간히 분다. 비가 개면서 분수 옆으로 무지개가 나타난다. 분수가 바람에 날리며 무지개가 더불어 보이니 환상적이다.

호숫가를 따라 산책로가 있었다. 이 공원은 프랑스식 공원들과 달리 인공적이지 않고 자연미를 살린 영국식 정원이라는 뜻에서 영국 공원이라는 이름이 붙여졌다. 프랑스식 정원은 아기자기하고 인공적인 면이 많이 가미되었다고 한다. 영국 공원에는 수천 송이의 꽃으로 장식된 꽃시계가 있다. 크기가 5m나 되는 이 꽃시계는 제네바가 시계 생산의 본고장임을 상징하는 것이다. 그리고 꽃시계 옆에는 1815년 제네바가 스위스 연방에 가입한 것을 기념하는 국가 기념비(칼과 방패를 들고 있는 두 여인의 동상)가 있었다.

레만 호수는 제네바 호수로도 불리우며 깊이 310m, 폭 14km, 동서의 길이가 72km에 달하는 스위스에서 최대이자 유럽에서도 두 번째로 큰 호수이다. 알프스가 융기하면서 계곡이 내려앉아 산맥 안쪽 끝으로 호수가 생겨난

제네바 레만호 대분수와 무지개

것이다. 레만 호수는 호수를 사이에 두고 스위스와 프랑스의 영토가 나뉘어
진다.

몽블랑 다리 인근에는 유람선과 로잔,몽트뢰로 가는 정기선의 선착장이
있었다. 좌측으로 보이는 레만호를 따라 영국공원 산책로를 걷다 아름들이
큰 나무 밑 벤치에 앉아 호수와 대분수, 그리고 무지개를 바라보며 휴식을
취한다.

최 사장이 나홀로 다가온다. "사모님은 어디 가시고 혼자 다니세요?"

"우린 여행 오면 따로 따로 다녀요. 우리 집사람은 여행지마다 쇼핑샵으
로 달려가고 저는 그곳의 유적이나 문화를 접하려고 하지요. 사실 이번 여
행도 저는 몽트뢰나 제네바를 보기 위해서 왔어요. 여행을 많이 다니진 않
았지만 집사람과는 밥 먹을 때와 잠잘 때나 같이 있게 되지요."

"그럼 쇼핑도 같이 하고 유적도 같이 보고 그렇게 자꾸 유도를 해보시지
그래요?"

"그렇게 했는데도 유적이나 풍경, 문화에는 아예 관심을 안 가져요. 개성
이 너무 강해서요."

"그럼 제가 기회가 되면 말씀을 드려볼까요?" "박사님 말씀은 고맙지만
아마 소용이 없을 거예요."

"그래도 앞으로 며칠 안 남은 기간에 우리 집사람과 같이 다니시도록 유
도해 볼 게요."

마눌님 얼굴을 쳐다보니 긍정적인 미소로 고개를 끄덕인다.

제네바 관광을 끝내니 스위스 여행도 막을 내리고 있었다.

남프랑스 1
(샤모니, 안시, 리옹)

여행 5일 차 샤모니 몽블랑으로 이동하였다. 프랑스 알프스의 대명사, 샤모니 몽블랑은 스위스와 이탈리아 국경에 인접한 몽블랑 기슭, 해발 1,038m에 위치한 프랑스 남동부의 소도시이다.

샤모니가 사람들의 관심을 끌기 시작한 것은 1786년 8월, 의사 미쉘 파칼과 그의 동료 쟈크 발마에 의해 알프스 최고봉인 몽블랑Mont-Blanc(해발 4,807m)이 정복되면서부터였다. 참고로 스위스에서 제일 높은 산은 '몬테로사'로 이탈리아와 스위스 경계에 있으며 4,634m이다.

샤모니는 1924년 제1회 동계 올림픽을 개최하면서 전 세계에 알려졌으며 그 후에도 이곳에서 각종 국제경기가 개최되었고, 스케이트장 등 각종 스포츠 시설이 잘 정비되어 있다. 샤모니는 알프스 등산의 출발점이기도 하여 국립 스키학교와 등산학교가 있다. 전 세계 알피니스트들의 선망이 대상이 되는 곳이기도 하며 인구는 약 만 명이다.

"이 샤모니에 한국 사람이 딱 한 가구 살고 있는데 식당과 민박을 운영하고 있어요. 몽블랑 등반하시고 하산하여 점심으로 스위스 전통식 '미트 퐁뒤'를 드실 텐데 그 집에서 하게 됩니다. 미트 퐁뒤는 일반적으로 스위스 요리로만 알려져 있지만 알프스와 접해있는 프랑스 사보이 지방의 전통 요리이기도 해요. 전골 요리 혹은 그들과 비슷한 요리를 말하며 보통 밥상 한가운데에 작은 항아리를 불에 올려놓은 뒤 각종 치즈 등을 녹여가며 먹는 요리를 말합니다. 우리가 흔히 말하는 퐁뒤는 치즈 퐁뒤로, 치즈를 녹여 빵 또는 소시지를 찍어 먹지요. 퐁뒤의 종류는 초콜릿을 녹여 먹는 초콜릿 퐁뒤, 기름에 고기를 튀겨먹는 고기 퐁뒤(미트 퐁뒤) 등이 있습니다."

에귀뒤미디 전망대는 샤모니 몽블랑에서 케이블카와 엘리베이터로 등반이 가능하며 알프스 최고봉 몽블랑(4,807m) 정상을 제일 가까운 곳에서 볼 수 있는 전망대로 해발 3,842m이다.

"두 번의 케이블카를 타고 올라가 철교를 건너 터널로 들어가 오른쪽 길을 따라가서 엘리베이터를 타고 에귀디미디 전망대에 오르면 은백의 알프스 세계가 눈앞에 펼쳐질 겁니다. 혹시 고산증이 있으시면 엘리베이터를 타고 정상까지 가지 마시고 중간 정류장인 플랑드에귀(Plan de L'Aiguille 2,317m) 정류장에서 쉬시기 바랍니다. 안개와 구름의 차이가 어떻게 차이가 나는지 아세요? 내 눈보다 밑이면 안개이고, 내 눈보다 높으면 구름입니다. 오늘은 어제와 달리 날씨가 매우 쾌청하네요. 선생님들이 평소에 좋은 일 많이 하신 거 같네요. 헤헤~"

"이번 여행의 하이라이트인 몽블랑을 쾌청한 날씨 속에 등반하니 참 좋네요." 여 원장에게 한마디 던지자 "그러네요~ 우리들이 좋은 일을 많이 하고 복받은 겁니다. 하하~"

케이블카가 출발하면서 조금씩 샤모니 마을이 작게 보이며 하얀 설산과 안개, 구름이 교차되어 나타난다. 케이블카를 갈아타는 플랑드에귀Plan de L'Aiguille(2317m) 정류장에 도착하니 가이드가 모두 밖으로 나오라고 한다.

"이 정류장에서 잠시 자유시간 드릴 테니 하얀 만년설, 설산을 배경으로 사진도 찍으시고 아름다운 풍경을 눈에 담아가세요. 일행 중에 단체사진 인증샷을 찍자고 하는데 모두 어떠세요?" "이렇게 맑은 날 몽블랑에 같이 온 것도 인연인데 다 함께 찍으시지요~" 필자의 제안에 모두 박수로 화답한다.

두 번째 케이블카를 타고 오르니 서서히 만년설이 가까이 모습을 드러내고, 열을 지어 몽블랑으로 향하는 등반객들이 보인다. 처음에는 헛것을 본 줄 알았지만 분명히 사람이다. 눈부신 천국을 두 발로 뚜벅뚜벅 오르는 사람들이다. 대단해유~ 그들을 아래로 하고 더 높은 곳으로 올라가니 진짜 겨울 왕국을 만날 수 있었다.

케이블카에서 내리자마자 차디찬 얼음 바람이 얼굴을 때린다. 에귀디미디 전망대에 오른 것이다. 스위스 융프라우요흐에 올랐을 때처럼 전율이 온몸에 느껴진다.

에귀디미디 전망대는 3,842m로 스위스 클라인 마테호른 전망대(3,883m)보다 조금 낮은 2위의 전망대라고 한다. 환상적인 장관이 발아래 펼쳐지는데 경악과 환희가 뒤섞여 필자도 모르게 묘한 탄성이 터져 나온다. 얼마나 멋있던지. 얼마나 대단하던지. 몇 번을 눈을 부비고, 론 알프스 산맥의 설산들을 감상한다. 그런데 마눌님이 가슴이 약간 답답하고 어지러움을 호소한다. 갑자기 3,842m에 올랐으니 고산증이 온 것이다. "물을 좀 마시고 심호흡하며 저기 보이는 투명유리 전망대로 들어갑시다."

투명유리 전망대 안은 많은 사람들이 줄을 서서 차례를 기다리고 있었는데 줄은 끝이 안 보인다. 그래도 온기가 있고 가만히 서 있으면서 고산증에 조금씩 적응이 되니 마눌님의 얼굴이 정상으로 돌아온다. "아까는 갑자기 쓰러질 것 같기도 하고 해서 겁이 났는데 지금은 괜찮아요~"

여 원장 부부는 기다리다 못해 그냥 내려가겠다고 한다. 최 사장은 부인이 안 올라왔다고 한다. "집사람은 몽블랑과 알프스 설산 보는 데는 관심이

없어요. 오로지 쇼핑이에요~ 이젠 그러려니
합니다. 에고~"

무려 1시간을 기다려 직원의 안내로 덧신을
신고 유리상자STEP IN THE VOID 안에 섰다. 필
자 부부가 여러 포즈를 취하니 직원들이 카메
라 셔터를 연신 터트린다. 밑바닥이 투명하게
보이니 몽블랑 공중에 붕 뜬 기분이다. 만년
설산인 알프스 산맥들이 가깝게 와 닿으니 거
대하고 새하얀 세상을 모두 가진 것 같다.

투명유리 전망대를 나와 아이스크림을 살
포시 엎어놓은 것처럼 생긴 동그스름한 알프스 정상, 몽블랑 봉우리을 눈에
삼삼하게 담고 몽블랑을 배경으로 인증샷을 날렸다.

중간 정류장 카페에서 따끈한 커피를 여 원장, 최 사장 부부와 마시며 담
소를 나눈 후 하산하였다. 몽블랑 반대편은 여러 코스의 스키 슬로프와 리
프트가 보였다.

사진 중간 동그스름한 봉우리가 몽블랑 정상(4,807m)

샤모니 몽블랑 마을에 있는 한국인이 운영하는 식당에서 미트 퐁뒤를 샐러드, 알프스 빙하수로 빚었다는 맥주와 곁들여 먹으니 금상첨화로다. "선생님들, 이 맥주는 샤모니 명물입니다. 시원한 빙하수로 빚은 것이니 미트 퐁뒤하고는 찰떡궁합이지요. 치즈 퐁뒤는 양이 얼마 되지 않아서 산에서 내려오시면 허기가 질 것입니다. 한국사람들에게는 양이 맞지 않습니다." 치즈 퐁뒤를 기대했다는 필자의 말에 식당 사장이 해명한다.

"프랑스는 대한민국의 6.5배이고 3개의 산맥과 2개의 바다(지중해와 대서양)를 가지고 있지요. 남쪽은 스페인, 서쪽은 독일과 접해 있습니다. 산은 30%, 평지가 70%입니다. 우리하고는 정반대지요. 농업 1등 국가이며 유럽 국가에서 땅이 제일 큽니다. 대륙성 기후로 4계절이 뚜렷하고 뱀이 없습니다. 석회암이고 지층이 얇기 때문이지요. 논농사는 거의 안 지으며 주로 밭농사입니다. 해바라기, 유채는 유럽전체의 15%가 여기서 생산됩니다. 농업조달량이 227%인데 100%는 자국에서 쓰고 127%는 수출합니다. 인구는 6,700만 명인데, 소의 개체수는 2,800만 마리나 되어 낙농업이 발달 되어 있지요. 1가구당 경작지는 축구장 10배 정도 된다고 합니다.

관광 1등국으로 1년에 8,300만 명이 찾고 있으며 이탈리아의 1.5배라고 해요. 우주 항공, 원자력, 무기 생산국이고, TGB 철도가 강하고 철강이 세계 최고입니다. 자동차 산업은 선생님들도 익히 알고 계시는 르노 삼성이 있지요. 사회보장제도, 교육제도, 의료보험제도가 잘되어 있습니다. 출산축하금을 받고 양육비가 나오므로 출산율이 2.1명으로 높습니다(한국은 1.12명).

옷깃 스치는 걸 싫어하기 때문에 여기서 살려면 'Excuse me'를 입에 달고 살아야 합니다. 예의 범절을 따지기 때문에 모자를 잘 벗고 악수도 자주 합니다. 왜 그런지 아세요? 모자 벗는 것은 '나 무기 없다', 악수도 '나 손에 아무것도 없다'는 의미지요. 상대를 해칠 의사가 없다는 것을 표현하는 거라고 합니다. 가까운 사이에는 뺨을 갖다 댑니다. 서로 체취를 느끼며 동물적인 친근감을 나타내는 거죠. 이제 마이크를 내려놓고 엘가의 '위풍당당 행진곡'과 클래식 음악을 들으시면서 안시로 모시겠습니다."

안시Anncey는 아름다운 호수 및 운하, 매년 6월에 열리는 애니메이션 축제로 유명한 프랑스 동부의 도시이다. 10세기경부터 스위스 제네바 사람들이 이주하여 살았으며 현재 인구는 5만 2천 명이라고 한다.

운하가 흐르는 구시가지는 '프랑스의 베니스'라 불리우며 아름다운 스위스풍의 건물들이 '티우' 운하와 어우러져 운치 있는 분위기를 연출하고 있었다. 티우 운하와 〈섬의 궁전〉 주변은 노천카페, 레스토랑, 기념품숍이 즐비했으며 많은 관광객들로 붐비고 있었다. 구시가지의 중심이자 운하의 중심에 위치한 배모양의 석조건물 〈섬의 궁전〉은 12세기에 건축되었으며 행정관청이었으나 한때는 감옥이었고 현재는 박물관으로 사용되고 있다고 한다.

12km에 달하는 안시 호수와 티우 운하 주변 및 시청사를 산책한 후 리옹으로 이동하였다.

안시 '섬의 궁전'

유네스코 세계유산인 리옹-LYON은 프랑스 중남부에 있는 도시로 켈트어로 '새들의 언덕'이라는 뜻을 지니고 있다. 유럽의 정치·문화·경제 발전에서 중요한 역할을 했으며 뛰어난 도시 계획과 각 시대에 걸쳐 세워진 유서 깊은 수많은 건물이 리옹의 오랜 역사를 생생하게 보여 준다.

"리옹은 론 강과 손 강의 접점도시이며 론 주의 주도입니다. 경제규모로 보아 프랑스 제2의 도시로, 『어린 왕자』 저자인 생텍쥐페리의 고향이기도 하지요. BC 43년 갈리아인의 중심도시로 성장한 리옹은 당시 로마의 군사 주둔지였어요. 그래서인지 지금도 시내 곳곳에서 로마시대의 흔적이 많이 남아있습니다. 2세기에 기독교가 전파된 후 대주교가 절대적 권력을 행사했으며 리옹의 종교적 중요성은 대단히 강합니다. 특히 13세기에 세계 전체를 아우르는 공의회가 두 차례나 열렸고요. 1312년 프랑스에 합병되어 르네상스 도시로 최전성기를 누렸으며 구시가지는 아직까지 당시의 영화를 보여줍니다. 푸르비에르 언덕에 있는 노트르담 성당과 언덕을 내려오며 보이는 로마극장은 리옹의 중요한 유적이지요.

미식의 도시 리옹은 18세기 부르주아가 리옹에 거주하면서 부르주아 집에서 일하던 여성들의 음식솜씨가 나날이 좋아졌고 이 여성들이 1차 세계대전 후 경제난 타개책으로 집 밖으로 나와 음식점을 차리고 가정식 백반을 팔았어요. 이 전통음식의 맛이 유명해지면서 부숑이라 부르게 되었고 세계의 미식가들의 미각을 자극하여 지금까지 많은 관광객들이 리옹 부숑 먹자거리를 꾸준히 찾고 있습니다.

리옹은 또한 12월 8일에 개최되는 빛의 축제가 유명합니다. 19세기 흑사병이 유럽을 휩쓸어 많은 사람들이 죽었을 때 흑사병을 피하기 위해 리옹 사람들이 푸르비에르, 신성한 언덕에 올라가 촛불을 들고 리옹만은 피해가기를 바랐는데 기도발이 먹혔는지 흑사병이 리옹을 비껴갔다고 합니다. 이에 감복하여 시민들이 12월 8일 푸르비에르 언덕 위에 성모상을 세웠는데 이를 기념하기 위해 빛의 축제가 시작되었다고 하네요. 관습에 따라 리옹 주민들은 집집마다 형형색색의 촛불로 창가를 장식하고 저녁 7시 정각이 되면 도시 전체가 일제히 빛을 밝힙니다. 지나가던 행인들은 놀랍고도 초현실적인 빛의 광경에 넋을 잃게 됩니다. 푸르비에르 성당 꼭대기에 당당히 자리하고 있는 자비로운 성모 마리아상의 지휘 아래 빛의 수평선은 도시를 내리 비추게 되지요. 푸르비에르 언덕 위의 노트르담 대성당은 1894년 건립되었어요.

이제 선생님들을 리옹 중심에 위치한 17세기 만들어진 유서 깊은 광장인 벨쿠르 광장으로 모실 테니 그곳에서 부숑 거리도 산책하시고 푸르비에르 언덕까지 올라가실 시간은 안 될 테니 광장에서 보이는 푸르비에르 노트르담 대성당을 배경으로 인증샷도 찍으세요. 로마시대의 흔적도 찾으시고요.”

리옹 구시가지

남프랑스 2
(아비뇽, 아를, 엑상프로방스)

여행 6일 차, 약 3시간이 소요되어 '교황의 도시' 아비뇽에 도착하였다. 론 강을 가르는 아비뇽 다리로 인해 12세기부터 중요한 위치에 있었고 14세기 교황의 방문으로 로마만큼이나 종교적 관심을 끌었던 도시이다.

피난의 땅 아비뇽은 변화하여, 외국 방문객과 종교인, 예술가, 은행가, 그리고 1300년대의 정치적인 망명자인 이탈리아의 시인 페트라리카에 이르기까지 많은 사람들이 이곳을 찾았다. 프랑스 혁명 이전까지 교황의 도시로 자리잡았고 예술적으로도 상당한 발전을 이루는 등 계속 번성을 더해가면서 도시의 규모는 갈수록 커졌다.

성벽 안에 오밀조밀하게 자리잡은 마을 속 아비뇽은 특유의 아늑한 분위기가 감돌고 있었고, 14세기 유럽 그리스도교의 중심지로서 번영을 누린 모습을 확인할 수 있었다.

"프랑스 남부 프로방스 지역에 위치한 아비뇽 교황청은 14세기에 7대에 걸친 교황들이 피신하여 체류한 곳으로 유명합니다. 교황 클레멘스 5세가 정치상의 이유로 바티칸에 갈 수 없어 아비뇽에 체류하게 되었고, 1309년부터 1378년까지 69년간 7명의 교황이 이곳에 머물게 되었지요. 성벽 높이 50m, 두께 4m의 벽에 둘러싸인 외관은 거대한 요새와 같습니다. 내부는 2

개의 궁전으로 나뉘어져 있으며, 예배당과 회랑이 남아 있고 내부는 화려하지 않아요. 많은 자료들이 프랑스 대혁명 때 소실되어 아쉬움이 남는 곳입니다. 내부 관광을 하실 텐데 아비뇽 축제 때 쓰였던 작품들이 전시되어 있습니다."

성 베네제 다리Le Pont St. Benezet는 신의 계시를 받은 베네제라는 성인이 모은 헌금으로 일생을 바쳐 만든 것으로 유명하며, 현재는 교황청과 함께 세계문화유산으로 지정되어 있다. 론 강의 끊어진 다리로

교황청

12세기 무렵 양치기 소년 베네제가 다리를 지으라는 신의 계시를 듣고 쌓아 올렸다는 전설이 전해진다.

아비뇽을 보고 난 후 우리 일행은 고흐가 사랑한 도시 아를로 이동하였다. 아를Arles은 프로방스를 대표하는 가장 아름다운 도시의 하나로 프로방스 도시답게 강렬한 햇빛과 색채가 인상적인 곳이다.

"많은 사람들이 남프랑스의 도시 아를Arles을 떠올릴 때 광기와 열정의 화가, 빈센트 반 고흐Vincent Van Gogh를 함께 떠올립니다. 그리고 도시를 찾는 많은 관광객들은 고흐의 발자취를 쫓기 위하여 방문하지요. 아를은 프랑스의 프로방스 지역에 속하는 도시로 남부지역에 속해서 중북부보다 따뜻하고 햇빛이 강렬합니다. 또한 고대 그리스인들의 식민지 시기를 거친 후 로마인

들의 점령시기를 거치면서 로마의 중요도시로 성장했지요. 이에 로마 문명이 이곳 아를에 점점이 박히게 되었고, 그 당시의 유적들이 도심에서 발견되고 있습니다.

한마디로 말해서 아를은 남프랑스 여행의 백미입니다. 고흐는 네덜란드 태생으로 아버지의 뒤를 이어 목회자 수업을 받았으나 급박한 성격으로 복음 전도사 과정을 이수 못 합니다. 동생이 화가의 길을 걷도록 재정적 지원을 해주지요. 파리 몽마르트 언덕에서 대가들과 어울려 2년 정도 지냈고 신인상파 화풍인 점멸법을 사용했어요. 본격적으로 그림을 그린 것은 8, 9년 밖에 안 되는데 2,000점의 그림을 그렸고요. 파리에서의 작품은 저평가되었고, '왜 고흐는 성의 없이 막 그리냐?'는 비평가에게 '그림을 보는 당신이 너무 급한 거 아닌가?'라고 했어요. 살아 있을 때 그림 딱 1점 팔았다고 해

반 고흐 작품에 등장하는 '밤의 카페 테라스'

요. 아를로 내려와 강렬한 빛과 밝은 색감의 그림을 그렸고 터치가 강력해집니다. 멘토인 폴 고갱과 교류하였으나 예술에 대한 차이로 헤어지고 엽기적 행동으로 귀를 자르고 생활고에 시달립니다. 동생에게 보낸 700여 통의 편지에서 '9개월 동안 따뜻하게 식사한 적은 딱 여섯 번이다.'라고 했죠. 생에 대한 두려움과 색에 대한 두려움, 외로움, 우울증으로 정신병원에 입원하였지만 작품활동은 왕성하여 하루 1점씩 70일간 70점을 그렸고 이 작품은 유작으로 높은 평가를 받고 있습니다. 유채꽃이 만발

할 때 밀밭에서 권총 자살하고 동생 품에서 숨을 거둡니다."

"아이고~ 우리 가이드 선상님, 화가 출신이라 시방 고로코롬 말씀 잘해뿌러~ 거시기헝케 나가 싸게싸게 알아들었스라우~ 고맙당께~" 목포 아줌씨의 사투리에 모두 한바탕 웃음보를 터트린다.

우리는 원형경기장, 고대극장, 포룸광장, 고흐의 정신병원, 고흐가 즐겨 드나들었던 〈밤의 카페 테라스〉를 둘러보았다.

폴 세잔의 고향 엑상프로방스는 아를에서 30분 거리였다.

"폴 세잔은 프랑스의 대표화가로, 현대 미술의 아버지라고 불리우지요. 엑상프로방스는 작지만 세계에서 살기 좋은 7대 도시에 포함될 만큼 삶의 질이 높은 도시예요. 이 도시의 석회 탄산수소염을 포함한 광천은 로마시대부터 유명하며, 13~15세기에는 프로방스 백작령의 주도였으며 상공업의 중심지입니다. 여름에는 유명한 음악제도 열리고, 올리브유와 포도주 등을 생산합니다. 이제 자유시간을 드릴 테니 세잔 동상에서 인증샷도 날리시고 야시장 거리, 분수대 광장 등 도시를 둘러보세요."

폴 세잔 동상

남프랑스 3
(마르세이유, 생폴드방스, 깐느, 니스, 에즈)

엑상프로방스 관광 후 30분 거리에 있는 프랑스에서 세 번째로 큰 도시인 마르세유로 이동하였다.

지중해 연안에 위치한 프랑스 제2의 도시인, 최대의 항구도시 마르세유는 그리스 식민지였다가 후에 상업도시로 번창하여 19세기 항구도시로 번영을 누리다가 2차 세계대전의 폭격, 1960년대 프랑스 식민지였던 북아프리카 국가들의 독립 등으로 인해 점차적으로 쇠퇴의 길을 걷게 되었다. 마르세유에는 북아프리카 식민지였던 알제리로부터 들어오는 산업물동량을 가지고 운영되는 기업이 많았다. 하지만 1962년 알제리가 프랑스로부터 독립하면서 경제가 큰 타격을 받았으며 1967년 이집트가 수에즈 운하에 대한 권리를 되찾아가면서 수에즈 운하를 통해 이루어지던 무역 및 산업도 위축되었다.

"현재도 남프랑스 여행의 관문이라고 여겨지는 만큼 다양한 국적의 사람들을 마주칠 수 있는 곳입니다. 바다 위에 고급 요트들이 가지런히 정박해 있는 모습은 세련된 프랑스 휴양지를 그대로 반영하고 있지요. 노트르담 드 라 가르드 성당Basilique de notre dame de la garde은 1864년 완성된 신 비잔틴 양식의 대성당으로 마르세유의 상징이며, 거대한 돔과 화려한 줄무늬, 종탑 꼭대기에는 황금색 성모마리아상이 세워져 있습니다. 언덕에 올라 내려다

보는 마르세유의 전망 역시 놓칠 수 없고요. 지금 해발 162m되는 마르세유 언덕으로 올라가고 있는데 길이 좁고 구불구불하여 운전하기 엄청 어려운데 기사님이 운전을 능숙하게 잘하시네요. 박수로 격려해 주세요."

일행 모두 힘찬 격려의 박수를 보낸다. 언덕 위에 오르니 전망이 탁 트이며 마르세유 시내와 지중해가 보인다. 가이드의 설명대로 마르세유의 상징이며 신 비잔틴 양식의 노트르담 드 가르드 대성당이 우리를 반갑게 맞이한다.

마르세유 노트르담 대성당

"이 대성당은 뱃사람들의 무사안녕을 비는 등대 역할을 해요. 프랑스 축구 영웅 지단도 여기 출신이고요. 요새는 루이 14세 때 지어졌고 감옥으로 사용되었지요. 풍광이 수려하여 영화 촬영의 명소예요. 먹을 물이 부족하여 물을 끌어들여 운하가 발달되어 있고요. 지금부터 자유시간을 드릴 테니 마르세유 대성당과 전망대에서 지중해와 시내 조망을 만끽하시고 아름다운 풍경과 추억 만드시고 즐거운 시간 보내세요."

코트 다쥐르 지역의 중심이자 국제적인 관광도시인 깐느는 우리에게 국제 영화제가 열리는 도시로 알려져 있다. 따뜻한 기후와 아름다운 풍경으로 많은 관광객들이 끊이지 않는 도시이다. 매년 5월마다 열리는 깐느 국제영화제는 세계인들이 주목하는 영화제로 많은 영화배우와 스타들이 모인다.

마르세유 언덕 전망대에서 바라본 풍경

"한국 배우로는 최초로 전도연이 〈밀양〉이라는 작품으로 여우주연상을 받았어요. 겨울철에도 섭씨 10도 안팎의 기온으로 종려나무 등 아열대 식물이 많아요."

그래서인지 세계적으로 유명한 사람들의 별장과 요트들이 즐비해 있었으며, 길게 펼쳐져 있는 모래사장에는 일광욕과 바캉스를 즐기려는 피서객들로 활기를 띠고 있었다.

깐느 해변가

샤갈이 사랑한 마을로 유명한 생폴드방스는 프랑스에서 가장 아름다운 중세모습의 작은 요새도시이다. 성벽으로 둘러싸인 마을로, 중세시대부터 내려오는 돌 건축물로 되어있었으며, 피카소, 샤갈 등의 화가들이 이 마을의 아름다움에 반하여 머물렀던 도시이기도 하다. 러시아 출신의 유명화가 샤갈이 말년을 이곳에서 보냈으며 샤갈의 흔적을 곳곳에서 찾을 수 있었다.

마을 구석구석의 아기자기한 가게와 미로처럼 이어진 길이 무척 재미있는 마을이다. 16, 17세기의 문장이 걸려있는 화랑거리, 생폴드방스의 명물 대분수, 샤갈의 묘, 아기자기한 작은 교회, 30~40 유로면 살 수 있는 그림과 조각품들이 필자의 눈을 사로잡았다.

가이드가 갑자기 한마디 툭 던진다. "저도 어느 정도 기반을 잡으면 이곳 생폴드방스에 와서 제가 좋아하는 그림 그리고 취미생활을 하면서 사는 게 저의 꿈입니다." "제가 봤을 때 가이드님의 열정과 성실함, 끈기라면 충분히 이루어지리라 확신합니다." 필자의 칭찬에 고무되어 감사함을 표시하며 V자를 그려 보인다.

생폴드방스

코트 다쥐르의 대표적 휴양도시 니스는 인구 약 33만 명으로 꽃, 향수, 올리브유가 주산물이며 연평균 섭씨 15도로 온난하고 풍경이 아름다워 사철 내내 관광객의 발길이 끊이지 않는 곳이다.

모나코에서 마르세이유까지 지중해 연안을 코트 다쥐르라 부르는데, 프랑스 남동부에 위치한 니스는 유럽 제일의 휴양, 유람지로 코트 다쥐르의 중심도시로 유명하다. 겨울은 알프스에서의 스키, 여름은 해수욕으로 별장이 많고 카지노, 호텔 등 위락시설이 잘 정비되어 있다. '리비에라 여왕'으로 불리는 지역으로 온난한 기후에 겨울에도 많은 관광객과 휴양객이 모여드는 곳이다.

프롬나드 데 장글래Promenade des Anglais는 '영국인의 산책로'라는 뜻으로 무려 3.5km에 이르는 아름다운 해변과 함께 조성된 산책로인데 니스를 방문한 관광객이라면 꼭 걸어봐야 할 곳이다.

여행 8일 차, 니스에서 에즈로 이동하였다. 니스 동쪽에 있는 옛 성터 에즈 빌리지는 해발 400m에 조성된 중세마을로 구불구불 미로 같은 골목과 그 사이 사이에 박혀있는 민예품 가게 등이 어우러져 중세풍의 분위기가 그대로 유지되고 있는 곳이다.

"13세기경 적들의 침략을 피하기 위해 세워진 에즈는 마을 전체가 원형으로 설계되어 있어 문을 모두 닫으면 요새가 되는 특이한 구조입니다. 제가 안내할 테니 열대정원 보시고 정상에 오르시면 이곳이 왜 코트다쥐르의 보석인지 아시게 될 겁니다."

선인장 등 각종 열대 수목과 화초로 꾸며진 열대정원은 우리들의 눈을 즐겁게 해 주었고 정상에는 중세의 흔적인 옛 성터가 남아 있었으며 탁 트인 정상(해발 429m)에서 바라보는 코발트 빛 지중해의 전망은 절경이며 장관이었다.

에즈 열대 식물정원 정상에서 바라본 풍경

  모나코는 유럽의 독립국가 중에서 바티칸에 이어 두 번째로 작은 나라지만 밝은 태양, 푸른 바다, 수없이 늘어선 해안의 대저택과 새하얀 요트를 바라보는 것만으로도 가슴을 설레게 한다.

  스페인에서 프랑스를 거쳐 이탈리아로 이어지는 리비에라 연안, 그중에서도 '프렌치 리비에라'는 코트다쥐르라는 이름으로 불리며 세계에서 손꼽히는 해변과 지중해의 절경을 자랑한다.

  1297년부터 약 700년간 그리말디 왕조가 통치하여 왔으며 지중해성 기후로 연중 쾌청한 날씨와 수려한 풍경을 지닌 모나코는 유럽의 대표적 휴양지이다. 모나코만의 절벽에 위치한 모나코 해양박물관은 1910년 해양전문가인 모나코 대공 알베르 1세에 의해 창건된 세계 유수의 박물관으로 지중해와 마주한 절벽 위에 우뚝 선 85m 높이의 눈부신 석조 외벽이 돋보인다.

  "선생님들을 카지노, 왕궁, 대성당의 순서로 안내할 테니 제 설명 잘 들으시고 관광하시길 바랍니다. 1863년 카지노가 처음 생겼어요. 지금 우리는 〈몬테 카를로 지구〉 카지노 앞에 서 있습니다. 이 지역은 명품거리로 세계적으로 부유한 사람들이 많이 찾지요. 모나코의 주 수입원은 F1 자동차 경주와 카지노입니다. 그레이스 켈리 기념우표도 주요 수입원이지요. 그레이스 켈리는 1929년 필라델피아 출신으로 아일랜드 이민계입니다. 단역부터 시작하여 5년 만에 여우주연상을 탔어요. 연기력과 외모 덕으로 히치콕 감독의 눈에 띄었고 11편의 영화에 출연합니다. 화보 촬영차 모나코에 왔다 왕세자인 레니에 3세를 만나고 왕세자가 그레이스 켈리에게 홀딱 반합니다. 12캐럿 다이아몬드를 건네며 청혼을 하였고, 세기의 관심 속에 청혼을 받아들여 왕비(신데렐라)가 됩니다. 모나코는 그레이스 켈리 덕으로 미국의 부호들이 몰려오고 관광국의 입지가 더욱 올라가게 됩니다. 하지만 왕실에선 현실과 너무 동떨어진 생활을 하게 됩니다. 시어머니는 그레이스 켈리를 무시하였고 남편은 바람이 나서 그레이스 켈리를 외롭게 합니다. 하지만 자녀와 왕실을 위해 오페라 하우스와 발리 학교도 세웁니다. 그러던 중 선박왕 오나시스와 교제하게 되고 1982년 모나코로 들어오다 사고로 사망하게 됩니다. 그 후 레니에 3세는 정신을 차리고 평생 홀아비로 지내게 됩니다. 조금 후에 대성당 안에서 레니에 3세와 그레이스 켈리의 무덤을 보실 겁니다."

"그랑께 여자는 남정네 하기 나름이랑께. 고로코롬 바람 피우고 다닝께 그라제. 시방 여자 죽은께 홀아비로 지난다 했소? 아이고~ 참말로 거시기하네~잉. 진작 싸게싸게 해줬으믄 안 죽어 버렸제. 참말로 환장할 노릇이제. 징하요~잉." 목포 아줌씨의 한마디에 모두 배꼽을 잡는다.

몬테카를로Monte-Carlo 그랑 카지노Grand Casino는 프랑스혁명 이후 재정난에 시달리면서 세워진 카지노 중 하나로, 도박뿐만 아니라 사교장으로서의 기능도 가지고 있었다. 필자는 카지노장 안으로 들어가 내부를 관광하였다.

모나코 왕궁은 그라말디 왕조가 프랑스, 스페인 등 외세의 침입에 항거하기 위하여 세운 요새를 17세기 왕궁으로 개축한 건물로 지금도 왕이 살고 있다고 한다. 왕실의 휴가철에만 일부 장소를 일반에 공개하는데 소박한 외

왕궁에서 내려다 본 모나코 시내 풍경

관과 달리 왕궁 내부는 매우 화려하다고 한다. 우리는 외부 관광만 하였지만 왕궁 정원에서 내려다보이는 쪽빛 지중해와 건물들, 요트는 한 폭의 풍경화를 그려내며 너무 아름다웠다.

모나코 대성당(세인트 니콜라스 대성당)은 13세기에 축조한 성 니콜라 교회가 있던 자리에 1975년 로마네스크 양식으로 새로 지은 대성당이다. 세기의 여배우 그레이스 켈리와 레니에 3세의 결혼식이 열린 장소로 유명하며 그라말디 왕조 왕족들과 그레이스 켈리, 레니에 3세가 잠들어 있는 성당 내부를 둘러보면서 그레이스 켈리의 족적을 살펴보았다.

우리는 모나코 관광을 모두 끝내고

모나코 대성당

코트다쥐르 지중해 연안을 따라 밀라노로 이동하였다. 밀라노 공항에서 이태리 음식으로 저녁을 먹고 비행기에 탑승하여 11시간의 비행 후에 인천 공항에 무사히 도착하였다.

몽마르트 언덕, 루브르 박물관, 에펠탑, 개선문, 세느 강 유람선 투어 등으로 즐거운 파리 관광을 끝내고, 초고속 열차 TGV로 스위스 바젤에 도착한 후 버스로 루체른으로 이동, 루체른 유람선 투어, 산의 여왕 리기 산 등정, 스위스의 수도 아름다운 중세도시 베른 관광, 세계적으로 유명한 고급 휴양지 몽트뢰 관광, 호수 위에 떠 있는 중세의 고성 시옹 성, 세계평화의 도시 제네바와 레만 호수 관광 등 스위스 관광을 보람 있고 즐겁게 하였다.

샤모니 몽블랑으로 이동하여 에귀디미디 전망대에서의 몽블랑 조망, 호반의 도시 안시, 론 알프스의 미식도시 리옹, 중세의 화려함을 전해주는 아비뇽과 교황청 궁전, 반 고흐가 빛을 찾아서 온 도시 아를, 폴 세잔의 고향 엑상프로방스, 지중해의 아름다운 항구도시 마르세유, 코트다쥐르 지역의 대표 휴양도시 깐느, 샤갈이 사랑한 마을 생폴드방스, 짙푸른 바다와 하늘을 간직한 니스 해변, 해안 절벽 위의 중세마을 에즈, 리비에라의 진주 모나코 관광을 재미있고 유익하게 하였다.

앞으로 스위스 – 남프랑스 여행은 필자의 마음 속에 아름다운 추억으로 오랫동안 간직될 것이다.

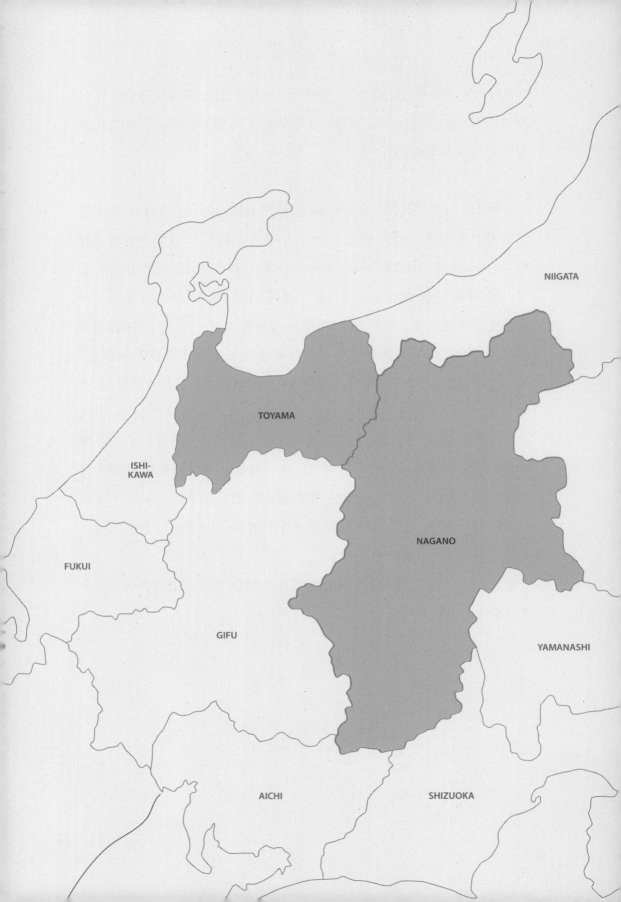

2017. 10

다테야마 – 구로베 – 알펜루트

시라카와, 다카야마

작년 10월 초 일본의 지붕으로 통하는 도야마현의 다테야마 산맥을 중심으로 횡단하는 다테야마 구로베 알펜루트 단풍여행을 다녀왔다. 일본 북알프스는 2007년 인천 의사산악회원들과 함께 오쿠호다께다케(3,010m) 등정을 하였으며 이번이 두 번째이다.

연휴라 인천공항은 출국수속을 밟으려는 사람들로 인산인해를 이루었고, 필자 부부도 새벽 3시 30분에 인천공항에 도착하였으나 출국장 밖으로 끊임없이 이어지는 줄에 서서 3시간을 기다린 후에 나고야행 비행기에 겨우 탑승할 수 있었다.

나고야 공항에 도착하여 입국 수속을 한 후 시라카와 마을로 이동하였다. 버스 차창으로 보이는 가옥들은 모두 커텐이 쳐져 있었다. "다다미는 햇볕을 받으면 금방 상하기 때문에 커텐을 쳐요." 가이드의 설명이다. 가이드는 미혼의 40대 초반 여성으로 일본통이다. "저는 조○○인데 조 상으로 불러주세요."

시라카와 합장촌은 양잠을 위한 공간 확보와 폭설에 대비한 독특한 세로지붕의 집들이 인상적인 곳으로 세계문화유산으로 등록되어 있는 곳이었다.

"이 마을에는 160채가 있는데 현재 140채에 사람이 살고 있어요. 산으로

시라카와 합장촌 식당

둘러싸인 이곳은 옛날 은둔생활을 원하는 사람들이 들어왔어요. 화로를 사용하고 있으며 겨울에는 집안에서도 두꺼운 옷을 입고 생활하고 있지요. 심심산곡, 시라카와 촌을 '갓쇼즈쿠리'라고 부르는데 갓쇼(合掌)란 기도할 때 두 손을 모으는 모습을 뜻합니다. 그래서 합장촌이라고 부르지요. 먼저 선생님들 식당에서 식사부터 하신 후 시라카와 합장촌의 대표적인 주택인 '와다가'로 모시겠습니다."

우리는 마을의 대표적인 주택인 '와다가'를 입장하여 내부를 살펴보았다.

시라카와 합장촌 대표주택 와다가

"일본사람들은 산과 자연을 집으로 끌어들여 아주 작은 공간이라도 정원도 꾸미고 연못도 만들고 나무를 심지요. 하지만 한국사람들은 산을 정복하려고만 하지요. 30명이 단체로 등산을 하면 한국사람들은 선두, 중간, 후미로 나뉘어 올라가고 내려오지만 일본사람들은 올라갈 때나 내려올 때나 똑같이 30명이 함께 내려옵니다. 일본사람들은 경차를 선호하며 클랙슨을 울리지 않습니다. 그래도 사고가 안 납니다. 선술집에서 만난 친구, 같이 술마시다 선술집을 나서면 관계가 끊어집니다. 하지만 한국사람들은 끝까지 같이 형님 아우 부어라 마셔라 합니다. 국민성이 다르긴 하지만 제가 일본생활 15년 동안에 느낀 점은 분명히 일본사람들에게 배울 점이 있다는 겁니다. 여행 중에 일본 문화에 대하여 보충 설명하겠습니다."

관광 후 다카야마(고산)로 이동하였다. 일본의 아름다운 옛 모습이 그대로 남아있는 다카야마 옛거리는 다카야마진야(관청) 등 에도시대(1603~1868)의 건물들이 잘 보존되어 있었다. 10년 전에 이곳을 찾아 산악회원들과 일본 정종 사케를 마신 추억이 새롭다.

"저기 주점 앞에 매달아 놓은 둥근 상징물 보이시지요? 저게 삼나무잎을 뭉쳐 만든 '사카바야시'예요. 색깔이 누런색이면 술이 잘 익었다는 거지요. 지금 영업을 하고 있다는 얘기고 다른 색이면 영업 안 한다는 얘기예요. 술생각이 있으시면 누런색 삼나무 상징물이 걸려있는 주점으로 들어가시지요. 그리고 이 다카야마 옛거리에는 사케 시음장이 있고 유명한 소고기 꼬치구이 집도 있으니 부담없이 드셔보시고요. 지금부터 자유시간입니다. 호호~"

필자 부부 소고기 꼬치구이집에서 맛을 본다. 마눌님, "여보 맛있네요~!"
사케 시음장에서 관광객들이 여러가지 사케의 맛을 보고 있다. 필자도 200엔짜리 사기로 된 잔을 구입하여 부담 없이 사케 시음을 해본다. 역시

다카야마 옛 거리

비싼 술이 감촉이 좋고 혀에 닿는 맛이 부드럽다. "좋네요~! 오쿠호다께다 케 등정 시 하루 묵었던 산장(2,350m)에서 인천의사산악회에서 산장 사케를 도리냈던 추억이 삼삼하게 되살아나네."

"여보~! 그만 마시고 일어나세요~!" 마눌님의 한마디에 조용히 일어선다.

카이세키 일본 전통식으로 저녁을 먹은 후 호텔 옥상에 마련된 노천탕에 서 온천욕을 하며 피로를 풀면서 그렇게 여행 첫날은 막을 내리고 있었다.

다테야마

여행 이틀째 다테야마역으로 이동하였다. 일본의 지붕, 일본 북알프스의 다테야마를 관통하는 산악관광 〈다테야마 구로베 알펜루트〉는 도야마현 다테야마역에서 나가노현 오오기사와까지 약 35km의 거리를 케이블카, 트롤리버스, 로프웨이 등을 이용하여 다테야마의 연봉을 횡단하는 국제적인 산악 관광 루트이다. 다시 말하면 일본 북알프스는 도야마현의 다테야마 산맥을 중심으로 중부 산악지대를 일컫는 말이며 3,000m 이상의 봉우리들이 펼쳐져 있다.

우리 일행이 다테야마를 횡단할 순서는 다테야마역에서 구로베 케이블카로 이동, 비조다이라역에 도착하여 미녀삼나무를 본 후, 고원버스로 약 50분간 이동하여 정상인 무로도(2,450m)에서 점심을 먹고 산책로를 걸어서 10분, 잔잔한 호수면에 주봉인 오야마(3,003m)를 비추고 있는 미쿠리가이케를 배경으로 인증샷을 날린 후, 트롤리 버스로 다이칸보에 도착, 전망대에서 구로베 호수와 주위 산들을 조망한 후, 로프웨이로 갈아타고 구로베다이라역으로 이동, 역 바깥정원에서 단풍이 물들은 산들과 고산식물을 둘러본 후, 케이블카를 타고 구로베 호수역에서 하차하여 구로베 댐을 관광한 후 트롤리버스로 오오기사와역까지 가서 다테야마 구로베 관광을 끝내는 것이었다.

비조다이라역 광장, 미녀삼나무

무로도 광장(정상 2,450m)

미쿠리가이케 호수. 뒤쪽으로 오야마 산(3,003m) 등 다테야마 연봉이 보인다.

산과 강과 구로베 알펜루트 단풍. 다테야마 로프웨이 타고 하산 중 촬영

구로베 댐 전망대에 오르는 중 마침 방류 중인 순간을 포착, 촬영함.

오쿠히다 온천마을 호텔에서 유까다로 갈아입고 일본 전통식으로 저녁을 먹은 후, 수목이 우거지고 밤하늘 별들이 총총히 보이는 노천 온천탕에서 온천욕으로 피로를 풀으니 여행 이틀째도 마무리되고 있었다.

나가노, 이누야마

여행 사흘째 나가노로 이동하는 날이다. 아침에 창문을 여니 산으로 둘러싸인 호텔 밖으로, 일부 노랗게 물들은 단풍과 시원하게 흘러내려가는 계곡물 소리가 유난히 청량감을 더해준다.

아침식사를 마친 후 짐을 챙겨 버스에 오르려고 하니 기모노 차림의 노년의 여성지배인이 미소를 지으며 "아리가도 고자이마스" 한다. 필자 부부도 같이 "아리가도 고자이마스~" 우리 버스가 출발하여 고갯길을 올라가는데 계속 손을 흔든다. 우리도 함께 열심히 손을 흔들어 준다.

"일본사람들은 한 사람의 몫과 역할에 최선을 다합니다. 섬사람들이라서 그런지 지금의 역할에 충실한 것이지요. 사무라이 정신에 물들어 튀는 행동을 안 하고 타인에게 폐를 끼치지 않아요. 사익이 있더라도 국익을 먼저 생각합니다. 20세가 넘으면 선이 딱 그어집니다. 자기 스스로 생각하는 힘이 길러지고 스스로 책임지게 합니다. 한국사람들은 아직 2%가 부족합니다. 나만 잘살면 되고 공동체 의식이 없어요. '이찌꼬 이찌에'는 사무라이 정신의 요체로 평생에 단 한 번밖에 없는 기회(인연)라는 뜻으로 무슨 일이든 마지막이라 생각하고 임하지요. 한 번의 만남을 중요시하고 이기적인 것이 전혀 없어요. '안 되면 되게 하라.'가 한국인이고 '안 되면 수긍하라.'가 일본인입니다. 원칙이 있으면 매뉴얼대로 하는 것이 일본이고 산을 탈 때 개인 책임을 중요시하여 사고 나면 개인이 부담합니다. 한국사람은 나의 일과 너의 일 모두 나의 일이라고 생각하지만 일본사람은 네 일은 너의 일, 내 일은 나의 일이라고 생각하지요. 한국사람은 까치를 반기지만 일본사람들은 까마귀를 귀하게 여기지요. 까마귀가 호두를 어떻게 해서 먹는 줄 아세요? 머리가 좋아요. 차도에 호두를 갖다놓고 차가 지나가기를 기다려요. 차가 지나가면서 호두를 깨면 바로 가서 먹는 거지요. 골프장에서 골프백이 가끔 열려있는데 까마귀 짓이에요. 애네들이 골프백 속에 먹을 거 있는 거 아는 거예요. 특히 사모님 백은요.

강남 아줌마 얘기 좀 할게요. 한번은 소생고기를 사시길래 어떻게 하시려나 했더니 방에서 전기다리미 위에 올려놓고 고기를 굽더라고요. 어떻게 그런 생각을 했는지 머리가 좋은 건지… '어머니 지금 뭐하시는 거예요?' 했더니 '나가 시방 고기가 겁나게 땡겨 구워 먹을랑께 참견 마소. 가이드 언니도 한 점 줄랑가?' 기가 막혀 말이 안 나오더라고요. 대한민국 엄마들 욕 먹이는 거지요. 돈만 많으면 뭐해요. 인성이 안 되어 있는 걸요. 제가 한국사람들 흉보려 한 거 아니니까 이해해 주세요."

북알프스의 숨은 비경지인 가미고지(上高地 1,500m) 속해 있는 중부산악고원은 나가노현, 기후현, 도야마현, 니가타 4개 현에 걸쳐 있는 일본의 대표적인 국립공원이다. 필자에게는 십 년 전 일본 북알프스 오쿠호다께다케 등정시에 가미고지가 시발점이었던 곳으로 친근감이 앞선다.

일본 북알프스의 끝자락에 위치하고 있으며 비경으로 알려진 가미고지는 고대 선사시대의 자연을 보는 듯한 착각을 일으킬 만큼 자연이 잘 보존되어 있었으며 어디를 찍어도 한 폭의 그림이 되는 곳이었다.

다이쇼이케(대정지)는 나가노현 마츠모토시 아즈마에 있는 경승지로 특

다이쇼이케 호수

별 천연기념물로 지정된 가미고지에 있는 호수이다. 활화산인 아케다케가 1915년 분화하고 아즈마 강이 가로막혀 형성되었다고 한다.

"지금부터 트레킹을 시작할 텐데 길을 잃을 염려는 없으세요. 쉬엄쉬엄 걸으면서 사진도 찍으시고 푸른 하늘도 보고 북알프스 산과 강도 만끽하시고 맑은 공기도 마시면서 3.5km를 걸으시면 갓파교 다리가 보이실 겁니다. 다리를 건너 밑으로 조금 내려오시면 버스정류장이 있고 우리 버스는 거기서 기다립니다. 운 좋으시면 원숭이들도 보실 수 있습니다. 자 이제 출발하시지요~"

관광 후 이누야마로 이동하였다. 일본에서 가장 오래된 천수각을 지닌 이누야마는 예전부터 교통 및 물류, 정치의 중심지로 발전해 왔다. 이누야마는 16세기 전국시대에는 전쟁의 무대가 되었으나 에도 시대에 성의 마을로 발전하면서 역사의 발자취가 많이 남아 있는 지역이다.

이누야마성은 원래의 상태를 유지하고 있는 일본의 12개성 중 하나로 일본 국보로 지정되어 있었다. 가파른 계단과 사다리를 타고 천수각에 오르니 기소강과 기후현의 산맥이 만들어내는 절경을 감상할 수 있었다.

이누야마성 천수각

나고야로 귀환하여 아쓰다 신궁을 둘러보고 나고야 TV 타워를 외부 관광한 후 관광의 일부분인 쇼핑을 즐기고, 〈시카에〉 번화가와 오아시스21 공원에서 휴식을 취하며 전주에서 왔다는

아쓰다 신궁

내과 개원의 부부와 담소를 나누며 즐거운 한때를 보냈다.

다테야마 구로베 알펜루트 단풍여행은 2박 3일의 짧은 여행이었지만 시라카와 합장촌 탐방, 다테야마 구로베 단풍 관광, 가미고지 트레킹, 이누야마성과 천수각 탐방, 나고야 아쓰다 신궁 탐방 등 일본을 좀 더 심도 있게 알게 된 좋은 기회였다고 생각한다.

2018. 10. 08 ~ 10. 17

시칠리아 - 남부 이탈리아

Belgium

Germany

France

Switzerland

Austria

Italy

팔레르모, 체팔루

2018년 10월 8일부터 17일까지 8박 10일간 시칠리아와 이탈리아 남부 여행을 다녀왔다. 작년 스위스와 남프랑스 여행에서 만난 여 원장 부부, 6년 전 북유럽 여행 중 알게 된 원 사장 부부와 함께하였다. 공항에서 반갑게 만나 인사를 나눈 후 탑승 수속을 한다. 일행은 모두 29명이었고, 12시간의 비행 후 무사히 로마 공항에 도착하였다.

인솔자 겸 가이드는 박○○라고 하는 40대 중반 남성이었다.

"지 얼굴이 쫌 험악하고 눈이 쭉 째진기 인상이 쫌 뭐하지예? 선상님들이 지 보면 '저노마 인상 보니끼네 이번 여행 조졌다 아이가, 파이다~!' 할 깁니더. 성형수술 두 번 잘못해가 이 지경 됐습니더. 하하~ (믿거나 말거나) 하지만 이자 시작이니끼네 쪼끼만 지켜봐 주이소~ 지가 올해 서른 두살이라예~! 그리고예~ 우리가 29명이나 되니끼네 남을 배려하는 마음 쫌 가져주시면 좋겠심더~헤헤~ 지금부터 지를 박팀장으로 불러주이소~ 헤헤~ 이자 퍼뜩 호텔로 모시겠심더."

"박 팀장님~! 서른 둘이라고 누가 믿겠어요? 에이~뻥치지 마세요~! 호호~" 여기저기서 부인네들이 궁시렁거린다. 필자가 보기에는 약간 고집이 있는 것 같았다.

 이탈리아 시칠리아는 제주도의 14배가 되는 섬이며 눈부신 문화유적과 아름다운 지중해 휴양도시로 아는 사람만 아는 최고의 유럽 여행지이다. 과거 시칠리아는 정치, 경제, 문화적으로 이탈리아의 중심이었을 만큼 화려한 볼거리를 자랑하며 〈대부〉, 〈시네마천국〉 등 영화팬들의 가슴을 울렸던 영화의 촬영지로 유명하다.

 시칠리아는 수많은 고대 문명의 교차로로 역사상 화려한 제국들이 역사의 소용돌이 속에서 이 섬을 거쳐갔다. 수많은 문명들이 이곳을 지배하려 했지만 시칠리아인의 정신은 결코 굴복당한 적이 없다. 마피아의 본거지라는 오명으로 일부 여행자들이 꺼리기도 하지만 이곳을 여행한 사람들이 이구동성으로 시칠리아를 적극 추천하는 걸 보면 분명 놀라운 매력을 가진 곳임에는 틀림없다.

 여행 첫날은 비행기에서 보냈고 이제 본격적으로 남부 이탈리아와 시칠리아 여행을 시작하려고 한다.

 여행 2일째, 로마 공항에서 국내선 비행기에 탑승하여 1시간 걸려 시칠리아 주도인 인구 80만 명의 팔레르모에 도착하였다. 시칠리아의 인구가 500만 명이니 16%가 이곳에 살고 있는 셈이다. 시칠리아 여행의 출발점은 팔레르모이며 '좋은 항구'라는 뜻이다. 영화 〈대부〉의 촬영지이며 괴테는 '세계에서 가장 아름다운 도시'라고 극찬하였다.

 도시 곳곳에서 만나는 유럽과 아랍 양식이 어우러진 건축물들, 유람선이 정박해 있는 항구, 크고 작은 성당으로 가득찬 아름다운 골목과 재래시장, 그리고 친절한 시칠리아인들의 미소와 삶의 흔적을 만날 수 있는 곳… 모든 것이 여행자의 가슴을 설레게 하기에 충분하였다.

몬레알레 성당

　팔레르모에서 20분 거리의 몬레알레 성당은 '왕의 산'이란 뜻을 가진 성당이다. 다시 말하면 '몬'은 산, '레알레'는 왕이란 말이다. 흰색 사암으로 노르만 왕조시대였던 1172년부터 100년에 걸쳐 지어졌다고 한다. 내부는 노르만, 이슬람, 비잔틴 등 다문화가 융합되어, 화려하면서도 이국적인 느낌이 들었다. 특히 금빛 가득한 실내의 웅장한 모습과 벽은 정교한 비잔틴식 황금 모자이크 장식으로 되어 있었다.

　황금색으로 빛나는 전면 제단 위 예수님이 엄지로 두 손가락을 잡는 방식이 성부와 성자를 뜻한다는데 그리스식이라 한다. 성당 바닥은 이슬람 문양을 띠고 있어 이슬람 문화의 영향을 받은 것으로 생각되었다. 십자군 전쟁 시 기독교와 이슬람은 적대관계로 수없이 싸웠는데 한 성당 안에 이슬람 문화의 흔적이 있다는 것은 적어도 이 지역에선 두 종교가 싸우지 않고 잘 화합했다는 말이리라.

우리는 영화 시네마 천국의 배경이 된 체팔루로 이동하였다. 버스에서 박 팀장이 마이크를 잡는다.

"선상님들이요~ 지는요 이번 여행 오는기 아닌기라요. 순번도 아니고예 ~ 담당자가 휴가 가는 바람에 갑자기 회사에서 나가라케 대타로 나온기라예~ 지는 준비를 안 해와 시칠리아 잘 모릅니더. 헤헤~ 시칠리아는 두 번째라예~ 이해해 주이소~ 그리고 회사에서 고마 해라 카믄 고마 둘기고예. 새 사업 할깁니더."

모두들 말은 안하지만 뭐 저런 가이드가 있나 싶은 표정들이다. 거참~

체팔루는 시칠리아 섬 북동부, 팔레르모 동쪽의 티레니아해에 연한 작은 항구도시이다. 이태리 정서의 소박하고 정감어린 두오모 성당을 외부에서 둘러보았다. 도시 위로 솟아있는 절벽, 그 위의 다이애나 신전 터와 붉은색 지붕과 흰색의 아기자기한 건물들, 푸른 하늘, 에메랄드 색의 바다가 조화롭게 이루어져 환상적인 절경을 만들어 냈다.

흰 모래가 눈부시게 빛나는 체팔루 해변을 산책하고 〈시네마천국〉의 배

체팔루 해변

경이 된 흔적을 찾아보곤 하였다. 고대 그리스와 로마시대의 빨래터를 지나 Porta Pescara에 이르니 어두운 동굴 느낌이 드는데 동굴 너머 티레니아해, 아름다운 코발트색의 바다가 환상적으로 다가선다. 아~ 아름다운 체팔루여 ~ 원사장 사모님인 정사장의 사진 편집 기술은 프로급으로 끝내준다. 멋져 부러~

참치 파스타에 여 원장이 유사한 화이트 와인을 곁들여 점심을 먹은 후, 해변가 카페에 앉아 에스프레소와 아메리카노 한 잔씩 하며 담소를 나눈다. 박 팀장 왈, 에스프레소를 맛있게 마시는 법은 흑설탕을 반 스푼 넣고 아주 천천히 좌로 세 번 그리고 우로 세 번 저어 단숨에 입안으로 털어 넣는 거라고 한다(믿거나 말거나). 필자가 그대로 해보니 진한 게 입안에서 톡 쏘는 감칠맛이 있다.

트리나크리아가 들어간 깃발

기념품 가게마다 트리나크리아Trinacria 가 보인다. 얼굴은 신화 속의 메두사 여자 얼굴이고 다리가 세 개이며 삼각형(섬의 모양이 삼각형이라서)이다. 필자도 트리나크리아 기념품을 집어든다. 트리나크리아 심볼은 시칠리아 섬을 상징하는 노란색 깃발에도 사용되고 있었다.

팔레르모는 로마, 비잔틴, 아랍의 지배를 받고 난 후 번창하기 시작했고, 11세기 노르만 왕 로제르에게 정복되어 시칠리아 왕국의 수도로 번영이 계속되었다. 특히 프레드리히 2세 시대에는 유럽의 학문, 예술의 중심지로 성장하였으며 1860년 가르발디에 점령당하면서 통일 이탈리아 왕국으로 병합되었다. 시칠리아 섬 최대의 도시이며 지금도 중세시대의 번영을 누렸던 흔적이 곳곳에 남아 있었다.

우리는 1536년 카를로 5세가 알제리와의 전투에서 승리한 것을 기념하여 만든 팔레르모 Porta Nuova(새로운 문, 개선문)와 노르만 왕궁을 지나 거리가 예술적 가치로 풍부한 콰트로칸티로 이동하였다.

콰트로칸티는 이탈리아어로 사거리란 뜻으로 네 개의 코너를 화려한 건물과 조각상으로 감싸고 있었다. 1층은 봄, 여름, 가을, 겨울의 사계절 여신, 2층은 시칠리아 왕들의 석상, 3층은 4명의 성녀(여신)조각상이었다.

콰트로칸티

우리는 팔레르모 대성당으로 발길을 옮겼다. 노르만, 이슬람, 비잔틴 등 다문화적 융합의 특징을 잘 표현한 건축물로 내부는 눈부신 모자이크와 아랍 스타일의 나무 천장 등이 어우러져 독특한 아랍-노르만 양식을 보여준다고 하며 노르만 왕국의 왕 석관들이 안치되어 있다고 한다. 우리가 방문한 시각이 저녁이었기 때문에 내부 입장은 못하고 외부 관광만 하였는데 석양에 비치는 대성당의 모습이 한층 웅장하고 아름답게 보였다.

16세기 르네상스식 모습으로 갖춰진 호화로운 분수로 유명한 프레토리아 광장은 대성당 바로 앞에 있었다. 또한 대성당 오른쪽으로 팔레르모 시청사가 자리 잡고 있었다. 정사장은 연신 셔터를 눌러댄다.

팔레르모 대성당

"선생님~! 두 분 얼릉 서세요. 한 컷 찍어드릴게요~" 정 사장이 친절하게 우리 부부에게 다가선다. "정사장, 고마워요~"

저녁을 먹는 자리에서 우리 일행을 보며 "모두 가족 분들이세요? 너무 다정하게 보이네요~" 같이 간 분들이 모두 한마디씩 던진다. "아니에요. 전에 여행하면서 만난 사이로 친분을 계속 유지해 오다 이번 여행에 같이 오게 됐어요~^^ㅎ" "어머~ 그래요? 부럽습니다."

에리체

여행 3일째, 버스에 올라 에리체로 이동하는 중 재래시장을 지나가는데 마나님들이 이구동성으로 소리친다. "저 과일들 정말 실하네요~ 가이드님~! 잠깐 멈춰서 과일 좀 사면 안 될까요?"

마나님들의 성화에 못 이기는 척 박 팀장, "그라믄 20분간 자유시간 드릴 테니 퍼뜩 다녀오이소~" 우리도 얼릉 내려 과일을 비닐봉지에 담는다. 그런데 마눌님에게 작은 문제가 일어난다. 맛있게 보이는 과일을 가시가 있는 줄 모르고 맨손으로 들고 칼로 벗겨 여러 사람들에게 맛을 보인 잠시 후 손이 따끔거린다고 한다. 필자가 손바닥을 들여다보니 가시가 잘 안 보인다.

"원 사장~! 북유럽 여행 시 제 캐리어가 안 열렸을 때 천부적인 손 감각으로 열은 적이 있지요? 마눌님이 손바닥이 따끔거린다는데 가시가 박힌 거 같아요. 내 눈으로는 잘 안 보이는데 좀 봐주세요~"

"사모님~! 실례지만 제가 사모님 손을 좀 보겠습니다. 아~가시가 많이 박혀 있네요. 걱정 마세요. 제가 다 뽑아드리겠습니다." 하며 쏙쏙 뽑아내기 시작한다. 이렇게 고마울 수가… 마눌님의 얼굴이 조금씩 펴진다. "원 사장님~! 고마워요. 그런데 여기 또 따끔거리네요~"

"어디요? 아~ 여기 또 보이네요~ 또 뽑겠습니다. 됐어요~! 이 선생님,

수고비 톡톡히 주셔야 됩니다. 하하." "알았어요. 잘 뽑아만 주세요~ 하하
~" 우리 일행 모두 안도의 미소를 짓는다.

중세마을 에리체는 750m 산 정상에 위치하고 있으며 4세기경 콘스탄틴
황제가 만든 도시이다.

에리체의 관문 트라파니 성문을 들어선 후 가장 먼저 베네레 성Castello di
Venere으로 향했다. 베네레 성을 배경으로 인증샷을 날리고 멀리 보이는 지
중해와 염전이 유명한 트라파니 도시를 조망하였다. 트라파니는 시칠리아섬
북서쪽에 있는 항구도시로 기원전 8세기경 페니키아인들에 의해 시작된 염
전이 유명하다. 아프리카로 향하는 출항지이며 시칠리아 끝에 위치한 전략
적 위치 때문에 전쟁이 빈번하였다. 청명한 하늘, 베네레 성과 코발트색 지
중해, 그리고 트라파니 평원이 한 폭의 그림을 그려내고 있었다.

성채 탐방을 끝내고 본격적으로 에리체 마을, 특이한 문양의 돌로 포장된
좁은 골목길을 탐방하였다. 제과점에 들어가니 시칠리아의 유명 디저트인
까놀리cannoli가 눈에 띄는데 밀가루 반죽을 얇게 밀어 통 모양으로 만들고

베네레 성

성채에서 바라본 트라파니와 지중해

기름에 튀긴 후 리코타 치즈 크림으로 속을 채운 시칠리아 전통과자이다.

"여기 시칠리아 별식인 까놀리가 있는데 맛 좀 보시지요?" 필자의 제안에 우리 일행 모두 동의한다. 입안에 넣으니 그렇게 달지 않으면서 살살 녹으면서 맛이 있다. 모두 엄지를 치켜들며 고개를 끄덕인다. "이 선생님 공부많이 하셨네요. 우리가 모르고 있던 까놀리를 알고 계시니…." 원 사장의 한마디에 "여행 오기 전에 공부 좀 했지요. 하하~"

그림 파는 곳에서 인증샷도 날리고 기념품 가게에서 이곳을 상징하는 마그네트도 구입하였다. 고풍스런 레스토랑에서 파스타와 메인요리, 후식 까놀리에 와인을 곁들이니 금상첨화로다. 오매~ 좋은 거~

우리는 BC 582년 건설된 그리스 도시 아그리젠토로 이동 중 '터키인의 계단'을 관광하였다. 석회암 절벽이 오랜 세월 파도로 침식되면서 계단과 같은 모양을 드러내었는데 고대 터키 해적들이 이곳에 자주 침입하면서 이런이름이 붙여졌다고 한다. 멀리 보이는 '터키인의 계단'을 배경으로 인증샷을날린 후 아그리젠토로 이동하였다.

터키인의 계단

우리가 오늘 묵을 호텔은 소철 나무, 대형 선인장 등 정원수로 잘 조성되어 있었다. 정원을 산책하려고 나오니 여 원장께서 정원 소파에서 기다리고 있었다. "원장님~! 서울에서 팩 소주와 안주 좀 준비해 왔으니 앉으시지요~ 원 사장께도 말씀 드렸어요."

"그래요. 준비 철저히 하셨네요. 고맙습니다." 조금 있으니 원 사장 부부도 합류하여 화기애애한 분위기에서 주거니 받거니… 3일째도 저물어가고 있었다.

아그리젠토, 시라쿠사

여행 4일째, 호텔 조식 후 아그리젠토 '신전들의 계곡'으로 이동하였다.

아그리젠토는 그리스어로 '위대한 그리스'란 뜻이다. 그리스는 8세기 무렵부터 혁신적인 농지개간 기술을 개발하여 비옥한 땅 아그리젠토를 그리스 도시 중 가장 번영한 곳으로 만들었다. 또한 해안 근처의 구릉지 위에 해안과 평행을 이루는 성곽을 쌓고 성곽 안에 신전들의 계곡을 건설했다. 현재 그리스 본토를 제외하고 남아있는 최대의 헬레니즘 유적지라고 한다. 신전들의 계곡 유적들은 모두 1997년 유네스코 세계문화유산으로 등재되었다.

400km 떨어진 아프리카에서 건너온 카르타고가 시칠리아를 완전 점령하면서 그리스 시대는 막을 내렸다. 그 후 기원전 3세기경 로마가 점령하여 대도시로 성장하여 부자 지역이 되었고 많은 신전이 건축되었다. 신전은 모두 20여 개이나 우리는 대표적인 4개의 신전만 관광하기로 되어 있었다.

신전들의 계곡 정상에 위치한 헤라 신전 입구에서 내려 안으로 입장하여 걸어 올라갔다. 헤라 신전은 신전들의 계곡이 위치한 구릉지 제일 높은 곳에 세워져 있었다. 전면 6개 중 5개, 측면 13개의 기둥이 남아 있었으며 사제만 출입할 수 있었다고 한다.

청명한 날씨에 웅장한 신전을 바라보니 시칠리아에 오기 정말 잘했다는

헤라 신전

생각이 들었다. 내려가는 중에 보이는 올리브 나무는 수령이 500년이나 되었다고 한다.

구릉지 아래쪽에 있는 콩코르디아 신전으로 가는 중 우측으로 아몬드 나무와 올리브 나무가 보인다. 박 팀장 왈 "지가 처음 유럽에 왔을 때 '와 이리 벚꽃나무가 많노' 했지예~ 그기 아몬드 나무라예~ 아몬드 나무와 벚꽃 나무가 고마 같은 기라요~"

좌측으로는 카타콤이라는 고대 기독교 무덤 유적이 보였다.

아그리젠토 신전의 압권은 콩코르디아 신전으로 기원전 450~500년에 세워졌다. 콩코르디아 신전은 아테네 파르테논 신전의 뒤를 이어 그리스에 현존하는 인상적인 도리아 양식 신전이다. 받침돌이 4층이고 모두 34개의 기둥으로 이루어져 있었으며 우아하면서도 장엄한 맛이 그대로 살아 있었다. 또한 6세기부터 18세기까지 1,200년 동안 성당으로 사용된 덕분에 최고의 보존상태를 유지하고 있었다. 유네스코 세계문화유산 로고도 바로 콩코르디아 신전을 본따서 만들었다고 한다.

콩코르디아 신전

콩코르디아 신전 오른쪽 언덕 아래에 청동 조각상 하나가 누워 있었다. 그리스 신화에 나오는 이카루스상인데 아버지가 만든 날개를 밀랍으로 어깨에 붙이고 욕심을 내어 태양을 향해 하늘로 날아올랐다가 결국 태양열에 의해 밀랍이 녹아내려 날개가 떨어지면서 땅에 떨어져 죽고 말았다는 전설이다. 욕심이 과하면 되는 일이 없다. 이카루스의 죽음이 왜 콩코르디아 신전 앞에 누워 있는 걸까? 이카루스는 지금 어떤 생각을 하고 있을까?

이카루스상 옆에 서서 콩코르디아 신전을 배경으로 인증샷을 찍으며 잠시 상념에 빠진다. 이카루스상 앞에도 수령 800년이나 되는 올리브 나무가 보였다. 올리브 나무 밑에서 잠시 쉬어가면 좋으련만 박 팀장, "이자 고마 가입시더~!"

이카루스상

콩코르디아 신전을 지나 조금 더 밑으로 내려오니 헤라클레스 신전이 보인다. 먼저 보았던 두 개의 신전에 비하여 남아있는 기둥이 몇 개 되지 않는다. 헤라클레스 신전은 다른 신전들에 비해 훨씬 오래된 역사를 지니고 있다. 무너진 돌들을 살펴보면 U자형으로 홈이 파여져 있어 이 홈 안에 밧줄을 넣어서 기중기 형태의 도구를 이용해 돌을 들어 올렸다고 한다.

박 팀장이 서둘러 내려간다. 헤라클레스 신전 더 아래 신전의 계곡에 가장 큰 규모의 제우스 신전이 있었다. 제우스 신전은 콩코르디아 신전 7개를 만들 분량의 엄청난 규모였으나 모두 무너져 내려 현재 5% 정도만 남아 있었다. 사각형 거인 모양의 기둥이 신전을 떠받치고 있었다고 하며 37개였다고 한다. 그중 두 개가 발견되어 하나는 지금 현장에 보존되어 있고 다른 하나는 박물관에 보존되어 있다고 한다. 다시 부언하면 텔라몬Telamone이라고 하는데 사람 모양의 기둥 장식을 말하며 7m의 높이로 신전을 지탱하는 데 쓰였다고 한다. 우리 일행, 텔라몬 인증샷을 찍는다.

텔라몬

제우스 신전을 받치고 있는 받침 계단폭을 보며 일행 중 한 분이 박 팀장에게 한마디한다. "사람들이 계단 오르내릴 때 제일 편한 폭이 어떻게 되는지 아세요? 17cm입니다. 헤헤~" "선상님 덕분에 모르는 거 알았네요~ 고맙심더~ㅎ"

"여기서 1시간 자유시간 드릴 테니끼네 1시간 후 저 밑의 공터에서 보입시더." 하며 혼자 휙 내려가 버린다. 우리 일행들 궁시렁거린다. "아니 짬도 안 주고 이렇게 서둘러 내려오고 설명도 하는 둥 마는 둥 하더니 버스와 약속한 시간이 남았는지 저래도 되는 건가요?"

"내가 따져보고 본사에 전화해 항의해야 되겠네~" 친구끼리 왔다는 중년 부인 세 사람 중 한 분이 분을 못 참고 씩씩거리며 내려간다. 우리 일행, 다시 신전으로 올라갈 수도 없고 하여 돌에 걸터앉아 담소를 나누며 잠시 휴식을 취한다. 한 목소리로 가이드가 기본이 안 되어 있다고 박 팀장을 성토한다. 박 팀장 귀가 많이 가려울 것 같다. ㅎ

버스에 올라 계곡들의 신전이 멀리 보이는 언덕 위의 멋진 레스토랑에서 점심을 먹은 후 우리는 칼타지로네로 이동하였다. 칼타지로네는 도자기 언덕이라는 뜻이다.

"선상님들예~ 칼타지로네에 도착하믄 20분간 언덕을 걸어 올라가야 할낀데 1인당 5유로씩 내면 꼬마기차를 타고 수월하게 올라갈 수 있다 캅니더. 우짜겠습니까? 그리 하시렵니까?" 모두 꼬마기차 타자고 한다.

꼬마기차를 타고 언덕을 오르니 계단이 보이는데 계단 하나하나가 모두 세라믹으로 장식되어 있었다. 또한 계단마다 이슬람 문양을 비롯한 모두 다른 각각의 그림을 보이고 있었다. 계단 중간 중간 옆 건물에는 도자기 공방이 있었는데 머리 도자기도 보이고 솔방울을 형상화한 것도 있었다. 시칠리아 사람들에게 솔방울은 풍요와 행운의 상징이라고 한다. 계단은 총 124개이며 끝까지 올라가면 칼타지로네 도시 전체를 조망할 수 있다고 한다.

공방에 잠깐 들어가 도자기들을 구경한 후 필자 부부, 여 원장 사모님은 계단을 오르고, 원 사장 부부, 여 원장은 기념품 구매에 더 관심이 많다.

계단을 오른 후 칼타지로네 시가지가 한눈에 내려다보이는 곳에서 인증샷을 찍는다. 계단을 내려오니 "이 선생님~! 저희들 사업 잘되고 가정이 화목하고 평안하라는 기념품 샀어요." 원 사장의 한마디에 "잘하셨습니다." 웃으며 답한다.

칼타지로네 계단 위 시내 조망, 도자기 공방, 칼타지로네 성당과 미술관을 둘러본 후 꼬마기차에 탑승하여 좁디좁은 골목을 누비며 도시의 모습을 눈에 담았다. 골목이 좁은 것은 적이 몰려들어도 적군을 좁은 골목으로 분산시킬 수 있어서 방어목적으로 그리 했다 한다. 칼타지로네 성당은 돔이 세라믹으로 장식된 것이 특징이었다.

칼타지로네 관광을 마친 후 버스에 올라 우리에게 친숙한, 그리스 수학자이며 물리학자인 아르키메데스Archimedes가 태어난 시라쿠사로 이동하였다.

"우리가 묵을 호텔이 시라쿠사 해변가에 있고 저녁 묵을 식당도 해변가 산책로를 따라 올라가면 되니끼네 선상님들요, 지중해로 떨어지는 낙조를 감상하시믄서 산책하는 기분도 괜찮을 깁니더. 이오니아해를 바라보며 일몰의 멋진 풍광을 사진에 담아보이소~ 호텔도 5성급이라예. 지가 쫌 신경썼지예~아니지예~ 회사에서 쏜깁니더~ 헤헤." 모두 박수를 치며 환호한다.

그런데 시라쿠사 들어가는 입구에서 기사가 내려 통행료와 통행증 발급받으려고 사무소로 들어가더니 함흥차사다. 기다리다 못해 박 팀장이 내려 들어가 보고 나오더니 "저노마들 일 처리하는 거 젬병이라예~ 선상님들 낙조 보는 거 포기 하이소~ 틀렸심더."

"박 팀장 호들갑 떨더니~ 내 이럴 줄 알았다" 누군가 궁시렁거린다. 30여 분이나 기다린 후 버스는 출발하였고 호텔에 도착했을 때는 이미 일몰 후였다. 아쉬움은 있지만 레스토랑에서 맛있게 와인을 곁들인 저녁식사를 하고 해변가 산책을 한 후 호텔에 들어가니 여행 4일째도 막을 내리고 있었다.

라구사, 모디카, 노토, 카타니아

여행 5일째, 조식 후 발코니에서 바라보는 지중해(이오니아해)의 풍광이 아름답다. 원 사장 부부와 호텔 앞 해변가에 나와 인증샷을 몇 컷 찍었다. 나중에 남는 것은 여행 사진뿐이라고 모두들 얘기하지요~

우리는 버스에 올라 라구사로 이동하였다. 오늘 우리가 관광할 라구사, 모디카, 노토는 모두 17세기 대지진으로 도시가 모두 파괴되어 석회암 자재로 완전히 재건축된 도시들인데 바로크 황금 트라이앵글Golden Triangle이라고 한다. 다시 말하면 바로크 양식의 건물들이 즐비한 곳이다.

두 개의 깊은 골짜기 사이의 석회암 지대를 기반으로 만들어진 라구사는 흡사 내륙 속의 섬처럼 느껴지는 곳이다. 이곳은 윗 마을인 라구사와 아래 마을인 라구사 이블라로 나뉘어져 있으며 가파른 계단으로 이어져 있었다. 라구사의 신시가지는 정방형의 모습을 갖춘 정갈하고 깔끔한 모습이 인상적인 곳으로 이탈리아의 마을답게 마을 중심 부분은 두오모가 차지하고 있었다.

예쁘게 치장한 카페의 메뉴를 보니 그라니타granita가 눈에 띈다. "시칠리아에 왔으니 이곳 명물 디저트인 그라니타 맛을 봐야 되겠지요?" 필자의 제안에 모두 동의한다.

라구사 성당

　그라니타는 레몬, 딸기, 라임 등 과일에 와인 또는 샴페인, 설탕을 넣은 후 얼린 이탈리아식 얼음과자로 샤베트와 비슷하다. 얼음 결정체가 마치 반짝이는 화강암granite을 닮았다고 하여 그라니타라는 이름이 붙여졌다고 한다. 샤베트는 당도가 높고 입자가 고운 반면 그라니타는 신맛과 톡 쏘는 맛이 강하다. 라구사 시내는 좁은 골목과 빛 바랜 건물 사이로 새어 나오는 고풍스러움과 멋스러움이 공존하고 있었다.

　버스가 있는 곳으로 내려오는데 박 팀장이 한마디 한다. "급경사인 계단으로 내려가시믄 지름길인데 그리 할 깁니더. 단도리 잘 하시고예~ 조심하이소~" 급경사인 계단을 내려오는데 마눌님의 "여보~ 당신, 조심하세요~!" "알았어요~ 당신도 조심하구려~"

　대지진 후 석회암으로 건축된 모디카 두오모(산 조지오성당)는 밝은 노란색으로 변색되어 황금색으로 보였다. 모디카 구시가지를 거닐며 재건축된 멋진 바로크 양식의 건물들과 바로크 문화의 화려한 문명을 엿보면서 연신 셔터를 누른다.

모디카는 또한 초콜릿으로도 유명한데, 고대 아스텍 제조법을 그대로 재현하고 있다고 하며 유럽에서 가장 순도 높은 초콜릿이라고 한다. 또한 인공적인 가공법을 거치지 않는다고 한다. 초콜릿 가게의 시식 코너에서 맛을 보니 달콤 쌉싸름한데 필자 입에는 너무 달게 느껴졌다.

우리는 버스로 30분 거리에 있는 노토로 이동하였다. 노토도 다수의 석회암 건물이 있었는데 노란색을 띠고 있기 때문에 황금의 도시로 불린다. 노토 시가지 입구에는 프랑스 부르봉 왕가 시절 세웠던 개선문 같은 문이 세워져 있었다. 이 문을 포르타 페르난디아 또는 포르타 레알이라고 부른다. 포르타 레알 위에는 세 가지 심볼이 있는데 왼쪽의 탑은 권력

포르타 레알

Power을 의미하고 오른쪽의 개는 충성Royalty을, 중앙의 펠리칸은 헌신을 의미한다고 한다. 펠리칸은 새끼를 먹일 먹이를 구하지 못하면 자기 털로 새끼를 먹여 키우기에 그 모양대로 만든 것 같다.

18세기에 재건된 바로크 양식의 대표적인 노토 대성당을 둘러본 후 정치와 종교는 같이 간다는 원칙하에 서로 마주 보는 자리에 건설한 두체치오 궁전을 조망하였다.

노토의 인피오라타 거리는 바닥이 검정돌인 비탈진 골목을 꽃으로 가득 채우는 행사를 매년 봄에 연다고 한다. 건물마다 화려하고 독창적인 발코니 받침대 조각이 눈길을 끌었는데 이 받침대의 목적은 액운을 떨쳐내기 위함이라고 한다.

노토 대성당

두체치오 궁전

    파스타와 참치샐러드, 그라니타, 그리고 화이트 와인을 곁들인 점심을 맛있게 먹은 후 이태리 가곡을 들으며 시칠리아 제2의 도시 카타니아로 이동하였다.

    카타니아는 1693년의 지진 이후 새로 건설되었으며 도시 전체가 바로크 양식의 건축물들로 구성되어 있었다. 두오모 광장에서 로마인들의 목욕탕이 있던 자리에 카타니아의 수호성인인 아가타 성녀에게 바치기 위해 만든 두오모(성당)와 바로크 양식의 대가 바카리니의 작품인 코끼리 궁전 및 코끼리 분수를 관광하며 인증샷을 날린다.

"여기서 두 시간 자유시간 드릴 테니 마음껏 즐겨보이소." 광장 옆에는 투어버스가 관광객을 상대로 호객행위를 하고 있었다. "투어에 1시간 걸린다는데 버스 투어를 하는 게 어떠신가요?" 필자의 제안에 모두 동의한다. 카타니아역 부근 분수대, 지하에 묻힌 고대 로마 원형극장, 중세 성채, 해안도로를 달리는데 영어로 멘트가 나온다.

시내 투어를 끝내고 석식 후 호텔에 도착하여 붉게 물든 아름다운 석양과 함께 여행 5일째도 저물고 있었다.

카타니아 두오모 성당

에트나 산, 타오르미나

　여행 6일째, 지중해 화산대의 대표적인 활화산인 에트나 산(3,323m)으로 이동하였다. 유럽 최대의 활화산 에트나 산 입구에서 케이블카를 타고 2,500m 전망대까지 올라갔다. 케이블카에서 내려 전망대에 섰으나 안개 때문에 정상이나 산 아래 아무것도 볼 수가 없다. 화산재가 쌓여 흙은 검은색이었고 정상에는 동서 길이 약 800m, 남북길이 약 500m의 분화구가 있다고 한다. 그동안 세 차례 큰 규모로 용암이 분출하였고 1970년대부터 거의 10년에 한 번씩 분화하고 있다고 한다.

　"안개가 억수로 끼어가 안 보이는거 우야겠습니까~ 정상 올라가 봐도 마

에트나 화산

찬가지일 겁니더. 고마 내려가입시더." 정상까지 걸어 올라가거나 셔틀버스를 타고 올라가는 관광객도 있었으나 우리는 전망대까지만 가는 것으로 예정이 되어 있었기에 기념사진 찍고 기념품 샵을 둘러보고 하산하였다.

타오르미나는 기원전 403년 그리스 식민도시 낙소스가 멸망하면서 북쪽으로 추방당한 이들이 형성한 도시이다. 그리고 기원전 3세기 그리스 극장이 있던 곳으로 19세기부터 휴양지로 유명한 도시이기도 하다. 특히 당시 유행처럼 번진 이탈리아 여행을 3개월 다녀온 괴테가 시칠리아, 그중에서도 타오르미나의 아름다움을 극찬하였다.

타오르미나 시내는 차량 진입이 불가하여 도보로 관광하려고 하는데 비가 쏟아진다. "비 예보는 있긴 있었어도 선상님들요, 우리가 점심 식사 하고 나면 그칠 깁니더. 일단 식사하러 가입시더." 예약된 레스토랑에서 신물 나게 먹어왔던 파스타, 메인정식, 후식을 끝냈는데도 비는 점점 더 쏟아진다.

날씨만 받쳐줬으면 보존이 잘된 원형극장에서 멀리 보이는 에트나 화산도 조망할 수 있었을 텐데… 그리고 이오니아해를 보면서 해안가 카페에서 에스프레소 한잔하면서 아름다운 풍광을 만끽할 수도 있었을 텐데… 참 아쉬웠다. 하지만 어쩌겠는가 ㅠㅠ 폭우를 피하려고 카페에 들어갔으나 가는 카페마다 자리는 만석! 할 수 없이 우리가 점심 먹었던 식당으로 다시 들어가니 단체로 온 14명은 그리스 극장에 안가고 그대로 앉아 있었다. "저분들 참 약게 행동하네~" 누군가 혼자 중얼거린다.

박 팀장에게 호텔로 들어가면 안 되겠느냐고 했더니 "알겠습니더. 우리 손님들이 어데 계신지 찾아보고예, 가급적 일찍 들어가겠심더."

폭우를 뚫고 호텔에 도착하여 샤워를 끝내고 휴식을 취하니 여행 6일째도 막을 내리고 있었다. 오늘 날씨 때문에 관광을 제대로 하진 못했지만 훗날 잊지 못할 시칠리아 여행 추억담이 되리라!

알베로벨로, 마테라

여행 7일째, 메시나로 이동하여 페리에 탑승한 후 빌라 산 지오반니로 이동하였다. 페리 갑판에서 바라보는 풍광은 한 폭의 그림이었다. 페리에서 내려 몬탈로 우푸고로 이동하였다. 안드레아 보첼리의 노래, 탁 트인 도로, 청명한 하늘과 구름들이 한데 어우러져 필자는 평안함과 즐거움을 만끽하고 있었다.

점심을 먹으러 들어선 레스토랑 정원이 정말 예쁘다. 청명한 하늘에 잘 정돈된 사이프러스 나무와 정원수들을 배경으로 여러 포즈로 단체 사진과 부부간 그리고 독사진을 찍었다.

중식 후 '아름다운 나무'라는 뜻을 가진 알베로벨로로 이동하였다. 알베로벨로에 도착하여 버스에서 내리니 리오네 몬티Rione Monti 지구와 리오네 아이아 피콜라Rione Aia Piccola 지구의 1,400여 채의 트롤리가 벌집 모양의 군집을 이루며 장관을 연출하였다. 특히 몬티지구는 1,030여 채의 트롤리가 비탈진 언덕을 따라 그림처럼 펼쳐져 있어 동화 속 풍경을 자아내었다.

트롤리는 인접 들판에서 수집한 석회암들을 이용하여 쌓아 올린 피라미드형, 돔형, 원추형 지붕이 특징적이다. 이 지방 어디서나 구할 수 있는 석회

트롤리

암 판석板石을 쌓아 원통형의 벽을 세우고, 그 위에 판석을 내측으로 하나씩 쌓으면서 원추형의 지붕을 얹는 것이다. 그리고 지붕 꼭대기에 태양, 달, 별들의 모형과 종교적 문양, 각 집안의 문장을 그려놓고 외벽을 하얗게 칠하면 버섯처럼 생긴 집, 다시 말하면 트롤리가 완성된다.

지금도 이곳 주민들은 버섯처럼 생긴 독특한 모습의 트롤리에서 활기찬 삶을 꾸려가고 있다. 정체성을 잃지 않고 전통을 이어가고 있는 이 마을은 후세에 남겨야 할 소중한 유산으로 인정받아 1966년 유네스코 세계문화유산으로 등록되었다.

트롤리의 유래는 현실적이고 슬픈 역사를 가지고 있다. 주택에 부과되는 세금이 과했기 때문에 가난했던 이곳 주민들은 왕실 관리들이 나올 때면 쉽게 집을 부수기 위해 이 지역에서 구할 수 있는 돌(석회암)을 이용해 트롤리를 짓게 되었다고 한다. 돌을 허물었다가 다시 쌓는 작업을 반복한 서민들의 기구한 삶이 녹아 있는 것이리라.

기념품 샵마다 붉은 꽃들로 장식이 되어 있었고 기념품들도 어찌나 앙증

맞은지 구경하는 데 지루하지가 않았다. 정 사장이 다가서며 "제가 말씀 드린 포즈를 한번 취해보세요. 멋진 사진이 탄생할 거예요 호호~" 정 사장이 연출(?)하는 대로 포즈를 취하고 사진 한 컷 날려본다.

카사블랑카 간판이 있는 카페 앞에서 "남자분들, 영화 카사블랑카의 주인공인 험프리 보가트처럼 포즈를 취해보세요!" 정 사장의 한마디에 원사장이 평소에 많이 해본 듯이 씩 웃으며 자연스럽게 포즈를 취한다. ㅎㅎ

골목길을 걸으면서 1,400여 채나 된다는 각양각색의 희고 눈부신 동화적인 마을의 분위기를 만끽하였다.

여행 8일째, 그라비나 협곡 기슭에 위치한 마테라로 이동하였다. 〈The Passion of the Christ〉 영화 촬영지이다.

구시가지와 신시가지로 나뉘어져 있는데 신시가지가 생활의 중심지이고 꽤나 활기찬 도시인 반면, 골짜기의 비탈에 있는 옛 구역(구시가지)에 사는 사람들은 집 전체가 바위 속에 들어가 있고 출입구만 있는 동굴 같은 집에서 최근까지 살고 있었다. 다시 말하면 마테라(해발 401m)에는 수많은 삿시Sassi, 즉 동굴 형태의 집단 거주지가 남아 있었다.

원래 삿시는 8세기~13세기 동안 이교도의 박해를 피해 이주한 수많은 수도사들이 바위산에 굴을 파고 생활했던 곳으로 아직도 130여 개의 작은 동굴 교회가 있다고 한다. 이후 수많은 삿시 형태의 주거지가 농민들에 의해 산등성이에 생겨났고 이후 마테라는 1663년~1806년까지 이 지역의 중심지로 자리를 잡게 된다.

1950년 15,000명의 주민들이 삿시를 떠났다. 총리는 '이탈리아의 수치심'이라고 했지만 1993년 유네스코 세계문화유산으로 지정되었고 현재는 수많은 관광객이 찾고 있으며 2019년 유럽 문화수도의 이탈리아 대표로 선포되었다.

마테라 삿시

　13세기 건립된 로마네스크 양식의 대성당을 둘러보고 바로크 양식의 성 프란체스코 성당도 카메라에 담았다. 돌계단을 내려가 동굴 안에 위치한 식당에서 점심을 먹으니 중세로 돌아간 기분이 들었다.

　마테라 관광을 끝낸 후 아름다운 항구 도시 나폴리로 이동하였다. 항구도시 나폴리는 이탈리아 여행 시 유람선을 타고 쏘렌토와 카프리 섬을 보고 들어간 적이 있다. 그 당시 성채를 탐방하지 못했으나 오늘 하기로 하였다.
　카스텔 누오보 성채 앞에서 인증샷을 날린 후 호텔에 투숙하니 여행 8일째도 막을 내리고 있었다.

나폴리, 포지타노, 아말피

여행 9일째, 호텔 조식을 하면서 식당에서 바라본 나폴리 항구 모습이 정말 멋졌다. 조식 후 노래의 도시 쏘렌토를 경유하여 아말피 해안도로와 눈부시게 흰 골목이 아름다운 신비한 마을 포지타노를 향해 출발하였다.

아말피 해안도로 여행 시 버스의 우측 앞자리에 앉는 것이 절경을 감상할 수 있는 팁이라고 하는데 박 팀장이 4대의 셔틀 버스를 가지고 팀별로 버스에 오르는 것을 지정해 준다.

호텔 식당에서 바라본 나폴리항

"해안도로가 우리나라 대관령 아흔아홉 고개 넘어가듯이 구불구불 합니데이. 멀미하시는 분은 좌측에 앉으시이소. 우측에 앉으시믄 억수로 멀미할 거구만요~"

필자 부부와 원 사장 부부는 우측에 앉았지만 평소 멀미를 자주 한다는 여 원장 사모님은 좌측에 앉았고 여 원장도 덩달아 좌측에 앉는다.

해안도로 전망대에서 바라본 에메랄드빛 지중해와 해안 마을은 한 폭의 그림이었다. 아말피 해안도로는 〈내셔널 지오그래픽〉에서 선정한 죽기 전에 꼭 가봐야 할 곳 파라다이스Paradise 부문 1위에 뽑혔다고 한다.

포지타노Positano란 이름의 유래는 주민들이 해적을 피해 숨었던 Paestum 이라는 지역에서 왔다고도 하며 또는 전쟁 중 성모마리아 그림이 약탈당해 보트로 옮겨지고 있을 때, PosaPosa(내려놔~!)라는 목소리가 들리고 폭풍이 몰아쳤는데 그림을 내려놓자마자 폭풍우가 멈췄다고 해서 붙여진 이름이라고 한다. 믿거나 말거나! 전설입니다. ㅎ

포지타노의 절벽에 집이 빼곡히 채워져 있었는데 집들을 어떻게 저런 곳에

포지타노

짓고 살까 싶을 정도로 아찔하게 보이긴 했지만 아기자기하고 예쁜 집들이었다. 포지타노 해안가로 내려가 보트를 타고 밑에서 절벽 마을들의 모습을 보면 좋으련만 박팀장 말대로 보트를 타는 것은 일정에도 안 나와 있고 곧이어 가게 되는 아말피에서도 똑같은 풍광을 즐길 수 있다고 하여 아쉬움을 간직한 채 인증샷만 날리고 아말피 해안 관광의 거점 아말피로 이동하였다.

이탈리아의 중요한 관광지의 하나인 아말피는 온화한 기후와 아름다운 해안 경치로 유명하다. 높은 절벽에 층을 이루며 올려진 파스텔톤 건물과 주변 경관은 한 폭의 그림이었다. 뒤쪽 구릉지대 비탈에 아름다운 집들이 들어서 있었는데 바다와 어울려 환상적인 절경을 빚어내고 있었다.

성 안드레아의 유해가 안치된 아말피 두오모(성 안드레아 성당)는 아말피에서 가장 유명한 건물이다. 9세기경 건축되어 로마네스크부터 고딕 양식까지 다양한 방식으로 증개축되었다. 이 건축물이 유명한 이유는 아랍과 노르만 스타일의 건축 구조가 공존하고 있기 때문이다. 특히 여러 가지 색들로 모자이크된 점과 옆에 있는 종탑이 독특한 모양을 보이고 있다는 점이 눈에 띄었다.

아말피 성당

"이곳 두오모 성당이 있는 광장에는 상점들이 많지예. 특히 아말피는 레몬이 특산품이라 온 도시가 레몬 향기라예. 2시간 정도 자유시간 드릴 테니 쇼핑도 하시고 해산물 튀김에 레몬 첼로(술)도 드시고, 에스프레소 커피와 젤라또도 맛보이소. 근데 레몬 첼로 술은 도수가 30도에서 40도가 될 기라예. 그리고 2시간 후 꼭 이 광장으로 모여 주이소."

우리는 '로컬 맛집'이라고 간판을 내건 가게 앞에 줄을 서서 차례를 기다리는 많은 관광객 뒤에 따라 섰다. 정 사장이 얼른 계산을 한 후 해산물 튀김을 담은 봉지를 내민다. "정 사장, 잘 먹을게요~ 고맙습니다." 바싹 튀긴 해산물이 고소하고 바삭바삭한 게 맛이 있다.

원 사장 부부와 함께 레몬 사탕, 레몬 비누 등을 파는 가게에서 선물용으로 레몬 비누를 샀다. 아이스크림을 좋아하는 여 원장 부부와 젤라또 가게에서 수제 레몬 젤라또를 주문하여 입에 넣으니 그리 달지 않으면서 부드럽고 레몬향의 감미로운 맛이 입안에 가득 배어난다. 여 원장이 한마디 툭 던진다. "이태리 아이스크림인 젤라또 정말 맛있네요~! ㅎ"

아말피 시내 골목길을 둘러보며 구경도 하고 해안가를 산책하며 지중해와 절벽 위 예쁜 집들을 배경으로 연신 셔터를 눌러댄다.

아말피 해안가에서 아말피 관광을 끝내고 로마공항으로 이동하여 인천향 비행기에 탑승하여 10시간 30분의 비행 끝에 무사히 인천공항에 도착하였다.

여 원장님, 원 사장님 부부와 함께 시칠리아 및 남부 이탈리아를 여행하면서 시칠리아 문화와 유적, 까놀리, 그라니타 등 시칠리아 전통 간식, 중세풍의 아름답고 웅장한 성당들, 알베로벨로의 트룰리, 마테라 구시가지 삿시, 아말피 해안도로의 절경들, 절벽위에 지어진 예쁜 집들의 포지타노, 아말피의 두오모 성당과 로컬 맛집들, 파스타와 에스프레소, 젤라또, 이태리 와인 등 눈과 입이 호강하는 즐거움과 추억거리를 많이 만들었으며 좋은 분들과의 우정과 교류를 통해 여행의 보람과 묘미를 흠뻑 느꼈습니다.

2019. 10. 11

코카서스

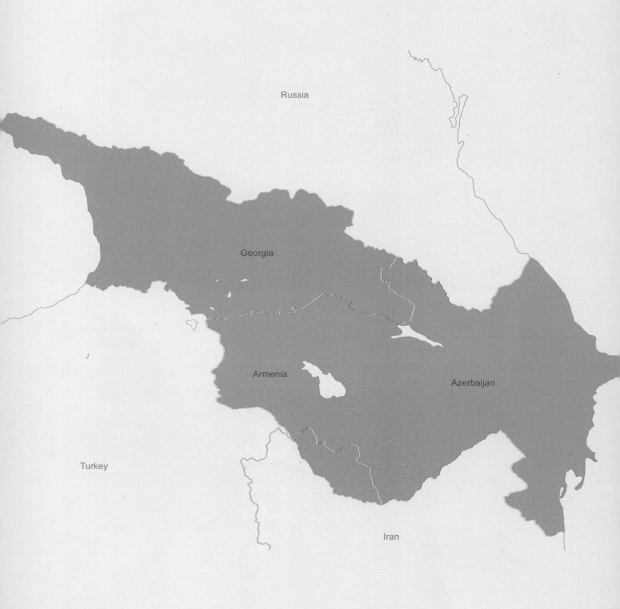

아제르바이잔
(바쿠, 고부스탄, 쉐키)

　유라시아의 보물, 지상의 마지막 낙원이라 불리는 코카서스 3국을 다녀왔다. 10월 11일 새벽 1시 인천공항을 이륙하여 약 10시간의 비행 후 카타르 도하 공항에서 아제르바이잔 수도 바쿠로 가는 비행기로 환승, 약 3시간을 더 비행하여 '바람의 도시' 바쿠 공항에 도착하였다.

　코카서스 지역은 북쪽으로는 러시아, 남쪽으로는 이란과 터키, 서쪽은 흑해, 동쪽은 카스피해와 접하고 있다. 그 중심에 동서로 약 1,200km에 걸쳐 유럽과 아시아의 경계를 이루는 대 코카서스 산맥이 자리하고 있고 이 산맥 아래 터전을 잡고 있는 나라인 조지아, 아르메니아, 아제르바이잔을 코카서스 3국이라 부른다.

　실제 코카서스는 동양과 서양, 아시아와 유럽, 기독교와 이슬람교가 교차하는 지역으로, 역사적으로 그리스, 로마, 페르시아, 몽골, 아랍, 튀르크, 러시아 등 주변 강대국이 세력을 펼 때마다 침탈의 무대가 된 곳이다. 그럼에도 불구하고 이들 3국은 고유의 민족, 언어, 종교, 문화를 지켜내며 끈질기게 생존을 해왔다.

　프로메테우스가 불을 훔쳐 인간에게 처음 전해주었고, 신을 속이는 방법을 알려준 죄로 영원히 갇혀버렸다는 신화의 땅 코카서스! 1922년 소련으로 통합되었다가 1991년 소련의 붕괴 이후 각기 독립하였다.

필자는 그동안 여행을 나름대로 많이 하였지만 코카서스 여행은 정말 새로운 경험이었다. 그 어디에서도 본 적 없는 아름다운 자연 경관과 끊임없는 아픔을 겪으면서도 긴 세월 스스로를 지켜낸 종교적, 문화적 배경, 미식가들의 향수까지 오감을 건드리고 마음을 움직였던 여행지였음을 인정한다.

물의 나라이면서 와인의 나라인 조지아, 불의 나라 아제르바이잔, 돌의 나라 아르메니아! 이제 아제르바이잔 바쿠를 시작으로 출발해 본다.

입국 수속을 마치고 나오니 우리 일행은 인솔자 포함 25명이었다. 현지 가이드를 만나 버스에 오른다.

"선상님들의 아제르바이잔 입성을 환영합니데이. 지는 가이드 변○○라고 합니더. 고향은 부산이고예, 금강산 구경도 식후경이라꼬 식당으로 몬저 모시겠심더. 하몬. 아제르바이잔의 대표적 전통음식인 스테이크 '안트라콧'인데예 양고기로 잡냄새가 덜하고 부드럽지예. 함 잡숴보시지예. 화덕에서 바로 구워낸 빵도 억수로 맛있습니더."

경상도 사투리도 구수하고, 양고기를 먹어보니 잡내도 안나고 육즙이 살아 상당히 부드럽다. 따봉~! 코카서스 음식은 우리 입맛에 잘 맞아 고수(향료)만 사양하면 된다고 하더니 그 말이 딱 맞는 것 같다.

카스피해 연안을 끼고 러시아와 이란 사이에 있는 불의 나라, 중동 분위기가 도처에 풍기는 아제르바이잔…. 세계에서 알아주는 산유국이기 때문에 '불'이라는 페르시아어 '아자르'와 '나라'라는 뜻을 가진 '바이잔'을 합친 것으로 도처에 '불기둥'이 즐비하였다.

바쿠는 카스피해에 인접한 항구도시이며 석유로 빠르게 발전한 도시이다.

중식 후 불의 사원으로 불리는 배화교 아테쉬가흐 사원을 탐방하였다.

아테쉬가흐 사원은 기원전 6세기경 페르시아 예언자인 조로아스터가 창시한 종교로 18세기에 인도인 쉬바에 의해 건설되었다. 초기에는 사원 네 귀퉁이에서 천연가스가 분출되어 '영원한 불'이라고 명명되었다. 사원 안으로 들어가 보니 규모는 그리 크지 않았고 꺼지지 않는 불의 모습을 여기저기서 볼 수 있었다.

아테쉬가흐 사원관광을 마치고 버스에 오르니 "선상님들께 세 가지만 부탁드리니끼니 꼭 들어주이소. 첫째는 옥체 보존하옵시고(안전) 둘째는 귀중품과 짝궁 잘하이소~(여권) 셋째는 모든 거 싹 잊어뿔고 즐겁게 다니시는 겝니더(관광). 지 말이 맞지예? 헤헤~" 여수에서 왔다는 아줌씨, "고로코롬 말씀하시니 참말로 알아들었당께~ 인자 거시기형께 싸게싸게 가보드랑께." 버스 안에 한바탕 웃음보가 터진다. ㅎㅎ

5m 두께, 높이 29.5m의 8층 원통형 성벽으로 800년의 역사를 가진 정복할 수 없는 성역이란 뜻의 '처녀의 탑' 메이든 타워, 15세기 건축물로 왕궁, 회의장, 목욕탕, 모스크, 이슬람식 묘지 등 다양한 단지로 구성되어 아제르바이잔 건축의 진수를 보여주는 쉬르반샤 궁전, 궁전을 관람하고 나오면 만나는 아제르바이잔 영웅 시인 알리가바히드 두상 조각도 눈에 띈다.

바쿠의 옛 성곽 모습이며 미로처럼 연결되어 있는 성벽 안쪽의 올드 시티 '이췌리쉐헤르'도 관광하였다.

올드 시티는 7세기에서 12세기에 점진적으로 형성된 도시로 2000년 세계문화유산 지역으로 지정되었다. 카스피 해안을 따라 위치해 있으며 러시아 침공 시 희생당했거나 아르메니아와의 전쟁에서 희생된 사람들의 무덤과 추모탑이 있는 볼바르 공원은 바쿠 시민들이 사랑하는 산책로이다. 각종 요트클럽과 레스토랑, 커피숍이 즐비하며, 세계에서 두 번째로 높다는 국기게 양대와 불을 상징하는 바쿠의 랜드마크 불꽃타워Frame Tower의 전경도 조망하였다.

메이든 타워

아제르바이잔 천재시인 알리가 바히드 두상

쉬르반샤 궁전

바쿠 올드 시티(이췌르 쉐헤르) 성벽 카페

바쿠 랜드마크 불꽃타워 (Frame Tower)

"볼바르 해변공원에 와 이리 커피숍이 많노? 하고 궁금해하실 껩니더. 이 곳이 이슬람교라서 남녀가 함께 갈 수 있고 데이트할 수 있는 곳이 커피숍뿐이라예. 지금부터 교통 체증이 시작됐네예. 제 차는 2003년 구입해가 16년 됐는데 고장 한 번 안 났습니더. 사막이라 여름에 40도까지 오르나 비가 없고, 겨울에 영하로 안 내려가고 눈도 한두 번밖에 안 와 차가 호강합니데이. 그라고 선상님들, 아르메니아와 아제르바이잔은 서로 원수지간이니끼네 아르메니아 입국 시에는 여기서 산 물건 영수증 등은 여권에 낑기지 마시고 다

치우시이소. 아르메니아에 대한 언급도 쫌 자제해 주시고예. 물건 압수당하고 아르메니아 몬갈 수도 있습니더. 글면 낭패 아닙니꺼? 하몬~!"

"그랑께 시방 두 나라가 웬수니께 거시기한 말과 행동은 쪼께 삼가라는 말쌈 아니요잉~ 나가 알아들어 뿌렀당께!" 여수 아줌씨의 툭 던지는 한마디에 모두 배꼽을 잡는다.

추모의 탑, 불멸의 탑Eternal Fire Memorial 에서 인증샷을 날린 후 전망대에서 내려다보는 바쿠 시와 카스피해 조망이 낙조와 더불어 아름다웠다.

"바쿠는 노벨상으로 잘 알려진 노벨과 깊은 인연이 있지예. 노벨이 유전 사업에 투자해가 막대한 배당금을 챙겼고, 다이너마이트 사업자금과 합쳐져 훗날 노벨상의 종잣돈이 되지 않았겠습니꺼. 노벨이 바쿠 시에도 기부를 억수로 많이 했다 이 말입니더. 하몬."

추모의 탑

관광 후 아제르바이잔의 전통 음식인 사즈를 먹었다. 사즈는 철판에 기름을 두르고 요리된 닭고기 또는 소고기와 구운 채소 등을 넣어 내오는 음식으로 밑에 온기가 보존되도록 숯불도 깔려 있었다. 밀전병에 싸서 먹기도 하고 화덕구이 빵과 곁들여 먹어도 맛이 있었다. 고기는 닭고기나 소고기로 우리나라 제육볶음이나 닭갈비와 비슷하여 전혀 거부감이 없었고 채소는 구운 가지, 감자, 당근, 양파, 파프리카, 버섯이었다.

여행 3일째, 바쿠 남쪽 카스피 해에 인접한 고부스탄으로 이동하였다. 버스 창밖으로 보이는 집들 사이로 가스관이 보인다. 천연가스인 메탄으로 밖으로 배관해 놓으면 외관상 보기는 싫지만 가스가 날라가 폭발의 위험이 없고 안전하다고 한다. 지하로 해놓으면 돈도 많이 들고 폭발 위험도 훨씬 크단다.

고부스탄 암각화

고부스탄은 돌을 뜻하는 고부와 땅을 뜻하는 스탄, '바위가 있는 지역'이란 말이다. 2007년 유네스코 세계문화유산으로 등재된 고부스탄 암각화… 신석기시대, 청동기 시대에 사람이 거주했던 세계 최대의 유적지이다. 동물 그림과 배, 별자리, 선사시대 인간의 모습들이 바위에 새겨져 있었으며 6,000개 이상의 컬렉션이 있다고 한다. 참고로 고부스탄 바위는 사암이다.

우리는 실크 로드 교역의 중심지 쉐키로 이동하였다. 아제르바이잔 서부에 위치한 도시로 2,500년간 사람이 거주해온 코카서스에서 가장 오래된 곳이다. 왕의 여름궁전으로 프레스코화와 섬세한 스테인드 글라스로 장식된 '칸사라이 궁전', 실크로드 교역을 하던 상인들이 묵었던 '카라반 사라이'도 잘 보존되어 아름다운 경관으로 우리를 맞이하였다.

칸사라이 궁전

조지아 1
(시그나기, 고리)

여행 4일째, 호텔 조식 후 아제르바이잔과 조지아의 국경인 라고데키로 이동하였다.

"선상님들이요, 지가 잼나는 야그 하나 할께예. 코카서스 여행은 몸과 마음을 힐링할 수 있는 신이 내린 땅이라카는데 와 그런지 아십니꺼? 이곳 사람들이 술과 친구를 좋아해 밤새도록 놀다 조물주를 늦게 찾아와 자기 땅을 달라카니 '다 노놔줬고 니 줄 땅은 없다' 카니 '어데예~ 그런 기 어데 있습니꺼~ 매일 올끼니끼네 생각 쫌 해주이소.' 그라고 신물 나게 매일 조물주를 찾아갔다 아입니꺼~ 조물주가 지쳐 '내가 쓸려고 꼬불쳐둔 땅인데 줄 테니 다시는 오지마라' 했다 아입니꺼~ 그 땅이 바로 코카서스입니더. 헤헤~ 믿거나 말거나~ 야그입니더.

아제르바이잔 출국심사 마치고예 국경 통과 시 각자 가방(캐리어)을 끌고 약 700m 약간 경사진 오르막길을 올라가야 합니데이. 남자 선상님들은 여자 선상님들 쫌 도와주시고예 식겁 쫌 하실겁니다~ 헤헤."

조지아는 남쪽으로는 터키, 아르메니아, 남동쪽으로는 아제르바이잔과 경계를 이루고 북쪽으로는 러시아와 접하며 서쪽은 흑해와 닿아 있다. 교통과 교역의 접경지로서 주변국들의 침략과 점령이 끊이지 않았던 역사적 아픔을 간직한 나라이다. 그럼에도 불구하고 명맥을 유지해 올 수 있었던 것은 조지아 국토의 2/3를 이루는 험준하면서도 알프스를 연상케 할 정도로 환상적인 산악지형 덕일지도 모른다. 영토 면적은 남한보다 좀 작으며(남한의 70%) 인구는 460만 명이다. 수도는 트빌리시로 서울보다 조금 더 큰 면적에 약 148만 명이 거주하고 있다.

민주공화국으로 대통령제를 채택하고 있다. UN, 유럽회의 멤버이나 EU에는 들지 못하고 있다. 참고로 '그루지야'는 조지아의 러시아식 발음이다. 대부분의 국민들은 영어식 이름인 '조지아'를 더 선호한다고 한다. 조지아의 기후는 온난하고 쾌적한 아열대성 기후이며, 흑해 연안은 지중해성 기후를 띤다.

조지아에는 기독교를 전파한 성녀 니노가 묻힌, 800m 절벽 위에 세워진 보드베 교회, 절벽 표면을 파서 만든 벌집 형상의 동굴 도시 바르드지아, 예수님이 돌아가실 때 입고 있던 성의가 묻혀 있다는 스베티츠호벨리 대성당, 해발 2,107m 언덕에 세워진 게르게티 성 삼위일체 교회, 진발리 호수와 그림 같은 조화를 이루는 아나누리 성채 등 눈을 호강시킬 정도의 풍경들이 가득하다. 창밖으로 옥수수 파는 아줌마와 양고기 가게가 보인다.

"지는 여기 옥수수 안 사먹습니더. 맛이 파입니더. 보기에 먹음직스러워가 한입 딱 깨물면 어~ 이 맛이 아인데 하실겝니더. 한국 강원도에서 먹던 옥수수 맹키로 차고 달지 않쿠만요~ 이곳에선 양을 방목해가 고기가 질기지만 비옥한 땅이라 맛은 억수로 좋습니더. 양고기는 피로 회복에 좋타카니 많이들 드시이소."

국경 통과 전, 아제르바이잔 가이드인 변 선생이 마이크를 잡는다.

"지는 여기까지입니더. 선상님들이 협조를 잘해주서가 수월했심더. 고맙습니데이. 남은 조지아, 아르메니아 여행도 무사히 즐겁게 하시이소.”

모두 변 선생의 노고에 감사하며 큰 박수로 화답한다. 국경을 통과하자 차량도 바뀌고 조지아 현지 가이드가 밝은 미소로 인사한다.

“안녕하세요~^^ 저는 선생님들의 조지아와 아르메니아 여행을 안전하고 즐겁게 해드릴 가이드 송○○라고 합니다. 인솔자인 베테랑 정팀장과 열심히 하겠습니다.” 여수 아줌씨, 이번에도 끼어든다. “그랑께 거시기형께 잘해 보드라고~ 나가 두눈 크게 뜨고 볼랑께.” 모두 또 한 번 배꼽을 잡는다.

우리는 해발 800m 절벽 위에 세워진 중세도시 ‘시그나기’로 이동하였다. 시그나기는 ‘피난처’란 뜻이라고 한다. 에라클레 2세는 1762년 다케스탄인들이 코카서스 산맥을 넘어와 약탈을 일삼자 마을을 보호하기 위하여 시그나기 성을 쌓았다고 한다. 절벽 위 성루에서 바라보는 아기자기한, 빨간 지붕이 예쁜 아름다운 시그나기 마을과 코카서스 연봉은 달력에서나 볼 수 있는 풍경을 그대로 빚어내고 있었다. 마을 저 아래로는 알라자니Alazani 계곡의 광활한 평원이 펼쳐져 있었고 그 건너편으로 대 코카서스 산맥이 아스라이 보였다.

시그나기 마을

보드베 교회 종탑

터키 카파도키아 출신의 성녀 '니노'는 조지아에서 선교 활동을 하였으며, 왕비 '나나'의 병과 사냥을 하던 중 다친 왕의 병을 고쳐주었다고 한다. 그 영향을 받아 서기 427년 조지아의 '마리안 왕'은 기독교를 국교로 공인하였다. 성녀 니노가 죽은 후 마리안 왕은 성녀 니노가 묻힌 묘 위에 '보드베'교회를 세웠으며 1924년에는 병원으로 사용된 적도 있다고 한다. 보드베 교회와 종탑, 새로 지어진 수도원과 탁 트인 예쁜 꽃밭과 녹색 정원에서 인증 샷을 연이어 터트린다.

그리고 조지아 전통 방식으로 제조되는 시그나기 와이너리 투어를 하였다. 가이드 송 선생 왈, "이곳에선 와인 만들 때 과육은 물론 줄기, 씨, 껍질을 모두 '크베브리'라 불리는 달걀 모양의 항아리에 넣고 밀봉합니다. 그리고 우리처럼 겨울 김장 김치를 땅속에 묻어 숙성시키듯 하지요. 이곳 시그나기 와인은 조지아 와인의 70%를 생산하고 있답니다. 온화한 기후와 습한 공기는 포도 재배를 위한 최상의 조건을 제공하고 있지요. 조지아는 세계 최초의 와인 탄생지입니다. '물보다 와인에 빠져 죽는 사람이 더 많다'라는 속담이 있을 정도로 이곳 사람들은 와인을 물 마시듯 합니다. 와이너리 투어와 점심식사를 같이 하실 텐데 메뉴는 '무츠바디'라고 조지아 전통음식인 돼지고기 사슬릭 꼬치구이입니다. 레드, 화이트 와인과 함께 차차chacha라는 증류주를 같이 제공할 테니 조금씩 맛을 보시고 즐거운 식사를 하십시오. 차차는 우리나라 소주와 비슷한데 도수가 40도가 넘으니 적당히 드십시오.”

무츠바디는 바베큐 음식으로 기름이 빠져 담백하고 육질이 연하고 맛이 있었다. 와인과 차차를 곁들이니 금상첨화로다. 오메~ 좋은 거~! 식사와 와인 투어를 마치고 나오면서 농기구가 딸린 전통 통나무집이 있어 기념 인증샷도 날렸다.

점심 먹은 후 시그나기 성곽과 마을을 둘러 보았다. 마침 신혼 부부가 기념 촬영을 하고 있었다.

시그나기 관광을 마친 후 1,500년 된 조지아의 수도 '트빌리시'로 이동하여 모처럼 한국인이 경영하는 식당에서 한식(설렁탕, 소불고기, 제육볶음)으로 저녁을 먹고 호텔에 투숙하였다.

여행 5일째, 스탈린의 고향으로 유명한 '고리'로 이동하였다.

본명이 '이오시프리오노'인 독재자 스탈린은 지하조직 활동을 하던 청년 시절에 체포 7회, 유배형 6회, 탈출 5회 등 고난을 겪었기 때문에 '무쇠 같은 사나이'란 별명을 얻었다. 스탈린(강철인간)은 레닌이 붙여준 이름이다. 스탈린 박물관은 고딕 양식 건축물로 2층 전시관에는 개인 소장품, 책, 책상, 의자, 입었던 의복과 일생기록 사진, 회담 사진, 세계 각국 인사들로부터 받은 선물 등을 볼 수 있었고, 박물관 옆에는 비행기 타기를 싫어해 기차만 타고 다닌 스탈린 전용열차도 전시되어 있었으며 내부는 사우나실, 회의실 등을 갖추고 있었다.

스탈린 박물관

또한 공원 안에 있는 스탈린 생가도 둘러보았다.

"오늘 점심은 '힝칼리'라는 조지아 만두를 드실 텐데 먼저 만두에 구멍을 내어 입에 대고 고기 육즙을 쪽 빨아 드시고 그 다음 만두를 드시는 겁니다. 감자와 고기도 나오니 같이 맛있게 드십시오."

조지아 전통만두 힝칼리

송 선생이 말한 대로 만두에 조금 구멍을 내어 입에 대고 쪽 빨으니 고소하고 진한 만두소 육즙이 입을 즐겁게 한다. 만두피는 좀 두껍긴 해도 맛이 있었다. 점심을 먹고 나오니 여수 아줌씨 또 한마디 툭 던진다. "돼지고기 꼬치구이도 그라고 조지아 만두도 그라고 참말로 맛이 있당께~ 나가 식도락가들이 조지아에 허벌나게 오는 연유를 알아뿌럿스. 가이드 양반, 배도 채웠고 거시기헝케 싸게싸게 가보드라고~"

"선생님들, 이제 우리는 죽기 전에 꼭 봐야 한다는 고대 유적지인 절벽산을 깎아 만든 '바르드지아'로 이동하겠습니다. 이 동굴 도시는 육중한 절벽 표면을 파서 복잡한 구멍들로 이루어진 벌집 형상이 무크바리 강변으로부터 웅장한 모습으로 솟아 있지요. 12세기에 형성된 건데 외부에서 보는 모습도 장관이지만 동굴 안이 더 볼 만합니다. 키 크신 선생님들은 허리를 굽혀 구부정하게 해서 이동해야 될 거고 중간 중간에 급경사진 내리막과 오르막길이 많아 조심하셔야 됩니다. 관절 안 좋거나 허리 아프신 분은 올라가지 마시고 쉬고 계시는 게 나을 듯합니다. 이 동굴 도시는 타마르 여왕이 요새화하여 건설하였으며, 전성기에는 방이 5,000개에 5만 명의 사람들을 수용할 수 있었다고 합니다. 안에는 연회장, 마굿간, 도서관, 목욕탕, 와인 저장고, 웅장한 교회가 있습니다. 지금부터 1시간 30분 동안 트레킹을 하면서 설명 드리겠습니다."

바르드지아 동굴도시

　젊었을 때 축구하다 다리를 다쳤는데 그냥 방치하여 다리를 저는, 필자와 나이가 비슷한 70대 노신사가 일치감치 포기하고 쉬겠다고 한다. 붙임성 있는 효녀 딸과 사교적인 마나님이 양쪽에서 부축하고 다니는데 그러면서도 아버지는 운동을 해야 된다고 1주일에 한 번씩 꼭 국내 여행을 시킨다는 딸의 효심이 대단하다. 그러고 보니 바르드지아 트레킹은 필자가 제일 연장자이다.

　평소에 운동을 나름대로 꾸준히 해왔으며, 마라톤 풀코스(42.195km)를 21번 완주했고, 일본 북알프스 오쿠호다께다케 봉(3,100m)과 아시아 최고봉 키나발루(4,100m)를 등정한 경험이 있으니 한번 도전해 보는 거다. 몇 군데 난코스가 있었으나 인증샷도 날리면서 무사히 빠져나왔고 우리 일행들의 큰 박수를 받았다.

　"박사님~! 괜찮으시죠? 연세도 많으신데 대단합니다~^^ 파이팅~!" 가이드 송 선생과 이번 여행에서 알게 된 문○○ 사장이 큰 박수로 분위기를 띄운다. 잠시 아이스크림과 음료수 등 간식을 먹으며 휴식을 취한 후 조지아의 최고 휴양지로 꼽히는 '보르조미'로 이동하였다.

조지아 2
(보르조미, 므츠헤타)

　여행 6일째, 우리가 투숙한 보르조미 리카니 호텔의 산책로가 좋다고 하여 일찍 일어난 일행들이 산책길에 나섰다. 가이드 송 선생이 선두에 서고, 인솔자 정 팀장이 후미에서 걷는다. "저 물안개 좀 보세요~ 그리고 공기가 좋으니 코로 심호흡을 하면서 걸으세요. 저기 말도 보이네요."

　산책로를 따라 걷다 보니 예쁘고 멋진 건물이 보인다. "러시아 로마노프 왕조의 여름궁전입니다. 지금은 내부 수리 중이라 들어갈 수는 없습니다. 이곳 호텔에서 며칠간 묵으면서 심신의 피로를 풀고 재충전하려는 분들도 많습니다."

러시아 황제 로마노프 왕조의 여름궁전

"그라믄 얼마나 좋겠노? 안 그렇습니꺼~? 박사님." 울산에서 왔다는 김 사장의 멘트에 "그러고 말구요~" 맞장구를 쳐준다.

낙엽을 밟으며 가을의 정취를 마음껏 느껴본다. 호텔로 돌아오는 길에 도 토리보다 큰 밤송이가 떨어져 있었다. 송 선생이 몇 개 집어들고 "도토리는 아닌 것 같고 밤보다는 좀 작은데 이게 무언지 아시는 분~?" 일행 중 한 분 이 답변한다. "'마로니에'이거나 아니면 '너도 밤나무 같으면 좋겠다' 하여 붙 여진 '너도밤나무'일 거예요. 독성이 조금 있어 먹으면 배앓이를 할 수도 있 어요."

"아이고~ 조금 전에 먹었는데 갑자기 그 말씀을 들으니 배가 아프기 시작 하네요~^^ 오늘 가이드 일 못 하겠네요~ 하하~" 하며 너스레를 떨자 모두 한바탕 웃음보가 터진다.

호텔 조식 후 조지아의 천연 광천수와 아름다운 자연 경관이 유명한 보르 조미 국립공원을 탐방하였다.

버스에서 내려 공원으로 걸어 올라가는데 유기견들이 사람들을 따라온다. 그러면서 차 옆으로 위험하게 달려간다. "저 개들은 출신이 양몰이 개들로, 사람들을 보호하기 위해 일부러 차 옆으로 달리는 거예요~" 송 선생이 한마 디 툭 던진다. "고로코롬 사람에 충성한께 나가 개를 좋아해 부러~ 이뻐 죽 겠스~!" 여수 아줌씨가 또 끼어든다. "개를 만지지는 마이소. 물리면 식겁 좀 하실겁니다. 하몬~! 헤헤~" 울산 김 사장이 되받고 모두 웃음을 참지 못 한다. ㅎㅎ

보르조미 공원 입구, 길 건너편에 예쁜 푸른 색의 건물이 눈에 띈다. 송 선생이 입을 연다.

"저 건물은 푸른 궁전 '피루자'인데 1892년 이란 영사가 건립하였으며, 현 재는 역사, 문화적 가치가 있는 16개의 방이 있는 호텔입니다."

피루자

프로메테우스 동상과 폭포를
배경으로 인증샷

공원으로 들어서서 산책로를 따라 올라가니 좌측에 프로메테우스 동상과 폭포가 보인다. 인간에게 불을 준 죄로 제우스 신에 의해 '카즈베기' 산의 바위에 묶여 독수리에 의해 영원히 간을 쪼이게 되었다는 그리스 신화에 나오는 프로메테우스 동상이다.

보르조미는 러시아 문호 푸시킨, 도스도예프스키, 음악가 차이코프스키 등이 사랑했던 휴양지이며, 러시아 여제 '에카테리나'가 위장병을 치료한 광천수를 마실 수 있는 곳이 있었다. 현재 보르조미 광천수라 하여 세계 각국으로 수출되고 있다고 한다.

"선생님들, 여기서 자유시간 드릴 테니 여기저기 둘러보시고 약속시간에 늦지 않게 모여주시기 바랍니다."

보르조미 공원 산책을 끝낸 후 도시 전체가 유네스코 세계문화유산인 '므츠헤타'로 이동하였다.

버스 이동 중 인솔자 정 팀장이 갑자기 길가에 버스를 세우게 하더니 로컬 가이드에게 무언가 사 오라고 한다. 송 선생이 안내 방송을 한다. "정 팀장님이 '추르츠젤라'라는 조지아 전통 간식을 선생님들 맛보시라고 사셨어요. 포도주 담그고 난 주스에 밀가루를 넣고 달여서 아주 끈적끈적하게 만든 다음, 호두를 길게 배열하여 싸서 말린 거예요." 그리 달지는 않으면서 쫀득한 게 호두가 고소하게 씹힌다.

창밖으로 수백 마리의 양떼가 양 몰이 개의 인도하에 지나간다. 모든 차들은 가다 서다를 반복하며 양떼가 지나가기를 기다린다.

버스 안에는 우리 귀에도 익숙한 러시아 민요 '백만 송이 장미' 곡이 흐른다. 피카소 등 많은 화가들에게 영향을 준 조지아의 국민화가 '니코 피로스마니'는 불우한 삶을 살면서 프랑스 출신 배우에게 그림과 집, 피까지 팔아 구입한 장미를 보냈고, 그렇게 사랑을 고백한 슬픈 사랑 이야기가 그의 사후에 알려져 라트비아 작곡가의 곡에 러시아 시인이 가사를 붙이고 러시아 국민가수가 1980년 발표하여 '백만 송이 장미'로 태어났다고 한다.

연이어 '그대 그리고 나', 김동규의 '10월의 어느 멋진 날에'가 흐른다. "저도 베이스 기타를 쳤고 와이프와 아이들도 악기를 다루는 음악 가족입니다." 송선생의 설명에, "그러니께 시방 가이드가 참말로 기타 맨이고 음악 가족이라고잉? 나가 쪼께 감동 먹어부렀당께~! 거시기 형께 모두 겁나게 박수 치드라고~!"

우리는 세계적으로 유명한 와인의 발상지인 조지아의 '므츠헤타 와이너리'를 방문하였다.

"선생님들, '크베브리'라는 와인 항아리에 포도껍질과 씨를 분리하지 않고 포도 송이째 넣어 숙성시키는 조지아 전통방식으로 만든 와인을 맛보시고 점심식사는 닭고기로 하실 겁니다. 조지아 식사시간 기본은 2시간입니다. 조지아 사람들, 술이 셉니다. 기쁜 날은 와인 28잔, 슬픈 날은 18잔을 보통 마시며 홈 메이드 와인 5리터를 가져와서 마시는 말술입니다. 만두는 기본으로 15개씩 먹고, 오전 10시에 출근하고 점심은 안 먹고 이른 저녁부터 술을 마십니다."

"아이고마~ 그노마들 억수로 술 마시고 신이 내린 땅에서 일 안하고 호강하고마~ 나도 마나님만 좋타믄 이곳에 살고 싶고만~!" 울산 김 사장의 한 마디에 "그라믄 나 혼자 귀국할 테니 당신 많이 마시고 푹 눌러 앉아 사시이소." 모두 소리 없이 웃는다.

송 선생이 다시 마이크를 잡는다. "오늘 저녁에는 디너쇼를 하는 곳에서 식사를 하실 건데 회사에서 와인 10병을 쏜다고 합니다. 정 팀장님이 회사에 건의한 결과입니다." 모두 박수로 감사함을 표한다.

이베리아 왕국의 수도였던 므츠헤타의 '스베티츠호벨리' 대성당은 조지아에 기독교를 처음 전파한 성녀 니노의 청에 따라 1,010년에 세워진 최초의

므츠헤타 와이너리

교회이며 '스베티츠호벨리'는 '생명을 주는 기둥'이란 뜻이다. 최근 트빌리시에 사메바 대성당이 완공되었으나 스베티츠호벨리 대성당은 조지아 정교회와 조지아 문화의 정신적 거점이며 예수님의 망토가 묻혀있다고 전해진다. 독특하고 환상적인 프레스코 벽화로 장식되어 있으며 우뚝 솟은 내벽을 가진 조지아 최대의 고대 건축물이다. 또한 수 세기 동안 조지아 왕들의 대관식과 장례식들이 이루어졌던 장소이기도 하다.

즈바리Jvari 교회는 므츠바리 강과 아라그리 강이 합류하는 지점 바로 근처, 므츠헤타 시를 굽어보는 산꼭대기에 위치하고 있었다. 조지아 정교회 교회로 즈바리는 '십자가'란 뜻이며 하늘에서 보면 교회 건물도 십자가 모양을 하고 있는데 이는 정교회 교회의 특징이라고 한다. 성녀 니노가 작은 포도나무 가지를 교차하고 자신의 머리카락으로 묶은 작은 십자가를 처음으로 이곳에 세웠다고 한다. 조지아에서 가장 오래된 교회 중 하나로 1994년 세계문화유산으로 등재되었다.

교회 앞에 서면 위에서 언급한 두개의 강이 만나는 두물머리 전경과 그림

므츠헤타 스베티츠호벨리 대성당

처럼 어울려 있는 므츠헤타 시가 내려다보이고 도시 중앙에 우리가 관광하였던 스베티츠호벨리 대성당이 보였다. 인증샷을 여러 컷 날리고 우리는 코카서스의 알프스라 불리는 '구다우리'로 이동하였다.

즈바리 교회

즈바리 교회 앞에서 내려다보이는 두물머리 전경과 므츠헤타 시

조지아 3
(구다우리, 카즈베기, 아나누리)

　여행 7일째, 조지아 구다우리에 위치한 러시아와 조지아 수교 200주년 양국 간 우정 기념비인 '파노라마 조형물'을 관광하였다. 모자이크 타일화가 붙어있는 거대한 조형물로 단순하면서도 화려하게 현실과 그 현실에서 비롯된 꿈과 희망을 표현한 작품이었다. 전망대에서 바라보는 5,000m가 넘는 높은 카즈베기 산과 어우러진 광대한 풍경은 조지아의 상징처럼 느껴졌다.

　카즈베기봉은 코카서스 산맥의 대표적인 봉우리 중의 하나로 만년 설산

조지아–러시아 수교 200주년 기념 파노라마 조형물

이다. 카즈베기봉은 5,047m, 조지아에서는 3번째로 높다. 참고로 코카서스 산맥 최고봉은 러시아 남부에 위치한 '엘브루스'봉으로 5,633m이다. 인증샷을 날린 후 우리는 조지아 여행의 하이라이트라 불리며 뛰어난 자연 경관을 자랑하는 카즈베기, 일명 '스테판 츠민다'로 이동하였다.

스테판 츠민다는 러시아 국경 부근의 소도시로 러시아 통치시기에는 카즈베기로 불리다가 독립 후 원래 이름을 되찾았다. 도시 이름은 이곳에 은둔처를 마련한 조지아 정교회의 수도사 스테판의 이름에서 땄다고 한다.

카즈베기란 이름 역시, 이곳에서 태어난 19세기 작가 알렉산더 카즈베기에서 따온 것이다. 4륜구동 승합 차량을 타고, 산을 오르기까지 구불구불 비포장도로에 고도에 따라 변하는 풍경은 많은 관광객이 카즈베기산을 찾는 이유를 대변해 주었다.

2,170m 꼭대기에 올라보니 유네스코 세계문화유산으로 등재된 게르게티 성삼위일체 성당과 그곳에서 보이는 만년설 카즈베기봉이 한 폭의 그림을 빚어내고 있었다. 게르게티 성삼위일체 성당, 조지아어로 '츠민다 사메바'성당은 14세기에 건립되었다는데, 수도에서 멀리 떨어져 있고 접근하기 힘든 높은 산에 위치해 있기 때문에 적들이 침입하였을 때 성 니노의 십자가와 아이콘 같은 중요한 보물이나 문서 등을 트빌리시나 므츠헤타에서 이곳으로 옮겨 보관하였다고 한다.

비잔틴 양식이 많이 남아 있는 성당으로 원뿔 모양의 돔을 가운데서 이고 있는 형태를 하고 있었다.

게르게티 성삼위일체 교회와 카즈베기 설봉

카즈베기 연봉

　카즈베기봉이 보이는 성당 여러 곳에서 기념 인증샷을 날렸는데, 청명한 날씨가 받쳐주어 풍광이 훨씬 멋있게 펼쳐져 보였다.

　김 사장 왈 "박사님요~ 카즈베기가 지상 낙원이라 카든데 이런 경치 보고 말하는기 아니겠슴니꺼? 날씨도 받쳐줘가 억수로 경치가 존네예~ 하몬~" "김 사장님을 비롯한 일행들이 평소에 좋은 일을 많이 하신 덕분입니다." 필자의 멘트에 어깨를 으쓱 치켜 올리며 환하게 웃는다.

　게르게티 성삼위일체 성당과 카즈베기산 관광을 마친 후 하산하여 카즈베기 마을에서 조지아 전통빵인 속에 치즈가 들어간 '하차푸리'와 특식 돼지고기 '오자쿠리'로 점심을 먹었다. 그리고 아나누리로 이동하여, 13세기부터 이 지방을 통치하던 봉건 영주 '아라그비' 백작이 살던 아나누리 성채와 만년설이 녹아 흘러들어 잔잔한 에메랄드빛으로 보이는 아름다운 진발리 호수를 관광하였다.

아나누리 성채의 옆 모습은 높은 성벽이 둘러쳐 있고 성채 뒤편으로 정방형과 원통형의 망루가 솟아 있었으며 성채 안으로 서로 다른 구조의 교회 두 채가 나란히 서있었다. 전체적인 분위기로 봐서는 방어 목적의 요새로 생각되었고 수도원 성채와 교회가 함께 들어선 복합 건물이었다. 성채 여러 곳에는 수많은 침략의 흔적이 남아 있었다.

아나누리 망루

아나누리 성채와 진발리 호수

가이드 송 선생, "수신기를 켜주시고 제 말을 경청해 주십시오. 망루 올라가실 분은 조심해서 다녀오세요. 계단이 가파르고 깨진 곳이 많아요~" 충주에서 왔다는 부부와 문 사장이 선뜻 올라간다. 필자도 뒤따르려 하니 마눌님이 "당신, 나이 생각을 좀 하세요~^^" 적극 만류하니 포기할 수밖에 없지요. 조금 후에 문 사장이 내려오더니 "망루에서 셀카봉이 부러졌어요. 다행히 휴대폰은 떨어지지 않았지요. 별로 볼 거는 없고~ 박사님 안 올라가신 거 잘 하셨어요."

성채와 교회 안팎 그리고 만년설이 녹아 흘러든 진발리 인공호수를 배경으로 기념사진을 찍은 후 1,500년 된 조지아의 수도 트빌리시로 이동하였다. 조지아 전통 춤과 음악, 조지아 와인이 곁들여진 파티로 즐거운 한때를 보내니 여행 7일째도 막을 내리고 있었다.

아르메니아
(딜리잔, 세반, 코비랍, 예레반,
게그하르드, 가르니)

여행 8일째, 호텔 조식 후 조지아와 아르메니아의 국경인 '사다클로'로 이동 후 조지아-아르메니아 국경을 도보로 통과하였다. 국경 통과 후, 신이 주었다는 아름다운 땅, '아르메니아의 스위스'인 '딜리잔'으로 향하였다.

딜리잔은 어머니란 뜻으로 해발 1,200m의 고지 마을이었다. 가이드 송선생이 마이크를 잡는다.

"돌의 나라 아르메니아는 강대국들 사이에서 많은 수난을 당했어요. 현재 코카서스 3국 중 가장 작은 영토를 가지고 있고, 인구 300만 명, 국민 소득도 3국 중 가장 낮은 나라이지만 자부심은 대단해요. 해외로 나가 있는 아르메니아인들이 조국을 위하여 많은 경제적 후원을 하고 있지요. 언젠가는 다시 아르메니아 왕국의 번영을 되찾을 날을 기대하며 열심히 노력하고 있다고 합니다. 아르메니아는 서기 301년 세계 최초로 기독교를 국교로 채택했어요. 국민의 95%가 기독교 신자예요. 아르메니아 교회는 기독교의 3대축인 개신교, 로마가톨릭, 그리스 정교 중 어디에도 속하지 않는 '아르메니아 사도회'입니다. 세계적인 장수국가로 아라랏 산에서 내려오는 천연수와 오크나무를 이용한 꼬냑이 아주 유명하지요. 선생님들 내일 꼬냑 와이너리 방문과 시음을 하실 겁니다.

아제르바이잔에선 아르메니아가 자기네 땅을 빼앗아 갔다고 하고, 아르메니아에선 빼앗긴 땅을 되찾았을 뿐이고 아직도 더 많이 남아있다고 말을 하고 있지요. 두 나라는 실제로 전쟁도 했고, 서로 원수처럼 대하고 있어요. 아르메니아인에 대한 집단 학살은 두 번에 걸쳐 일어났는데, 오스만 제국(터키)에 의한 집단 학살과 세계 1차 대전 때 러시아인에 의한 학살이 자행되었습니다. 희생된 인원이 무려 150만 명이었다고 합니다. 지금 아르메니아의 인구가 300만 명이니 그 학살이 얼마나 처참하였는지 선생님들이 생각해 보시면 금방 짐작이 되실 겁니다.

아르메니아 국기를 보시면 빨강, 파랑, 오렌지색(살구색)인데 빨간색은 조국을 위해 흘린 피이고, 파란색은 높고 푸른 하늘을 물려주겠다는 것이고, 살구색은 비옥한 땅과 노동자들의 색깔이라 합니다. 이 나라 국민들이 제일 좋아하는 과일이 살구예요. 과일은 무척 싸서 선생님들 실컷 드셔도 됩니다. 이제 시장하실 텐데 아르메니아 전통음식인 화덕구이 빵, 말하자면 밀가루 반죽을 얇게 펴서 30초에서 1분간 구운 '라바쉬' 빵에 닭고기, 소고기, 돼지고기 등 고기와 나물, 야채나 채소를 넣은 소위 '라마준'을 드시게 될 겁니다. 한국사람 입맛에는 딱 맞으실 거예요. 향신료인 '고수'는 제가 미리 빼라고 했어요. 와인이나 맥주를 곁들이시면 더 맛이 있지요~ 하하~ 시간도 많이 드릴 테니 천천히 드세요~"

울산 김 사장이 한마디 툭 던진다. "아이고마~ 송 선상, 시간 많이 줘가 내사마 억수로 고맙데이~ 하몬~ 퍼뜩 가입시더."

야외에 마련된 통나무집 2층에서 라마준을 로컬 맥주 '딜리잔'과 함께 곁들여 먹으니 금상첨화로다. 오매~ 좋은 거~!

식사 후 식당 정원에 있는 인공 연못 산책과 평화로운 오리 떼를 보면서

여유롭게 한 때를 보낸 후, 바그라투니 왕족 무덤이 있는 '하기르진 수도원'
으로 발길을 옮겼다.

수도원 안으로 들어서니 창을 통해 들어온 한줄기 빛이 영험하게 느껴졌
으며 자연 채광이 수도원 내부를 밝혀주고 있었다. 마눌님에게 한마디 던진
다. "여보~ 두 손으로 빛을 받아보세요~! 멋진 사진이 탄생할 거 같으니!"
필자가 하라는 대로 포즈를 취하니 좋은 사진 구도가 잡힌다.

하기르진 수도원은 10세기에 지어진 역사적인 유적으로서 4개의 교회와
2개의 예배당으로 구성되어 있으며, 몽고 침입으로 파괴되었으나 2010년에
복원되어 현재의 모습을 하고 있었다. 속세와 신을 이어주는 역할을 하는

하치카르

'하치카르'라는 묘비석(추모비)이 눈에 띄었는데,
아르메니아 장인들이 끌과 망치로 돌을 깎아,
앞면 아래쪽에는 태양 또는 영원의 수레바퀴를
상징하는 원을 새기고, 가운데는 십자가를, 주
변과 위쪽에는 꽃이나 덩굴 모양의 문양을 새
겨 넣는다고 하며 전국적으로 5만 개가 넘으나
똑같이 생긴 것이 하나도 없다고 한다.

하기르진 수도원

수도원 밖의 번개 맞은 나무의 모습은 하늘을 향해 성호를 긋는 모습으로 보였다. 송 선생 왈, "나무 밑에 난 구멍으로 들어가서 반대편 구멍으로 나오면서 소원을 빌면 반드시 행운이 이루어진다고 하네요. 저처럼 몸집이 크면, 하고 싶어도 나무 밑둥 구멍을 통과 못 해 못 들어 가고 나오기도 힘들어 어려워요. 여자 선생님들은 가능하니 한번 해보시지요. 하하~"

여수 아줌씨가 빠질 리 없다. "나가 시방 해봉께 쪼케 거시기해도 수월하당께. 싸게싸게 해부러~잉." 모두 한바탕 웃음보가 터진다.

하기르진 수도원에서 인증샷을 날린 후 우리는 아르메니아에서 최대이자 코카서스 최대의 호수가 있는 세반으로 이동하였다. 송 선생이 세반호수와 세반수도원에 대하여 설명한다.

"아르메니아 최고의 휴양지인 '세반' 호수는 아라랏산 화산폭발로 생겨난 큰 호수로 해발 1,900m 높이에 있으며 서울 면적의 약 2배에 해당하는 곳으로 바다가 없는 아르메니아에선 중요한 수원의 역할을 하고 있고, 전국에 공급되는 생선의 90%가 이곳에서 잡힌다고 해요. 우리도 내일 점심을 이곳에서 잡은 송어 바베큐로 하실 거예요. 기대하셔도 됩니다. 헤헤~

호수 안에 세워진 세반 수도원은 1950년 수력발전소가 생기면서 이전보다 약 20m 정도 수면이 낮아졌고 전에는 쪽배를 타고 가야 했지만, 지금은 육지와 연결되었어요. 수도원으로 올라가서 바라보이는 세반 호수와 수도원은 한 폭의 그림을 선생님들에게 선물할 거예요. 그리고 수도원 올라가는 입구에 있는 화덕구이 빵집의 빵도 맛이 있으니 한번 사서 맛을 보세요. 후회는 안 하실 겁니다. 하하~"

정상에 올라가니 두 개의 소박한 수도원이 있었다. 수도원 내부는 제단 한가운데 십자가가 세워진 다른 종파와 달리 아르메니아 사도교회의 제단은 예수를 안고 있는 성모화가 중심에 있었다.

세반 수도원

수도원 밖으로 나오니 위에서 보는 호수는 눈이 부시도록 아름다운 에메랄드빛과 주변 산들이 어우러져 멋진 풍경을 우리에게 안겨 주었다. 세반 수도원과 세반 호수를 배경으로 연신 디카 셔터를 눌러댄다. 세반 호수와 세반 수도원 관광을 마친 후 세계에서 가장 오래 인간이 살아온 도시로 알려진 '예레반'을 향해 출발하였다.

여행 9일째, 아르메니아의 자랑, 아라랏 산이 보이는 코비랍으로 이동 중 송 선생이 '코비랍 수도원'과 멀리 '아라랏 산'이 보이는 포도밭에 버스를 잠시 정차시킨 후, 우리 일행을 모두 내리게 한다.

"선생님들, 이곳이 코비랍 수도원과 아라랏 산을 가장 잘 볼 수 있는 명소입니다. 아라랏 산은 대체로 구름에 가려 못 보는 경우가 많은데 운이 좋으신 겁니다. 기념사진도 찍으시면서 좀 쉬어가겠습니다."

일행들은 끼리끼리 아르메니아의 국교인 초기 기독교가 시작되게 된 계기가 된 코비랍 수도원과 구약 성서에 노아의 방주가 정착한 곳으로 알려진 아라랏 산 전경을 조망하고 인증샷을 날렸다.

버스에 오르니 송 선생의 아라랏 산에 대한 부연 설명이 이어진다. "아라랏 산은 터키에서 가장 높은 산(5,137m)이지만 본래 아르메니아 영토였어요. 지금은 화산 활동이 멈춘 사화산으로 창세기 노아의 방주가 대홍수 끝에 표류하다 도착한 곳으로 알려져 있으며 정상 30%는 만년설로 덮여 있는 산이기도 해요. 8부 능선에 걸렸다고 하는데 과학적 근거는 없고 성서고고학적

멀리 코비랍 수도원과 아라랏산을 배경으로 포도밭에서 인증샷

으로 인정된다고 하네요. 실제로 8부능선에서 배의 모양 흔적과 나무큐빙이 나왔다고 해요. 곧 수도원 입구에 도착할 텐데 잡상인들이 비둘기를 날려 보내라고 할 텐데 거절하세요."

수도원 입구에서 내리니 노점상들이 즐비하였고 새 망에 들어있는 비둘기와 옥석으로 된 기념품이 보였으나 우리는 모른 체하고 언덕을 따라 수도원으로 걸어 올라갔다.

코비랍 수도원은 아르메니아어로 '깊은 구덩이'란 뜻으로 아르메니아와 터키 국경에 위치한 수도원이다. 수도원의 개요에 대하여 송 선생의 설명이 이어진다.

"아르메니아인들의 정신적 수호성인, '성 그레고리'는 개종할 것과 신들에게 제물을 바치라는 아르메니아 왕의 명령을 거부해 13년간 지하 감옥에 갇혀 있었으나 병을 얻은 왕이 성 그레고리의 기도 덕분에 치유되자 세계 최초로 서기 301년 기독교를 국교로 공인하였어요. 지하 감옥이 있던 이곳에 7세기경 수도원이 세워졌고, 지금의 모습은 17세기에 건립되었습니다. 저기

코비랍 수도원

보이는 수도원 벽에 난 작은 창으로 13년 동안 음식이나 물을 전달해 주었다고 해요. 지금부터 자유시간 드릴 테니 둘러보시고 약속시간 잘 지켜 이자리에 모여주세요."

지하 감옥 입구에는 많은 관광객이 순서를 기다리고 있었고, 직각으로 된 사다리를 타고 내려가고 올라와야 한다니 주어진 자유시간에 다녀오기에는 도저히 시간이 부족하여 포기하였다.

날씨가 받쳐주어 더 선명하고 가깝게 보이는 아르메니아 인들의 성산 아라랏 산과 터키와의 국경을 표시하는 철조망 너머로 펼쳐지는 대평원과 지평선을 배경으로 인증샷을 연신 날리며 즐거운 한때를 보냈다.

우리는 코비랍을 떠나 아르메니아 수도인 예레반으로 이동하였다.

"예레반 케스케이드 조각공원은 전망대까지 돌아볼 수 있는 코스입니다. 돌로 만든 계단이 폭포처럼 보인다고 하여 케스케이드cascade라 하며 케스케이드는 스페인어로 폭포라는 뜻이에요. 에스컬레이터를 타고 전망대까지 오를 수 있고 전망대에선 예레반 시내를 조망할 수 있어요. 에스컬레이터 각

층마다 전시물, 갤러리가 있으며 외부 테라스와 폭포가 조성되어 있습니다. 조각공원은 콜롬비아 조각가 '보테로'의 작품이 많은데 '담배 피우는 여인'이 특이합니다. 우리나라 작가 '지영호' 씨의 작품도 있는데 폐타이어를 이용해 만든 '사자상'입니다. 선생님들, 천천히 둘러보시고 약속시간에 모여주세요."

예레반 제일 높은 곳에 위치한 '빅토리 공원'에 있는 '아르메니아 어머니' 동상은 21m로 조지아 트빌리시 '어머니'동상보다 1m 더 높다고 한다. '힘을 통한 평화'를 형상화했다고 하는데, 숱한 외침과 희생을 겪은 아르메니아를 상징하는 듯했다. 거대한 중앙 원형 광장인 공화국 광장은 중앙에 분수대가 있고 종합정부청사, 예레반 역사박물관 등이 들어서 있었다.

송 선생의 설명과 해설이 이어진다. "약 100만 년 전 선사시대 때부터 지금까지 아르메니아의 역사와 문화를 한눈에 볼 수 있는 박물관 내부를 보실 텐데 이집트, 이란, 로마 등 인접 국가들의 유물도 같이 있습니다. 저는 3,500년 전 가죽을 뚫어 만들었다는 가죽 신발을 인상적으로 봤는데 유심히 눈여겨 보세요. 사진 촬영은 허용되지 않으니 눈에 많이 많이 담으시길 바랄게요."

꼬냑 박물관으로 이동 중 송 선생이 마이크를 잡는다. "얼마전 꼬냑 박물관을 방문하고 와이너리에서 꼬냑 시음을 한 후 꼬냑을 사신 사모님이 있었는데 맛이 있으니까 홀짝홀짝 마신 거예요. 그러다 보니 8잔까지 마시고 완전히 뻗어버렸어요. 하하~ 만취되어 관광도 못하고 공쳤지요. 선생님들도 적당히 마시세요. 하하~"

"고로코롬 마시면 쓰간디~ 골로 가제~! 나가 쪼께 술을 좋아하는디 시방 나보고 하는 소리갑소~! 거시기 형께 싸게싸게 가보드라고~잉~" 여수 아줌씨의 한마디에 모두 한바탕 웃음으로 화답한다.

꼬냑에 대한 송 선생의 멘트가 이어진다. "꼬냑과 위스키의 차이점은 꼬냑은 포도주를 증류해서 만들고, 위스키는 곡물을 증류해서 만든다는 거예요. 꼬냑은 프랑스를 비롯한 극소수의 나라에서 생산하고 있는데 그중 한 나라가 아르메니아지요. 위스키는 오크 통에서 숙성하는데 최대 25년이 지나면 더 이상 새로운 향이 나타나지 않는 반면, 꼬냑은 50년 이상을 오크 통에서 숙성시켜도 새로운 향과 맛이 난다는 거지요. 벌써 와이너리에 도착했네요. 모두 내리시지요~"

와이너리 꼬냑 시음을 했는데 3년산과 10년산을 내놓는다. 3년산은 알콜량이 강한 반면 10년산은 더 향기롭고 깊은 맛이 있었다.

송 선생이 꼬냑 마시는 법에 대해 설명한다. "원샷이 아니고 잔을 손바닥으로 받치고 손바닥의 온도로 데워가며 마시세요. 꼬냑과 잘 어울리는 과일은 찬 복숭아와 초콜릿입니다."

필자는 꼬냑을 평소에 좋아하지 않지만 3년산과 10년산 꼬냑을 시음하였다. 문 사장이 옆에서 한마디 툭 던진다. "박사님 술 좋아하시던데 꼬냑은 안 땡기시나 봐요~ 하하~" "네~ 꼬냑은 별로입니다. 하하~"

예레반 케스케이드 조각공원

콜롬비아 조각가 보테로의 작품 '담배 피우는 여인'

예레반 어머니상

여행 10일째, 신성 샘이 있던 동굴을 파서 만든 수도원이 있는 게그하르드로 이동하였다.

아자트(자유)계곡에 위치해 있으며 절벽으로 둘러싸인 산을 깎아 지은 '게그하르드 수도원'은 4세기에 처음으로 수도사 그레고리가 동굴을 파서 만들었고 이름을 동굴 수도원으로 붙였다. 2,000년 세계문화유산으로 등재되었는데, 수작업으로 만든 첫 번째 사원과 수도원, 왕들의 묘실, 그레고리 예배당으로 구성된 게그하르드Geghard는 '창의 수도원'이라는 게르하타방크에서 유래된 말인데 '게그하르드'란 십자가에 못 박힌 예수 또는 예수그리스도를 찌른 로마 병사의 창을 말한다.

수도원 입구, 아치형 석문 옆에서 송 선생이 말을 꺼낸다. "옆의 바위 위에 있는 구멍이나 틈으로 작은 돌을 던져 올려놓으면 행운이 온다고 하네요. 한번 해 보세요. 하하~" 일행 모두 돌을 집어 올려보지만 그리 쉽지가 않다. 필자도 몇 번 던져 보았으나 실패하고, 송 선생에게 한마디 툭 던진다. "행운은 억지로 만드는 게 아니에요. 찾아올 때 잡는 것이지. 하하~"

"박사님 말씀이 옳습니다. 그냥 재미로 하시라고 한 거예요. 하하~"

게그하르드 수도원

수도원 우측 바위 중앙에 멀리서도 보이게 큰 십자가가 붙여져 있었다. 수도원은 여러 개의 홀이 있었으며 천장 가운데 있는 '에르디크'라는 둥글고 큰 창이 내부 공간을 압도하면서 동굴의 환기와 자연적 채광이 되도록 하였고, 동굴교회 내부에는 큰 홀을 만들어 성상을 설치해 놓았다.

송 선생이 동굴 가운데 서서 뜬금없이 우리들에게 제안을 한다. "선생님들, 저와 함께 다같이 '아리랑' 합창하실래요?" 일행 모두 아리랑을 합창하니 동굴 안의 소리 울림이 대단하다. 게그하르드 동굴 수도원에서 부른 아리랑은 필자를 비롯한 우리 일행들에게 코카서스에 대한 추억으로 기억되리라~

게그하르드 관광을 끝내고 선택관광인 가르니 주상절리 투어를 하였다. 너댓 명씩 지프 차량에 옮겨 타고 용암이 분출하며 생긴 협곡으로 세계 자연 유산으로 지정된 '가르니 협곡'으로 이동하였다.

가르니 주상절리

협곡 입구에서 내리니 송 선생이 수신기를 켜라고 한다. "주상절리는 용암이 분출하여 흐르다 물과 만나며 급격하게 굳어 생긴 지형, 다시 말하면 화산 활동에 의해 형성된 육각형의 돌기둥을 칭하며 가르니 주상절리는 거리가 3km 정도 됩니다. 지금부터 웅장하고 기묘한 주상절리의 향연이 펼쳐질 텐데 눈에 많이 담으시고 기념 사진도 많이 찍으세요."

가르니 신전은 로마의 지배를 받던 시기에 네로 황제의 후원을 받아 태양신에게 바칠 목적으로 건립되었다. 신전 옆으로는 고대 목욕탕 시설이 있었으며 신전에서 내려다보이는 가르니 협곡은 한 폭의 그림을 빚어내고 있었다.

정 팀장이 우리부부에게 다가선다. "선생님~ 제가 인증샷을 찍어 드릴께요. 나중에 보시면서 가르니 추억 많이 떠올리세요. 호호~" 가르니(아자트) 계곡과 가르니 신전을 배경으로 인증샷 몇 컷을 날린다. "어머~ 두 분의 옷이 매칭이 잘되고 여행을 많이 다니셔서 그런지 포즈도 잘 잡으시네요~!" "역시 정 팀장이 전문가라 그런지 사진을 잘 찍으시네요~ 하하." "감사합니다. 호호~"

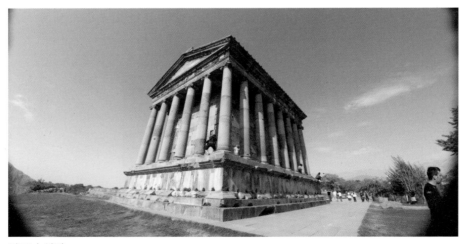

가르니 신전

투어를 끝낸 후 아르메니아와 조지아의 국경인 사다클로를 통과하여 1,500년 된 조지아의 수도 트빌리시로 이동하였다.

저녁을 먹은 후 선택관광으로 쿠라강 유람선에 탑승하여 와인 한잔하면서 선상 파티를 하였다. 가이드 송 선생과 정 팀장이 싸이의 '강남스타일'에 맞춰 말춤을 추면서 분위기를 띄운다. 여고 동창 모임 아지매들과 울산 김 사장, 문 사장 부부, 여수 아줌씨까지 끼어들어 한바탕 춤판이 벌어진다. "요로콤 나가 몸을 푸니께 참말로 거시기 형께 모두 싸게싸게 나오시요~잉!"

유람선 투어를 마치고 케이블카를 타고 나리칼라 요새에 올라 트빌리시 야경을 조망하였다. 사메바 대성당을 비롯한 메테히 교회, 평화의 다리, 그리고 조금 전에 유람선 투어를 한 쿠라강…. 아름다운 트빌리시 올드시티의 화려함을 만끽하였다.

트빌리시 어머니 상

여행 11일째, 케이블카를 타고 어제 밤 야경 투어를 했던 나리칼라 요새에 다시 올라 트빌리시 올드타운을 조망하였다. 케이블카에서 내려 우측으로 올라가니 트빌리시 '어머니상'인 '카틀리스데다' 기념비가 보였다. 오른손에 칼을, 왼손에 와인잔을 들고 있었는데, 적에게는 칼을, 손님에게는 와인을 대접한다는 의미이다.

케이블카 승강장 왼편으로 걸음을 옮기니 나리칼라 요새 성벽을 따라 산책로가 이어져 있었다. 송 선생 왈, "산책로는 약간 힘들어요. 하실 분은 저를 따라 오시고 안하실 분은 여기서 쉬고 계세요. 성문과 요새를 보고 바로 걸어 내려가는 길이 있지만 우린 다시 이 곳으로 올라와서 케이블카 타고 내려갈 겁니다. 이제 저를 따라 오시지요."

나리칼라 성벽 요새

    나리칼라 요새는 4세기경 페르시아인이 짓기 시작하여 현재의 성채는 7~8세기에 아랍인들에 의해 증축되었고 12세기 다비드 4세에 의해 확장된 후 지진으로 훼손되었다가 1935년 일부만 복구되었다. 성벽을 따라가니 성문이 보였고 성문을 통과하여 올라가니 요새와 교회가 보였다. 교회명은 성 니콜라스 교회라고 한다.

    나리칼라 요새 관광을 마치고 내려와 조지아 랜드마크로써 조지아 정교회 1,500주년 기념으로 만든 '사메바 대성당'을 찾았다. 조지아 정교의 자존심이라 할 수 있는 성당으로 조지아어로 '츠민다'는 '거룩한, 성스러운'이라는 뜻이고, '사메바'는 삼위일체라는 뜻이다. 1995년부터 2004년까지 약 10년에 걸쳐 1991년 러시아로부터 독립한 것과 정교회 독립을 기념하기 위해 국민성금으로 건립되었

사메바 대성당

다. 황금색 지붕의 성당은 이채로웠고 전체적인 외부 모습은 웅장하고 아름다웠는데, 이 대성당은 조지아 국민들에겐 교회이자 휴식공간이라고 한다.

"트빌리시를 둘러보시면 일상생활 속에 종교가 녹아져 있는데 약 90%가 조지아 정교입니다. 어딜 가도 크고 작은 성당을 볼 수 있어요. 그리고 이 사메바 대성당 내부를 보실텐데 지금 마침 예배를 드리는 중이니 구경 잘하세요. 잘 아시겠지만 정숙을 지켜주시고요."

성당 안은 주요 성인들의 이콘, 촛불, 십자가 등이 가득했고 프레스코화가 눈에 띄었으며 수많은 사람들이 예배를 보고 있었다.

메테히 교회는 나리칼라 요새 맞은편 낮은 강언덕에 있는 정교회로 5세기에 처음 건축되었다고 한다.

"메테히라는 이름은 '왕궁 주위에 있는 지역'을 뜻하는 말이에요. 서른일곱 번이나 부숴졌다 새로 짓고 했어요. 1801년 군막으로, 구소련 통치기간에는 극장이나 악명 높은 감옥으로 사용되기도 하였고 스탈린도 이곳에 투옥된 적이 있어요. 그러다 1988년 교회로서의 기능을 갖추게 되었지요. 교

메테히 교회

회 앞에 있는 이 동상은 6세기경 조지아 왕이었던 '바흐탕 고르가살리'의 기마상입니다. 사냥을 나왔다가 온천을 발견하고 상서로운 기운이 있다 하여 수도를 이곳 트빌리시로 옮긴 왕이지요. 1961년 조각가 '아미슈켈리'가 제작하였습니다. 저를 따라 교회를 둘러보시고 제가 또 그 때그때 설명드리겠습니다."

메테히 교회를 떠나 밑으로 걸어 내려오니 평화의 다리로 이어지고 다리를 건너니 올드타운 카페거리에 연결되었다.

예쁜 꽃으로 치장된 카페를 지나 우리는 시오니 성당을 찾았다. 시오니 성당은 올드타운을 오가면서 쉽게 볼 수 있는 성당으로 성녀 니노가 성당 십자가에 자신의 머리카락을 묶었다는 전설이 있다.

송 선생이 성당 앞에서 설명을 이어간다. "6~7세기경 건립된 대표적 조지아 정교 성당이에요. 175년 이베리아 왕자 '구아람'이 세우기 시작하여 639년 완성되었으나 외세에 의해 13세기부터 19세기까지 재건에 재건을 거듭했지요. 교회 안에 들어가시면 제단 왼쪽에 성니노의 포도나무 십자가가 있는데 눈여겨보세요. 그리고 자유시간 드릴 테니 성당 안을 보시고 카페거리나 기념품샵을 둘러보세요."

시오니 성당 안을 둘러보고 나와 기념품샵에서 간단한 기념품을 산 후 카페에 앉아 맥주 한잔하고 있는데 정 팀장이 지나간다. "정 팀장~ 맥주 한잔 하실래요?" "선생님께서 쏘시는데 감사히 한잔해야죠 호호~"

유럽풍 건축물과 러시아풍 건축물들이 150년간 걸쳐 건축된 '루스타벨리 거리'는 버스에서 차창 밖으로 보는 것으로 만족하였다.

트빌리시 관광을 끝낸 후 공항으로 이동하여 도하를 거쳐 9시간의 비행 후 인천 국제공항에 무사히 도착하니 10박 12일간의 코카서스 여행도 막을 내리고 있었다.

유라시아의 보물, 지상의 마지막 낙원이라 불리는 곳, 코카서스 산맥을 중심으로 러시아 남부, 카스피해와 흑해를 끼고 있어 아름다운 경관을 자랑하는 곳, 아제르바이잔, 조지아, 아르메니아 여행은 필자에게는 또 다른 색 다른 여행이었다.

'불의 나라' 아제르바이잔에서 카스피해에 인접한 항구도시 바쿠의 메이든 타워, 불꽃타워, 중세시대 쉬르반샤 궁전, 올드시티, 볼바르공원, 그리고 전망대 야경, 고부스탄 유적지, 쉐키의 칸사라이 궁전과 카라반 사라이⋯. 아제르바이잔 전통음식인 안트라콧과 사즈까지 여행의 진수를 맛보았고, '물의 나라' 조지아에서는 와인의 본고장 므츠헤타 와이너리 시음, 스베티츠호벨리 대성당, 츠바리 교회와 두물머리, 시그나기 절벽도시와 보드베 교회, 고리 스탈린 박물관, 바르드지아 동굴도시, 보르조미 국립공원, 조지아 여행의 하이라이트 카즈베기 게르게티 성 삼위일체교회, 카즈베기 설봉과 연봉, 아나누리 성채와 진발리 호수, 트빌리시 나리칼라 요새, 사메바 대성당, 쿠라강 유람선 투어, 메테히교회, 시오니성당, 올드시티 카페거리, 조지아 전통음식 힝칼리(만두), 하치푸리(치즈빵), 므츠바디(꼬치구이), 츄르츠젤라(스니커즈)까지 즐거운 여행의 파노라마가 이어졌다.

　'돌의 나라' 아르메니아에선 하기르진 수도원, 하치카르 석비, 세반 호수와 세반 수도원, 코비랍 수도원과 아라랏산, 게그하르드 수도원, 가르니 주상절리 투어, 가르니 신전, 예레반 케스케이드 조각공원, 어머니상, 공화국광장, 역사박물관, 꼬냑 시음, 전통음식 하슬라마(고기스프), 라바쉬(화덕구이 빵)와 라마준까지 눈과 입이 호강하며 심신의 피로를 풀고 힐링할 수 있는 시간을 넉넉하게 가졌다.

　여행 중 날씨가 받쳐주어 코카서스 3국의 아름다운 풍경의 진수를 만끽할 수 있었고, 해박한 지식을 가진 현지 가이드의 코카서스 역사와 문화 해설도 일품이었고, 친절하고 항상 미소가 떠나지 않는 인솔자의 친절도 돋보였고, 생활 속에 녹아있는 종교도 눈길을 끌었고, 항상 밝은 표정과 유머로 상대방을 편안하게 해주는 문 사장님 부부의 세심한 배려, 그리고 우리 입맛에 맞는 음식과 와인, 무엇보다도 소박하면서도 꾸밈이 없는 순수함을 간직한 코카서스 사람들의 미소가 필자의 뇌리 속에 깊숙이 각인되어 오랫동안 떠나지 않았다.

　지금까지 졸필을 읽어주신 선생님들께 깊은 감사를 드립니다.

세상을 보는 창을 바꾸는
여행 이야기

권선복
(도서출판 행복에너지 대표이사)

"여행은 정신을 다시 젊어지게 하는 샘이다" 안데르센이 남겼다는 명언처럼, 여행은 단순히 우리가 머무르는 곳을 잠시 변화시키는 과정에 그치지 않고 오감을 통한 경험으로 우리가 세상을 보는 창, 세계관을 변화시킬 수 있는 힘을 가지고 있습니다.

하지만 아무런 예고도 없이 전 세계를 덮친 코로나19의 창궐로 우리는 이러한 여행의 즐거움조차 온전히 누리지 못하는 입장이 되고 말았습니다. 세계적으로 '코로나 블루'라고 불리는 우울감을 호소하는 사람들이 늘어나는 데에는 지친 일상을 떠나 우리를 회복시켜 줄 수 있는 여행이 어려워진 이유도 있으리라 생각됩니다. 하지만 다행히도 우리는 책을 통하여 직접 가지 못하는 세계를 체험하고, 우리의 것으로 만들 수 있습니다.

이 책 『내 삶의 꿈·행복·사랑의 여정』은 고려대학교 의과대학 외래교수이자 인천광역시 계양구 장기보건지소장으로서 노인 대상 만성질환 예방 및 관리의 중요성을 홍보하는 한편 수준 높은 공공의료 보급에 힘쓰고 있는 외과 전문의 이승진 박사가 생생하게 들려주는 2006년부터 2019년까지의 전 세계 40여 개국 여행기입니다.

이승진 박사는 여행기의 서두를 통해서 "여행의 묘미는 보는 재미, 먹는 재미, 체험하는 재미, 삶을 느끼는 재미, 좋은 사람들을 만나는 재미"라고 자신의 여행 신조(信條)를 이야기합니다. 그리고 이러한 신조에 맞춰, 각 나라의 역사와 자연이 살아 숨 쉬는 볼거리, 그 지역에 살아 온 사람들이 오랫동안 간직한 지혜가 담겨 있는 먹을거리, 그리고 나라도 민족도 문화도 언어도 문화도 다르지만 '인간'이라는 공통분모로 끈끈하게 엮여 있는 사람들과의 이야기를 흥미진진하면서도 생생하게 풀어냅니다. 특히 세계 각지의 모습을 손에 잡힐 듯 보여주고 있는 사진들이 풍성하게 수록되어 있어 코로나19 창궐로 어려워진 여행의 묘미를 페이지를 넘길 때마다 느낄 수 있을 것입니다.

코로나19 창궐로 인해 고립과 우울을 경험하고 있는 2021년 연말, 인간미와 생동감이 넘치는 세계여행기 『내 삶의 꿈·행복·사랑의 여정』이 독자분들의 가슴 속에 희망과 생명력이 넘치는 행복에너지를 팡팡팡 만들어낼 수 있기를 희망합니다!

함께 보면 좋은 책들

인연의 향기

박무성 지음 | 값 13,500원

시집 『인연의 향기』는 5부에 걸쳐서 시인의 심상을 드러내고 있다. 때로는 아름답고 투명하고, 때로는 외롭고 처절한 시어들로 자아낸 간결하면서도 짙은 호소력을 지닌 시들은 구구절절 가슴에 와닿고 행간에 숨겨진 알토란 같은 감성들이 내면을 자극한다. 눈에 보이는 듯한 시각적 심상과 부드러운 어조로 독자의 마음의 빗장을 부드럽게 열어젖히며 군더더기 없이 충실하게 독자의 내면을 두드린다.

선동언론의 거짓과 진실

김흥기 지음, 한상대 감수 | 값 25,000원

이 책은 미국 오이코스 대학교 Vactor Business School의 원장으로 재직 중인 김흥기 저자가 자신의 경험을 기반으로 언론의 왜곡보도, 가짜뉴스에 개인의 명예를 훼손당할 때 어떻게 대처해야 하는지 차근차근 알려주고 있는 책이다. 특히 책은 범람하는 가짜뉴스의 공격에 슬기롭게 대처하는 방법을 알려주는 한편, 이 시대 언론의 사명의식을 예리하게 질타한다.

성공하는 구독경제 원픽

두진문 지음 | 값 17,000원

본서는 우리 생활 속에 깊숙이 들어온 구독서비스의 모델을 세 가지로 나누어 설명하고, 고객과 제조사, 플랫폼 기업 모두가 윈윈(win-win)할 방법을 모색하며 결과적으로 자동화의 시대에도 고객에 대한 인간의 전문성과 따뜻한 교류가 중요함을 강조한다. 구독경제를 통해 시대의 흐름에 뒤처지지 않고 적극적으로 다가오는 기회를 잡고자 한다면 강력히 추천한다.

원자력발전소와 디자인 이야기

김연정 지음 | 값 20,000원

이 책은 기후 위기라는 전방위적인 도전을 맞이하고 있는 인류의 미래에 새로운 견인이 되어 줄 수 있는 원자력, 그리고 인간의 생활 공간과 환경을 개선하여 삶의 질을 발전시키는 데에 일조하는 공간디자인의 잠재력을 엮어 다양한 인문학적 화두를 이야기한다. 기후 위기와 에너지 대란의 시대에 우리 일상을 지탱하는 에너지에 대해 어떤 자세를 가져야 할지에 대해서 진지하게 생각할 기회를 줄 것이다.

숲에서 길을 묻다

정재홍 지음 | 값 20,000원

산골마을에서 태어나 어릴 때부터 숲의 목소리에 귀 기울이며 살아왔고, 산과 호수의 도시 춘천에 오랫동안 자리를 잡고 살아오면서 초등학교 선생님으로서 순수한 산골마을 어린이들을 지켜봐온 바 있는 정재홍 저자가 들려주는 숲과 인생에 관한 나지막하면서도 따뜻한 수필을 엮은 책이다. 회색빛 도시 속에서 자연의 지혜가 잊혀져 가는 시대, 우리의 삶을 되돌아볼 수 있는 좋은 기회를 제공하는 책이 될 것이다.

고양이와 여자

김은정 지음 | 값 15,000원

아픔을 치유하고 마침내 화해하며 앞으로 나아가는 가족의 여정을 담백한 필치로 전하는 『고양이와 여자』의 이야기는 우리 삶의 진리를 되돌아볼 수 있는 기회를 제공한다. 한 가족이 맞닥뜨린 비극 속 숨겨진 비밀은 우리 모두가 꽁꽁 숨겨 놓은 개개인의 아픔과도 같다. 아픔을 함께 나누고 연대하면서 상처 또한 서서히 아물어 간다. 인생은 다시 시작되고 또 홀로 서게 되면서 울음은 웃음으로 승화된다.

'행복에너지'의 해피 대한민국 프로젝트!
〈모교 책 보내기 운동〉

대한민국의 뿌리, 대한민국의 미래 **청소년·청년**들에게 **책**을 보내주세요.

많은 학교의 도서관이 가난해지고 있습니다. 그만큼 많은 학생들의 마음 또한 가난해지고 있습니다. 학교 도서관에는 색이 바래고 찢어진 책들이 나뒹굽니다. 더럽고 먼지만 앉은 책을 과연 누가 읽고 싶어 할까요?
게임과 스마트폰에 중독된 초·중고생들. 입시의 문턱 앞에서 문제집에만 매달리는 고등학생들. 험난한 취업 준비에 책 읽을 시간조차 없는 대학생들. 아무런 꿈도 없이 정해진 길을 따라서만 가는 젊은이들이 과연 대한민국을 이끌 수 있을까요?

한 권의 책은 한 사람의 인생을 바꾸는 힘을 가지고 있습니다. 한 사람의 인생이 바뀌면 한 나라의 국운이 바뀝니다. **저희 행복에너지에서는 베스트셀러와 각종 기관에서 우수도서로 선정된 도서를 중심으로 〈모교 책 보내기 운동〉을 펼치고 있습니다.** 대한민국의 미래, 젊은이들에게 좋은 책을 보내주십시오. 독자 여러분의 자랑스러운 모교에 보내진 한 권의 책은 더 크게 성장할 대한민국의 발판이 될 것입니다.

도서출판 행복에너지를 성원해주시는 독자 여러분의 많은 관심과 참여 부탁드리겠습니다.

도서출판 **행복에너지** 임직원 일동